Personenverzeichnis:

Florence Grayson: geb. 14.09.3014 (16) ~ Bemächtigung von Schallwellen, ...
Derek-Anthony Wilkinson: geb. 19.02.3010 (21) ~ noch unbekannt
Alexandra Fearce: geb. 01.05.3016 (14) ~ noch unbekannt
Benjamin Gibson: geb. 03.12.3009 (21) ~ Atomverformung
Miranda Steeler: geb. 11.07.3004 (26) ~ Heilung und Wachstum
Jonas DeCrase: geb. 07.11.3002 (28)~ Feuerbändiger
Raffaelle Court: geb. 04.08.3018 (12) ~ noch unbekannt
Maryse Stone: *Todestag, 28.02.3026 (verstarb mit 16) – unbekannt*

Allgemeines:

Zeit: Sacrianische Zeitrechnung ~ 3031 Jahre nach Schöpfung der Welt

Orte:
- Die Staaten von Rales (Altes sacrianisches Reich)
- Nubya (Nordland und Front)
- Coaten (Südland und West/Ost-Fronten)

Kolonien: insgesamt 5 (Sutcliffe, Siarcliffe, Gouvehill, Strayhill, Thornington)

Einrichtungen:
- Rebellenpalast (New Wase)
- Huntergefängnis (New Stake)
- Haupt-Präsidentenpalast (New Catan)

Organisationen:
- O.F.E.A.P. (Organisation for Equality and Power)
- Rebellen (passives Vorgehen)
- CGCs (Children Guardians of the Country)
- Hunter (Jäger im Auftrag des Staats)

Feiertage:

Habdsel: Neujahr (01. Januar)
Imbolc: Frühlings-/Lebensfest (01. Februar)
Catterntide: Sommerfest (01. Mai)
Sacrans Day: zu Ehren des sacrianischen Volkes (15. Juni)
Lughnasadh: Herbst-/ Erntefest (01. August)
Andisop: Winterfest (01. Sebtember)
Personenverzeichnis:

– Die erste Welle –

Impressum

Bibliografische Information der Deutschen Nationalbibliothek
Die Deutsche Nationalbibliothek verzeichnet diese Publikation in der Deutschen Nationalbibliografie; detaillierte bibliografische Daten sind im Internet über http://dnb.d-nb.de abrufbar.

Veröffentlicht im Tribus Buch & Kunstverlag GbR
März 2021
Alle Rechte vorbehalten
Copyright © 2021 Tribus Buch & Kunstverlag GbR
Texte: © Copyright by Jarosa Winkern
Druck: epubli, ein Service der neopubli GmbH, Berlin
Covergestaltung: Jarosa Winkern; Verena Ebner
Landkarte: Jarosa Winkern
Lektorat: Lisa Gausmann
Layout: Verena Ebner
Das Werk ist urheberrechtlich geschützt. Jede Verwertung außerhalb des Urheberrechtsgesetzes ist ohne Zustimmung des Verlages unzulässig und wird strafrechtlich verfolgt.
Tribus Buch & Kunstverlag GbR
Mittelheide 23
49124 Georgsmarienhütte
Deutschland
www.tribusverlag.com

*In Gedenken an Robert Schmitz,
vielleicht verblasst,
aber niemals vergessen!*

Ich behaupte nicht, es sei real.
Entsprungen reiner Fantasie.
Doch manchmal ist das Irreale
das,
was die Realität erst erträglich macht.
Manchmal ist die Fantasie
das,
was dir die Welt erklärt.
Und vielleicht,
nur vielleicht,
erkennst du, dass in jeder Lüge
auch ein Hauch der Wahrheit steckt!

- *Jarosa Winkern, Die Kolonien*

Die Wellen Des Krieges

Die Kolonien

Jarosa Winkern

»The Future comes in Waves!«

Jarosa Winkern

Für Jana, Marta & Frida ♡

23.10.2021

Kapitel 1

Was bedeutete schon Zeit? – Zeit spielte in meinem Leben keine Rolle. Sie war genauso belanglos wie mein eigenes Leben.
Jeder meiner Tage schien gleich zu verlaufen. Der letzte Tag verschwamm mit dem nächsten und Wochen vergingen wie Stunden, Monate wie Tage. Und meine Tage mündeten in einen Fluss aus bloßer Erschöpfung, Erniedrigung und Einsamkeit.
Manchmal erlaubte ich mir zu hoffen, manchmal erlaubte ich mir zu trauern, um das Leben, das ich hätte haben können.
Doch für Hoffnung wurde man niemals belohnt. Immer nur bestraft. Dann musste ich mir wieder vor Augen führen, dass ein Krieg wütete, dass ich jeden Tag einen Krieg mit mir selbst führte und dass es im Krieg riskant war, zu hoffen. Es war tödlich. Zumindest galt das für die Verlierer. Ich hatte verloren – die Deseaser hatten verloren.
Die Menschen waren die, die hoffen durften, doch ich gehörte zu jenen, die man wertlos nannte. Ich war eine Deseaserin.

Ich hörte das Heulen der grausamen Sirenen, die aus den Lautsprechern an der Decke herausströmten. Man nannte sie Blockwellen. Das Geräusch war schwer

beschreibbar, es löste solche Schmerzen in mir aus, dass ich es mit einem grellen, schmerzerfüllten Schrei vergleichen würde. Ich kannte die Sirene, schließlich war sie wie ein Weckruf für mich, doch auch nach all den Jahren hatte ich mich nicht an sie gewöhnen können.
Das Geräusch ließ mich zusammenfahren und am liebsten hätte ich mir die Ohren zugehalten, doch mein Körper war wie gelähmt. Meine Knochen schienen sich aneinander abzureiben, während meine Muskeln sich verkrampften. Ich verlor jegliche Kontrolle über meinen Körper und meine Umgebung. Auch nachdem die Blockwelle verklang, zuckten meine Glieder noch unkontrolliert.
Mit der Blockwelle wurde ich nicht bloß aus dem ohnehin viel zu kurzen Schlaf gerissen, sondern jeden Morgen aufs Neue daran erinnert, wer die Macht hatte und wer sich fürchten musste. Ich wurde daran erinnert, dass ich keine Kontrolle, keinen eigenen Willen haben durfte.
Ich lebte in einer Kolonie. Einer Kolonie namens »Sutcliffe« und ich hasste es. Hasste es, hier eingesperrt zu sein. Hier kannte ich keine Freiheit. Niemand tat das. In der Kolonie ging es ständig um Machtdemonstration. Die Menschen fürchteten uns – die Deseaser – wegen der Kräfte, die uns innewohnten. Und wenn Menschen sich fürchteten, waren sie zu den unmenschlichsten Dingen bereit. Angst war die größte Waffe, das hatte ich gezwungenermaßen lernen müssen.
Es würde reichen, dass ein Deseaser unkontrolliert oder sogar absichtlich seine Kräfte nutzte, und eine große Menge Menschen würde dadurch umkommen.

Aus diesem Grund taten die Wärter der Kolonie, sogenannte »CGCs«, was für »Children Guardians of this Country« stand, alles in ihrer Macht stehende, um uns Deseaser in Schach zu halten. Ohne auf eine Uhr schauen zu müssen, war mir klar, dass es erst fünf Uhr morgens war.

Die Zeiten, an denen wir aufstanden, Arbeiten verrichteten oder bloß aßen, hatten sich mit den Jahren in mein Gehirn eingebrannt. Ich teilte mir mit bis zu achtzig weiteren Mädchen einem Schlafsaal, welcher nicht annähernd genug Platz für normale Lebensverhältnisse bot. Der Raum hallte, sodass man die Worte jedes Mädchens hören konnte, genau wie das angsterfüllte Schluchzen, selbst den Atem, wenn man genau hinhörte. Jedes Mädchen hatte eine Matratze, ein zugehöriges Laken, welches als Decke dienen sollte, samt Kissen und jeweiliger Kleidung. Arbeitskleidung und Schlafkleidung. Wir Mädchen mussten uns selbst darum kümmern, dass unsere Sachen sauber blieben. Ich musste mich um alle mich betreffenden Angelegenheiten selbst kümmern.

Niemand nahm einem anderen die Arbeit ab, dafür war jede von uns genug mit sich selbst beschäftigt.

Der Schlafsaal erinnerte mich jedoch kaum an einen Saal, sondern eher an eine abgewrackte Lagerhalle, in die man mich abgeschoben hatte. Es war im Winter immer kalt hier und dauerhaft dunkel, auch wenn die Sonne schien, erreichte das Licht das Innere des Raums nicht.

Im Sommer hingegen war es viel zu heiß, sodass man es kaum aushielt. In den restlichen Jahreszeiten waren die

Temperaturen sehr wechselhaft. Aus diesem Grund wusste man nie, ob man nachts frieren oder schwitzen würde.

Vieles hatte sich für mich in den letzten Jahren verändert.

Ich wusste, dass es Winter sein musste, da es erst sehr spät hell wurde und ich daher die meiste Zeit im Dunkeln verbrachte. Welcher Monat es genau war, konnte ich schwer sagen, aber ich nahm an, es war Dezember oder Anfang Januar.

Ich hörte bereits, wie einige der Mädchen sich gegenseitig zum Aufstehen animierten, um dem Weckruf der Blockwelle zu folgen.

Anfangs hielt ich die Augen absichtlich geschlossen und am liebsten hätte ich mich umgedreht und weitergeschlafen, doch diese Wahl hatte ich nicht.

Also rieb ich mir stöhnend die Augen und betrachtete eine Weile die Decke. Ich schaute die schwach gelb leuchtenden Lampen über mir an und fragte mich, wie lange diese noch leuchten würden, ehe ich in völliger Dunkelheit daliegen würde. Auch fragte ich mich, ob die CGCs sie austauschen würden oder einfach darüber hinwegsehen und unsere Lebensumstände weiterhin ignorieren würden. Mit gequälten Bewegungen schlug ich meine Decke, ein einfaches, dünnes und von den Jahren abgenutztes Laken, um. Diese schützte mich weder vor Kälte noch vor dem ständigen Gefühl, keine Privatsphäre zu besitzen und täglich vorgeführt und den anderen Mädchen präsentiert zu werden. Nun würde ich mich spurten müssen, wenn ich rechtzeitig angezogen sein wollte, denn es würde keinen kümmern, wenn ich unbekleidet arbeiten müsste.

Mit heftigem Pochen meines Schädels setzte ich mich auf, gähnte und streckte meine Glieder. Die Blockwelle setzte mir auch jetzt noch zu und meine Muskeln und Knochen rieben schmerzhaft aneinander.
Mein Körper zitterte noch, eine der lästigen Nebenwirkungen der Blockwelle im Zusammenspiel mit der Winterkälte, während ich meine Schlafsachen auszog. Ich streifte mein weißes, vergilbtes, langarmiges Shirt und die weiße, ebenfalls mit Dreck befleckte Jogginghose – welche mir zudem viel zu groß war – ab und zog mir meine Arbeitskleidung über. Diese bestand aus einem grauen T-Shirt – welches meine dünnen Arme unvorteilhaft hervorhob, aber immerhin nur wenig Flecken besaß, im Gegensatz zu den vielen anderen Shirts, die ich bereits in meinem Waschdienst bearbeitet hatte. Außerdem gehörte eine graue Jeanshose, welche mit Löchern übersät war, dazu. Ich war mit den Jahren zwar gewachsen und konnte mich sowohl an breiteren Hüften als auch einer ausgeprägteren Oberweite erfreuen, jedoch sah ich mir selbst an, dass mir ein paar Pfunde fehlten. Dies hatte ich vermutlich dem Leben in der Kolonie zu verdanken. Zumindest war ich größer als die meisten Mädchen in meinem Alter. Mit blonden, langen, oftmals zerzausten Haaren stach ich nicht sonderlich aus der Menge heraus, da das einzig seltene an mir meine Augen waren. Ich war mit hellen, leuchtenden, grünen Augen gesegnet, welche meine Mutter schon damals immer an mir

bewundert hatte – *Schatz, ich hätte auch gerne so wundervolle Augen wie du* – hatte sie dann zu mir gesagt. Ich hatte diese Aussage meist belächelt, da meine Mutter selbst eisblaue, fast engelsgleiche Augen besaß, allerdings lag es nun schon eine Ewigkeit zurück, dass ich in ihre wunderschönen Augen hatte blicken können. Ich hatte nach ihrem Tod aufgehört, viel über sie nachzudenken. Der Verlust meiner Eltern zerrte auch nach Jahren noch an mir. Ich vermied den Schmerz, schließlich gab es nichts auf dieser Welt, dass ihren Tod rückgängig machen konnte und es mir zu wünschen wäre zwecklos. Denn die Wünsche einer Deseaserin gingen meist nicht in Erfüllung.

Zu meiner Arbeitskleidung gehörte außerdem ein schwarzer, recht warmer Pullover und schwarze, kratzende Wollsocken. Ich hatte schwarze Boots zum Schnüren und eine graue Jacke aus Jeans-Stoff mit dem Zeichen der Staaten von Rales darauf bekommen. Damit war auch die Frage beantwortet, wem ich das Leben in der Kolonie zu verdanken hatte – dem Regime selbst.

Ich faltete meine Schlafsachen und das Laken und legte dann beides auf die Matratze, nachdem ich mich fertig angezogen hatte. Anschließend stellte ich mich vor diese, um zu signalisieren, dass ich bereit für die Arbeit war, so wie man es von einer Kolonistin wie mir erwartete.

Ich hatte nichts zu sagen, wenn man mich nicht dazu aufforderte, nichts zu tun, wenn es mir nicht befohlen wurde, und ich hatte nicht zu leben, wenn das Regime es nicht für richtig befand.

Ich hatte nichts, wenn es mir nicht gegeben wurde.
Ich war niemand.
Ich stellte mich aufrecht hin und drückte den Rücken durch. Meine Hände verschränkte ich hinter meinem Oberkörper und nun wartete ich an eine Wand starrend darauf, dass wir zur Arbeit gerufen wurden. Alle anderen Mädchen taten es mir gleich. Die großen Stahltüren der Halle schnellten auf. Dabei hörte man das Reiben von Metall auf Metall, welches den ganzen Saal erfüllte. Als die Leiterin der CGCs, General Ross, gefolgt von zwei Wärtern, in den Raum stolzierte, schauten wir Mädchen alle zu Boden. Das war eine der wichtigsten Regeln – *siehe niemals einem dir Ranghöheren in die Augen oder spreche gar mit ihm!*
Das waren Befehle, die uns von Beginn an demonstriert worden waren. Und eine Regel wurde nur verletzt, wenn man den Drang hatte zu sterben. Denn die Arten dieser Demonstrationen waren auf verschiedenste Weisen grausam und endeten nie im Guten. Manchmal hatte ich tatsächlich mit dem Gedanken gespielt, eine der Regeln zu brechen, doch letzten Endes war die Angst vor noch schlimmeren Qualen als dem Tod zu groß. Ich hörte die Schuhe von General Ross langsam über den Boden gleiten, während mein ganzer Körper sich verkrampfte, da ich spüren konnte, wie nah sie mir bereits war. Ich starrte mit höchster Konzentration auf den Boden und hielt augenblicklich die Luft an. Erst als sie wieder kehrtmachte und laut pfiff, um uns dazu aufzufordern ihr zu folgen, traute ich mich, wieder auszuatmen. Sie brachte uns in den Waschraum, welcher sich noch im selben Gebäude befand, jedoch zum Sanitärbereich

gehörte und somit deutlich höhere Hygienestandards besaß als unsere Hälfte des Gebäudes. Waschen. Heute hatte ich Waschdienst. Ein Teil von uns wurde in den Waschsaal gebracht und der andere vermutlich in die Küche, die im Gebäude gegenüber von uns lag. Im Verlauf des Tages würde ich dann wie so oft schon die Arbeiten mit der anderen Gruppe tauschen und mit meiner in das andere Gebäude geschickt werden.

Der Sanitärbereich war mit großen weißen Fliesen ausgelegt worden. Es war leicht, auf diesen auszurutschen und noch leichter jeden dreckigen Fleck darauf zu sehen. Manchmal war ich dazu verpflichtet worden, so lange auf den Knien den Boden zu schrubben, bis kein Dreck mehr sichtbar war, während einer der CGCs mit verdreckten Schuhen neben mir herging und somit absichtlich immer wieder neue Dreckfährten legte. So sah meist ein schlechter Tag hier aus, doch ich hatte bisher mehr Glück gehabt als manch andere. Denn Mädchen verschwanden. Und wenn ein Mädchen hier verschwand, tauchte es danach nie wieder auf. Pro Monat verschwand mindestens eins, wenn nicht sogar mehr. Einmal waren zwölf verschwunden, doch danach war die Zahl der Vermissten nie wieder so hoch gewesen. Gerüchte gab es viele und die meisten davon schienen auch zu stimmen, doch es gab auch Dinge, über die niemand sprach. Dinge, die niemand wirklich wusste oder überhaupt wissen wollte. Manches war zu grausam, um es auszusprechen.

Zuerst wurden wir in die Baderäume gebracht, in welchen ich mich innerhalb weniger Minuten waschen und meine Zähne putzen durfte. Die Toiletten,

Waschbecken und Duschen waren verrostet und das Wasser schon seit Jahren kalt. Das Licht war vergleichsweise gut und die Baderäume zählten vermutlich, neben der Küche, zu den saubersten und funktionalsten Räumen der Kolonie. Danach ging es für mich und meine Gruppe an die Arbeit. Der Waschsaal unterschied sich kaum von den Baderäumen. Es gab große Waschbecken und Laufbänder. Diese transportierten die Wäsche durch den Raum und ich bekam zu Beginn meiner Schicht jeweils einen leeren Wäschekorb, in den ich die nassen Sachen hineinlegen konnte. Sobald der Wäschekorb voll war, musste ich zu den Wäscheleinen am Ende des Raums, um die nassen Sachen dort aufzuhängen, damit sie bis zum Abend trocknen konnten. Heute würden wir die Wäsche der CGCs waschen müssen, morgen wieder unsere eigenen.

Das Leben hier war ein ständiger Wechselmodus, in dem wir uns befanden.

Ich wusch jedoch nicht bloß die dreckigen, verschwitzten Klamotten der CGCs, sondern sie sahen mir auch noch dabei zu. In fast jeder Sekunde jedes Tages wurden ich und die anderen Mädchen beobachtet und bewertet und jene, die einen Fehler machten oder nicht angemessen arbeiteten, wurden bestraft.

Die CGCs behandelten uns wie Gegenstände. Für sie waren wir wertlos und ich hasste es. Hasste, wie man mit mir spielte.

Das gab ihnen eine Macht über uns, die sie in meinen Augen nicht verdient hatten. Manchmal fragte ich mich, ob sie der Krieg außerhalb von Sutcliffes Mauern überhaupt interessierte oder ob sie es leid waren, einzig und allein die Gefangenen begutachten zu müssen. Der Krieg war kompliziert und ich war noch sehr jung gewesen, als er außer Kontrolle geriet. Anfangs hieß es, es wäre ein Wirtschaftskrieg. Coaten und Nubya lehnten sich gegen die Staaten von Rales auf, doch mit zunehmenden Enthüllungen stellte sich heraus, dass es viel mehr um Rache ging als um alles andere.

Die Menschen hatten langsam für die Auslöschung der Sacrianer gesorgt, so nannten wir uns selbst, da keiner von uns hier in der Kolonie etwas mit dem Begriff Deseaser verband, außer dem Tod.

Nun hatten sich alle Überlebenden und nach Gerechtigkeit strebenden Sacrianer zusammengeschlossen.

Sie bildeten Allianzen mit Coaten und Nubya und gaben sich den Namen O.F.E.A.P., was für »Organisation for Equality and Power-Reunion« stand. Das Ziel war es angeblich, die Staaten von Rales für die Taten von vor einer Ewigkeit bezahlen zu lassen.

Eine Antwort auf eine Drohung, die vor Hunderten von Jahren ausgesprochen worden war. Doch während es die Staaten von Rales schafften, die Fronten erfolgreich zu verteidigen, fielen plötzlich Bomben vom Himmel. Ein Bombenhagel, dem die Staaten von Rales kaum standhielt. Der Großteil der Staaten blieb zerstört zurück und dann erschien eine anonyme Liste. Auf dieser standen Sacrianer, die in den Staaten von Rales lebten. Kurz darauf wurden Kolonien gebaut und während Kinder und Jugendliche eingesperrt wurden, brachte man die Mehrzahl der Erwachsenen um. Sacrianer wurden abgeschlachtet, Kinder geschändet –

Unschuldige zur Rechenschaft gezogen. Damit hatte das Regime endlich ein Druckmittel. Sollten Coaten und Nubya einem Stillstand nicht zustimmen, würden die Kolonien in die Luft gesprengt und weitere Sacrianer getötet werden. Seitdem herrschte Stillstand zwischen den Streitmächten. Zumindest waren das die Infos, die ich kannte. Alles andere waren Fragen, auf die ich keine Antworten hatte und vielleicht sogar gar nicht haben wollte. Manchmal war Unwissenheit das größte Geschenk im Krieg. Auch in einem, der nicht länger ausgefochten wurde. Doch von Frieden konnte man nicht sprechen. Von Frieden würde man vielleicht sogar nie mehr sprechen können.

Die Borsten des Schwamms, mit dem ich die Klamotten der CGCs wusch, waren abgenutzt vom täglichen Gebrauch und sorgten dafür, dass ich doppelte Kraft aufbringen musste. Meine Arme schmerzten, doch ich kannte diese Schmerzen mittlerweile so gut, dass es mir nichts mehr ausmachte.

Mein Schmerzempfinden war noch nie sonderlich stark gewesen und seit ich in der Kolonie war, hielt ich noch weit mehr aus. Um mich herum arbeiteten die Mädchen aus unserem Abteil und sie alle unterhielten sich in Schweigen, so hatten wir es uns angewöhnt, als wir hergekommen waren, denn Schweigen konnte über Leben und Tod entscheiden. Ich hielt mich meistens nicht mit »stillen Gesprächen« auf - so nannten wir unsere heimlichen Handzeichen -, sondern arbeitete mich einfach am Wäschelaufband voran, bis dieses leer war.

Mein Wäschekorb war bereits reichlich voll und die Sonne war schon zu sehen, wie sie langsam in den Himmel aufstieg, während ich zu den Wäscheleinen am Ende des Raums eilte, um dort jedes Hemd ordentlich und vorher glattgestrichen, zum Trocknen aufzuhängen. Obwohl meine Schicht sich nun dem Ende neigte und ich bloß darauf wartete, dass wir ins
Nachbargebäude geführt wurden, rührte ich mich nicht. Die Angst, Aufsehen zu erregen und den CGCs einen Grund zu geben, mich dann zu bestrafen, war zu groß. Oft hatte ich zusehen müssen, wie andere Mädchen geschlagen wurden oder sogar noch Schlimmeres passiert war.
Kurz darauf betrat aber bereits General Ross wieder den Waschsaal und wir alle stellten uns erneut in einer Reihe auf und blickten zu Boden. In Reihen gingen wir nun ins Nachbargebäude. Der Wind peitschte mir ins Gesicht und meine Kleidung hielt die Kälte nicht zurück, weshalb ich schauderte. Ich war froh, als die Metalltüren des Nachbargebäudes zufielen und wir in der Kantine standen. In dieser hing bereits der Geruch von warmem Fleisch und Gemüse in der Luft. Ich erkannte die Mädchen an der Theke wieder. Die müden Gesichter und die teils verbrannten Hände, auf die keiner der CGCs je wert gelegt hatte. Ob wir Schmerzen hatten oder verwundet waren, spielte für sie keine Rolle, solange wir nicht in Lebensgefahr waren. Ich stand in der Reihe und wartete, ein Tablet haltend, auf mein Essen. Mein Magen knurrte bereits, auch wenn mir beim Anblick des Fleisches immer schlecht wurde. Früher, als ich jünger war, hatte ich alles essen können,

ohne mich dabei schlecht zu fühlen oder gar davon angewidert zu sein. Doch jedes Mal, wenn ich etwas sah, dass der Tod erbracht hatte, musste ich sofort an meine Eltern denken. Daran, wie sie vor meinen Augen ermordet worden waren.

Das Gemüse war im Sommer von uns selbst angebaut worden und manches wurde extra für den Winter eingelagert. Nur schmeckte es nach so vielen Monaten kaum noch nach Gemüse. Ich verzichtete mit einem Kopfschütteln darauf, mir Fleisch auf den Teller legen zu lassen. Nach so vielen Jahren wurde ich meist schon gar nicht mehr danach gefragt. Wir kannten uns untereinander. Vielleicht konnte ich nicht jedem einen Namen zuordnen, doch ob es ein Gesicht oder eine Stimme war, ich wusste sehr wohl, wer schon lange hier war und wer erst seit Kurzem. Allein an der Art, wie aufrecht jemand stand und wie aufmerksam sich ein Mädchen umschaute, wusste man bereits, dass sie neu war. Immer wieder kam es vor, dass neue Mädchen eingeliefert wurden, woher sie kamen und was dazu geführt hatte, erfuhr man jedoch nie. Gähnend setzte ich mich an einen der Tische. Meine müden Knochen dankten es mir und dann schaufelte ich das Essen in mich hinein, ohne großartig darüber nachzudenken, wie es roch oder aussah. Zu meiner Überraschung schmeckte es gar nicht übel und nach wenigen Minuten hatte ich bereits aufgegessen und brachte mein Tablett zum Geschirrwagen. Ich ging zurück zu dem Tisch, an dem ich gesessen hatte, und lauschte den Gesprächen der Mädchen um mich herum. Hier in der Kantine war es erlaubt zu reden, wenn auch nicht sehr laut. Ich war mit sechzehn Jahren nicht die Jüngste in der Kolonie, sondern gehörte eher zu den Älteren und auf jeden Fall zu denen, die am längsten in Sutcliffe lebten, insofern man es leben nennen konnte. Ab dem einundzwanzigsten Lebensjahr wurden die meisten Frauen in eine andere Kolonie verlegt, zumindest laut Gerüchten. Mit einundzwanzig hieß es, dass man seine vollen Kräfte erreicht hatte. Die meisten behaupteten aber, dass es schon viel eher dazu kommen solle. Ich fand es absurd. Das alles hier. Dass ich Kräfte haben sollte, obwohl ich mein ganzes Leben geglaubt hatte, ein einfacher Mensch zu sein, bis zu dem Tag, an dem man meine Familie ermordet und mich dann hierhergebracht hatte. Warum nicht direkt uns alle töten? Warum uns alle am Leben lassen und uns Arbeiten aufzwingen? – so viele Warums? Ein Fluss aus Fragen ohne Antworten.

General Ross betrat die Kantine und bedeutete uns, zurück zu den Baderäumen zu gehen, um für die nächste Schicht anzutreten. Nachdem ich den Morgen über gewaschen hatte, würde ich nun putzen dürfen. Ich hatte mich mittlerweile damit abgefunden, ich konnte schließlich nichts daran ändern, dass ich jeden Tag aufs Neue dieselben lästigen Arbeiten verrichten würde. Ich fragte mich, was passierte, wenn man seine Kräfte bekam? Wie es sich anfühlte und ob man sie würde nutzen können? Die Blockwellen ertönten schließlich nicht ohne Grund jeden Morgen und schwächten uns. Maryse hätte es bestimmt gewusst. Sie hatte immer alles gewusst, wie auch immer sie an so viele Informationen gekommen war.

Sie hätte gewusst, spottete mein Innerstes, *Sie ist aber nicht mehr da. Sie ist fort!*

Meine Augen brannten und meine Brust schnürte sich zusammen, während der kalte Wind durch meine Kleidung hindurch wehte, als ich wieder in das ursprüngliche Gebäude zurückging. Ich musste all meine Kraft aufbringen, um nicht zu weinen, und konzentrierte mich bloß darauf, meine Emotionen zurückzudrängen, als ich plötzlich dieses starke Stechen in meinem Kopf verspürte und aus dem Gleichgewicht geriet. Wie in Zeitlupe sah ich mich zu Boden gehen, während mir das Blut in den Ohren rauschte. Das war sie. Die falsche Bewegung!

Ich musste nicht aufsehen, um zu wissen, dass sämtliche Augen auf mich gerichtet waren. Ein Teil von mir wäre am liebsten in Tränen ausgebrochen, aus Angst und Verzweiflung, doch der andere Teil von mir fragte sich, ob es nicht besser so war. Ob ich nicht vielleicht genug Zeit in diesem Dreckloch verbracht hatte? Als ich aufschaute und den CGC, der auf mich hinabschaute, auch noch erkannte, bemerkte ich erst meinen Fehler. Der Fehler, der vermutlich noch schlimmer war, als bloß hinzufallen. Ich sah dem CGC direkt in die Augen. Ich hatte die wichtigste Regel gebrochen und trotzdem sträubte sich etwas in mir wieder wegzusehen. Das Einzige, was ich sicher wusste, war, dass ich bestraft werden würde.

Es war, als wäre etwas in mir wach geworden, von dem ich gar nicht wusste, dass es da war. Ich hatte plötzlich den Wunsch, ihn anzuschreien. Ihm zu sagen, wie sehr ich ihn und alle anderen CGCs verabscheute. Ich war nie auffällig gewesen, hatte mich immer aus allem rausgehalten. Ich war vielleicht nicht von Natur aus schüchtern, hatte aber dafür gesorgt, dass man mich übersah. Wie viele Jahre hatte ich kaum gesprochen. Und das alles hatte ich nun mit einem einzigen Augenaufschlag zunichtegemacht. Vielleicht gewollt, vielleicht auch aus Versehen, doch ein Zurück gab es nicht mehr. Der CGC beugte sich zu mir hinunter und sagte mit einem Funkeln in den Augen, dass mich normalerweise zusammenfahren ließ: »Kann da jemand etwa nicht normal vorwärtsgehen?«. Eine Aussage, auf die er keine Antwort erwartete. Doch mein Kopf hatte sich bereits ausgeschaltet.

»Was, wenn nicht?« Meine Stimme klang fest und mit einem Unterton, für den ich bezahlen würde. Ich hatte mich widersetzt. Und obwohl ich schreiend weglaufen sollte und einfach darauf hoffen, dass man mich erschoss, blieb ich ruhig. Ich hatte keine Angst, zumindest keine vor dem Tod. Ich verspürte bloß Hass. Größer und mächtiger, als ich es von mir kannte. Er drehte den Kopf schräg und lächelte mich boshaft an: »Oh! Sind wir heute mal mutig, Kleine Deseaserschlampe?«, er testete mich. Zumindest kam es mir so vor. Ich hätte nun schweigen sollen, einfach nichts tun. Nicht mal mehr atmen, wenn ich überleben wollte. Doch ich war mir gar nicht mehr sicher, ob ich das noch wollte.

»Vielleicht«, gab ich schulterzuckend zurück. Daraufhin holte er so schnell aus, dass ich keine Chance hatte zu reagieren. Der Schmerz seines Schlages traf mich so unvorbereitet, dass sich alles um mich herum zu drehen schien. Vermutlich wartete er darauf, dass ich anfing zu weinen oder sogar bettelte, doch ich regte mich nach wie vor nicht. Ich erwiderte seinen scharfen Blick und hielt ihm stand. Er und ich schienen beide darauf zu warten, dass ich versuchte, ihn zu überreden, mich am Leben zu lassen. Doch dafür müsste man leben *wollen*. Und mir war nun klar, dass ich tief in meinem Herzen schon lange wusste, dass ich es nicht mehr wollte.

Also tat ich das, was genau das Entgegengesetzte von Weinen war. Ich schaute dem CGC nach wie vor in die Augen und dann lachte ich ihm ins Gesicht. Ich lachte nicht aus Freude, sondern aus reiner Provokation. Und alle um mich herum konnten es sehen. Sollte mich die Welt doch für naiv und dumm halten, ich würde hoffentlich nicht mehr lang genug auf ihr weilen, um das mitzubekommen. Mut war eigentlich nie eine Eigenschaft, die ich mir selbst zugeordnet hätte. Maryse war immer die Mutige von uns gewesen. Ich war die Realistische. Ich wog jede Kleinigkeit ab, doch jetzt sah die Realität so schrecklich aus, dass ich den Mut vorzog. Das erste Mal in meinem Leben verstand ich, warum man es als Soldat schaffte, die Angst zu überwinden und in eine Schlacht zu ziehen. Das erste Mal in meinem Leben war mein Hass größer als die Angst. Dieses Mal blieb es nicht bei einem Schlag des CGCs. Auf einen Fausthieb folgte ein Tritt in die Magengrube und dann preschte er solange auf mich ein, bis sich die Welt um mich herum nur noch drehte und sie vor meinen Augen völlig verschwamm. Mein Lachen wurde leiser und schließlich zu einem schmerzerfüllten Aufstöhnen, während ich mich auf dem Boden krümmte. Um mich herum wurde es schwarz und ich fiel letztlich in Ohnmacht. Nun hörte ich ihn lachen!

Es ist ein heißer Sommertag und ich habe einen anstrengenden Schultag hinter mir. Ich stehe an unserem Wohnzimmer Fenster und blicke hinab auf die Straßen von New Oltsen – bunt, belebt, atemberaubend. Während meine Eltern auf dem Sofa sitzen und wie immer die 18:00 Uhr Nachrichten schauen, bewundere ich lieber die Vögel, die am Nachbarhaus nisten. Nachrichten interessieren mich weniger, aber mein Dad meint, jetzt, wo ich bereits sechs Jahre alt bin und die Schule besuche, soll ich sie mir doch mitanschauen – das Wissen wäre hilfreich und so ein Kram. Alles Quatsch, aber ihm zuliebe setze ich mich zu ihm und schaue dem Mann in Anzug dabei zu, wie er erst das Wetter für die nächsten Tage ankündigt und dann eine Abfolge von verschiedensten Terroranschlägen in Mania, Cloak, Oltsen und Logan erwähnt. Dad – in seinem grauen Anzug von der Arbeit und seinem bereits müden Gesichtsausdruck – kommentiert wie sooft die Nachrichten: »Also schlagen sie erst an den Grenzen zu und schwächen uns, indem sie uns abkapseln«, zudem zeichnen sich Falten auf seiner Stirn ab. Dad ist nicht mehr der Jüngste, aber er hat sich ziemlich gut gehalten für sein Alter. Er hat immer diese Falten, wenn er ernst guckt und an manchen Stellen schimmern graue Haare durch seine sonst dunkelbraunen hindurch, aber seine Augen sind immer noch genauso hellblau wie

auf Fotos seiner Jugend. Mom hat ebenfalls hellblaue Augen, und manchmal, wenn sie sich konzentriert oder angestrengt ist, zeichnen sich auf ihrer Stirn ähnliche Falten ab, doch anders als Dad besitzt sie kein einziges graues Haar – ihre Haare leuchten immer noch weißblond in der Sonne. Ich bin bereits jetzt gelangweilt von der Nachrichtensendung und höre kaum hin, nehme den Geruch des Nudelauflaufs in der Luft wahr und spiele an meinem Kleid herum. »Achtung! Gerade eben wurde bekannt gegeben, dass es sich bei den Terroranschlägen auf die diversen Staaten in den vergangenen Wochen um eine Organisation handelt, dessen Existenz uns seit Hunderten von Jahren in Legenden zu Ohren kam, wir aber nie damit gerechnet hatten, dass solch eine Organisation wahrlich unter uns lebt und eine derart große Bedrohung darstellt. Wir nahmen an, dass diese Wesen bloß außerhalb der Staaten von Rales leben, doch laut einer anonymen Quelle trifft dies nicht zu. Sie leben hier und verstecken sich unter uns, als wären sie wie wir. Als wären sie keine Monster. Doch diese Wesen sind krank und gefährlich und müssen dringend unschädlich gemacht werden. Wir nennen diese Organisation von Leuten mit übernatürlichen, grausamen und unzuverlässigen Kräften Deseaser und dank unserer Quelle sind wir ihnen gegenüber im Vorteil. Wir warnen Sie – Mitbürger dieses Landes – nicht das Haus zu verlassen und keinem zu trauen. Der Staat hat es sich zur Aufgabe gemacht, dieses Land von dieser Bedrohung zu befreien und wir werden uns bei weiteren Informationen sofort bei Ihnen melden. Hier – bei DN!«, berichtet der Mann hinter der Theke im Fernseher.
Nun sind Mom und Dad plötzlich ganz blass und nachdem sie sich beide panisch angeschaut haben, verschwindet Mom in der Küche und Dad läuft ihr nach. Ich verstehe nicht, warum sie das so beunruhigt, und lasse sie das unter sich klären, stattdessen gehe

ich wieder zum Fenster, um mich von den Straßen New Oltsens ablenken zu lassen, doch diese sind nun vollkommen leer und leblos - so habe ich sie noch nie in meinem Leben gesehen. Die Reaktion meiner Eltern, die Nachrichten, die leeren Straßen – was ist hier los?
Kaum habe ich die leeren Straßen beäugt, kommen riesige Autos die Straße entlanggefahren – Militärwagen. Zu meinem Entsetzen halten diese vor unserer Haustür und während nun mich die Panik überkommt und ich ununterbrochen:»Mom« rufe, steigen ein Dutzend Soldaten aus und stürmen in unser Haus.
Ich laufe in die Küche, doch gerade als ich den Weg vom Wohnzimmer bis in die Küche zurückgelegt habe, schwingt die Küchentür zum Flur bereits mit einem lauten Knall auf und ehe ich verstehe, was geschieht, packen mich zwei der
Soldaten an den Armen und ein grausames Geräusch erklingt – das ist das erste Mal, dass ich die Blockwelle höre. Den Soldaten scheint sie nichts auszumachen und auch meine Eltern scheinen das Geräusch besser zu verkraften als ich. Doch dann schlagen sie beide auf dem Boden auf, nachdem die erste Kugel auf sie zufliegt und Dad laut aufschreit, als sie sich in seinen Bauch gräbt. In dem Moment bin ich dankbar für die Blockwelle, denn den Knall dieser und der darauffolgenden Kugel, welche sein Herz trifft, würde ich nie mehr vergessen können. Die dritte Kugel trifft das Herz von meiner Mom und während ich schreie und weine und meine eigenen Eltern reglos auf dem Boden liegen sehe – beobachte, wie sich das Blut um sie herum ausbreite. Die letzten Worte meiner Mom sind:
 »Vergib mir Cassie! Ich habe es dir versproch… vergib mir!« Dann schleifen mich die Soldaten von ihnen weg. Ich selbst kann kaum denken. Die Schmerzen der Blockwelle sind jedoch nichts im Vergleich zu dem Schmerz in meinem Herzen. Ich schaffe es,

die Augen offen zu halten, bis ich in den Militärwagen gestoßen werde und wir nach Sutcliffe – die erste Kolonie – fahren.
Ich falle während der Fahrt in Ohnmacht und als ich erwache, liege ich in einem Schlafsaal. Zusammen mit achtzig anderen Mädchen frage ich mich, wann uns endlich jemand hier rausschaffen wird. Dort sehe ich in die Gesichter der anderen Mädchen, sie alle sind voll Leid und Schmerz, aber trotz dessen schimmert leichte Hoffnung darin. Plötzlich spüre ich einen schrecklichen Schmerz, der durch mich hindurchfährt, und kneife meine Augen fest zusammen.
Als ich sie öffnete, lag ich nicht länger als kleines Mädchen mit der Hoffnung zu fliehen in der Lagerhalle, sondern lag auf kaltem, hartem Stein und sah in die Augen von ... General Ross.

Als ich in die Augen von General Ross blickte, schwirrten mir unendlich viele Fragen durch den Kopf.

Um was hätte ich heute weinen sollen? Weshalb hätte ich um mein Leben betteln sollen oder gar um Gnade? Warum sollte ich überhaupt einen weiteren Gedanken an ein Leben wie dieses verschwenden sollen – an ein Leben ohne Eltern, ohne ein Zuhause, eines ohne Hoffnung. Ich hatte keine Zukunft, für die es sich lohnen würde zu kämpfen und das alles wegen der Kräfte, die ich nicht kannte, nicht wollte! Wieso sollte ich ein Leben als ein Monster führen wollen, wo ich doch den Tod wählen konnte? Und warum sollte ich diese Wahl über ein Leben als Sklavin stellen? Also, um welches Leben hätte ich nun weinen sollen? – *um ein Wertloses nicht!*

Ich entschuldigte mich bei mir selbst dafür, dass das Einzige, was sich für dieses Leben lohnte, war – *zu sterben!*

Kapitel 2

Ich bin Ich und werd es bleiben,
die Zuversicht ist treu bei mir.
Vertraue auf die stille Hoffnung,
sie stillt mir meine Herzensgier.

So steh ich auf und gehe weiter,
festen Schrittes, festen Blickes,
eine Träne schimmert einsam,
und doch geht sie mit mir gemeinsam.

- - *Tassilo Leitherer, Mein Weg*

In dieser unendlichen Dunkelheit, in der ich fürchtete, von Schwärze und Stille verschluckt zu werden, hoffte ich, sie wiederzusehen. Meine Eltern. Maryse. Die Personen, die ich verloren hatte und ohne die jeder Tag mehr an Sinn verlor. Ich hoffte, hinüber in eine andere Welt zu gleiten und mein Leben endlich hinter mir zu lassen. Ich hatte dieses Bild klar vor Augen. Meine Eltern mit ausgebreiteten Armen und Maryse, die mich strahlend anlächelte. Den ganzen Schmerz und all das Leid auf der Welt könnte ich von mir ablegen. Ich hatte davon befreit werden können. Stattdessen wachte ich auf und fühlte den peitschenden Wind im Gesicht und harten Boden unter mir. Dann sah ich in ihre Augen, die Augen von General Ross. Die Leiterin der Kolonie beäugte mich mit einem Blick, der mir das Blut in den Adern gefror. Ich lag nun nicht länger mitten auf dem Hof, umgeben von meinen Zimmergenossinnen, sondern ich lehnte an einer Wand mit Blick auf die im Halbkreis herumliegende Kolonie. Ich lehnte an dieser Mauer und war nun nicht nur umzingelt von den Gebäuden, sondern ebenfalls von General Ross und dem CGC, der mich zusammengeschlagen hatte. Mein Herz raste und dieses beständige Pochen in meinem Kopf setzte mir zu. Die Schmerzen der Schläge und Tritte ließen bereits nach, während ich sah, dass sich mittlerweile die gesamte Kolonie auf dem Hof versammelt hatte. An die Wand gelehnt starrte ich die Hunderten Mädchen an und auch wenn ich sehen konnte, dass sie nicht wollten, dass man mich umbrachte, sah ich deren Angst. Sie würden nichts sagen. Die Mädchen hatten sichtlich zu viel Furcht vor einer eigenen Strafe, als dass sie sich genug um mich scherten. Mein ganzer Körper zitterte und selbst das Atmen war kaum erträglich. Mein Mut entglitt mir immer mehr und dieses spöttische Grinsen des CGCs zerrte mehr an mir, als mir lieb war. Es war, als würde sein Blick mir die letzte Lebenskraft rauben. Zu sehen, wie er das alles genoss. Zu sehen, dass mir rein gar keine Rechte gelassen wurden, ich nichts tun konnte – es nicht durfte, nur, weil ich nicht menschlich war.

Was hattest du erwartet. Du bist wertlos.
Ich spürte einen stechenden Schmerz tief in mir drin. Er schien von mir selbst zu kommen. So, als würde ein Teil von mir aus mir ausbrechen wollen. Ein Teil, den ich

noch nicht kannte. Trotzdem schaffte ich es, den Schmerz zurückzudrängen und mich wieder auf meine Umgebung zu konzentrieren. Es fühlte sich auch jetzt noch an, als wäre mein Blut mit purer Elektrizität gefüllt, doch mit genügend Willenskraft schaffte ich es, mich selbst zu beruhigen und diesem inneren Drang standzuhalten. Als ich General Ross genauer betrachtete, sah ich erst, was sie in ihrer Hand hielt. Einen Eimer, gefüllt mit Wasser. Vermutlich mit Schwefel versetztem Wasser, da dies der giftigste Stoff für einen Deseaser war. Schwefel war ätzend und in einer höheren Dosierung tödlich. General Ross lächelte mich an, jedoch trug sie kein freundliches Lächeln auf den Lippen, sondern eines, dass mir bereits sagte, was passieren würde – *Du wirst leiden!*

Ihr blieb wahrscheinlich keine andere Wahl, als mich zu bestrafen. Ich hatte ihre Regeln gebrochen und ihre Ideale belächelt. Ich hatte sie ausgelacht. Ich verabscheute ihr ganzes System und ich hatte mich ihnen widersetzt. Ihre Macht infrage gestellt. Nun würde sie dafür sorgen, dass die anderen Mädchen verstanden, dass immer noch sie die Macht hatte. Dass man nicht so einfach davonkam. Dass alles im Leben seine Konsequenzen hatte. Ich würde nicht einfach bloß bestraft werden, wurde mir mit Blick auf die Peitsche in ihrer linken Hand klar. General Ross umklammerte die Lederstriemen, die oben zu einem Knauf zusammengebunden waren, als wäre es ihr liebstes Spielzeug.

Die Kolonie hatte sich aus einem Grund hier versammelt – eine Hinrichtung. Meine eigene! Der CGC und General Ross warfen sich einen vielsagenden Blick zu, der dafür sorgte, dass sich meine Nackenhaare aufstellten, und so sehr ich es auch versuchte, die Furcht, die mich überkam, war unaufhaltsam. Mein Zittern verstärkte sich zunehmend. Ich hatte mit meinem Tod gerechnet, aber ich hatte gehofft, er würde weniger schmerzhaft sein. Der CGC kam auf mich zu und packte mich an den Armen, zog mich auf die Füße, sodass wir nun auf fast derselben Augenhöhe waren. Schon jetzt begann sich alles um mich herum zu drehen. Seine Finger auf meinem Körper zu spüren, war für mich unerträglich. Ich musste meine Zähne aufeinanderpressen, um ihm nicht all das gegen den Kopf zu werfen, was schon so lange in mir brodelte. Wenn er nur wüsste, wie viel Hass in mir steckte. Seine Finger gruben sich schmerzhaft in meine Unterarme und hinterließen dunkelrote Flecken, welche jedoch Sekunden später wieder verblassten. Wäre ich doch bloß ein Mensch, dann wäre ich gar nicht hier. Wäre ich einfach normal, dann würden meine Eltern noch leben, dann würde ich noch länger leben. In meinem Leben wurde mir alles genommen, alles, was Bedeutung für mich hatte. Nicht einmal ein Fleck blieb bestehen.

Die Peitschenhiebe werden zu sehen bleiben, dachte ich.

Es kostete mich Mühe, auf meinen zitterigen Knien stehenzubleiben und nicht wegzuknicken. Ich versuchte, den Kopf oben zu halten, geradeaus in die
Gesichter meiner Schänder zu schauen und mir die Furcht nicht anmerken zu lassen. Ich hatte weniger

Angst vor dem Tod, sondern mehr davor, dass es nie aufhören würde. Ich war nicht die Einzige in dieser Kolonie, ich war nicht die erste Deseaserin, die starb. Nach mir würde es immer ein weiteres Mädchen geben, das auf meinen Tod folgen würde. Nach meinem Tod würde es einen Nächsten geben und so würde sich die Kette fortsetzen, bis irgendwann niemand mehr da war. Bis unser ganzes Volk ausgerottet war.

»Florence Grayson, Deseaserin und offizielle Feindin des Staates – Mitglied dieser Kolonie – hiermit erhältst du die Strafe für dein Verhalten, den Verrat an die Ideale deiner Kolonie: Vierzig Peitschenhiebe!«, General Ross zog eine selbstgefällige Grimasse, während ich versuchte, die Worte – dieses Urteil – zu verarbeiten. Mein Todesurteil.

Vierzig Peitschenhiebe überlebt man nicht.

Ehe ich die Realität erfassen und mir ausmalen konnte, was mir bevorstand, fuhr General Ross bereits fort: »Agent Brenner ziehe ihr die Jacke und den Pullover aus.« Der CGC kam auf mich zu. Ich wollte mich wehren, wollte ihn anschreien, ihm sagen, er sollte seine Finger besser für sich behalten, doch der Schock saß so tief, dass ich kaum atmen konnte. Er zerrte an meiner Jacke und renkte mir beinahe den Arm aus, bei dem Versuch, den Pullover auszuziehen. Kurze Zeit später stand ich im T-Shirt in der Kälte, welche jedoch mein letztes Problem sein sollte. Gänsehaut breitete sich auf meinem gesamten Körper aus und das Zittern verstärkte sich, drohte, mich zu Boden zu zwingen. Doch die Kälte war eine Ablenkung von meiner Furcht bei dem Anblick der Peitsche. Allein sie anzusehen, bereitete mir Schmerzen und als General Ross befahl: »Drehe dich zur Wand, Deseaserin«, wusste ich, *ich werde gleich sterben!*

Mein Herz schlug schnell, laut und unregelmäßig und meine Knie schlackerten so stark, dass ich beinahe in mich zusammenfiel, während ich mich zur Wand drehte und mich mit meinen Händen an ihr abstützte. Die Luft blieb mir aus und Tränen sammelten sich in meinen Augen an – nicht weinen, sagte ich mir. Alles um mich herum fing an, sich zu drehen, und ich wartete darauf, dass mein Leben noch ein letztes Mal an mir vorbeizog, bevor ich für immer verschwinden sollte. Für immer im Nichts. Ich wollte sterben oder zumindest an einen anderen Ort als diesen hier gelangen, aber ich hatte es mir nicht so grausam vorgestellt, ich hatte gehofft, ich würde es nicht so sehr fürchten müssen, nicht so sehr leiden müssen.

Hoffnung ist Leid. Hoffnung ist Tod.

Ich hörte die Peitsche erst, als sie bereits auf meinen Rücken prallte und mir durch den Stoff hindurch das Fleisch zerriss. Ich schrie auf und nun konnte ich keine der Tränen mehr zurückhalten, doch General Ross war dies egal, sie holte wieder aus, und das, während ich mich noch vom ersten Hieb krümmte. Ich musste mich so fest gegen die Wand drücken, um nicht zu Boden zu gehen, dass ich kaum hörte, dass sie bereits den zweiten Hieb ausführte. Dieses Mal schrie ich nicht, ich biss die Zähne zusammen, doch der Schmerz zog mich zu Boden, begrub mich unter sich. Heiße Tränen liefen meine eiskalten Wangen hinab und ich fühlte, wie mir warmes Blut den Rücken hinunterlief. Immer wieder zog mich der CGC grob wieder auf die Beine, doch ich hielt mich keine zwei Hiebe, ehe ich erneut wimmernd auf dem Boden kauerte und Gott und die Welt darum anflehte, dieses Grauen aufhören zu lassen. Ich hörte auf mitzuzählen, hörte auf, dem Aufprall der Peitsche zu lauschen und dann spürte ich, wie mein Auge brannte. Erst später wurde mir klar, dass es der Schwefel war, der meine Netzhaut berührt hatte, und ich fürchtete bereits, für immer zu erblinden. Doch dank meiner schnellen Heilkräfte sah ich bereits wenige Sekunden später wieder die gewaltige Wand vor mir an. Diese war mit Blut und Schwefel befleckt und ließ wenig Spielraum für Interpretationen. Ich spürte, wie sich der Schwefel in meine Haut brannte, mich lähmte. Doch dann bemerkte ich wieder diesen inneren Drang, diese Macht in mir. Ich ließ das Pochen und das Rauschen zu - drängte es nicht länger zurück - und ließ mich davon leiten. Ich spürte, wie diese Stärke in mir anschwoll und je mehr Geräusche ich zeitgleich wahrnahm, desto mehr bekam ich das Verlangen zu schreien. Ich machte mir keine Gedanken darüber, ob, was ich empfand, richtig oder falsch war, aber meine Gedanken kehrten immer wieder zu der Peitsche zurück, die darauf wartete, mich zu Boden zu zwingen. Nur wollte ich das nicht länger zulassen. Ich hatte alles verloren – meinen Stolz, meinen Mut und ... den Schmerz. Ich spürte ihn gar nicht mehr. Das hier war nicht fair, nicht okay. Ich wollte einmal in meinem Leben selbst entscheiden dürfen. Ich fühlte mein Blut durch meine Adern strömen und ich spürte, wie meine Knochen, meine Muskeln, ja sogar meine Adern selbst gegen den Schwefel ankämpften. Und obwohl ich noch nie so schwach gewesen war, empfand ich eine neue Art von Stärke. Das könnte der Tod sein.

Doch das Gefühl in mir war anders, fast schon ... *lebendig*.

Ich hatte beinahe vergessen, wo ich mich befand, doch die Peitsche erinnerte mich daran, wo ich war, was ich war und wie wertlos ich war. Ich fing an, die Welt um mich herum völlig anders wahrzunehmen, so, als hätte sich meine gesamte Wahrnehmung verändert und verstärkt. General Ross holte aus und in dem Moment, indem die Peitsche auf meinen Rücken prallte, fing ich an loszulassen und ein Schrei löste sich in mir.

Mein Hals brannte beim Schreien, doch ich konzentrierte mich auf diese Wut, entging so dem Schmerz. Ich entging allem. Plötzlich spürte ich ein Beben unter meinen Füßen, schob es jedoch auf mein Zittern. Ich wusste, dass es nicht mein Zittern war, doch ich wollte – konnte – es nicht wahrhaben. Dann sah ich die Risse, die sich an der Mauer bildeten und sich auf ihr ausbreiteten. Risse, die dafür sorgten, dass die Mauer fragil wurde. Ich schrie immer noch auf die

Wand ein und sah zu, wie sich diese zu meinen Füßen in Staub verwandelte. Um mich herum verwandelte sich alles in Brocken und Staub, doch das Einzige, was ich hörte, war das Rauschen des Windes und das Reißen von Stein. Ich hörte sogar den Staub. Es war wie Musik, zu der ich tanzte. Ich tanzte im Rhythmus meines Schreies. Ich zerstörte, was ich hasste. Ich zerstörte die Kolonie. Hinter der Mauer war ein ebenfalls großer Hof mit identisch vielen Gebäuden. Eine Spiegelung unserer Kolonie mit ihrer Kolonie. Ich hatte immer geglaubt, hinter der Mauer gab es nichts weiter – doch ich hatte mich getäuscht. Wir waren nur ein Teil Sutcliffes. Direkt gegenüber von mir - möglicherweise drei Meter entfernt stand ein junger Mann, größer als ich und ebenfalls ziemlich erstaunt. Er schaute aus, als hätte er ein Gespenst gesehen. So, als hätte er die Antwort auf eine ewig unbeantwortete Frage bekommen. Nun liefen Mädchen und Jungen gemischt umher und bahnten sich den Weg aus der Kolonie in einen Wald ringsum. Er und ich hingegen standen uns gegenüber und sahen uns bloß in die Augen. Seine waren tiefblau und auch ich hatte das Gefühl, eine Antwort auf eine Frage erhalten zu haben. Die Frage, ob es jemals wieder Frieden geben würde. Ich hätte auch rennen sollen – um mein Leben sollte ich rennen, doch ich war zu erschöpft. Der Junge kam näher, doch meine Knie gaben bereits nach und ich schlug auf dem Boden auf. Auf diesem hatten sich bereits warmes Blut und Schutt vermischt, doch das spürte ich gar nicht mehr. Nun wurde ich zurück in die mir wohlbekannte Dunkelheit gerissen. Ich hatte es geschafft, eine Fluchtmöglichkeit zu schaffen, für alle.

Ich hatte selten solch ein friedliches Gefühl verspürt. Frieden. Vielleicht war es der Tod, der die Welt retten würde? Nun konnte ich endlich gehen. Es würde mir nichts ausmachen, diesen Ort jetzt zu verlassen. Auf dem Boden liegend, umgeben von den zerstörten Brocken der Kolonie und dem Geruch von Staub, Dreck und Blut, tauchte vor meinen Augen immer wieder das Bild des jungen Mannes auf, welcher mir direkt in die Augen geschaut hatte, als hätte er mich lesen können. Und während ich auf den Tod wartete, prägte ich mir sein Gesicht ein. Doch der Tod kam nicht. In diesem Moment veränderte sich mein *Schicksal für immer!*

Die Bilder der letzten Jahre zogen an mir vorbei und verfärbten die Dunkelheit. Bilder, die mich in ihren Bann zogen. Gesichter, die ich nie mehr vergessen würde tauchten vor mir auf und dann kam sie. Maryse. Erinnerungen aus vergangenen Jahren überrollten mich und dann blieb ich an ihrem Gesicht hängen. Maryse war mir sehr ähnlich. Sie war nach dem Tod ihrer Familie ebenfalls in die Kolonie gebracht worden und somit eine der Ersten dort. Von Anfang an war sie mir besonders aufgefallen. Während die meisten der Mädchen überwiegend traurig und verschüchtert wirkten, strahlte Maryse etwas Hoffnungsvolles, Willensstarkes aus, dass einen anzog. Zudem war sie eines der hübschesten Mädchen, dem ich je begegnet war. Sie hatte goldbraune Haut und ihre Augen erinnerten an geschmolzene Schokolade. Sie hatte feingelockte schulterlange Haare und war schon damals viel größer als ich gewesen. Sie war ein paar Jahre älter als ich, doch während ich sie um ihre Schönheit beneidet hatte, musste sie später darunter leiden. Sie hatte erzählt, dass ihre Familie aus Nubya geflohen war, aufgrund der Arbeitsmöglichkeiten hier in den Staaten von Rales, doch das Schicksal machte ihrer Familie einen Strich durch die Rechnung. Maryse war nicht nur Deseaserin, sondern zudem aus Nubya, dem Land, mit dem die Staaten von Rales Krieg führte, und die CGCs verachteten sie mehr als alle anderen Mädchen. Maryse und ich hatten jeden Tag miteinander verbracht und waren immer füreinander eingestanden. Sie hatte mich getröstet und ich hatte ihr erklärt, dass sie sich ihrer Herkunft nicht schämen sollte. Sie war nicht nur meine Freundin, sondern meine Schwester – mein Anker. Sie hatte ein viel zu großes Herz für eine so schreckliche Welt. Oft hatte ich dabei zugesehen, wie sie die jüngeren Mädchen getröstet hatte, und doch hatte sie die Hoffnung für sich selbst aufgegeben. Sie hatte kein Geheimnis daraus gemacht, dass sie die CGCs hasste und bewegte sich meist stark an der Grenze des erlaubten. Sie konnte schon fast frech sein, wenn sie wollte, und Frechheit wurde bestraft.

Aus dem traurigsten Kind konnte sie ein Lächeln herauskitzeln und sie schaffte es, den Hoffnungslosen, Mut zu machen. Genauso gut konnte sie allerdings die schläfrigsten CGCs zu Aufmerksamen machen und balancierte dadurch auf einem schmalen Grat. Wie oft hatte ich versucht, ihr klarzumachen, dass sie sich selbst bloß damit schadete, doch ausreden konnte man es ihr nicht. Als ich dann dreizehn war, sieben Jahre lang eine

Matratze und vor allem mein Herz und jeden meiner Gedanken mit ihr geteilt hatte, passierte das, was alles verändern sollte.

Der Wind ist kalt und mein Laken viel zu dünn für die Wintertemperaturen, die nachts herrschen. Ich warte auf meine Freundin und darauf, dass ich ihre Wärme in mich aufnehmen kann. Aber auch nach Stunden taucht Maryse nicht auf und zuerst denke ich, dass die CGCs sie vielleicht wieder Überstunden machen lassen, doch ich warte die ganze Nacht vergeblich – keine Maryse. Morgens wache ich zitternd auf, geweckt von der Blockwelle und werde mir der fehlenden Wärme, die in den letzten sieben Jahren ein Teil von mir geworden ist, bewusst. Meine Freundin ist und bleibt verschwunden. Ich bleibe liegen, unfähig mich zu rühren, zu atmen, zu denken, ohne in Tränen auszubrechen. An diesem Morgen wird mir bewusst, was ich bereits die Nacht davor befürchtet habe. Wir alle wissen, was passiert, wenn jemand verschwindet. Und als ich mir vor Augen führe, dass genau dies nun auf Maryse zutrifft, spüre ich, wie man mir mit einem Ruck das Herz aus der Brust reißt. Maryse ist nicht bloß verschwunden. Sie ist tot. Und wir alle wissen das. Es ist nicht das erste Mal, es wird nicht das letzte Mal bleiben. Mit ihrem Tod ändert sich alles. Jeder Rest Hoffnung, der noch von mir übrig ist, löst sich nun in Luft auf.
Später heißt es, dass ihre Kräfte ausgebrochen seien und sie sich gewehrt habe. Dabei soll ein CGC getötet worden sein. Daraufhin sei sie erschossen worden, mit einer Schwefelkugel. Das klingt nicht abwegig. Maryse ist eigenwillig und taffer als sie aussieht. Sie ist gutherzig, aber ihr wohnt eine Wut inne, die sie vor den

meisten verbirgt. Oder eher ihr wohnte eine innen. Sie ist fort. Sie hat mich verlassen. Der Schmerz ist so stark, dass keine Tränen ihn zeigen können, nichts ihn beschreiben kann. Ab diesem Tag höre ich auf die Tage zu zählen. Ich verliere jegliches Zeitgefühl, jeglichen Lebenswillen. Nie wieder ihr Lächeln sehen zu können, nie mehr ihren mitfühlenden Blick aufzufangen und nie mehr ihre Wärme zu spüren. Sie ist weg. Wirklich für immer und ewig fort. Und ich habe es zugelassen, habe sie nicht davon abgehalten und sie allein gelassen – ich bin nicht bei ihr gewesen. Ich habe sie im Stich gelassen. Maryses Tod klafft wie ein Loch in unserer Mitte und dieses ist so gewaltig, dass keiner es je flicken können wird. Noch nie habe ich mich so leer gefühlt. Nicht nach dem Tod meiner Eltern, nicht nach meiner Ankunft in der Kolonie und nicht nachdem New Oltsen zerbombt wurde. Ich habe mich mit einem Leben in Sutcliffe abfinden können, solange es hieß, bei ihr zu sein.

Ihr Tod ist mein Tod und er tut so verdammt weh. Ohne sie bin ich bloß eine leere Hülle. Ich rede nicht mehr, weine nicht mehr, fühle nicht mehr. Ich kann die Mädchen um mich herum nicht einmal mehr anschauen. Ich verrichte meine Arbeit, esse, gehe zu Bett, ohne ein Wort zu sagen. Ich fühle mich taub. Fühle mich einsam. Maryse ist mein Leuchtstern gewesen, in einer Zeit, in der alles immer dunkel war. Und als ich jetzt helles Licht sehe, hoffe ich, wünsche ich mir, dass sie es ist. Dass sie mich leitet. Leitet aus der Dunkelheit ins Licht. In eine neue Welt.

Als ich wieder zu mir kam, hörte ich gedämpfte Schritte und ich schien über dem Boden zu schweben, ehe ich merkte, dass mich starke Arme festhielten. Arme einer starken Person, eines jungen Mannes. Erst jetzt

realisierte ich, dass ich mich wieder in der Wirklichkeit befand. Und dann erinnerte ich mich an die tiefblauen Augen und dieses markante Gesicht. Der junge Mann auf der anderen Seite der Mauer musste mich gerettet haben. Doch wer rettete eine Fremde?
Ich hielt die Augen geschlossen und lauschte dem Rascheln der Blätter und dem Rauschen des Windes. Dann spürte ich die Kälte und den feinen Regen, der mein Gesicht hinunterlief. Die Tropfen fühlten sich angenehm kühl und frisch auf meiner Haut an. Ich atmete die frische, prickelnde Luft ein und versuchte mich so vom stechenden, schneidenden Schmerz in meinem Rücken abzulenken. Je mehr ich zu mir kam, desto schlimmer wurde er und ich stöhnte vor Schmerzen auf. Dieser war so intensiv, dass er sich nicht einmal mit den Folgen der Blockwelle vergleichen ließ. Meine Haut schien auseinanderzureißen, während der Schwefel sich nach wie vor in meine Haut einbrannte. Auch die Bilder der Peitsche, der zerstörten Kolonie und der umherlaufenden Jugendlichen tauchten wieder vor meinem inneren Auge auf und mein Geist wollte schreien, so frustriert war ich. Doch mein Körper war gebrochen. Ich war gebrochen. Und ich war am Leben. Und nicht länger in der Kolonie. Ich hatte einem Fremden mein Leben zu verdanken. Ein Leben, das ich gar nicht wollte. Vielleicht auch gar nicht verdiente? Ich konnte nicht aufhören, darüber nachzudenken, wie sich das alles auf meine Zukunft auswirken sollte. Es fiel mir sehr schwer, zu glauben, dass mein unbekannter Retter mich aus bloßem Mitgefühl gerettet hatte. Wo jeder an mir vorbeigelaufen war, war er stehen geblieben und

hatte mir so tief in die Augen geschaut, dass es mir jetzt noch Gänsehaut bereitete. Es war ihm so wichtig, mich zu retten, dass er mich den ganzen Weg aus der Kolonie trug, auch wenn das für einen Sacrianer weniger problemlos war wie für einen Menschen. Ich hatte in der Kolonie gelernt, dass jeder erst an sich dachte, und es überraschte mich daher umso mehr, dass gerade ein mir Fremder es für richtig hielt, mich zu retten. Wie lange hatte ich mich gefragt, was hinter den Mauern von Sutcliffe war? Doch nie hatte ich darüber nachgedacht, dass die Kolonie in Jungs und Mädchen unterteilt war, dabei war die Vorstellung gar nicht abwegig. Es war die logischste Schlussfolgerung und keiner hatte es geahnt. Manchmal waren die einfachsten Dinge auf der Welt die Schwersten. Die Kolonie war so viel größer, als ich es für möglich gehalten hatte und allein der Gedanke, wie viele »Deseaser« dort eingesperrt waren, wie viele Leben dort zerstört und genommen wurden, machte mich so unendlich wütend und zugleich traurig.

Was bedeutete das nun für mich, für alle Kolonisten? Ein Leben auf der Flucht. Was für ein Leben sollte das schon sein? So viele Fragen schwirrten mir durch den Kopf. Wie hatte ich diese riesige Kolonie zum Einsturz bringen können? Doch ausnahmsweise kannte ich den Grund dafür. Kräfte. Meine Kräfte hatten begonnen sich zu manifestieren. Was für Kräfte sollten das jedoch sein? Alles, um mich herum zu zerstören und in Schutt zu legen? Jeden zu verlieren, jeden sterben zu sehen, der mir wichtig war? Jeden zu verletzen – zu töten? Wenn ja, dann wollte ich diese Kräfte nicht. Ich wollte dieses

Leben nicht. Ich wollte diese Welt nicht. Der junge Mann, der mich gerettet hatte, schien, als hätte er ein sehr gutes Herz. Und es war beachtlich, dass auch die Kolonie ihm das nicht hatte nehmen können, doch ich hatte das ungute Gefühl, dass er die Falsche gerettet hatte. Er hatte womöglich nicht darüber nachgedacht, was für eine Last ich sein würde. Ich war nutzlos. Zu nichts zu gebrauchen außer Zerstörung und nun stand ich in seiner Schuld. Ich konnte ihm schlecht sagen, dass er mir umsonst geholfen hatte. Ich würde ihm beweisen müssen, dass ich es wert war, gerettet zu werden!

Ich war es nicht nur ihm schuldig, sondern Maryse und meinen Eltern, die dieses Leben nie für mich gewollt hatten. Schuld war etwas Immenses. Denn die Last meiner Schuld konnte mir niemand nehmen und ich selbst fühlte mich nicht in der Position, sie länger zu ignorieren. Ich hatte mein ganzes Leben ignoriert. Doch wenn ich beweisen wollte, dass ich meinen Wert noch nicht endgültig verloren hatte, würde ich endlich anfangen müssen, einen Weg zu finden, wieder zu leben. Oder zumindest zu überleben. Nur noch ein wenig länger. Ich musste nur noch ein wenig länger durchhalten, versprach ich mir. Als ich langsam gänzlich aus meinem Zustand erwachte, spürte ich weder Schritte noch den starken Wind. Es hatte bereits aufgehört, zu regnen, doch die Luft war noch frisch und der Boden, auf dem ich nun lag, feucht. Wie lange war ich wohl nicht bei Bewusstsein gewesen? Mein Haar klebte noch vom Regen und ich sog den Geruch des Waldes in mich hinein. Der Duft der Blätter, Blüten und der des Holzes vermischten sich und ließen mich in dem Glauben, frei zu sein. Selbstverständlich ein Irrglaube. Doch ich ließ ihn zu, tat so, als wäre ich nichts weiter als das, nichts weiter als … frei.

Neben mir nahm ich das Knistern und Knacken eines Feuers wahr und ich ließ die Atmosphäre mich einnehmen und ausfüllen und mich ein wenig in eine andere Welt entführen. Zumindest für den Moment. In eine Welt, in der ich keine ungewollten, unkontrollierbaren Kräfte hatte. In der ich weder Sacrianerin war noch, als Deseaserin sterben musste. Eine Welt, in der es egal war, von wem oder was ich abstammte. Eine freie Welt. Eine, die nicht real war, wie ich mir nun bewusstmachen musste. Denn ich würde so lange fantasieren können, wie ich wollte, und an meiner Zukunft, an meinen Kräften, würde sich nichts ändern. Ich würde schweren Herzens damit zu leben lernen und sosehr ich mir wünschte, ein Mensch zu sein und ein einfaches, langweiliges Leben zu führen, diese Welt hatte sich einen anderen Weg für mich ausgesucht. Einen, der alles andere als *einfach* und *langweilig* war.

Dies gaben mir auch die Schmerzen zu verstehen. Schmerzen, die von meinem Rücken stammten. Es gelang mir nur wenige Sekunden, zu ignorieren, was sowieso nicht zu übersehen war. Aufgeplatztes Fleisch, an dem nun eine Stoffschicht klebte. Jede Bewegung, die ein schneidendes Gefühl mit sich zog und das Reißen von Haut, sickerndes Blut, das mich an den schlimmsten Augenblick meines sowieso grauenvollen Lebens erinnerte. Eine Peitsche, geschwungen voller Abscheu und Hochmut. Geschwungen von General

Ross. Ein Gesicht, dass sich mir schmerzlich eingebrannt hat, ebenso das Gesicht von Agent Brenner, der CGC, der mich beinahe den Tod gekostet hatte. Die Kolonie hatte mich beinahe den Tod gekostet, nur hatte ich das ungute Gefühl, dass mein Tod der eigentliche Gnadenakt gewesen wäre. Zu einem Deseaser war der Tod gnädiger als das Leben. Mir zumindest schenkte dieser mehr Trost, als meine Zukunft es tat.

So schwer es mir auch fiel, ich versuchte die Schmerzen mit jeder Faser meines Seins zu verdrängen. Mich auf alles zu konzentrieren, bloß nicht auf diesen Schmerz, der mich sowohl innerlich als auch äußerlich zu zerreißen drohte. Und dann nahm ich ein beständiges, aber flaches Atmen zu meiner Rechten wahr. Ein ständiges Ein- und Ausatmen. Ich fokussierte mich bloß darauf im Zusammenspiel mit dem Knistern und Knacken, das nur von einem Feuer stammen konnte. Langsam öffnete ich die Augen, aus Angst, dass das alles hier bloß ein Traum war. Der schönste und lebendigste Traum seit Langem. Doch die Sterne am Himmel, die ich durch das Dickicht der Bäume erkennen konnte, verrieten mir, dass es real war. Ob es meinen Zustand veränderte?

Nein. Vermutlich nicht. Aber es änderte genug. Der Himmel war dunkel und tiefblau. Doch die Sterne tanzten hell. Sie strahlten und verwandelten die Dunkelheit in etwas Trostvolles, Ruhiges. Sie verwandelten die Nacht in etwas Friedvolles. Die Sterne stellten für mich etwas dar, nachdem ich mich sehnte. Maryse war nicht grundlos mein Leuchtstern gewesen und in gewisser Weise war sie es auch heute noch. Als mein Blick zu den im Feuerlicht schimmernden Bäumen wanderte und anschließend noch tiefer sank, stockte mein Herz. Ein wenig entfernt von mir loderte tatsächlich ein Lagerfeuer, doch viel einnehmender waren die ganzen Jugendlichen, die um dieses und noch weitere Feuer in der Ferne herumlagen. Hunderte von Kolonisten. Hunderte. Zugegeben empfand ich Stolz, wenn ich darüber nachdachte, dass ich der Grund für den Einsturz gewesen war, doch andererseits fürchtete ich mich vor dem, was das für all diese Sacrianer zu bedeuten hatte. Man würde uns nicht davonkommen lassen – schon gar nicht mich.

Ich spürte die Wärme und begrüßte sie. Ich versuchte, mich ein wenig zu drehen, was mir jedoch höllische Schmerzen den Rücken entlang jagte. Erst jetzt fiel mein Blick auf die Jacke, die ich trug. Es war nicht meine, da der CGC sie mir vom Leib gerissen hatte und als ich dann den jungen Mann neben mir betrachtete, der bloß in Pullover dalag, erkannte ich den Besitzer. Es war mein Retter. Ich wüsste gerne einen Namen oder gar ein Alter, auch wenn er nur wenige Jahre älter aussah als ich, doch er war mir unbekannt. Alles schien mir so unbekannt. Wie lange hatte ich keine Wälder mehr gesehen oder solch eine Menschenmenge? Wie lange hatte ich kein Lagerfeuer mehr gemacht? Wie lange war ich nicht mehr frei gewesen? Ich wusste weder welches Jahr noch welchen Monat wir hatten, bloße Schätzungen waren alles, was mir blieb. Ich glaubte, sechzehn Jahre alt zu sein und wusste, dass ich lange, sehr lange in Sutcliffe gewesen war. Doch alles andere blieb ungewiss. Dank des Feuerscheins konnte ich endlich das Gesicht meines unbekannten Retters erkennen. Er sah jetzt so viel jünger aus, als ich ihn mir vorgestellt hatte. Vielleicht achtzehn. Er schien muskulös, aber war nicht breit gebaut. Mittellanges dunkelbraunes Haar fiel ihm ins Gesicht und verdeckten seine Lider. Er hatte ein markantes Kinn und hohe Wangenknochen. Er schien für Kolonieverhältnisse gut genährt und nicht so abgemagert wie die meisten, was die Frage aufwarf: Wie lange er erst dort war? Es war schließlich nicht unüblich, dass er sehr viel später, als ich dort gelandet war. Seine Haut wirkte im Feuerschein leicht gebräunt und letztlich blieb mein Blick an seinen geschwungenen Lippen hängen. Meiner Einschätzung zufolge gehörte er mit Sicherheit zu den hübschesten Jungen, die mir je über den Weg gelaufen waren.

Nur dass er dir nicht einfach über den Weg gelaufen ist!
Spottete mein Innerstes. Dann plötzlich hörte ich ein Knacken hinter mir und drehte mich reflexartig um, was mir erneute Schmerzen bereitete. Ich musste einen lauten Schrei herunterwürgen und schaute stattdessen der Szenerie zu meiner linken zu. Ich sah ein Mädchen, ohne dabei ein Gesicht ausmachen zu können, doch ich hörte sie leicht schluchzen. Auf sie zu lief ein kleiner Junge. Er schlang seine Arme um ihre Hüfte und sie erwiderte seine Umarmung. Da lag so viel Sehnsucht und gleichzeitige Traurigkeit in dieser Umarmung, dass ich am liebsten mitgeheult hätte. Das waren sicher Geschwister. Geschwister, die in der Kolonie getrennt

worden waren. Ich freute mich für die beiden, doch obgleich ich mit ihnen hätte weinen können, so wollte ich auch schreien.

Eifersucht steht dir nicht. Sie ist nicht allein. Du schon!

»Was schaust du dir an?«, die Stimme klang rau, müde und ... vertraut. Aber vielleicht spielte mir mein Gehirn auch bloß einen Streich. Ich drehte meinen Kopf in Richtung meines Retters, welcher nun, sich die Augen reibend, neben mir saß und mich musterte. Langsam setzte auch ich mich auf, indem ich mich mit den Armen hochdrückte und musste dabei einen weiteren Schrei, der in meiner Kehle emporstieg, unterdrücken. Ich biss die Zähne zusammen und versuchte nicht auf das ganze Blut, das durch die Jacke auf den Waldboden gesickert war, zu achten. Stattdessen schwirrten mir unendlich viele Fragen durch den Kopf, die ich ihm gerne stellen würde. Warum er mich gerettet hatte? Ob er Familie oder Freunde hatte? Wie er in die Kolonie gekommen war und was seine Kräfte waren? Ob er das überhaupt wusste?

Doch irgendwas verriet mir, dass es noch ein wenig zu früh war, um ihn mit so vielen Fragen zu bombardieren. Als ich auch nach einer Minute noch nichts erwiderte, fügte er noch hinzu:
»Entschuldigung, ich wollte dich nicht verstören«, und sein Blick war so aufrichtig und verständnisvoll, dass ich umso verwirrter war. Aufrichtigkeit und Verständnis waren keine Eigenschaften, auf die ich oft traf.

»Schon gut. Ich war ein wenig gedankenverloren«, entgegnete ich mit heiserer Stimme und räusperte mich anschließend. Das war nicht gelogen, nur, dass ich über ihn nachgedacht hatte, erwähnte ich besser nicht. Schließlich war ich für ihn genauso fremd wie er für mich. Er war freundlich. Ich hatte gelernt, wie ich mit Hass und Abneigung und Verachtung umzugehen hatte, doch mit Freundlichkeit konnte ich wenig anfangen. Vielleicht war es ja Zeit, das zu ändern? Er lächelte aufmunternd und dabei bildeten sich Grübchen, die ihn noch attraktiver aussehen ließen, was mir schon fast unverschämt vorkam.

»Verstehe, ich bin übrigens Dean. Und du?«, fragte er, und schon war ich endlich einen Schritt weiter. Nun hatte ich einen Namen. Dean. Nun kam ich kaum Drumherum auch meinen Namen zu nennen.

»Florence. Ich heiße Florence. Ist Dean dein ganzer Name?«, erwiderte ich und meine Stimme wurde mit jedem Wort fester. Es war, als müsste sich mein Geist erst wieder daran erinnern, wie man Konversationen führte, und ich schien kläglich zu versagen.

»Florence. Schöner Name. Dean kommt von Derek-Anthony, aber das war mir zu lang. Geht es dir besser? Ich meine, wegen deines Rückens?«, wollte er wissen und erinnerte mich damit an den Schmerz, den ich die ganze Zeit zu vergessen versuchte. Doch wenigstens versuchte er, ein Gespräch in Gang zu bringen und mich so abzulenken. Zumindest war das meine Intention.

»Warum hast du das gemacht?«, platzte es aus mir heraus. Einerseits, weil die Frage mir schon die ganze Zeit auf der Zunge brannte, andererseits, weil ich seine Frage nicht beantworten wollte. Er zog verwundert die Augenbrauen zusammen und seine Stirn legte sich in Falten.

»Was gemacht?«, hakte er nach. Na, was wohl? Dachte ich und musste ein Augenrollen unterdrücken.

»Na, mir geholfen. Warum hast du mich nicht liegen lassen?«, ich musste schlucken bei dem Gedanken daran, was womöglich passiert wäre, wenn er mich in der Kolonie gelassen hätte. Was man wohl mit mir gemacht hätte?

»Eigentlich hast du doch eher mir geholfen. Oder warst du doch nicht diejenige, die sie zum Einsturz gebracht hat? Ich denke, ich habe eher dir zu danken«, erklärte er und seine Worte klangen zu ehrlich, zu wirklich, dass ich es glauben konnte. Wenn er doch nur wüsste, dass ich die Kolonie nie zerstören wollte ...

»Aber das war alles nie geplant. Ich kann sie nicht kontrollieren, meine Kräfte, ich wusste gar nicht, dass ich so etwas kann«, versuchte ich ihm meine Lage zu verdeutlichen, doch er schien sich nicht von seiner Meinung abbringen zu lassen.

»Na und? Was du getan hast, hat sehr vielen das Leben gerettet, da finde ich es falsch, dass du die Einzige sein sollst, die nicht gerettet wird«, seine blauen Augen zogen mich in ihren Bann und ich wollte ihm so sehr glauben. So sehr, dass ich mit mir selbst hadere, aber ich kann es nicht. Ich hatte nicht vor zu fliehen. Ich hatte vor zu sterben. Das hier gehörte nie zu meinem Plan. Doch wie sollte ich ihm das schon sagen, ohne dass er mich für verrückt hielt. Aus irgendeinem Grund wollte ich ihm vertrauen, ich wollte ihn mögen. Und ich wollte, dass er auch mich mochte. Immer wieder stellte ich mir die Frage, ob meine Zukunft und mein Retter, Dean, sich nicht kreuzten.

»Ich stelle dich morgen meinen Freunden vor, ja? Wir können dich dann mitnehmen, wenn du das möchtest, und dann kannst du mir erzählen, was so ein hübsches Mädchen an einem so hässlichen Ort zu suchen hat«, und auch wenn es vielleicht nur eine Masche von ihm war, damit ich ihm vertraute, löste sein Kompliment etwas in mir aus, das ich so nicht kannte. Ich war froh, dass es so dunkel war, denn meine Wangen waren sicher gerötet. Über die Tatsache, dass er mich seinen Freunden vorstellen wollte, was bedeutete, dass ich mich noch mehr Leuten stellen musste, dachte ich absichtlich nicht nach. Zudem mich neue Leute immer nervös machten. Dass er mir anbot, mich ihm und seinen Freunden anzuschließen, verunsicherte mich nur noch mehr und wenn ich nicht so unendlich erschöpft gewesen wäre, dann hätte ich sicher die ganze Nacht wach gelegen. Doch trotz der Schmerzen in meinem Rücken dauerte es kaum zehn Minuten, ehe ich die Augen nicht mehr offenhalten konnte. Bevor ich endgültig in einen tiefen Schlaf sank, hörte ich noch die Worte:
»Meine Jacke kannst du übrigens behalten, du brauchst sie dringender!«

Halb schlafend, halb grübelnd flüsterte ich ein: »Danke« und noch nie in meinem Leben hatte ich ein Wort so ernst gemeint. Noch nie hatte ich jemand Fremden so viel zu verdanken wie ihm. Nur wusste ich nicht, ob das nun von Vorteil oder von Nachteil sein würde. Eines zumindest war sicher. Irgendetwas an Dean machte mich stutzig. Ich wusste bloß noch nicht ... was?

Kapitel 3

In meinem Leben hatte ich mich noch nie so stark und schwach zugleich gefühlt. Teils zerrissen und doch zuversichtlicher als je zuvor. Wie sehr mein Leben sich innerhalb weniger Stunden verändert hatte. Wie war es möglich, dass eine einzige Entscheidung so viel verändern konnte? Dass ein Ausbruch eine ganze Kolonie vernichten konnte?
Dean, mein Retter, schlief noch, als ich in den mittlerweile hellblauen Himmel starrte. Ich wusste nicht, wann ich das letzte Mal nicht von der Blockwelle geweckt worden war. Als ich heimlich zu ihm herüberschielte, blieb ich an seinem Gesicht haften. Bei Tageslicht konnte ich seine Züge noch besser erkennen als vergangene Nacht und die Erschöpfung stand ihm deutlich ins Gesicht geschrieben. Das war wenig verwunderlich, immerhin hatte er mich stundenlang getragen, da ich nicht dazu in der Lage gewesen war zu gehen. Ich wusste nicht einmal, ob ich jetzt dazu fähig war. Mein Rücken erinnerte mich daran, wo ich herkam und was mir dort blühen würde, wenn ich jemals zurückkehrte. Die Bilder der Peitsche, meine eigenen Schreie, das Blut an der Mauer. Wie sollte ich das je vergessen? Also versuchte ich, es zu verdrängen, zumindest für den Moment. Ich ließ mich von der Lebendigkeit des Waldes ablenken. Hier sah man keine tristen, abgeblätterten Wände, keinen Qualm, der aus

den Schornsteinen hinaufsteigt, keine kleinen Lagerräume, die einem nicht mehr genug Platz zum Atmen ließen. Jedes Aufwachen in der Kolonie war ernüchternd und niederschmetternd gewesen. Jeder Tag ein Beweis für die Unmenschlichkeit an diesem Ort. Oder war es genau das, was die Menschen ausmachte – Gewalt und Unterdrückung. Mittlerweile wusste ich nicht mehr, was ich von den Prinzipien der Menschen halten sollte. Es fiel mir schwer, sie nicht alle in einen Topf zu werfen und dafür zu hassen, was sie mir antaten.

Die meisten schliefen noch und auch Dean wälzte sich hin und her. Hätte ich mich so viel bewegt, wäre mein Rücken sicher erneut aufgerissen. Dieser erlaubte es mir kaum, mich aufzusetzen. Ob ich je wieder heilen würde? Narben würden bleiben, das stand fest. Narben, die so hässlich sein würden wie der Grund, aus dem ich sie auf dem Rücken trug. Das Lagerfeuer war heruntergebrannt und die Morgenkälte kroch meinen Nacken hinauf, sodass ich trotz der Schmerzen die Jacke enger um mich zog. Dabei versuchte ich, den ungewohnten, fremdartigen Geruch, den ich Dean zuordnete, zu ignorieren. Es war ein eigenartiges Gefühl. Mein gesamtes Leben hatte ich keine männliche Gesellschaft gehabt, meinen Vater ausgeschlossen. Doch das war nicht ansatzweise hiermit zu vergleichen ... ich wusste nicht, wie ich mich verhalten sollte. Ich wusste ja nicht einmal, warum ich überhaupt so nervös war.

Mein linker Schuh hatte sich gelöst und ich verbrachte die nächsten Minuten damit, ihn mit meinen zittrigen Händen wieder zuzubinden, doch die zusätzlichen

Schmerzen meines Rückens erleichterten das kaum. Ich ärgerte mich über mich selbst. Wie schwer konnte es schon sein, so einen blöden Schuh zuzubinden? Der Boden kam mir, nachdem ich eine gesamte Nacht auf ihm verbracht hatte, viel zu hart vor und mein Steißbein strafte mich nun mit weiteren Schmerzen. Ich hatte damals oft von einer Flucht geträumt, aber in meiner Vorstellung war ich wie ein Vogel davongeflogen und mit Leichtigkeit entkommen. In der Realität fühlte ich mich allerdings wie ein brüchiger Steinfels, der mit Leichtigkeit rein gar nichts gemeinsam hatte.

Das Leben ist kein Wunschkonzert, Liebes! Hatte meine Mom mir als Kind oft gesagt.

Als ich wieder zu Dean schaute, erwiderte er überraschenderweise meinen Blick. Er schaute mir teilweise besorgt als auch ein wenig amüsiert dabei zu, wie ich mit meinen Schnürsenkeln kämpfte. Vergeblich. Er selbst sah allerdings genauso elend und müde aus. Da waren wir schon zu zweit. Ich bekam automatisch ein schlechtes Gewissen, bei dem Gedanken daran, wie viel Kraft es ihn wohl gekostet haben muss, mich solange zu tragen.

»Soll ich dir helfen?«, riss er mich aus meinen Gedanken und ich hätte am liebsten genickt, doch mein Stolz stand mir im Weg.
»Nein, ich kriege das hin. Schlaf ruhig weiter«, ich versuchte, weniger verzweifelt zu gucken, um mich nicht zu verraten, doch Dean durchschaute mich.

»Damit du dich davonschleichen kannst, während ich gerade wegsehe. Das kannst du vergessen, ich habe genug geschlafen«, meinte er und rückte unaufgefordert näher und band den Schuh mühelos zu. Ich verschränkte meine Hände in der Hoffnung, ihm würde das Zittern entgehen.
»Wie kommst du darauf, dass ich abhauen will?«, fragte ich nach und überlegte gleichzeitig, ob es theoretisch nicht sogar besser war. Ich sollte längst weg sein. Nicht mit ihm reden, ihn nicht an mich heranlassen. Ich sollte rennen und der egoistische Teil von mir, der, der sich bloß darum sorgte, dass Dean ein falsches Spiel spielte, der animierte mich zu gehen. Der andere Teil jedoch, der Teil, der mit Maryse befreundet war und kein Problem damit hatte, zu sterben, der blieb hier sitzen. Wollte hier sitzen bleiben und beweisen, dass Deans Freundlichkeit nicht umsonst gewesen war. Auch wenn ich meine Kräfte nicht kontrollieren konnte, hatte ich ja vielleicht Glück und es rettete ihn, mich in seiner Nähe zu haben.

Du rettest niemanden. Wegen dir sterben nur andere. Das wird er auch! Schrie mir mein Geist zu, doch ich schob diesen Gedanken beiseite.
Als ich Dean genauer betrachtete, fiel mir neben den Bartstoppeln an seinem Kinn eine Narbe an seinem Hals auf, die ihm zweifellos auf brutale Weise zugefügt worden war. Ich bekam sofort eine Gänsehaut und so neugierig, wie ich war, hätte ich ihn am liebsten danach gefragt, doch dafür kannte weder ich ihn noch er mich

gut genug. Manchmal gab es Grenzen, die man besser nicht überschreiten sollte.

Immer mehr Kolonisten um uns herum wachten auf und zogen weiter und es wurde zunehmend lauter. Ich fühlte mich verloren zwischen den Hunderten um mich herum und witterte überall Gefahr, obwohl gar keine da war. Das einzig mir bekannte Gesicht gehörte ausgerechnet Dean, den ich nach wie vor nicht einschätzen konnte und die Angst, verraten zu werden, nagte an mir. Ich hatte schon längst meine eigene Frage vergessen, als er antwortete: »Schon gut, ich stell dich gleich den anderen vor, bis dahin kannst du noch versuchen, dich wegzuschleichen. Solange hier alle durcheinander rennen, werden wir sie nicht finden!«, und tatsächlich sah es dümmlich aus, wie alle durcheinander und vor allem gegeneinander liefen. Es würde sicher noch dauern, bis die meisten weitergezogen waren und man wieder klare Sicht hatte. Erst dann dachte ich darüber nach, dass er wir gesagt hatte und wie seltsam sich dieses Wort für mich anhörte. Seit Maryse hatte es kein wir mehr gegeben. Seit Maryse hatte es niemanden und nichts mehr gegeben. Irgendwie wurde mir alles zu viel. Der Tumult um mich herum. Dieser gutaussehende Fremde, der warum auch immer mein Leben gerettet hatte und meine Kräfte, die sich nun bemerkbar machten. Meine Schläfen schmerzten und ich vernahm ein starkes Pochen und Rauschen. Dieses drängte ich nun mit aller Kraft zurück, während ich mich hochstemmte, und versuchte, nicht das Gleichgewicht zu verlieren. Ich stöhnte vor Schmerzen auf, doch es war aushaltbar. Das redete ich mir wenigstens ein.

»Wo willst du hin?«, fragte Dean misstrauisch und warum auch immer, rührte mich seine Sorge.
»Ich muss mal, ich komme gleich wieder«, behauptete ich, was gar nicht unbedingt gelogen war. Ich musste wirklich dringend auf Klo, obwohl mir wohl nur der Wald blieb.
»Versprochen?«, wollte er noch wissen und ich verdrehte die Augen und sagte mir: Tu es nicht! Doch mein Verstand und ich gingen selten denselben Weg.
»Versprochen!«, ein wenig unsicher ging ich, vor Schmerzen nach vorne gebeugt, weg von Dean und den restlichen Kolonisten und verschwand zwischen den Bäumen. Mit jedem Schritt, mit dem ich mich mehr von dem Lager entfernte, fiel mir das Denken leichter. Ich wurde wieder ruhiger und fühlte mich mehr wie ich selbst – allein und umgeben von Stille. Ich hatte nie zu den geselligen Leuten gehört. Es fiel mir schon immer schwer, mich in Gruppen einzufinden. Ich war lieber für mich, vielleicht aus Selbstschutz oder aus Erfahrung, aber viele Leute auf einem Fleck machten mich nervös. Und Deans Anwesenheit beruhigte mich auch nicht. Aus ihm wurde ich einfach nicht schlau, aber er war vielleicht meine einzige Chance, wieder nach New Oltsen zu kommen. Das letzte Stück zu Hause, das mir blieb. Selbst wenn sie nun zum Großteil zerstört sein könnte, die Stadt war das einzige Zuhause, das ich je gehabt hatte. Selbst jetzt musste ich beim Gedanken an New Oltsen sofort an Sutcliffe denken. Die Kolonie, die

ich zerstört hatte. Ich hatte geglaubt, man könnte sich auf seine Manifestierung vorbereiten, seine Kräfte vorher einschätzen. Noch nie zuvor hatte ich jemanden seine Kräfte einsetzen sehen. Noch nie, bis auf dieses eine Mal …

Die Sonne scheint mir ins Gesicht. Ich spüre die heißen Strahlen auf meiner Haut, die einen Sonnenbrand hinterlassen.
Heute bin ich erstaunlich gut gelaunt und viel wacher als sonst. Der Sommer hat etwas Heimisches an sich. Die Wärme und die bunten Farben erinnern mich an zu Hause – an New Oltsen, auch wenn ich nur noch in einer Erinnerung dort leben kann.

Maryse und ich führen neben unserer Arbeit »Stille Gespräche« und müssen ständig ein Kichern unterdrücken. Heute sind wir im Gartenhaus eingeteilt worden und die Pflanzen hier drin blühen schon in allen Farben. Es riecht hier ausnahmsweise nicht nach Urin und Schweiß und Krankheit wie im Rest der Kolonie, sondern nach … Leben.

Maryse steht mir gegenüber und zwischen uns erstreckt sich ein riesiger, langer Holztisch, welcher einmal der Länge nach den Raum einnimmt.

Auf ihm stehen jegliche Arten von Pflanzen.

Rosen, Hortensien, Tulpen und viele weitere Blumen, welche ihren Duft im Gewächshaus verbreiten.

Die Sonne scheint durch die Glaswände des Gewächshauses hindurch und schmiegt sich um meine Haut – zittern tue ich dennoch. Nicht vor Kälte – sondern vor Anstrengung und Angst. Angst vor diesem furchterregenden Ort.

Maryse zieht eine Augenbraue hoch – Was machen wir heute noch, Flory? - und fummelt gleichzeitig an ihrem Blumenkübel auf dem Tisch herum.

Ich weiß nicht, schlag was vor, May. - Ich wedele mit der Hand herum und zwinkere ihr zu. Stumme Gespräche können wir im Gewächshaus am besten führen. Die CGCs verlieren sich meist in unseren Handbewegungen und wissen damit überhaupt nichts anzufangen.

Also ich weiß nicht Flory, hier hat man ja so viel Auswahl ... - Sie legt ihren Kopf schräg und macht eine Kreisbewegung mit ihren Händen.

Du hast recht May, wir lassen es einfach auf uns zukommen und schauen, was passiert. - Ich zucke mit dem Schultern und nicke zustimmend.

Solche Gespräche führen wir ständig und mit der Zeit verstehen wir uns eigentlich auch ganz ohne Gestik, trotzdem wedeln wir gern mit unseren Händen herum und spielen mit Grimassen – einfach, um uns ein letztes Stück Freiheit zu bewahren.

Plötzlich erstirbt ihr inneres Lachen und sie schaut vorsichtig nach links zu ... Judith.

Judith ist ein Mädchen aus dem Schlafsaal, sie ist bereits eine der Älteren und schon siebzehn Jahre alt – viel älter als ich und Maryse. Ein CGC hat sich zu ihr gesellt und er kann seine dreckigen Finger nicht von ihr lassen – Schwein, entfährt es mir beinahe. Doch keiner sagt etwas. Keiner traut sich. Judith steht ein paar Meter weiter rechts, aber nah genug an uns, dass sowohl Maryse als auch ich ihr die Angst vom Gesicht ablesen konnten.

Es ist viel zu leicht, uns Mädchen zu bedrängen … uns anzufassen, ohne aufgehalten zu werden.

Die CGCs um uns herum sehen gerne dabei zu und die anderen Mädchen haben alle zu viel Angst, um etwas zu unternehmen.

Gerade als ich beschließe wegzuschauen, um mir das nicht länger ansehen zu müssen, zerspringen alle Fenster und überall zersplittert das Glas.

Der CGC krümmt sich auf dem Boden und auch ich selbst bin mit Scherben übersät, doch ich habe die Fähigkeit, schneller zu heilen, der CGC nicht.

Das geschieht ihm recht, denke ich, aber in Judiths Augen steht keine Genugtuung und auch keine Erleichterung. In ihnen ist pures Entsetzen und Angst – panische Angst - zu sehen.

Kurze Zeit später stürmen die CGCs auf sie ein und drücken sie zu Boden, dabei wehrt sie sich gar nicht, sie ist schockiert – sie hat das erste Mal ihre Kräfte eingesetzt, wird es mir bewusst.

Die CGCs drücken sie so fest auf dem Boden, dass Judith aufschreit, und dann zerren sie Judith aus dem Gewächshaus auf den Hof und sperren die Türen zu.

Den ganzen restlichen Tag kauern wir anderen dann stillschweigend auf dem Boden, der mit Glasscherben belegt ist, und warten auf – einfach irgendwas.

Einmal höre ich einen Knall und zuckte reflexartig zusammen, Maryse krabbelt unter dem Tisch zu mir hinüber und wir halten uns in den Armen, denn ich spüre, sie selbst zitterte auch, wenn nicht sogar mehr.

Ich sehe die postierten CGCs vor dem Gewächshaus durch das zersprungene Glas hindurch, doch sie würdigen uns keines Blickes, halten nur ihre Gewehre umklammert – als würde sich jetzt noch jemand trauen, Judiths Beispiel zu folgen.

Am Abend, als es bereits dunkel wird und wir den gesamten Tag in dem Gewächshaus gehockt haben, kommt General Ross und führt uns über den Hof zurück zu unserem Schlafsaal. Was wir jedoch auf dem Hof entdecken, übertrifft die schlimmsten meiner Befürchtungen.

Dort steht nun ein Pfahl und an ihn wurde ein Körper mit Seilen gebunden.

Über dem Kopf hängt ein Sack, und die Kleidung ist mit Blut überströmt.

Ich muss nicht ihr Gesicht sehen, um zu wissen, es ist Judith, die dort hängt, erschossen wegen ihres Ausbruches. Gestorben, weil sie sich gewehrt hat.

Es ist eine Botschaft an uns – eine unvergessliche.

Beugt euch dem Staat oder sterbt!

Wir alle gehen weiter, tun so, als hätten wir den Pfahl nie gesehen, als hätte Judith nie existiert und als wäre sie nie gestorben, doch wir alle wissen es und vergessen es nie wieder. Danach hatte es nie wieder einen Zwischenfall wie diesen gegeben.

Nie wieder – bis auf ... Maryse.

Maryse hat mir oft versucht einzureden, wir hätten keine Kräfte – sondern Gaben.

Doch jeder in dieser Kolonie – mit Ausnahme von ihr – weiß es besser.

Was wir haben, was wir können, hat rein gar nichts mit von Gott geschenkten Gaben zu tun – wir besitzen keine.

Sie hat sich getäuscht – meine Kräfte sind keine Gaben, kein Geschenk.

Wenn, dann ist es eher ein Vermächtnis, ein Fluch, der von Erbe zu Erbe weitergegeben wurde, und es ist die Einladung in die Verdammnis – in ein Leben als Deseaser.

Nachdem ich mich erleichtert hatte, ging ich langsam zurück zu den anderen Kolonisten und damit zurück zu … ihm. Trotz der frischen Luft des Waldes spürte ich diese Enge in meiner Brust. Ob es Angst, Wut oder Frustration war, konnte ich selbst kaum sagen. Aber auch die Flucht änderte nichts daran, dass ich alles in meinem Leben verloren hatte. Ich fragte mich, wann mein Realismus in Pessimismus umgeschlagen war. Schleichend schleppte ich mich durch den Wald und atmete erleichtert die Luft aus, als ich endlich die Stimmen und Schritte der Kolonisten hörte. Dort, wo zuvor noch unzählig viele Mädchen und Jungen gewesen waren, sah man nun plattes Gras und freistehende Lagerfeuer. Mit Mühe hielt ich nach bekannten Gesichtern Ausschau, doch ich verlor mich bloß in der immer noch viel zu großen Menge an Sacrianern und konzentrierte mich lediglich darauf, einen Fuß vor den anderen zu setzten. Auf den Boden starrend ermahnte ich mich, nicht umzufallen und ehe ich reagieren konnte, sah ich bereits schwarz. Erst

glaubte ich, umgefallen zu sein. Stand es etwa schon so schlimm um mich? Doch dann nahm ich eine warmherzige, aber leicht belustigte Stimme war.
»Also wirklich, passen Sie doch auf, wo sie hinlaufen!«, es war Deans Stimme. Ich war direkt in ihn hineingelaufen. Sofort schoss mir die Schamesröte ins Gesicht. Wie peinlich! Ich ging humpelnd ein paar Schritte zurück, um ein wenig Distanz zwischen uns zu schaffen, musste meinen Kopf aber dennoch in den Nacken legen, um ihm in die Augen sehen zu können. Mir war gar nicht bewusst gewesen, dass er fast einen ganzen Kopf größer war als ich.

»Tut mir leid, Sir. Ich stand ein wenig neben mir. Kann ja auch keiner ahnen, dass sich mir einer direkt in den Weg stellt!«, entgegnete ich mit einem Grinsen. Diese Worte klangen fremd. Ich erkannte meine eigenen Gedanken kaum, wenn er in meiner Nähe war. Wie lange war es her, seit ich gescherzt hatte? Wie lange war es her, dass ich gelacht hatte? Lachen wollte? Im nächsten Moment wurden meine Gedanken von einem Ziehen an meiner Wirbelsäule unterbrochen und ich krümmte mich und drohte, zu Boden zu gehen. Nun war mir nicht mehr zum Grinsen zumute. Ich merkte, wie Dean eine Hand nach mir ausstreckte, vermutlich, um mich zu stützen. Doch mein Verstand war schneller und ich wich zurück. Für einen Moment glaubte ich, dass auch sein Gesicht sich verzog, doch kurz darauf kehrte sein gelassenes Lächeln zurück, sodass ich dachte, es mir bloß eingebildet zu haben. Er schien immerzu gelassen. Er schien das Leben mit solch einer

Lässigkeit hinzunehmen, dass es mich sprachlos machte.

»Freut mich, zu sehen, dass du zu deinem Wort stehst! So jemanden trifft man heutzutage selten!«, er spielte darauf an, dass ich nicht abgehauen war. Ob das eine gute Entscheidung war, hatte ich noch nicht festgelegt, aber es war eine nötige. Allein würde ich niemals überleben. Und wenn ich nun in seine Augen schaute, welche an einen mitreißenden Ozean erinnerten, dann hatte ich den Drang, genau das zu tun – zu überleben. Vielleicht war ich auch bloß verrückt geworden? Vielleicht machte ich mir selbst etwas vor? Das galt es nun herauszufinden.

»Keine Sorge, es gibt keinen Ort, an den ich fliehen könnte«, erwiderte ich, und er schien verblüfft von meiner Direktheit und auch ich erschrak vor der Wahrheit in diesen Worten.

»Verstehe! Ich will dich jetzt endlich den anderen vorstellen«, wechselte er das Thema, ohne dabei unhöflich zu reagieren. Ich war eher von seinem Verständnis beeindruckt. Er schien genau zu wissen, was ich fühlte und was in mir vorging.

»Ich weiß nicht so recht. Ich habe nicht das Gefühl, dass deine Freunde froh sind, wenn sie sich auch noch um mich kümmern müssen. Ich will nicht so viel von dir verlangen, Dean!«, das erste Mal hatte ich seinen Namen laut ausgesprochen und irgendwie fühlte sich das viel zu intim an. Zu vertraut dafür, dass ich ihn nicht kannte. Als würden wir zu viel teilen, dafür, dass wir uns erst vor Kurzem kennengelernt hatten. Kannte ich ihn überhaupt? Kannte ich mich selbst noch?

»Sie werden dich mögen, vertrau mir! Bis auf Joe, vor dem muss ich dich warnen. Er ist nett, wenn er will, aber nicht so gut auf Fremde zusprechen«, behauptete Dean.

Vertrauen. Wie soll ich denn einem Fremden vertrauen? Ich vertraue ja nicht einmal mir selbst!
Trotzdem nickte ich mit dem Kopf und stimmte ihm zu. Daraufhin machte Dean kehrt und bahnte sich einen Weg zwischen den anderen Kolonisten hindurch. Ich musste die Zähne zusammenbeißen, um mit ihm Schritt halten zu können. Er hatte einen untypischen Gang, fand ich. Ziemlich aufrecht und fast geräuschlos schwebte er über dem Boden. Sein Gang erinnerte mich an den eines Soldaten und ich überlegte, wie das damit zusammenhing, dass er so stark war und diese Narbe am Hals hatte. Dean wurde immer interessanter und wo mein Verstand schrie: Gefahr! - lief der Rest von mir ihm hinterher. Mein Herz raste mit jedem Schritt, den wir uns Deans Freunden näherten, mehr und ich fürchtete, dass es mir bald aus der Brust springen würde, da hob Dean die Hand. Etwa zehn Meter von uns. Nein.

Von Dean und mir, erwiderte ein Junge seine Geste und rief begeistert: »Hey, Leute! Da ist Dean. Der Idiot hat es geschafft, alles gut«, und sofort beschleunigte Dean seine Schritte. Ich konnte gerade wieder zu ihm aufschließen, da befanden wir uns vor einer Gruppe von fünf Sacrianern. Zu Deans Freunden gehörten zwei Mädchen und drei Jungen.

Der Junge, der Dean gewunken hatte und ihn »Idiot« genannt hatte, fiel ihm in die Arme und ihre Umarmung hatte etwas Brüderliches an sich. Ich blieb absichtlich etwas abseits stehen und sah zu, wie Dean einen Handschlag mit dem vermutlich Ältesten wechselte.
Dieser sagte bloß: »Schön dich zu sehen, du Grünschnabel!«, und bei seiner Tonlage wäre ich am liebsten zusammengefahren. Die Worte klangen autoritär und standen im starken Kontrast zu Deans gelassener Stimme. Zweifelsfrei musste das Joe sein.
Danach ging er zu dem kleinsten der drei Jungen. Ein vielleicht zwölfjähriger, ziemlich schüchterner Junge. Seine Augen leuchteten zwar, aber er sagte kein Wort.

»Hey, Kleiner!«, meinte Dean und dann schien er irgendwie mit ihm zu kommunizieren, nur ohne Worte. Ich dachte an die stillen Gespräche aus der Kolonie, bis mich einer der Jungen aus den Gedanken riss.
»Ey, Dean. Wen hast du denn da mitgebracht«, und zeigte auf mich. Ich musste daraufhin den Kloß in meinem Hals herunterschlucken und hätte mich am liebsten verkrochen. Nur ließ mein letztes bisschen Selbstachtung das nicht zu. Ich blickte zu Dean, welcher ein wenig reuevoll in meine Richtung schaute, da er mich für einen Augenblick vergessen hatte. Zumindest glaubte ich, dass das der Grund war.
»Das ist Florence!«, erklärte er, »Wir sind uns auf der Flucht begegnet«. Ich warf ihm einen fragenden Blick zu. Warum hatte er nicht gesagt, dass er mich gerettet hatte? Doch als ich den Blick wieder abwenden wollte, hielten mich seine Augen gefangen. Mir wurde warm

und es fühlte sich an, als würde etwas meinen Geist berühren. Als würde jemand eine Verbindung knüpfen. Das Gefühl war unbeschreiblich. Es war alles und nichts zugleich. Und dann war es plötzlich genauso schnell verschwunden, wie es gekommen war. Was war das denn? Langsam hatte ich den Eindruck, wirklich verrückt geworden zu sein. Schnell wendete ich den Blick ab und sah die anderen Sacrianer vor mir an.

»Und, als ihr zwei euch »begegnet« seid. Was dachtest du da genau?«, hinterfragte Joe Deans Aussage. Ich verstand jetzt, warum Dean mich vor ihm gewarnt hatte. Der Blick, den mir Joe jetzt zuwarf, galt wohl eher seinen Feinden und ich spielte vermutlich in der Ersten Liga mit.

Joe hatte fast schwarze Haare und er sah viel ausdrucksstärker aus. Auch wenn er kaum muskulöser schien als Dean, strahlte er ein Selbstbewusstsein aus, dass ihn sehr viel stärker und älter wirken ließ. Sein Gang war im Vergleich zu Deans schwer und anmutig. Wie ein Löwe, der sich seiner Beute längst sicher war. Er schien der Anführer der Truppe zu sein und mein Verstand riet mir, nicht mit ihm zu scherzen. Seine dunklen Augen und schmalen Lippen ließen sein Gesicht noch ernster aussehen und wenn man seine offene Jacke betrachtete, konnte man davon ausgehen, dass ihm die Kälte kaum etwas ausmachte. Allgemein wirkte er ziemlich abgebrüht.

»Joe! Können wir das unter vier Augen klären?«, bat Dean und die Art und Weise, wie er ihn um Erlaubnis fragte, bestätigte bloß meine Vermutung, dass Joe wahrscheinlich mehr zu sagen hatte als die anderen zusammen.

»Es ist ein wenig spät dafür, findest du nicht?«, wollte Joe wissen, doch Deans Augen wurden daraufhin bloß zu schmalen Schlitzen und die beiden lieferten sich ein Blickduell.

»Jetzt reg dich mal ab! Du weißt doch noch gar nicht...«, begann Dean, doch Joe fiel ihm bereits ins Wort.

»Es juckt mich einen Scheißdreck, Wilkinson, wo du die Göre herhast. Wir haben genug Risiken zu befürchten!«, er schrie ihn regelrecht an. Nein. Mit Joe wollte man es sich wirklich nicht verscherzen. Doch zu meiner Überraschung nickte er anschließend doch und die beiden verschwanden im Dickicht des Waldes und Dean ließ mich einfach bei den anderen stehen. Nervös trat ich von einem Fuß auf den anderen, ohne dabei auf den Schmerz in meinem Rücken zu achten.

»Nimm es nicht persönlich. Er ist immer so«, entschuldigte sich das ältere Mädchen. Ihre Haut war dunkelbraun und schimmerte im Tageslicht leicht golden. Ihre Augen waren haselnussbraun und sie hatte ein sehr einladendes, freundliches Lächeln, das mich ein wenig beruhigte. Ihre Haare waren gelockt und zu einem Dutt zusammengebunden.

»Ich wollte wirklich keine Umstände machen. Ich habe Dean gesagt, dass er mich nicht mitnehmen muss ...«, erklärte ich und dann trat das andere Mädchen vor.

Sie hatte feuerrotes Haar und sehr helle Haut, die mit Sommersprossen übersät war. Ihre Lippen formten ein spöttisches Grinsen und ihr Blick verriet mir, dass sie

weniger zierlich war, als man es beim ersten Blick vermuten könnte.
»Dafür, dass Dean ein Vollidiot ist, kannst du ja nix. Also mach dir da mal keine Gedanken. Die kriegen sich schon wieder ein. Ich bin übrigens Lex«, das rothaarige Mädchen, Lex, zwinkerte mir zu und funkelte dann den Jungen neben mir böse an. Die beiden schienen sich nicht wirklich ausstehen zu können. Lex war sichtbar jünger als ich, vielleicht vierzehn, strahlte aber eine unglaubliche Reife aus. Es würde mich nicht wundern, wenn sie es gewohnt war, ihren Willen zu bekommen. Sie schien, als wäre sie durchaus dazu in der Lage, sich durchzusetzen.
»Und wie heißt du?«, fragte ich die Ältere, die mir immer noch freundlich zulächelte und Lex und den anderen Jungen einfach ignorierte.
»Miranda. Nenn mich einfach Randy. So nennt mich eigentlich jeder«, sie musterte mich und legte anschließend ihre Stirn in Falten, so als würde sie über etwas nachdenken oder versuchen, sich an etwas zu erinnern. Aber sie schwieg und mein Blick wanderte erneut zu dem Jungen, den Dean anfangs umarmt hatte.

»Und du?«, wollte ich wissen. Erst sah er mich skeptisch an und zeigte dann, als Antwort auf einen Kommentar von Lex, den Mittelfinger. Diese konterte dann mit einer Beleidigung und ich fürchtete schon, gar keine Antwort mehr zu bekommen, als er schließlich sagte:
»Benjamin. Oder Ben. Kannst du dir aussuchen«.
»Du kannst ihn aber auch Milchbrötchen oder Schneeröschen nennen. Das passt eh viel besser zu

ihm!«, fügte Lex noch an und ich musste ein Lachen unterdrücken.
Ben war tatsächlich sehr hell. Er hatte helle blonde Haare und hellblaue Augen, die aussahen wie Eiskristalle, während Deans eher an das Meer oder den Nachthimmel erinnerten. Er war eher schlaksig und weniger muskulös, hatte aber ein markantes Gesicht.
»Kannst du nicht einmal die Klappe halten, Lex!«, konterte Ben und schließlich ging Randy dazwischen.
»Könnt ihr beiden euch mal wie normale Sacrianer verhalten. Meine Güte«, doch aus ihrem Mund klang das eher wie eine Bitte als eine Aufforderung.
Einer jedoch hatte noch gar nichts gesagt, seit ich hier war. Der Junge hatte braune Haare und bernsteinfarbene Augen. Er hatte leichte Sommersprossen und sah noch sehr jung aus. Später meinte Randy:
»Das ist übrigens Raffaelle. Wir nennen ihn Ruff und Lex ihn Niwo, aber die hat auch für jeden einen Kosenamen, also nimm dich besser in Acht!«, warnte sie mich und Lex warf ihr einen beleidigten Blick zu. Als mich nun jedoch sowohl Randy als auch Lex besorgt ansahen, hielt ich es nicht länger aus.
»Was ist?«, fragte ich ein wenig irritiert. »Ihr schaut mich so komisch an«. Die beiden wechselten einen Blick und dann erwiderte Randy:
»Du hast die Kolonie zerstört, stimmt´s?«, und als ich nickte, fuhr sie fort,
»Darf ich mir deinen Rücken mal ansehen?« Sie war damit die zweite Person, die sich um mich zu Sorgen schien. Das war ein Rekord. In den vergangenen zehn

Jahren hatte ich es nicht geschafft, so viele Leute zu treffen, die tatsächlich besorgt um mich waren. Das Gefühl war nicht unbedingt schlecht. Es war neu ... ungewohnt. Ich würde mich nun an vieles gewöhnen müssen.

»Ja! Aber ich warne dich, es sieht wahrscheinlich nicht so gut aus!«, meinte ich und wusste nicht, ob ich nun dankbar oder ängstlich sein sollte. Was, wenn sich die Wunde entzündet hatte? Ich wusste nicht einmal, ob Sacrianer sich Entzündungen zuziehen konnten. So vieles wusste ich nicht. Über mich selbst. Über Dean und diese Leute und ich hatte mich noch nicht entschieden, ob ich das überhaupt wissen wollte.

Sie kam auf mich zu und ich nickte bestätigend in ihre Richtung, um ihr nochmals zu signalisieren, dass ich einverstanden war. Erst dann stellte sie sich hinter mich und plötzlich wurden alle ganz still. Selbst Lex schien verkrampft, was nicht zu ihrer restlichen Ausstrahlung passte.

Aber was wusste ich schon?

Ich selbst hatte natürlich keine Ahnung, wie schlimm die Wunden aussahen, aber ich konnte es mir anhand der Schmerzen ausmalen und das stellte mich alles andere als zuversichtlich.

Randy schien sich mit Verletzungen auszukennen oder zumindest hoffte ich, dass es so war.

»Ich will dich nicht beunruhigen, aber wir müssen dringend deine Wunden reinigen und verarzten, wenn du nicht gelähmt sein willst«, erklärte sie zerknirscht und als Ben sich ebenfalls hinter mich stellte, hörte ich ein Aufstoßen und die Worte:

»Ich glaube, ich kotz gleich!«, ehe er sich wieder von mir entfernte. Das beruhigte mich nicht sonderlich und auch die Schmerzen waren mittlerweile kaum überspielbar.

»Kannst du da irgendwas machen?«, fragte ich Randy und Lex warf ihr daraufhin einen vielsagenden Blick zu.
»Ja! Ich denke, du hast Glück. Ich wollte immer Medizinerin sein!«, erwiderte sie, und so aufmunternd ihre Worte sein sollten, so unwahrscheinlich war es, dass sie die richtigen Dinge dabeihatte, um meine Wunden heilen zu können. Erst jetzt fielen mir die Rucksäcke auf, die die Gruppe mithatte. Woher hatten sie die ganzen Sachen? Und vor allem, wann hatten sie die Zeit dazu gehabt, das alles mitzunehmen?
»Okay und wie genau willst du mir helfen?«, meinte ich ein wenig unsicher. Ich war vielleicht nicht sehr schmerzempfindlich, doch ich war nicht einfach bloß in einen Splitter getreten, sondern fühlte mich, als hätte man mir eine ganze Axt in den Rücken geworfen.
»Du musst leider noch ein wenig länger durchhalten. Wir brauchen erst einen Fluss, aus dem wir Wasser holen können, ehe ich deine Wunden versorgen kann!«, entschuldigte sie sich und am liebsten wäre ich vor Enttäuschung zusammengesackt. Doch ich war nun so weit gekommen, jetzt einzuknicken kam nicht infrage.
»Ich habe ja kaum eine Wahl, oder?«, meinte ich und versuchte, meine Enttäuschung nicht zu sehr zu zeigen.
»Die hat hier keiner, Neuling!«, gab Lex an und zuerst wollte ich etwas erwidern, hielt mich aber letztlich doch zurück. Neuling. Hieß das nun, dass sie mich mit sich nahmen? Wie sollte Randy mich auch sonst versorgen?

Vielleicht hatte Joe doch weniger Kontrolle, als ich es befürchtet hatte? Fragen über Fragen über Fragen. Alles antwortlos. Das Fragezeichen über meinem Kopf wuchs und wuchs und dennoch wurde ich nicht schlauer. Gerade als ich kurz davor war, mich, wie so oft, in meinen Gedanken zu verlieren, tauchten plötzlich Dean und Joe wieder auf. Die beiden schauten sich nicht an und es wirkte, als seien sie nicht im Guten auseinandergegangen. Ich rechnete schon damit, dass ich jetzt gehen müsste, aber stattdessen meinte Joe genervt:

»Wir ziehen jetzt los. Das Mädel kommt vorerst mit«, und ich glaubte, mich verhört zu haben. Was mich noch mehr verwirrte war allerdings, dass Dean betroffen auf den Boden blickte. Sie hatten sich wohl gestritten? Aber wie er es geschafft hatte, Joe davon zu überzeugen, mich mitzulassen, war mir ein Rätsel.

»Und? Hast du dich jetzt wieder beruhigt, Jonas?«, fragte Randy etwas barsch. Dieser schnaubte aber bloß und ging dann voran. Randy und die anderen warfen sich die Rucksäcke über den Rücken und folgten ihm, ohne noch etwas zu sagen. Randy schloss als Erste zu ihm auf und nahm seine Hand. Die Art und Weise, wie Joe – Jonas – sie daraufhin ansah, hätte mich normalerweise eifersüchtig gemacht. Joe schien sich durch ihre leichte Berührung sofort zu entspannen, inwiefern sich jemand mit so viel Selbstachtung entspannen konnte, und die beiden schienen sehr vertraut. Sofort wand ich den Blick ab und setzte mich ebenfalls in Bewegung.

Dean ging neben mir, während die anderen ein wenig vor uns waren. Vermutlich war ich einfach zu langsam, allerdings zwang ich mich bereits, so schnell zu sein wie nur möglich. Lex und Ben gingen direkt vor uns und die restlichen der Gruppe ganz vorn.
»Danke!«, gestand ich ihm und ich hoffte, dass er verstand, wie selten diese Worte aus meinem Mund kamen. Nicht, weil ich undankbar war, sondern weil es kaum Anlässe gab, das Wort in den Mund zu nehmen. Er nickte mir zu und da war wieder dieses gelassene Lächeln. Endlich. Dieser betrübte Blick stand ihm gar nicht. Zumindest wusste ich nun, dass er nicht wegen mir sauer war, oder eher nicht auf mich. Ich war wahrscheinlich der Grund, warum er überhaupt mit Joe gestritten hatte. Irgendwann im Verlauf unserer Wanderung - zumindest fühlte es sich an wie eine Wanderung, denn die Tatsache, dass wir tatsächlich auf einer Flucht waren, kam mir viel zu skurril vor - irgendwann fing Dean ein Gespräch an. Die Stille war nervenzerreißend, genau wie die Schmerzen in meinem Rücken. Ob er wirklich reden wollte oder mich bloß ablenken? Jedenfalls war ich ihm dankbar.
»Ich will mehr über dich wissen. Alles, was ich weiß, ist dein Name und dass du einen starken Hang zu gefährlichen Entscheidungen hast«, erklärte er und zwinkerte mir daraufhin zu. Ich musste ein Lächeln unterdrücken, obwohl seine Aussage nichts Witziges an sich hatte. Sein Lächeln schien wohl einfach schrecklich ansteckend zu sein.

»Da muss ich dich enttäuschen. Ich habe nichts zu erzählen ...«, erwiderte ich und fühlte mich schon fast schlecht, weil ich so unglaublich uninteressant war.

»Das glaub ich dir nicht. Fangen wir mit was Einfachem an. Wie alt bist du?«, er ließ einfach nicht locker. In meinem Kopf brodelte es. Ich glaubte, sechzehn zu sein, doch wissen tat ich gar nichts. Ich wusste weder, welches Jahr wir hatten noch welchen Monat.

»Ich bin nicht sicher ...«, gestand ich, und am liebsten hätte ich mich versteckt, doch sein Blick war so aufrichtig, dass ich mich überwand weiterzureden:

»Welchen Tag haben wir?« Eigentlich hatte ich fragen wollen, welches Jahr wir hatten, doch ich brachte es nicht über mich. Er dachte wahrscheinlich jetzt schon, dass ich völlig verloren war. War das nicht auch so?

»19. März 3031, falls das hilft.Und nur, falls du dich fragst, woher ich das so genau weiß, ich habe heute Geburtstag ...«, erläuterte er, und ich wusste nicht, weshalb genau ich so geschockt war. Entweder war es die Erkenntnis, dass er heute Geburtstag hatte oder der Schock darüber, dass ich tatsächlich sechzehn war? Ich tatsächlich so lange in Sutcliffe Kolonistin gewesen war? Es fühlte sich an, als wäre es immer noch so. Als wäre das alles hier bloß ein glücklicher Traum. Nur wachte ich nicht auf. Nein. Stattdessen fiel mir das Einschlafen schwerer als je zuvor. Trotz der Schmerzen war ich heute früh aufgewacht und ich fürchtete, dass das noch länger so bleiben würde. Die Kolonie schien mich mit jedem Schritt, den ich mich mehr von ihr entfernte, mehr zu verfolgen.

»Dann bin ich sechzehn. Herzlichen Glückwunsch! Wie alt bist du?«, antwortete ich und traute mich, ihm zumindest ein kleines Lächeln zu schenken. Es fühlte sich neu an, fremd, aber es war ein gutes Gefühl. Lachen oder gar lächeln fühlte sich gut an. Schon fast zu gut, als dass ich es verdient hatte.

»Einundzwanzig und damit offiziell Erwachsen, auch wenn das bei Sacrianern ja anders ist«, meinte er stolz und ich kam nicht Drumherum, mich zu fragen, was er damit meinte.

»Was genau ist denn so anders?«, wollte ich wissen. Erst sah er mich ein wenig verwundert an, so als wäre das allgemein bekannt, doch dann antwortete er:

»Ich dachte, du wüsstest das, aber vielleicht ist das ja auch gar nicht so verbreitet. Es heißt, dass wir uns dreimal so schnell wie jeder normale Mensch entwickeln. Mit sieben sind wir quasi auf dem Stand eines Erwachsenen und dann, wenn wir ein paar Jahre später ausgewachsen sind, altern wir viel langsamer.«

Mit langsamer konnte vieles gemeint sein. Ein Jahr. Oder vielleicht ein ganzes Jahrzehnt.

»Wie viel langsamer genau?«, hakte ich nach.

»Jahrhunderte«, behauptete er, und ich fiel aus allen Wolken. Hunderte von Jahren. Das war … lang. Schon fast zu lang.

»Aber mach dir keine Sorgen. Sacrianer werden nicht alt. Nicht seit dem Krieg und davor auch schon nicht wirklich«, ergänzte er. Es klang so selbstverständlich. Der Tod schien so selbstverständlich für ihn. Trotzdem würde es dauern, wirklich dauern, bis ich verstand, was es bedeutete, Jahrhunderte lang leben zu können.

»Da sind zehn Jahre in einer Kolonie wohl schnell zu vergessen«, scherzte ich, doch ich erkannte die Lüge in meinen Worten schnell. Und auch Dean sah mich geschockt an. Da lag so viel Mitleid in seinem Blick, dass ich es nicht aushielt und wegschaute.
So schnell kann man die Stimmung versauen ...
»Es tut mir leid!«, meinte er voller Mitgefühl. Zu viel Mitgefühl, als dass ich es ertrug.
»Es ist ja nicht deine schuld!«, gab ich zurück und zwang mir ein Lächeln ab, das nicht echt war. Er schien mir auch kein Lachen mehr abzukaufen und schaute mich bloß eindringlich an.
»Nein. Ist es nicht. Und genauso wenig ist es deine!«, fügte er hinzu. Am liebsten hätte ich geschrien. Er hatte keine Ahnung, wie viel Schuld auf meinen Schultern lastete. Und er hatte auch kein Recht zu beurteilen, ob ich nun zurecht in der Kolonie war oder nicht. Aber ich schaffte es nicht, diesen blauen Augen zu widersprechen. Also schwieg ich. Die nächsten Stunden liefen wir so weiter. Schweigend, obwohl uns beide tausend Fragen beschäftigten. Manchmal waren wir durch die Bäume vor dem Wind geschützt, manchmal versperrten mir blonde Strähnen die Sicht. Mit ein wenig Konzentration hörte ich sogar das Rauschen des Windes und das Reiben unserer Stiefel auf dem Boden. Ich versuchte alles, bloß um mich von den Schmerzen abzulenken. Immer wieder redete ich mir ein ...

Nur noch ein paar Minuten. Noch ein bisschen länger durchhalten.
Stell dich nicht so an!

Und manchmal half es, manchmal auch nicht. Es waren Notlügen, die mich weitergehen ließen. Notlügen, die ich mir selbst kaum glaubte. Ich war noch nie eine gute Lügnerin gewesen.

Irgendwann schien selbst Randy die Stille nicht mehr auszuhalten und versuchte alles, um ein Gespräch ans Laufen zu bringen.

»Wie lange brauchen wir noch mal bis nach New Wase?«, fragte sie müde und bei mir klingelte alles bei dem Namen. New Wase. Sie wollten in einen der wichtigsten Staaten. Oder eher in einen der Neuen Staaten, welcher nun sicher nicht mehr als eine riesige Stadt war.

»Was wollt ihr denn in New Wase. Und wie kommt ihr da hin?«, platzte es aus mir heraus. Zugegeben, ich war schon immer ein neugieriger Men... Sacrianer gewesen. Es würde vermutlich noch dauern, bis ich das akzeptiert hatte. In der Kolonie war ich Deseaserin. Eine Kranke. Ein unwürdiges Wesen. Davor war ich Mensch gewesen oder zumindest hatte ich das geglaubt. Nun war ich Sacrianerin, was faktisch das Gleiche wie Deseaserin war, nur, dass das Wort noch nicht missbraucht und damit verwirkt war.

»Es gibt verschiedene Gründe. Und dein Freund Vollidiot hat eine sehr gute Orientierung. Und wir haben eine Karte«, erläuterte Lex und band dann ihre roten, wirren Haare zu einem Zopf zusammen. Irgendwie gefiel es mir, dass sie Dean aus Spaß Vollidiot nannte. Ich hoffte für ihn, dass es bloß aus Spaß war.

Es war komisch zu wissen, dass sie alle hier draußen gelebt hatten und nicht wie ich in der Kolonie

großgeworden waren. Sie schienen so viel über die Welt zu wissen, was mir unbekannt war. Sie schienen alle akzeptiert zu haben, was sie waren. Vielleicht erinnerten mich Dean und Joe deswegen so stark an Soldaten, weil sie es gewohnt waren zu flüchten? Gewohnt waren zu kämpfen, um zu überleben.
Ich hingegen kannte nichts als das Leben als Sklavin. Ich war keine Kämpferin. Ich war feige und ängstlich. Ich zeigte das nur nie. Die eigentliche Frage, die ich mir stellte, war jedoch, wie ich von New Wase nach New Oltsen kommen sollte? Das war viel zu weit voneinander entfernt. Wieso hatte ich bloß geglaubt, dass Dean die Lösung für all meine Probleme war, wo er doch ganz andere Ziele verfolgte als ich? Wie konnte ein so einfacher Plan zu sterben, zu dem hier eskalieren? Und warum freute sich ein Teil von mir auch noch darüber, dass ich ihn getroffen hatte? Warum wollte ich bleiben? Bei ihm. Bei ihnen allen. Ich stellte eine Gefahr für sie dar. Ich hatte die Kolonie zerstört und man würde sicher nach mir fahnden. Damit brachte ich sie alle in Lebensgefahr und sie wussten das und nahmen es einfach hin. Als wäre das alltäglich für sie. Sie durften niemals herausfinden, was ich wirklich war. Ich war keine Sacrianerin, nicht einmal das Wort Deseaserin wert. Ich war ein Monster. Eines, das alles um sich herum zerstörte. Und es gab nichts, dass ich daran ändern konnte. Nichts, über das ich Kontrolle hatte.

Je länger wir unterwegs waren, desto müder wurde ich und meine Glieder schmerzten zunehmend. Auch Dean neben mir ging langsamer und ein wenig geknickt. Wir

alle schienen uns nur noch vorwärts zu schleifen und es kostete mich Kraft, wach zu bleiben und nicht einzuschlafen. Die Erschöpfung schien mich innerlich aufzufressen. Lex und Randy hatten irgendwann das Gespräch allein fortgeführt, doch ich hatte innerlich abgeschaltet und nichts mehr dazu beigetragen. Ich gehörte schließlich nicht einmal zu ihrer Gruppe. Ruff, der kleine Junge, schien in einer völlig anderen Welt versunken zu sein und reden tat er nach wie vor nicht. Allein die Vorstellung, mit Deans Freunden nach New Wase zu flüchten, war absurd und unwirklich. Noch unwirklicher, dass ich Kräfte hatte und sacrianisches Blut durch meine Adern floss. Unwirklicher als die Tatsache, dass mich ein Fremder gerettet hatte, ohne eine Gegenleistung zu verlangen. Ich wollte wirklich nicht an seiner Gutmütigkeit zweifeln, doch es fiel mir schwer.
Niemand war so großzügig. Diese Welt war gierig und egoistisch und warum sollte ausgerechnet Dean die Ausnahme sein?

Und warum hatte ich das Gefühl, dass ich wollte, dass er mir nichts vormachte? Dass ich es mir wünschte?
Dass ich mir wünschte, dass er real war. Dass mein Herz es sich wünschte?

Das Gefährliche war, dass mein Herz immer gewann. Egal, welche Folgen dadurch entstehen würden. Egal, ob es mich am Ende umbrachte.

Oder ihn …

Kapitel 4

I don´t think I understood
That healing was such
A fragile thing
Until I tired
To hold it!

- -   *Blake Auden*

Später, als wir uns alle um ein Lagerfeuer gesetzt hatten, ließ Randy ihren Worten Taten folgen. Wir waren an einem Fluss vorbeigelaufen und nun wollte sie meine Wunden versorgen, bevor sie sich entzündeten. Ich hätte mir am liebsten eine Ausrede überlegt, um sie davon abzubringen, doch was nützte das schon? Letzten Endes würde es nichts bringen, mit entzündeten Wunden weiterzuziehen. Dazu musste ich erst einmal Deans Jacke ausziehen. Tränen stiegen mir in die Augen, als Randy versuchte, die Jacke vorsichtig von meinem Fleisch abzuziehen. Ich musste die Zähne so dermaßen aufeinanderbeißen, dass ich fürchtete, meinen Kiefer zu brechen. Vorsichtig löste sie den Stoff mithilfe des Wassers und nach einer gefühlten Ewigkeit lag die Jacke, völlig vollgesogen mit Blut, neben mir. Die Erleichterung hielt allerdings nur kurz an, denn das T-Shirt hatte sich nahezu in die Wunden

hineingefressen und solange nicht auch dieses entfernt war, würde Randy mir kaum helfen können. Während Lex die vier Jungen aufforderte, sich umzudrehen, wofür ich ihr dankbar zunickte, musste ich die aufsteigende Galle herunterwürgen. Ich hatte geglaubt, ausgepeitscht zu werden sei grauenvoll, doch die Folgen der Hiebe waren das weitaus Schlimmere. Nachher erklärte Randy noch das, was ich bereits wusste.
»Es tut mir leid, das zu sagen, aber du wirst sehr viele Narben haben«, und ich nickte knapp, da ich keinen klaren Satz mehr formulieren konnte. Immer wieder stöhnte ich vor Schmerzen auf und sogar die ein oder andere Träne ließ sich nicht aufhalten. Als sie endlich auch das Shirt von meinem Rücken gelöst hatte, und mir half, es auszuziehen, war ich bereits so erschöpft, dass ich fürchtete, in Ohnmacht zu fallen.
»Gleich geschafft. Einfach langsam ein- und ausatmen«, beruhigte sie mich. Die Schmerzen jedoch blieben.
Anschließend tauchte sie ein Tuch in das Wasser und reinigte die Wunden, indem sie versuchte, den Schwefel wegzuwaschen. Allerdings fühlte es sich an, als würde sie in meiner Haut herumbohren und diese zusätzlich zerkratzen. Am liebsten hätte ich durchgehend geschrien. Meine Nägel bohrten sich in meine Handinnenflächen und mein Kiefer war bereits völlig verspannt. Gerade als ich mir sicher war, an ihrer Wundversorgung zu sterben, nahmen die Schmerzen rasant ab. Verwundert und unendlich erleichtert wischte ich mir die Tränen aus dem Gesicht, bevor noch einer merkte, dass ich geheult hatte. Es war ein warmes, sanftes Gefühl, dass sich auf meinem Rücken

ausbreitete. So als würde jemand meine Haut wieder spannen und flicken. Sanfte und leichte, zarte Bewegungen, die mich bis ins Innerste entspannten und beruhigten. Ich hatte unbewusst die Augen geschlossen und war ganz in diesem Gefühl versunken, als plötzlich alles wieder stillstand. Auch die Schmerzen kehrten wieder, aber deutlich abgeschwächt. Es fühlte sich an, als hätte ich mich bloß am Papier geschnitten. Völlig verwirrt drehte ich meinen Kopf in Randys Richtung, die mich müde ansah.
»Was hast du gemacht?«, fragte ich erstaunt. Sie lächelte schwach und erklärte:
»Meine Kräfte bestehen darin, mich mit der Natur zu verbinden und so Pflanzen oder Ähnliches schneller wachsen zu lassen. Wenn ich mich genug anstrenge, funktioniert das auch mit Haut oder Haaren«. Beeindruckt starrte ich sie an und zugegeben, ich war sprachlos. Sie heilte, während ich zerstörte. Wieder musste ich die Eifersucht zurückdrängen. Sie konnte schließlich nichts dafür, dass ich nicht die Kräfte hatte, die ich wollte. Oder dass ich eigentlich gar keine wollte…
Randy zog ihren eigenen Pullover aus und gab ihn mir. Ich zog diesen über. Vielleicht hätte ich protestiert, wenn ich nicht in Unterwäsche dagesessen hätte und gerade die Höllenqualen meines Lebens hatte überstehen müssen. Lex bedeutete Dean und den anderen, sich wieder umzudrehen, und ich blickte ein wenig unbehaglich zu Boden. Ich hatte zwar nicht geschrien, aber oft genug aufgestöhnt und gejammert. Ben sah mich völlig gleichgültig an, sodass ich gar nicht

erst versuchte, herauszufinden, was er wohl von mir dachte. Ruff schien gar nichts von all dem mitbekommen zu haben, und Joe war ich vermutlich ungefähr so wichtig wie ein CGC. Zumindest stellte er es so dar. Dean hingegen lächelte schwach und da lag Bewunderung in seinem Blick. Etwas, dass ich so nicht kannte. Real. Das hier war real, musste ich mir immer wieder auf Neue klarmachen. Denn es war zu schön, zu einfach, um real zu sein. Dean war zu gut, zu nett, attraktiv und lustig. Zu perfekt. Doch es war nicht richtig von mir, ihm vorzuwerfen, zu perfekt zu sein. Ich konnte froh sein, dass ich gerade so von ihm und seinen Freunden geduldet wurde, und das sollte ich nicht mit einem Mal wieder zerstören. Ich hatte schließlich schon genug zerstört.
Ich hatte mich hingelegt und befand mich zwischen Lex und Randy, die ebenfalls erschöpft auf dem Boden lagen. Die Jungs lagen auf der anderen Seite des Lagerfeuers und doch konnte ich das Atmen von jedem Einzelnen hören. Ob das an meinen Kräften lag? Anscheinend hatten sie etwas mit Schall zu tun. Ich nahm jede Welle des Schalls viel intensiver und geformter wahr. Ich konnte sie sogar voneinander unterscheiden. Ich wusste, welche Wellen von weiter her kamen und wie laut sie waren. Fast so, als wäre ich ein Teil von ihnen. Oder eher sie ein Teil von mir. Die Stille war angenehm, auch wenn sie etwas Unangenehmes mit sich brachte. Das Einzige, das die Atmosphäre noch ausmachte, war das Feuer. Wo genau sie ein Feuerzeug herhatten, war mir nach wie vor ein Rätsel, doch ich hatte mich bereits bei den Rucksäcken

gewundert. Sollte ich sie nicht darauf ansprechen? Woher hatten sie gewusst, dass sie fliehen würden? Oder hatten sie vielleicht schon länger eine Flucht geplant und das war ihre Chance? – Ich hatte aber kein Recht, ihnen etwas zu unterstellen und selbst wenn, dann ging es mich nichts an. Am meisten jedoch hingen meine Gedanken bei Dean fest. An diesen unschuldigen Augen und dieser gewaltigen Narbe an seinem Hals. An seiner Gutmütigkeit zweifelte ich nach wie vor, doch auch das war nicht mein Recht. Er hatte mich gerettet, am Ende war es allein das, was zählte. Oder nicht?

»Habt ihr lange draußen gelebt?«, fragte ich in die Runde, da ich selbst nicht genau wusste, an wen genau die Frage ging. An Joe vielleicht nicht und auch Ruff schaute nicht einmal auf.
»Na ja. Kommt drauf an, mit wem man das vergleicht. Ich hätte mir auch die ganze Scheißzeit in der Kolonie sparen können. Aber im Vergleich zu anderen war es bestimmt wenig«, meinte Lex und sie beschrieb die »Scheißzeit« in der Kolonie schon ganz treffend.
»Ungefähr zwei Jahre, wenn ich richtig liege«, hielt Randy fest und ein Schatten huschte über ihr sonst glückliches Gesicht. Als läge dahinter mehr. Als versuchte sie, etwas zu verbergen. Ob nun vor mir oder sich selbst wussten bloß die Sterne. Vielleicht interpretierte ich aber auch einfach zu viel hinein. Ich musste diese Leute noch kennenlernen und das würde dauern. Wäre ich doch bloß geduldiger. Nur war keine Geduld eine meiner größten Schwächen.

»Und wie hat sich die Welt verändert?«, wollte ich wissen und sah Dean an, der als Einziger das Wissen besaß, dass ich schon sehr, sehr lange nichts mehr von der Welt außerhalb der Kolonie mitbekommen hatte.

»Seit wann genau?«, fragte Ben misstrauisch und auch die Art, wie er mich musterte, zeigte mir deutlich, dass er mir nicht glaubte. Oder zumindest, dass er mich nicht einschätzen konnte. Nun. Das beruhte auf Gegenseitigkeit.

»Seitdem es Kolonien gibt!«, entgegne ich und löse damit mehr aus, als geplant war. Sowohl Randy als auch Lex und sogar Joe sehen mich plötzlich intensiv an. Damit war nun offiziell geklärt, wie lange ich in der Kolonie war. Nämlich von Anfang an. Noch während des Baus von Sutcliffe, war ich dort Kolonistin. Schon seit über zehn Jahren und das wussten nun auch die anderen. Sie fürchtete sich, bloß Mitleid zu bekommen, doch da lag mehr Interesse in ihren Blicken.

»Na gut. Eigentlich lässt sich die Lage ganz gut zusammenfassen. Die Welt geht den Bach runter. Und sie reißt alles andere mit sich.« Besser hätte Lex es wohl kaum beschreiben können und wie ich später herausfand, war das noch die Untertreibung des Ganzen.

»Das hat aber weniger mit den Kolonien und mehr mit den Anschlägen zu tun. Nachdem die Bomben fielen und es immer mehr tote Städte gab, folgte eine landesweite Krise. Sowohl im Wirtschaftssektor als auch in so gut wie jedem anderen. Tausende tote Menschen und Abertausende Sacrianer. Noch mehr Obdachlose und immer mehr Armutsviertel. Das ganze Land ging bankrott und als der Präsident dann auch noch Geld in die Kolonien steckte, gab es immer wieder Proteste. Man einigte sich darauf, überall zu sparen, wo es möglich war, und trotzdem wurden die Obdachlosenzahlen immer höher. Dann passierte das, was der eigentliche Untergang war. Die Bürger wendeten sich gegeneinander. Reiche wurden oder blieben egoistisch und verschanzten sich in den »Neuen Städten«. Während die Armen ihrem Schicksal überlassen wurden, zogen sich die Reichen auf die letzten grünen Flecken des Landes zurück. Sie waren einflussreich. Einflussreich genug, um den Präsidenten zu überzeugen, neue, fortschrittlichere Städte zu bauen, die aussehen wie moderne Königreiche. New Wase ist eine dieser Städte. Du wirst sehen, was ich meine, wenn wir dort sind«, erklärte Dean, und ich brauchte meine Zeit, um zu verarbeiten, was er mir da erzählte. So viele Informationen schienen auf mich niederzuregnen und mir wurde schnell klar, dass ich sehr viel verpasst hatte. Ich war lange fort gewesen. Sehr lange.

»Gibt es noch New Oltsen?«, fragte ich mit einem Zittern in der Stimme. Wollte ich die Antwort wirklich hören?

»New Oltsen war eine der Kulturstädte, stimmt´s?« Ich nickte Dean zu und er fuhr fort.

»Nein und ja. Die Teile, die zur Kulturstadt gehörten, sind weg, aber der ganze Staat wurde sowieso hart getroffen. Aber die Teile, die davon übrig waren, wurden neuaufgebaut und der Staat wurde der Einfachheit halber New Oltsen genannt. Es ist aber nicht mehr so wie damals, tut mir leid!« Er schien zu ahnen, wie viel mir die Stadt bedeutet hatte. Mein Zuhause. Kulturstädte hatte es nur selten gegeben. So betitelten wir die Städte und Orte, an welchen absichtlich veraltete Kulturen noch ausgelebt wurden. In New Oltsen waren Kutschen und alte Feste und Traditionen das Natürlichste auf der Welt gewesen, während es in anderen moderneren Städten schon keine Autos mit Rädern mehr gab. Technisch gesehen waren wir in New Oltsen nicht sonderlich gut aufgestellt gewesen, aber die Kultur war es uns wert gewesen. Wer brauchte auch schwebende Autos, wenn Pferde allein reichten?

»Schon okay. Ich hatte mir schon gedacht, dass gerade die Kulturstädte nicht überleben«, gab ich zu und mir entfuhr ein enttäuschtes Seufzen. Was hatte ich auch erwartet? Dass sich die Welt ohne mich nicht weiterdrehen würde? Dass sie für mich anhielt? Ich war bloß naiv und dumm gewesen, zu glauben, dass sich nichts verändert hatte. Alles war anders. Einfach alles.

Daraufhin herrschte müdes Schweigen. Alle schienen müde und kaputt vom Marsch zu sein. Trotz des Feuers, das immer noch unnatürlich warm und hoch loderte, fröstelte es mich und ich kam nicht drum herum, Deans Jacke, die nach wie vor voller Blut war, anzuziehen. Wenigstens war das Blut mittlerweile getrocknet und ich hoffte, dass sich meine Wunden nicht allzu bald wieder öffneten. Ich war immer noch erstaunt darüber, wie wenig sie noch schmerzten. Ich lag zwar ungern auf dem Rücken, da sich die neue Hautschicht noch so dünn und verletzlich anfühlte, doch es tat nicht mehr weh als eine kleine

Schnittwunde. Verblüffend, was sie mit ihren Kräften schaffen konnte. Ob meine Kräfte auch jemals hilfreich sein würden? Ich fürchtete nicht, doch ein letzter Rest Hoffnung blieb mir. Ein letzter Rest Hoffnung, von dem ich geglaubt hatte, ihn bereits vor langer Zeit verloren zu haben. Dean hatte etwas ausgelöst. Ich wusste nur noch nicht, wie mächtig es war. Wie gefährlich das wohl sein würde?

Die Nacht war kurz und schlaflos. So schnell ich vor Erschöpfung eingeschlafen war, so früh war ich panisch aufgewacht. Mit rasendem Herz und einem Schrei, der in meiner Kehle steckte, hatte ich mich umgeschaut und festgestellt, dass es noch dunkel war. Das Feuer war heruntergebrannt und die anderen schliefen noch. In der Ferne sah ich aber, dass die Sonne bald aufgehen würde, und entschloss mich, wach zu bleiben. Die Augen wollte ich so bald nicht mehr schließen. General Ross´ Gesicht suchte mich in meinen Träumen heim. Die Peitsche war ebenfalls ein wichtiger Bestandteil des Schreckens, den ich immer und immer wieder durchlebte, wenn ich schlief. Da machte es keinen Unterschied, ob mein Rücken nun verheilte oder nicht. Der Schmerz war ab der Sekunde da, ab der ich mich selbst in der Kolonie wiederfand. So real. Es fühlte sich so real an. Betäubt von meiner Panik, rieb ich mir die Augen und wischte die Tränen weg, die ich wahrscheinlich im Schlaf verloren hatte. So trostvoll die Nacht gestern noch war, so angsteinflößend war sie heute. Die Knie angezogen und den Kopf auf die Knie gelegt, wartete ich ab, bis die anderen aufwachten. Das waren die längsten dreißig Minuten meines Lebens.

Für das Frühstück blieb keine Zeit und niemand hatte großen Appetit. Wir befanden uns noch viel zu nah an der Kolonie, wo auch immer diese genau war. Ich schien mich mitten im Nirgendwo zu befinden. Hier gab es unendlich viel Wald, aber sonst nichts. Auf meine Frage, wie lange es dauern würde, bis wir diesen hinter uns ließen, wurde ich von Ben ausgelacht und belehrt.

»Oh Mann. Du hast echt keine Ahnung, was? Der Wald wurde extra angepflanzt, um die Kolonie bestmöglich vor der Zivilisation zu verstecken. Wie befinden uns aber ziemlich nah an der nördlichen Landesgrenze. Wir werden Hunderte Kilometer nach Westen gehen müssen, um nach New Wase zu gelangen.« Das klang weit. Sehr weit. Mehrere Wochen Fußmarsch und viel zu wenig Schlaf. Und doch war es der einzige Weg, um uns ein wenig unserer Freiheit zurückzuholen.

»Was wollt ihr überhaupt in New Wase. Ist es nicht gefährlich, in eine der neuen Städte zu gehen?«, fragte ich und musterte Ben, der ein wenig mit der Frage zu hadern schien. Er schaute zu Dean und warf ihm einen vorwurfsvollen Blick zu, dieser seufzte und antwortete mir.

»Erstens ist Sutcliffe umgeben von New Cloak, New Mania und am gefährlichsten New Catan, denn dort liegt der Präsidentenpalast. New Wase liegt ganz am Rand und ist abgeschotteter und der perfekte Ort, um Rache zu nehmen …«, für mich klang das wie ein Rätsel. Das mit dem Präsidenten klang sinnvoll, aber Dean konnte unmöglich glauben, dass wir sieben einen Racheplan verüben könnten. Doch er fuhr fort.

»Es sind Gerüchte, aber wir waren schließlich auch einst nicht mehr als ein Gerücht. Es heißt, dort ist der Hauptsitz der Rebellen. Und wir haben vor, uns ihnen anzuschließen.« Ich verstand nun gar nichts mehr. Die Rebellion. Davon hörte man selten, da man meist für einen Verräter gehalten wurde, wenn man bloß darüber nachdachte, sich ihr anzuschließen. In der Kolonie war mit so etwas nicht zu spaßen, doch Dean klang nicht, als würde er bloß Späße machen. Sie hatten wirklich vor, sich den Rebellen anzuschließen. Catan und Cloak. Wir waren nicht einmal in der Nähe von New Oltsen. Vielleicht waren die Rebellen die einzige Möglichkeit für mich, nach Hause zu kommen. Die einzige Möglichkeit zu überleben und Dean war mein Ticket dorthin. Nur fühlte ich mich schlecht, ihn so auszunutzen. Er hatte mir geholfen und mein Dank war es, ihn dafür zu benutzen, nach New Oltsen zu kommen. Aber was sollte ich sonst tun? Vermutlich war es das Beste für alle, wenn ich mich so schnell wie möglich von ihnen verabschiedete und so, wie ich das verstanden hatte, würde es wochenlang dauern, bis wir die Stadt erreicht hatten. Bis dahin könnte sich noch einiges ändern. Ich würde zur Rebellion gehen. Wenn Maryse doch bloß hier wäre, dann würde sie mir kein Wort davon glauben. Nur war sie es nicht...

Nach belanglosen Gesprächen, die bloß dazu dienten, nicht einzuschlafen, und Kilometer langem Marsch, drohte ich vor Erschöpfung zusammenzubrechen. Sich daran zu gewöhnen würde seine Zeit dauern, aber ich hatte schon Schlimmeres überstanden. Weitaus

Schlimmeres. Irgendwann kehrte auch der Hunger zurück und mit knurrendem Magen und schmerzenden Gliedern wateten wir durch den matschigen Waldboden. Der Regen hatte nicht lange auf sich warten lassen und ich hatte mir die Kapuze von Deans Jacke über den Kopf gezogen. Es fiel leicht, unterzugehen. Nicht gesehen zu werden und so zu tun, als wäre ich jemand anders. Ich könnte jede sein. Ein beliebiges Mädchen und doch hatte ich mich dazu entschieden, Dean die Wahrheit zu erzählen. Auch seinen Freunden hatte ich Dinge anvertraut, die außer Maryse kaum jemand gewusst hatte. Ich hatte den Drang zu reden und doch warnte mein Geist mich, Stillschweigen zu bewahren. Überall schien er Gefahren zu wittern, doch da war niemand. Niemand außer diesen Leuten, die mir geholfen hatten. Randy und Lex waren so unterschiedlich und doch zeichnete beide eine Offenheit und Freundlichkeit aus, die ich bereits an Dean geschätzt hatte. Ruffs Anwesenheit vergaß ich meist, da er tief in seiner eigenen Welt versunken schien, und Joe und Ben schienen beide sehr misstrauisch mir gegenüber. Während Joe mir keinen Blick mehr zugeworfen hatte, gab sich Ben zumindest Mühe, mich einzuschätzen.

»Hey, Schneeröschen! Ich glaub, du hast da was!«, provozierte Lex und zeigte auf sein Gesicht. Dieser verdrehte genervt die Augen und meinte daraufhin: »Kannst du einfach mal deine Klappe halten, du Nervensäge?«, konterte er und sein Gesichtsausdruck warnte davor, ihn weiter zu provozieren. Doch so, wie ich Lex einschätzte, würde sie das wohl kaum interessieren. Die beiden stritten oft, allerdings kam es mir schon fast so vor, als würden die beiden das insgeheim genießen. Als lenkten sie sich absichtlich damit ab, um nicht daran denken zu müssen, was sie womöglich verfolgte. Ich bildete mir nicht ein, dass ich die Einzige mit Problemen war. Das wäre egoistisch und falsch. Sie alle hatten Dinge durchstehen müssen, für die sie nicht geschaffen waren.

»Da hat wohl jemand mal wieder verdammt schlecht geschlafen!«, behauptete Lex und erst nachdem Randy ihr mit dem Ellbogen in die Seite stieß, hielt sie inne. Sie hätte sicher noch ein paar Beleidigungen angefügt und Ben wäre miteingestiegen. Doch Ben ließ Lex´ Behauptung einfach so stehen und das Gespräch war damit beendet. Spannung lag zwischen uns allen und ich war dankbar, als wir mit dem näher rückenden Sonnenuntergang endlich das Lager aufschlugen.

Eigentlich holten wir einfach nur die Schlafsäcke heraus und komischerweise hatten sie sogar sieben, da Dean sicherheitshalber zwei hatte mitgehen lassen. Fast schon, als hätte er mit mir gerechnet, aber das war unmöglich. Ich wollte bloß nicht wahrhaben, dass es so große Zufälle gab. Dass ich so viel Glück gehabt hatte, wo ich doch geglaubt hatte, dass das Glück mich schon vor Jahren verlassen hatte. Gerade als ich mich hinsetzen wollte, forderte mich ausgerechnet Joe auf, mit ihm zu kommen, um Holz zu holen. Stirnrunzelnd sah ich erst Dean und dann Randy an. Beide nickten mir zögerlich zu und schließlich ging ich zu Joe hinüber. Sein Tonfall stellte klar, dass kein Protest angebracht war, und mir blieb kaum etwas übrig, als ihm zu gehorchen. Er hatte kein einziges Wort zu mir direkt gesagt, seit ich hier war. Wenn, dann hatte er über mich geredet und das auch nur abwertend. Also was wollte er nun plötzlich von mir?

Als wir weit genug von den anderen entfernt waren, blieb er ruckartig stehen, sodass ich beinahe in ihn hineingelaufen wäre. Skeptisch sah er mich an und musterte mich dann. Ich sah wahrscheinlich furchtbar aus. Verfilzte Haare und dreckige, blutige Klamotten, die teilweise nicht einmal mir gehörten. Doch sein Blick blieb an meinem Auge hängen. Dann veränderte sich sein Blick und er schaute fast schon ... freundlich. Doch es dauerte natürlich keine zwei Sekunden, ehe sein Ton als auch seine Mimik wieder hart worden.

»Nur, um das klarzustellen. Ich kenn dich nicht Mädel und du kennst mich nicht. Und da kann Dean so viel faseln, wie er will. Wir wissen beide genau, du bringst mir keinen Mehrwert ein. Ich erkenne ein wandelndes Problem, wenn ich es sehe und bei dir schlägt mein Radar schon in fünfhundert Metern Entfernung aus!«

Natürlich waren wir nicht bloß zum Holzsuchen hier. Er wollte mich offensichtlich loswerden und wenn Dean nicht wäre, hätte ich vielleicht schon längst zugestimmt. Doch die Worte kamen nicht über meine Lippen. Ich ballte meine Hände zu Fäusten, damit er mein Zittern nicht bemerkte. Entweder zitterte ich vor Kälte oder *Angst*.

»Also? Warum bist du hier?«, fuhr er fort und stellte damit die Frage, die ich mir selbst in den letzten beiden

Tagen oft gestellt hatte. Ich wusste, es gab keine gute Antwort darauf und ich hatte das Gefühl, er wusste es auch. Das hier war eine einzige Falle. Und ich war im Begriff, genau hineinzutreten.

»Weil Dean mich nicht einfach gefunden hat. Also nicht direkt ...«, ich sah beschämt zu Boden. »Er hat mich gerettet. Ich wäre ohne ihn in der Kolonie gestorben. Und ich bin noch hier, weil ich keinen Ort habe, an den ich gehen kann. Keinen, der nicht längst zerstört ist«, und da liegt zu viel Wahrheit in diesen Worten, als dass ich es zugeben wollte. So viel wollte ich gar nicht preisgeben, aber Joe hatte diesen Blick, unter dem man sich schutzlos fühlte. Als würde er genau wissen, ob man die Wahrheit sagte oder nicht.

»Wirklich? Die Mitleidsschiene? Selbst wenn du die Wahrheit sagst, wovon ich anhand deiner betrübten Blicke ausgehe, dann glaubst du ja wohl kaum, dass das ausreicht, Mädel. Ich vertraue dir nicht. Und zwar so gar nicht!«, und damit hatte er sein Urteil eigentlich schon gesprochen. Mein Herz schlug mit jedem weiteren Wort von ihm schneller.

»Na und? Habe ich etwa einen Grund, dir oder Dean oder sonst wem zu vertrauen? Nein! Das beruht auf Gegenseitigkeit, glaub mir«, erwiderte ich und meine Stimme wurde lauter. Ich hatte den Eindruck, dass selbst wenn er mir ein Kompliment machen würde, dann klänge das wie ein Tadel.

»Den brauchst du ja anscheinend auch nicht. Und zwar, weil du uns sehr viel mehr brauchst als wir dich. Du und ich haben rein gar nichts gemeinsam, außer, dass ich denke, dass du ähnlich stur bist. Aber am Ende

entscheide ich über dich und nicht andersrum«, warum schickte er mich denn nicht endlich weg. Ich brauchte mir nicht noch seine erniedrigenden Worte anhören.
»Na, dann ignoriere mich doch einfach, wenn du mich so hasst. Ich begleite euch zu den Rebellen, dann habe ich sowieso vor, nach New Oltsen zu gehen«, schlug ich vor und rechnete mit einem Auslachen oder einem abwertenden Kommentar, doch Joe dachte tatsächlich darüber nach.
»Ich hasse dich nicht. Ich kann dich nicht leiden, aber ich hasse dich nicht. Ich trage sehr viel Verantwortung. Deswegen würde ich dich auch am liebsten wegschicken und dich einem anderen Schicksal überlassen. Aber ich habe Dean etwas versprochen und bis dahin kannst du bleiben!« Überrascht blinzelte ich in seine Richtung. Hatte ich mich etwa verhört? Er ließ mich bleiben, einfach so? Das klang zu gut, um wahr zu sein, doch Joe war nicht der Typ, der gern Witze machte.
»Danke. Wo ist das Aber?«, fragte ich misstrauisch, woraufhin er anfing, breit zu grinsen.
»Kluges Mädel. Du wirst dich an die Regeln halten. Wirst du erwischt, dann kennst du uns nicht. Hast weder Namen noch andere Daten. Auch wenn es dich dein Leben kostet. Verstanden?«, es war eine harte Bedingung, aber eine faire. Ein wenig konnte ich nun sehen, von der Bürde, die er als Anführer der Gruppe trug. Er schien sich aufrichtig um die anderen zu sorgen. Ich hatte sein Vertrauen nicht verdient. Noch nicht. Also war sein Angebot mehr als gerecht. Trotzdem würden wir wohl kaum Freunde werden.
»Verstanden!«

Die anderen hatten in der Zwischenzeit irgendwo Essen gesammelt. Beeren aus dem Wald und Fische, die vermutlich aus dem Fluss stammten, an dem wir vorbeigelaufen waren. Es war erstaunlich, wie viele Flüsse und Gewässer es in diesem Wald gab. Ich nahm wieder neben Lex Platz, doch Randy ging sofort zu Joe und er zog sie zu sich hinunter und küsste sie. Ich wendete den Blick ab. Der Moment wirkte einfach zu intim, um dabei zuzuschauen. Nun war zumindest offiziell geklärt, dass die beiden ein Paar waren. Die beiden passten unerwartet gut zusammen. Randys ruhige Art war der perfekte Ausgleich zu Joes eher aufbrausenden, groben Haltung. Dean redete mit Ben etwas abseits des Steinkreises, der nun in unserer Mitte lag. Die beiden hatten sich bestimmt einiges zu erzählen. Wenn Ben mit Dean redete, schien er automatisch freundlicher und schon fast entspannt, wohingegen er sonst immer gereizt und leicht zu ärgern war. Mein Blick hing an Deans Mundwinkeln fest und den Grübchen, die sich bildeten, wenn er lachte. Es war schwer zu leugnen, dass ich ihn attraktiv fand. Womöglich würde es jedem anderen Mädchen ähnlich ergehen und ich fragte mich, ob Dean das bewusst war? Manchmal erwischte ich ihn, wie er ebenfalls zu mir sah und ich blickte schnell ausweichend in eine andere Richtung. Lex bot mir ein paar Beeren an und anschließend etwas von dem Fisch, was ich jedoch dankend ablehnte. Die Beeren schmeckten köstlich und da ich Sacrianerin war, würden selbst giftige Beeren mir nichts anhaben. Auf den Fisch verzichtet zu haben,

erwies sich als schlau, da Randy bei jedem Bissen das Gesicht verzog, und ich verkniff mir ein schadenfrohes Lachen. Wann und wie genau das Feuer gebrannt hatte, war mir ein Rätsel. Ich hatte weder ein Feuerzeug gesehen noch mitbekommen, dass es auf die altmodische Art angezündet worden war. Vielleicht war ich aber auch einfach nicht aufmerksam genug gewesen, schließlich hingen meine Augen die meiste Zeit an Dean, der sich zu meiner Überraschung nun neben mich setzte. Ben gesellte sich seufzend zu uns und warf Dean einen gereizten Blick zu, doch dieser lächelte daraufhin nur und meinte: »Weißt du, Ben. Manchmal hat Lex schon recht, wenn sie sagt, dass du dich mal ein bisschen mehr entspannen solltest«, und ich vernahm ein zustimmen aus Lex´ Richtung.
»Aber einer von uns beiden muss doch der Griesgram sein, Wilkinson!« Wilkinson war sicher Deans Nachname und ohne dass ich bewusst darüber nachdachte, notierte sich mein Unterbewusstsein, jede Information, die ich über Dean erhielt. Selbst die, die völlig banal waren. Zum Beispiel, dass er seine Schuhe immer mit einem Doppelknoten zuband und eine einzige blonde Strähne an der rechten Seite seines Haars hindurchschimmerte. Und doch hatte ich immer noch keinen blassen Schimmer von dem jungen Mann, der da neben mir saß. Er könnte nach wie vor jeder sein und doch hatte ich das starke Gefühl, dass er eben nicht wie jeder X-Beliebige war. Irgendwas an ihm faszinierte mich, was mir vorher nie an jemandem aufgefallen war. Nur was genau, wusste ich noch nicht. Und das war nur

eines von hundert Dingen, die ich nicht über ihn wusste.

Irgendwann will ich alles wissen. Alles, was du zu erzählen hast! Dachte ich, doch dann musste ich mich daran erinnern, dass irgendwann vielleicht zu spät sein könnte. Schließlich hatte ich vor, sie wieder zu verlassen. Ich war nicht erwünscht, zumindest nicht von Joe und vermutlich auch nicht von Ben. Ruff bewegte sich nicht nur geräuschlos, sondern schwieg auch dauerhaft. Ich fragte mich, ob er vielleicht sogar stumm war, doch mir kam es unverschämt vor, zu fragen.

Wir saßen alle um das Feuer herum und trotz dessen, dass wir alle bis auf die Knochen erschöpft waren, herrschte eine unglaubliche Harmonie. Wir aßen und redeten und lachten gemeinsam. Eine Zeit lang vergaß ich, dass ich nicht dazugehörte. Es kam mir vor, als hätte ich mich einer Familie angeschlossen. Als wäre ich zu Hause, obwohl New Oltsen Hunderte Kilometer entfernt war. Sogar Lex und Ben verstanden sich und ich fühlte mich von allen aufgenommen. Keiner warf mir einen skeptischen Blick zu oder ignorierte mich und mir wurde erstmals bewusst, wie viel mir tatsächlich in der Kolonie gefehlt hatte. Der Kontrast zu meinem Leben von vor zwei Tagen war unfassbar groß. Hätte man mir gesagt, dass ich heute hier sitzen würde und mit fremden Leuten über die banalsten Dinge lachen würde, dann hätte ich das für verrückt gehalten. War es das nicht auch? – völlig verrückt.

Im Verlauf des Abends kam selbstverständlich auch das Thema auf, dass meine Ungeschicklichkeit dazu geführt hatte, dass Sutcliffe nun zerstört war. Auch wenn hauptsächlich nur die Hauptmauern eingestürzt waren, würde es sicher noch dauern, bis Sutcliffe wieder gänzlich aufgebaut war. Ich hoffte, dass es noch etwas länger dauern würde, bis die Kolonie wieder auf dem alten Stand war, und das warf eine Frage auf, die ich mir schon länger stellte.

»Wie habt ihr von euren Kräften erfahren?«, wollte ich wissen. Ich kannte ihre Vergangenheit nicht. Weder die Familien noch ihre Heimatorte. Sie könnten von überall herkommen. Sie könnten alles Mögliche erlebt haben. Ich brauchte mir nicht einbilden, sie zu kennen, aber kennenlernen wollte ich sie trotzdem.

»Ich denke, es ist einfacher, wenn wir dir das zeigen«, erklärte Ben und Dean wurde ganz blass. Er schien sich auf einmal total unwohl zu fühlen. Ich fühlte mich anfangs schlecht, da ich gefragt hatte, doch als Ben mir seine Kräfte präsentierte, verschwand jeder Gedanke aus meinem Kopf. Um ihn herum lagen ein paar Steine und Zweige. Diese ließ er größer werden, sodass neben ihm ein ganzer Stamm lag und der kleine Stein ein Hinkelstein sein könnte. Ich traute meinen Augen nicht.

»Ich kann die Teilchen, also Atome verändern, wodurch ich die Stoffe so formen kann, wie ich es will. Ich kann sogar das Wasser teilen«, prahlte er stolz und ich würde lügen, wenn ich behaupten würde, seine Kräfte seien nicht beeindruckend. Lex´ und Ruffs Kräfte hatten sich noch nicht manifestiert, da sie zu jung waren, und Ruff sah bloß mit leuchtenden Augen zu. Randy hatte mich ihre Kräfte bereits sehr eindrucksvoll fühlen lassen und nun fehlten nur noch Joe und Dean. Da Dean aussah, als würde er jeden Augenblick in Ohnmacht fallen, ließ er Joe den Vortritt. Dieser reckte seine Hand in die Luft und erst wirkte die Geste völlig fehl am Platz, doch dann tanzten plötzlich kleine Flammen an seinen Fingerspitzen und ich hielt die Luft an. Größere und kleinere Flammen loderten auf und nun machte alles Sinn. Das Feuer, ohne dass wir ein Feuerzeug benötigten oder dass Joe seine Jacke nicht zumachen brauchte und Randy seinen Pullover trug, da sie mir ihren gegeben hatte. Ihm machte Kälte nichts aus. Dass ich da nicht vorher draufgekommen war. Müsste ich ihn auf ein Wort reduzieren, wäre es vermutlich wutentbrannt. Doch auch wenn wir nie Freunde werden würden, verhielt er sich offener mir gegenüber. Zumindest im Moment. Dieser Moment war vielleicht alles, was ich hatte. Seine Flammen waren viel größer und lebendiger, als ich sie in Erinnerung hatte. Auch das Lagerfeuer loderte meist länger und höher. Er schien das Feuer nach seiner Vorstellung zu erschaffen. Nun war ich umso gespannter, was Deans Kräfte betraf. Wenn Ben Dinge verformen und spalten konnte und Joe Feuer kontrollieren, während Randy ganze Wunden heilen konnte, was versteckte sich wohl hinter Deans hübschem Gesicht. Er lächelte mich ein wenig verlegen an und schluckte dann. War es wirklich so schlimm?

»Tut mir leid. Du hast sicher was Anderes erwartet, aber ich habe leider keine Kräfte«, entschuldigte er sich und die anderen wurden ganz ruhig. Jeder schien die Luft anzuhalten, während ich mich unendlich über mich selbst ärgerte.

Er will nicht drüber reden und du drängst ihn einfach. Wie rücksichtsvoll, Florence...

Hätte ich gewusst, dass er sich so dafür schämte, dann hätte ich ganz bestimmt nicht gefragt, aber ich war neugierig gewesen. Dann erkannte ich die Ironie des Ganzen. Während er sich dafür schämte, wünschte ich mir von ganzem Herzen, keine Kräfte zu haben.
»Du weißt gar nicht, was ich alles hergeben würde, um mit dir tauschen zu können!«, redete ich ihm zu. Er lächelte verständnisvoll, doch da lag so viel Traurigkeit in diesem Lächeln, dass es schmerzte. Er schien es so sehr zu bereuen, dass es mir schwerfiel, ihn zu verstehen. Alles war besser, als Kräfte zu besitzen, die so gefährlich waren wie meine.
»Und du bist ganz sicher, dass sie sich nicht einfach bloß später manifestieren?«, fragte ich aufmunternd, doch sein Blick war leer. Zum ersten Mal erkannte ich hinter dieser immerwährenden Gelassenheit ein tiefes Bedauern. Er gab sich immer so freundlich und entspannt, es hätte mir klar sein müssen, dass es bloß Fassade war. Und ich hatte mal wieder nur an mich selbst gedacht. Aber konnte man es mir verübeln? Ich kannte ihn schließlich nicht.

»Lass es gut sein, Flore. Ich habe gelernt, so mit mir zu leben, und es war schwer genug, mich zu akzeptieren«, und da lag so viel mehr in diesen Worten, was ich nicht

erkannte. Sie gingen so viel tiefer, doch ich wollte nicht noch weiter nachbohren. Das hatte er für seine Ehrlichkeit nicht verdient, also ließ ich meine Fragen in meinem Kopf und dachte über dieses kleine, eigentlich unbedeutende, Wort nach. Flore. So hatte er mich genannt und auch wenn es ein einfacher Spitzname war, löste es so viel mehr in mir aus. Spitznamen gab man Leuten, mit denen man gerne mehr Zeit verbringen wollte. Maryse hatte mir einen gegeben und meine Eltern. Ansonsten war niemand auf die Idee gekommen und um ehrlich zu sein, hatte es nie jemanden gegeben, bei dem ich es zugelassen hätte. Bei ihm ließ es zu. Warum auch immer?
Vielleicht, weil mein Herz doppelt so schnell schlug oder er mich dabei angelächelt hatte und ich dieses Lächeln gern öfter sehen würde. Ich erwiderte sein Lächeln und nickte einwinkend. Manche Dinge sollten geheim bleiben. Manche waren nicht dazu gemacht, sie mit der Welt zu teilen und das akzeptierte ich. Danach war ich irgendwann eingeschlafen. Meine Glieder waren müde und mein Kopf konnte keinen klaren Gedanken mehr fassen, nur mein Herz, das schlug nach wie vor schneller als gewöhnlich. Flore.

Daran könnte ich mich gewöhnen…

Kapitel 5

Schwarz. Erst bin ich umgeben von dicker, unendlicher Schwärze, die mich zu verschlingen droht. Die Panik kommt jedoch erst, als plötzlich grelles Licht auf mich einstrahlt. Sie lässt mich erblinden und meine Sinne verlieren sich in diesem Licht. Mein Herzschlag beschleunigt sich und alles fängt an sich zu drehen. Mir wird schlecht. Dann nimmt das Licht ab und ich blinzle meiner Umgebung entgegen und erkenne die Welt um mich herum endlich wieder. Ich stehe inmitten einer Lichtung im Wald und um mich herum befinden sich eine Wiese, bewachsen von den verschiedensten Blumenarten und unendlich viele Bäume in den unterschiedlichsten Grüntönen. Es ist einer der schönsten Anblicke meines Lebens und die vorherige Panik verschwindet und mit ihr das beklemmende Gefühl in meiner Brust. Ich weiß nicht, wo genau ich bin, wer ich bin, doch es stört mich nicht. Es befreit mich.
Die Vögel singen Melodien, die zu herrlich klingen, um von dieser Welt zu stammen, und ich sehe mich bereits zu ihnen tanzen. Ich stelle mir vor, wie ich mit Maryse zusammen zu den Melodien tanze und wir uns zusammen im erfrischenden Wind drehen. Ich schließe die Augen und lasse mich in diese Vorstellung fallen. Ich stelle mir ein Leben vor, nachdem ich mich sosehr sehne, dass es mich zu zerreißen droht, da ich es nie haben werde. In dem Moment, in dem ich meine Augen wieder öffne, sind die Vögel

verschwunden und der Wald ist plötzlich kahl und die Wiese ist belegt mit eiskaltem Schnee.
Es ist totenstill.
Ich schaue in den Himmel und sehe, wie die Wolken sich zu einer grauen, tristen Masse verformen und die Welt trist und kahl wird. Der Schnee reicht mir bis zu den Knien und ich schaudere. Die Bäume wehen im kalten Wind und wirken fast schon gefährlich lebendig. Dort, wo ich mir vorgestellt hatte, meine Freundin zu sehen, steht nun eine Gestalt in einem weißen Kleid.
Fast schon gespenstisch.
Ihre weißblonden Haare wehen im Einklang mit den Bäumen und das Kleid verschmilzt farblich mit dem Schnee. Als ich mir die Frau genauer ansehe, erkenne ich sie sofort und halte geschockt die Luft an. Das hier ist nicht real, denke ich. Doch es fühlt sich real an. Viel zu real. Dann ertönt ein Knall. Der Knall, den ich damals dank der Blockwelle überhört habe. Die Kugel trifft ihr Herz, das weiß ich bereits, bevor sie die Frau erreicht. Das Geräusch geht mir durch Knochen und Mark und hinterlässt ein Gefühl, das bloß als unendliche Leere zu beschreiben ist. Die Kugel bahnt sich einen Weg durch das Kleid und die Haut der Frau, die mir das Leben geschenkt hat. Vor mir steht meine Mom.
Ich höre das Pochen ihres Herzens, dann das Reißen von Stoff und sehe, wie ihre Augen groß werden. Ich möchte zu ihr und sie auffangen. Ich sehe, wie sie zu Boden geht und ohne zu verstehen wie, stehe ich direkt neben ihr und fange sie auf. Ich knie auf dem Boden und halte sie, während sie nach meiner Hand greift. Alles ist voller Blut und der Schnee verfärbt sich. Mir laufen Tränen ungebremst die Wangen hinab und auch sie weint, doch sie lächelt. Lächelt mich an, als sei alles in Ordnung. Ich drücke ihre Hand und übersehe nicht ihr Zittern oder die Blutlache, die sich auf dem

Schnee ausbreitet. Ich blende das aus oder versuche es zumindest und präge mir lieber jeden Zentimeter ihres Gesichts ein. Ich versuche, stark zu sein – für sie.
»Mom?!«, ich weiß nicht, was ich sagen soll. Ich habe unendlich viele Fragen und doch kommt mir keine über die Lippen. Nichts fällt mir ein außer der Tatsache, dass ich sie nicht verlieren will. Es nicht glaube, zu können.
»Mom, bitte bleib. Verlass mich nicht. Ohne dich habe ich nichts. Ohne dich bin ich niemand«, flehe ich sie an und schluchze. Sie sieht mich an und scheint etwas zu erkennen, dass ich nicht tue. Etwas, dass mir noch fremd ist.
»Florence. Vergiss nie, wer du bist. Oder erinnere dich wieder. Wir wussten ja nicht …, wir wollten nie, dass du erfährst …«, sie gibt einen erstickten Laut von sich und dann entweicht jeder letzte Rest Farbe aus ihrem Gesicht. Ihre Augen scheinen leer, so wie der Himmel, so leblos wie die Lichtung.
Sie ist weg. Nein. Sie ist tot.
Ich rüttle an ihrer Schulter und drücke ihre Hand noch fester. Ich schreie.
»Mom, wach auf! Bitte wach wieder auf, lass mich nicht allein!«, aber es folgt keine Reaktion. Sie liegt bloß reglos da und schaut ins Leere. Schaut ins Nichts. Dann spüre ich, wie mich jemand von ihr wegzieht und ich will schreien und um mich schlagen, doch ich habe keine Kraft mehr. Keine Kraft, um mich zu wehren, zu schreien oder die Tränen wegzublinzeln. Ich hänge bloß in den Armen dieses Jemandes.
Allein. Und verlassen. Vielleicht auch selbst zum Teil … tot.

Mit rasendem Herzen und unendlichem Schmerz darin öffnete ich die Augen. Es war bloß ein Traum, redete ich mir ein, doch es war noch so viel mehr gewesen. Selbst wenn sie nicht da und es nicht wirklich real war, der Schmerz war und blieb es. Auch die Tränen auf meinen Wangen bewiesen das und erinnerten mich unweigerlich an das Erlebte. Sie noch einmal sterben zu sehen und das alles ein weiteres Mal zu überleben, war mehr, als ich ertragen konnte. Mehr als ich ertragen wollte. Ihre Stimme zu hören und diesen Schuss, der ihr Todesurteil war… das hier war mein Limit. Das hier war schlimmer als jede Wunde eines Peitschenhiebs. Die Narben auf meinem Rücken waren möglicherweise ausdrucksstärker, aber der Schmerz in meiner Brust war endlos und endgültig. Ich fühlte mich ausgelaugt und bis auf die Knochen erschöpft. Ich war nur noch dazu in der Lage, nach oben in den Nachthimmel zu schauen und zu versuchen, mir immer wieder klarzumachen, es war doch bloß ein Traum. Nur gelang es mir nicht, zu vergessen. Die letzten Worte meiner Mom schwirrten durch meinen Kopf und setzten sich dort fest. Sie lasteten auf mir wie Granit und schienen mich unter sich zu begraben. Was hatte sie mir sagen wollen? Was hatte ich übersehen? Oder hatte sie etwas versteckt? Tausend Fragen, die ich ihr nicht stellen konnte. Schließlich war sie fort.

Sie war tot.

Die nächsten Morgenstunden zogen sich ins endlose und gerade als ich fürchtete, dass alles über mir einstürzen würde, wachten die anderen auf. Fast gleichzeitig öffneten sie die Augen und begannen bereits ihre Schlafsachen wegzuräumen. Es war, als hätten sie eine innere Uhr – als wäre das hier die simple Routine ihres Alltags. Sie gingen ganz anders mit der Situation um. Da war so eine Selbstverständlichkeit in ihren Bewegungen und Handlungen, die ich mir in Jahren nicht aneignen könnte. Eine Ruhe, die ich so gar nicht kannte und selbst nicht verspürte. In mir war alles in Aufruhr und jede Sekunde bereit zu rennen, wenn es sein müsste. Mein Herzschlag war dauerhaft spürbar und meine Sinne nahmen kleinste Bewegungen sofort wahr. Paranoia war der Begriff, der meiner momentanen Gefühlslage wohl am Nächsten kam. Niemand sprach mich darauf an, dass ich bereits wach war, und ich gab ihnen keinen Grund zu denken, ich wäre nicht müder als sie. Meine Augenringe verrieten mich wahrscheinlich, doch das schien keiner der anderen zu registrieren, bis auf Dean. Er musterte mich sofort und warf mir dann anschließend ein aufmunterndes Lächeln zu, was mich normalerweise hätte mitlächeln lassen. Aber mir war gerade nicht nach Lächeln zumute. Nachdem auch ich meine Schlafsachen in den Rucksack gequetscht hatte und Joe unsere Spuren verwischte, zogen wir weiter. Auf dem Weg genehmigten wir uns ein paar Beeren, die auf unserem Weg lagen. Wenn man das überhaupt Weg nennen konnte. Wir stapften durch Matsch und völlig verwachsene Waldgebiete. Manchmal zogen wir uns durch Bäche, die uns bis zu den Knien reichten und an anderer Stelle mussten wir uns durch Dornensträucher zwängen. Nach der ersten Hälfte unseres Tagesmarschs sah ich bereits aus, als hätte man mich in den Krieg geschickt, obwohl die meisten

Wunden schnell verheilten. Eine Narbe an meinen Rücken war jedoch wieder aufgerissen und Randy würde sie heute Abend wieder mit einer neuen Hautschicht überziehen müssen. Bis dahin musste ich die Zähne aufeinanderbeißen und weitergehen. Wir wollten schließlich überleben und um gute Chancen zu haben, sollten wir uns schnellstens soweit wie möglich von Sutcliffe entfernen.

Die meiste Zeit schwiegen wir alle und beschäftigten uns mit uns selbst und dem, vor dem wir wegliefen. Ich für meinen Teil konnte sagen, dass es nicht nur Sutcliffe war, wovor ich weglief, sondern auch meine Vergangenheit. Die Stille wurde irgendwann so einnehmend, dass sie mir fast Angst machte. Umso dankbarer war ich, als auch Ben es nicht mehr aushielt und begann, die Orte aufzuzählen, an denen wir entlanggingen und zu meinem Erstaunen waren es einige.

»Also wir müssen an der Waldgrenze entlang und dann über den Myten-River«, die Namen jedoch kamen mir nicht gerade bekannt vor. Schließlich kam ich aus New Oltsen, was am anderen Ende des Landes war.
»Weiter an der Grenze entlang bis zum Upper-Western-Lake, am Old-North-Portal vorbei. Anschließend noch durch den Oak-Western-Forest«, die Namen setzten sich immer weiter fort, sodass auch Lex ihm nun volle Aufmerksamkeit schenkte. Jedoch machte sie sich eher darüber lustig als alles andere. Ben schenkte ihr ausnahmsweise mal keine Aufmerksamkeit.

»Durch den Nubian Forest bis hin zu den Toten Städten in Richtung Southern-Oak-Forest. Wir laufen durch das alte Hamrian und schließlich nach New Wase!«, beendete er endlich seine minutenlange Reihung von Ortschaften und Flüssen, die ich alle nicht kannte. Hamiran hingegen sagt mir was. Und zwar, dass es eindeutig viel zu weit weg von New Oltsen war, als dass ich mir Hoffnung machen sollte.
Lex verdrehte die Augen und spottete:
»Du bist so komisch! Weißt du das eigentlich?«, ich fürchtete bereits, dass die beiden nun wieder eine ihrer Lieblingsdiskussionen führen würden, doch tatsächlich antwortete Ben, oder Milchbrötchen, wie Lex ihn nannte, nicht. Vielleicht war ich ja doch nicht die Einzige, die schlecht geschlafen hatte.
Der Wald war atemberaubend, nur ob vor Schönheit oder Bedrohlichkeit wusste ich noch nicht. Tagsüber strahlte die Sonne durch das Blätterdickicht hindurch und blendete mich manchmal, sodass ich sie mit meinen Händen abschirmen musste. Nachts hingegen machten mich die Geräusche verrückt. Manchmal schienen sich die Bäume sehr lebhaft zu bewegen und ich glaubte, Schemen wahrzunehmen. Die Sterne waren dann das Einzige, was mich noch beruhigte und an Schlaf konnte ich kaum denken. Wenn dann Joes Feuer ebenfalls erlosch und ich in Dunkelheit und Stille vor mich hinvegetierte, dann gab es wenig, das mich ruhigstellte. Erst mit der Morgenröte verschwanden diese Unsicherheit und Angst vor den Tiefen dieses Waldes. Dieser war für Winterverhältnisse viel zu dicht bewachsen. Er müsste kahl und mit Schnee bedeckt sein

oder zumindest zum Teil. Doch mehr als Frost am Morgen und der eisigen Kälte, deren Ursprung mir nicht klar war, gab es hier nicht. Die Bäume waren von unterschiedlich gefärbten Blüten besetzt und auch Früchte und Beeren wucherten geradezu. Leider wuchsen auch die Dornen und andere lästige Sträucher ungehindert weiter, durch die wir uns nun einen Weg hindurch kämpfen mussten. Nicht einmal die Tiere schienen sich um den Winter zu scheren, kein Winterschlaf, keine Winterflucht. Sowohl Wildhasen und Füchse als auch etliche Vogelarten besiedelten den Wald. Wie es möglich war, einen Wald anzulegen, der alle Jahreszeiten in der Blütephase war, konnte ich mir nicht erklären. Sicher war, dass er vom Staat gepflanzt worden war, um die Kolonie einzudämmen, also müssten sie einen Weg gefunden haben. Nur war das momentan mein geringstes Problem.

Nachdem wir durch gut zwanzig Sträucher geklettert waren, kamen wir endlich auf einen halbwegs begehbaren Weg nahe einem Bach. Das Plätschern des Wassers erfüllte meine Ohren, während mir der kühle Wind ins Gesicht blies und die Sonne spiegelte sich in den kleinen, flachen Wellen der Strömung. Fasziniert ging ich weiter und stolperte fast dabei. Ich murmelte ein »´tschuldige!«, und biss mir auf die Lippe. Joe verdrehte bloß die Augen und ging dann wortlos weiter. Danach hielt sich meine Faszination wieder in Grenzen, auch wenn der Wald neben glitzernden Bächen und wuchernden Dornen noch weit mehr zu bieten hatte.

Die Stunden zählte ich nicht, doch es verging genug Zeit, um mich darin zu verlieren, wenn ich mich nicht daran erinnerte, dass ich eine Mission hatte. Konzentration war das Einzige, was mich im Hier und Jetzt hielt, und ich beschloss letztlich, endlich in die Stille hinein zu fragen.

»Wie habt ihr euch eigentlich alle kennengelernt oder kanntet ihr euch schon immer?«, wollte ich wissen und blickte instinktiv zu Dean. Dieser erwiderte meinen Blick und lächelte bei der Erinnerung, die ihm nun in den Sinn zu kommen schien. Ich merkte, wie die Stimmung automatisch ein wenig besser wurde und zunehmend mehr Ruhe und Gelassenheit in der Atmosphäre lag. Selbst Joe und Ben entspannten sich und lächelten in sich hinein. Endlich hatte ich mal etwas richtig gemacht.

»Ach, ich weiß nicht, das habe ich alles schon verdrängt«, scherzte Lex und ergänzte dann flüsternd, »eigentlich wurde ich entführt und nun werde ich festgehalten, aber Pssst!«, und ich musste ein Lachen unterdrücken.

»Ben und ich kennen uns schon, seit wir Kinder sind und als wir vor dem Militär fliehen mussten, sind wir auf Lex gestoßen und später erst auf Joe und Randy, die beiden kannten sich schon«, erklärte Dean und ich stellte mir bildlich vor, wie das für ihn gewesen sein musste. Sein Leben lang auf der Flucht zu sein und dann am Ende trotzdem in der Kolonie zu landen. Das klang nicht fair. Aber was war schon fair?

»Ich habe Jonas auch erst kurz davor kennengelernt und dann haben wir Raffaelle und seine Schwester getroffen«, ergänzte Randy und daraufhin fuhr Ruffs Kopf sofort herum. Er hatte also eine Schwester. Wo sie wohl war? – bei dem Gedanken, sie könnte vielleicht… tot sein, musste ich schlucken. In seinen Augen lag nun ein trauriges Glitzern. Sein Blick schrie vor Heimweh und es tat mir weh, ihn so zu sehen. Er redete nicht und schien nahezu immer abwesend, doch irgendwie hatte ich das Gefühl, ihn lesen zu können. So als würde er auf einer anderen Ebene kommunizieren. Ich wollte fragen, warum er nicht sprach, aber er hatte sicher seine Gründe und ich hatte nicht das Recht, diese zu hinterfragen. Mich fragte schließlich auch niemand, warum genau ich ausgepeitscht worden war. Oder warum ich so wenig über Sacrianer oder Deseaser wusste. Auf Letzteres hatte ich aber selbst keine Antwort. Vielleicht hatten meine Eltern mich einfach schützen wollen. Schützen vor der Welt. Und am Ende war es genau das, was sie das Leben gekostet hatte.

»Und ihr seid alle aus der Umgebung hier?«, fragte ich ein wenig skeptisch. Das klang nach einem ziemlich großen Zufall, war aber nicht unmöglich. Gar nichts schien mehr unmöglich. In dieser Welt zumindest nicht mehr.

»Ja, kann man so sagen«. Das war eine sehr vage Antwort, reichte mir aber für den Moment völlig aus. Ich wäre jetzt gern allein mit Dean, dachte ich. Einfach, um endlich all die Fragen loszuwerden, aber das war egoistisch und absolut fehl am Platz. Wir hatten immer noch ein Ziel vor Augen, auch wenn meins von Tag zu

Tag immer mehr verschwamm. Was genau ich mir von den Rebellen erhoffte, war mir selbst unklar. Je nachdem wie die Lage in New Oltsen war, würde ich vielleicht nie wieder dorthin zurückkehren können oder gar wollen. Ich brauchte *Glück*.

Und mit Dean hatte ich das Gefühl, jedes bisschen *Glück* bereits verspielt zu haben...

Kapitel 6

Wie komme ich zu meinem Volk, zu mir selbst
Wo doch mein Blut Feuer ist und meine Geschichte Trümmer?
Stärkt meine Brust, in ihr toben Brände
Und Distanzen Körper, an denen die Epochen zerren
Die Chroniken sind Spiegel, die zerbrechen.

- - *St. Weidner, Adonis*

»Hey Dean! Erinnerst du dich noch an den Unfall mit dem Eichhörnchen?«, fragte Ben mitten aus dem Nichts. Eichhörnchen? Was hatte ein Eichhörnchen mit einem Unfall zu tun? Dean fing sofort an loszulachen und antwortete dann:
»Ja! Also Unfälle hatte ich ja schon oft, aber so einen nie wieder«, und dann brachen beide in schallendes Gelächter aus. Auch Lex und Randy schienen sich daran zu erinnern und grinsten über beide Ohren.
»Kein Wunder. Was erwartet man auch, wenn man gleich zwei Vollidioten ans Steuer lässt«, mischte Lex sich ein und daraufhin musste ich mich zurückhalten, nicht loszulachen. Dean schien jedoch anderer Meinung.

»Ich bin ein ziemlich guter Autofahrer, ja!«, stellte er klar, doch das daraufhin lauter werdende Gelächter widersprach dem ein wenig.
»Nimm´s nicht übel! Aber du bist ein miserabler Fahrer. Also wirklich miserabel, miserabel«, meinte nun auch Joe und nun konnte auch ich kein Lachen mehr zurückhalten. Allein die Vorstellung, wie um alles in der Welt ein kleines Eichhörnchen zu einem Unfall führen konnte, war absurd genug, um darüber zu lachen. In einer Welt, wo wir von jedem abgeschlachtet werden konnten, hatte Dean ausgerechnet Angst vor einem Eichhörnchen?
»Ja, okay! Ich hab´s ja verstanden!«, ergab sich Dean, lachte aber letzten Endes selbst. Irgendwann hatten wir alle einfach nur gelacht, ohne überhaupt noch zu wissen, worüber und vermutlich war es die gesamte Situation, in der wir uns befanden, die mich lachen ließ. Die ganzen Ereignisse der letzten Tage waren urkomisch. Und lachen war manchmal einfach die beste Option, damit umzugehen.
»Dean ist damals auf die unglaublich schlaue Idee gekommen, ohne Führerschein und Fahrkenntnisse ins Auto zu steigen und mit uns eine Spritztour zu machen. Na ja, das hat auch halbwegs geklappt, bis auf ein paar Abschwenker auf die andere Fahrbahn. Dann sprang uns ein Eichhörnchen vorne auf die Motorhaube, was ja eigentlich kein Problem sein sollte. Dieser Vollidiot da war dann allerdings so überfordert, dass er solange mit diesem Viech diskutiert hat, bis wir alle schreiend in den Graben gefahren sind. Alles in allem also eine wirklich erfolgreiche Spritztour«, erzählte mir Lex endlich die

Geschichte dahinter. Wie alt Dean damals wohl gewesen war? Ich hatte ihn gar nicht so risikofreudig eingeschätzt. Er wirkte viel zu berechnend und zielorientiert. Was passiert sein muss, damit er so wurde? Aber was hatte ich schon zu urteilen? – Ich hatte mich schließlich ebenfalls verändert. Ich hatte unfreiwillig erwachsen werden müssen. Wo andere Kinder noch an den Osterhasen glaubten, hatte ich meine Eltern sterben sehen. Ich hatte das dringende Verlangen, ihn zu fragen, was es mit seiner Vergangenheit auf sich hatte. Warum er diese Narbe am Hals und wer sie ihm zugefügt hatte. Doch ich schwieg. Wie so oft. Kurz bevor ich mich erneut in meinen Gedanken verlor, blieb Joe plötzlich ruckartig stehen und sofort verschärften sich all meine Sinne. Besonders natürlich mein Gehör und schon bevor er die Worte aussprach, erkannte ich die Gefahr. Hörte sie.

»Pscht! Hört ihr das? Da kommen Leute!«, verriet er und ich fügte noch hinzu: »Sie tragen Waffen. Ich kann sie hören. Es sind CGCs!«, und das Nächste, was durch den Wald hallte, war: »Lauft!«

Doch ehe wir mehr als drei Schritte machen konnten, ertönte bereits ein mechanisches Kreischen, das mir durch Knochen und Mark ging und jeden meiner Sinne lähmte und betäubte. Die Blockwelle. Ich kannte dieses Geräusch vermutlich besser als jedes andere und doch hatte ich mich in den ganzen Jahren nie daran gewöhnen können. Ich spürte mit jeder Faser meines Seins, dass meine Kraftquelle davon angegriffen wurde und alles in mir wehrte sich dagegen. Allerdings führte das bloß zu unendlicher Erschöpfung, dagegen wehren konnte ich mich nicht. Niemand konnte das. Ich hörte etwas tief in meinem Ohr knacken und ging anschließend zu Boden, da auch meine Knie unter mir wegknickten. Ich presste mir die Handflächen auf meine Ohren, doch nichts konnte die Blockwelle abschirmen oder gar erträglich machen. Mein Rücken schien wieder aufzureißen und jeder Schnitt, den ich mir im Verlaufe des Tages zugezogen hatte, öffnete sich wieder und von Heilung war keine Spur. Dieses Gemisch aus Sirren, Schreien und Scheppern blendete meine Sinne und ich sah alles verschwommen und zusammenhangslos. Als würde ich zu Staub zerfallen und mich in der Atmosphäre auflösen. Das hier musste eine sehr viel schlimmere Version der Blockwelle sein. Vermutlich eine noch höhere Frequenz. Während mein Körper von Krampfanfällen geschüttelt wurde, presste ich mich gegen den Boden, in der Hoffnung, irgendetwas würde endlich diesen Lärm abstellen. Er kam von überall. Als würden meine Knochen ein Echo zu der Blockwelle bilden. Und ich kämpfte. Ich regte mich kein Stück, aber ich kämpfte. Ich wollte leben. Zum ersten Mal entschied ich mich nicht bloß instinktiv dazu, zu leben, sondern weil ich es wollte. Ich wollte wissen, wer genau Dean war und was es mit all dem auf sich hat. Die Flucht. Die Rebellen. Ich wollte wissen, was es bedeutete, Sacrianerin zu sein. Wie man mit Deseasern umging, hatte ich kennenlernen dürfen. Aber Dean behandelte mich wie seinesgleichen. Wie eine Sacrianerin und ich würde gerne wissen, was es noch bedeuten konnte, seinesgleichen zu sein.

Ich konnte bereits nichts mehr sehen, doch ich erkannte den CGC sofort und ohne Zweifel an seiner Stimme. Dieser Abscheu und ein Hauch von Erheiterung. Agent Brenner würde ich aus tausend CGCs heraushören. Er hatte mich gebrochen. Und das würde ich ihm heimzahlen. Auch wenn ich ihn nicht umbringen würde, er hätte es vermutlich verdient.

»Da seid ihr ja weit gekommen!«, spottete er, und dann wurde die Blockwelle leiser. Leise genug, um seinen Worten zu lauschen, aber so laut, dass meine Knochen noch leicht im Einklang mit ihr vibrierten. Doch er beließ es nicht bei einer kleinen Erniedrigung.

»Das hier ist die kleine Deseaserschlampe«, damit meinte er zweifellos mich.

»Du machst uns einen ganz schönen Ärger. Weißt du eigentlich, wie viele Scheißkids wir jetzt einsammeln dürfen?«, trotz des Schmerzes verspürte ich kurz Erleichterung. Wenn er so wütend war, mussten zumindest ein paar erfolgreich entkommen sein können. Ich musste den starken Drang, mich zu übergeben, mehrmals unterdrücken und schaffte es schließlich, ihm entgegen zu fauchen.

»Ihr Schweine könnt von mir aus in der Hölle schmoren und dann werdet ihr bekommen, was ihr verdient. Ich hoffe für euch, dass ihr noch mehr als das auf dem Kasten habt«, warum ausgerechnet ich die CGCs nun provozierte, war mir selbst ein Rätsel. Doch ich wusste, wie hochmütig Menschen waren und wenn sie in Rage gerieten, waren sie meist am verletzbarsten. Nur waren wir alle gar nicht angriffsbereit. Bereits nach den wenigen Worten schmerzte meine Kehle und Schweiß rann mir an der Stirn hinab. Genau wie ich, kauerten die anderen am Boden und selbst Joe konnte seine Schwäche nicht verbergen. Wir waren sowas von geliefert. Die Blockwelle jedoch wurde immer leiser oder wir gewöhnten uns tatsächlich langsam an die Frequenz. In der Kolonie wurde sie absichtlich nie länger als dreißig Sekunden eingesetzt und nun hatten die CGCs sie mehrere Minuten angelassen.

»Hör mal zu, du kleines Biest. Ich werde dich leiden lassen«, er kam auf mich zu und drückte meinen Kiefer gewaltsam mit seiner Hand zusammen, sodass mir fast die Luft wegblieb. »Ich werde Sachen mit dir anstellen, von denen du gar nicht zu träumen wagst. Dann werden wir ja sehen, wie viel Mut dir am Ende übrigbleibt«, fuhr er fort, und bei seinem Ton waren Zweifel an der Ernsthaftigkeit seiner Worte sinnlos. Er sah vermutlich den Schrecken in meinen Augen und ließ mit einem ekelhaften Grinsen, das seine gelben Zähne freigab, mein Gesicht los. Erschöpft landete dieses wieder auf dem Boden und mein Mut verebbte mit seiner Drohung. Oder war es ein Versprechen?

Ich hörte, dass Lex etwas von hinten brüllte, doch die Worte verschwammen vor meinem inneren Auge. Die CGCs jedoch schienen sie zu hören und einer zerrte sie nach vorne neben Agent Brenner. Insgesamt waren es fünf CGCs. Allerdings kannte ich bloß Agent Brenner und gegen ihn hegte ich genug Hass für ein Dutzend. Er sagte irgendwas zu Lex, das ich nicht hörte, und schlug sie daraufhin. Ich zuckte zusammen und wollte ihr helfen, als sie vor mir auf den Boden geschubst wurde, doch meine Glieder blieben reglos und schlaff.

»Was wollen sie?«, krächzte ich und machte mir gar nicht erst die Mühe, ihn dabei auszuschauen. Ich musste das Schlimmste bloß ein wenig hinauszögern. Dean würde bestimmt was einfallen. Jeden Augenblick könnte Agent Brenner auf uns schießen und dann wären sie tot. Wegen mir. Dean hatte nichts mit mir zu tun, ihn nun in Gefahr zu bringen, wo ich ihn bloß wenige Tage kannte, war schrecklich von mir. Schuld. Schuld war mit Abstand das, was ich am häufigsten empfand, und ich vermied es, absichtlich darüber nachzudenken, ob es mich nicht doch zum Monster machte. Nun war jedoch der absolut falsche Moment, um darüber nachzudenken. Ich musste nun meine Freunde? - retten.

»Sie sind jawohl offensichtlich wegen mir hier, dann können sie die anderen doch gehen lassen«, ergänzte ich noch und bot ihm gleichzeitig mein Leben an. Aber lieber einer als gleich sieben, die zurück in die Kolonie oder sogar sterben mussten.
»Sosehr ich dein Angebot schätze, so wenig bringt es mir. Wenn ich euch alle zurückbringe und ausliefere… oh, du willst gar nicht wissen, wie viel Geld mir das einbrächte«, raunte mir Agent Brenner ins Ohr, sodass mein Körper vor Unbehagen schauderte. Geld. Es ging ihm jedoch um sehr viel mehr als Geld, es ging ihm um seinen Stolz.
»Und, wenn ich ihnen sagen könnte, wo eine noch größere Gruppe Flüchtlinge ist. Was sind schon sechs gegen zwanzig. Dann können Sie sie doch gehen lassen?«, schlug ich vor und hoffte, damit irgendwas erreichen zu können. Ich mochte vielleicht egal sein,

mein Leben war möglicherweise verwirkt, aber Dean und seine Freunde hatten das nicht verdient. Schon gar nicht, wenn es meine Schuld war.
»Hältst du mich etwa für so dumm, du dumme Göre. Die kommen alle mit und damit basta!«, stieß Agent Brenner zwischen zusammengebissenen Zähnen hervor. Lex lag immer noch reglos vor mir und mir traten Tränen in die Augen – Tränen vor Wut. Wir würden alle zurück in diese Dreckskolonie kommen und ich würde dort mit Sicherheit sterben. Dann war das alles umsonst.

Da war so viel *Wut* in mir. Sie durchströmte mich, wuchs in mir heran, bis sie mich voll und ganz kontrollierte. Diese Wut war so mächtig, dass es mir Angst machte und dieses Gefühl der unendlichen Macht hatte ich vorher erst einmal verspürt. Als ich Sutcliffe eingerissen hatte. Jedes Geräusch intensivierte sich, sodass ich das Rauschen des Windes und das der Blätter wahrnahm. Ich hörte den Herzschlag der anderen und das Knacken des Grases unter uns. Ich konzentrierte mich auf den Wind und schloss meine Augen. Ich atmete tief ein, so tief, dass ich daran zu ersticken drohte und als ich dann instinktiv losschrie, verschwand die Welt um mich herum. Mein Kopf schien sich auszuschalten und ich hörte nur noch meinen eigenen Schrei und das Rauschen der gewaltigen Schallwellen, die ich gerade aussandte. Die CGCs hatten keine Chance, sich dagegen zu wehren. Sich gegen mich zu wehren. Ich schleuderte meine Welle aus Wut und Macht und Hass gegen Agent Brenner. Ich hörte das Knacken von Knochen und Reißen von Haut. Wenn ich nicht ihren Herzschlag hätte hören können, dann hätte ich sie tot geglaubt.

Als ich die Augen öffnete, sah ich in Lex´ weitaufgerissene Augen und schluckte den Kloß in meinem Hals herunter. Meine Kehle brannte und erschrocken sah ich, dass die CGCs mehrere Meter weiter weg verwundet auf dem Boden kauerten. Erst fürchtete ich, dass ich sie umgebracht hatte. Dabei sollte ich rein gar kein Mitgefühl mit ihnen haben. Sie hatten mir so viel Schlimmeres angetan und sie hatten Maryse sehr viel Schlimmeres angetan. Die Erleichterung, die ich beim Hören ihres Herzschlages empfand, kam mir falsch vor. Joe stemmte sich hoch und auch die anderen schienen sich wieder von den Schmerzen der Blockwelle zu erholen. Joes Gesichtsausdruck war schwer zu deuten, jedoch bedeutete das Feuer, das kurz darauf in seiner Handfläche loderte, nichts Gutes für die CGCs, die stöhnend auf dem Waldboden lagen. Als ich dann Dean ansah, hielt sein Blick meinen fest. In seinen Augen lag eine Warnung, der ich folgte. Er wusste genau, was Joe tun würde und er sorgte dafür, dass ich wegsah. Im nächsten Augenblick leuchtete helles Feuer auf und dann kamen die Schreie. Der Geruch von verbranntem Fleisch war jedoch am schlimmsten. Mehrmals musste ich aufsteigende Galle wieder herunterwürgen. Joe verbrannte die CGCs bei lebendigem Leib und selbst mein Hass reichte nicht aus, um das zu rechtfertigen. Die Schreie waren grausam. Die CGCs schrien lange und schmerzerfüllt. Das Einzige, was mich im Hier und Jetzt festhielt, war

Deans eindringlicher Blick. Auch er schien sich unwohl zu fühlen und vielleicht lag auch in seinen Augen ein Hauch Mitleid, was mich beruhigte. Das Feuer wurde zu Glut und irgendwann waren nur noch Rauch und Asche übrig. Selbst Lex war sprachlos und drehte sich weg.

Jonas – der Mann, der im Feuer stand, der Mann, der die Welt in Flammen aufgehen ließ. Er hatte es getan, um uns – um seine Familie – zu beschützen. Mir war klar, dass die CGCs uns verfolgt hätten, und doch wäre ich nicht dazu in der Lage gewesen, Agent Brenner und sein Gefolge zu töten. Ob mich das schwach machte? – Vielleicht. Aber ich war lieber schwach als eine Mörderin. Ich schien als Einzige so geschockt von Joe zu sein. Die anderen wirkten ein wenig verwirrt und erschöpft, aber nicht wirklich überrascht. Ob Jonas wohl öfter Leute verbrannte, die eine Gefahr darstellten? Ob er im Notfall auch mich verbrennen würde? Soweit ich wusste, würde ich sterben, sobald mein Herz nicht mehr arbeitete. Ob ich nun erstickte, ertrank oder man es mir gleich aus der Brust herausriss… Ich wäre tot. So tot wie Agent Brenner. So tot wie meine Eltern oder Maryse.
Um mich herum begann sich alles zu drehen, und mir wurde schlecht. Mein Kopf hämmerte und mein Herz raste unregelmäßig. Dean kam auf mich zu und zog mich auf die Beine. Er stützte mich, da ich bereits kurz davor war, wieder umzukippen. Es dauerte ein paar Minuten, ehe mein Körper sich beruhigt hatte, und es war mir unangenehm, dass Dean mich so verletzlich sah. Er hatte mich schon viel zu oft verletzt und

schwach gesehen. Wahrscheinlich öfter als jeder andere in meinem bisherigen Leben. Doch das lag bereits soweit in der Vergangenheit zurück, dass es vor meinem inneren Auge verblasste. Ich wusste nicht, was ich sagen sollte. Aber ich hatte das dringende Verlangen, mich zu entschuldigen. Ich wollte irgendwas sagen, etwas tun, um das wiedergutzumachen. Die CGCs hätten sich nicht für Dean und seine Freunde interessiert, wenn ich nicht bei ihnen gewesen wäre.

»Es tut mir leid«, die Worte waren kaum mehr als ein Flüstern. »Sie hätten euch nie gefunden, wenn ich nicht gewesen wäre. Ich wollte euch nicht in Gefahr bringen!«
»Jetzt bilde dir mal nicht so viel ein, Neuling. Die CGCs sind riesengroße Arschlöcher. Die interessieren sich für jeden, den sie kriegen können und soweit ich das gerade mitbekommen hab, bist du der Grund, warum wir noch frei sind … Also hör auf, dich selbst immer so kleinzureden!«, konterte Lex in einem Ton, der mich nicht widersprechen ließ. Ich wusste ehrlich gesagt nicht, ob ich sie nun umarmen oder den Kopf schütteln sollte. Ich blickte erst zu Dean, welcher leicht nickte und meinte: »Sie hat recht. Leider hat Lex auch manchmal recht«, fügte er bei und selbst Ben entgegnete bloß mit einem zustimmenden Seufzer. Randy war bei Joe und schaute ein wenig besorgt. Sie hielt seine Hand und schien all ihre Kraft aufgebracht zu haben. Vielleicht hatte sie stärker unter der Blockwelle gelitten, als ich es angenommen hatte.

»Es tut mir trotzdem leid«, nuschelte ich vor mich hin, sodass nur Dean es hören konnte. Er formte mit seinen Lippen ein mir auch, sagte aber daraufhin nichts mehr und ich hakte nicht nach, weswegen. Als mein Blick zu Joe herüberschweifte, lief mir ein kalter Schauer den Rücken hinab. In seinen Augen lag keine Reue oder ansatzweise Mitgefühl. Da war bloß abgrundtiefer Hass. Da lag so viel Hass, dass ich den Blick sofort wieder abwandte und ihm den Rücken kehrte, um ausblenden zu können, was er getan hatte. Er hatte es getan, um uns zu schützen... das redete ich mir immer wieder ein. Doch letzten Endes hatte er sie umgebracht. Und damit war er auch nicht besser als die CGCs. Die eigentliche Frage jedoch war, ob meine Kräfte nicht genau so tödlich waren wie seine. Und ob der Tag kommen würde, an dem ich genauso reuelos jemanden umbringen würde? Vielleicht waren meine Kräfte ein noch größerer Fluch, als ich es angenommen hatte? Vielleicht waren sie ein Versprechen – das Versprechen, ein Monster zu werden. Womöglich hatte die Welt ja recht, ... wir waren gefährlich.

Ich war gefährlich.
Machte ihn diese eine Tat bereits zum **Monster**?
Und zu was machte sie mich?

Kapitel 7

Ein Monster. Was genau war überhaupt ein Monster? Oder ab wann wurde man zu einem? In den vergangenen Stunden hatte ich mir darüber so viele Gedanken gemacht, dass mein Kopf mir nun mit pochenden Schmerzen mitteilte, die Sache einfach ruhen zu lassen. Ruhe. Nachdem, was vorhin passiert war? Wie sollte ich da denn nicht ausrasten? Und was Joe betraf, war ich mir auch noch nicht im Klaren, ob ich ihn nun verabscheuen oder ihm sogar danken sollte. Irgendwie beides, dachte ich. Irgendwie, irgendwo und irgendwann waren Worte, über die ich in letzter Zeit viel zu oft nachdachte. Genauso wie die ganzen *Was wenn´s´*, die mir ständig durch den Kopf jagten.

Zum Beispiel, was, wenn meine Eltern noch lebten? Jahrelang hatte ich mir diese Frage verboten und nun traute ich mich das erste Mal, sie wieder zu stellen. Zwar an mich selbst gerichtet und wo mich keiner beobachten konnte, aber es war okay, mich das zu fragen. In der Kolonie wäre ich entweder vor Wut ausgeflippt oder ich hätte mich vor Trauer in einer Ecke zusammengerollt und vor mich hin geweint. Nun empfand ich etwas anderes. Sehnsucht hauptsächlich und dann war da noch eine Erleichterung, die mich selbst überraschte. Wenn die Welt hier draußen wirklich so schlimm war, wie

Dean sie schilderte und ich sie mir ausmalte, dann war es vielleicht besser, dass meine Eltern fort waren. Fort, an einem hoffentlich besseren Ort. So hatte ich ihren Tod noch nie betrachtet. Noch nie! Bis ich Dean getroffen hatte. Er hatte etwas verändert. Nicht bewusst und wahrscheinlich würde er es auch nie herausfinden, aber seit er mich gerettet hatte, war etwas anders. So als wäre ich mein Leben lang dabei gewesen zu ertrinken, bis er mich gerettet hat. Und auch, wenn ich das Ufer noch lange nicht erreicht hatte, dank ihm war ich zum ersten Mal mit dem Kopf über der Oberfläche. Zum ersten Mal bekam ich wieder Luft zum Atmen.

Heute beruhigte mich das lodernde Feuer in unserer Mitte wenig. Ich starrte eher ehrfürchtig den Flammen entgegen und fürchtete, jeden Augenblick von ihnen attackiert zu werden. Die Tatsache, dass sich diese nahezu lebendig durch die dunkle Nacht schlängelten, stellte mich nicht unbedingt ruhiger. Meine Hände hatten seit Joes Ausbruch nicht mehr aufgehört, zu zittern, und Dean hatte mich halb hinter sich her schleifen müssen, da ich in eine Art Schockstarre verfallen war. Ich versuchte, mir meine Gefühle nicht allzu sehr anmerken zu lassen, aber es fiel mir schwer, wenn Joe direkt gegenübersaß. Ich hatte nun sein wahres Gesicht gesehen und dieses zeigte keine Spuren von Mitgefühl oder Reue. Als würde jedes bisschen Glück zu Asche verbrennen…

Ich wache wieder auf der Lichtung auf. Mein Körper fühlt sich schlaff an und nur mein Geist wirkt aufmerksam. Ich weiß sofort,

wo ich bin und was passieren wird. Wann, warum und wie genau kann ich noch nicht sagen, aber ich fürchte bereits das Schlimmste. Meine Glieder gehorchen mir nicht und mein ganzer Körper fühlt sich an, als würde er zu Staub zerfallen. Die Lichtung ist dieses Mal von Anfang an grau und leblos. Der Himmel ist grau und trist und der Boden ist ursprünglich von weißem, reinem Schnee bedeckt. Nur breitet sich darauf Blut aus, sodass er sich zunehmend rot verfärbt. Ich will wegrennen, doch meine Füße scheinen am Boden zu kleben. Ich bekomme Panik und mir wird schlecht. Der metallische Geruch des Blutes in Kombination mit der schwülen Luft lässt mich würgen und ich muss dem Drang, mich zu übergeben, widerstehen. Ich schließe die Augen und zähle die Sekunden.

(10, 9, 8), ich glaube, Schritte wahrzunehmen. (7, 6, 5, 4), dann höre ich den Klang von etwas Schwerem, Gewaltigem. Eine Waffe. (3, 2), ich höre, wie diese entsichert wird und dann… (1). Die Kugel fliegt aus dem Lauf und ich schlage die Augen auf. Ich sehe zu, wie die Kugel auf eine Frau zurast. Weiß gekleidet und mit hellblonden Haaren, die im kalten Wind wehen. Es ist meine Mom. Wie erwartet trifft die Kugel sie und ein erstickter Schrei entflieht ihrer Kehle. Blut breitet sich auf ihrem Kleid und auf dem Schnee aus, bis die Lichtung aus nichts als rot und grau besteht. Ich will zu meiner Mom laufen oder schreien oder fallen. Doch ich kann nicht. Ich kann gar nichts außer atmen und zusehen. Es ist Folter. Ob das meine Strafe ist. Die Strafe für Agent Brenners Tod und die der anderen CGCs. Dabei hat Joe sie getötet. Und darüber, ob ihre Tode verdient sind, lässt sich streiten. Die Mehrheit würde sicher dafür stimmen. Ich persönlich hätte nicht stimmen können. Meine Prinzipien führen nicht auf Mord zurück und damit ist Mord jeglicher Art und aus jeglichen Gründen gemeint. Dabei verliert man zwangsläufig. Selbst Agent

Brenner hat vermutlich Kinder, die nun vergeblich auf seine Rückkehr warten werden. Wenn wir anfangen, uns gegenseitig umzubringen, enden wir bloß dort, wo alles begonnen hat. Im Nichts. Im alles Verschluckenden, endlosem Nichts. Das Bild vor meinen Augen verschwimmt und ich sehe nur noch die Silhouette der Frau, die mal meine Mom gewesen ist und nun reglos und blutüberströmt im kalten Schnee liegt.

Ich fühle mich taub und unwohl und dann habe ich das schreckliche Gefühl, zu Staub zu zerfallen. Ich scheine mich aufzulösen und nackte Angst packt mich. Ich atme unregelmäßig schnell, und erst als ich wieder festen Boden unter meinen Füßen spüre, kann ich wieder klar denken. Doch der Anblick, der sich mir bietet, ist schlimmer als alles, auf das ich mich hätte vorbereiten können. Der immer wiederkehrende Tod meiner Mom ist schwer ertragbar, aber nun stehe ich in einem Waldgebiet, welches ich nicht mehr aus meinen Erinnerungen löschen kann. Und vor mir steht jemand, den ich nie mehr in meinem Leben sehen wollte. Vor mir steht Agent Brenner und sieht mir direkt in die Augen. Während in meinen Augen vermutlich blankes Entsetzen und unendliche Panik liegt, erkenne ich in seinen bloß eine Emotion – überwältigender Hass.

Reflexartig gehe ich ein paar Schritte zurück. Agent Brenners Gesicht ist völlig entstellt und überall hängen Hautfetzen an ihm hinab. Der Geruch nach verbranntem Fleisch zieht mir in die Nase und nun bin ich tatsächlich kurz davor, mich voll und ganz zu übergeben, sodass ich mir die Hand vor den Mund halten muss. Und obwohl mir klar ist, dass ich eigentlich nicht hier sein kann, dass ich eigentlich bloß schlafe und das alles nicht real sein kann – es nicht sein darf, habe ich das ungute Gefühl, dass es sehr viel realer ist, als es möglich sein sollte. So real, dass es mir Angst macht.

Der Rauch umhüllt uns und ich kann selbst die Schmerzensschreie noch nachempfinden, als Agent Brenner mich mit Blicken durchbohrt und dann beginnt zu reden. Seine Stimme klingt unmenschlich, schon fast dämonisch, aber es ist seine. Ich höre immer noch den Hass und seine Abscheu heraus.

»Weißt du, wie es sich anfühlt zu brennen?«, fragt er mich und ich kann nicht denken und erst recht nicht antworten. Ich schüttle den Kopf. Dann färbt sich der Himmel plötzlich dunkelrot. Ich schaudere und dann wird der Rauch dicker und aus ihm sprühen Funken. Die Funken werden mehr und größer und bei ihrem Aufprall auf dem Boden entstehen Feuer, die sich ausbreiten. Die Hitze und der Rauch steigen mir zu Kopf und meine Lunge rebelliert bei jedem meiner Atemzüge. Ich huste dem Rauch entgegen, doch es hilft nichts. Ich weiß, ich kann nicht sterben, solange mein Herz noch intakt ist, aber trotzdem habe ich Angst um mein Leben. Höllische Angst.

»Kannst du ihn dir jetzt vorstellen, unseren Tod?«, will er von mir wissen und plötzlich tauchen weitere Schemen aus dem Feuer auf. Es sind die anderen Agents, jedoch bestehen diese bloß aus schwarzer dicker Masse und gleichen eher monströsen Gestalten als Menschen. Monster. Sie sehen aus wie Monster.

Irgendwie finde ich meine Stimme wieder: »Das habe ich nie gewollt!«, schreie ich ihm entgegen und das Feuer umkreist mich und Agent Brenner weiter. Dann fängt es an zu regnen und das Feuer wird gelöscht, kurz bevor es mich niederbrennt. Doch so schnell das Feuer erlischt, so schnell bemerke ich, dass der Regen rot ist. Blutrot, so wie der Himmel über uns. Warmer, metallisch riechender Blutregen. Ich muss würgen.

»Du hast es zugelassen. Du bist mit schuld, Deseaserschlampe«, bei seiner Wortwahl sinkt mein Mitleid. Er hatte mir genauso

schlimme Dinge angetan. Er hat kein Recht, mich zu verurteilen. Aber das kann ich ihm schlecht sagen.

»Du hast doch jetzt deine Rache gehabt. Jetzt lass mich gehen«, bitte ich. Keine Chance, das erkenne ich sofort an seinem Blick, obwohl dieser von Blut und Hautfetzen verzerrt wird.

»Oh glaube mir, das hier ist ein Bruchteil von dem, was dir widerfahren wird. Du denkst, das hier sei die Hölle? Dann warte mal ab, was das Leben für dich bereithält«, es hört sich an wie eine leere Drohung, doch er spricht die Worte mit solch einer Sicherheit aus, dass mir unwohl wird.

»Und Sie? Sie sind längst in der Hölle. Sie können mir nichts mehr anhaben. Sie können sich nicht rächen, können mich nicht mehr für meine Entscheidung bezahlen lassen – Sie sind tot.«

Sein Blick müsste nun wütend und rachsüchtig sein. Ich habe ihn provoziert, doch das Gegenteil passiert. Er schaut mich mit einem breiten Grinsen und einem Funkeln in den Augen an, sodass bei mir jeder Alarm losgeht.

»Ich habe es dir bereits gesagt, du naive Göre! Ich werde dich auf Arten leiden lassen, die du dir gar nicht vorstellen kannst. Der Tod bringt außerordentlich freudige Überraschungen mit sich. Mag sein, dass ich in der Hölle bin, doch dein Leben wird nicht weniger Hölle sein als mein Tod. Denn ich habe deine Zukunft gesehen, Florence Grayson, und ich freue mich schon auf den Moment, an dem du sie auch sehen wirst!« Seine Worte könnten gelogen sein. Sie könnten rein erfunden und ausgedacht sein, doch sie ziehen mir den Boden unter den Füßen weg, während mir Blut das Gesicht hinab läuft. Ein Teil von mir weiß, dass er recht hat. Ich habe keine Ahnung, woher er das alles weiß und warum das stimmen sollte, doch er sagt die Wahrheit.

Meine Zukunft – die Hölle. Man hat mir schon Schlimmeres gesagt, aber seine Worte lassen mich innerlich zusammenfallen

und sie zerstören jeden letzten Rest Hoffnung, der mir nach all den Jahren in der Kolonie geblieben ist. Seine Worte zerstören mich. Er hat meine größte Angst ausgesprochen. Ich hatte nie große Angst vor dem Tod. Sondern vor dem Leben. Ein Leben, in dem das einzige, was niemand ändern kann, mich zerstören wird – mein Schicksal und meine Vergangenheit. Dieser Gedanke hat mich beinahe umgebracht und er sucht mich nun in Form von Agent Brenner heim. Ich will schreien und weinen und mich auflösen. Doch ich kann bloß atmen.
»Wenn du sie dann siehst… deine Zukunft. Dann erinnere dich an meine Worte, ja. Erinnere dich an mich!«, ergänzt er und die anderen Schemen verschwinden zwischen dem Rauch und dem Blutregen. Auch Agent Brenner löst sich langsam auf und wird zu einem der Monster. Er zieht an mir vorbei und flüstert mir ein paar letzte Worte ins Ohr.
»Du wirst bezahlen. Mit Feuer und Blut und deinem Herzen. Du wirst mit noch so viel mehr bezahlen, doch fürs Erste mit Feuer und Blut!« Dann ist er fort und ich stehe im Blutregen und um mich herum lodern vereinzelte Flammen. Die Worte hallen in meinem Kopf wider. So laut und dröhnend, dass ich mir an die Schläfen fasse und mich krümme. Doch der Schwindel überwältigt mich und mir wird schwarz vor Augen.
Das ist keine leere Drohung. Es ist eine Prophezeiung. Eine, die sich erfüllen wird. Es ist meine Zukunft.

Ich wachte schweißgebadet und völlig desorientiert auf. Mein Atem ging keuchend und mir war kotzübel. Der Geruch des Lagerfeuers gab mir den Rest und ich stieß mich hoch, lief ein paar Meter in den Wald und übergab mich in einen der Sträucher. Meine ganze Welt geriet ins

Wanken und nachdem sich mein Mageninhalt auf ein Minimum reduziert hatte, rutschte ich an einem Baum hinter mir auf den Boden, saß völlig ausgelaugt und mit viel zu vielen Gedanken da. Die Realität vermischte sich mit meinem Traum und langsam fürchtete ich, tatsächlich den Verstand zu verlieren. Nur die kühle Nachtluft und der kalte Boden hielten mich im Hier und Jetzt. Ich war sicher. Oder zumindest so was in der Art. Verwirrt schaute ich auf meine Hände herab und erschrak so sehr, dass ich einen Schrei zurückhalten musste. Keuchend stand ich auf und rannte los. Meine Hände waren blutrot. So wie in meinem Traum. Wie war das möglich? Was hatte ich bloß getan?

Ich lief zu dem Fluss in der Nähe unseres Lagers und hielt meine Hände hinein. Das Blut musste ich abreiben, da es bereits an meiner Haut klebte, und hätte ich mich nicht bereits übergeben, dann wäre es spätestens jetzt soweit gewesen. Der Mond spiegelte sich auf der Wasseroberfläche und ich sah mich selbst in der Spiegelung des Wassers. Mein ganzes Gesicht war blutunterlaufen. Ich sah aus, als käme ich aus dem Krieg. Feuer und Blut. Das hatte Agent Brenner mir versprochen und nun klebte überall Blut an mir. Was genau das zu bedeuten hatte, wollte ich gar nicht wissen. Ich zog meine Klamotten aus und ging ins Wasser. Das Wasser war eiskalt, aber aushaltbar. Ehrlich gesagt, war ich froh, dass die Kälte mich ablenkte. Alles Gegensätzliche zu Feuer war mir willkommen. Das Wasser ging mir bis zur Hüfte und ich wusch das Blut so schnell wie möglich von meinem Körper. Als ich die

Augen schloss und bloß dem Plätschern lauschte, verging die Zeit in Zeitlupe. Alles verschwamm für einen Augenblick und meine Sorgen verschwanden in den Tiefen des Sees. Als ich die Augen öffnete, war das Blut an meinem Körper weggewaschen. So als wäre es nie da gewesen. Auch an meinen Klamotten konnte ich keinen Blutfleck mehr finden. Hatte ich mir das etwa eingebildet? Ich stieg zitternd aus dem Wasser und zog mir meine Sachen wieder an. Was war gerade passiert und warum und wie? Meine Haarspitzen tropften auf dem Weg zurück und ich fühlte mich, als würde ich verrückt werden. Vielleicht war ich es sogar schon. Ich rieb mir die Augen und versuchte, nicht vor Überforderung in Tränen auszubrechen. Das würde mir jetzt auch nicht helfen. Trotz meiner schlechten Orientierung fand ich unser Lager nach wenigen Minuten wieder und ich schleppte mich zu den anderen. Es wurde bereits heller und bald würde die Sonne wieder aufgehen.

»Wo warst du?«, hörte ich eine ruhige, tiefe Stimme fragen. Es war Dean. Ob ich ihn geweckt hatte? Wahrscheinlich war er einfach von allein aufgewacht, als ich beim See war. Es war zumindest möglich.
»Ich dachte… ich dachte, ich hätte was gehört«, versuchte ich mich rauszureden. Er glaubte mir kein Wort. Das konnte ich an dem Blick, den er mir nun zuwarf, erkennen. Aber er akzeptierte meine Lüge und nickte.
»Und?«

»War bestimmt nur ein Tier«, meinte ich und setzte mich auf meine Isomatte mit dem zerknüllten Schlafsack darauf. Dean musterte mich und zog die Augenbrauen zusammen. Vermutlich sah er die Wassertropfen und fragte sich, was genau ich wirklich gehört hatte. Wenn er bloß wüsste. Ein wenig schimmerte vielleicht auch Mitleid in seinem Blick, doch er konnte auch bloß müde sein. Das war sogar sehr viel wahrscheinlicher.

»Du hast Angst vor ihm, oder?«, fragte Dean irgendwann und nickte zu Joe, welcher selbst im Schlaf noch eine gewisse Autorität ausstrahlte.

»Nein. Keine Angst. Aber es fällt mir schwer, ihn zu verstehen. Ich war noch nie in der Position, Verantwortung tragen zu müssen und doch denke ich, dass ich nicht in der Lage dazu wäre, jemanden lebendig zu verbrennen«, während ich die Worte aussprach, wurde mein Blick kälter, das wusste ich genau. Ob es schlau war, Dean zu sagen, wie wenig ich von Joe hielt? Nein – höchstwahrscheinlich nicht, aber Dean hatte irgendetwas an sich. Er brachte mich immer wieder dazu, mich ihm anzuvertrauen. So als würde er es verstehen oder bereits wissen. Es war ein komisches und ungewohntes Gefühl, aber kein schlechtes. Er verurteilte mich nicht. Das war es, was mich am meisten verunsicherte. Er gab mir das Gefühl, als wäre nichts falsch an mir, obwohl ich ständig das Gefühl hatte, absolut alles falsch zu machen.

»Er hat es gemacht, um uns zu beschützen. Diese Leute haben uns schlimme Dinge angetan und sie werden anderen noch Schlimmere antun. Ich weiß, es wirkt grausam, aber manchmal musst du selbst zum Monster werden, um ein anderes zu bekämpfen«, erklärte er und sprach damit meine Gedanken aus. Da war die Antwort auf meine Frage. Was machte das aus mir, wenn ich ein Monster zu bekämpfen hatte? – Es machte mich selbst zu einem…

»Ich hoffe, du hast recht. Denn ich habe das schreckliche Gefühl, dass wir verlieren. Und wenn wir verlieren, dann sind wir umsonst zum Monster geworden. Und umsonst haben wir Leben vergossen, die wir büßen werden«. Daraufhin sagte er nichts mehr. Entweder weil er die Antwort nicht kannte oder weil er sie kannte und sie – Das hoffe ich auch – war.

Die Stunden vergingen wie im Flug und langsam gewöhnte ich mich an den neuen Alltag. Es gab eigentlich wenig, was wir tun konnten. Aufstehen, den Tagesmarsch hinter uns bringen und dann die Suche nach einem guten Lagerplatz beginnen, wir aßen und schliefen dann, um Energie für den nächsten Tag zu sammeln. Die Tage liefen nach der gleichen Struktur ab und trotzdem brachte der Wald ein wenig Abwechslung mit sich. Ich sah verschiedenste Sträucher und Blumenarten, die ich noch nie zuvor in meinem Leben gesehen hatte. Auch die Gewässer waren viel zu klar und rein für einen so wildernden Wald. Ab und an sah oder hörte man Waldtiere und einmal hatte ich sogar ein Reh im Dickicht der Bäume entdeckt. Je mehr wir uns von der Kolonie entfernten, desto mehr konnte mein Geist die Erinnerungen gehen lassen. Agent Brenners Worte hatte ich, so gut, wie es eben ging, verdrängt und selbst die Erinnerungen an Maryse schmerzten mit jedem Tag weniger.

Ich fühlte mich fast schon frei. Nicht frei von mir selbst, aber zumindest frei von Sutcliffe und den Mauern, die mich Jahre meines Lebens gekostet haben. Es fiel mir schwer, zu glauben, dass ich vor einer Woche noch Kolonistin gewesen war. Es kam mir eher vor wie ein Leben, das jemand anderes gelebt hatte – nicht ich selbst, sondern nur ein Teil von mir. Ein Teil, der nun gestorben war. Ich konnte nicht sagen, was genau ich mir von den Rebellen erhoffte oder zu was mich das brachte, doch ich freundete mich langsam mit dem Gedanken an, für etwas zu kämpfen und selbst wenn es dabei um Maryse und meine Eltern ging. Ich wollte für etwas kämpfen. Dean hatte mich wohl angesteckt mit seinem Gerechtigkeitswahn. Allgemein schien er mich mit noch sehr viel mehr angesteckt zu haben, zum Beispiel mit seinem Überlebensantrieb und auch seine Gelassenheit beruhigte mich, wenn ich kurz davor war, einfach loszurennen und mir um nichts und niemanden mehr Gedanken zu machen. Meine Kräfte schienen wieder wie fort. Als hätten sie nie existiert und das Einzige, was mir von ihnen dauerhaft blieb, war mein Gehörsinn. Seitdem meine Manifestierung begonnen hatte, hörte ich sehr viel mehr. Ich konnte alles genauer und präziser abschätzen und ich hörte selbst kleinste Bewegungen sofort. Allerdings hörte ich gerade noch leise genug, sodass es mir keine Kopfschmerzen bereitete. Wenn ich meine Kräfte für weniger verwerflich halten würde, wäre es vielleicht sogar aufregend, mit Schall zu spielen. Nur wäre das neben aufregend und spannend auch ziemlich gefährlich und naiv.

Wir waren morgens bereits früh losgezogen und während es die letzten Tage viel geregnet hatte, schien heute endlich mal die Sonne und der Wald leuchtete und glitzerte im Schleier der Sonne. Zu sagen, es war warm, wäre übertrieben, aber im Vergleich zu den letzten Tagen oder Wochen fühlte es sich so an. Das besserte auch die Stimmung zwischen uns. Seit die CGCs uns gefunden hatten, war die Stimmung bedrückt, wenn nicht sogar unterirdisch schlecht. Keiner wusste, was er sagen sollte, also schwiegen wir und das spannte uns nur noch mehr an. Heute fiel es mir leichter, an etwas anderes als Monster und Feuer und Blut zu denken, und ich konzentrierte mich einfach auf die Natur um mich herum. Randy spielte manchmal ein wenig mit ihren Kräften, indem sie Pflanzen und ganze Bäume schneller wachsen ließ, und jedes Mal bewunderte ich sie aufs Neue. Ben lachte in der einen Minute und in der nächsten schaute er, als hätte ihm jemand sein Spielzeug weggenommen. Seine Stimmung schwankte ständig zwischen superlustig und völlig eingeschnappt und das war auch Lex sehr wohl bewusst. Sie nutzte gerade das zu gern aus, um ihn zu provozieren, und auch wenn die beiden andauernd diskutierten, wurde ich das Gefühl nicht los, das die beiden ohneeinander nicht konnten. Joe anzusehen fiel mir nach wie vor schwer und somit war Dean immer noch die Person, an der ich am ehesten hing. Ich fragte mich, ob er es nicht leid war, dass ich mich geradezu an ihn heftete. Aber anscheinend schien ihn das nicht zu stören. Mein Körper hatte mittlerweile keine Probleme mehr mit der ganzen Lauferei und ich freute mich beim Aufwachen bereits auf den täglichen Marsch. Es half mir, den Kopf freizubekommen und auch wenn ich seit dem letzten Mal keinen ähnlichen Albtraum mehr gehabt hatte, schlief ich kaum. Ich wurde bei der kleinsten Bewegung wach und bildete mir oftmals ein, Dinge zu hören oder sogar Schemen zu sehen. Was genau ich mit meinen Kräften anfangen sollten, blieb aber nach wie vor ein Rätsel. Sobald nichts zu zerstören galt, war und fühlte ich mich nutzlos. Warum hatten meine Eltern all das vor mir geheim gehalten? Vielleicht wollten sie gar nicht, dass ich Kräfte hatte? Ich wusste ja nicht einmal, wie genau Kräfte entstanden...

In der kurzen Pause, die wir uns genehmigt hatten, setzte ich mich zu Randy, die ein wenig abseits der Gruppe an dem Ufer eines Baches saß. Sie war gerade damit beschäftigt, ein paar Gänseblümchen auf die Größe ihrer Hand wachsen zu lassen, als ich neben ihr Platz nahm und meine Knie an meine Brust zog. Der Bach schlug kleine Wellen und die Mischung aus Wasserplätschern und Blätterrauschen wirkte Wunder auf meine angespannten Nerven. Jedes Mal bewunderte ich die wachsenden Blumen aufs Neue und ich konnte kaum den Blick abwenden. Wir saßen eine Weile bloß schweigend da, bis ich die Frage einfach nicht länger zurückdrängen konnte.
»Wie genau entscheidet sich das eigentlich, welche oder ob du Kräfte bekommst?«, wollte ich wissen und ich

fühlte mich bereits vor ihrer Antwort wie das dümmste Wesen auf Erden. Es war mir unangenehm, dass ich immer so viele Fragen stellte und so wenig über mich selbst und Sacrianer allgemein wusste. Vermutlich waren die anderen meine ganzen Fragen schon leid, doch Randy lächelte so freundlich wie immer und ihre Augen schimmerten im Licht der Sonne was ihre langen, dunklen Wimpern betonte. Im Sonnenlicht färbten sich ihre Augen schon fast silbrig. Sie dachte eine Weile nach, ehe sie antwortete.

»In der Regel bekommt man einfach die Kräfte seiner Eltern. Da wir vor den Menschen lebten, ist es eigentlich normal, dass jeder Kräfte entwickelt, nur welche, variiert je nach Familie. Aber es kann auch vorkommen, dass du die Kräfte deiner Großeltern vererbt bekommst. Das ist alles genbedingt. Aber das wusstest du bereits, nicht wahr?«, sie schaute mich eindringlich an und sie hatte recht. Ob es an meinem enttäuschten Blick oder dem Seufzer war, sie wusste genau, dass ich aus einem bestimmten Grund gefragt hatte. Sie gab mir die Antwort auf eine Frage, die ich mir selbst beantworten konnte, es aber aus Angst nicht tat.

»Mhhh…«, erwiderte ich und rieb mir die Schläfen, »es ist nur so, dass, wenn ich meine Kräfte nur von meinen Eltern haben kann, dann müssen sie es gewusst haben. Und wenn sie gewusst haben, dass ich Sacrianerin oder Deseaserin oder was auch immer bin, dann – warum haben sie es mir nicht gesagt? Warum haben sie mich mein Leben lang angelogen? Vielleicht hatten sie ja sogar Angst vor mir? Seitdem ich erfahren habe, dass ich in die Kolonie muss, weil ich gefährlich bin, frage ich mich jeden Tag, ob sie es mir jemals gesagt hätten«, die Worte flossen geradezu aus mir heraus und ich konnte nichts anderes als versuchen, zwischendrin zu atmen, um nicht an meinen eigenen Gedanken zu ersticken. Es fühlte sich gut an, dass alles endlich mal loszuwerden und mir war egal, was Randy nun von mir dachte oder ob sie mich verstand oder nicht. Ihr Blick jedoch war verständnisvoll und so, wie ich sie einschätzte, würde sie mir nun eine ehrliche, aber aufmunternde Antwort geben.

»Ich wünschte, ich könnte es dir beantworten. Aber das Einzige, was ich sagen kann, ist, dass deine Eltern dich sicherlich nur beschützen wollten. Ich weiß nicht wovor und weswegen, aber ich kann mir nicht vorstellen, dass sie dir schaden wollten. Allerdings bin ich völlig anderes aufgewachsen. Meine Grandma hat mir und meinen Geschwistern ständig Geschichten über das sacranische Volk und dessen Vergangenheit erzählt. Meine Mommy hat es ihr immer verboten, aber Grandma hat nicht auf sie gehört. Jeden Abend wurden wir mit Mythen und Legenden gefüttert und ich wusste schon immer, was oder wer ich bin. Bei dir ist das anders, aber das heißt nicht, dass das dein Nachteil sein muss«, erklärte sie, und auch wenn ich mich im Nachteil sah, könnte sie recht haben. Manchmal war Unwissenheit ein Geschenk. Manchmal entschied es aber auch über Leben und Tod. Ich nickte und schaute auf den Bach, sah den Wellen dabei zu, wie sie sich einen Weg durch ihn hindurch bahnten.

»Vielleicht hast du ja recht. Danke, Randy«, ich verspürte nun den starken Drang, sie umarmen zu wollen, doch sie kam mir zuvor und zog mich in ihre zarten Arme.
»Ich danke dir«, meinte sie daraufhin und ich zog die Augenbrauen zusammen.
»Wofür?«, fragte ich. Sie löste sich aus unserer Umarmung, sah mir in die Augen und lächelte. Erst dachte ich, sie lächelte mich an, doch sie lächelte jemanden hinter mir an. Als ich mich umdrehte, sah ich Dean sofort. Er stand weit genug entfernt, um uns nicht zu hören, aber nah genug, sodass ich jedes Detail an ihm studieren konnte. Er redete gerade mit Ben.
»Das erste Mal, dass er wieder gelacht hat, war mit dir!« Ich schluckte. Er war bei mir. Er drehte sich plötzlich in meine Richtung und erwischte mich dabei, wie ich ihn anstarrte. Jeder hätte jetzt ruckartig den Blick abgewendet. Ich nicht. Ich konnte nicht. Er starrte zurück. Und ganz langsam gingen seine Mundwinkel nach oben. Und auch ich spürte, wie meine Wangen wärmer wurden, und ich erwiderte sein Lächeln.

»Bewahre dir das. Es hält meist viel zu kurz an!«, ich wusste nicht, ob Randy zu sich selbst oder mit mir sprach, aber als ich sie ansah, lag etwas in ihrem Blick, das mich alarmierte. Und mir wurde klar, das war kein Ratschlag, sondern eine Warnung. Eine Warnung vor was auch immer. Vielleicht sogar eine Warnung vor Dean.

Kapitel 8

> The monsters were never
> under my bed.
> Because the monsters
> Were inside my head.
>
> I fear no monsters,
> For no monsters I see.
> Because all this time
> The monster has been me.
>
> - *Nikita Gill, Monsters*

Ehe ich mich versah, war die Nacht hereingebrochen und wir suchten ein Lager. Dieses Mal mussten wir nicht mal weit laufen, um ans Wasser zu kommen, da wir den ganzen Tag dem kleinen Bach gefolgt waren. Ben und Joe begaben sich auf die Suche nach Holz und Dean und Ruff waren jagen gegangen. Die beiden waren wie Geschwister und irgendwie schienen sie sich unterhalten zu können, obwohl mittlerweile klar war, dass Ruff oder Niwo, wie Lex ihn nannte, nicht mehr reden würde. Seit meinem Gespräch mit Randy heute Mittag ging mir Dean nicht mehr aus dem Kopf. Er spukte in letzter Zeit immer öfter in meinem Kopf umher. Wie genau ich das nun verhindern sollte, wusste ich nicht und ob ich es überhaupt verhindern wollte, war eine ganz andere Frage. Jedes Mal, wenn er mich ansah, kribbelte meine Haut am ganzen Körper und auch kleine, unbedachte Berührungen brachten mich bereits völlig aus dem Konzept. Ich fühlte mich in seiner Gegenwart anders als sonst, viel lebendiger und gleichzeitig zerbrechlicher. Das Gefühl machte mir Angst und zeitgleich wollte ich mehr davon. Ich sollte mir nun aber über wichtigere Dinge Sorgen machen und nicht über Bauchkribbeln wegen eines Jungen, den ich eigentlich gar nicht kannte. Auch wenn es mir schwerfiel.

Ich lag wie die letzten Nächte zwischen Dean und Lex, die ihre Beine übereinandergeschlagen hatte und nun neugierig Randys Geschichten lauschte. Auf meinen Wunsch hin erzählte Randy uns nun die Geschichten ihrer Grandma. Nur dass sie nicht von den Mythen und Legenden berichtet, sondern von der harten Realität. Sie erzählte von einem glücklichen, sehr abwechslungsreichen, exotischen Volk. Die Sacrianer. Sie erzählte von vereinzelten Kriegen mit Nachbarländern und von Verbrechern. Es erinnerte mich an das Mittelalter der Menschen. Kriege und Könige und Diebe. Nur dass die Leute Kräfte hatten und es völlig normal war, Kräfte zu besitzen. Dann schuf man die Menschen, indem man die DNA spaltete. Der Teil, der die Kräfte verbarg, wurde abgespalten und so entstand menschliches Leben. Die Menschen waren Verbrecher und das war ihre Strafe. Anstatt der Todesstrafe wurde man gespalten. Für mich klang das grausam, aber wer weiß, wie grausam die Verbrechen damals waren. Irgendwann gab es dann Aufstände und die Menschen rebellierten und es gab den entscheidenden Krieg. Wie auch immer das möglich war, die Menschen gewannen. Sacrianer wurden ausgerottet und von da an geächtet. Nur wenige überlebten und versteckten sich, bis die Menschen aus unserem Volk nichts weiter als Geschichten und Legenden machten. Das sacrianische Volk wurde zu einer üblen Gutenachtgeschichte und es dauerte bis eben vor wenigen Jahren, bis die Sacrianer sich rächten. Warum auch immer sie das erst nach so vielen Jahren taten? Es erklärte einiges, aber immer noch zu wenig. Die O.F.E.A.P. war die Organisation, die sich rächte und dann gab es da die Rebellen, die aber eher im Hintergrund arbeiteten und den Staat, der alles daransetzte, uns wieder zur Hölle zu schicken. Ich wurde in eine Welt hineingeboren, in der man mich hasste und von dieser hatte ich gelernt, mich selbst zu hassen. Da hatte auch die O.F.E.A.P. mir nicht geholfen. Um ehrlich zu sein, dachte ich, dass diese alles nur viel schlimmer gemacht hatte. Die Kolonien waren nur wegen der Bombenanschläge gebaut worden und die O.F.E.A.P. hatte den Krieg vielleicht nicht verloren, aber auch nicht gewonnen. Und nun war ich auf der Flucht, auf dem Weg ins verfluchte Nimmerland, auf der Suche nach einer Rebellion, die nicht umsonst geheim und unauffindbar war. Ich fühlte mich wie ein Sandkorn im Meer, das versuchte, die Wellen aufzuhalten. Während ich in meinen Gedanken versank, fingen plötzlich meine Hände an zu zittern. Kein kleines, kaum bemerkbares Zittern, sondern ein Anfall, starkes, unübersehbares Zittern, das meine Hände schüttelte. Ich starrte bloß auf meine zuckenden Finger und Lex schaute mich verwundert an.

»Was ist denn jetzt los, Neuling?«, sie schaute geradezu geschockt. Ich spürte sofort, dass Dean näher rückte und meine Hand in seine legte, als wäre es das Selbstverständlichste auf der Welt.
»Das habe ich schon öfter gesehen. Das hat was mit der Manifestierung zu tun. Das geht gleich wieder vorbei«, und obwohl er meine Hand bloß hielt, um mein Zittern unter Kontrolle zu bekommen, sendete es Stromschläge durch meine Blutbahnen. Mein Puls ging schneller und es war ein Wunder, dass ich noch nicht rot angelaufen war. Ich nickte ihm zu und flüsterte ein Danke, was hoffentlich nur er mitbekam.
»Na, dann hoffe ich Mal, dass ich den Quatsch nicht bekomme. Ich habe ganz sicher kein Bock darauf, wie eine Wackelantenne rumzurennen.« Lex war wie immer sehr deutlich in ihrer Äußerung und ich musste sofort lachen. Ben ließ das natürlich nicht auf sich sitzen.
»Dafür bräuchte man ja Kräfte und du, Alexandra, hast keine, soweit ich Augen im Kopf hab«. OH. Alexandra. Das würde Ärger geben.
»Wenn du mich noch. Ein. Mal. Alexandra. Nennst. Dann hast du bald keine Augen mehr, durch die du sehen kannst, Schneewittchen«, giftete sie zurück und die Wut in ihren Augen ließ die Umgebung abkühlen.
»Aber du darfst jeden nennen, wie du willst, oder was?«, konterte Ben, und wenn ich genauer drüber nachdachte,

hatte er schon recht. Trotzdem nahm ich es Lex nicht übel, es schien einfach zu ihr dazu zu gehören.
»Genau. Ich bin ja die Jüngere, und der Ältere gibt nach!«, meinte sie. Dean funkte nun auch dazwischen.
»Eigentlich der Klügere, Lex!«, verbesserte er sie, woraufhin sie ihn böse anfunkelte, und er hob abwehrend beide Arme. Damit hob er gleichzeitig meine rechte Hand mit hoch, da er sie nach wie vor nicht losgelassen hatte. Als ihm das auch aufzufallen schien, ließ er sie los und ich musste ein enttäuschtes Seufzen unterdrücken.

Verhalt dich normal, Florence. Er ist nach wie vor ein Fremder.

»Jetzt misch dich nicht auch noch ein, du bist hier der Idiot von uns beiden!«, erklärte sie, als würde das absolut alles widerlegen, was Dean gesagt hatte und er murmelte: »Ich hatte ja auch so viel Mitspracherecht!«, doch entweder hatte Lex das überhört oder sie hatte es ignoriert. Nun hatte ich schon wieder eine meiner beliebten Fragen, traute mich aber erst nicht, sie zu stellen. Dean konnte anscheinend meine Mimik so gut lesen, dass er das bemerkte und er stupste mich an der Schulter an, was meinem Bauchkribbeln natürlich gelegen kam.
»Ab wie viel Jahren manifestieren sich denn die Kräfte?«, wollte ich wissen, da eigentlich alle von ihnen, bis auf Lex, Ruff und Dean bereits ihre Kräfte hatten und diese schienen ebenfalls ziemlich ausgereift.
»Das ist unterschiedlich. An sich heißt es ab vierzehn und spätestens mit achtzehn sollte die Manifestierung anfangen. Ruff muss also noch ein wenig abwarten und

bei Lex fürchten wir bei jeder hitzigen Diskussion, dass sie uns vielleicht aus Versehen in die Luft sprengt«, daraufhin grinste Lex natürlich selbstgefällig.

»Und wie alt seid ihr dann?«, fragte ich nach. Bei Dean wusste ich, dass er einundzwanzig war, aber da er mir bereits erklärt hatte, dass Sacrianer viel langsamer alterten, war es ein Ratespiel, das Alter der anderen herauszufinden.

»Joe ist achtundzwanzig und Randy vierundzwanzig«, die beiden nickten und Joe wirkte ein wenig abwesend, aber er war die meiste Zeit sehr ruhig. Vor allem, wenn ich in der Nähe war. Als würde er leise gegen mich protestieren. Ich versuchte, mich davon nicht einschüchtern zu lassen.

»Ruff ist zwölf und Lex vierzehn, wie alt ich bin, weißt du ja schon«, und obwohl es eine bloße Tatsache war, wirkte die Art, wie er das gesagt hatte, viel zu intim auf mich. Das weißt du ja schon. So, als würden wir uns kennen. Oder kannten wir uns sogar schon? War es möglich, in so kurzer Zeit das Gefühl zu haben, jemanden zu kennen? Oder war das bloß ein weiteres Indiz dafür, dass ich verrückt wurde?

Plötzlich zeigte Ruff mit dem Finger auf mich und zum ersten Mal, seit ich bei ihnen war, wirkte er aufmerksam. Seine ganze Aufmerksamkeit galt mir.

»Niwo will wissen, wie alt du bist«, übersetzte Lex für mich und ich war erstaunt, mit welcher Leichtigkeit sie ihn zu verstehen schien, obwohl sie sich öfter über ihn lustig machte oder darüber aufregte, dass er immer hinterher hing.

»Ich bin sechzehn«, antwortete ich und sah ihn dabei an. Es war komisch, wie viel Mimik und Gestik ausmachen konnte. Er machte mehrere Bewegungen mit den Händen und wenn ich Gebärdensprache nicht schon mal im Fernsehen gesehen hätte, würde ich glauben, er würde diese nutzen. Aber anscheinend hatte er seine eigene Sprache entwickelt.

»Du siehst älter aus, sagt er«, erklärte mir Dean und ich wusste nicht recht, ob das ein Kompliment oder eine bloße Feststellung war.

»Danke«, erwiderte ich ein wenig unbehaglich. Dann meinte Joe, dass wir schlafen sollten, da wir am nächsten Tag wieder früh aufstehen mussten. Lex teilte ihre Meinung darüber mit, indem sie genervt aufstöhnte, doch keiner reagierte darauf. Wenige Minuten später war sie eingeschlafen und auch die anderen rührten sich nicht. Also nahm ich an, dass wir alle ähnlich kaputt waren. Ich glaubte, Deans Blick auf mir zu spüren, doch ich traute mich nicht, nachzusehen. Außerdem änderte es nichts, ob er mich ansah oder nicht. Meinem Herzschlag zufolge zumindest *fast* nichts.

»Du schaffst das, Schatz! Du musst nur in die Pedale treten, dann passiert der Rest von selbst«, versucht Mom mich zu überreden, ohne Stützräder zu fahren.

»Ich will nicht, Mommy«, rufe ich trotzig.

Mir ist dieses Fahrrad einfach zu gefährlich, ich könnte aus Versehen umkippen und mit dem Kopf auf den Boden fallen.

»Was, wenn ich falle?«, sie würde mich sicher nicht fallen lassen, oder?

»Wozu trägst du einen Helm, Flory«?

Mist.

Bevor ich etwas erwidern kann, stößt sie mich von hinten an und das Fahrrad und ich rollen über die Straße.

Ich trete in die Pedale, als wäre mein Leben nur von diesen Tritten abhängig und tatsächlich schaffe ich es und ich rase die Straße entlang.

Sie ist belebt, aber ziemlich leer für New Oltsen Verhältnisse. Die Häuser hier sind in allen möglichen Farben gestrichen und unser Haus ist eines unter ihnen – ein gelbes kleines Haus.

Miss Bethilde, unsere gruselige Nachbarin, steht mal wieder am Fenster und hält ihre graue, hässliche Katze auf dem Arm.

Sie konnte uns noch nie leiden und mir jagt sie immer Angst ein. Sie ist eine alte, bucklige Frau, die ständig davon ausgeht, dass ich irgendeinen Unfug treibe, und das geht natürlich nicht in ihrem Wohnblock.

Also wirklich. Warum sind alte Leute immer so verbittert?

Ich spüre den Wind, der mir durchs Gesicht streicht und mir die Haare ins Gesicht weht.

Ich fahre die Straße zurück und rufe: »Mommy, schau! Ich habe es geschafft. Ich kann fahren«.

Sie lächelt mich an und dann spüre ich ein starkes Rütteln und der Boden beginnt zu beben. Ich verliere das Gleichgewicht und schreie.

Natürlich falle ich vom Fahrrad und schramme mir die Knie auf. Mom kommt sofort angelaufen und dabei muss sie selbst aufpassen, dass sie nicht fällt, so stark rüttelt es.

»Schatz ist alles in Ordnung?«, schreit sie mir zu und da ist dieser grässliche Lärm..., »Mommy was ist hier los?«.

Ich fange an zu weinen und Mom packt mich, hebt mich hoch und trägt mich ins Haus.

»Aber mein Fahrrad«, ich will wieder zurück, um es zu holen, aber Mom lässt mich nicht, da der Boden immer noch wackelt, und dann höre ich auch noch diesen Lärm.

Es hört sich an, als würde etwas explodieren. Als würden Teile New Oltsen explodieren.

Wir rennen in das Wohnzimmer und kauern uns in eine der Ecken, damit wir nicht fallen. Die Wand bekommt Risse, scheint aber zu halten – selbst als das ganze Haus rüttelt und mehrere Tassen und Teller zerschellen.

Mom hält ein Telefon in der Hand, drückt irgendwelche Tasten und legt es sich dann ans Ohr.

»Davin, was ist hier los? Wo bist du?«, fragt sie.

Sie hat Dad angerufen.

Ich verstehe kein Wort von dem, was Dad antwortet, doch Mom wirkt beunruhigt.

»Schon wieder, wir hatten doch den letzten erst vor zwei Monaten«, meint sie.

Den letzten was - Terroranschlag?

»Nein, das waren nicht die Rebellen, das war sicher die O.F.E.A.P. , ich hab letzte Woche noch mit Com Shatter gesprochen und er hätte so etwas erwähnt«.

Dann gibt das Telefon ein ganz komisches Rauschen von sich und Mom wirft es nach mehreren Versuchen, die Verbindung zurückzubekommen, weg.

Es fliegt einmal quer durch den Raum und zerschellt ebenfalls am Kamin.

Ich habe Mom selten so aufgebracht gesehen, und als ich ihr wohl wieder einfalle, schaut sie beschämt zu mir herüber und sagt: »Tut mir leid, es ist gleich vorbei. Gleich ist alles wieder vorbei, Flory«.

Sie rückt näher an mich heran und dann höre ich sie noch etwas flüstern, aber nicht zu mir, sondern eher zu sich selbst oder auch zum Himmel – ich weiß es nicht.

»Oh, Cassie, wo hast du mich nur reingebracht«.

Sie schließt die Augen und umarmt mich und dann warten wir gemeinsam darauf, dass der Anschlag vorbeigeht. Die Risse in der Wand werden größer und breiten sich auf der ganzen Wand aus, doch unser Haus hält stand und nach einer halben Ewigkeit ist der Anschlag vorüber und auch der Boden beruhigt sich endlich wieder.

Ich helfe Mom die Tassen und Teller und was sonst noch alles zerbrochen ist, aufzuräumen und als Dad abends heimkommt, ist alles sauber und nur noch die Wand zeigt, was heute passiert ist.

Ich falle Dad in die Arme und er küsst mich auf die Stirn, bevor er mit Mom in der Küche verschwindet und sie den ganzen Abend streiten.

Am nächsten Morgen wirkt jedoch alles wieder gut und wie immer. So, als wäre nichts passiert. So, als wären die Risse schon immer da gewesen und als wäre der Streit von gestern nur meiner Fantasie entsprungen.

Ich habe den Tag schon fast wieder vergessen oder zumindest verdrängt und dann kommt wenige Wochen später diese Nachrichtensendung und ich werde in die Kolonie gebracht. Da weiß ich dann mit Sicherheit, dass das kein Erdbeben gewesen ist, sondern tatsächlich einer der Terroranschläge. Doch da ist es bereits zu spät. Ich dachte, ich hätte an diesem Tag mit Mom in unserer Wohnzimmerecke erfahren, was pure Angst ist. Dabei hatte ich keine Ahnung, was es heißt, Angst zu haben. Nicht mal annähernd.

»Hey, Aufwachen! Erde an Neuling? Hallo!«, Lex´ Schreierei weckte mich an diesem Morgen und das erste Mal seit… viel zu langer Zeit wurde ich von ihr und nicht einem Albtraum geweckt. Deswegen war ich ihr auch nicht böse, dass sie halb auf mich eingeschlagen hatte, um mich wachzubekommen. Ich rieb mir müde die Augen und erinnerte mich an Joes Worte von gestern, dass wir heute früher losziehen wollten. Warum auch immer? Auch Dean sah noch ziemlich verschlafen aus, fast schon süß, aber den Gedanken verbot ich mir sofort wieder. Lex hingegen wirkte viel zu energetisch aufgeladen und wenn man sie jetzt an einen Stromkreis anschließen würde, könnte jede Batterie dagegen sicher einstecken. Umso besser, dass sie sich nun Niwo vorknöpfte, der ebenfalls noch schlief.

Ausgerechnet jetzt tauchte immer wieder derselbe Satz in meinem Kopf auf – *Oh, Cassie, wo hast du mich nur reingebracht!* – das hatte meine Mom damals gesagt.

Vielleicht gab es ja einen Grund, warum ich mich ausgerechnet an diesen Tag erinnert hatte, aber auf die Suche nach Gründen konnte ich mich so früh morgens noch nicht begeben. Dafür war mein Kopf zu zermartert und meine Glieder zu kaputt. Irgendwann anders würde ich darauf noch mal zurückkommen. Nun musste ich erst mal meinen Schlafsack in diesen dämlichen Sack stopfen, der viel zu klein war, sodass ich sämtliche Armmuskeln dabei trainierte. Die Isomatte hingegen war so dünn, dass ich theoretisch gleich auf dem Boden schlafen konnte. Doch angesichts der Tatsache, dass wir auf der Flucht waren, sollte ich meine Ansprüche noch mal überdenken. Nachdem wir unsere Spuren so gut, wie nur möglich beseitigt hatten, zogen wir los und heute war es wieder kälter. Ich zog Deans Jacke enger um mich und versuchte meine Hände irgendwie vorm Erfrieren zu bewahren. Wir gingen weiter Richtung Westen und ich betete, dass die Sonne sich bald blicken ließ. Tatsächlich strahlte anschließend Licht auf uns ein, nur, dass dieses von Joes Feuer stammte. Eine komische Weise, mein Gebet zu interpretieren, dachte ich. Feuer. Ich schluckte und verdrängte das Wort so lange, bis ich dessen Bedeutung vergaß.

Was man nicht kennt, das kann man nicht fürchten!

Wir gingen mehrere Stunden und dieses Mal war uns keine Pause vergönnt. Nun ärgerte ich mich wirklich darüber, nicht eher schlafen gegangen zu sein, da ich spürte, wie jeder letzte Rest Energie meinen Körper verließ. Wie Lex es schaffte, nach wie vor zu reden und zu lachen, Niwo hinter sich herzuziehen, da dieser sonst verloren gehen könnte und nur so vor Energie zu strotzen, war mir ein absolutes Rätsel. Auf dem Weg jedoch sammelten wir neue Beeren und wir hatten sogar ein paar eigenartige Früchte entdeckt. Die eine erinnerte an eine Mischung aus Banane und Apfel und die andere war vielleicht eine Melonenart oder zumindest so etwas Ähnliches. Wie diese entstanden waren, konnte uns allerdings nicht einmal Randy erklären und die kannte sich mit Pflanzen sehr gut aus. Man könnte beinahe meinen, sie hätte Pflanzenkunde studiert. Am Abend war ich so erschöpft, dass ich halb in mich zusammenfiel, und ich hatte nicht einmal mehr die Kraft, meine Isomatte auszurollen. Gerade als ich die Augen schließen wollte, hörte ich schwere Schritte hinter mir und dann klare, raue Worte.

»Florence, du hilfst mir heute beim Holz!«, das war ein Befehl. Und es war einer von Joe. Holz holen waren andere Wörter für, ich habe dir ein paar Takte zu sagen. Ich öffnete sofort die Augen und mein Herz drohte mir aus der Brust zu springen. Ich stand sofort auf und nickte. Ihm in die Augen zu sehen, fiel mir nach wie vor schwer und ich heftete meinen Blick an Dean, der selbst schwer schluckte. Ob ich was falsch gemacht hatte? Ob das nun das Ende war? Mein Ende? Vielleicht verbannte er mich ja doch, oder so was in der Art? Panik stieg in mir hoch und ich wollte rennen. Rennen, so schnell ich konnte. Den Blick auf den Boden gerichtet, stapfte ich hinter Joe her und wartete bloß darauf, dass er mich tadelte. Was auch immer der Anlass dafür war? Vielleicht weil die CGCs uns wegen mir gefunden hatten?

Aber warum redete er dann erst jetzt mit mir?

Er blieb stehen und ich hielt zwei Meter Abstand.

Das war das Einzige, was mir Sicherheit gab. Zwei Meter Sicherheit.

Ob das wohl reichen würde?

Kapitel 9

> The woods were made for
> The hunters of Dreams
> The Brooks
> For the fishers of Song;
> To the hunters who hunt for
> The gunless Game
> The streams and the woods Belong.
>
> - - *Sam Walter Foss*

Ich hatte mich auf so ziemlich jede Konversation vorbereitet und wollte mir schon die Ohren zuhalten, sosehr rechnete ich damit, dass er mich nun anschreien würde, doch was er sagte, traf mich völlig unvorbereitet.

»Okay, ich habe ein wenig nachgedacht«, begann er, »Ich mag dich nach wie vor nicht und ich denke, du wärst überall anders besser aufgehoben, aber auch wenn du eine Gefahr darstellst, bist du zumindest eine, die mir und meiner Familie den Arsch gerettet hat, also danke dafür«, und erst glaubte ich, mich verhört zu haben, doch er schaute mich so offen und ehrlich an, dass es mir die Sprache verschlug. Er hätte mich genauso gut schlagen können.

»Äh, Danke!«, erwiderte ich. Er wollte hoffentlich keinen Dank von mir für seinen Mord an den CGCs erhalten, denn dafür würde ich ihm sicher nicht danken, schon gar nicht seit diesem Traum...

»Aber nur um mich klar auszudrücken, du bist nach wie vor ein Problem für mich, sogar ein gewaltiges Problem, Mädel«, verdeutlichte er sich und da war er wieder. Joe, der mich nicht leiden konnte.

»Geholfen habe ich euch aber trotzdem, also denke ich, dass du mir mehr Angst machst als ich dir«, ich versuchte, nicht all meine Emotionen in meine Worte zu legen, damit er nicht merkte, wie wenig ich tatsächlich von seinen Taten hielt.

»Ja, du hast uns EINMAL geholfen. Aber du kannst deine Kräfte ja wohl null kontrollieren und uns theoretisch alle im Schlaf umbringen, solange du nicht lernst, damit umzugehen«, und zugegeben, er hatte recht. Ich würde sie nicht direkt umbringen, aber ich brachte sie trotzdem allein mit meiner Anwesenheit in Gefahr.

»Und was genau heißt das jetzt?«, da musste jawohl noch mehr von ihm kommen.

»Wegschicken kann ich dich nicht, Dean hat einen Besen an dir gefressen und der Vollidiot würde mir dann den Hals umdrehen. Aber du wirst ab morgen, so oft es geht, trainieren«, erklärte er, und ich glaubte erst, dass er Witze machte. Doch das war Joe, der da vor mir stand. Der machte nie Witze. Schon gar nicht mit mir.

»Das soll ja wohl ein schlechter Scherz sein. Mit wem soll ich das denn machen. Mit dir etwa? Oder mit Dean, der selbst gar keine Kräfte hatte?«, bei Letzterem zuckte Joe kurz zusammen. Zugegeben, das war taktlos von mir, aber es stimmte doch. Mit wem sollte ich trainieren?

»Du wirst mit Ben trainieren, ich habe schon mit ihm geredet. Er hat sich… na ja, dazu bereit erklärt«, was so viel bedeutete wie, dass Joe es ihm befohlen hatte oder im Notfall sogar gedroht. Na super.

»Mit Ben? Lass mich raten, der war genauso begeistert wie ich. Ben kann mich so wenig leiden wie du«, ich klang ein wenig trotzig, aber es regte mich auf, dass ständig Dinge über mein Leben entschieden wurden, ohne mich mitreden zu lassen.

»Tja, er hatte da eine ebenso große Wahl wie du – entweder du stimmst zu oder ich lasse mir was einfallen, damit du es durch Zufall doch nicht mehr zu den Rebellen schaffst«, erpresste er mich und meine Meinung von ihm sank auf einen neuen Tiefpunkt. Am liebsten würde ich ihn lauthals anschreien.

»Das nennt man Erpressung, Joe!«, ich sah ihn böse an, doch das wirkte nicht. Er sah mich genauso, wenn nicht sogar noch ernster an.

»Nenne es, wie du willst. Du hast die Wahl!«, er würde seine beschissenen Bedingungen nicht mehr ändern, so gut kannte ich ihn zumindest.

»Die Wahl ist scheiße. Ich wähle das Training«.

Ich konnte nicht schlafen. Überhaupt nicht. Sobald ich ein Auge zumachte, schrak ich aufgrund einer Eule oder eines einfachen Windstoßes bereits wieder hoch. Also lag ich wach und dachte über Joes blöde Bedingung, mit Ben zu trainieren, nach. Die Sterne lockten mich ohnehin mehr als der Schlaf. Anscheinend war ich aber nicht die Einzige, die nicht schlafen konnte.

»Tut mir leid, dass er so streng mit dir ist«. Dean sah ebenfalls müde aus. Ob er nachts genauso wenig schlief?

»Schon okay, er versucht, euch zu beschützen. Das verstehe ich ja. Es ist nur komisch, als Außenstehende bei euch zu sein. Ich fühle mich irgendwie… anders«, meinte ich und hoffte, dass er verstand, was ich damit sagen wollte.

»Du bist aber keine Außenstehende. Nicht für mich. Für mich gehörst du genauso zu dieser Familie wie die anderen. Und für Joe irgendwann auch«, versuchte er mich aufzubauen. Ich sah ihn an und suchte nach der Lüge. Er schien etwas zu verbergen, aber seine Worte schienen ehrlich gemeint zu sein.

»Ich verstehe dich nicht. Warum tust du das alles für mich? Ich kann dir nichts zurückgeben, Dean. Ich habe nichts zu geben«.

»Am Anfang wollte ich dich bloß aus der Kolonie schaffen. Aber dann habe ich gesehen, wie du die

Geschwister angesehen hast. Erinnerst du dich? Die beiden sind sich in die Arme gerannt und ich hätte schwören können, dass du vor Sehnsucht in Tränen ausbrichst. Ich habe es dir angesehen. Aber du hast nicht geweint. Du hast dich gezwungen, dich für sie zu freuen. Da wusste ich, dass ich dich kennenlernen will. Ich weiß, du siehst das anders, aber du brauchst uns nichts wiedergeben, Flore. Du hast schon genug gegeben in deinem Leben. Das sehen wir alle«, er zeigte mit seinem Finger auf meinen Rücken. Er meinte die Narben darauf.

»Woher kommt deine Narbe?«, ich wollte ihn das schon länger fragen, aber der richtige Moment hatte gefehlt. Nun war mir klar, dass es so was wie den richtigen Moment für so eine Frage gar nicht gab. Erst glaubte ich, er würde mir nicht mehr antworten.

»Meine Mom hasste Sacrianer. Das ist alles, was mir von ihr geblieben ist. Eine Narbe, mit der sie mich umbringen wollte«, seine Stimme klang so kalt und angespannt, dass ich das Gefühl hatte, mit jemand anderem als Dean zu reden. Ich war so dumm und naiv, zu denken, meine Eltern hätten mit ihrer Lügerei etwas Schlimmes getan. Deans Mutter hatte versucht, ihn umzubringen. Was sollte man denn darauf antworten.

»Das hätte sie nicht tun dürfen«, das war das Einzige, was angebracht auf mich wirkte. Ein »tut mir leid«, half nichts.

»Die Menschen tun oft Dinge unter ihrer Würde, deswegen gehen wir zu den Rebellen«, erklärte er. Es schien ihm so wichtig zu sein, dorthin zu gelangen. Er erhoffte sich vielleicht sogar zu viel von ihnen.

»Ich hoffe, du findest bei ihnen, was du suchst!«, erwiderte ich und sah ihm in seine tiefblauen Augen. Die Sterne spiegelten sich darin. Sein Blick begegnete meinem.

»Ich glaube, ich habe es schon gefunden«, meinte er, und dann schwiegen wir. Irgendwann war ich eingeschlafen.

Ich glaube, ich habe auch was dank dir gefunden, Dean. Einen Teil von mir selbst.

Am nächsten Morgen stand ich früher als die anderen auf, um mit Ben zu trainieren, der selbst nicht unglücklicher sein konnte. Er sprach nicht mit mir und schien kurz davor zu sein wieder einzuschlafen. Die dunklen Ränder unter seinen Augen wurden dank seiner hellen, blassen Haut noch stärker betont. Während ich nun neben ihm herging, wurde mir erst bewusst, dass er ziemlich groß war. Noch größer als Dean und Joe und trotzdem wirkte er wenig bedrohlich. Ich zweifelte jedoch nicht an seinen Kräften. Er hatte sie erst einmal in meiner Gegenwart angewandt, doch das reichte mir bereits, um zu verstehen, dass er alles um mich herum in etwas Gefährliches verwandeln konnte. Vielleicht konnte er sogar meinen eigenen Körper verwandeln, wenn er wollte. Bei dem Gedanken wurde mir gleich noch unwohler. Wir entfernten uns weit genug von den anderen, um niemanden zu wecken, blieben aber nach wie vor in der Nähe, um sie wiederzufinden. Mit mir an Bens Seite würde es nicht lange dauern, ehe wir uns verliefen. Mein Orientierungssinn war gleich null und vielleicht konnte ich so ja dem Training mit ihm entkommen.

»Wir können hierbleiben. Hier ist genug freie Fläche.« Wir standen auf einer kleinen Lichtung und neben uns war nach wie vor der Bach, der uns bereits den Tag davor begleitet hatte, nur, dass wir dem Strom entgegen gelaufen waren.

»Und jetzt? Schlagen wir uns wie Kinder gegenseitig?«, fragte ich ein wenig ungläubig. Das alles hier war doch ein Scherz. Ein Schlechter, vor allem.

»Nein, sonst würdest du ja mit Lex trainieren und nicht mit mir«, erwiderte er und zugegeben, das klang plausibel. Lex und Ben beim Trainieren zuzuschauen wäre sicher ähnlich wie einen Kinofilm anzuschauen. Unterhaltung pur. Die beiden würden sich im Eifer des Gefechts noch gegenseitig die Haare vom Kopf reißen.

»Also, was genau trainieren wir dann?« Ich kannte die Antwort, hoffte aber, dass Ben sie bereits wieder vergessen hatte. Nicht aus Angst vor seinen Kräften, sondern aus Angst vor meinen eigenen.

»Ich lehre dich Kontrolle. Und glaub mir, am Ende wünschst du, wir hätten uns die Köpfe eingeschlagen«. Das klang ja vielversprechend. Ich wünschte mir wirklich, Dean hätte Kräfte, dann könnte ich zumindest mit ihm trainieren. Doch dieser Wunsch war egoistisch und Dean gegenüber unfair.

»Das werden wir dann sehen!«

Und wie ich das sah. Ben erschuf mithilfe seiner Kräfte Geschosse, mit denen er mich nun abwarf. Von Steinen bis hin zu ganzen Felsen. Und doch war da kein Anzeichen meiner Kräfte. Stattdessen sprang ich hin und her wie ein verängstigtes Tier und versuchte irgendwie, seinen Geschossen auszuweichen. Der ein oder andere hinterließ ein paar Schrammen, die aber schnell wieder verheilten. Es blieb mir kaum Zeit durchzuatmen, da flogen bereits die nächsten Hinkel auf mich zu. Wenn ich den Schall kontrollieren könnte, dann würde ich die Felsen bereits in der Luft aufhalten und sie Ben wieder entgegenschleudern. Aber selbst als ich in den Tiefen meines Unterbewusstseins danach grub, es half nichts. Keine Kräfte, kein Schall und ein Stein, der mir beinahe ins Gesicht flog.

»Hey versuch wenigstens, nicht direkt in mein Gesicht zu zielen, du Spinner!«, rief ich ihm entgegen. Ben sah genervt und gelangweilt und höchst unzufrieden mit meiner Leistung aus. Und ich konnte es ihm nicht einmal verübeln.

»So, wie es aussieht, ist dein hübsches Gesicht zu nichts zu gebrauchen. Wir trainieren seit einer Stunde und du hast nach wie vor nichts getan, als durch die Gegend zu hüpfen wie ein aufgeschrecktes Huhn«, konterte er und bestätigte nur das, was ich bereits wusste.

»Na, dann lassen wir es halt für heute sein. Wie gesagt, ich habe keine Ahnung, wie meine Kräfte funktionieren«, das Ganze war doch einfach nur eine beschissene Idee, um mich zu demütigen. Da war ich mir sicher. Joe hatte sicher geahnt, wie erfolgreich das Training laufen würde. Vielleicht saß er hier ja sogar irgendwo und lachte mich aus.

»Du hast echt keine Geduld, was. Ich glaube, ich habe da eine Idee«, schlug Ben vor und mir wurde flau im Magen. Das konnte keine gute Idee sein. Überhaupt keine gute.

»Ich denke, wir sollten besser zurückgehen!«, wich ich aus, doch Ben ging bereits auf mich zu und bevor ich reagieren konnte, hatte er bereits meine Hände auf den Rücken gedreht und er hielt mich fest. Er war erstaunlich stark, stärker als ich ihn eingeschätzt hatte, und Kampferfahrung hatte er sowieso viel mehr als ich. Ich hatte also praktisch keine Chance im Nahkampf gegen ihn.

»Du hast gewonnen, meine Güte. Jetzt lass mich los!«, doch er hatte kein Interesse daran.

»Du wirst diesen Baum da aufhalten oder wir zwei werden gleich zu Brei zerdrückt. Wir werden nicht sterben, aber es wird höllisch wehtun. Wurdest du schon mal zerdrückt?«, fragte er, und ich schluckte den Kloß in meinem Hals herunter. Tatsächlich wuchs der Baum vor uns um einiges an und Ben formte ihn zu einer Art tödlichen Walze.

»Ben!«, drohte ich, »Ben. Ich kann das nicht. Du bringst uns noch um!«, ich schrie ihn an, doch er hörte gar nicht hin. Dann kippte der Baum.

»Fuck!«

Was sollte ich denn jetzt tun. Meine Kräfte. Ich brauchte verdammt noch mal meine Kräfte. Ich schloss die Augen und konzentrierte mich auf die Wut. Von der hatte ich genug. Ich tauchte in meine Kraftquelle ein. Es machte mir Angst, darüber nachzudenken, wie tief diese war. Ich schien zu fallen, zu fallen in meiner eigenen Kraft. Als würde mein Geist mich verschlucken. Als würde meine Kraft mich kontrollieren und nicht andersherum. Der Baum fiel auf uns hinab und es würde nur noch Sekunden dauern, ehe er mich und Ben unter sich begrub. Ich sammelte alle Schallwellen, die mich umgaben, und erschuf eigene. Ich streckte meine Arme der von Ben erschaffenen Walze entgegen und lenkte all meine Wellen in diese Richtung. Irgendwann fing ich auch an zu schreien, jedoch galt das eher der Anstrengung als allem anderen. Kurz bevor der Walzenbaum auf uns einschlug, trafen meine Wellen auf seine Oberfläche und sie bildeten eine Art Schutzschild. Mit all meiner Kraft drückte ich den Stamm zurück und als dieser endlich in die andere Richtung kippte und mit einem lauten Donnern auf den Boden krachte, fiel ich auf die Knie und stützte mich mit meinen Armen ab. Ich fühlte mich vollkommen ausgelaugt, doch meine Wellen umkreisten mich nach wie vor. Die Wut war noch da – meine Kräfte ebenfalls.

»Na hat doch super geklappt«, Ben schien geradezu auszuflippen. Ohne dass ich es kontrollieren konnte, schleuderten meine Wellen auch ihn von mir weg. Er prallte ein paar Meter hinter mir auf den Boden und keuchte auf.

»Wofür war das denn?«, fragte er gereizt und ich stieß meine Wut zwischen zusammengebissenen Zähnen aus und erwiderte: »Das weißt du ganz genau!«

»Und wie war das Training?«, fragte mich Dean am Abend. Was sollte ich ihm sagen?

Ja, übrigens, dein bester Freund hat uns beinahe beide umgebracht, um mich dazu zu bringen, meine Kräfte zu benutzen, was uns dann erneut in Gefahr gebracht hat. Das klang einfach nur durchgedreht.

»Dein Freund ist ein Idiot!«, fasste ich das Ganze zusammen und er schien nicht sonderlich überrascht darüber.

»Und ich dachte immer, ich wäre der Idiot von uns beiden«, vermutlich spielte er darauf an, dass Lex ihn so immer nannte.

»Ihr könnt euch den Namen ja teilen. Aber das nächste Mal sollte er mich vielleicht vorwarnen, wenn er versucht, uns umzubringen«. Deans Blick wanderte von mir zu Ben, zurück zu mir und dann zu Joe.

»Äh, ja. Ich nehme an, das hat dir Ben wohl nicht erzählt, was?«, erkundigte ich mich.

»Du hast recht. Er ist definitiv der Idiot von uns beiden«, erwiderte Ben, und wenn Ben nicht zufällig sein bester Freund wäre, dann hätte Dean ihn nun mit ziemlicher Sicherheit zur Rechenschaft gezogen. Aber für sowas hatten wir keine Zeit und wenn ich Dean genauer betrachtete, dann hatte er auch keine Kraft dazu. Auch meine Knochen schienen mit jedem Tag, den wir weiter durch den Wald stapften, dünner und zerbrechlicher zu werden.

»Du siehst müde aus«, eigentlich hatte ich die Worte nur denken wollen, aber da hatte ich sie bereits ausgesprochen.

»Du scheinst auch nicht viel zu schlafen«, antwortete er und ich wollte gar nicht wissen, wie schrecklich ich aussehen musste. Meine Haare waren sicher völlig zerstreut und mein Gesicht von blauen Flecken und dunklen Augenrändern übersät.

»Es fällt ein wenig schwer, zu schlafen, wenn man von CGCs verfolgt wird«, erklärte ich, obwohl ihm das natürlich selbst klar war. Wie saßen im gleichen Boot. Er war genauso Kolonist wie ich. Und er schien ebenfalls wenig zu schlafen. Vielleicht hatten wir ja mehr gemeinsam, als mir bewusst war.

»Ja. Man gewöhnt sich dran«.

In den nächsten Tagen trainierte ich wieder mit Ben und er hielt sich daran, mich nicht umbringen zu wollen, und ich hielt mich daran, ihn nicht im Gegenzug umzubringen. Meine Kräfte ließen sich mal mehr, mal weniger kontrollieren, aber ich machte Fortschritte. Minimale Fortschritte, aber immerhin. Jeder Fortschritt führte mich der Kontrolle näher und nur mit dieser würde ich es zu den Rebellen schaffen. Ich freundete mich auch immer mehr mit dem Gedanken an, mit Ben zu trainieren. Wenn er wollte, konnte er ganz nett sein und zumindest hatten wir viel zu lachen. Meistens lachten wir über meine jämmerlichen Versuche, mich irgendwie zu wehren. Einmal war ich sogar in einen See gefallen. Abends erzählte ich Dean dann vom Training und ab und zu erzählte Randy uns eine der Geschichten ihrer Grandma, doch ich schlief meistens währenddessen ein oder war so tief in meinen Gedanken versunken, dass ich nur augenscheinlich zuhörte. Mit jedem Tag konnte ich die Kolonie ein Stück mehr hinter mir lassen. Nur die Narben blieben. Randy meinte jedoch, sie wären mittlerweile so gut verheilt, dass nichts mehr passieren konnte und dass ich Glück gehabt hatte, dass sie das schlimmste verhindern konnte. Hätte ich eine Blutvergiftung gehabt und mein Herz wäre mit dem Schwefel in Berührung gekommen, wäre es auf mein Immunsystem angekommen. Es wäre dann vielleicht nur noch eine Frage der Zeit gewesen. Ich hatte diesen Leuten mein Leben zu verdanken. Nicht mehr nur Dean, sondern allen. Sogar Joe…

Ich wollte es leugnen. Einerseits riet mir ein Teil, mich zu distanzieren und niemandem von den anderen zu vertrauen und einsame Entscheidungen und vor allem egoistische zu treffen. Der andere Teil befahl mir, zu bleiben. Ich wollte ja auch bleiben. Ich hatte sie alle in mein Herz geschlossen in den letzten zwei Wochen. Zwei Wochen waren in der Kolonie vergangen wie Stunden und hier draußen kamen sie mir vor wie ein ganzes Jahr. Ich hatte tatsächlich das Gefühl, diese Leute zu kennen und ich wusste, dass sie auch mich ganz gut kennengelernt hatten. Sie haben in den letzten zwei Wochen mehr über mich erfahren als meine Zimmergenossen in den letzten Jahren. Ich hatte gar nicht gemerkt, wie einsam ich wirklich gewesen war, und nun kam mir der Gedanke, jemals zurück in die Kolonie zu gehen, unerträglicher vor als alles andere. Das hing auch unweigerlich mit Dean zusammen, aber darüber versuchte ich nicht nachzudenken. Da war ein Funken Hoffnung, wenn ich ihn sah, und auch wenn es nur ein Funken war, hatte ich das Gefühl, dass es mich retten konnte, wenn es sein musste. Ein Funken Hoffnung war gefährlicher als ein Meer aus Hass. Das hatte ich erkannt, als ich Agent Brenner in seine verhassten Augen geblickt hatte. Und als ich meine Augen schloss und in den Schlaf hinüberglitt, fürchtete ich, sie je nochmals zusehen.

In der Dunkelheit atme ich die kalte Luft ein und versuche jedes Geräusch in mich aufzunehmen – jede Schallwelle abzufangen – doch es bleibt still.

Dann höre ich plötzlich das Rauschen vom Wind und das Knacken der Grashalme unter meinen Füßen. Ich höre ein Atmen von weiter weg, und dann strahlt ganz helles Licht auf mich ein.

Ich schließe die Augen und halte mir die Hände vors Gesicht, damit mich das Licht weniger blendet. Langsam gewöhne ich mich an die Helligkeit und ich erkenne die Lichtung, auf der ich stehe, sofort wieder.

Um mich herum ist der Wald und er brennt – brennt hoch in den Himmel hinauf, doch das Feuer breitet sich nicht aus, weicht um die Lichtung herum aus und verschont sie. Am Ende der Lichtung steht meine Mom und sie trägt wieder das weiße Kleid.

Ich weiß, was passieren wird – sie wird sterben.

Ich drehe mich um und da steht Brenner im Wald und er brennt – steht in Flammen und schaut zu mir.

Er schaut mir in die Augen und dann hebt er den Arm und streckt ihn nach vorne aus. Ich habe genau das hier gefürchtet. Zurecht.

In seiner Hand hält er eine Waffe und ich schreie: »Nein!«, doch er hat bereits abgedrückt und die Kugel fliegt durch die Luft und bahnt sich einen Weg durch meine Mom hindurch.

Ich schließe die Augen und stelle mir vor, wie mich der Wind zu ihr hinträgt und kurze Zeit später öffne ich die Augen und halte jemanden in den Armen.

Ich sehe das weiße Kleid und ich sehe das Blut, doch ich schaue in ein anderes Gesicht.

Ich schaue nicht länger in die Augen meiner Mom, sondern ich sehe ihr in die Augen – Maryse.

Ihre dunkelbraunen, gelockten Haare kleben ihr im Gesicht und ihre sonst so goldbraune Haut sieht viel mehr gräulich aus.

Ihre Augen sind glasig, doch sie weint nicht, sie lächelt mich an. Sie lächelt mich an, als wäre das alles nie passiert und sie lächelt mich an, als wäre ich das Wunderschönste, das sie je gesehen hätte.

Auf dem Kleid entsteht ein riesiger blutroter Fleck, und das gesamte Kleid färbt sich rot. Unter ihr und mir breitet sich die

Blutlache aus und ich knie in einer Pfütze – einer Pfütze aus Blut.

Um mich herum brennt das Feuer lichterloh und es wird immer heißer und ihre Haare kleben vom Schweiß.

Ich streiche ihr die Haare aus dem Gesicht und mir laufen Tränen über mein Gesicht und diese tropfen bis auf den Boden.

Davor bin ich nicht gewappnet gewesen, vor den Tod meiner Mom ja, aber vor dem von Maryse....

Sie ist hier und sie liegt in meinen Armen und ich kann sie sehen, auch wenn es nicht echt ist – es fühlt sich so an.

»Es tut mir so leid, Maryse«, sage ich, »Es tut mir so... so leid«. Mehr Tränen kullern meine Wangen herunter.

Sie bleibt gefasst, auch wenn ihr Lachen etwas schwindet.

Sie wischt meine Tränen mit ihren zittrigen und mit Blut beschmierten Händen weg und haucht mir Worte entgegen: »Sag das nicht. Du warst das nicht, sie waren es. Aber du kannst dafür sorgen, dass anderen das nicht passiert«, ihre Augen sind so voller Hoffnung, voller Vertrauen in mich – aber da vertraut sie der Falschen.

Ich bin keine Heldin – keine Retterin.

»May, ich kann nicht, ich bin nicht wie du – ich bin keine Führungsperson«, versuche ich es ihr zu erklären, doch sie schüttelt den Kopf und die Hoffnung in ihren Augen verschwindet nach wie vor nicht, warum nicht?

»Flory, hör mir zu. Du denkst jetzt, dass du so was nicht allein schaffst, aber du bist doch gar nicht allein und du wirst schon

sehen, vielleicht dauert es einfach noch, aber irgendwann, da wirst du eine sein«, *antwortet sie mit einer Gewissheit, die mir Angst macht, als wäre mein Schicksal längst besiegelt.*

»Was werde ich sein?«, frage ich sie.

Sie meint ernst und voller Stolz: »Du wirst eine Königin sein, Flory«.

Ich muss fast lachen: »Du irrst dich, May. Es gibt keine Königinnen mehr, schon seit Jahrhunderten nicht«.

Sie schüttelt ungläubig den Kopf: »Irgendwann wirst du es verstehen, wenn es so weit ist, vergiss nicht, wer du mal warst oder du wirst die Art von Königin, die man fürchtet.«

Ich verstehe nicht, was sie meint, sie redet wirres Zeug.

»Was meinst du damit? May, was meinst du?«.

Ihre Augen werden schwer und sie verfärbt sich immer gräulicher, hustet Blut, bevor sie sagt: »Ich liebe dich Flory, vergiss das nie«.

Dann höre ich, wie ihr Herz immer langsamer schlägt, bis es gänzlich aufhört – sie ist tot.

Sie ist tot und ich habe es zugelassen. Ich schließe ihre Augen und schaue in den brennenden Wald, in das Feuer darin und flüstere: »Ich liebe dich auch, May«.

Ich schließe meine Augen und lasse so die restlichen Tränen fließen.

Ich öffne meine Augen und ich befinde mich nicht länger auf der Lichtung, sondern ich stehe auf einem riesigen Platz und überall sind Grabsteine.

Der Ort ist bedeckt mit Gras und Steinen und die Steine bilden Gassen – ein Friedhof.

An den meisten Gräbern liegen Blumen und in die Steine stehen die unterschiedlichsten Namen geschrieben.

Links von mir steht meine Mom und sie trägt ein ganz schwarzes Kleid und hat ihre hellen, blonden Haare zu einem Knoten zusammengebunden.

Rechts steht Dad, und er hält mich an der Hand – ich bin ziemlich jung, vielleicht vier.

Er trägt einen schwarzen Anzug, der ganz anders aussieht als die Anzüge seiner Arbeit.

Ich selbst trage ebenfalls ein schwarzes knielanges Kleid und wir stehen vor einem Grab. Mom und Dad scheinen beide geweint zu haben und die Stimmung ist ziemlich betrübt.

Ich fühle mich deplatziert und die Situation fühlt sich einfach falsch an. Ich bin selbst todtraurig und ich weiß nicht einmal, wieso.

Auf dem Grab stehen zwei Namen – der erste ist Cassandra Askianna und der zweite Jackson Askianna.

Darunter steht ein Spruch: »Gefallen, aber nie vergessen«, möglicherweise kannte Mom die beiden aus dem Krieg. Dad hat früher mal gedient.

Mom wischt sich eine neue Träne weg und tritt näher an den Grabstein und legt ihre Hand auf die beiden Namen.

Dann flüstert sie mir fremde Worte – Worte aus einer anderen Sprache: »Aquier teí, frequefe! Ĝereísane seavies me cojaĝa!«, und danach wiederholt sie die Worte in unserer Sprache - »Wohin du gehst, ich werde einst folgen! Mögen wir uns irgendwann wiedersehen, mein Partner!«.

Mom bricht in Tränen aus und Dad lässt meine Hand los und geht zu ihr, um sie zu trösten. Er selbst scheint nur schwer die Fassung behalten zu können. Ich kenne die Namen. Ich weiß nicht, woher und was sie bedeuten, aber ich kann meinen Blick nicht von den eingeritzten Worten lösen. Und während ich die Namen in meinem Kopf wiederhole, habe ich das Gefühl, ein Stück von mir selbst zu verlieren.

Dann höre ich Rufe aus der Ferne. Sie scheinen aus dem Himmel zu kommen: »Wach auf!«, die Stimme wird lauter: »Wach auf, Flore«.

Als ich meine Augen öffnete, glaubte ich, im Schlaf geschrien oder um mich geschlagen zu haben. Doch als ich in Deans panisch aufgerissenen Augen schaute, wurde mir schnell klar, dass er mich nicht wegen meines Albtraums geweckt hatte. Er wusste schließlich nicht, was ich geträumt hatte. Das bedeutete, dass etwas anderes passiert sein musste. Etwas noch viel Schlimmeres. Als ich dann Lex hörte und merkte, wie die anderen bereits ihre Sachen packten und all unsere Spuren verwischten, geriet auch ich in Panik.

»Dean? Was ist hier los?«, mein Puls beschleunigte sich rapide und ich fürchtete, dass mein Herz mir bald aus der Brust springen würde, wenn ich nicht endlich erfuhr, was hier los war.

»Wir müssen hier weg! Sofort.« Ich stand sofort auf und packte meine Sachen mit Deans Hilfe ein. Kurz darauf rannten wir bereits los. Ich spürte, wie sich alles um mich herum begann zu drehen. Ich drehte mich um und stolperte beinahe, sodass Dean mich halb auffangen und hinter sich herziehen musste.

»Komm! Nicht umdrehen. Einfach rennen so schnell du kannst, verstanden«, und das erste Mal glaubte ich, echte Angst in seinen Augen zu sehen. Was auch immer hinter uns her war, es war schlimmer als die CGCs. Oder war das Was ein Wer?

»Dean, du sagst mir jetzt sofort, was hier los ist«, schrie ich ihm entgegen und verschluckte mich dabei fast.

»Hunter!«, keuchte er und nahm meine Hand noch fester in seine, »Und wenn du Leben willst, dann läufst du jetzt!«

Kapitel 10

Angst zu rennen;

Angst zu stehen.

Angst zu sterben;

Angst zu leben.

Atme-

Atme einfach

- -   *J.W.*

Was um alles in der Welt war ein Hunter? Wollte ich das überhaupt herausfinden? Meine Hand lag in Deans und ich hatte das Gefühl, mich nur noch an ihm festzuhalten. Meine Füße trugen mich von allein und das Adrenalin schoss durch meinen Körper wie Stromschläge. Ich atmete durch die Nase ein und durch den Mund aus. Ein- und Ausatmen. Das war das einzige, was ich tun konnte. Alles andere war nun dem Schicksal und diesen Huntern überlassen. Der Name passte. Ich fühlte mich wie gejagte Beute. Wie ein Reh, das rannte und rannte und über alle Hindernisse sprang. Alles überwand, um letzten Endes doch erschossen zu werden. Aber noch lebten wir. Noch lebten wir alle und das würde so bleiben. Randy versuchte, die Bäume um uns herum dichter wachsen zu lassen und verschaffte uns so Deckung. Joe konnte jedoch dadurch kein Feuer einsetzen, sonst würde es sich zu schnell ausbreiten. Ein Waldbrand war das Letzte, das ich heute gebrauchen konnte. Ben konnte mit seinen Kräften auch nicht sonderlich helfen. Er müsste dafür stehen bleiben und diese Option fiel definitiv weg. Ich konnte meine Kräfte noch nicht gut genug kontrollieren und Dean würde mich niemals einfach so loslassen, also blieb uns nichts anderes übrig, als zu rennen. Und wir rannten. Rannten um unser Leben. Mein Herz pochte so laut, dass vermutlich selbst Dean es hören konnte. Mein ganzer Körper fokussierte sich darauf zu rennen und mein Blick war starr nach vorne gerichtet. Ich erlaubte mir nicht, zurück zuschauen und wagte lediglich einen kurzen Blick in Deans Richtung. Sein Blick war entschlossen und obwohl er Panik hatte, das sah ich ganz genau, lag eine Sicherheit in seinen Augen, die mich aufrecht weiterrennen ließ. Er gab mir Sicherheit. Diese bröckelte jedoch, als die ersten Schüsse fielen. Ich konnte es nicht zurückhalten. Ich schrie. Nicht, weil ich getroffen wurde oder jemand anderes, sondern weil ich das Geräusch nicht hören konnte. Sofort tauchten die Bilder vor meinem inneren Auge auf. Meine Mom die im Sterben lag. Die Blutlache, die sich unter Maryse ausbreitete. Judith, die mit einem Sack über dem Kopf an einem Pfahl hing. Ich konnte nicht atmen, nichts sehen. Ich hatte das Gefühl, mich wieder in Staub aufzulösen. Das Einzige, dass mich weiterrennen ließ, war Deans Hand in meiner.

»Flore? Alles okay?«, fragte er, und ich versuchte mich auf seine Stimme zu konzentrieren und nichts anderem mehr Raum zu geben. Es war nur ein Geräusch. Nur ein Geräusch. Ich konnte nicht antworten, doch ich konnte langsam wieder atmen und ich sah ihm in die Augen und nickte. Ich log. Aber solange die Lüge mich am Leben hielt, war alles andere egal. Ich versuchte, die Schüsse auszublenden. Irgendwann rief Joe uns etwas zu.

»Die Wichser schießen mit Schwefelgeschossen. Wenn sie euch treffen, dann haben wir ein gewaltiges Problem. Also weicht besser aus!«, und diese Info half mir keineswegs bei irgendetwas weiter. Sie nährte bloß die Angst in mir und es wunderte mich, dass Dean so gefasst nickte und weiterlief, als wäre das nicht gerade unser eigentliches Todesurteil gewesen. Das war der Unterschied zwischen ihnen und mir. Sie liefen füreinander weiter. Ich hatte niemanden, zu dem ich laufen konnte. Alle, die ich geliebt hatte, waren tot. Ich lief einzig und allein für mich selbst.

Wir liefen immer weiter Richtung Westen, doch die Hunter schienen näher zu kommen, die Schüsse wurden lauter. Sie hallten durch das gesamte Waldgebiet. Ich erschrak nach wie vor bei jeder dieser verdammten Kugeln, doch Dean half mir, mich aufs Laufen zu fokussieren. Ich drückte seine Hand mit jedem Schritt fester und betete einfach, dass niemand von uns getroffen werden würde.

»Können wir denn nichts tun?«, keuchte ich und versuchte, nicht meinen Laufrhythmus zu verlieren. Wenn einer von uns hinfiel, hatten wir praktisch verloren. Und ich wollte ganz sicher nicht diejenige sein.

»Doch. Wir können rennen!« Das war nicht die Antwort, auf die ich gehofft hatte. Ich hatte das ungute Gefühl, dass es nicht mehr lange dauern würde, ehe auch wir keine Kraft mehr hatten. Wir hatten mehr Ausdauer als die meisten Menschen, aber wir waren keine unsterblichen Superwesen. Wir waren auch nur Sacrianer.

»Und was, wenn...«, der Rest meines Satzes verschwamm und wurde von dem metallischen, schrecklichen Geräusch abgelöst, dass nun den Wald erfüllte. Ich hatte vergessen, was ich sagen wollte. Ich vergaß alles für einen Moment. Wo ich war, wer oder was ich war. Da waren nur die Blockwelle und der Schmerz. Ich wusste nicht, ob der Schmerz von außen kam oder längst in mir drin war. Ob er schon immer da gewesen war und die Blockwelle ihn nur freigelassen hatte. Wir alle gingen zu Boden. Dean ließ meine Hand dennoch nicht los und ich drückte seine ebenfalls fester, während sich unsere Körper verkrampften. Wenn die Hunter ebenfalls eine Blockwelle hatten, dann mussten sie eine Organisation des Staates sein. Wahrscheinlich waren sie die Elite, wenn es um die Morde der Deseaser ging. So etwas wie eine Spezialeinheit. Auch Kopfgeldjäger genannt. Es war zu spät. Wir waren ihnen ausgeliefert. Wir konnten nichts mehr tun. Ich gab mich dem Schmerz der Blockwelle hin und mir floss eine Träne die Wange hinunter. Sie zeigte jedoch nicht ansatzweise den Schmerz, den ich innerlich verspürte. Wer auch immer die Blockwelle entworfen hatte, musste ein krankes Schwein gewesen sein. Es war nachweislich die effektivste Foltermethode für Sacrianer. Und die der Hunter war die Stärkste, der ich je ausgesetzt war. Die Hunter kamen näher und auch wenn ich nur Schemen erkannte, durchströmte mich Panik bei der Erkenntnis, wie viele es waren. Mindestens zwanzig, wenn nicht sogar mehr. Ich glaubte, mich in Pulver zu verwandeln. Einfach zu verschwinden, doch das war nur der Wunsch, den ich hatte. Der Wunsch, nichts mehr fühlen zu müssen. Doch ich hörte nach wie vor, wie Dean vor Schmerzen keuchte und rasselnd einatmete. Dann flüsterte er mir was zu. Wo auch immer er die Kraft hernahm, zu reden, die Worte waren in meinem Kopf klar.

»Blockwelle, Flore. Es ist eine *Welle*!«

Die Welt wurde plötzlich still. Mein Verstand war das einzige, das ich noch hörte. Eine Welle. Eine Schallwelle und damit kontrollierbar für mich. Zumindest in der Theorie. Ich sah Dean an und er nickte mir zu. Ich hatte Angst. Viel zu viel Angst, um mich dazu in der Lage zu fühlen, jetzt meine Kräfte gegen die Blockwelle einzusetzen. Doch eine Wahl hatte ich wohl kaum. Ich wollte schließlich überleben. Also drängte ich die Angst zurück und schloss meine Augen. Der Schmerz wurde immer schlimmer und mein Körper verkrampfte sich zunehmend, während ich versuchte, langsam durchzuatmen. Ich versuchte, mich vor dem Schmerz abzuschotten und ihm weniger Raum zu geben. Ich ließ meine Kräfte frei und plötzlich war alles ganz leicht und die Welt schien unbedeutend. Ich fühlte mich mächtig und beinahe unzerstörbar. Als könnte nichts auf der Welt mir etwas anhaben. Meine Schallwellen schienen durch meine Blutbahnen zu strömen und meinen Körper zu übernehmen, die Blockwelle einzudämmen. Dann öffnete ich die Augen und sah einem Hunter direkt entgegen. Mein Blick war so intensiv, dass es ihn einen Schritt zurückgehen ließ, und vermutlich ahnte er bereits, dass sie mit dem Einsatz der Blockwelle einen Fehler gemacht hatten. Er hob seine Waffe und schoss in meine Richtung. Ich glaubte, Dean meinen Namen rufen zu hören. Vermutlich fürchtete er, dass die Kugel mich traf. Ich fürchtete mich nicht. Ich fürchtete nichts mehr. Nicht mal mehr mich selbst. Ich streckte dem Hunter meine Hände entgegen und schrie…

Die Kugel, die der Hunter auf mich abgefeuert hatte, blieb in der Luft stehen und flog dann zurück. Der Hunter schaffte es gerade so, ihr auszuweichen, da flog auch er mehrere Meter nach hinten. Die Blockwelle zerschellte an einem der Bäume und wie ein Sturm fegten meine Schallwellen alles von uns weg. Ich selbst war erschrocken von der Kraft in mir und mit welcher Leichtigkeit ich alles um uns herum in Aufruhr bringen konnte. Selbst die Waldtiere flohen vor mir. Doch das war mir alles egal. Dieses Gefühl der Macht… es erfüllte mich und ich konnte nicht genug davon bekommen. Endlich konnte ich atmen, richtig atmen. Ich hatte nun die Macht in mir gekostet und das Verlangen, alles um mich herum zu zerstören, bloß, weil ich es konnte, machte mir Angst. Weil nicht ich es kontrollierte, sondern es mich. Wenn die Blockwelle mich nicht so erschöpft hätte, dann hätte ich wahrscheinlich nicht mehr aufhören können. Ich hätte solange meine Wellen auf die Welt losgelassen, bis von dem Waldgebiet nur noch wenig übrig geblieben wäre. Doch so schnell der Kraftschub gekommen war, so schnell verließen mich meine Kräfte auch wieder und ich sackte zusammen und krachte in Deans Arme, der, ohne dass ich es gemerkt hatte, aufgestanden war. Um ehrlich zu sein, hatte ich nichts mehr wirklich mitbekommen. Ich hatte mich wie eine Außenstehende in meinem eigenen Körper gefühlt.

Ich hatte mich machtlos und gleichzeitig mächtiger als alles in der Welt gefühlt. Ich konnte so großes Unheil anrichten, wenn ich wollte. Am liebsten würde ich meine Wellen nie wieder einsetzen, bloß um zu vergessen, wie sich diese Macht anfühlte. Ich war mir sicher, dass wenn ich nur genug von ihr kosten würde, dann würde man mich vielleicht wirklich einsperren müssen. Zudem der Auslöser jedes Mal Hass gewesen war und das konnte ebenfalls kein gutes Zeichen dafür sein, dass meine Kräfte harmlos und einfach umgänglich waren. Ich fühlte mich leer. Ausgehöhlt von mir selbst. Jeder Atemzug schmerzte und meine Hände zitterten unkontrolliert. Doch die Hunter waren zumindest für den Moment ausgeschaltet. Keine ihrer Kugeln sollte es geschafft haben, uns zu treffen. Ich hatte sie alle zurückgedrängt. Meine Haare klebten in meinem Gesicht und Dean hielt mich in seinen Armen aufrecht, sonst wäre ich längst umgekippt. Dann fiel plötzlich auch er in die Knie und ich mit ihm, sodass ich halb auf seinem Schoß lag. Ich konnte seinen Blick nicht ganz deuten, aber er jagte mir eine Heidenangst ein.

»Dean, was ist?«, hustete ich und meine Kehle brannte, während ich die Worte aussprach. Er sah mich an und da lag Todesangst in seinem Blick. Nicht um mich oder sich selbst, sondern um jemand anderen. Als ich meinen Kopf nach links drehte, sah ich, um wen er Angst hatte. Auf dem Boden lag jemand. Blutüberströmt. Angeschossen.

Die Hunter hatten jemanden getroffen. Und ich hatte sie nicht aufgehalten. Ich hatte sie nicht aufgehalten. Es war Ben. Ben lag im Sterben. Er hustete Blut und drehte sich auf den Rücken. Ihm war in den Bauch geschossen worden, was bedeutete, dass ihm nur noch wenig Zeit blieb. Viel zu wenig Zeit. Dean wusste das. Da lag Abschied in seinem Blick. Er sah gerade seinem besten Freund, seinem Bruder, beim Sterben zu und ich wusste verdammt noch mal sehr gut, wie sich das anfühlte. Nur, dass er nicht allein war.

»Dean. Sieh mich an. Nicht ihn!«, befahl ich und setzte mich so vor ihn, dass er keine andere Wahl hatte. Jeder Knochen schmerzte, während ich meine Glieder zwang, sich zu bewegen, um mich aufrecht hinsetzen zu können.
»Er... er«, Dean konnte keinen weiteren Ton mehr herausbekommen. Erst schien er wie versteinert und dann stand er plötzlich ruckartig auf und lief zu Ben. Er kniete sich vor ihn und nahm Bens Hand in seine.

Randy saß ebenfalls dort und versuchte irgendwie, ihm zu helfen, doch ihr Blick verriet bereits, dass sie wenig tun konnte. Ich saß allein da. Abseits von den anderen. Es verletzte mich. Was für ein egoistischer und schwachsinniger Gedanke, dass man sich vielleicht um mich sorgen würde, wenn es Ben so offensichtlich schlechter ging. Es war selbstverständlich, dass Dean seinen besten Freund einer Fremden vorzog und trotzdem tat es weh. Ich hatte mir das selbst zuzuschreiben, ein Teil hatte mich von Anfang an gewarnt, niemanden an mich heranzulassen. Und trotzdem stand ich auf und setzte mich zu den anderen. Trotzdem zog sich alles in mir zusammen, als ich Ben betrachtete. Mir lag bereits etwas an ihm. An allen lag mir etwas. Sogar Ruff hatte ich in mein Herz geschlossen. Wenn Ben jetzt starb… Ich konnte einfach nicht noch jemanden verlieren. Nicht ihn und auch sonst niemanden. Lex hatte ihre Jacke ausgezogen und Randy machte nun einen Verband daraus, um die Blutung zu stoppen. Die Blutung war allerdings gar nicht das relevante Problem, sondern der Schwefel, der sich bereits zu seinem Herzen durchfraß. Sobald das Herz mit diesem in Berührung kam, war er tot. Daran würde dann auch kein Verband mehr etwas ändern. Dennoch mussten wir hier schnellstmöglich weg. Ich hatte die Hunter nicht getötet, nur ausgeschaltet und wie lange das noch anhalten würde, wollte ich ungern auf die Probe stellen. Dean und Joe trugen Ben, während Randy mich stützte. Erst wollte ich ablehnen, weil ich nun wirklich nicht ihre Priorität sein sollte, doch sie hatte sofort gemerkt, dass ich kaum mehr als zwei

Schritte gehen konnte und darauf beharrt. Nun war es ein Wettlauf gegen die Zeit. Und ein Wettlauf mit dem Tod. Es war allbekannt, dass der Tod unvorhersehbar war. Und doch traf es mich zu wissen, dass ich die Kugel hätte aufhalten können und es nicht geschafft hatte. In gewisser Weise war es auch meine Schuld. Würde er sterben... darüber wollte ich gar nicht erst nachdenken. Egal, ob ich ihn mochte, kaum kannte oder ob er einer meiner engsten Freunde war, ich konnte nicht noch eine weitere Person verlieren. Und ich wollte nicht, dass Dean seinen besten Freund verlor. Er starrte mit leeren Augen auf Ben hinab und seine Augen wirkten milchig, fast schon weiß verschleiert. Vielleicht war das auch bloß der Schock. Es würde ewig dauern, bis Dean sich davon erholen würde, seinen besten Freund zu verlieren. Das konnte ich aus Erfahrung sagen. Vielleicht würde er sich auch nie erholen. Vielleicht würde es ihn mitumbringen.

Wir liefen nach wie vor Richtung Westen, doch es dauerte Stunden, bis wir tatsächlich einen guten Lagerplatz fanden, der uns ein wenig abschirmte. Die Hunter würden sich neu formatieren und uns erneut angreifen, daran zweifelte keiner von uns. An Bens Überlebenschancen hingegen zweifelten wir alle zunehmend. Er war blasser, als es möglich sein sollte, und seine Adern traten unter der Haut hervor. Einige hatten sich schwarz gefärbt und es sah aus, als würde er innerlich verfaulen, was alles andere als gut war. Um ehrlich zu sein, sah er jetzt schon aus wie ein toter Mann, nur traute sich keiner, das auszusprechen. Dean drehte nahezu durch. Er ging von links nach rechts, von rechts nach links und wieder zurück. Er machte die Situation nicht besser, doch sobald jemand ihn anfasste, und versuchte zu beruhigen, begann er zu brüllen und riss sich los. Ich konnte ihn verstehen. Ja, tatsächlich konnte ich ungefähr nachempfinden, wie er sich fühlte. Meine Freundin war vielleicht nicht direkt vor meinen Augen gestorben. Sie wurde mir im Schlaf genommen. Da waren kein Abschied, keine Vorwarnung und erst recht keine Garantie, dass ich jemals flüchten würde.

Sie wurde mir genommen und es verging kein Tag, an dem ich nicht darunter litt. Mal mehr, mal weniger, aber die Zeit half. Meistens zumindest. Dean verließ irgendwann die Höhle, in der wir nun Unterschlupf suchten, bis wir eine Idee hatten, was wir mit Ben machen sollten. Ihn einfach sterben zu lassen war auf jeden Fall keine Option. Er stürmte nach draußen in die Dunkelheit und als Joe ihm nachlaufen wollte, hielt Randy ihn zurück.

»Wenn du ihm jetzt hinterherläufst, kommst du vielleicht nicht als Geistiger wieder zurück. Er muss allein sein!«, warnte sie ihn. Was genau sie meinte, verstand ich zwar nicht, aber es ließ Joe innehalten und er blieb bei uns. Wahrscheinlich fürchtete Randy, dass eine Unterhaltung zwischen Dean und Jonas jetzt in Streit oder sogar Schlimmeres eskalieren würde. Es juckte mir jedoch in den Füßen, ihm zu folgen. Erstens, weil ich mir verständlicherweise Sorgen um ihn machte und zweitens, weil ich Ben nicht mehr länger ansehen konnte. Und so wie Lex neben ihm kauerte, ohne auch nur für eine Sekunde den Blick abzuwenden, hatte ich das Gefühl, irgendwie fehl am Platz zu sein. Ich kannte Ben nur übers Training, und obwohl er mich höllisch nervte, konnte er ganz lustig oder sogar nett sein, wenn er wollte. Außerdem waren er und Dean die Köpfe unserer Flucht. Ohne ihn würden wir es wahrscheinlich nie schaffen zu fliehen. Und unsere Chancen standen bereits jetzt schon schlecht. Ohne ihn waren wir so gut wie in der Kolonie.

Nach ein paar Stunden – zumindest glaubte ich, es waren Stunden – ging ich ebenfalls nach draußen und die kalte Luft auf meinem Gesicht war ernüchternd und beruhigend zugleich. Für einen Moment blieb ich stehen und genoss einfach nur die Kälte, die mich von meinen Gedanken ablenkte, doch es war riskant, zu lange an einer Stelle stehen zu bleiben. Wenn die Hunter bereits in der Nähe waren, wäre es keine kluge Entscheidung, direkt vor unserem Unterschlupf stehen zu bleiben. Ich ging weiter und hielt Ausschau nach Dean, doch es war bereits so dunkel, dass ich genauso gut nach dem Saturn am Himmel suchen könnte. Deswegen lauschte ich. Mittlerweile funktionierte das Orten dank Bens Training ganz gut. Ich konnte Wellen empfangen und sogar nach etwas per Gehör orten. Nur das mit den Wellen senden, war noch ein Desaster und endete meist in unkontrollierten Ausbrüchen. Ich folgte dem Herzschlag, den ich schwach wahrnahm und betete, dass es auch wirklich Deans war. Wenn ich nun in die Arme eines Hunters laufen würde, dann würde ich freiwillig auf mich schießen lassen, aus Wut über meine eigene Dummheit. Doch es war Dean, der auf dem Boden saß und gegen einen Baum lehnte. Er spielte mit irgendwelchen Ästen und starrte mit leerem Blick in die Dunkelheit. Ich setzte mich mit etwas Abstand neben ihn. Erst wollte ich etwas sagen, so etwas wie eine Entschuldigung, aber als ich den Mund öffnete, wirkten alle Sätze aussagelos und stumpf. Es war egal, was ich sagen würde, ich konnte ihm nicht helfen. Also schwieg ich.

Ich erinnerte mich an etwas, das meine Mom mir als Kind gesagt hatte. Ich hatte das immer für Unfug gehalten, doch nun verstand ich sie besser – *manchmal musst du dir mit jemandem die Gedanken teilen, ohne sie laut auszusprechen, um die Last von jemandem zu nehmen. Schweigen kann mehr aussagen, als du denkst!*

Nun wusste ich genau, was sie damals meinte. Manchmal waren Worte nicht genug, manchmal gab es auch einfach keine Worte. Da waren nur Bilder, die einem im Kopf herumspukten und Lasten, die einen zu Boden drückten. Wenn man das irgendwie schaffte zu teilen, dann war das hilfreicher als jede Entschuldigung. Deswegen schwieg ich und er schwieg ebenfalls. Trotzdem glaubte ich, zu sehen, dass ein wenig Farbe zurück in seine Augen kehrte, so als würde er aus einer Schockstarre wiedererwachen. Ob ich der Grund war oder ob das bloß Einbildung war, spielte dabei keine Rolle. Nur der kleine Hüpfer meines Herzens, als er »Danke!«, sagte, verriet mir, dass ein Teil von mir hoffte, es wäre meinetwegen.

»Wofür?«, fragte ich nach einer Weile des ins Nichts Starrens. Ich hätte Ben schützen können und hatte versagt und Dean dankte mir dafür?
Ich fühlte mich eher schuldig als wie eine Heldin.
»Such dir was aus. Ohne dich wären wir vielleicht schon wieder gestorben. Es war wohl eine gute Entscheidung, dich mitzunehmen«, er sagte das mit solch einer Leichtigkeit, dass es mir beinahe Angst machte. Als hätte er nicht zuerst mein Leben gerettet.
»Dir ist aber schon klar, dass ich diejenige bin, die euch überhaupt in Gefahr gebracht hat, oder?«, manchmal glaubte ich, dass er etwas ganz anderes in mir sah als ich. Und jeden Tag fragte ich mich, ob ich seiner Vorstellung von mir jemals gerecht werden könnte.
»Das kannst du nicht wissen. Die Hunter sind Arschlöcher und leider viel intelligenter als die CGCs. Die hätten uns irgendwann sowieso geschnappt und wahrscheinlich alle umgebracht oder an die Kolonie zurückverkauft. Das ist ihr größtes Geschäft. Handel mit Sacrianern und besonders Kinder erzielen hohe Preise. Wenn sie dann jemanden wie dich finden, der hochgesucht ist, ist das gefundene Fressen für die. Und dafür, dass Ben angeschossen wurde, kannst du auch nichts«. Jetzt sah er mich zum ersten Mal an. Richtig an. Unter seinen Augen zeichneten sich dunkle Schatten ab und das Mondlicht spiegelte sich in seinen dunkelblauen Augen wie auf einem See wider. Er hatte recht. Ich konnte es nicht wissen. Hätte und wäre brachte mir nicht mehr viel, und doch konnte ich nicht aufhören, darüber nachzudenken, wie viel Schmerz ich Ben und den anderen hätte ersparen können. Ich hatte nicht mal

das Recht, mich derart um Ben zu sorgen. Schließlich gehörte ich nicht zu ihnen. Ich gehörte nirgendwo mehr hin. Die Kolonie war traurigerweise der Ort, an dem ich den Großteil meines Lebens vergeudet hatte, und so ungern ich es zugab, es würde immer der Ort bleiben, an dem ein Teil von mir festhalten würde. Es war komisch. Der Ort, von dem ich seit Jahren versuchte zu fliehen, war der Einzige, den ich noch zu Hause nennen konnte. New Oltsen lag wie ein Schleier über meiner Kindheit, und obwohl ich dort glücklich gewesen war, verband ich automatisch den Tod meiner Eltern mit dem Ort. Egal wohin ich ging, der Tod folgte mir immer und überall hin. Ich fragte mich, ob er mich irgendwann erreichen würde und wie bald es dazu kommen würde. Doch noch schien mich der Tod nicht zu wollen und auch ich wollte mit jedem Tag, den ich mit den anderen verbrachte, mehr leben. Nun galt es, Ben am Leben zu halten. Wie auch immer das möglich werden sollte.

»Wir werden ihn retten, Dean!«, ich wusste nicht, woher ich den Mut nahm, ihm das ins Gesicht zu sagen. Woher ich mir so sicher war, dass Ben überleben würde. Aber etwas sagte mir, dass Ben einen wichtigen Teil in meiner Zukunft haben würde und warum auch immer, war ich mir sicher. Todsicher.

»Und wie willst du das machen?«, fragte Dean und sein Kopf hing erschöpft herab. So als würde es ihn unendlich viel Kraft kosten, an meinen Worten festzuhalten.

»Es ist vielleicht ein Selbstmordkommando, ... aber, wenn ich recht habe, dann wir Ben überleben. Und

wenn nicht, dann haben wir es zumindest versucht«, erklärte ich und unterschrieb damit vielleicht gerade mein eigenes Todesurteil.
»Sag mir bitte nicht, dass es etwas mit diesen Dreckshuntern zu tun hat, Flore?«, und da lag Angst in seiner Stimme und gleichzeitig genug Ernsthaftigkeit, um mir zu sagen, dass er alles für Ben tun würde. Auch wenn er selbst dabei draufgehen würde.

»Ich fürchte leider schon…«.

Kapitel 11

Als wir Joe von unserer oder eher meiner Idee erzählten, war seine Antwort uns bereits bekannt.
»Nein auf gar keinen Fall. Ich glaub ja wohl, ihr habt einen Knall! Alle beide«, er schüttelte ungläubig den Kopf und wog vermutlich gerade ab, wer von uns beiden diese Schnapsidee gehabt hatte. Das ging wohl auf meine Kappe.
»Jonas. Wir können ihn ja wohl kaum einfach so sterben lassen. Ich kann ihn nicht sterben lassen«, und ich konnte den Schmerz in Deans Stimme kaum ausblenden. Wie Joe es schaffte, ihm nach wie vor ungerührt in die Augen zu sehen, war mir ein Rätsel. Jedes Mal, wenn ich Dean länger als eine Minute in die Augen sah, wollte ich am liebsten mitheulen. Joe aber blieb kalt.
»Das könnt ihr vergessen. Also wirklich. Es reicht mir schon, dass einer von uns dem Tod näher ist, als dass es menschlich möglich sein sollte. Wenn ihr zwei jetzt zu den Huntern geht, kommt ihr da nicht unverletzt wieder weg. Das ist euch ja wohl klar.« Er sah uns streng an. Ja. Das war uns klar. Aber Dean würde alles tun, um Ben zu retten, ob mit oder ohne mir. Und ehe er allein fortging, kam ich lieber mit. Zumindest redete ich mir ein, dass das der einzige Grund war.

»Joe!«, knurrte Dean, und ehe ich mich versah, wurde Dean wieder blass und tatsächlich wich jegliche Farbe aus seinen Augen. Ob das eine Art Schock war? Ich wollte schon zu ihm hin und fürchtete, dass Dean nun ebenfalls verwundet war, doch Randy hielt mich am Handgelenk fest und schüttelte unmissverständlich mit dem Kopf. Was war hier los?

»Dean«, drohte Jonas, »Wenn du es wagst, auch nur einen Schritt weiter zu gehen, dann kannst du zusehen, dass du mir nie wieder unter die Augen kommst. Das ist die oberste Regel«, und dann zeigte Joe mit seinem Kopf in meine Richtung und ich fühlte mich gezwungenermaßen viel zu beteiligt. Dean schien sich wieder zu fangen und ging benommen einen Schritt zurück. Er schien wirklich in eine Art Schock verfallen zu sein. Doch ich fühlte mich bereits schon jetzt schlecht, diesen ganzen Streit ausgelöst zu haben, also hielt ich lieber meinen Mund, anstatt Dean erneut mit Fragen zu löchern.

»Joe. Lass sie gehen!« Ich drehte mich nach hinten um, wo Lex neben Ben hockte. Sie schaute nach wie vor nicht auf, redete aber klar und deutlich. Das war nicht mal eine Aufforderung, sondern es klang wie eine Bitte. Eine Bitte aus Lex Mund. Dass ich das noch erleben würde… Auch Joe schien langsam an seiner harten Entscheidung zu zweifeln. Er würde uns nicht aufhalten können, doch es wäre sehr viel leichter, mit seiner Erlaubnis zu gehen. Ansonsten brannte er uns noch den Boden unter den Füßen weg, sobald wir wiederkamen.

»Und warum sollte ich zwei weitere unserer Leute in Gefahr bringen«, ich blinzelte vor Überraschung. Hatte ich mich gerade verhört? Zwei unserer Leute... Dean und ich. Ich. Es fiel mir schwer, mir nicht anmerken zu lassen, wie viel mir dieser eine Satz bedeutete. Vor allem, da er von Joe kam. Doch bevor ich weiter darüber nachdenken konnte, musste auch ich mich endlich mal dazu äußern. Schließlich war es meine Idee gewesen.

»Weil Ben stirbt. Und das nicht gerade langsam. Ich bin die Einzige, die die Blockwelle zerstören kann, und Dean stellt kein Risiko da, er hat schließlich keine Kräfte. Sie werden also nicht hinter ihm her sein. Außerdem wird er nicht freiwillig hierbleiben und ich auch nicht. Wir gehen also sowieso. Die Frage ist nur, ob du es uns schwerer machen willst oder nicht«, und tatsächlich konnte ich wie in Zeitlupe dabei zusehen, wie Joes Sturheit von ihm abfiel und er langsam nickte. Mir zunickte. Und dann in Deans Richtung sah, der plötzlich zu zweifeln schien.
»Nein, Joe hat recht. Zwei Leute aufs Spiel zu setzen ist zu riskant. Ich werde allein gehen. Flore bleibt hier. Ich bring das Heilmittel und alles wird gut oder ich komme nicht rechtzeitig zurück und ihr zieht ohne mich weiter, aber dann habt ihr nur den Verlust von einer Person«, fiel mir Dean in den Rücken und ich glaubte, meinen Ohren nicht zu trauen.
»Nein! Nein, das kannst du vergessen. Ich komme mit, das hast nicht du zu entscheiden. Wir gehen beide und damit basta«, erwiderte ich und musste mich dabei zurückhalten, ihn nicht anzuschreien. Warum musste er mich ständig wie ein Kind behandeln. So, als wäre ich

aus Glas und könnte bei jeder Kleinigkeit zerbrechen. Er musste endlich aufhören, zu versuchen, immer alle zu retten. So funktionierte die Welt nicht, doch das wollte Dean gar nicht erst verstehen. Also brauchte ich es ihm auch nicht sagen.
»Ihr geht beide. Okay, aber ihr brecht morgen früh auf und habt nur drei Tage Zeit. Wenn ihr bis dahin nicht zurück seid, dann müssen wir euch zurücklassen. Und so wie es aussieht, können wir Ben dann ebenfalls hierlassen. Der hält nämlich nicht mehr lange durch. Randy kann versuchen, das Gift ein wenig abzuschwächen und dadurch zu verlangsamen, aber drei Tage ist das Limit. Mehr Zeit haben wir nicht, verstanden?«, und damit stand es fest. Dean und ich würden auf eine Selbstmordmission gehen. Wollte ich sterben? – Nein. Doch noch weniger wollte ich, dass Ben starb und Dean allein gehen zu lassen? Allein der Gedanke daran bereitete mir so ein unwohles Gefühl, dass sich alles in mir zusammenzog. Auch meine Antwort stand fest.

»Ja!«, und auch Dean schien bemerkt zu haben, dass ich mich nicht mehr umstimmen ließ, »Wir sind in drei Tagen zurück. Versprochen!«

In der folgenden Nacht war an Schlaf nicht zu denken. Das Einzige, an das ich noch denken konnte, war Ben und wie wir ihn retten konnten. Dass wir ihn retten mussten. Wir begaben uns damit direkt in die Höhle des Löwen und es war ziemlich wahrscheinlich, dass der Versuch, unseren Feind zu bestehlen, uns umbringen würde. Aber Ben war das Risiko wert und Dean ebenfalls. Ich hatte sowieso nichts zu verlieren. Wir warteten mehr oder weniger geduldig auf den Sonnenaufgang. Wir entschieden uns dafür, nur einen Rucksack mitzunehmen und unsere Ressourcen auf das absolut Wichtigste zu reduzieren. Die anderen schliefen und ruhten sich aus, obwohl die Sonne am Himmel stand und es noch Vormittag war, wir waren die halbe Nacht gejagt worden, sie hatten Schlaf verdient. Ich hockte mich neben Ben, nachdem ich die Rucksäcke fertig gepackt hatte und Dean immer noch spurlos verschwunden war. Ich legte Ben einen nassen, kalten Lappen auf die Stirn, er war viel zu warm – er hatte Fieber. Er wimmerte und seine Lider flackerten, dann erblickte er mich und er lächelte.

»Na, noch wach?«, fragte er zittrig.

»Ja, wir brechen gleich auf, aber Dean lässt noch auf sich warten«, ich schaffte es nicht, keinen Hauch Wut in meiner Stimme mitschwingen zu lassen.

»Mh, er kann schon ein Sturkopf sein, was?«, meinte Ben. »Kann man wohl sagen«, meinte ich und musste ein wenig lachen. »Er regt mich auf, er behandelt mich wie ein Kind«, sagte ich. Er schien darüber nachdenken zu müssen: »Na ja, manchmal bist du ja auch eines«, gab er zurück und lachte. »Haha, das ist nicht lustig«, doch ich musste trotzdem grinsen. »Nein hör mal zu«, meinte Ben, wurde aber von einem Hustenanfall unterbrochen, bevor er weitersprach: »Er versucht nur, immer das Richtige zu tun«. Warum nahm er ihn in Schutz. Er war sein Freund, nicht meiner – erinnerte ich mich.

»Ja mag sein, aber das ändert jetzt auch nichts mehr«, gab ich etwas barsch zurück. Ich hörte ein Räuspern neben mir und dann blickte ich hoch. Dean sagte etwas gereizt: »Können wir dann los?«. Das machte mich rasend, die Art, wie er mit mir redete, als wäre ich eine Last, die er dringend loswerden musste. Warum hatte er mich dann überhaupt aus Sutcliffe gerettet, wenn er mich so wenig hier haben wollte? »Du hast ja auf dich warten lassen«, fuhr ich ihn an und stand dann auf. »Halte durch Ben. Wir kommen wieder, mit dem Heilmittel, ja?«, er nickte und dann ging ich zu einem der Rucksäcke und verließ die Höhle, in der wir Unterschlupf gesucht hatten. Dann stieß auch Joe zu uns und nachdem wir mit ihm den Plan ein letztes Mal durchgegangen waren, verabschiedeten Dean und ich uns und verließen unseren Unterschlupf. Nun führten wir ein Rennen gegen die Zeit. Nun gab es kein Zurück mehr.

»Bist du bereit?«, fragte mich Dean und sah mich erwartungsvoll an, doch seine Stimme war wieder ruhiger. Fast schon, als würde ihm seine schlechte Laune leidtun. Am liebsten hätte ich seine Frage verneint, und ein Teil von mir wollte alles andere, als mich dieser Gefahr zu sterben, erneut auszusetzen, doch was hatte ich für eine Wahl. Dean allein gehen zu lassen? Ganz bestimmt nicht.

»Ja, ich denke schon. Was ist mit dir?«, erwiderte ich und rieb mir die Ellbogen, um die eisige Kälte zu vertreiben.

»Nein. Aber wann ist man das schon!« Ja, wann war man das schon? Vermutlich nie. Die nächsten Stunden liefen wir hauptsächlich planlos durch die Gegend und suchten nach irgendwelchen Spuren, die auf den Verbleib der Hunter hinwiesen. Genau heute fing es plötzlich an in Strömen zu regnen, sodass wir kaum vorankamen und jegliche Spuren vermutlich längst verwischt wurden. Trotzdem schafften wir es, ein paar Kugelüberreste zu finden, und manchmal sichteten wir sogar ganze Kugeln, was bedeutete, dass der ein oder andere Hunter seine verloren hatte. Wir versuchten dieser kleinen, aber unserer einzigen Spur zu folgen und entfernten uns immer weiter von den anderen und damit von Ben, dem nicht mehr allzu viel Zeit blieb. Und wenn er starb, dann war es nur eine Frage der Zeit, bis auch wir anderen irgendwo festhingen und von den Huntern oder den CGC erschossen wurden. Also keine guten Aussichten. Aber wann gab es das schon? Gute Aussichten auf was? Auf eine Flucht? Auf ein Überleben? Unsere leichtsinnige Idee, uns unter die Hunter zu schleichen, um nach einem Heilmittel für Ben zu suchen, war genauso gut wie meine Idee, mich in der Kolonie hinrichten zu lassen, und doch stand ich nun hier. Am Leben und tatsächlich hatte sich seitdem einiges verändert. Positiv verändert.

Ich wollte etwas sagen. Irgendetwas. Doch ich wusste nicht was und alles, was mir einfiel, klang selbst in Gedanken schon falsch und unpassend. Ich wollte über nichts Wichtiges reden, weil mein Kopf sonst zu platzen drohte, doch auf einer so wichtigen Mission über ein paar singende Vögel oder ähnlich Banales zu reden, war auch komisch. Also schwieg ich und blieb mit meinen Gedanken allein zurück. Wie so oft. Früher war es mir immer leichtgefallen, nicht zu reden. Ich hatte teilweise Monate geschwiegen, bis ich glaubte, meine eigene Muttersprache verlernt zu haben, und jetzt bedrückte es mich plötzlich, nichts zu sagen. Als würde das Schweigen etwas aussagen, mit dem ich nicht konfrontiert werden wollte. Vielleicht, dass ich einsam war. Oder weil es bestätigte, dass ich Angst hatte. Was ein Dilemma. Ich war einsam aus Angst und hatte Angst vor der Einsamkeit. Das war genauso wie das mit dem Sterben. Das Leben war nur wertvoll durch den Tod und erst das Leben gab dem Tod eine Bedeutung. Das eine konnte unmöglich ohne das andere existieren und doch gab es nichts auf der Welt, das so gegensätzlich war. Meine Mutter nannte es die Ironie des Lebens. Als Kind hatte ich viele ihrer Ratschläge anders gesehen als heute. Die meisten Dinge klangen wie langweiliger Erwachsenenkram und jetzt ergab alles plötzlich Sinn. Na ja, alles bis auf die Welt als Ganzes.

»Will ich wissen, worüber du nachdenkst?«, fragte Dean, während er mich eindringlich ansah. Ich könnte schwören, dass sein Blick direkt in meine Seele ging. Doch wegschauen konnte ich nicht, also antwortete ich stattdessen.
»Nein. Bestimmt nicht. Es war nur wirres Zeug, über das ich nachgedacht habe«, und was ich sagte, war ehrlich. Ehrlicher, als ich es hatte ausdrücken wollen. Ihm gegenüber war ich meistens zu ehrlich. Das machte

mir fast genauso viel Angst wie die Einsamkeit. Aber nur fast.
»Es wird langsam zu dunkel. Wir sollten uns nach einem Schlafplatz umschauen, bevor einer von uns noch verloren geht«, schlug Dean vor und riss mich damit erneut aus meinen Gedanken.
»Ja. Du hast recht!«

Ein Tag war vergangen. Damit blieben nur noch zwei. Zwei Tage waren viel zu wenig. Vielleicht war Ben sogar bereits tot, doch daran durfte ich nicht denken. Manchmal war Hoffnung der einzige Weg zum Sieg. Das redete ich mir zumindest ein. Und Dean schien das Gleiche zu tun, denn sein Blick blieb wachsam und fokussiert, seit wir losgezogen waren. Er erlaubte sich keinen Fehler. Er erlaubte sich gar nichts. Ich fürchtete, dass er zu hart zu sich selbst war. Doch mir ging es kaum anders. Allein daran zu denken, dass ich Ben hätte retten können, bereitete mir Übelkeit. Deswegen waren wir hier und deswegen mussten wir es schaffen, ein Gegenmittel oder etwas Derartiges zu finden. Auch wenn dieses im Besitz der Hunter war und die Hunter es unmöglich einfach so hergeben würden. Das war unsere Chance und es war die Einzige.

»Was ist eigentlich los mit dir?«, fragte er mich, während er seine Isomatte ausrollte.
»Was mit mir los ist? Wohl eher was mit dir los ist«, konterte ich.

»Na ja, mein bester Freund liegt im Sterben und nun sitze ich ausgerechnet mit dir hier fest und liefere mich selbst aus«, erklärte er genervt und reizte mich damit nur noch mehr.

»Ausgerechnet mit mir? Es ist nicht deine Entscheidung, was ich tue. Ich bin kein Kind mehr Dean«, platzte es aus mir heraus und sein Blick wurde starr. Am liebsten würde ich meine Worte sofort wieder rückgängig machen, doch ich hatte nichts Falsches gesagt. Er behandelte mich wie ein Kind und es nervte mich. Da war nichts gelogen, doch es war vielleicht der falsche Moment, das auszudiskutieren.

»Tja. Dann solltest du vielleicht einfach aufhören, dich wie ein Kind zu benehmen.«

»Warum verhalte ich mich denn wie ein Kind?«, hakte ich nach und versuchte so zu tun, als würden mich seine Worte nicht verletzen. Doch sie verletzten mich. Ob wegen der Bedeutung der Worte oder weil Er sie gesagt hatte, wusste ich selbst nicht genau.

»Du handelst unüberlegt und waghalsig und stürzt dich in jede Gefahr, ohne mit den Konsequenzen zu rechnen. Glaubst du, ich weiß nicht, dass du in Sutcliffe fast hingerichtet wurdest. Oder dass du seitdem jedes Mal versuchst, dich zu beweisen, obwohl das keiner von dir verlangt. Das ist kindisch«, warf er mir vor und brachte damit das Fass endgültig zum Überlaufen.

»Na dann! Viel Spaß dabei, das Gegenmittel mit einem Kind zu suchen«, ich spuckte ihm die Worte beinahe vor die Füße und das erste Mal war ich wirklich wütend auf ihn. Doch am meisten wütend war ich auf mich selbst. Von allen Momenten war dieser hier der schlechteste, um so ein Gespräch zu führen. Das sah Dean wohl genauso, denn er machte wortlos kehrt und verschwand zwischen den Bäumen, vermutlich auf der Suche nach Feuerholz. Ich öffnete meinen Mund, um ihm so etwas wie »Pass auf dich auf!« hinterherzurufen, hielt dann jedoch inne und schwieg. Wie festgefroren stand ich dort, wo er mich zurückgelassen hatte, und starrte auf den Fleck vor mir, wo seine Sachen ausgebreitet lagen. Irgendwie hatte ich es geschafft, diesen furchtbaren Tag noch schlimmer zu machen, und nun saß ich allein mitten im Nirgendwo und konnte darauf hoffen, dass Dean lebendig wieder zurückkam. Wann war mein Leben so kompliziert geworden. Ich holte die Beeren, die wir gesammelt hatten aus dem Rucksack, setzte mich seufzend auf den noch feuchten Waldboden und versuchte, zumindest etwas zu essen. Bei dem ganzen Chaos vergaßen wir meistens Dinge wie zu essen oder zu trinken. Manchmal sogar zu schlafen. Mein Körper war erschöpft und theoretisch sollte ich nicht einmal mehr die Kraft haben noch zu reden, doch es fühlte sich an, als würde mein Körper sich zunehmend daran gewöhnen und sich sogar meinem neuen Alltag anpassen. Ob das nun etwas damit zu tun hatte, dass ich Sacrianerin war oder ob ein Mensch das genauso wegstecken konnte, wusste ich nicht, doch ich nahm an, dass die meisten Menschen bereits vor Wochen schlappgemacht hätten. Ich ertappte mich oft dabei, mir vorzustellen, ich sei menschlich. An den meisten Tagen wünschte ich es mir sogar. Die Vorteile, Sacrianerin zu sein, waren bloß die schnelle Heilung und mein Immunsystem. Die Kräfte jedoch würde ich, ohne zu zögern abgeben, wenn man es mir anbieten würde. Wie konnte man sich darüber freuen, Sacrianerin zu sein und alles um sich herum zu zerstören. Ich würde nie ein normales Leben führen können. Auch ohne Kolonien und den ganzen Hass in der Gesellschaft – ich wäre nie normal gewesen. Ich wäre immer gefährlich. Ich blieb immer… ich. Die Dunkelheit war erdrückend. Bei jedem Geräusch schärften sich all meine Sinne und überall befürchtete ich Gefahr. Dass Dean erst nach einer halben Ewigkeit wiederkam, half wenig.

»Wo warst du so lang? Ich dachte schon, dass du…«, ich beendete den Gedanken nicht und schaute ihn bloß fordernd an. Er fuhr sich erschöpft mit der Hand durchs Haar, nachdem er das bisschen Feuerholz auf dem Boden abgelegt hatte, und wich meinem Blick aus.
»Hast du dir etwa Sorgen gemacht?«, fragte er neugierig und tatsächlich breitete sich ein kleines Grinsen auf seinem Gesicht aus. Fand er das etwa witzig?
»Schon mal drüber nachgedacht, dass ich allein hier saß. Im Dunkeln und ohne einen blassen Schimmer, wo wir sind und wo die anderen sind. Ich dachte schon, du wärst einfach abgehauen, wenn dein Scheiß nicht noch hier liegen würde«, meine Tonlage wurde immer lauter und ich immer wütender oder eher verzweifelter. Dean schluckte. Vielleicht war ich zu hart zu ihm, schließlich hatten wir gestritten, doch das machte sein Verhalten nicht besser.

»Du hättest ja mitkommen können. Es tut mir leid. Ich habe nicht drüber nachgedacht, wie das auf dich wirkt.

Ich habe ehrlich gesagt gar nicht mehr nachgedacht, seit Ben…«, er sprach es nicht aus, musste er auch nicht. Ich verstand ihn ja oder versuchte es zumindest. Doch ich hasste es, mich so zu fühlen wie jetzt, so als würde ich nirgendwo hingehören. Als würde ich überall nur geduldet werden, aber nie wirklich gemocht.

»Du wolltest offensichtlich nicht, dass ich mitkomme. Allgemein scheinst du mich in letzter Zeit nirgendwo haben zu wollen.«
»Ja, ich weiß. Es tut mir leid. Das, was ich gesagt habe, vorhin. Und, dass ich dich nicht mitgehen lassen wollte. Ich war sauer, aber nicht wirklich auf dich«, erklärte er und ob ich wollte oder nicht, ich glaubte ihm. Das ergab alles keinen Sinn.
»Auf wen warst du denn dann sauer und was hat das dann mit mir zu tun?«, hakte ich nach und hoffte damit nicht zu tief zu graben. Jedes Mal hatte ich Angst, dass ich zu forsch war. Warum auch immer. Es könnte mir egal sein, ob er mich mag oder nicht. Es sollte mir egal sein.
»Ich habe mich mit Ben und Joe gestritten, bevor er angeschossen wurde. Sie haben was dagegen, dass du bei uns bist. Aber nicht wegen dir, sondern weil es Verantwortung bedeutet und ich diese nun tragen muss«, erläuterte er, was mich jedoch nicht ruhigstellte. Eher im Gegenteil.
»Ja, aber genau das ist es, was mich stört. Dean. Schau mich an«, seine tiefblauen Augen sahen in meine. Beinahe vergaß ich, was ich überhaupt sagen wollte, riss mich dann jedoch zusammen. »Ich trage die

Verantwortung für mich selbst und nicht du oder Joe oder sonst wer. Du brauchst dir keinen Kopf, um mich machen, okay«, erwiderte ich und versank während meiner Worte in seinen Augen. An Wellen. Seine Augen erinnerten mich an Wellen. Ich musste dringend aufhören, darüber nachzudenken. Egal. Er war mir egal. Ich sollte ihm auch egal sein.

»Keinen Kopf um dich machen, Flore? Ich mache seit Wochen nichts anderes mehr. Es geht mir auch nicht um Verantwortung oder dass ich Ärger bekommen würde, wenn dir was passiert, sondern dass ich es mir selbst nicht verzeihen würde. Es geht nicht um Verantwortung«, wiederholte er und dieses Mal blieb mein Blick an seinen Lippen hängen. Ich sollte ihm egal sein.

»Um was denn?« Nun war ich diejenige, die schlucken musste. Und ehe ich reagieren konnte, waren seine Lippen auf meinen. Wann und wie genau es dazu gekommen war, konnte ich nicht sagen und ich hörte meinen Verstand, der mir mitteilte, ihn wegzustoßen. Das hier sollte nicht passieren. Er und ich. Wir. Das war gefährlich. Es bedeutete zu viel. Dieser Kuss bedeutete zu viel. Und doch ließ ich es geschehen. Ich stieß ihn weder weg, noch ließ ich weitere Gedanken zu. Stattdessen überbrückte ich den letzten Abstand zwischen uns und erwiderte den Kuss. Ich drückte mich an ihn und er schob seine Hand in meinen Nacken. Ich vergaß für einen Moment alles um mich herum. Vergaß, wo ich war, wer ich war und wann alles so verdammt

kompliziert und hart geworden war. Da war nichts, außer dem Gefühl, endlich abschalten zu können. Selbst wenn es nur für diesen einen Moment war. Es war Freiheit, die ich spürte. Vielleicht die einzige Freiheit, die ich mir erlauben durfte. Ich hatte das Gefühl, dass pure Elektrizität durch mich hindurch strömte und ehe ich erkannte, dass es nicht Elektrizität, sondern meine Wellen waren, die durch mich hindurchflossen, war es bereits zu spät. Ich schleuderte Dean unkontrolliert von mir weg, sodass er mehrere Meter nach hinten flog und auf den Boden knallte. Erschrocken schlug ich mir die Hand vor den Mund und merkte, wie meine Wellen sich langsam wieder zurückzogen. Meine Wangen wurden heiß und Scham überkam mich. Ich lief auf ihn zu und kniete mich neben ihn.
»Oh Gott! Alles in Ordnung. Das tut mir leid«, ich schlug mir die Hände vors Gesicht und am liebsten wäre ich im Boden versunken.

»Hey. Alles gut. Ich wollte schon immer wissen, wie es sich anfühlt, weggeschleudert zu werden«, zog er mich auf und brachte mich damit zum Lachen. Ich wusste nur nicht, ob ich über mein schlechtes Timing lachte oder darüber, dass wir uns tatsächlich geküsst hatten, bevor ich es ruiniert hatte. Es wirkte unwirklich. Dean hatte mich geküsst. Und ich hatte es erwidert. Und so sehr ich mir einredete, dass es nichts Besonderes war, tief im Inneren wusste ich, dass es etwas bedeutet hatte. Aber darüber durfte und wollte ich jetzt nicht nachdenken.

»Wir sollten schlafen«, schlug ich vor, um der Situation irgendwie zu entkommen, und er nickte mir zu. Wir standen auf und gingen zu dem Feuerholz. Natürlich machten wir an dem Abend kein Feuer mehr an, was meine Vermutung, dass Dean einfach allein sein wollte, bestätigte. Nur, dass ich mittlerweile nicht mehr sauer auf ihn war. Oder vielleicht war ich auch von Anfang an nicht sauer auf ihn, sondern auf mich gewesen. Ich war sowieso viel zu müde, um noch ansatzweise wütend zu sein. Bevor ich einschlief, hörte ich Deans beständiges Atmen neben mir und irgendwann spürte ich, wie sein Arm meinen streifte. Vielleicht aus Versehen, doch die Berührung ließ mein Herz sofort schneller schlagen und wenn mich meine Ohren nicht täuschten, dann raste sein Herz mindestens genauso. Neben ihm zu liegen war beruhigend, vor allem nachdem die letzte Nacht kaum an Schlaf zu denken war. Doch die Albträume kamen trotzdem und auch Dean konnte daran nichts ändern.

Der Wind weht mir die Haare ins Gesicht und eine Zeitlang sehe ich nur hellblonde Strähnen. Erst als der Wind sich legt, erkenne ich die Gräber. Ich stehe wieder auf dem Friedhof und ich halte weiße Rosen in der Hand. Ich stehe direkt vor einem der Grabsteine und ich trage ein weißes, luftiges Kleid – ähnlich wie das, das meine Mom auf der Lichtung getragen hat. Auf dem Grabstein vor mir stehen zwei Namen – Cassandra und Jackson Askianna. Diese Namen habe ich schon einmal gehört, doch kann ich ihnen keine Gesichter zuordnen. Mir laufen Tränen die Wangen herunter, aber ich weiß eigentlich gar nicht, um wen ich weine. Ich lege zwei Rosen vor den Grabstein – zwei Rosen für

zwei Seelen – und dann wende ich mich von dem Grabstein ab und gehe den Gang aus Gräbern entlang, bis ich zwei weitere Namen erblicke, die mir bekannt sind - Vivianne und Davin Grayson – meine Eltern. Dieses Mal weiß ich, um wen ich weine und auch vor ihren Grabstein lege ich zwei aus dem Bündel Rosen hin. Ich fühle diesen starken Drang, etwas zu sagen, das beschreibt, wie ich mich fühle, aber keine Worte, die passen würden, fallen mir ein – keine in unserer Sprache: »Aquier te, frequefe! Gereísane seavies me cojaĝa!«, diese Worte hatte meine Mom auf einer Beerdigung gesagt, auf der Beerdigung von Cassandra und Jackson Askianna. Meine Tränen tröpfeln auf den Boden, doch ich schaffe es, mich von ihrem Grab abzuwenden und den Gang aus Gräbern weiter entlangzugehen. Das nächste mir bekannte Grab ist mit dem Namen – Judith Pryste – beschriftet und ich schäme mich, da ich sie bereits wieder vergessen habe. Zwischen all den Toten ist ihr Tod mit am eindrucksvollsten gewesen und ich habe sie trotzdem nicht im Kopf gehabt. Als Entschuldigung lege ich auch ihr eine weiße Rose vor das Grab und dann schnellt mein Kopf zu einem Grab ein wenig weiter links, den Gang entlang. Dieses Grab ist das Grab einer Person, an die ich mich bestens erinnere – Maryse Stone – meine Freundin. Sie verfolgt mich trotz ihres Todes und sie verlässt mich nie wirklich, irgendwie ist sie immer da und ihr lege ich zwei Rosen vor das Grab, eine für ihr Leben, das sie gelassen hat und eine für ihren Geist, der mich beschützt – zumindest glaube ich das.

Ich schließe die Augen, aber ich habe sowieso keine Tränen mehr übrig. Ich habe keine Kraft mehr, um länger um alle toten Seelen zu weinen, ich muss mich auf die Lebenden konzentrieren. Ich öffne die Augen und wende mich von den Gräbern ab, gehe den Gang entlang – er führt in einen Wald und ich gehe hinein. Als *ich die Schwelle zwischen Friedhof und Wald überquere, prallen mir grelle Lichtstrahlen ins Gesicht und ich sehe eine Weile gar nichts. Dann erkenne ich eine Frau in einem weißen Kleid, aber sie schwebt fast. In diesem grellen, weißen Licht, scheint mit dem Kleid zu verschmelzen. Ich erkenne nicht das Gesicht der Person, aber ich weiß sofort, dass sie es ist. Maryse – mein Leuchtstern.*

»Ich habe nicht viel Zeit, Flory, aber ich muss es dir dringend sagen«. Sie steht da, vor mir wie eine Art Engel und ich kann nicht antworten – bin sprachlos.

»Du darfst es nicht vergessen – du darfst nie vergessen, wer du bist, verstehst du?«, die Frage ist keine, auf die sie eine Antwort hören will, denn sie redet einfach weiter.

»Du darfst nicht zulassen, dass sie dich brechen, nicht zulassen, dass sie dir alles nehmen«. Was meint sie damit? Wer wird versuchen, mir alles zu nehmen? Warum wirkt sie so panisch? Was hat sie gesehen?

»Pass auf dein Herz auf, ja? Pass´ auf dein Herz auf oder sie werden es dir nehmen, Flory«. Was bedeutet das? Sie würden es mir nehmen? Wen meint sie damit? Ich habe so viele Fragen an sie, doch sie verblasst bereits und lässt mich mit meinen tausend Fragen zurück. Ihr Schatten zieht an mir vorbei und ich höre, wie sie noch ein paar letzte Worte haucht: »Ich vermisse dich auch!« Ich spüre den kalten Luftzug, als sie endgültig verschwindet und mich zurücklässt. Sie nimmt alles Wärme mit sich und alles Licht – sie hinterlässt mir nur Dunkelheit und Kälte – sie hinterlässt Tod.

Schwer atmend und völlig desorientiert öffnete ich meine Augen und starrte in die Dunkelheit. Es dauerte, bis mein Atem sich beruhigte und meine Augen sich an die Dunkelheit gewöhnt hatten. Einen klaren Gedanken zu fassen war schlichtweg unmöglich. Ich hatte Maryse gesehen und doch wieder nicht. Sie war da gewesen und doch so weit weg. Sie war hier gewesen und dennoch war sie tot. Es war unmöglich, dass sie es wirklich gewesen war, und doch wirkte es nicht wie ein Traum. Ihre Worte jedoch verwirrten mich bloß und ich versuchte, ruhig zu bleiben, um Dean, der nach wie vor neben mir schlief, nicht zu wecken. Er atmete beständig und ruhig und ich versuchte, mich dem anzupassen. Ich dachte an den Kuss und wünschte mir sofort wieder, das alles zu verdrängen. Es passierte zu viel in zu kurzer Zeit, um das ansatzweise verarbeiten zu können, und von erholsamem Schlaf konnte ich auch nicht reden. Irgendwann würde ich noch innerlich explodieren. Ich gab es ungern zu, aber ich war überfordert. Überfordert mit allem. Mit Dean, meinen Kräften und den Albträumen. Sich da voll und ganz auf die Mission zu konzentrieren, ohne mit Bens Gesundheitszustand konfrontiert zu werden, war nicht einmal annähernd zu schaffen. Jedes Mal, wenn ich die Augen öffnete, starrte ich der Realität ins Gesicht und damit der Tatsache, dass Ben jeden Augenblick sterben könnte und wenn ich sie wieder schloss, dann blickte ich in Maryse Augen und ich hörte ihre letzten Worte – *Ich vermisse dich auch.*

Zu viel. Es war einfach alles zu viel.

Kapitel 12

> Und ich ging mit mir allein,
> Über Feld und durch Wälder.
> Bis der Horizont so nah war,
> Dass ich glaubte er sei mein.
> Doch ich hatte leere Hände
> Also ging ich weiter fort,
> auf der Suche nach dem Horizont.
>
> - - *J.W.*

Der Morgen war kalt. Es hatte zwar nicht mehr geregnet, doch der Waldboden war nach wie vor feucht und auch das Feuerholz, das Dean letzte Nacht geholt hatte, war nicht ansatzweise trocken genug, um es dazu zu bringen, zu brennen. Wie genau ich darüber denken sollte, dass er mich geküsst hatte, wusste ich ebenfalls nicht und so schweigsam wie er war, ging es ihm vermutlich ähnlich. Wir beide sprachen das Thema nicht an und nun hing der gestrige Kuss zwischen uns wie eine Gewitterwolke. Wir wussten beide nicht, wann es ausbrechen würde, doch die Gefahr war uns beiden dauerhaft bewusst. Sie schwebte wie eine Drohung zwischen uns und verunsicherte mich nur noch mehr. Den Kuss zu verdrängen hatte ich versucht. Oft versucht. Doch sobald ich ihn ansah, fingen meine

Lippen an zu kribbeln und das Gefühl, seine Lippen auf meinen zu spüren, ließ sich nicht abschütteln. Es war quasi unmöglich, nicht daran zu denken und doch schaffte ich es, ruhig zu bleiben und unauffälliger denn je zu sein. Er sollte nicht merken, dass ich nicht aufhören konnte, an ihn zu denken. Schließlich wusste ich nicht, was er für mich empfand oder ob er überhaupt etwas für mich empfand. Vielleicht sah er in mir auch nur ein kleines Mädchen, das er retten konnte, um sich besser zu fühlen. Vielleicht war ich nur sein Mittel zum Zweck. Und war er das nicht auch für mich? Benutzte ich ihn nicht auch dazu, nach Hause zu kommen? Ich war nicht besser als er. Wahrscheinlich waren meine Motive sogar schlimmer und doch hatte ich Angst, dass meine Gefühle stärker waren, als ich es mir eingestand. Was würde es für mich bedeuten, ihn zu mögen? Dass es uns in Gefahr brachte, stand außer Frage, doch wir waren sowieso dauerhaft in Gefahr, was machte da schon ein wenig mehr Risiko?

Du kennst ihn doch gar nicht. Bilde dir nicht ein, er würde sich für dich interessieren. Am Ende bringst du euch beide noch um.

Mein Verstand hatte einen klaren Standpunkt preisgegeben und mir war das bewusst. Mir war bewusst, dass ich nicht so naiv sein sollte, es nicht sein durfte. Und doch war da dieses Kribbeln in meinem Körper, dass mich am Leben hielt. Ich hatte jahrelang nichts gefühlt. Ich wollte so nicht mehr leben. Ich wollte nicht mehr bloß überleben, sondern leben. Mit Gefühlen und Leuten, denen ich vertraute. Ich wollte mit ihm leben und mit den anderen und dagegen würde auch mein Verstand nicht ankommen.

Wir gingen durch einen dicht bewachsenen Teil des Waldes, um mehr Deckung vor den Huntern zu haben, denn wir näherten uns ihrem Lager mit jeder Minute mehr. Wo genau dieses Lager war, konnten wir jedoch nur erahnen, weswegen wir uns voll und ganz darauf konzentrieren mussten. Jeder Schritt war überlegt und jedes von mir wahrgenommene Geräusch wurde analysiert. So viel Kraft in jedes Detail zu stecken, war allerdings mehr als ermüdend und nach wenigen Stunden fürchtete ich bereits, zusammenzubrechen. Der einzige Gedanke, der mich weitergehen ließ, war Ben und dass sein Leben von uns abhing. Uns. Es fühlte sich eigenartig an »wir« oder »uns« zu sagen, nach all der Zeit, die ich allein gewesen war. Auf der einen Seite jagte es mir eine furchtbare Angst ein, daran zu denken, nicht mehr nur allein zu sein, und doch fühlte ich mich unbeschwerter. Dass mein Bauch jedes Mal kribbelte, wenn Dean mir ein paar verstohlene Blicke zuwarf oder er zufällig meinen Arm streifte, fühlte sich ebenfalls neu an. Ich kannte diese Art von Gefühlen gar nicht. Ich hatte nie einen besten Freund gehabt oder gar eine Beziehung. Das letzte Mal, dass ich einen Jungen meines Alters gesehen hatte, war über zehn Jahre her und nun hatte ich Dean geküsst. Oder eher er mich. Woher wusste man, dass man die Gefühle des anderen erwiderte? Und woher wusste man überhaupt, dass der Andere Gefühle hatte? Dass zwischen Dean und mir war bereits jetzt so unendlich kompliziert und irreführend, dass ich mich vor allem anderen fürchtete.

Was würde es bedeuten, wenn er etwas für mich empfand? Ich sollte mir wahrscheinlich wünschen, dass er mich grundlos geküsst hatte und dass alles nur ein Missverständnis war, doch allein darüber nachzudenken, dass es ihm nicht ernst war, ließ meinen Magen rebellieren. Egal, was passierte, es fühlte sich alles falsch an. Vielleicht, weil es falsch war. Oder vielleicht, weil ich nicht mehr wusste, was überhaupt noch richtig war.

Meine Füße trugen mich, obwohl jeder Schritt und jede kleinste Bewegung eine zu viel war. Mein Rücken schmerzte und dem Blut an meiner Jacke zufolge waren sogar einige der größeren Narben wieder aufgeplatzt. Doch für Schmerzen hatten wir keine Zeit und ich hoffte darauf, dass mein Rücken auch ohne Randys lebenserhaltenden Kräfte wieder heilen würde. Vermutlich dauerte es einfach nur länger. Die wenige Zeit jedoch, die uns noch blieb, verging rasend und ehe wir uns versahen, stand die Sonne bereits tief hinter den Bäumen. Zugegeben, der Sonnenuntergang war atemberaubend. Die verschiedenen ineinander changierenden Farben zu betrachten und kurz zu vergessen, wie hässlich die Welt sein konnte, war eine willkommene Abwechslung und doch musste ich fokussiert bleiben. Fokussiert auf das, was uns erwartete. Ich hätte sie hören müssen. Einmal war ich unaufmerksam gewesen. Einmal hatte ich den Fokus verloren. Einmal war einmal zu viel…

Ich hörte die Schritte zu spät und spürte, wie meine Arme gewaltsam zurückgerissen wurden. Mit weit aufgerissenen Augen und einem erstickten Schrei schaute ich zu Dean auf, doch dieser spiegelte nur meine eigene Angst wider. Mehrere Hunter umgaben uns und mir wurden die Arme auf den Rücken gedreht und diese anschließend mit Seilen fixiert. Das schmerzhafte Brennen auf meiner Haut ließ keine Zweifel daran, dass es sich um in Schwefel getränkte Stricke handelte. Es ging alles zu schnell, um abwehrend zu reagieren und ehe ich gar schreien oder um mich treten konnte, wurde ich mit voller Wucht auf den Waldboden gedrückt. Mir blieb die Luft weg, als man mich mit dem Gesicht in den Dreck schob und genauestens auf Waffen abtastete. Die schwieligen Finger des Hunters auf meinem Körper zu spüren, bereitete mir Gänsehaut und hätte man mir nicht die Luft aus meinen Lungen gedrückt, hätte ich durchaus erwogen, ihm ins Gesicht zu spucken. Doch ich konnte nichts als daliegen und hoffen, dass man uns nicht gleich umbrachte. In meinen Ohren begann es zu rauschen und mit jeder weiteren Sekunde mit dem Gesicht im Dreck fühlte ich mich winziger und unterlegener. Wie schafften es die Hunter, uns zu jagen, wo wir ihnen doch angeblich in so vielem überlegen waren. Warum waren wir diejenigen, die gefesselt und sich windend im Schlamm lagen und nicht sie? Was brachten mir meine ach so gefürchteten Kräfte, wenn am Ende, trotzdem immer ich selbst den Kürzeren zog? Nachdem sie mir zwei Messer und einen Nagel entwendet hatten, zogen mich zwei der Hunter wieder auf die Beine, ließen mich aber weder mein Gesicht, das nun von Dreck überzogen war, abwischen noch gaben sie mir Spielraum meine Fesseln zu lösen. Ich versuchte, meine Wellen aufzurufen, doch auf meine Frage, wo doch die Macht war, die mir mein Leben genommen hatte, kam keine Antwort. Bloß diese innere Einsamkeit und das Gefühl völliger Nutzlosigkeit. Mehr war da nicht. Wütend schnaubte ich den Huntern entgegen und beobachtete, wie sie bei Dean ein paar mehr Waffen fanden und sie ihm diese natürlich ebenfalls entzogen. Ich wollte gerade fragen, was genau sie mit uns vorhatten, als mir einer der Hunter, sein Gesicht wurde von der großen Kapuze verdeckt, ein Stück Stoff in den Mund stopfte und mir dann einen Streifen Klebeband aufdrückte, sodass ich weder sprechen noch wirklich atmen konnte. Am liebsten hätte ich geschrien, geweint, getreten – einfach irgendetwas getan, anstatt mitzuspielen, doch Dean sah mich warnend an und vielleicht lag auch Sorge in seinem Blick. Sorge um mich. Möglicherweise auch Angst, doch mein Herz pochte daraufhin einmal zu heftig, um noch weitere Gedanken an ihn zuzulassen. Hier ging es um mehr als mein Gefühlschaos oder gar seins. Es ging um Ben und vermutlich unser Überleben.

Die Sonne war bereits untergegangen und es fiel mir schwer, im Dunkeln nicht die Orientierung zu verlieren. Ben hatte mich gelehrt, auf die kleinen Details zu achten, falls man mich entführte. Dass ich seine Tricks so bald anwenden müsste, war mir da nur nicht klar gewesen. Jede Abbiegung, jeder schiefe Baum könnte mich am Ende retten. Deswegen versuchte ich, mir den Weg, den uns die Hunter entlangführten, so gut es ging einzuprägen, was sich deutlich schwieriger gestaltete, als Ben es mir geschildert hatte. Ich fühlte mich gefangen in mir selbst und dagegen tun konnte ich rein gar nichts. Ich sog die kalte Nachtluft durch meine Nase ein und war dankbar für die nächtliche Kälte, da sie mich wachhielt. Sie half mir dabei, mich zu fokussieren. Ich hätte meinen Fokus nie verlieren dürfen, aber nun war es so geschehen – das ließ sich auch nicht mehr rückgängig machen. Dean ging hinter mir, somit konnte ich ihn nicht sehen und wir hatten auch keine Möglichkeit zu kommunizieren. Jede Hoffnung auf eine Flucht war damit ausgelöscht. Uns blieb keine andere Wahl als uns von den Huntern, insgesamt hatte ich sieben gezählt, in ihr Lager führen zu lassen. Dass das ohnehin unser Ziel war, verrieten wir selbstverständlich nicht. Wie auch mit gestopftem Mund? Nach einer Weile hörte ich bereits erste entferntere Stimmen. Vermutlich waren wir nur noch fünf Minuten Fußmarsch vom Lager entfernt. Ein beklommenes Gefühl überkam mich und mein eigener Plan schien mir plötzlich viel zu undurchdacht und leichtsinnig. Woher sollten wir wissen, ob es überhaupt ein Gegengift oder ein Heilmittel gab und wie um alles in der Welt sollten wir das, gefesselt und unter Beobachtung, finden. Das Ganze war ein Selbstmordkommando und Joe hatte uns gewarnt. Ich fürchtete beinahe, dass er bereits davon ausging, dass Dean und ich nicht mehr zurückkehrten, verbot mir jedoch, weiter darüber nachzudenken. Hoffnung, redete ich mir ein, Hoffnung würde uns am Ende retten. Dass es Glück war, dass wir viel dringender brauchten, blendete ich aus. Und bevor ich wagte, mich nach Dean umzudrehen, standen wir inmitten eines riesigen Lagers. Hier war es sehr viel größer und besser ausgestattet, als ich es angenommen hatte. Erwartet hatte ich eine Feuerstelle mit Isomatten, wie wir sie hatten, neben Stapeln an Waffen, die uns töten sollten. Stattdessen betrachte ich ein ganzes Netzwerk aus Zelten und ich konnte gleich vier Feuerstellen ausmachen. Überall verteilt arbeiteten Hunter an verschiedensten Waffen und Strategien, zumindest den Plänen zufolge, die ausgelegt auf Klapptischen lagen. Das beklommene Gefühl wurde zu eiskalter Gewissheit, dass Dean und ich die Hunter um Weiten unterschätzt hatten. Sie waren nicht nur gut ausgebildet, sondern hatten bessere Ausstattung als alle Kolonien zusammen. Ich sah Granaten, Schusswaffen, Messer und natürlich Schwefel. Die gelbliche Färbung, der Geruch, der in der Luft lag, waren unverkennbar. Wir waren geliefert. Und zwar endgültig.

Während die Hunter uns durch das Lager schubsten, zogen Dean und ich wie erwartet sämtliche Blicke auf uns. Das Tuscheln und die neugierigen, teils gierigen Augen blieben uns nicht erspart. Wir wurden in das größte Zelt gebracht und dort an den erstbesten Pfosten gebunden. Nun saß ich zumindest direkt neben Dean und konnte mich so notfalls mit ihm austauschen. Das hoffte ich zumindest, denn ich hatte keinen blassen Schimmer, was ich nun machen sollte. Drei der Hunter blieben mit uns im Zelt, das von innen aussah wie eine Überwachungsstation. Überall standen Monitore und mein Blick fiel sofort auf einen der Koffer. Darauf war ein rotes Kreuz abgebildet. Wenn es ein Heilmittel gab, dann mit Sicherheit darin. Nur lag der Koffer auf der entgegengesetzten Seite und ich konnte unmöglich unbemerkt drankommen. Die Enttäuschung saß mir in den Knochen und Dean schien mindestens genauso erschüttert. Mit jeder Minute, die verging, häuften sich meine Zweifel mehr und mehr. Was hatten wir uns bloß hierbei gedacht? Wann war es meine Spezialität geworden, mich in Gefahr zu bringen? Ich schien Gefahren förmlich anzuziehen und noch schlimmer, ich schaffte es meist nicht einmal gegen sie anzukämpfen. Ich ließ diese Kämpfe immer von anderen austragen. Ich brachte ständig andere in Gefahr. Ich hatte Dean in Gefahr gebracht.

Einer der Hunter kam auf mich zu und riss mir das Klebeband grob vom Gesicht ab, sodass meine untere Gesichtshälfte sicher rot und geschwollen sein musste. Er befreite mich von dem Stück Stoff, der mir das Atmen fast unmöglich gemacht hatte, sodass ich von einem Hustenanfall geschüttelt wurde. Ich bedankte mich jedoch nicht, schließlich war es derselbe Hunter, der mein Gesicht in den schlammigen Waldboden gepresst hatte. Dann ging er zu Dean und löste auch seine Mundbedeckung. Dean hingegen tat das, was ich bereits von Beginn an vorhatte. Er spuckte dem Hunter zum Dank direkt ins Gesicht. Dass er daraufhin auch noch lachte, provozierte den bespuckten Hunter nur noch mehr. Ich erkannte ein Schild an seiner Jacke – James Klakman – was mich verwirrte. Es war komisch darüber nachzudenken, dass die Leute, die einem so schlimme Dinge antaten, echte Menschen waren und eigene Identitäten hatten. Es wäre so viel einfacher, wären es bloß Monster, namenlos und unbestimmt. Doch mein Feind hatte einen Namen. Und er hatte Waffen, wie auch Dean erfahren musste. Der Hunter zögerte nicht lange und rammte Dean wutentbrannt ein Messer ins Bein, woraufhin Dean aufschrie.

»Nein!«, schrie ich. »Stopp!«, doch der Hunter grinste mich nur genüsslich an und schlug Dean gegen die Schläfe, sodass er bewusstlos wurde. Nun war ich nicht nur gefesselt, sondern auch noch völlig auf mich gestellt. Der Hunter namens James Klakman zog das Messer wieder heraus und Blut strömte aus Deans Bein. Ich wusste, die Wunde würde heilen und doch wurde mir schummrig bei dem Anblick.

»Arschloch!«, entfuhr es mir. Doch ehe Klakman mir ebenfalls ein Messer ins Bein rammen konnte, ertönten schwere Schritte. Dann wurde die Zeltplane beiseitegeschoben.

»Na, na, na. Warum denn solche Ausdrücke?«, die Stimme ließ mich erschaudern. Gefühllos und zutiefst amüsiert. Genauso war auch der Blick, mit dem der Mann mich musterte. Seine Autorität war so einnehmend, dass die anderen Hunter neben ihm wie kleine Kinder wirkten.

»Was ist mit dem da passiert?«, fragte er und zeigte auf Dean, als sei er Ungeziefer, das man entfernen müsste. Ich verzog vor Wut mein Gesicht, zwang mich aber, nichts zu sagen.

»Der war ungehalten. Es geht sowieso um sie«, erwiderte James Klakman und nickte in meine Richtung. Es gefiel mir gar nicht, wie die beiden mich nun ansahen. Eine Mischung aus Missgunst und Neugierde. Als wäre sich der Mann noch nicht sicher, ob ich nun Ware für ihn war oder eher ein Nutztier. Der Gedanke an beides bereitete mir Übelkeit.
»Wie unhöflich von mir, mich gar nicht vorzustellen. Ich bin Mac Mason!«, erklärte er. »Ich bin wohl so etwas wie dein schlimmster Albtraum, aber deinem Aussehen nach zu urteilen, kennst du dich ja mit so etwas aus«, vermutlich spielte er auf meine dunklen Augenringe an, die durchaus auf meinen Schlafmangel zurückzuführen waren, und damit waren all meine Befürchtungen bestätigt. Oh ja, dachte ich. Albträume kannte ich. Nur, dass das hier keiner war, sondern Realität.

Und in der Realität konnte man auch sterben.

Oder Schlimmeres.

Kapitel 13

ngst.

Ein Gefühl, das ich gut kannte. Und doch verspürte ich es jedes Mal auf eine neue Art und Weise. Sie überkam mich immer noch unerwartet und ich war ihr ausgeliefert. Zitternd und mit rasendem Herzen starrte ich Mac Mason, der wohl so etwas wie der oberste Offizier war, in die eiskalten Augen und fragte mich, was als Nächstes passieren würde. Viel schlimmer konnte es nicht mehr kommen, überlegte ich. Verbesserte mich jedoch sofort wieder, schlimmer ging immer, das sollte ich mittlerweile am besten wissen.
Mac Mason, allein der Name missfiel mir, schien sich uns oder eher mir, da Dean nach wie vor nicht bei Bewusstsein war, allein annehmen zu wollen.
»Ihr könnt das Zelt verlassen!«, das war keine Bitte, das wurde nun auch den Huntern, die uns nach wie vor herablassend betrachteten, klar.

»Ich werde das nicht wiederholen«, ergänzte er gereizt nach wenigen Sekunden, was bedeutete, dass er nicht nur kalt, sondern auch ungeduldig war. Eine gefährliche Mischung, wenn man bedachte, wie viele Waffen um uns herum verteilt lagen. Wenn ich eine Wahl hätte, würde ich meine Chancen gleich null setzen, doch diese

Option durfte es nicht geben. Wir würden hier herauskommen, und zwar mit dem Heilmittel und unversehrt. Das hatte ich mir versprochen. Und das hatten wir Ben versprochen.
»Nun zu dir, Kleines!«, er musterte mich nun zum zweiten Mal. Meine Haare stellten sich am ganzen Körper auf und ich versuchte, mich zu beruhigen, um nicht unnötig Aufsehen zu erregen. Ich kam mir vor wie in der Kolonie. Hilflos, unnütz und verloren. Meine Kräfte einzusetzen, wäre die eine Möglichkeit, jedoch wäre das nicht nur riskant, sondern würde uns vermutlich das Heilmittel kosten. Die Wahrscheinlichkeit, dass ich es mit meinen Wellen zerstören würde, war einfach zu hoch. Mac Mason hatte blonde Haare und passende Bartstoppeln. Jedoch sah er nicht ungepflegt, so wie die meisten der anderen Hunter aus, sondern geradezu makellos. Er schien Mitte vierzig zu sein und doch mangelte es ihm nicht an Stärke. Gegen ihn zu kämpfen, wünschte ich nicht einmal einem Sacrianer. Seine Schusskünste waren sicherlich tödlich und ihn interessierte es bestimmt nicht einmal, auf wen oder was er schoss. Er sah aus, als würde er die Schmerzen der anderen genießen, egal, um wen es sich handelte.
Ich fragte mich, ob er wohl eine Familie hatte. Ob sich seine Frau, falls er eine hatte, nachts vor ihm fürchtete oder sich frage, ob er ihr auch wehtun würde. Die gleichen Fragen hatte ich immer an die CGCs gehabt.
An alle, die uns diese schlimmen Dinge antaten. Tagsüber sperrten sie uns ein, folterten uns, töteten uns und nachts… Ich konnte mir einfach nicht vorstellen,

dass die ruhig schlafen konnten. Noch schlimmer war, dass ich mir sicher war, dass sie es konnten, obwohl ich nächtelang wach lag.

»Du schaust wütend aus!«, sagte er schließlich mit ruhiger Stimme. Er strahlte jedoch keine warmherzige Ruhe aus, so wie Dean, sondern eine kalte, berechnende Ruhe, die mir das Blut in den Adern gefrieren ließ.
»Nein, wissen Sie, ich bin überaus glücklich, Ihre Gefangene zu sein!«, ich setzte ein gezwungenes Grinsen auf, das er jedoch genauso signifikant erwiderte. Ich erwiderte seinen Blick, auch wenn ich mich selten so kleinlich gefühlt hatte. Mein Herz pochte im Rhythmus der tackenden Uhr, die mein empfindliches Gehör wahrnahm. Diese Mischung aus lautem Ticken und meiner eigenen Angst schien mich zu Boden zu zwingen. Doch ich hielt dagegen und blieb fokussiert. Ich würde uns hier rausholen. Dean und mich. Wie auch immer ich das anstellen sollte. Ich erinnerte mich plötzlich an die Worte meiner Mutter.

»*Weißt du, Liebes. Du hast eine Gabe, die nur ganz wenige verstehen. Du bist eine Überlebende. Denk daran, wenn du dich unwichtig fühlst. Du bist eine Überlebende*«, warum mir ihre Worte genau jetzt in den Sinn kamen, wusste ich nicht, doch mit der Erinnerung kam auch das Pulsieren meiner Wellen zurück.
Ich spürte die Macht, die sich langsam in mir festsetzte und mir war bewusst, dass ich sie nutzen könnte. Ein Ausbruch und hier würde alles in sich zusammenfallen. Ich spürte die Macht stärker, als es mir lieb war, und

doch zwang ich mich, sie nicht loszulassen. Der Drang, mich ihr hinzugeben, war groß. Viel zu groß, doch ich widerstand. Ich schaute Mac Mason bloß weiter in seine kalten Augen und wartete auf seine Antwort, als würde mein Leben davon abhängen. In Wahrheit hing auch Deans davon ab. Dean, der mich vergangene Nacht geküsst hatte. Dean, dem ich mein Leben zu verdanken hatte. Ich spürte, wie die Macht in mir weiter anschwoll. Ich atmete tief ein.

»Na ja, es kommt ganz darauf an, welche Art von Gefangener du sein willst«, erklärte er und trat näher. Er bückte sich zu mir herunter und sprach mir direkt ins Ohr: »Entweder, du beugst dich mir und beantwortest brav alle Fragen«, er strich mit seinen Fingern, meinen Wangenknochen entlang und alles in mir zog sich zusammen, »Oder, du wehrst dich und ich überlege mir, wie dein Freund da drüben sterben soll«, bei dem Gedanken daran, dass er Dean wegen mir wehtun würde, wurde mir kotzübel. Mir stiegen vor Wut Tränen in die Augen. Seine schwieligen Finger in meinem Gesicht zu haben, half da kaum weiter. Am liebsten hätte ich laut geschrien und meine Wellen auf ihn losgelassen. Doch das durfte ich nicht.

»Ich beantworte Ihnen alles, was ich beantworten kann«, lenkte ich ein und verzog angewidert das Gesicht. Mac Mason schien mein Unbehagen wenig zu stören. Er rückte jedoch von mir ab, sodass ich erleichtert den angehaltenen Atem ausstoßen konnte. Ich hatte in meiner Panik nach Deans schlaffen Hand gegriffen und obwohl er meinen Händedruck nicht erwiderte, gab er mir Halt. Ob das nun kindisch oder bloß romantischer Irrglaube war, er gab mir Halt.

»Das hoffe ich für dich. Du bist nämlich eigentlich ganz hübsch. Vielleicht ein wenig dürr und verdreckt, aber es wäre schade um dich«, ob das nun leere Drohungen waren, um mich einzuschüchtern oder tatsächlich wahre Aussagen, sie wirkten. Was genau wollte er von mir? Wie viel Geld würde er für mich bekommen? An wen würde er mich verkaufen – an die Kolonie? Am liebsten hätte ich ihm Fragen gestellt, doch ich musste mitspielen. Zumindest solange, bis ich mir einen Fluchtplan überlegt hatte, und das ging nur mit Deans Hilfe. Ich würde also nun Zeit schinden müssen. Umso schlimmer, dass Zeit genau das war, was uns fehlte. Ob Ben unser »Katz und Maus Spiel« mit den Huntern überleben würde? Ich verdrängte jeden weiteren Gedanken an ihn.
»Also beginnen wir mit deinem Namen, Kleines«, begann er und schien mir dabei direkt in die Seele zu schauen. Mein Name. Wozu brauchte er denn meinen Namen? Wozu auch immer er ihn brauchte, so leicht würde ich es ihm nicht machen. Ich war mein Leben lang naiv genug gewesen. Naivität hatte noch nie jemandem das Leben gerettet, also log ich.

»Judith. Judith Pryste«, ich fühlte mich schlecht, dass ich den Namen eines toten Mädchens nannte. Zudem hatte ich sie kaum gekannt. Sie war Kolonistin gewesen und sie war hingerichtet worden. Ob Mac Mason das nun auch erfahren würde, war mir unklar, doch ich hoffte inständig, dass er meine Lüge nicht allzu bald enttarnen würde.

»Und dein Freund da. Wie heißt der?«, fuhr Mac Mason fort und ich musste mich nicht selbst sehen, um zu wissen, dass ich blass wurde. Was mich betraf, konnte ich gut lügen und selbst wenn er meinen richtigen Namen kannte, würde ich damit leben können. Doch Dean sollte er daraus halten. Was Dean betraf, würde ich ganz sicher nichts verraten. Das schien auch Mac Mason zu bemerken.

»Aha. Ich sehe schon. Da habe ich wohl einen wunden Punkt getroffen. Weißt du, Kleines, deine Art hat nicht sehr gute Lebenschancen. Gewöhne dich nicht zu sehr an ihn, er wird wahrscheinlich nicht sehr lange leben«, und obwohl er keine Ahnung von »meiner Art« hatte, trafen mich seine Worte. Denn er hatte recht. Ich wusste das sehr wohl. Sacrianer starben früh und meist auf eher tragische Weise. Und doch hatte ich zugelassen, dass mir etwas an ihm lag. Ob es Liebe war oder bloß die Schuld, die ich zu begleichen versuchte. Mir lag genug an ihm, um bei dem Gedanken an seinen Tod zusammenzuzucken.

»Keine Sorge. Ich bin mir unserer Überlebenschancen bewusster als Sie glauben«, konterte ich und versuchte, ihm so den Wind aus den Segeln zu nehmen, doch er ließ sich nicht so leicht verunsichern, wie ich gehofft hatte.

»Also, wenn du mir seinen Namen nicht nennen willst, dann muss ich mich vorerst mit deinem zufriedengeben,

Klein Judy«, und damit verließ er mit schweren Schritten das Zelt. Verwirrt und aufgewühlt starrte ich Mac Mason hinterher und sackte in mich zusammen. Wären meine Hände nicht gefesselt und mit Deans Händen verschränkt, hätte ich vermutlich nun mein Gesicht darin vergraben. Mir blieben keine zwei Minuten, ehe die Hunter von vorhin wieder das Zelt betraten und mit starrer Miene, Wache standen. Sie würdigten uns keines Blickes mehr, sagten aber zu meiner Erleichterung auch kein Wort mehr. Ein blöder Kommentar ihrerseits war wirklich das Letzte, was ich nun gebrauchen konnte. Ein Lebenszeichen von Dean wäre mir da lieber. Doch da war nichts außer sein schlagendes Herz, das mir verriet, dass er noch lebte. Also war ich nach wie vor auf mich allein gestellt.

Denke nach, Florence! Doch ich kam immer wieder zum Entschluss, dass ich unmöglich allein fliehen konnte. Alle Fluchtpläne bauten auf Dean auf.
Jede Minute, in der Mac Mason fort war, stieg die Anspannung. Er würde jeden Augenblick herausfinden, dass ich gelogen hatte. Judith Pryste war tot, und sobald auch ihm das klar wurde, würde es unschön werden. Mac Mason schien nicht die Art von Person zu sein, die zimperlich mit seinen Feinden umging. Ich fürchtete, dass einer von uns für diese Lüge bezahlen würde, egal wie klein sie war. Als die Hunter plötzlich allesamt das Zelt verließen, glaubte ich meinen Augen kaum zu trauen, und als sie auch nach kurzer Zeit nicht wiederkehrten, witterte ich unsere Chance. Die einzige Chance auf eine Flucht, die wir hatten. Ich versuchte

Dean trotz Fesseln irgendwie wachzurütteln, doch von ihm erfolgte keine Reaktion. Verzweifelt sackte ich gegen den Pfahl, an den wir gebunden waren. Am liebsten hätte ich mich der Erschöpfung hingegeben und die Augen geschlossen. Ich hätte mir einfach vorgestellt, woanders zu sein, jemand anderes zu sein. Doch aufgeben kam nicht infrage. Nicht heute. Also sammelte ich mich und konzentrierte mich auf jedes kleinste Detail in meiner Umgebung. Ich atmete tief durch und begann anschließend in kleinen Strömen meine Wellen auszusenden.

Ja, es war riskant, doch es war die einzige Möglichkeit, mich aus diesen Fesseln zu befreien. Ich musste es irgendwie schaffen, die Seile zu durchtrennen, mithilfe meiner Wellen. Nach den ersten fünf Versuchen, die alle scheiterten, war ich bereits so angestrengt, dass mir Schweißperlen das Gesicht herunterrannen. Ein letzter Versuch, sagte ich mir, und tatsächlich hörte ich dieses Mal deutlich das Reißen der einzelnen Fäden und ich spürte, wie sich meine Fesseln lockerten, sodass ich den Rest der Arbeit meiner Armkraft überlassen konnte. Meine Handgelenke waren wundgescheuert und meine Arme übersät von Blutergüssen, die ich mir durch meine unkontrollierten Wellenaussendungen selbst zugefügt hatte. Einer der Nachteile, wenn man mit seinen Kräften so wenig anzufangen wusste. Man richtete zwangsläufig immer auch Schaden an.

Nachdem ich mich selbst von den Fesseln befreit hatte, löste ich auch Deans und schlug ihm anschließend ins Gesicht. Ich fühlte mich bereits wenige Sekunden

danach schlecht, doch ich musste ihn wachbekommen, bevor die Hunter wieder das Zelt betraten. Ein bisschen rohe Gewalt hatte noch nie geschadet und erleichtert stellte ich fest, dass er sich langsam regte, und dann flatterten langsam seine Lider. Er schien gegen das Licht anzublinzeln und nahm mich erst eine Weile später wahr. Er murmelte ein: »Aua!«, und ich biss die Zähne aufeinander. Ich hoffte, er nahm mir den Schlag nicht allzu übel.
»Musste das sein?«, fragte er und klang dabei ein wenig lädiert und schläfrig. Ich biss mir auf die Lippe und nickte vorsichtig.
»Sonst wärst du ja nie aufgewacht«, flüsterte ich, für den Fall, dass die Hunter draußen am Zelt herumschlichen, »Außerdem müssen wir uns beeilen. Mac Mason kann jeden Augenblick zurückkommen und wenn er herausfindet, dass ich ihn angelogen hab, dann… Das willst du gar nicht wissen«, erklärte ich, doch Dean sah mich bloß entgeistert an. Er hatte rein gar nichts von der vergangenen halben Stunde mitbekommen.

»Okay, wer genau ist dieser Mac Mason und warum hast du ihn angelogen?«, sein Blick verriet bereits, dass meine Antworten ihm nicht annähernd genug waren, doch für eine ausführliche Schilderung der vorherigen Gespräche war nun keine Zeit.
»Das können wir später alles klären, aber erst mal müssen wir hier weg. Und zwar am besten mit Heilmittel und möglichst unversehrt«, versuchte ich ihm den Ernst der Lage klarzumachen, doch als sein Blick auf meinen Arm fiel, hatte er meine Worte

wahrscheinlich bereits wieder vergessen. Die blauen Flecken hatten sich bereits dunkelviolett verfärbt und zugegeben, es sah furchtbar aus und schmerzte. Es war allerdings nichts im Vergleich zu den Peitschenhieben von General Ross und in wenigen Tagen würde davon nichts mehr zu sehen sein.

»Dein Arm, Flore. Was haben die mit dir gemacht?«, fragte er und strich sanft mit seinem Daumen darüber.

Selbst bei dem leichten Druck seines Fingers wäre ich am liebsten zurückgeschreckt, doch seine Geste beruhigte mich. Seine Hand verharrte auf meinem Arm und kurz vergaß auch ich die Zeit und die missliche Lage, in der wir uns befanden. Erst die schweren, entfernten Schritte holten mich zurück in die Wirklichkeit und erschrocken sah ich Dean in die tiefblauen Augen, die leicht verschleiert aussahen.

»Alles gut. Beeil dich, ich glaube, es kommt jemand«, ich sprang sofort auf und lief zu dem Koffer mit dem roten Kreuz darauf. Ich öffnete die Riegel und klappte den Deckel auf. Im Koffer lagen ordentlich sortierte Spritzen mit jeweils verschiedensten Symbolen. Da ich mich mit Medizin keineswegs auskannte, hätte man mich genauso gut blind nach dem Heilmittel suchen lassen können. Dean hingegen schien genau zu verstehen, was welches Symbol bedeutete.

»Chemie war nicht mein Lieblingsfach, aber schlecht drin war ich auch nicht«, meinte er und da schwang ein wenig Stolz mit in seiner Stimme. Ich vergaß oftmals, dass er ja zur Schule gegangen war und nicht in der Kolonie aufgewachsen war. Ich hoffte, dass er mir nicht ansehen konnte, wie sehr ich ihn darum beneidete. Nach wenigen Sekunden griff er bereits nach einer der Spritzen, auf der ein Aufkleber mit den Symbolen SaO_3 abgebildet war. Ihm schienen die komischen Buchstaben wohl etwas zu sagen, ich erkannte darin nichts und musste so auf sein Wissen vertrauen.

»Sicher, dass es das ist?«, hakte ich nach und hörte, wie sich die schweren Schritte weiter näherten. Dean schüttelte mit dem Kopf.

»Nein, aber wir haben keine Wahl. Nimm dir eine Waffe«, er zeigte auf eine Pistole zu meiner Rechten, woraufhin ich entsetzt die Augen aufriss. Am liebsten hätte ich protestiert und vor ein paar Wochen hätte ich mich allein gegen den Gedanken an Waffen gewehrt, aber die Dinge hatten sich geändert. Zugegeben, ich hatte mich geändert. Dean hatte mein ganzes Leben auf den Kopf gestellt, in dem er mich gerettet hatte. Unsere Lage war fatal. Und extreme Umstände erforderten nun mal extreme Mittel, also überwand ich mein unwohles Bauchgefühl und griff ehrfürchtig nach der Pistole neben mir. Der Griff war kalt und das Gewicht in meiner Hand war ungewohnt. Ich betete, dass ich nicht abdrücken musste. Ich hörte Mac Masons raue, harte Stimme, die über den Lagerplatz hallte.

»Was macht ihr denn alle hier? Seit wann lässt man Staatsfeinde allein, wenn man weiß, dass diese alles andere als ungefährlich sind. Bin ich denn nur von Vollidioten umgeben oder was?« Da schwang so viel Wut in Mac Masons Stimme mit, dass ich mir gar nicht vorstellen wollte, was den Huntern nun blühte. Sollte sich Mac Mason ruhig noch weiter mit seinen Soldaten herumschlagen, das bedeutete schließlich mehr Zeit zur Flucht für Dean und mich. Dean stand mit dem Rücken am Eingang, um uns Deckung zu geben. Mein Blick fiel auf den aufleuchtenden Monitor. Mir blieb kaum Zeit, um die Daten zu verstehen, doch ein Name stach hervor.

Charleen Darsen – 17 – 1,65m – gesucht wegen Mordes an Staatsverteidigern.

 Sofort fragte ich mich, ob es so eine Datei auch zu mir gab. Vielleicht hatte Mac Mason sich deswegen so für meinen Namen interessiert. Danach blieben meine Augen an einer ganz bestimmten Zahl hängen, die mir den Atem stocken ließ – *Lohngeld: 20.000 Dollar* – mir wurde schummrig bei dem Gedanken daran, dass man uns nach Lohngeld wertete. Mein Leben war nicht mehr wert als eine Zahl. Das Leben von Charleen war nicht mehr wert als diese 20.000 Dollar. Wut stieg in mir auf und wenn Dean mich nicht an der Schulter gepackt und zu sich umgedreht hätte, dann wäre dieser Monitor vielleicht kurz darauf von mir zerstört worden. Wer hatte diesen Leuten das Recht gegeben, uns zu verkaufen? Doch damit war auch meine Frage beantwortet, was ich für Mac Mason war. Ich war sein Gehalt, seine Ware. Für ihn waren Dean und ich so wertvoll wie ein Gegenstand. Nichts Lebendiges.

Dean hatte die Spritze sicher verwahrt und hielt nun seine Waffe bereit. Ich hingegen wusste nicht einmal, wie ich die Pistole richtig halten sollte. Mal wieder fühlte ich mich unnütz. Deans Worte hatten sich in meinen Kopf bereits eingebrannt – Du verhältst dich wie ein Kind – und ob er es ernst gemeint oder bloß die Wut aus ihm gesprochen hatte, ich fühlte mich genauso unfähig wie ein Kind. Keinen Fehler durften wir uns mehr erlauben. Ich konnte kaum glauben, dass wir tatsächlich ein Gegenmittel gefunden hatten, doch nun galt es, dies auch rechtzeitig zu Ben zu bringen. Unser Plan war vielleicht nicht ganz so durchdacht, wie erhofft hatten. Nun bauten wir auf Glück. Glück, das wir nicht hatten, denn kaum hatten Dean und ich einen Blick gewechselt, betrat Mac Mason das Zelt. Mein Magen überschlug sich und Panik stieg in mir auf. Dean jedoch reagierte sofort und trat Mac Mason in die Seite, sodass dieser zu Boden ging. Ohne zu zögern, trat Dean ein weiteres Mal auf ihn ein, zog mich mit sich und dann liefen wir gemeinsam völlig überstürzt aus dem Zelt. Ohne Dean wäre ich bei meinem schlechten Orientierungssinn völlig verloren gewesen. Das Lager der Hunter war viel zu groß, um sich auf die Schnelle dort zurechtzufinden, doch Dean schien genau zu wissen, wo wir lang mussten und rannte zielstrebig in dieselbe Richtung, aus der wir gekommen waren. Mit rasendem Herzen lief ich neben Dean her und erlaubte mir keinen Blick mehr zurück auf das Lager.

Mac Mason schlug sofort Alarm, sodass es nur wenige Sekunden dauerte, ehe Dean und ich von zahlreichen Huntern verfolgt wurden. Das Adrenalin schoss durch mich hindurch und während wir um unser Leben liefen, blendete ich alles um mich herum aus. Ein Fuß vor den anderen, immer schneller und schneller. Die Schritte der

Hunter hallten durch den Wald und ließen mich das Tempo weiter anziehen. Sie rückten uns näher auf und ließen uns keine Möglichkeit, Halt zu machen. Dean und ich schlugen uns durch Geäst und Büsche und ich hörte meinen eigenen Atem so laut, dass er die Schritte der Hunter fast übertönte. Wir hatten bereits einige Kilometer zurückgelegt, doch die Hunter hielten nicht an und ließen uns nicht entkommen. Wir rannten also weiter. Zogen unser Tempo erneut an und ich merkte, wie ich langsam an meine Grenzen stieß. Der Moment, in dem ich fiel, verging wie in Zeitlupe. Langsam sah ich zu, wie ich dem Boden immer näherkam und erst als ich bereits auf ihm aufprallte, spürte ich den Schmerz, der mich daraufhin durchzuckte. Ein erstickter Schrei löste sich in meiner Kehle und ich fürchtete bereits, unser Todesurteil beschlossen zu haben. Die Hunter hatten die Zeit genutzt und sie würden uns bald einholen. Ich nahm all die Macht, die ich noch besaß, was an sich nicht viel war, und schleuderte sie in einem Schrei aus Verzweiflung gegen sie. Wo auch immer mein Körper die Kraft hernahm, ich war dankbar dafür. Mit zittrigen Armen drückte ich mich hoch und Dean eilte mir bereits zur Hilfe.

»Okay, weiter«, meinte er und zog mich hinter sich her, als er weiter durch den Wald stürzte. Ich konnte kaum stehen, meine Füße schmerzten bei jedem Schritt und meine Kehle brannte, doch durch mein Blut schoss pures Adrenalin.

Ich will leben. Ich will leben. ICH WILL LEBEN!

Ich rannte schneller und schneller und nun fiel es sogar Dean schwer, mit mir mitzuhalten. Ich hatte das Gefühl, soweit über meine Grenzen hinausgegangen zu sein, dass ich sie praktisch ausgelöscht hatte. Wir mussten dringend zu Ben, die Gefangennahme hatte uns bereits zu viele Stunden gekostet, wir hatten die Hunter zwar sicher abgehangen und ich hatte sie auch gehunfähig gemacht, aber wir rannten weiter, rannten, als wären sie noch lange nicht geschlagen, denn insgeheim war genau das meine Befürchtung. Würden sie je aufhören, uns zu jagen? Ich hatte diese innere Uhr und sie schrie, schrie in meinem Kopf – acht Stunden. Wir hatten noch mehrere Kilometer vor uns, aber wir mussten es schaffen, mussten es zu Ben schaffen. Ich würde mir das sonst nie verzeihen. Dean würde es sich auch nie verzeihen, denn die einzige Person, die es verzeihen konnte, wäre dann tot. Tot, obwohl wir dieses Heilmittel hatten.

Schneller, schneller, schneller.

Es fing an zu regnen und der Himmel war überzogen mit grauen Wolken. Der Regen war kalt, hart und nahm mir die Sicht und jeden letzten Rest Wärme. Der Regen machte mich nervös, ich hatte das Gefühl, er enthielt eine Botschaft – *ihr werdet zu spät sein.* Nein, wir würden es schaffen. Einen Fuß vor den anderen und immer schneller rennen und das immer weiter und weiter und weiter.

Ich spürte nichts mehr, nicht meine Beine, nicht den Regen, es war alles wie weggeblasen und ich war zu erschöpft, um noch etwas zu empfinden – schon wieder – das Gefühl war nicht neu. Das Gefühl, nicht wirklich ich zu sein, sondern ein Zuschauer. Ein Zuschauer in meinem Leben und ich fürchtete dieses Gefühl, es erinnerte mich daran, wie es in Sutcliffe gewesen war und wie es wieder sein konnte. Ob sich Ben auch so fühlte. Ob er neben seinem Körper schwebte und zusah, wie er selbst langsam starb. Ob er alles fühlte, wenn es vorbei war oder ob er es gar nicht merkte. Würde er wissen, dass Dean nicht bei ihm war, dass wir es nicht geschafft hatten? Wir hatten es aber geschafft und Ben würde leben. Die Worte wiederholte ich immer wieder.

Ben wird leben.

Aber das Unwetter und die Tatsache, dass ich vergangene Nacht von einem Friedhof geträumt hatte, stimmte mich nicht wirklich zuversichtlicher. Ich fragte mich, wie es wäre - ohne Ben, aber ich konnte mir das einfach nicht vorstellen, ohne ihn wäre es ruhiger und möglicherweise sehr viel entspannter – er war schließlich fast immer angespannt – aber es wäre auch sehr viel leerer. Es wäre einfach falsch und das behauptete ich – der Neuling, der ihn erst mehrere Tage kannte – wie mussten sich die anderen da fühlen. Ben wird leben, wiederholte ich.

Ich konnte nicht länger rennen und wir müssten die Hunter mittlerweile abgehängt haben, ich hatte immerhin meine Wellen eingesetzt. Dean und ich gingen, schlichen fast. Ich hatte es vorhin geschafft, meine Kräfte ansatzweise zu kontrollieren und das ausnahmsweise relativ erfolgreich, die blau-violetten Flecken auf meinem Arm ausgeschlossen, aber als die Hunter uns gefunden hatten, da waren meine Kräfte beinahe gar nicht existent gewesen, egal wie tief ich in meinem Inneren nach ihnen gesucht hatte – ausgerechnet als wir geschnappt wurden. Warum kontrollierten sie mich mehr als ich sie? Als würden sie nicht nur mir allein gehören, sondern auch noch jemand anderem. Die Angst blockierte mich – so sehr, dass ich meine Kräfte zu verlieren schien. Es fiel mir schwer, bei Bewusstsein zu bleiben, während Dean und ich durch den Regen stapften, sodass ich froh war, als er einen Arm um mich legte, um mich zu stützen. Nun kämpften wir nur noch gegen die Zeit an. Doch die Zeit war der viel schlimmere Gegner. Zeit war das, was am Ende über Leben und Tod entscheiden würde.

Ich fürchtete bloß, dass sie sich bereits entschieden hatte.

Kapitel 14

Ich ruder und ruder
Und frage mich wann
Komm ich an, wann
Denn wann?
Und dann verstehe ich:
Ich komme nicht an
Ich komme nie an
Es gibt gar kein Wann.

- - *Fabian, Leonhard*

Wir erlaubten es uns nicht, anzuhalten, zügelten jedoch unser Tempo, sodass wir nicht vor Erschöpfung zusammenbrachen. Von der so gefürchteten sacrianischen Stärke spürte ich wenig. Ich fühlte mich zerschlagen und ausgelaugt. Was würde ich jetzt für eine Stunde Schlaf tun. Eine Stunde des Vergessens. Eine Stunde Unbeschwertheit. Dean und ich gingen stundenlang so durch den Regen und lauschten dem anderen beim Ein- und Ausatmen. Meine Kleidung war durchnässt und meine Haare klebten mir am Gesicht. Doch ich fühlte mich zu schwach, um sie mir aus dem Gesicht zu wischen. Von den Huntern hatten wir nichts mehr gehört und ich hatte auch nach Stunden keine mehr gesichtet. Trotzdem fühlte ich mich verfolgt und bei dem kleinsten Geräusch fuhr ich zusammen. Es reichte, dass Dean auf einen Ast trat, und mir entfuhr ein leiser Schrei, woraufhin er meine Hand in seine nahm und sie drückte, um mich zu beruhigen. Ich wollte es ungern zugeben, aber es funktionierte. Sobald er mich berührte, ob nun absichtlich oder zufällig, machte mein Herz einen Satz und ich war froh, dass es kalt genug war, um meine geröteten Wangen auf die Temperaturen zu schieben. Ob das egoistisch von mir war? Ich dachte pausenlos an Dean, obwohl Ben gerade im Sterben lag. Machte das aus mir eine schlechte Freundin? Doch es hatte keinen Sinn zu versuchen, nicht an Dean zu denken, denn das machte es meist nur noch schlimmer. Als ich bereits glaubte, im Gehen eingeschlafen zu sein, brach Dean das Schweigen zwischen uns und gleichzeitig hörte es endlich auf zu regnen.

»Ich muss dich um etwas bitten«, fing er an und fuhr sich ein wenig zerstreut durch die Haare. Besorgt und verwundert musterte ich ihn, nickte dann aber einwilligend.
»Könntest du unseren Kuss vorerst für dich behalten. Also ich meine, dass du es den anderen am besten nicht sagst«. Seine Worte trafen mich mit voller Wucht und plötzlich schien sich alles zu drehen. Ich versuchte, es zu überspielen und scherzte, doch in meinem Inneren begann alles wehzutun.
»Ich hatte kaum vor, damit zu prahlen«, erwiderte ich und zwang mich zu einem Lächeln. Bereute er den Kuss? Und sollte ich ihn nicht auch bereuen? Doch ich

wusste es bereits. Ich wusste, dass ich den Kuss keineswegs bereute. Eher im Gegenteil und genau das war es, dass mich so erschütterte. Was, wenn es ihm nichts bedeutet hatte? Sein Freund lag im Sterben und ich war eine willkommene Ablenkung, mehr eben nicht. Ich ließ instinktiv seine Hand los und hoffte, dass er nicht bemerkte, wie unsicher ich mich gerade fühlte. Am liebsten hätte ich mich einfach hinter dem nächstbesten Baum verkrochen.
»Du hältst mich jetzt für ein Arschloch, habe ich recht?«, fragte er und rieb sich die Schläfen. Er sah unendlich müde aus und so sehr mich seine Worte verletzten, kam ich nicht Drumherum, mich um ihn zu sorgen. Warum fühlte sich alles so kompliziert an? Ich wusste nicht, was ich darauf antworten sollte. Ich fühlte mich dumm, geglaubt zu haben, dass er sich wirklich für mich interessierte. Ich hätte niemals zulassen dürfen…
Dean blieb plötzlich stehen und zog mich an meinem Arm zu sich. Mein Gesicht war so nah an seinem, dass ich seinen warmen Atem auf der nassen Haut spürte. Ich legte meinen Kopf in den Nacken, um ihm in die meerblauen Augen schauen zu können und erkannte meine Spiegelung darin. Mein Herzschlag vervielfachte sich und meine Hände begannen zu zittern, weshalb ich sie instinktiv in seinem Pullover vergrub. Es fühlte sich so natürlich an ihm so nahe zu sein, dass er unmöglich nichts fühlen konnte. Ich konnte förmlich spüren, dass da etwas zwischen uns war. Vielleicht nicht Liebe, vielleicht auch bloß unendliche Einsamkeit, aber es war zumindest *etwas*.

Er legte seine eine Hand an meine Taille und die andere an meine Wange. Die Sekunden vergingen langsamer und doch unendlich schnell. Als wären wir in einer Zeitschleife gefangen. Als gäbe es nur ihn und mich und sonst nichts.
Was willst du, Dean?
Als hätte er meine Gedanken gehört, überbrückte er den letzten Abstand zwischen uns und legte seine Lippen auf meine. Dieses Mal war der Kuss keineswegs vorsichtig oder unsicher, sondern suchend und fast schon hart. Meine Wellen protestierten, doch ich stellte meinen Kopf aus und gab mich seinem Kuss hin. Mir war egal, ob es mich leichtsinnig und naiv wirken ließ. Ich brauchte das hier. Ich brauchte ihn. Und er schien mich ebenfalls zu wollen. Seine vorherigen Worte schienen bereits fern und es gab nichts anderes mehr außer dem Jetzt. Nichts als diesen Kuss. Ich grub meine Hände tiefer in seinen Pullover und stellte mich auf die Zehenspitzen, um ihm noch näher zu sein.
Jedes bisschen Abstand war zu viel. Die Zeit verging anders. Ich konnte nicht sagen, wie lange wir bloß dastanden und uns küssten, doch als wir uns schließlich voneinander lösten, lächelte Dean mich zufrieden an. Seit Tagen war es das erste Mal, dass er aufrichtig lächelte und der Gedanke, dass es wegen mir war, stellte auch mich zufrieden. Ich hätte ihn gerne gefragt, ob er etwas für mich empfand. Ich wollte wissen, warum die anderen nichts von uns wissen sollten, doch ich hatte Angst, das kaputtzumachen, was gerade geschehen war. Vielleicht war diese Zwischenlage, in der wir uns befanden, genau das, was wir brauchten. Ich tat so, als

würde ich mir nicht mehr wünschen. Er sprach das Thema nicht mehr an. Wir redeten die restliche Zeit über Banalitäten oder lustige Sprüche von Lex. Ich ertappte mich dabei, wie ich den nervigen Rotschopf bereits vermisste und so anstrengend sie sein konnte, sie war sehr viel reifer, als sie es für ihr Alter sein sollte. Dean und ich beschlossen, Rast zu machen und zumindest ein paar Stunden zu schlafen, da es so dunkel geworden war, dass selbst er sich nicht mehr im Wald zurechtfand.

Ich hatte Angst wegen der Hunter, doch Dean beruhigte mich und schlug vor, dass wir zwischen mehreren Büschen schliefen, sodass wir zumindest etwas in Deckung lagen. Ich war so erschöpft, dass es mir nicht mal etwas ausmachte, dass wir keine Isomatte hatten. Es dauerte keine zehn Minuten, bis ich schlief. Ich spürte nur noch, wie Dean einen Arm um mich legte und mich an sich zog. Ich versuchte, das Kribbeln im Bauch nicht zu beachten. Spätestens als ich schlief und die Träume kamen, war von dem Kribbeln keine Spur mehr.

Ich blicke auf dem Boden und schaue auf meine Füße. Ich trage kniehohe, schwarze, zugeschnürte Stiefel und diese sind befleckt mit Dreck und Blut. Ich stehe auf nassem Kies und Schlamm und ich trage einen rabenschwarzen Umhang, der mein Gesicht mit einer Kapuze verhüllt. In meinen Händen halte ich ein Schwert mit einem Knauf, der aussieht wie ein Kreuz. Der Griff des Schwertes ist rau, aber meine Hände halten es mit einer Selbstverständlichkeit, die mich fast schaudern lässt. Ich blicke hoch und um mich herum sind Tausende Leute, die ähnliche

Umhänge wie ich tragen und wiederum andere, die in Rüstung gekleidet sind. Diese beiden Parteien kämpfen gegeneinander – ich stehe inmitten eines Schlachtfeldes, aber niemand sieht mich. Es ist fast so, als wäre ich unsichtbar und nur ich weiß, dass ich hier bin. Ich sehe überall Blut und auch an mir klebt es überall. Meine blonden Strähnen sind rot gefärbt und kleben mir im Gesicht, sogar das Schwert ist mit Blut getränkt. Überall sind Reiter auf Pferden und sie halten Flaggen hoch. Auf den Flaggen ist ein rotes, verschnörkeltes Kreuz und der Rest der Flagge ist schwarz, so schwarz wie mein Umhang. Die andere Partei ist ebenfalls bewaffnet, nur nicht mit Schwertern, sondern mit einer Art Speer. Sie haben ebenfalls eine Flagge, aber diese hat andere Farben – Rot, Blau und Weiß – es ist die Ralesnische Flagge, die Flagge, die auf der Arbeitskleidung in Sutcliffe ist. Augenblicklich wird mir bewusst, in was für einer Schlacht ich mich befinde, in was für einem Krieg ich stehe. Ein Krieg bestehend aus zwei Parteien – Deseaser und Menschen. Das Sacrianische Volk, das sich erheben will, das nicht länger unterdrückt werden will, und obwohl es nicht zu mir passt, verspüre ich den Impuls, ebenfalls mitzukämpfen. Einmal in meinem Leben kein Feigling zu sein, aber ich bleibe reglos auf der Stelle stehen und schaue einfach nur zu, wie immer mehr Männer und Frauen in Rüstung fallen.

Ich stehe da und schaue zu, wie immer mehr CGCs fallen. Ich fühle mich wie ausgewechselt und das macht mir Angst, ich fühle mich wie jemand, der ich nicht bin. Ich empfinde keinen Funken Mitleid, keinen Funken Schuld und erst fühlt es sich gut an, aber mit der Zeit fühlt es sich falsch an, es fühlt sich an, als wäre ich bereits tot und einen Moment lang frage ich mich, ob es stimmt, aber ich kann es nicht sagen. Ich kann gar nichts mehr mit

Sicherheit sagen. Egal, was ich sage, tue und denke, am Ende täusche ich mich – das habe ich schon so oft.

Ich höre Schlachtrufe und ich höre die Schreie der Leute, die sterben und ich höre die Schreie aus Wut. Um mich herum sind nur Krieger und ich selbst sehe nicht anders aus, aber ich fühle mich nicht wie eine Kriegerin, sondern wie ein wehrloses Lamm, das dem Schlachter vorgeführt wird. Die Sonne scheint und brennt mir langsam in den Augen, es ist warm unter dem Umhang, obwohl ich den Schnee sehe, der am Boden liegt. Obwohl ich den Wind spüre, wie er in mein Gesicht peitscht. Vor mir taucht ein weiterer Reiter auf, er sitzt auf einem schwarzen Pferd, was sich der Farbe seines Umhangs anpasst. Das Pferd ist riesig und anmutig und auf eine furchteinflößende Art wunderschön. Der Reiter sitzt gerade und zusammen mit dem Ross überragt er mich, ist beinahe doppelt so groß.

Der Reiter hält ebenfalls eine Flagge mit rotem Kreuz in die Höhe und seine Körperhaltung und Erscheinung wirken ziemlich männlich, doch sein Gesicht ist nicht zu erkennen, denn es wird von einer Kapuze verdeckt.

Ich konzentriere mich darauf, zumindest die Augen auszumachen, da fliegt ein Speer an mir vorbei und stößt dem Reiter ins Herz. Der Reiter packt den Speer, doch es ist zu spät, er kann ihn nicht mehr rausziehen, da fällt er bereits vom Pferd und schlägt mit dem Kopf auf dem Boden auf, die Flagge ist nun blutgetränkt – wie mein Schwert. Das Pferd stößt sich mit den Vorderhufen ab und stellt sich auf die Hinterbeine. Ich frage mich, ob es weiß, was mit dem Reiter passiert ist, und ich frage mich, ob Tiere auch trauern um den Freund, den sie vielleicht verloren haben. Ich kannte diesen Reiter nicht, erkenne immer noch nicht sein Gesicht, aber sein Tod löst etwas in mir aus. Es ist, als würde eine Welle mich überfluten und sie trägt all die Schuld mit sich, die ich nicht mehr fühlen konnte. Sie trägt alles herbei und ertränkt mich. Ich ertrinke. Die Schuldgefühle zwingen mich in die Knie und ich sitze auf diesem riesigen Schlachtfeld und krümme mich vor Schmerzen – aber keinen körperlichen, während dieser Krieg um mich herum tobt.

Ich schließe die Augen und schreie – ich will all diese Schuld fortschreien. Den Tod meiner Eltern, Judith, Maryse und ich sehe sogar Bens Leiche vor mir – ich will sie nicht sehen. Würde alles dafür tun, um diese Bilder aus meinem Kopf zu verbannen. Ich schreie all den Schmerz heraus, und als ich die Augen öffne, bin ich nicht länger auf diesem Schlachtfeld.

Ich stehe vor einer Treppe auf einem roten Teppich und vor mir steht jemand, der ziemlich imposant gekleidet ist, und ich würde sagen, er ist der Präsident, wenn ich es nicht besser wüsste. Der Mann reicht mir ein Schwert – das Schwert – und ich muss schlucken, nehme es aber dankend an. »Dieses Schwert überreiche ich dir für deinen Mut«, sagt der Mann und dann kommt eine Frau, die ein elegantes, dunkelblaues Kleid trägt, auf mich zu und reicht mir eine Schärpe in Dunkelblau. »Diese Schärpe bekommst du für dein Durchhaltevermögen«, fährt der alte Mann fort und dann geht er die Treppe hinauf und holt noch etwas. Die Treppe führt hoch auf ein Podest und auf diesem stehen zwei – Throne? Nun erkenne ich auch den Raum und das Gebäude, aber nur aus den Nachrichten. Ich bin im Palast, im Palast des Präsidenten. Der Palast strahlt pure Macht aus und mir wird sofort noch unwohler.

Was mache ich hier? Für was belohnt er mich denn?

Der Präsident – nun erkenne ich ihn wieder – sieht etwas älter aus als das letzte Mal, dass ich ihn gesehen habe, vor Jahren. Er hat schon graue Strähnen in seinen braunen Haaren. Er kommt die Treppe wieder mit anmutigen, langen Schritten herunter und das Geräusch seiner Schritte erfüllt den gesamten Saal. Wenn wir nicht das 31. Jahrhundert hätten, würde ich behaupten, er wäre König, aber ist er nicht. Der Präsident hält – eine Krone? - in den Händen und bleibt dann vor mir stehen. »Knie nieder!«, ordert er an, aber nicht wirklich unterwürfig, sondern es klingt eher wie ein Privileg. Ich tue wie geheißen und knie mich auf den roten Teppich. »Hiermit kröne ich dich, Keyla, zur Kronerbin des Krieges«. Was? Wer ist Keyla, hier muss eine Verwechslung vorliegen? Und was für eine dämliche Kronerbin, es gibt schon ewig keine Königshäuser mehr? Dieser Typ hat sich geirrt, ich bin weder seine Kronerbin noch Keyla. – Das macht doch alles keinen Sinn.

»Erhebe dich!«, befiehlt er und wieder folge ich seinem Befehl – ich wage es nicht, mein Wort gegen ihn zu erheben, aber ich bin ziemlich sicher, er hat gerade die Falsche gekrönt, nur warum? Ehe ich genaueres sagen oder tun kann, wird mir schwarz vor Augen und ich kippe zur Seite und werde in die Dunkelheit gerissen.

Ich scheine im Nichts zu schweben. Unter mir befindet sich kein Boden, doch ich blicke in einen Raum. Darin sitzt ein Junge. Er sieht aus, als wäre er so alt wie Niwo. Vielleicht zwölf oder dreizehn, doch er strahlt eine Präsenz aus, die mir Gänsehaut bereitet. Er trägt die Farbe Schwarz, als würde sie zu ihm gehören. Ich sehe den Jungen nur von hinten, doch ich spüre seine Traurigkeit förmlich. Als würde das Gefühl mir gehören. Um ihn herum nehme ich eine Art Aura wahr. Als würden ihn dunkle Schatten umgeben. Da liegt unendliche Trauer und Wut in der Atmosphäre und ich habe sofort den Drang, zu dem Jungen hinzugehen. Doch ich bin bloß Zuschauer aus den Schatten.

Dann höre ich eine weitere Person. Ich sehe den Mann nicht, die Stimme jedoch klingt alt und grob.

»Sie sind fort. Du musst mit ihnen abschließen, Junge!«, der Mann spricht die Worte wie einen Befehl aus. Der Junge hebt seinen Kopf und seine Haltung wirkt starr und viel zu aufrecht für einen einfachen Jungen. Auch die aschblonden Haare sehen viel zu ordentlich aus für einen Jungen seines Alters.

»Meine Eltern sind nicht fort. Sie sind tot, Commander«, erwidert der Junge, und es liegt so viel Wut und Schmerz in seiner Stimme, dass ich innehalte. Ich fühle mich verloren in der Situation. Es ist nicht meine Erinnerung. Ich kenne weder die Stimme des alten Mannes, noch kommt mir der Junge mit der immer dunkler werdenden Aura bekannt vor. Da ist lediglich so ein Gefühl von Verbundenheit, das ich nicht erklären kann.

»Und was willst du jetzt tun?«, fragt der ältere Mann fordernd. Sofort bekomme ich Gänsehaut. Die Art und Weise, wie der Mann redet, erinnert mich an Mac Mason, auch wenn sich die Stimmen unterschiedlich anhören, haben sie den gleichen kalten Unterton. Die folgenden Worte des Jungen schockieren mich jedoch weitaus mehr.

»Ich bring sie alle um!«

Dann werde ich von Schwärze verschluckt und in dichten Nebel gehüllt.

Ich spürte, wie jemand an meiner Schulter rüttelte, konnte die Berührung aber noch nicht einordnen. Erst als ich die Augen öffnete und Deans Blick begegnete, wurde ich mir langsam wieder der Realität bewusst. Ein

Traum. Es war bloß einer meiner üblichen Albträume gewesen. Erleichtert atmete ich aus.

»Ist irgendwas?«, fragte ich mit belegter Stimme. Ich war nach wie vor erschöpft bis auf die Knochen. Die Sonne schien langsam aufzugehen, denn ich konnte bereits wieder Bäume von Büschen unterscheiden. Vor wenigen Stunden war es noch so düster gewesen, dass ich Angst haben musste, selbst Dean aus den Augen zu verlieren.

»Nein, aber wir sollten weitergehen, bevor die Hunter uns einholen oder Ben…«, er unterbrach sich selbst und ohne darüber nachzudenken, legte ich instinktiv meine Hand an seine Wange und fuhr mit dem Daumen an seinem Wangenknochen entlang.

»Er schafft das. Versprochen«, log ich und sah ihm dabei tief genug in die Augen, um uns für einen Moment beide zu täuschen. Bevor ich mich selbst nicht mehr zügeln konnte, zog ich meine Hand zurück und wendete den Blick von seinen Lippen ab. Gegen das wiederkehrende Kribbeln in mir konnte ich allerdings nicht ankämpfen. Dean half mir auf und zupfte mir einen Ast aus den Haaren, was mich rot anlaufen ließ. Ich sah sicher schrecklich aus. Mager und dreckig. Meine blonden Haare waren mit Sicherheit zerzaust und auf meiner Kleidung waren überall Blut und Dreckflecken. Ich war nicht gerade hübsch anzusehen. Dean hingegen sah ziemlich gut aus - so wie immer. Seine Haare standen ein wenig ab, aber ansonsten würde man ihm kaum glauben, dass er ein Flüchtiger war. Er könnte problemlos durch jede beliebige Stadt streifen und niemand würde Verdacht schöpfen. Mich hingegen würde man wahrscheinlich für eine Waise oder eine Obdachlose halten.

Wir redeten nicht viel, aber der Sonnenaufgang ließ wieder neue Hoffnung in mir auflodern. Die Chancen standen nun gar nicht mehr schlecht, Ben zu retten. Wir konnten es wirklich schaffen. Ich hatte es versprochen. Wir mussten es einfach schaffen.

Im Laufe des Tages begann es jedoch wieder zu regnen und später ging der Regen dann in einen Sturm über. Wir mussten uns also gegen den Wind stemmen, während wir uns durch den matschigen Waldboden quälten. Das Prasseln und Donnern schienen mir keine gute Prophezeiung zu sein. Und auch wenn wir keine Uhr hatten, wusste ich, wie knapp unsere Zeit bemessen war. Drei Tage waren um. Wenn wir nicht bald wieder zur Höhle zurückkehrten, dann… Weiter durfte ich nicht denken. Doch egal wie weit wir gingen, nichts kam mir bekannt vor. Da war keine Höhle und erst recht kein Ben.

»Was meinst du, wie lange brauchen wir noch?«, rief ich in Deans Richtung. Dann donnerte es erneut. Ich zuckte zusammen und zwang mich, dann weiterzugehen.

»Wir müssten jeden Augenblick da sein«, brüllte Dean zurück. Ich hatte bereits die Hoffnung aufgegeben. Es war einfach zu stürmisch. Wir würden die anderen unmöglich so finden. Mein ganzer Körper zitterte vor Kälte und meine Sachen waren erneut völlig durchnässt und klebten an meinem Körper wie ein kalter Lappen.

Ich konnte kaum atmen und jeder Schritt brannte. Meine Muskeln schienen nicht mehr lange durchzuhalten. Auch Dean schleppte sich mehr durch den Sturm, als dass er ging. Wir beide waren am Ende unserer Kräfte angekommen.

»Dean! Ich kann nicht...«, da unterbrach mich ein entfernter Ruf.

»Niwo! Komm zurück!«, und diese Stimme war unverkennbar. Lex. Und die Gestalt, die auf uns zulief, war Ruff. Ich sammelte meine letzten Reserven und zog ein letztes Mal das Tempo an. Ich entdeckte die Höhle erst wenige Meter, bevor Dean und ich sie betraten. Wir wurden bereits von Lex, Joe und Randy erwartet. Dean eilte sofort in die Höhle, während ich Lex halb schluchzend, halb lachend in die Arme fiel und kaum glauben konnte, dass wir es geschafft hatten.

»Igitt. Du bist doch komplett nass«, nörgelte sie, schloss mich aber ebenfalls in eine feste Umarmung, die ich nun wirklich gut gebrauchen konnte.

»Es freut mich auch, dich zu sehen«, erwiderte ich mit rauer Stimme. Wäre ich keine Sacrianerin, hätte ich mir sicher eine üble Erkältung eingefangen. »Wie geht es Ben«, ergänzte ich.

»Schau selbst«, meinte sie bloß und ich eilte ein wenig hinkend zu den anderen. Vermutlich hatte ich mir wirklich einen Muskel gerissen, da ich mit einem Bein kaum noch auftreten konnte. Dean reichte Randy gerade die Spritze, als ich mich zu ihnen stellte. Ben sah furchtbar aus. Er war so weiß, dass man seine Adern schwarz hervorstechen sah. Die schwarze Verfärbung reichte beinahe bis zu seinem Herzen und seine Stirn war mit Schweißperlen bedeckt. Er lehnte bewusstlos an der Höhlenwand. Würde ich seinen Herzschlag nicht hören, würde ich behaupten, er wäre tot. Auch Dean sah seinen Freund schockiert an und bückte sich, um Bens Hand zu nehmen. Randy kniete sich neben ihn, als ich erstarrte. Ich konnte nicht atmen, nicht denken. Die anderen konnten es nicht hören, merkten den Unterschied gar nicht. Aber *ich* schon.

»Randy«, meine Stimme zitterte. Tränen rannen mir das Gesicht herunter. Sie warf mir einen Blick zu und schien bereits zu wissen, was ich sagen würde, schüttelte aber nur heftig den Kopf, »Randy, ich kann seinen Herzschlag nicht mehr hören. Er atmet nicht mehr…«.

Kapitel 15

Das durfte einfach nicht passieren. Die letzten drei Tage hatten Dean und ich damit verbracht, an Bens Heilmittel zu gelangen, und wir hatten es tatsächlich geschafft. Das Heilmittel lag in unseren Händen und doch schien es zu spät zu sein. Ben durfte nicht tot sein. Sofort setzte Randy die Spritze an und wir alle sahen ihr angespannt dabei zu, wie sie den Heil-Stoff in Bens Adern schoss. Ben atmete jedoch nach wie vor nicht.

»Nein, nein, nein. Komm schon!« Sie rammte die Spritze erneut in seinen Arm, in eine der schwarzen Adern, die durch seine weiße Haut hindurch schimmerten.

»Sein Herz pumpt kein Blut mehr, wenn es kein Blut pumpt, kann sich das Heilmittel nicht ausbreiten«. Sie redete mehr zu sich selbst als zu uns. Ohnehin fiel es mir schwer, ihr zuzuhören, überhaupt noch etwas zu hören, bis Dean plötzlich sagte:

»Flore kann das. Sie könnte doch mithilfe ihrer Wellen das Heilmittel im Blut verteilen, dann kann Ben das schaffen«. Ich sollte das machen? Hatte er mich etwa noch nie, meine Kräfte einsetzten sehen, oder was? Ich würde Ben noch umbringen, obwohl er quasi schon tot war.

»Nein, nie im Leben. Ich könnte seine Knochen zersplittern oder hier alles einreißen, insofern ich überhaupt meine Kräfte einsetzen könnte. Das mache ich nicht!« Man konnte mir die Panik ansehen und ich hörte mich sicher an wie ein winselndes Kind, doch so sehr ich Ben auch retten wollte, das überstieg meine Fähigkeiten bei Weitem.

Lass mich das nicht machen. Lass mich ihn nicht umbringen. Ich könnte damit nicht leben.

»Flore er ist so gut wie tot. Du kannst ihn retten. Du musst«, er war stinksauer, aber wusste er überhaupt, was er mir damit aufbürdete? Mochte ja sein, dass er alles tun würde, um Ben zu retten, aber ich war nicht er. Ich war feige.

»Ich kann nicht, tut mir leid. Ich kann einfach nicht...«, ...für seinen Tod verantwortlich sein.

»Warum nicht?«, schrie Dean mich an. Es verletzte mich, dass er mich schon wieder behandelte wie ein Kind, dessen Entscheidungen nicht zählten. Ich verstand Dean. Wirklich. Doch warum fiel es ihm so schwer, zu verstehen, warum ich das nicht tun konnte. Warum ich nicht noch mehr Schuld auf mich nehmen konnte.

»Lass gut sein, Dean«, meinte Joe. Komisch, dass ausgerechnet er mich in Schutz nahm, »Dean, hörst du mich. Tu das nicht«, befahl Joe und er wirkte fast schon schockiert, und wenn ich es nicht besser gewusst hätte, hätte ich behauptet, dass er Dean ehrfürchtig ansah. Was auch immer Joe solch eine Angst machte.

»Was nicht?«, fragte Lex und zog die Augenbrauen zusammen. »Nichts«, meinte Dean, aber seine Stimme klang hohl. Als ich nun zu ihm schaute, glaubte ich zu erkennen, wie seine Augen sich weißlich verfärbten, doch er sah zu schnell weg, sodass ich es mir sicher bloß eingebildet hatte. Da war eine Stimme in meinem Kopf, eine fremde, aber sie klang mir irgendwie vertraut. Es klang, als würde mein Gewissen zu mir reden.

Er wird sterben. Ben wird sterben und du hättest ihn retten können. Das kannst du – darfst du – nicht zulassen. Rette ihn. Florence, rette ihn.

Alle anderen Geräusche traten in den Hintergrund, Joe schien Dean anzuschreien, aber ich hörte nichts mehr außer dieser Stimme. Ich hatte höllische Kopfschmerzen und alles in mir sträubte sich dagegen, gegen diese Stimme, aber letzten Endes war sie lauter, mächtiger als alles andere.

Rette ihn. Rette ihn. RETTE IHN.

Ich wollte das nicht, ich wollte nicht so viel Schuld auf mich laden, ich könnte nicht damit leben, wenn ich ihn jetzt umbringen würde, aber ich konnte nichts machen, war wie betäubt. Ich kniete mich zwischen Randy und Dean und packte Bens Arm, in dem das Heilmittel sich nach wie vor befand. Ich konzentrierte mich auf das Rauschen des Blutes, das bei ihm bereits so gut wie fehlte, und dann schickte ich ganz kleine, kaum greifbare, kaum spürbare Wellen durch sein Blut, bis ich sein Herz wieder schlagen hörte, und ich hoffte einfach, dass ich ihm nichts angetan hatte. Dass ich ihn nicht verletzt hatte. Es kostete mich so viel Kraft, dass ich mich in meinen Kräften verlor. Als würde das Seil, das mich mit meinen Kräften verband, reißen. Ich hatte das Gefühl zu fallen. Ich fiel in den Abgrund meiner eigenen Kraft und fürchtete, alleine nicht mehr herauszukommen. Ich hörte die Stimme von vorhin und sie geleitete mich. Ich klammerte mich an die Worte und hörte auf, mich dagegen zu wehren. Doch gleichzeitig hatte ich das Gefühl, etwas verloren zu haben, etwas, dass vorher nur mir gehört hatte, mir nun aber genommen worden war.

Warum hatte ich das getan? Was, wenn er jetzt tot war? Bens Puls war nicht zu spüren und meine Kräfte waren wie weggeblasen, als hätte ich in einer Blase gesessen und diese wäre gerade geplatzt. Ich hatte doch sein Herz schlagen hören, warum wachte er nicht auf? Was hatte ich getan? Ich bekam Herzrasen und hörte nur noch, wie Joe mit Dean stritt.

»Was hast du getan. Sag, dass du das nicht warst?«. Meinte er mich?

Klar, wen sonst? Er meint dich. Du hast ihn getötet?

Die Geräusche verflogen und die Welt drehte sich viel zu schnell. Die Schuldgefühle rissen mich zu Boden und drückten mich herunter. Dann fielen meine Augen zu und ich sah keinen Ben, keine Lex und auch keinen Dean mehr. Ich fühlte mich so schrecklich, dass ich rein gar nichts mehr fühlen wollte. Ich fühlte mich so schlecht, dass ich sterben wollte – dass ich Bens Platz einnehmen wollte. Warum hatte ich das getan? Das war nicht ich – nicht wirklich – ich hätte etwas Derartiges eigentlich nie gemacht. Ich war zu feige für so etwas. Aber ich hatte es getan und diese Schuld konnte mir nun niemand mehr nehmen. Ich hatte Ben getötet.

Er wäre sowieso gestorben. Du hast daran nichts geändert.

Aber tot blieb eben tot. Ich kippte nach hinten und fiel in Ohnmacht. Irgendwas stimmte nicht mit mir und ich hoffte, was auch immer es war, es würde mich umbringen – einfach nur, damit ich nicht mit dieser Schuld leben musste. Ben war tot. Und ich hatte es nicht verhindern können. Ich spürte, wie mich jemand auffing und glaubte erst, dass es Dean war, doch der Stimme nach, lag ich in Randys Armen. Von Dean nahm ich nichts mehr wahr und dann wurde ich endgültig in die Dunkelheit gezogen.

Ich liege in meinem Bett in meinem alten Zimmer. Die Bettdecke ist gemütlich und warm, aber ich zittere trotzdem. Ich sehe nichts, da Mom immer das Licht ausschaltet, bevor sie mein Zimmer verlässt. Mom ist auch diejenige, die ich durch die Wand hindurch höre. Ich glaube, sie telefoniert. Aber sie wirkt nicht wirklich glücklich, sie klingt aufgebracht und manchmal schreit sie eine Person - wer auch immer an der anderen Seite der Leitung ist – an. Ich halte meinen Stoffhasen im Arm und versuche so, mein Zittern besser unterdrücken zu können. »Wie konnten Sie, ihr habt sie an die Front geschickt, obwohl Sie wussten, dass die beiden sterben würden?«, sagt Mom sauer. Ich höre eine tiefe, raue und irgendwie autoritäre Stimme antworten: »Das glauben Sie, Mrs. Grayson, also bitte?«, fragt er. »Es spielt keine Rolle, was

ich glaube. Sie hatten ein Kind, Com Shatter – ein Kind, das jetzt Waise ist«, schreit sie ihm entgegen. Ich habe sie noch nie so sauer erlebt.

»Tut mir leid, aber die beiden Agents wussten, worauf sie sich einließen – es konnte ja niemand ahnen, dass die Mexikaner die Front mit Bomben attackieren wollten. Mrs. Grayson, hätten wir gewusst, dass die beiden genau bei dem Angriff von denen an der Front sein würden, hätten wir sie nie dorthin geschickt, ehrlich«, erwidert der Mann.

Wen haben sie an die Front geschickt? - Freunde von Mom? Dad kämpft schließlich ebenfalls noch im Krieg, vielleicht hatten sie sich ja kennengelernt, in der Zeit, als Mom auch noch gedient hatte – bis ich dann kam. Rales führt schon länger Krieg gegen Nubya und es gibt auch eine Front, die gegen Soldaten aus Coaten kämpft, aber ich bekomme das gar nicht richtig mit - dass wir im Krieg sind, meine ich. Wahrscheinlich liegt es daran, dass wir schon so lange Krieg führen und dieser findet nur an den Fronten statt – an den Grenzen von Rales, nicht im Land direkt – noch nicht zumindest.

»Sprechen Sie ihre Namen aus, Com Shatter. Cassie und Jack sind tot wegen Ihnen und Sie können nicht mal ihre Namen in den Mund nehmen. Was soll ich denn der Kleinen sagen, die jetzt ohne Eltern groß wird?«, fragt Mom erbost. *Sie hatten ein Kind – Moms Freunde - und das ist jetzt eine Waise. Das arme Kind.*

Ich weiß aus erster Hand, wie es sich anfühlt, wenn Eltern sterben. Ich kenne auch die Namen der Verstorbenen – Cassie und Jack, Cassandra und Jackson Askianna und die beiden haben ein Kind bekommen, das wusste ich bis gerade gar nicht. Wo das Kind wohl ist? Ob es ins Heim gekommen ist?

»Sagen Sie ihr gar nichts. Wenn sie alt genug ist, dann wird sie schon selbst draufkommen, was sie ist, und dann macht ihr ihr einfach reinen Tisch und schickt sie zu uns«, schlug Com Shatter vor und ich frage mich, warum ich das Mädchen von Moms Freunden nie kennengelernt habe. Ob sie vielleicht gestorben ist? Aber auf dem Grab standen nur zwei Namen – nur Cassandra und Jackson – mehr nicht. »Sie haben gut reden. Hören Sie mir zu, es interessiert mich nicht, ob Cassie und Jack ihrem Konsul angehörten, dieses Kind bekommt ihr nicht, dafür werde ich schon sorgen«, sagt Mom und ich denke, dass das Mädchen womöglich gar nicht tot ist, sondern einfach nur von Mom versteckt wurde. »Aber, bitte, Mrs. Grayson. Irgendwann wird es von selbst zu uns finden, das werden sie nicht verhindern können und bis dahin bleiben wir in Kontakt, ja?« Der Mann wirkt sogar richtig ermutigt, als würde ihm gefallen, wie erbost Mom ist, und das macht ihn mir ziemlich unsympathisch. Dieses arme Mädchen, ich frage mich, wie es ihr geht und wo sie ist und warum Mom nie was von ihr erzählt hat. Ich hätte sie gerne kennengelernt.

»Com? Com Shatter?«, Mom brüllt ins Telefon, doch das antwortet nur mit einem Piepen, er hat aufgelegt. Mom schreit durch die Gegend und dann wird sie still und ich höre nur noch, wie sie die Tür zu ihrem Zimmer zuschlägt. Ich liege reglos in meinem Bett und denke ununterbrochen über dieses arme Mädchen nach, das ihre Eltern verloren hat und sich sicher einsam fühlt.

Ich kenne das Gefühl. Ich denke daran, wie sie wohl ist und ob ich vielleicht mit ihr befreundet gewesen wäre, hätte Mom mich ihr vorgestellt. Was ist mit dir passiert, Mädchen? Wo bist du?

∞

Meine Lider flatterten und ich spürte meine Glieder nicht – hatte aber zumindest keine Schmerzen. Ich spürte etwas Kaltes, Nasses auf meiner Stirn liegen – ich glaubte ein Tuch, bestimmt gegen das Fieber. Jemand nahm das Tuch weg, tauchte es irgendwo hinein und legte es mir wieder auf die Stirn. Nun war es kälter und ich spürte, wie meine Kopfschmerzen langsam nachließen, aber dennoch nicht ganz verschwanden. Es fühlte sich an, als würde jemand gegen meinen Kopf hämmern. Ich nahm Stimmen wahr und jemand hielt meine Hand umklammert. Ich glaubte, es war Dean, aber ich konnte meine Augen nicht öffnen.

»Was ist mit ihr?«, fragte Dean, und Randy antwortete zerstreut: »Keine Ahnung, sie hat Fieber und ihr Rücken ist stellenweise wieder aufgerissen, aber ich weiß nicht, was das hier ausgelöst hat, es ist, als würde ihr Körper sich selbst bekämpfen«.

»Aber das macht doch keinen Sinn, gestern ging es ihr doch noch ganz okay«, meinte Dean und Lex meinte aufgebracht: »Deswegen liegt sie da nun bewusstlos, weil es ihr so gut geht, was. Vielleicht hat sie es auch einfach überspielt, du Held«, Lex giftete ihn regelrecht an. Irgendwas hatte ich wohl verpasst. Meine Lider flackerten wieder und dieses Mal schaffte ich es, sie etwas länger offen zu halten. Neben mir saß, wie vermutet, Dean und er hielt tatsächlich meine Hand, fuhr mir durch die Haare und kümmerte sich darum, dass der Lappen immer kalt blieb. Randy saß etwas weiter rechts neben – Ben? Ben! Ich hatte geglaubt, ihn nicht retten zu können, doch vielleicht hatte ich mich getäuscht. Vielleicht hatte ich es geschafft. »Es tut mir leid«, murmelte ich kaum hörbar, doch Randys Kopf schnellte so schnell herum, als hätte ich sie angeschrien.

»Hey, alles gut. Dir muss doch nichts leidtun«, sie warf Dean einen tödlichen Blick zu, der so gar nicht zu ihr passte, aber auch wenn Randy nicht den Eindruck machte, konnte sie ziemlich taff sein – sie könnte auch Soldatin sein. Schließlich wollte sie sich ebenfalls den Rebellen anschließen.

»Aber ich...«, ich wollte es gar nicht zu Ende sagen: »Habe ich ihn umgebracht?«, fragte ich und Randy wirkte verwirrt und zog ihre Augenbrauen zusammen.

»Du hast niemanden umgebracht, Flore«, meinte Dean. »Schon gut, ich habe es gesehen. Ben ist nicht wieder aufgewacht, da war kein Puls, dabei war ich sicher, ich hätte sein Herz schlagen hören«, winselte ich vor mich hin.

»Du hattest recht. Aber er lebt Flore. Sieh doch«, meinte Dean, aber ich schaffte es nicht, meinen Kopf zu drehen. Er lebte. Ich nickte nur mit dem Kopf und hörte dann Deans leises Flüstern: »Mir müsste es leidtun«, aber ich verstand nicht wieso und dämmerte wieder weg, bevor ich fragen konnte.

Ich stehe am Waschbecken und schrubbe mir die Hände wund. Heute ist Tag 37 seit meiner Ankunft in Sutcliffe und ich zähle fleißig die Tage. Ich bin froh, dass Dad mir das beigebracht hat - zählen, bevor ich in die Kolonie gekommen bin, in der Schule

waren wir noch nicht so weit. Wir haben jetzt August und ich müsste bald Geburtstag haben, da ich am 15.08. geboren bin. Das dürfte gar nicht mehr lang sein und dann bin ich sieben. Sieben ist keine wirklich schöne Zahl meiner Meinung nach, ich weiß, viele mögen sie, da sie dann an den 7. Himmel denken müssen, aber ich habe nicht wirklich Lust dazu, an irgendwelche Himmel zu denken. Erstens wegen Mommy und Daddy und zweitens, weil ich mich so ziemlich im Gegenteil vom Himmel befinde. Sie nennen das hier Kolonie, die Soldaten – die sich nun CGCs nennen. Ich finde, man könnte es auch Arbeitslager für Kinder nennen, denn wir sind die Einzigen, die hier sind – Kinder. Eigentlich sogar nur Mädchen, was mir auch ganz recht ist. Der Staat hat uns alle hierzu verurteilt, weil sie glauben, wir wären gefährlich, aber bis vor diesen 37 Tagen wusste ich nicht mal, dass ich Kräfte habe, von denen der Staat ständig redet. Ich wusste auch nicht, dass Mommy und Daddy sie hatten, aber sie hatten welche und sie wurden deswegen erschossen. Alle Leute mit Kräften wurden erschossen, nur die Minderjährigen – eben wir Kinder – nicht. Viel mehr weiß ich auch nicht. Ich habe mitbekommen, dass die Leute ohne Kräfte uns Deseaser nennen und dass sie uns für ihre Rassenfeinde halten. Sie denken, wir wären alle Terroristen – ich bin sechs Jahre alt – ich bin keine Terroristin. Ich bin eine der Jüngsten hier und ich habe hier niemanden, den ich kenne. Das Mädchen, das neben mir liegt, ist ganz nett, denke ich. Ihr Name ist Maryse und sie ist ziemlich hübsch, aber auch schon älter als ich.

Seit ich hier bin, muss ich jeden Tag waschen und meistens auch noch Gartenarbeit verrichten. Am Anfang hatte ich davon schlimme Schmerzen, aber mittlerweile habe ich mich schon daran gewöhnt. Ich bin viel dürrer geworden, seit ich hier bin und meine Haare sind richtig borstig. Ich habe jetzt blonde, borstige Haare, die in alle Richtungen abstehen. Noch schlimmer sehen meine Hände aus, die sind meist wund und aufgeschrammt, aber auch dagegen kann man hier nichts tun. Ehrlich gesagt kann ich hier gar nichts tun – jeder Tag verläuft gleich. Aufstehen – wir werden morgens immer von dieser schrecklichen Sirene geweckt, die soll unsere Kräfte schwächen, aber ich besitze noch gar keine – mir tut sie einfach nur in den Ohren weh, dann in den Waschsaal gehen, bevor es Essen gibt und wir zur Gartenschicht antreten müssen. Später müssen wir erneut Wäsche waschen und dann nach der zweiten Mahlzeit gehen wir zurück in den Schlafsaal und versuchen, uns nicht zu sehr selbst zu bemitleiden.

Das Wäscheband fließt quietschend immer weiter und trägt neue Wäsche an, die dann nach der Reinigung per Hand in einem der Wäschekörbe zu meinen Füßen landet. Im verkalkten Waschbecken ist braunes Wasser drin und ich versuche, die Blutflecke aus der Kleidung der CGCs zu entfernen, ich will gar nicht wissen, wo die herkommen. Jedes Mal, wenn ich einen Blutfleck sehe, wird mir schlecht, es erinnert mich daran, wie meine Eltern reglos auf dem Küchenboden lagen, beide tot.

Ich bin noch etwas zu klein und muss mich oft auf die Zehenspitzen stellen, um an das Laufband ranzukommen, aber das bemerken die CGCs gar nicht, sie sind zu beschäftigt damit, die älteren Mädchen mit ihren Blicken zu verspeisen und ich wünschte, ich könnte einfach für immer sechs bleiben. Für immer jung und uninteressant, denn wertlos bin ich mein ganzes Leben lang, wertlos bin ich seit dem Moment, in dem ich erfahren habe, dass ich Deseaser bin.

Zeit spielt hier eigentlich nicht wirklich eine Rolle, aber ich habe Angst, dass, wenn ich aufhöre die Tage zu zählen, ich mich selbst in der Zeit verliere, und ich habe Angst, so die Hoffnung zu verlieren. Maryse meinte mal – solange du Hoffnung hast, wird alles gut – aber ich finde es komisch, wenn sie das sagt, da ich weiß, dass sie längst keine Hoffnung mehr hat – das hat sie mir selbst gesagt. Warum will sie, dass ich hoffe, wenn sie es selbst nicht mehr tut?

Plötzlich höre ich ein lautes Heulen, erst denke ich, es ist die Blockwelle, aber es ist eine Alarmanlage. Irgendetwas stimmt nicht? Was ist hier los? Alle im Waschsaal unterbrechen augenblicklich ihre Arbeit und manche fangen an zu weinen, andere zu schreien. Es fliegen Hubschrauber über das Dach des Gebäudes, man kann sie hören und General Ross stürmt in den Saal und führt uns schnellstmöglich in unseren Schlafsaal eine Tür weiter.

Die Alarmanlage geht nicht aus und plötzlich gehen alle Lichter im Gebäude aus und rote Lämpchen in den Ecken leuchten permanent auf. Was passiert hier? General Ross verteilt Befehle und scheucht uns förmlich in den Schlafsaal. Sie sperrt die Türen zu und der Knall vom Zuschlagen der Türen hallt im ganzen Schlafsaal wider. Maryse bahnt sich einen Weg durch die anderen zu mir und gemeinsam gehen wir zu unseren Matratzen. Wenige Minuten, nachdem wir uns auf die Matratzen gesetzt haben, fängt es an. Da fangen die Bomben an ganz Rales in Schutt und Asche zu legen und wir Kolonisten sitzen in diesem riesigen Gebäude und hören nur zu. Hören zu wie das erste Mal, seit dem der Krieg tobt – und er tobt schon mindestens achtzig Jahre – die Fronten ignoriert und das Festland angegriffen wird. Das gesamte Gebäude wackelt und bekommt Risse und viele der Mädchen schreien, während Maryse und ich uns einfach nur aneinanderklammern und warten, bis die letzte Bombe endlich gezündet wird. Nach jeder Bombe hoffe ich, dass es die letzte sein wird, doch es kommt dann immer direkt die nächste, bis tief in die

Nacht. Das ist der Moment, an dem mir klar wird, wir haben den Krieg nicht gewonnen, Rales hat nicht gewonnen und ich denke, vielleicht werden wir ja befreit von den Leuten, die sich gegen das Land erhoben haben, den Terroristen, doch wir werden nicht befreit und Rales ist nicht gefallen. Der Boden wackelt und die Erdbeben kommen stoßweise und gehen mir bis durchs Mark.

Ich denke an New Oltsen und ich denke an die ganzen anderen Städte, die nun nichts weiter als Schutt und Asche sind. Das gesamte Land liegt nun in Schutt und Asche. Das ist der Tag, an dem aus einem so offensiven und endlosen Krieg ein passiver wird. Das ist der Tag, an dem die Bomben sagen – ihr habt unsere Gefolgsleute getötet, wir euer Landgut – und es ist die Antwort auf unsere Gefangennahme, es ist der Beweis, dass wir in einen Krieg hineingezogen wurden, mit dem wir an sich rein gar nichts zu tun haben. Vielleicht sollte es eine Entschuldigung sein, möglicherweise auch Rache, aber für eine Entschuldigung ist es viel zu brutal und wenn es Rache ist, dann will ich mit diesen Leuten genauso wenig zu tun haben wie mit den CGCs. Also egal, was diese Bomben mir sagen wollen, ich höre weg und schwöre mir, niemals etwas mit Gewalt wie dieser zu tun zu haben.

Und das Versprechen habe ich gehalten, bis zu dem Moment, an dem alles in die Luft gegangen ist. Der Moment, an dem ich Sutcliffe in die Luft gejagt habe.

Ich lag auf der Seite und mein Kopf war auf meinen Arm gebettet. Ich spürte, wie mir der Wind ins Gesicht blies. Wir waren also nicht länger in der Höhle. Wir waren weitergezogen, während ich bewusstlos gewesen war. Ich spürte ein Stechen im Rücken und mir entfuhr ein Aufstöhnen vor Schmerzen.

»Gleich fertig«, meinte Randy. Sie heilte meinen Rücken. Ich hatte stechende Kopfschmerzen und alle paar Sekunden durchzog meinen Rücken ein schmerzhaftes Ziehen, das mich die Zähne zusammenbeißen ließ. Randy sagte noch etwas, aber nicht zu mir: »Bleib liegen du Schwachkopf. Du musst dich noch schonen«. Ben – sie redete mit Ben, er war wohl noch verletzt. Wegen mir? Ich wusste, er lebte wieder, aber ich wusste nicht, ob ich ihm etwas gebrochen hatte, oder Schlimmeres – was hatte ich nur getan und die bessere Frage – warum?

»Okay, fertig!«, meinte Randy, zog mein Shirt wieder herunter und legte die Jeansjacke als eine Art Decke über mich, doch ich zitterte trotzdem. Ich zitterte vor Kälte, spürte aber, welche Hitze von mir selbst ausging. Ich hatte immer noch Fieber. Was war nur los mit meinem Körper? Ich hatte geglaubt, dass Sacrianer nicht krank werden konnten.

»Randy«, murmelte ich.

»Ja, ich bin hier« Sie kam einmal um mich herum, sodass ich ihr ins Gesicht schauen konnte. Hatte sie überhaupt geschlafen? Ihre Augen waren schwarz umrandet und ihre schwarzen Locken standen in alle Richtungen ab. Ihre sonst so goldbraune Haut sah grau aus. Die Müdigkeit hatte sämtliche Wärme aus ihrem Gesicht genommen. Ehrlich, sie sah schlimm aus. Ich wollte gar nicht erst wissen, wie ich aussah. Sicher war ich rot angelaufen, bei meiner hellen Hautfarbe sah man jede

Rötung schon aus zehn Metern Entfernung und meine langen Haare sahen sicher aus wie Stroh.

»Wie geht es ihm? Wie schlimm ist es?«, fragte ich. Sie wusste, was ich wissen wollte. Sie wusste, ich wollte wissen, wie schlimm ich ihn verletzt hatte. Sie presste ihre Lippen aufeinander und meinte dann möglichst sanft – als würde das etwas ändern: »Er lebt, hörst du. Er lebt, und zwar nur wegen dir«.

»Sag schon«, krächzte ich – ich bekam kaum keinen Ton raus.

»Er hat ein paar Brüche und viele Prellungen, aber sobald er gänzlich entgiftet ist, wird er von selbst heilen und die Brüche kriege ich auch wieder hin, alles mit der Zeit«, meinte sie zuversichtlich.

»Pah«, zischte ich, »hast du dir nicht zugehört, er hat Brüche und Prellungen wegen mir«, meine Stimme war ernst, aber ich klang lang nicht so bedrohlich wie ich es sollte, sondern eher wie eine wimmernde Katze. Ich hatte nicht die Kraft, um wütend zu sein.

»Ohne dich wäre er tot, lade dir nicht so viel Schuld auf, Florence«, meinte sie, aber sie verstand das nicht. Jedes bisschen Schuld war zu viel, ich hasste meine Kräfte bereits, noch mehr Schuld machte das nicht besser.

»Ruh dich aus, ja«, sagte sie und ging dann wieder aus meinem Blickfeld. Ich sah jetzt den Wald und spürte das warme Lagerfeuer neben mir. Wie viele Kilometer wir wohl weitergezogen waren? Wo befanden wir uns überhaupt und wie konnten wir uns sicher sein, dass die Hunter nicht jeden Augenblick unser Lager stürmten?

Doch anstatt mich mit den Fragen zu beschäftigen, lockte mich die Dunkelheit und ehe ich verhindern konnte, wieder wegzudämmern, riss mich die Dunkelheit an sich.

Ich sitze auf der Matratze und friere. Heute ist der Tag, das weiß ich. Es ist ihr Gedenktag – ihr Todestag. Eigentlich habe ich nie wirklich von jemandem gehört - sie ist tot - aber nachdem wir mehrere Tage nichts von May gehört hatten, war uns allen klar, dass sie tot ist. Ich hatte es bereits gewusst, als sie an dem Tag vor einem Jahr nicht erschienen ist und am nächsten Tag auch nirgends zu sehen war. General Ross meinte nur – Sie ist fort und hat ihr Leben gelassen. Es war ihre Entscheidung – klar, es war IHRE Entscheidung. Als hätten wir das Recht, hier irgendwas zu entscheiden. Man darf ja nicht mal reden, ohne Erlaubnis. Wie sehr wünsche ich mir, die CGCs wären ein einziges Mal an unserer Stelle. Wie sehr wünsche ich mir, sie müssten einmal in ihrem Leben sein – was wir sind. Monster sind sie, aber es macht einen gewaltigen Unterschied, ob eine Person weiß, was du bist oder ein ganzes Land dir vorschreibt, was du zu sein hast. So was würden die CGCs nie verstehen, das Einzige, was sie hier durchblicken, ist, wie wertlos wir doch sind.

Mehr nicht!

Heute ist ein ziemlich normaler Tag, er ist wie immer, seit Maryse weg ist – einsam, voll Arbeit und erniedrigend. Ich habe aufgehört, die Tage zu zählen, ich weiß nur, dass heute ihr Todestag ist, weil ein paar der Jüngeren sie ehren, indem sie für sie beten. Zu einem Gott, der uns hier versauern lässt – zu einem Gott, der diese kaputte Welt erschaffen hat. Nein, er hat sie anders erschaffen – wir haben sie erst kaputtgemacht. Warum sollte uns ein Gott helfen, der weiß, dass wir sein größter Fehler waren – seine misslungene Schöpfung – die Menschen und menschenähnliche Lebewesen. Ich habe seit Tagen Kopfschmerzen und seit Neustem auch Panikattacken. Es ist nicht so, als würde das jemand bemerken, aber ich fühle mich ständig beobachtet. Von den CGCs, von meinen Zimmergenossinnen und von den Kameras, welche ich erkennen kann – ich bin nicht dumm.

In meinem Ohr ist dieses Piepen und ich höre nichts mehr, als würde ich in einer Blase stecken, die mich vom Rest der Welt trennt, und dann sehe ich alles verschwommen. Alles fällt in sich zusammen und ich spüre nichts mehr, verliere jedes Gefühl für mich selbst und alles andere. Ich weiß schon, ich falle gleich in Ohnmacht, aber ich kämpfe trotzdem dagegen an. Ich hasse das Herzrasen, das folgt und ich versuche mich an Daten und Tatsachen zu klammern, Dinge, die sich nicht ändern, Dinge, die beständig sind – Zahlen, Namen, Orte.

Mein Name ist Florence Grayson. Meine Eltern heißen Vivianne und Davin Grayson. Meine Eltern sind tot. Ich wurde am 14.09.3014 geboren und ich bin ein Deseaser. Ich habe in New Oltsen gelebt. New Oltsen wurde zerstört. Rales wurde zerstört. Es gab Krieg. Es gibt Krieg. Ich bin in einer Kolonie. Ich hatte eine Freundin. Sie starb vor einem Jahr. Sie war hübsch und nett und sie ist tot. Sie starb am 28.02.3026. Heute ist der 28.02.3027. Ich werde Kräfte bekommen. Sie werden mich mein Leben kosten. Sie haben mich ein Leben gekostet. Ein Teil von mir ist längst tot.

Ich wiederhole das, bis die Blase platzt und ich gerade noch der Ohnmacht entkomme. Ich halte mich an diese Fakten, doch ich wünschte, es wären keine Fakten. Ich wünschte, es wären Lügen. Ich wünschte, ich wäre nichts anderes als das, mein Leben wäre nichts anderes.

Nichts als – eine Lüge.

Kapitel 16

Ich fühlte mich, als wäre ich aus einem tiefen Winterschlaf erwacht. Die Realität kam mir unwirklich vor und die Träume waren zur Wirklichkeit geworden. Als Erstes spürte ich die Schmerzen in meinem Rücken, als ich mich zur Seite drehte. Erschüttert musste ich auch feststellen, dass mein Körper mit blauen Flecken übersät war. Ich hatte nur noch vage Erinnerungen an meinen Heilungsversuch, doch anscheinend hatte ich nicht nur Ben Wellen durch den Körper gejagt, sondern auch mir selbst. Ich versuchte, tief Luft zu holen, was jedoch in einem Hustenanfall endete, sodass ich mich auf dem Boden krümmte. Sofort eilte jemand zu mir. Erst glaubte ich, es wäre Dean oder Randy, doch in Wahrheit war es Ruff. Blinzelnd öffnete ich die Augen und sah den Jungen, wie er vor mir hockte und meine Schulter tätschelte, um mich zu beruhigen. Er musste gar nichts sagen. Seine Augen sprachen all das aus, was ich dachte. Sie wirkten leer und gleichzeitig endlos. Vielleicht war ich aber auch bloß verrückt geworden? Müde rieb ich mir die Schläfen und drückte mich stöhnend hoch, um besser atmen zu können. Meine Lungen brannten, als wäre ich zehn Marathon gelaufen. Meine Glieder schmerzten wegen der Vielzahl an blauen Flecken und mein Rücken war hochempfindlich. Am liebsten hätte ich einfach weitergeschlafen, doch bei dem Gedanken an meine Träume war ich froh, wach zu sein. Auch wenn die Realität körperliche Schmerzen mit sich zog. Das war mir lieber als diese Halbbotschaften, die mein Verstand mir zu senden versuchte.

»Habe ich viel verpasst?«, fragte ich und hörte mich dabei genauso furchtbar an, wie ich mich fühlte. Ich wollte gar nicht wissen, wie schrecklich ich aussah. Ruff schüttelte den Kopf und hielt sich anschließend den Finger vor den Mund und starrte hinter mich. Ich drehte mich langsam nach hinten um und sah Dean, der keinen halben Meter neben mir schlief. Er sah erschöpft aus und selbst im Schlaf wirkte er irgendwie bedauernd. Als würde ihn etwas bedrücken. Ob er sich Sorgen machte? – um mich. Wahrscheinlich eher um Ben, mahnte ich und wendete mich wieder Ruff zu, der mich neugierig musterte. Allerdings nicht auf die unangenehme Art der Hunter, sondern auf eine kindliche, unschuldige Art, die mich normalerweise zum Lächeln gebracht hätte. Doch ich fühlte mich nach wie vor zu leer, um Emotionen zu zeigen.
»Seit wann sitzt er da?«, wollte ich wissen und machte große Augen, als Ruff fünf Finger zeigte. Nun, fünf was?
»Er sitzt da seit fünf Stunden?«, flüsterte ich leicht schockiert. Vielleicht machte sich Dean doch mehr Sorgen, als ich es mir eingestehen wollte. Vielleicht aber hoffte ich auch bloß, dass er sich für mich interessierte. Wann auch immer mir seine Gefühle so wichtig geworden waren. Erneut rieb ich mir vor

Kopfschmerzen die Schläfen, nur, dass diese jetzt anders bedingt waren. Raffaelle schüttelte den Kopf. Also keine fünf Stunden. Ruff streckte seinen rechten Arm aus und versuchte, seine Aussage so zu präzisieren.

»Fünf Tage!«, erwiderte ich entsetzt und drehte meinen Kopf vorsichtig wieder in Deans Richtung, um sicherzugehen, dass er auch wirklich schlief. Als ich zu Ruff sah, nickte er, und ohne dass ich etwas dagegen tun konnte, schlug mein Herz wieder schneller. Ich fühlte mich gleich wacher. Zwar nach wie vor zerschlagen, aber wacher. Es fiel mir schwer, mich nicht Dean zuzuwenden und ihn im Schlaf zu beobachten, doch ich hatte das Gefühl, dass ich es uns beiden damit bloß schwerer machte. Ruff legte mir eine Hand auf den Oberarm, nickte mir zu und ging dann zu den anderen, die ebenfalls noch alle schliefen. Völlig zerstreut lehnte ich mich gegen den Baum zu meiner Linken und ließ die Gedanken zu, die ich seit Tagen verdrängte. Ein Teil von mir, und zugegeben, es war der größere Teil, war fasziniert von Dean. Noch nie in meinem Leben hatte ich das gefühlt, was ich empfand, wenn ich bei ihm war. Er hatte mir mehr als einmal das Leben gerettet, aber mittlerweile war es mehr als das. Er war derjenige, an den ich als Erstes nach dem Aufwachen dachte und die letzte Person, die ich vorm Einschlafen vor mir sah. Manchmal glaubte ich sogar, dass er der Grund war, warum ich überhaupt schlafen konnte. Doch der andere Teil, der wahrscheinlich erheblichere, der schreckte vor Dean zurück. Genau wie meine Kräfte. Ich vertraute Dean, doch genau das machte ihn gefährlich. Und dann sagte er Dinge wie, ich sei ein Kind oder dass ich den anderen besser nichts von uns erzählen sollte. Welches uns gab es da überhaupt? Erst küsste er mich, dann bat er mich zu schweigen. Das alles war verwirrend und es machte mich beinahe wütend, so verzweifelt war ich. Er stellte das Leben seines Freundes über meines, lag aber nun neben mir, anstatt neben Ben. Er hatte meine Hand gehalten, meinen Namen gerufen. Und doch durfte ich kein Wort über ihn verlieren. Wo ergab das Sinn? Am liebsten hätte ich jetzt in Ruhe mit ihm über all das geredet, doch ich wollte ihn nicht wegen mir wecken. Er hatte die letzten Tage vermutlich kaum geschlafen, im Gegensatz zu mir. Es stellte sich heraus, dass eine Flucht im Allgemeinen wenig Spielraum zu ernsten Gesprächen bot. Jedes Gespräch endete in Streit oder einer brenzlichen Situation, in der wir alle nur knapp mit dem Leben davonkamen.

Die Sonne stand ziemlich tief und der Tag neigte sich dem Ende. Ich wusste nicht genau, wie lange ich so dasaß. Vielleicht eine Stunde oder mehr, doch erst nach einer ganzen Weile wachte einer der anderen auf. Joe legte neues Feuerholz nach und zündete es an. Die Wärme war angenehm auf der Haut und erlöste mich vom kalten Wind. Wenigstens hatte es nicht geregnet und meine Sachen waren mittlerweile wieder getrocknet. Ich hatte schließlich ganze fünf Tage in Ohnmacht gelegen. Fünf Tage. Ich hatte noch nie in meinem Leben Fieber gehabt oder eine Erkältung. Nie war ich krank oder auch nur kränklich gewesen, abgesehen von Prellungen und oberflächlichen Verletzungen durch meine Arbeiten in der Kolonie. Doch Infektionen oder Ähnliches bekamen Sacrianer normalerweise nicht. Einen Moment lang schöpfte ich Hoffnung. Vielleicht war ich ja doch menschlich, allerdings widersprachen meine Kräfte dem stark und ich verwarf den Gedanken sofort wieder. Was würde ich geben, um mit Dean zu tauschen. Er glaubte, es sei ein Fluch, keine Kräfte zu besitzen, aber ich glaubte genau das Gegenteil. Es war ein Segen. Joe schien gar nicht zu bemerken, dass ich wach war, oder aber er ignorierte mich bewusst, um einer unangenehmen Unterhaltung aus dem Weg zu gehen. Er behandelte mich nicht mehr so abweisend und grob wie anfangs, wirkte jedoch auch nicht gut auf mich zu sprechen. Unsere Beziehung wirkte nahezu neutral, was mindestens genauso schlecht war. Randy und Lex schliefen bei Ben, der deutlich besser aussah als das letzte Mal, als ich ihn gesehen hatte. Seine Adern waren nicht mehr schwarz und auch kaum noch sichtbar. Seine Haut hatte wieder etwas an Farbe gewonnen und er sah nicht mehr ganz so aus wie eine Leiche. Mein Blick fiel sofort auf die Schatten an seinem Arm. Blaue Flecke, wie ich sie von meinen eigenen Armen kannte. Das waren Spuren, die ich hinterlassen hatte. Hätte ich mehr geübt, dann hätte ich vielleicht mehr Kontrolle und hätte Ben nicht verletzt. Doch trotz des Trainings übernahmen meine Kräfte letzten Endes immer die Kontrolle und schlossen mich aus meinem eigenen Geist aus. Ob es Joe auch so ging, wenn er seine Flammen erzeugte oder Ben, wenn er Gestein veränderte. Möglicherweise war ich aber auch die

Einzige, die nicht dazu fähig war, sich ihrer Kräfte zu bemächtigen.

»Du bist wach!«, hörte ich Deans Stimme hinter mir und ich spürte, wie er näher an mich heranrückte, sodass wir nur wenige Zentimeter voneinander entfernt waren, als ich meinen Kopf in seine Richtung drehte.
»Ja. Sieht ganz so aus«, erwiderte ich ein wenig unsicher. Warum machte er mich so nervös?
»Mach das nie wieder, okay?«, erklärte er, und ich konnte seinen Atem auf meiner Haut spüren, während meine Hände zu zittern begannen. Meine Stimme klang erstickt.
»Was nicht wieder machen?«, hakte ich nach und sah ihm dabei tief in die Augen. Ich suchte nach einem Fehler. Nach einem Beweis, dass das hier nicht echt war. Dass ich nur träumte, und nun würde etwas Schreckliches passieren und ich würde schreiend hochschrecken. Doch da war kein Fehler. Nur dieses wunderschöne Blau in seinen Augen, in dem sich meine Silhouette spiegelte.
»Mich glauben lassen, dass du stirbst«, meinte er und seine Hand berührte mein Gesicht. Sein Griff war so vorsichtig, als fürchtete er, mich jeden Augenblick zerbrechen zu können. Die Aufrichtigkeit in seinen Worten entwaffnete mich. Alle Worte, die ich mir zurechtgelegt hatte, ergaben keinen Sinn mehr und wirkten falsch.

»Es kommt nie wieder vor«, beruhigte ich ihn, obwohl ich das natürlich schlecht versichern konnte. Manchmal musste man eine Lüge solange erzählen, bis sie wahr wurde. Manchmal waren falsche Hoffnungen aufgrund wahrer Gefühle besser, als Hoffnungslosigkeit.

»Versprochen?«, lockte er mich, und obwohl alles in mir protestierte, nickte ich und nahm jedes Detail seines Gesichts in mich auf, als wäre das unser letzter Moment. Jeder Tag konnte unser Letzter sein, das schien ich viel zu oft zu vergessen.

»Versprochen!«
Sein Gesicht war meinem so nahe, dass meine Haut zu kribbeln begann. Ich legte meine Hand an seine Brust und konnte seinen rasenden Herzschlag spüren. Die anderen schliefen alle.
»Was ist mit den anderen?«, fragte ich atemlos. Mein Herz sprang genauso auf und ab wie seins. Ich wusste nicht, ob er überhaupt vorhatte, mich zu küssen, doch da lag so viel Spannung zwischen uns, dass es fast greifbar schien. Ob es nun Verlangen oder bloßer Wunsch zur Ablenkung war, es fiel mir schwer, dem nicht nachzukommen, und Dean ging es wohl ähnlich.
»Wenn das hier vorbei ist und wir beide lebend hier rauskommen, dann kann uns nichts mehr trennen, hörst du?«. Ich glaubte, meinen Ohren nicht zu trauen. War das so etwas wie ein Liebesgeständnis. Es bedeutete zumindest, dass er mich nicht verlieren wollte, und mir ging es nicht anders. Allein der Gedanke, er könnte getötet werden… Ich stellte mir den Rest gar nicht erst vor.
»Und was glaubst du werden die anderen dazu sagen?«, wollte ich von ihm wissen und wusste, dass ich damit

einen weiteren Streit auslösen könnte. Doch diese ständige Hin und Her brachte mich irgendwann noch um.

»Das ist mir dann egal. Ich werde mit ihnen reden. Ich brauche nur noch was Zeit, okay?«, meinte Dean und sah mir so tief in die Augen, dass ich das Gefühl hatte, er würde durch mich hindurchschauen. Als würde er direkt in meine Seele schauen.

»Okay!«

Seine Lippen waren nun nur noch wenige Zentimeter von meinen entfernt. Er legte mir beide Hände ans Gesicht und küsste mich zärtlich auf die Stirn, und obwohl mich diese Geste völlig überrumpelte, fühlte es sich ehrlicher an als jeder Kuss zuvor. Als läge in dem Kuss alles, was er mir noch nicht erzählen konnte. All das, was noch unausgesprochen war. Ich schloss die Augen und versuchte den Moment solange wie möglich festzuhalten. Dean zog mich an sich und ich erwiderte seine Umarmung. Ich sog seinen Geruch ein und wünschte mir, es könnte für immer so bleiben. Ruhig und friedlich und vor allem nicht einsam. Ich würde es vermutlich niemals zugeben, doch Dean gab mir das, wonach ich mich mein Leben lang schon sehnte. Ein Zuhause. Maryse hatte mal behauptet, ein Zuhause könne alles sein, sowohl ein Ort als auch eine Person. Vielleicht hatte sie recht. Vielleicht war mein Ziel nie New Oltsen gewesen, sondern etwas ganz anderes. Oder jemand anderes…

Die Nacht war lang, aber nachdem Dean und ich uns voneinander gelöst hatten, stand ich noch so unter Adrenalin, dass ich kein Auge mehr zu machen konnte. Die anderen schienen uns nicht bemerkt zu haben oder zumindest glaubte ich das. Nach unserem Gespräch fühlte ich mich besser, doch die Zweifel blieben trotzdem. *Wenn das hier vorbei ist und wir lebend da rauskommen, kann uns nichts mehr trennen* – das waren Deans Worte gewesen. Sie hatten sich mittlerweile in meinen Kopf eingebrannt wie sein Gesicht.
Ich sah es genau vor mir, wenn ich die Augen schloss. Die Grübchen, das verhaltene Lächeln, die strahlend blauen Augen und die eher schmalen Gesichtszüge. Die Narbe an seinem Hals, die mich jedes Mal aufs Neue schockierte, und die braunen, meist wirren Haare. Jedes Detail konnte ich vor meinem inneren Auge abrufen und doch fragte ich mich, was dahinterlag. Hinter der allgegenwärtigen Gelassenheit und dem Lächeln, das er meist aufsetzte. Ich wollte alles wissen. Alles. Aber dazu müsste ich auch bereit sein, ihm alles von mir anzuvertrauen und soweit war ich noch nicht. Es wäre unfair, ihn um etwas zu bitten, dem ich gar nicht entgegenkommen konnte.

Die Sonnenstrahlen auf meiner Haut zu spüren tat gut, nachdem ich die letzten fünf Tage zwischen verschiedenen Fieberträumen vor mich hinvegetiert war. Die anderen wachten kurz nach Sonnenaufgang auf und nun bemerkten auch Lex und Randy meine Genesung. Ich wusste nach wie vor nicht, wie es möglich war, dass ich krank gewesen war, und hoffte daher auf Randys

Fachwissen. Diese fiel mir jedoch erst mal um den Hals und murmelte so was wie: »Ich dachte schon, du stirbst uns weg!«, was nicht sonderlich beruhigend war. Lex machte kein Geheimnis aus dem, was sie dachte, und fluchte zwischendurch ein paar Mal, ehe auch sie mich umarmte.

»Diese letzte Woche war wirklich zum Kotzen. Erst stirbt er fast und dann wirst du zum Zombie«, beschwerte sie sich und drückte mich noch fester, sodass ich glaubte, nicht mehr atmen zu können.
»Lex. Du… erdrückst… mich«, zwang ich hervor und sie ließ ruckartig los und sah mich verständnisvoll an, ehe sie noch hinzufügte: »Stimmt ja. Du bist ja aus Zucker, das habe ich ganz vergessen«. Selbstverständlich meinte sie die Worte nicht ernst und doch erinnerte ich mich sofort wieder an Deans Vorwurf.
Dann verhalte dich auch nicht wie ein Kind – ich versuchte, die Worte auszublenden, doch vergessen würde ich sie lange nicht mehr. Gerade als ich etwas erwidern wollte, ertönte ein Knistern und Rauschen, das meine Ohren betäubte. Ich hielt mir die Hände auf die Ohren und brüllte Dean an.

»Was ist das? Mach das aus!«, doch Dean schien gar nicht zu verstehen, was ich meinte. In seiner Hand hielt er ein Funkgerät, das mir vorher gar nicht aufgefallen war. Hatte er das etwa geklaut, als wir bei den Huntern im Lager waren? Dieses Funkgerät sendete höllisch laute Signale, die ich dank meines Gehörs nun in voller Lautstärke empfing.

»Ich kann versuchen, es etwas runter zu regeln«, schlug er vor, ich nickte bloß hysterisch und stöhnte dabei vor Schmerzen auf, da die ruckartige Bewegung in meinem ganzen Rücken zu spüren war. Er drehte an diversen Knöpfen herum. Langsam gewöhnte ich mich an das Rauschen und das Knistern wurde leiser. Erleichtert ließ ich meine Hände wieder sinken und murmelte ein: »Danke!«
»Einheit drei an Einheit sieben, haben Lagerfeuer gesichtet. Zehn Minuten Entfernung. Bitten um Position«, und wir mussten nicht die Antwort der anderen Einheit hören, um zu verstehen, um wessen Lagerfeuer es sich handelte.
»Wir müssen hier weg! Und zwar sofort!«, meinte Joe und ohne zu zögern, folgten wir alle seinem Befehl. Während Randy mir auf die Beine half, lief Dean zu Ben, Joe und Ruff packten die Rucksäcke. Lex und ich verwischten die Spuren, die wir hinterlassen hatten, doch das würde die Hunter nicht aufhalten. Ich wechselte einen Blick mit Dean. Wir schienen uns auch ohne Worte zu verstehen. Wir beide waren im Lager der Hunter gewesen. Ich hatte mit Mac Mason gesprochen. Wie wussten beide, dass es fast unmöglich war, ihnen zu entkommen. Joes Aufruhr zufolge war auch ihm das bewusst. In Rekordzeit bewegten wir uns in Richtung Westen.
»Jonas. Die Hunter werden uns einholen. Wir müssen laufen, wenn wir überleben wollen«, machte Dean ihm Druck. Joe nickte mit aufeinandergepressten Lippen.
»Florence. Glaubst du, du schaffst das?«, wendete sich Dean schließlich an mich und da mir wohl kaum eine

Wahl blieb, nickte ich nur und schluckte den Kloß in meinem Hals herunter.

»Ben! Wir laufen in Richtung Fluss«, rief Dean und dann liefen wir los. Joe legte ein schnelles Tempo vor und obwohl mein Körper erschöpft war, fühlte es sich gut an zu laufen. Ich fühlte mich, als würde ich fliegen. Einer der Vorteile, wenn einem das Herz bis zum Hals schlug. Wir wurden gejagt. Und obwohl ich bereits ein Leben lang versuchte, mich an diesen Gedanken zu gewöhnen, bereitete er mir auch jetzt noch Angst. Würde das je aufhören? Wer wusste das schon? Ich versuchte, mich auf die Geräusche zu fokussieren, doch die Sache mit der Kontrolle war kompliziert. Zudem das Funkgerät, das Dean immer noch in der Hand hielt, mich oftmals ablenkte. Wie ein Störsignal, dachte ich. Ich setzte einen Fuß vor den anderen und atmete im Rhythmus ein und aus. Meine Laufkonditionen schienen wohl nicht an meiner Krankheit gelitten zu haben. Ich fühlte mich beinahe wie neugeboren, nur, dass meine Probleme nicht plötzlich verschwunden waren, sondern sich weiterhin häuften. Ich drehte meinen Kopf nach hinten und glaubte, eine Bewegung zwischen den Bäumen ausmachen zu können. Sofort lief ich noch schneller, doch irgendwann würden uns die Hunter sicherlich einholen. Es war nur noch eine Frage der Zeit.

Die Schüsse ließen mich zusammenfahren und ich stolperte beinahe vor Schreck. Die Bilder erschienen sofort in meinem Kopf und ließen sich einfach nicht mehr abschütteln. Meine Mom, blutüberströmt und tot, und Maryse, wie sie mir ihre letzten Worte zu hauchte.

Meine Augen brannten, dann spürte ich, wie mich jemand am Arm weiterzog und mich wieder zurück in die Realität holte.

»Du bist ja fast schlimmer als Niwo!«, mahnte Lex und zog mich mit sich. Ich schluckte und verdrängte die Bilder wieder. Die nächsten Schüsse versuchte ich zu überhören, doch in mir war alles in Aufruhr. Der Wald war erfüllt von Schüssen und unserem angestrengten Atmen. Die Hunter waren uns zu dicht auf den Fersen. Wenn wir uns nicht bald etwas überlegten, um uns gegen sie zu wehren, dann konnten wir uns ihnen praktisch selbst übergeben. Wir hatten keine Waffen, die mit ihren mithalten konnten, und die Pistole, die ich eingesteckt hatte, war wohl während meiner Fieberträume abhandengekommen. Wahrscheinlich hatte Joe sie einkassiert und um ehrlich zu sein, war ich erleichtert darüber. Also blieben uns Messer und Stöcke, um uns im Nahkampf zu wehren, und ich konnte weder kämpfen noch ausweichen. Die kalte Winterluft peitschte in mein Gesicht, während wir weiter durch den Wald preschten. Wie eine Herde gejagter Tiere. Vermutlich sahen uns die Hunter sogar so. Für sie waren wir nichts als Tiere, die es zu jagen galt. Noch hatte uns keiner der Schüsse getroffen und im Notfall würde Randy es vielleicht sogar schaffen, das Gegenmittel aus Bens Blut zu filtern und es wiederherzustellen. Doch das war unmöglich schaffbar, ohne zeitgleich von den Huntern gefasst zu werden. Dann kam es auf unsere Kräfte an. Oder besser gesagt auf Joes. Bei dem Gedanken an das, was er mit Agent

Brenner und den CGCs getan hatte, zuckte mein Kiefer. Das kam mir vor, als wäre es eine Ewigkeit her, dabei waren es bloß wenige Wochen. Damals hatte ich Joe dafür verachtet und auch, wenn ich selbst niemals dazu in der Lage wäre, jemanden so brutal hinzurichten, verstand ich ihn heute besser. Er hatte es nicht bloß für sich selbst getan, sondern für sie alle. Vielleicht sogar für mich.
Irgendwann hatte es zu regnen angefangen. Mit rasselndem Atem stürzte ich mit den anderen durch den Wald und wich den Kugeln aus. Alle verfehlten. Das Adrenalin reichte nicht mehr aus, um mir die Schmerzen zu nehmen, und mein Rücken zog in Schüben.

Dean rief irgendwann: »Da hinten!«, und zeigte auf einen riesigen Fluss, der mehrere Kilometer lang war, »Wir haben es fast geschafft«. Er sah in Bens Richtung, dem die Erschöpfung anzusehen war. Deans Miene wurde ausdruckslos. Nicht gelassen, sondern starr. »Ben?«, fragte er forschend, doch dieser überspielte seine offensichtlichen Schmerzen.
»Keine Sorge. Ich schaff das schon!«. Die beiden hatten irgendwas vor, wurde es mir klar. So wie ich Dean kannte, war das sicher keine sehr gute Idee.
»Was um alles in der Welt geht hier vor?«, meinte ich atemlos und lief etwas langsamer, um neben Ben laufen zu können. Dean sah erst mich und dann Ben an, ehe er antwortete.
»Ich hoffe, du kannst schwimmen!«, und zeigte dann mit dem Kopf in Richtung des Flusses. Er wollte doch nicht

etwa dadurch? Es regnete in Strömen und Wolken verdunkelten den Himmel. Die Strömung des Flusses würde uns alle mitreißen.

»Ihr seid doch verrückt!«, rief ich aufgebracht, doch Dean antwortete mir darauf nicht. Und selbst wenn es unsere einzige Möglichkeit war. Dean hatte das Problem bereits genannt. Nein. Nein, ich konnte natürlich nicht schwimmen. Wann und wo sollte ich das auch gelernt haben?

Ich konnte nicht schwimmen. **Sie** schon.

Kapitel 17

Deine Trauer ist wie ein Ozean:
Es gibt Wellen, Ebbe und Flut.

Manchmal ist das Wasser ruhig
Und dann wieder sind die Wellen so hoch,
dass Du glaubst zu ertrinken

Alles, was Du tun kannst,
ist schwimmen zu lernen.

»Alles okay?«, fragte mich Randy und drehte sich dann mit dem Rücken zu mir in Richtung der Hunter. Staunend sah ich dabei zu, wie sich ein Geflecht aus Ranken und Ästen vor uns ausbreitete und uns so vor den Kugeln der Hunter abschirmte. Sie ließ kleine Dornen an den Ranken wachsen und verdichtete die Wand, die sie geschaffen hatte. Die Eifersucht saß tief, doch das ließ ich sie selbstverständlich nicht wissen. Sie hatte sich ihre Kräfte genauso wenig ausgesucht, wie ich mir meine.
»Ich… ich habe nie gelernt zu schwimmen«, hauchte ich und schaffte es nicht, meine Angst zu verbergen. Randys Augen wurden groß und sie schien überrascht, bis sie sich wohl daran erinnerte, dass ich anders aufgewachsen war als sie. Verständnisvoll legte sie mir

eine Hand auf den Arm und meinte, ich würde das schon schaffen, es wäre gar nicht so schwer. Helfen tat mir das jedoch wenig.

»Dean?«, fragte ich in seine Richtung, und als er zu mir herüberschaute und mich musterte, schien auch er zu verstehen, wie richtig er gelegen hatte mit seinem Scherz.

»Du kannst wirklich nicht schwimmen, was«, er sah mich dabei ganz normal an. Ich war ihm dankbar für seine gelassene Reaktion. Er behandelte mich nicht anders oder machte sich gar darüber lustig. Er akzeptierte es einfach.

»Wo bleibt ihr. Wollt ihr sterben oder können wir dann…«, unterbrach uns Joe und machte uns berechtigt Druck. Die Hunter würden auch Randys Rankenmauer überwinden. Wie immer blieb uns nur wenig Zeit. Ich verstand nach wie vor nicht den Plan, den Dean und Ben geschmiedet hatten. Ich bekam bloß mit, wie Ben mit einer bemerkenswerten Selbstverständlichkeit ins Wasser sprang und problemlos auf den Grund tauchte, bis man ihn nicht einmal mehr sah. Ich bekam Gänsehaut vor Angst und klammerte mich instinktiv an Deans Arm, der mich nicht abschüttelte, obwohl ich sah, wie Lex neugierig in unsere Richtung sah und den Mund öffnete, um etwas zu sagen. Zu meiner Erleichterung kam Joe ihr zuvor und forderte sie auf, als Nächstes auf den Grund zu tauchen. Joe packte sich Ruff und folgte Lex und Ben in die Tiefe. Randy zog sich von den Ranken zurück und sprang ebenfalls ins Wasser. Nun blieben nur noch Dean und ich. Mein

Herzschlag beschleunigte sich zunehmend und mir wurde kotzübel.

Ich schaffe das. Ich muss!

Redete ich zu mir und blickte angsterfüllt zu Dean auf, der mich ernst ansah.
»Vertraust du mir?«, fragte er ruhig, aber mit fester Stimme und drückte meine Hand, die nach wie vor seinen Arm umklammerte. Ich zögerte, antwortete schließlich aber mit einem: »Ja!«
»Okay. Halt dich einfach an mir fest«, erklärte er und fing an, schief zu grinsen. Er zog mich zum Wasser und half mir hinein. Ich hielt mich an seinem Hemd fest und kniff die Augen zusammen.
»Auf drei holst du tief Luft, ja?«, meinte er und ich nickte heftig. Ich glaubte, jeden Augenblick zu sterben und pures Adrenalin durchströmte mich, während ich jedes Geräusch um mich herum intensiver wahrnahm.
»Drei. Zwei. Eins!« Ich holte tief Luft und spürte, wie Dean mich mit unter Wasser zog. Ängstlich drückte ich mich näher an ihn und wagte es nicht, meine Augen zu öffnen. Das Wasser umhüllte uns und die Geräusche waren gedämpft und unklar. Ich fühlte mich verloren, aber auch… frei. Ohne Dean wäre ich vermutlich so der Panik verfallen, dass ich bereits ertrunken wäre, doch er gab mir Halt, wo normalerweise Leere wäre. Die Luft wurde knapp, da fielen wir plötzlich um ein Vielfaches schneller und knallten auf dem Grund auf. Wir waren in einer Art Luftkapsel und ich sog den Sauerstoff in mich hinein. Ein wenig peinlich berührt kletterte ich von Dean und stand auf. Ben hatte eine Art unterirdischen

Tunnel gebildet und Joe leuchtete ihn mit seinem Feuer aus, sodass wir uns in einem Unterwassergang befanden. Ich hob fasziniert den Kopf und starrte an die Decke aus strömendem Wasser. Man konnte selbst die Fische beobachten. Mein Dad hatte mir von Aquarien erzählt, doch wir hatten nie eines besuchen können. Aber hier sah es genauso aus, wie ich es mir immer vorgestellt hatte. Nur das mein Dad nicht hier war. Der Gedanke an seinen Verlust nahm mir ruckartig jede Faszination und wider Willen brannten meine Augen. Ich würde jetzt ganz sicher nicht anfangen, zu heulen wie ein kleines Kind. Ich wolle dieses Mädchen nicht mehr sein. Dean riss mich aus meiner Erinnerung.

»Ziemlich beeindruckend!«, und ein weiteres Mal war ich ihm dankbar.
»Mein Dad wollte früher mal mit mir zusammen in ein Aquarium gehen, aber davor ist er…«, ich brachte den Satz nicht zu Ende. Ich wusste nicht einmal, warum ich ihm das erzählte. Ich hatte noch nie jemandem von meinen Eltern erzählt. Selbst Maryse nicht.
»Das tut mir leid, aber ich war in einem und ich verspreche dir, im Vergleich zu dem hier ist es seinen Preis nicht wert«, er zwinkerte mir zu und legte eine Hand auf meinen Rücken. Die anderen waren bereits vorgegangen, doch ich wurde das Gefühl nicht los, dass Dean bewusst war, dass die anderen seine Berührungen sehen konnten. Irgendwas schien sich verändert zu haben. Vielleicht war es bloß Wunschdenken, doch auch Wünsche konnten in Erfüllung gehen.

»Flore, kann ich mal mit dir über was reden«, fragte Dean ungewöhnlich ernst – das machte mich nervös.

»Ja, was ist los. Ist was passiert?«, fragte ich mit einem Beben in der Stimme, dass ich nicht unterdrücken konnte.

»Nein, aber ich will dich um etwas bitten«, meinte er schließlich.

»Um was denn?«, wich ich aus, ich wollte nicht wirklich was versprechen, ohne zu wissen, um was es ging.

»Ich will, dass du nicht nur zu den Rebellen mitkommst. Ich will dich darum bitten zu bleiben«, erklärte er aufgeregt. Das war etwas, womit ich so gar nicht gerechnet hatte.

»Ich glaube, ich würde vielleicht darüber nachdenken, aber ich kann nicht…«, fing ich an, doch Dean unterbrach mich: »Wegen dem Deal, den du mit Joe hast«, setzte er meinen Satz fort.

»Woher weißt du davon?«, fragte ich aufgebracht.

»Was meinst du, weshalb wir ständig streiten. Ich weiß auch nicht, was sein Problem ist, vielleicht ist er einfach eifersüchtig«, erklärte er.

»Auf was sollte Joe denn bitte eifersüchtig sein«, fragte ich ungläubig.

»Na ja, er hat sich sein Leben lang beweisen müssen, vor allen, und dann kommst du daher und alle mögen dich, ich meine, sogar Ben wirkt dir gegenüber nicht abgeneigt, wie auch immer du das gemacht hast. Ich glaube, er hat Angst, dass du ihm, wenn du bei den Rebellen bleibst, Konkurrenz machen könntest«, meinte er.

»Aber ich will mich doch nicht mit ihm messen, wollte ich nie. Er wollte doch, dass ich trainiere?«, sagte ich verwirrt. Ich und Konkurrenz, Joe hatte wohl den Schuss nicht mehr gehört.

»Das mit dem Training hat er gemacht, weil du gefährlich werden könntest. Vielleicht redest du einfach noch mal mit ihm«, schlug Dean vor.

»Wenn du meinst«, ich glaubte nicht wirklich, dass das funktionieren würde, aber einen Versuch war es wert.

»Also kommst du mit zu den Rebellen und du würdest bleiben?«, fragte Dean.

»Ich weiß nicht, aber einen Versuch ist es wert, oder?«, überlegte ich.

»Etwas Unmögliches zu versuchen ist immer besser als einfach aufzugeben, egal worum es geht«, erwiderte er und dann liefen wir nur noch stundenlang durch diesen atemberaubenden Unterwassertunnel. Die Sonne war bereits aufgegangen, aber wir waren zu tief, um viel Licht abzubekommen. Joes Feuer wurde immer niedriger und leuchtete nur noch leicht orange. Wenn Joes Kräfte bereits nachließen, was war dann mit Bens Kräften. Hinzu kam, dass Ben vor fünf Tagen auch noch angeschossen worden war. Vor drei Tagen wäre er fast gestorben. Langsam bekam ich ein ungutes Gefühl so tief unter Wasser und meine Instinkte sollten recht behalten.

Ich hatte kaum genügend Zeit, um einzuatmen, bevor die Decke, bestehend aus Wasser, über uns einkrachte und wir wenige Sekunden später nur noch von Wasser umgeben waren, wir im Wasser selbst waren und uns allen klar wurde, dass Ben seine Kräfte ausgeschöpft hatte. Nur der Unterschied zwischen mir und den anderen war, dass ich nicht schwimmen konnte.

Ich konnte nicht schwimmen. Ich ertrank.

Es war schwer, das Gefühl zu beschrieben. Das Gefühl zu ertrinken. An sich wusste ich, dass ich ertrank, aber ich hatte erwartet, ich würde dort unten einfach einschlafen, aufgrund des Sauerstoffmangels, und nichts spüren. Es war aber nicht so. Als erstes, als mir klar wurde, was es bedeutete, nicht schwimmen zu können, bekam ich Panik und strampelte im Wasser wie ein kleines Hündchen. Das änderte aber rein gar nichts an der Situation und ich zwang mich, ruhig zu bleiben. Langsam wurde der Sauerstoff knapp und es fiel mir immer schwerer, die Augen offen zu halten. Das Wasser brannte mir in den Augen und ich schaffte es nicht länger, ohne jeglichen Sauerstoff auszukommen. Ich wollte hoch schwimmen, sah hoch zu den anderen, die sich bereits ans Ufer retteten, aber vergaßen, dass ich das nicht konnte. Ich hustete und hustete, wobei sich Blasen unter Wasser bildeten, aber schließlich war dies das Einzige, wozu ich im Stande war – zu husten. Das Wasser strömte in meine Lungen. Dann konnte ich nicht mal mehr husten. Ich gab auf. Das war es. Ich würde sterben, bloß, weil ich nicht schwimmen konnte. Bloß, weil ich in der Kolonie aufgewachsen war und es somit nie gelernt hatte. Welch eine Ironie. Das Schicksal hatte eine sonderbare Vorstellung von Humor. Gerade als ich glaubte, eine Gestalt im Wasser zu erkennen, wurde das Bild verschwommen. Dann wurde mir schwarz vor Augen und ich spürte, wie ich abdriftete. Abdriftete ins Nichts. Ich glaubte zu hören, wie mein Herz versagte. Und alles wurde still.

Totenstill.

Erst ist alles dunkel und ich höre rauschendes Wasser an meinem Ohr, doch dann ist da dieses Gefühl. Es fühlt sich an, als würde ich auftauchen und endlich kann ich wieder atmen. Ich öffne die Augen und um mich herum ist alles weiß. Ich bin tatsächlich im Wasser gewesen, aber das Wasser hier ist klar und nicht ein einziger Krümel ist zu sehen. Es ist das reinste Gewässer, das ich je gesehen habe. Das Wasser wird immer flacher und ich kann stehen, gehe auf das Ufer vor mir zu. Dort liegt weißer, leuchtender Sand und auch dieser sieht reiner aus als alles, was ich auf der Erde zuvor gesehen habe.

Ich gehe aus dem Wasser und spüre den warmen Sand unter meinen Füßen. Ich schaue in das Licht, das sich unendlich weit um mich herum erstreckt. Der Strand geht ebenfalls ins Nichts über und das Gewässer sieht aus wie das Meer, nur ohne erkennbaren Horizont.

Plötzlich erscheint etwas von mir entfernt ein Wesen, das von diesem Licht umgeben ist.

Es ist Maryse und sie sieht genauso aus wie letztes Mal. Sie schaut verwirrt und fragt: »Florence, was machst du hier?«. Ich weiß nicht, was sie meint, sie ist doch diejenige, die in meinen Träumen ständig herum spukt.

»Was meinst du, du bist doch hergekommen, May?«, frage ich sie.

»Nach dem letzten Mal, dass ich dich besucht habe, warst du fünf Tage lang ohnmächtig. Meinst du, das Risiko gehe ich wieder ein?«, sagt sie besorgt.

»Das warst du wirklich. Aber das geht doch gar nicht?«, jetzt ist nicht der richtige Zeitpunkt für Scherze.

»Dafür ist jetzt keine Zeit«, erwidert sie, als hätte sie meine Gedanken gelesen.

»Du musst zurück, Flory – sofort«, fügt sie noch hinzu.

»Wohin zurück?«, frage ich verwirrt. Wovon redet sie denn?

»Aber bevor du wieder gehst, muss ich dir noch was sagen, merk es dir, ja«, fährt sie fort, »Du bist der Schlüssel, vergiss das nie!«.

»May, was meinst...«, fange ich an, doch sie lässt mich gar nicht erst ausreden: »Auf Wiedersehen, Flory«. Dann verschwimmt alles vor meinen Augen und ich sehe Dunkelheit bevor...

...ich meine Augen öffnen konnte. Ich sah in diese meerblauen Augen, die aufgeregt von links nach rechts schauten. In blickte in Deans Augen und dann bekam ich einen schrecklichen Hustenanfall und spuckte eine Wasserfontäne nach der nächsten. Wenigstens war das alles jetzt aus meiner Lunge heraus. Ich lag auf Gras und es war hell. Um uns herum saßen die anderen und

Lex fluchte: »Gott, Neuling, hast du mir vielleicht einen Schreck eingejagt«, dann klopfte sie mir stolz auf die Schulter. Randy seufzte und wirkte ziemlich aufgelöst. Ben saß etwas betreten weiter hinten und Joe kniete neben mir und wirkte, als wäre er einen Marathon gelaufen.

»Warum, wie …?«, stotterte ich vor mich hin. Dean umarmte mich und gab somit sämtliche Selbstbeherrschung auf. Joe meinte: »Herzlichen Glückwunsch, Florence. Du warst tot«. Mir fiel die Kinnlade runter.

»Was?«, mir wurde schwindelig und ich war froh, dass Dean mich immer noch festhielt, nachdem er seine Umarmung löste. Ich hörte Dean schlucken, bevor er hinzufügte: »Dein Herz hatte aufgehört, zu schlagen, bevor ich dich aus dem Wasser gezogen habe. Du warst für drei Minuten tot«. Wenn ich es nicht besser wüsste, würde ich behaupten, es schimmerten Tränen in Deans Augen, aber ich konnte ja selbst kaum sehen.

Ich war tot gewesen. Vielleicht hatte ich ja wirklich Maryse gesehen. Es war alles real gewesen. Ich war auf der anderen Seite gewesen. Lex fiel mir untypischerweise in die Arme und zerdrückte mich beinahe. Dean half mir auf meine noch wackeligen Beine und Randy fragte, ob alles gut sei, was ich mit einem Nicken beantwortete. Ruff wirkte das erste Mal, seit ich hier war, beruhigend aufmerksam und er musterte mich, vielleicht war das seine Art, mich zu fragen, ob es mir gut ging. Ich wuschelte ihm durch die dicken braunen Haare und meinte: »Alles gut, keine

Sorge«. Das brachte mir zwar einen Kommentar von Lex ein, aber das war mir egal.

»Kaum bist du aus dem Reich der Toten zurück, kannst du mit Stummen reden, wirklich beeindruckend, Neuling«. Das Reich der Toten. Es hatte wie ein Strand ausgesehen. Friedlich und ganz und gar nicht so, wie ich mir ein Totenreich vorstellte. Ob es immer so war oder ob man das sah, an das man zuletzt gedacht hatte – ich wusste es nicht. Ich war ertrunken, dementsprechend hatte ich einen Strand gesehen. Ich war ertrunken! Ungläubig schüttelte ich den Kopf und presste meine Lippen aufeinander. Ich musste den Gedanken dringend aus meinem Kopf verbannen. Mays Worte verfolgten mich auch jetzt noch.

Du bist der Schlüssel, vergiss das nie! – Ihre Worte ergaben keinen Sinn.

Ich war gerade von den Toten auferstanden. Die Sinnfrage war vielleicht ein wenig überfällig. Trotzdem ließ sie mich nicht los. Der Schlüssel für was?

Und warum sollte ich das vergessen?

Angst ist ein Konstrukt, geschaffen, um uns in die Knie zu zwingen.

Kapitel 18

> Oh! I have slipped the surly bonds of earth
> And danced the skies on laughter-silvered wings;
> Sunward I´ve climbed, and joined the tumbling mirth
> Of sun-split clouds – and done a hundred things
> You have not dreamed of – wheeled and soared and swung
> High in the sunlit silence.
>
> - - *John Gillespie McGee Jr.*

»Lass sie Lex«, meinte Ben zu meinem Erstaunen. Er setzte sich für mich ein, aber das musste er eigentlich gar nicht, Lex Worte hatten mich kein Stück verletzt.

»Das war doch nur Spaß, Milchbrötchen. War ja klar, dass du das nicht verstehst«, feuerte Lex giftig zurück.

»Ruhe, verdammt«, zischte Joe und zeigte mit dem Arm in Richtung Wald. »Wir gehen jetzt weiter und ihr zwei haltet endlich eure Klappe, verstanden«. Ben und Lex nickten nur und funkelten sich dann böse an, sagten aber kein Wort mehr. Randy fragte mich noch fünfmal, ob es mir wirklich gut ginge, bevor sie zu Joe hinüberging, und Dean stützte mich, weil er mir nicht zutraute, allein zu gehen. Ich sagte nichts dazu, dass er mich mal wieder verhätschelte, da ich keine Lust auf Streit hatte und es mir irgendwie gefiel, zu wissen, dass er sich um mich sorgte. Das Gefühl war mir fremd und es machte mir auch ein wenig Angst, aber an sich war es ein gutes Gefühl. Hinzu kam, dass jedes Mal, wenn sein Arm sich um meine Taille legte, mein Bauch anfing, ungewohnt zu kribbeln. Ich ignorierte das – zumindest versuchte ich es, aber gegen die aufkommende Röte im Gesicht konnte ich nichts machen. Es wäre mir aber sicher noch unangenehmer gewesen, wäre Dean nicht auch rot geworden, aber ich schob das auf die Kälte.

Jetzt war nicht der richtige Zeitpunkt für Gefühlskram und ich fragte mich allmählich, ob der richtige Zeitpunkt für so was überhaupt existierte. Die Hunter hatten uns zumindest nicht eingeholt und sich zurückgezogen. Von denen war keine Spur zu erkennen und wir hatten ja auch noch das Funkgerät, das nun Ben, der von Joe gestützt wurde, fest umklammert hielt, als würde er seine ganze angestaute Wut am liebsten daran auslassen. Ich wollte gar nicht erst wissen, wie unser nächstes Training wohl ausfallen würde. Ich musste dringend mehr Kontrolle haben. Zumindest wusste ich jetzt, was mit mir los gewesen war, als ich glaubte – ich sei krank. Ich war nicht krank, sondern ich hatte zufällig mit meiner toten Freundin – Maryse – gesprochen und das hatte dann ein paar unschöne Folgen. Langsam glaubte ich, ich wurde verrückt und ich wusste gar nicht, was schlimmer war – dass ich verrückt wurde oder dass ich tatsächlich meine tote Freundin gesehen hatte und dass es alles real war.

Ich konnte nicht schlafen, nicht denken und ohne Dean konnte ich nicht einmal gehen. Ich verstand Joes Argument – ich sei ungebräuchlich – von Minute zu Minute besser. Ich war tot gewesen, müde und völlig erschöpft. Meine Lunge brannte, da sich da drin vor Kurzem noch ziemlich viel Wasser befunden hatte, und meine Augen wollten einfach nicht aufhören zu tränen. Meine Klamotten waren klitschnass und ich fror bis auf die Knochen – dieser Tag war zum Kotzen.

Zusätzlich war da noch eine andere, nicht ganz unwichtige Entscheidung zu fällen. Dean hatte mich gefragt, ob ich mit ihm und den anderen zu den Rebellen kommen würde, und nun musste ich diese eine Entscheidung treffen, die vielleicht meine gesamte Zukunft verändern könnte. Wie sollte ich wissen, was die Richtige war?

Es sprach einiges dafür, nach New Oltsen zu gehen. Einer der herausragendsten Gründe war, dass ich ein Feigling war und zur Rebellion zu gehen war ein anderes Wort für Kämpfen. Ich wusste nicht, ob ich dazu bereit war. Ich wusste, die Rebellion war nicht die O.F.E.A.P – die Terrororganisation, die ganz Rales in Schutt und Asche gelegt hatte – sie wollten keine Rache, die Rebellen leisteten lediglich Widerstand gegen den Staat, und sie waren im Recht, aber Gewalt war Gewalt und ich wusste nicht, ob ich dazu bereit war. New Oltsen war zerstört, aber ich könnte zurück nach Hause und unser Haus wiederaufbauen, einen neuen Namen annehmen und dort untertauchen, wie meine Eltern es getan hatten. Ich könnte dort ein friedliches Leben führen. Stattdessen sollte ich zur Rebellion mit diesen Leuten, die ich mittlerweile verdammt noch mal zu gern mochte, um sie wirklich verlassen zu wollen. Ich sollte endlich mal für mich selbst einstehen, endlich anfangen für mich selbst zu kämpfen. Ich könnte dort für uns alle kämpfen und ich könnte für May kämpfen, für meine Eltern.

Mein Entschluss stand fest. Ich würde nicht zurück nach New Oltsen gehen und ich würde Joes Deal platzen lassen, ich würde mich den Rebellen anschließen. Ich würde bleiben. Nun musste ich einzig und allein eine Person noch davon überzeugen und das war schwerer, als einen Raucher zum Entzug zu bringen – ich musste Jonas überreden.

Wir bauten unser Lager erst kurz nach Sonnenuntergang auf. Wir kannten uns erst zwanzig Tage, aber ich hatte beschlossen, meine Zukunft nicht ohne diese Leute zu verbringen. Entweder war ich zu gutgläubig oder zu einsam, aber meine Entscheidung war gefällt und nun stand mir nur noch dieses Gespräch mit Joe bevor, das meine Knie zittern ließ.

»Dean, kommst du? Wir besorgen Holz«, meinte Joe und allein meine nächsten Worte kosteten mich unendlich viel Überwindung: »Ich gehe«, sagte ich möglichst höflich und ging auf Joe zu.

»Wir müssen reden«, sagte ich. Ben warf mir einen fragenden Blick zu, aber ich würde ihm das später erklären. Dean nickte mir aufmunternd zu, er hatte schließlich den Vorschlag gemacht, ich solle doch mit Joe reden und ihn um Erlaubnis bitten. Ich war wirklich zu gutgläubig.

»Na gut, dann halt du, Mädel«, meinte er und zuckte unbeteiligt mit den Schultern. Wenigstens war er schon besser gelaunt als vorhin. Ich fing an zu schwitzen. Es fiel mir schwer, mit Jonas mitzuhalten, er hatte einen ziemlich schnellen Gang, aber als wir dann außer Hörweite waren, blieb er stehen.

»Also, was ist dein Anliegen. Wenn du dich für die Herzdruckmassage bedanken willst, dann erspare mir das, ja«, meinte er gelangweilt. Mir wurde von Sekunde zu Sekunde unwohler, aber da musste ich jetzt durch.

»Ich wollte mit dir über unseren Deal reden«, ich kratze all meinen Mut zusammen, um nicht wie ein winselndes Kind zu klingen. Meine Worte klangen ernst und gefasst, am liebsten hätte ich mir für mein Schauspiel selbst auf die Schulter geklopft, denn innerlich zitterte ich. Joe hingegen brach in schallendes Gelächter aus: »Du willst über den Deal reden, lass mich raten, du willst neu verhandeln«, meinte er scharf.

»Nicht ganz«, erwiderte ich und fuhr fort, bevor er mir keine Gelegenheit mehr dazu gab.

»Ich werde weiter trainieren und du kannst mich immer noch rauswerfen, wenn ich Mist baue, aber ich will mich auch den Rebellen anschließen. Ich will nicht zu den

Rebellen und dann nach New Oltsen... ich will bleiben«, erklärte ich und reckte mein Kinn, damit ich mir nicht mehr so klein vorkam. Natürlich fand Joe das noch lustiger und er bekam sich gerade noch ein, um zu erwidern: »Mädel, was willst du denn bei den Rebellen. Ich bin nicht dumm, ich weiß, dass du niemanden töten kannst. Du wärst eine miserable Soldatin und vor zwei Wochen wusstest du das auch noch, was hat sich geändert?«, fragte er nun wieder deutlich strenger.

»Ich habe beschlossen, dass ich keinen Bock mehr habe, vor allem wegzurennen. Ich will kämpfen, und zwar nicht, um dir oder irgendwem sonst was zu beweisen, sondern für mich selbst«, gestand ich und es war die Wahrheit, es fühlte sich gut an, das auszusprechen.

»Das freut mich ja für dich, Mädel, aber da bist du bei den Rebellen an der falschen Adresse. Da bist du Soldat, da gibt es kein – für dich selbst«, meinte er zornig.

»Ach und woher willst du das wissen? Hattest du da schon eine Schnupperstunde, oder was?«, fragte ich nun ebenfalls wütend. Er haderte mit sich, schnaubte aber dann wütend und meinte: »Ich brauchte so was nicht, ich kenne solche Organisationen«. Das verwirrte mich, warum wollte er dann seine Leute dahin bringen, wenn er nichts von der Rebellion hielt.

»Warum willst du dann überhaupt zu den Rebellen, Jonas«, fragte ich ungläubig und er wirkte nicht erfreut über meinen Gebrauch seines vollen Namens. Nun lieferte ich mir ein Blickduell mit ihm.

»Weil meine Eltern dort waren und ich zu ihnen will. Jeder hat seine Gründe«, meinte er aufrichtig. Ja, auch ich hatte meine Gründe, er hatte sich gerade sein eigenes Argument zunichtegemacht.

»Ja, jeder hat seine Gründe, also lass mich verdammt noch mal mitkommen«, erwiderte ich giftig. Er verdrehte die Augen und legte seinen Kopf in den Nacken.

»Nein werde ich nicht. Du kommst mit, wirst aber nicht bleiben, ganz einfach. Glaub mir, am Ende wirst du mir danken«, sagte er.

»Ach und wofür sollte ich dir bitte danken, dafür, dass du mich nicht einfach selbst entscheiden lässt, was gut für mich ist?«, brüllte ich wütend. Warum konnten nicht endlich alle mal damit aufhören, mich zu beschützen, und mich endlich mal selbst entschieden lassen? War das so schwer?

»Das wirst du ja jetzt nicht rausfinden müssen«, meinte er zufrieden und grinste mich schief an. Ich konnte mich nicht rechtzeitig bremsen und bevor ich mich selbst stoppen konnte, hatte ich bereits ausgeholt und meine Hand flog auf sein Gesicht zu. Bevor ich jedoch zuschlagen konnte, packte mich Joe am Handgelenk und funkelte mich wütend an. Ich bekam Panik. Seine Augen loderten und ich spürte bereits, wie sich die Luft um uns veränderte.

»Tut mir leid, ich wollte nicht...«, fing ich an. Er schüttelte entsetzt den Kopf und funkelte wütend mit seinen Augen.

»So, bist du jetzt fertig oder soll ich dir noch eine Entscheidung abnehmen, die du vielleicht aus Versehen ganz unüberlegt gefällt hast«, sagte er mit einem Hauch zu viel Genugtuung. Ich riss meine Hand los und hätte ihn am liebsten erwürgt. Wie konnte er es wagen, so auf all meinen Entscheidungen herum zu trampeln, und warum wollte er mich so plötzlich beschützen? Das war es – mein Argument.

»Seit wann bin ich dir eigentlich so wichtig, dass du mich so unbedingt vor den Rebellen bewahren willst?«, fragte ich herausfordernd.

»Ich habe nie gesagt, du seist mir wichtig, aber den anderen bist du es und ich hätte dir ja ansonsten umsonst das Leben gerettet«, er sagte das ganz trocken und zwinkerte mir zu allem Überfluss auch noch zu. Das war es. Ich würde nicht zu den Rebellen gehen, weil ich diese Leute zu nah an mich herangelassen hatte, wirklich? Dabei hatte ich so fest geglaubt, genau das wäre der Grund, wieso ich letzten Endes doch zu den Rebellen gehen würde. Als würde er mich damit beschützen. Schutz vor was? Den Rebellen oder eher mir selbst? Ich hatte mich wohl in meiner Entscheidung getäuscht.

Ich schien mich in letzter Zeit viel zu oft zu täuschen.

»Ich kann einfach nicht fassen, wie dreist du bist«, meinte ich, nachdem wir sicher ganze fünf Minuten schweigend dagestanden hatten.

»Ich – dreist?«, sagte Joe ungläubig, »Du bist doch diejenige, die sich hier bei uns eingeschlichen hat und Gefahren förmlich ansaugt«.

»Eigentlich hat mich Dean hergebracht, nicht ich selbst«, korrigierte ich ihn.

»Ja stimmt. Wie konnte ich das nur vergessen?«, erwiderte er und verdrehte die Augen, »Dean, der Retter in letzter Not!«

»Was hast du eigentlich für ein Problem mit Dean?«, fragte ich etwas voreilig.

»Wie kommst du darauf?«, Joe zog eine Augenbraue hoch.

»Dean meinte, ihr hättet euch gestritten«, antwortete ich ehrlich. Joe ließ sich nicht viel Zeit mit seiner Antwort und meinte ausweichend:

»Das muss er dir selbst sagen und jetzt lass uns zurückgehen«, er fügte noch hinzu: »Vergiss das Holz nicht«. Klar, das Holz. Als würde mir nicht so schon alles wehtun, doch bevor ich das Holz aufheben und damit wieder in Richtung der anderen gehen konnte, nahm ich ein für den Wald ziemlich untypisches Geräusch wahr. Es hörte sich an wie ein lautes Brummen und Scheppern, dass vom Himmel selbst kam, zudem wirbelten die Blätter der Bäume durch die Gegend und es kam Wind von oben. Das Geräusch wurde immer lauter und ich konnte meine eigene Stimme kaum hören, als ich rief: »Joe, was ist das?«. Er schaute mit zugekniffenen Augen in den Himmel, ehe er zurück schrie.

»Ein Hubschrauber. Florence lauf«, das war das erste Mal, das er meinen richtigen Namen gesagt hatte, aber ich hatte mir das irgendwie unter besseren Umständen gewünscht. Gerade als wir losrennen wollten, warfen die Hunter, die oben in ihrem Hightech Hubschrauber saßen, ein Netz auf uns, das uns jede Möglichkeit zu fliehen zunichtemachte. Wir saßen in der Falle. Joe konnte das Netz unmöglich abfackeln, ohne mich mit zu verbrennen, und meine Kräfte schlummerten. Die Seile waren viel robuster als die einer Fessel. Wir waren in die Falle der Hunter getappt, sie hatten sicher herausgefunden, dass wir ein Funkgerät besaßen und um den See zu überwinden, haben sie einen Hubschrauber gefordert. Solche Vollidioten waren sie vielleicht doch nicht, zumindest Mac Mason nicht.

Wir saßen in diesem Netz fest, während wir in die Höhe getragen wurden und ich meine Augen zukniff, um nicht so tief herunter schauen zu müssen. Höhe war nichts, womit ich gut umgehen konnte.

Joes Gesicht war wutentbrannt und ich fürchtete mich vor dem Kennenlernen zwischen Joe und Mac Mason, das würde sicher unschön werden.

Ich drückte mir die Handballen gegen die Augen und hoffte einfach, jeden Moment aus diesem Albtraum wieder aufzuwachen, aber mittlerweile wusste ich, wann ich träumte und wann nicht und gerade – *träumte ich nicht.*

Kapitel 19

Das Seil, an dem das Netz in den Helikopter hineingezogen wurde, quietsche ziemlich und ich befürchtete, jede Sekunde in die Tiefe zu fallen, aber es riss nicht. Wir kamen im Hubschrauber an und wurden von drei Huntern in den Helikopter gehievt. Ich kannte die Gesichter der Hunter nicht. Das einzig bekannte Gesicht in diesem Hubschrauber war das von Mac Mason, der höhnisch lächelte. Ein wenig hätte es mich interessiert, was er dachte, aber wenn das hieß, in den Kopf dieses Spinners einzutauchen, dann sank mein Interesse doch schnell. Er hatte mich sicher schon von oben erkannt und ich fragte mich, was mich jetzt erwartete.

»Hat der andere Junge nichts mehr getaugt und du hast dir einen anderen gesucht?«, fragte er spöttisch. Seine Worte gingen mir näher, als mir lieb war, und obwohl zwischen mir und Joe rein gar nichts vorgefallen war, was es auch nie würde das, fühlte ich mich, als hätte ich Dean betrogen.

»Nein, hab´ ich nicht«, zischte ich zwischen zusammengebissenen Zähnen zurück.

»Ihr kennt euch?«, fragte Joe schockiert.

»Ich dachte, Dean hätte dir von unserer kleinen Rettungsaktion erzählt, während ich ohnmächtig war?«, flüsterte ich ihm zu.

»Er hat nichts von diesem Typen erzählt«, meinte er wütend und bleckte die Zähne in Richtung Mac Mason.

»Ja, wir kennen uns«, erwiderte Mac Mason und grinste vom einen bis zum anderen Ohr in unsere Richtung, »Deine Freundin und ihr ehemaliger Freund«, er betonte das Wort – Freund – extra, »wurden von unseren Leuten geschnappt, aber sie sind dann unglücklicherweise entkommen und haben Sachen von uns mitgehen lassen.« Da schwang definitiv Wut mit in seiner Stimme. Meine Knie zitterten mehr, als mir lieb war, dabei stand ich nicht mal, ich saß hier in diesem engen Netz und somit in seiner Falle.

»Aber jetzt haben wir dich ja wieder, Kleine«, meinte er zuckersüß, nur war das so, als würde man Salz in meine Wunden streuen, also auch nicht sonderlich hilfreich. Joe schnaubte wütend, doch Mac Mason war davon unbeeindruckt.

»So, jetzt nehmt die Zwei mal ordentlich gefangen, wir sind doch keine Amateure, Jungs«, befahl Mac Mason und wendete uns dann den Rücken zu. Er ging in Richtung Cockpit, meinte aber noch: »Ich bin froh, dich wiederzuhaben, Kleine. Wirklich froh«, bevor er hinter den Vorhängen zum Cockpit verschwand.

Als Erstes entfernten die Hunter das Netz, wobei sie natürlich Waffen auf uns richteten, damit wir bloß keine Umstände machen konnten. Dann legten sie uns

Fesseln an, aber keine Seile, sondern richtige Fesseln aus Eisen, die meine Handgelenke verwundeten. Anschließend banden sie uns mit dem Rücken an den Rumpf des Hubschraubers, Sitze gab es wohl nur im Cockpit. Der Boden war hart und meine Hände lagen in meinem Schoß. Das Gehäuse bestand gänzlich aus Eisenplatten und überall lagen Waffen und Koffer herum. Das Cockpit war mit Vorhängen geschützt, sodass man nicht sehen konnte, was da vor sich ging und um mich und Joe, der neben mir saß, waren neun Hunter versammelt, die uns aufmerksam musterten.

Das war mein erster Flug in einem Helikopter, mein erster Flug überhaupt und ich hatte jetzt schon die Nase voll vom Fliegen. Ich hatte Druck auf den Ohren und aus dem Cockpit kam dröhnendes Piepen. Der Hubschrauber ratterte und wackelte brutal hin und her. Ich wurde durchgerüttelt, sodass mir bereits nach wenigen Minuten schlecht war. Hinzu kam dann noch, dass wir Gefangene waren und die anderen sicher nach uns suchten. Durch die Fenster des Helikopters sah ich nur Sterne und Dunkelheit und die anstehende Nacht. So hatte ich mir das »zwanzig Tage Flucht Jubiläum« irgendwie nicht vorgestellt und schon gar nicht wollte ich dieses mit Mac Mason an meiner Seite feiern. Ich hatte heute wirklich einen miesen Tag. Ich hatte vergangene Nacht nicht geschlafen und war die Tage davor ohnmächtig gewesen, weil meine tote Freundin mich im Geiste besucht hatte, dann waren wir vor Huntern geflohen und in einen See gesprungen, in welchem ich dann ertrunken war. Nachdem ich dann tot war, war ich doch wieder aufgewacht und hatte die geistreiche Idee, mich den Rebellen anzuschließen, was mir Joe jetzt zunichtegemacht hatte, kurz darauf war ich in einem Netz gefangen worden und nun verbrachte ich die nächste Nacht – im Höhenflug. Was ein toller Tag.

Wenigstens hatte ich nun, wo ich nur hier saß und darauf wartete, dass Mac Mason wieder aus dem Cockpit kam, viel Zeit, um nachzudenken und endlich mal meine Gedanken zu ordnen. Joe zählte sicher gerade die Waffen und dachte sich einen Fluchtplan aus, er wirkte auf jeden Fall konzentriert, aber ich schloss die Augen und ordnete mich selbst. Es gab viele Dinge, derer ich mir unklar war. Ich würde zu gern wissen, warum Ben und Dean Streit hatten, obwohl sie immer wie Brüder gewirkt hatten, und ich wüsste zu gern, warum Lex geweint hatte. Aber das waren Dinge, die ich auch nach stundenlangem Nachdenken nicht hätte enträtseln können. Stattdessen kehrten meine Gedanken zu meinen Träumen zurück. Ich wurde das Gefühl nicht los, dass sie mehr waren als verarbeitete Gedankengänge und Maryse meinte – sie wäre wirklich da gewesen – aber das war unmöglich. Selbst das Universum hat Regeln und Prinzipien und eine davon ist, dass Tote und Lebende getrennt sind, und das für immer. Es ist den Toten nicht möglich, unter den Lebenden zu weilen und andersherum gilt dasselbe. Trotzdem war ich gestorben und ich hatte die andere Seite oder was auch immer dieser kristallklare und atemberaubende Strand gewesen sein mag, gesehen und trotzdem weilte ich nun wieder unter den Lebenden. Hatte ich damit nicht allem getrotzt, an das man im Universum gebunden ist. Gott – mein Kopf tat weh von so vielen unlogischen Dingen und Gedankengängen. Meine Kräfte waren nun wieder präsent, eigentlich schon seit ich aus meiner fünftägigen Ohnmacht erwacht war. Es fühlte sich an wie immer, sie waren da, und wenn ich jetzt mit Ben trainiert hätte, würde ich seine Brocken allein durch meine eigene Kontrolle in Staub verwandeln, aber ich war nicht sicher, ob ich das wirklich wollte.

Ja, es fühlte sich besser an, zu wissen, dass ich nun nicht fürchten musste, dass meine Kräfte entweder überschwappten oder gänzlich verschwanden, wie es vor wenigen Tagen der Fall gewesen war, aber nur, weil ich meine Kräfte nun in diesem Moment unter Kontrolle hatte, hieß das nicht, dass sie keinen Schaden mehr anrichten konnten.

Ich wusste nicht, was das Universum mir mitteilen wollte, als ich *krank* gewesen war, aber ich wäre lieber zehn weitere Tage ohnmächtig, als nie wieder mit Maryse sprechen zu können.

Vielleicht war ich ja verrückt, aber das war mir egal, ich wollte sie sehen und ich wollte mit ihr sprechen. In den letzten Tagen hatte ich mich im Tod, als ich mit ihr persönlich gesprochen hatte, lebendiger gefühlt als im Leben. Ich hatte mich wie ich selbst gefühlt. Nicht wie die Person, zu der ich geworden war – nicht das selbst, dass Dean kennt, die einsame Geflohene, die er kennengelernt hatte – sondern die Kolonisten, die ihre Eltern verloren hatten und sich nun an die Hoffnung klammerte, sich nicht auch selbst zu verlieren.

Sie meinte zu mir – ich sei der Schlüssel – aber ich hatte keinen blassen Schimmer, was sie mir damit hatte sagen wollen. Und dann war da noch dieser komische Traum in dem Palast des Präsidenten, den verstand ich am wenigsten. Ich verstand nicht, warum ich jemals Kronerbin sein sollte, und ich wusste, es war nur ein Traum und hatte eigentlich rein gar nichts mit der Realität zu tun, aber er verwirrte mich trotzdem. Warum träumte man immer so komische Sachen?

Außerdem war ja nicht mal ich damit gemeint, er hatte mich mit **Keyla** angesprochen und ich bin ziemlich sicher, dass das schon sehr von Florence abweicht. Als Spitzname wäre Keyla definitiv nicht anwendbar. Ich fragte mich – so unpassend das auch sein mochte – ob der Präsident wirklich einen Thron besaß, so wie die Könige früher. Es machte irgendwo Sinn, er war der Herrscher von Rales, ob er jetzt König oder Präsident genannt wurde, am Ende traf er doch alle Entscheidungen und zog alle Fäden - eine Demokratie war das schon lange nicht mehr. Ich weiß noch aus Erzählungen von Dad, dass es vor tausend Jahren richtige Demokratien gab, wo Leute wählen konnten und es mehrere Parteien gab, die gemeinsam Entscheidungen fällten und Gesetze verabschiedeten, aber Dad meinte ebenfalls, er hätte noch nie irgendwas wählen können und sein Vater auch nicht.

Er nannte es – das präsidentielle Königreich – also wie im Mittelalter, nur, dass es nicht mehr - *Mylord* - sondern – *Mr President* – hieß. Ich war damals wahrscheinlich noch zu jung gewesen, aber jetzt verstand ich langsam, was er gemeint hatte. Obwohl der Präsident sich als demokratischen Herrscher ansah, bezweifelte ich, dass er überhaupt wusste, was man damals unter Demokratie verstanden hatte und wenn ja, dann pfiff er darauf. Er nahm einem alle Entscheidungen ab und er führte Krieg mit der O.F.E.A.P. und hielt so sämtliche Deseaser automatisch für Staatsfeinde – das wäre so, als würden wir alle Menschen hassen, nur, weil uns die CGCs wie Dreck behandelten. Ich war mir aber eigentlich gar nicht so sicher, ob es überhaupt noch Menschen gab, die auf unserer Seite standen. Sie fürchteten sich sicher vor unseren Kräften und nachdem, was die O.F.E.A.P. gemacht hatte, konnte ich es ihnen nicht einmal verübeln.

Der Krieg ist noch nicht vorbei. Er geht schon ewig und er wird sicher niemals enden, wenn es so weitergeht.

Joe tippte mich an der Schulter an und ich öffnete träge die Augen.

»Was ist?«, fragte ich müde, es war bereits Nacht.

»Sie haben hier sechsundvierzig Pistolen und dreizehn Gewehre, dazu kommen sieben Koffer, in denen was weiß ich was drin ist und ich bin sicher, jeder der Hunter trägt ein Funkgerät bei sich«, zählte Joe stolz auf.

»Sag nicht, du hast die letzten Minuten alle damit verbracht, das zu zählen?« Ich schüttelte den Kopf. Insgeheim war ich ein klein wenig beeindruckt, aber das wollte ich ihn ganz sicher nicht einfach so wissen lassen.

»Und was schlägst du jetzt vor, wo du sie doch so sorgfältig ausspioniert hast?« Ich zog eine Augenbraue hoch. Gerade als er antworten wollte, schob Mac Mason den Vorhang zur Seite und trat aus dem Cockpit wieder in den Teil des Hubschraubers, in dem wir gefesselt hockten. Er grinste, als hätte er mit uns den besten Fang seiner Karriere gemacht und irgendwie befürchtete ich, dass sein Lachen berechtigt war. Sein Lachen machte mich nervös und ich bekam überall Gänsehaut, blickte ihn aber unverwandt an, verzog keine Miene, als er schließlich zu uns trat. Joe führte seinen Gedanken nicht zu Ende und ihm blieb so die Antwort auf meine Frage erspart. Mac Mason kniete sich hin, um mit uns auf einer Augenhöhe zu sein, nahm ich an und musterte uns amüsiert. Am liebsten hätte ich ihm alle Zähne aus seinem Lachen geschlagen, doch ich fürchtete, dazu würde es nicht kommen. Er legte den Kopf schräg und funkelte uns an, aber nicht wütend, sondern als würde er uns auslachen und verhöhnen. Das Schlimmste war, er hatte jedes Recht dazu. Wir waren in seine Falle getappt und das, ohne es gemerkt zu haben, wir waren unaufmerksam und zu – gutgläubig.

»Es hat ein wenig gedauert, aber ich habe herausgefunden, dass Klein Judie tot ist. Das hat mich wirklich sehr verletzt«, er rieb sich gespielt traurig die Augen und zu allem Überfluss schnaufte er traurig. Klein Judie – eine Anspielung auf Judith Pryste. Ich hatte mich als sie ausgegeben, um Zeit zu gewinnen, das war wohl nach hinten losgegangen.

»Sie haben kein Recht, um sie zu trauern«, schnaubte ich wütend, was mir nur einen verwirrten Blick von Jonas und ein belustigtes Lachen von Mac Mason einbrachte.

»Nein, hast ja recht. Ich sollte nicht um sie trauern. Sie war ein Miststück, hat einen CGC getötet«, erwiderte er nachdenklich. Ich riss an den Fesseln, bleckte die Zähne und versuchte meinen Rücken, der an den Rumpf des Helikopters gebunden war, zu befreien, was natürlich nicht funktionierte.

»Reden Sie nie wieder so über sie«, giftete ich zurück. »Warum nicht, habt ihr euch ein Zimmer geteilt?«, fragte er und tat so, als empfände er Mitleid.

»Das geht Sie gar nichts an«, fauchte ich. Er wollte etwas erwidern, da funkte Joe dazwischen: »Sparen Sie sich ihre beschissenen Kommentare und kommen Sie auf den Punkt, Mr. *Oberhunter*«.

»Wie süß, du setzt dich für die Kleine ein. Aber stimmt, wir sind wegen was anderem hier, nicht wahr«, überlegte er laut, aber er erwartete sicher keine Antwort. Ich war tatsächlich selbst erstaunt, dass Joe mich in Schutz nahm, aber das linderte meine Wut nicht. Ich musste Judith nicht gut gekannt haben, um mir sicher zu sein, dass sie definitiv zu Unrecht hingerichtet worden war und dass sie den CGC nur aus Versehen getötet hatte – sie war immer nett gewesen.

»Was wollen Sie jetzt«, fragte Joe gelangweilt und schaute auf seine Fingernägel. Wirklich? Waren seine Nägel so viel interessanter als die Tatsache, dass Mac Mason aussah, als würde er uns gleich in das größte Schredderwerk überhaupt stecken. Irgendwie hatte ich das Gefühl, das hier war nicht Joes erste Befragung.

»Genau. Ich hätte als Erstes gerne eure Namen und ich würde gerne das Ziel eurer kleinen Reise kennen«, erklärte Mac Mason herausfordernd. Jonas warf mir einen vielsagenden Blick zu – halt bloß die Klappe – und ich zuckte mit der Schulter, nach dem Motto – ich hatte nie vor was zu sagen – und dann schrie Mac Mason plötzlich laut: »Hey, hier spielt die Musik«. Ich erschrak und zuckte ziemlich extrem zusammen. Mein Kopf schwang in seine Richtung. Joes ebenfalls. Mac Mason funkelte wütend mit den Augen, hatte aber noch das amüsierte Lächeln. Wie ich ihn dafür hasste. Er war definitiv das größte Arschloch, das mir je begegnet war, und irgendwie wünschte ich mir Lex an meiner Seite – und Dean, aber daran durfte ich jetzt nicht denken, außerdem war Joe ebenfalls hilfreich. Er hatte sicher einen Fluchtplan, oder?

»So, und jetzt schießt mal los. Ich beiße schon nicht«, meinte er, und ich antwortete mehr instinktiv als gewollt.

»Da wäre ich mir nicht so sicher«. Sein Blick haftete auf mir, als er sagte: »Wiederhole das, Kleine«. Oh Mist.

»Ich habe nichts von Bedeutung gesagt«, versuchte ich mich rauszureden. Joe versuchte, ihn von mir abzulenken. Ihm gefiel es wohl, mit Mac Mason zu reden, denn nun lächelte er ebenfalls. Ich sah Joe selten lächeln, aber er lachte auch nicht aus Freude oder vor Glück, sondern sein Lachen war wie Feuer, man konnte sich leicht daran verbrennen.

»Also, ich war auf dem Weg zu meiner Grandma mit meiner Freundin. Haben sie eine Freundin?«, fragte er und schaute dann wieder gelangweilt auf seine Nägel. Was? Freundin und Grams - wovon redete er da?

»Nein, ich habe keine Freundin und was willst du mit deiner Oma, Junge?«, fragte Mac Mason zwischen zusammengebissenen Zähnen. Joe reizte ihn richtig, dieses Gespräch nahm gerade eine interessante Wendung.

»Na ja, ich habe eine Freundin und sie ist ziemlich genial. Sie heißt – nein, das sag ich besser nicht, aber auf jeden Fall backt meine Grandma ganz tolle Muffins und sie kann auch ausgezeichnet gut kochen«, erzählte Jonas, was ihm so gar nicht ähnlich sah. Allein die Vorstellung brachte mich zum Grinsen. Mac Mason bebte vor Wut, während Joe ihm eine Lüge nach der nächsten auftischte und ich verstand, was er vorhatte. Er schindete Zeit und er hielt Infos zurück. Das merkte aber auch Mac Mason.

»Junge, halt mich nicht zum Narren. Sagt mir einfach eure Namen, sonst knallt es hier gleich!«, sagte er wütend und ich durfte zusehen, wie er mit jeder Sekunde mehr die Selbstbeherrschung verlor.

»Wussten Sie, eigentlich bin ich ja schon ziemlich lange erwachsen, deswegen finde ich es schon komisch, dass Sie mich Junge nennen, aber wenn Sie doch sowieso schon eine Bezeichnung für mich haben, warum sollte ich Ihnen dann meinen Namen nennen?«, überlegte Joe laut. Es machte ihm richtig Spaß, Mac Mason zur

Weißglut zu treiben, aber mit Glut konnte Joe schon immer gut umgehen.

»Was ist mit dir, Kleine. Wie heißt du?«, fragte er und ich erstarrte. Jetzt musste ich mir irgendwas ausdenken, aber ich war lange nicht so geübt im verhört werden, wie Joe: »Hab Ihnen doch schon gesagt, dass ich mich nicht dran erinnere?«, meine Stimme zitterte leicht und er schien das zu merken. Er rückte näher an mich heran und kam mit seinem Gesicht so nah an meines, dass ich seinen Atem auf meinem Gesicht spürte.

»Ganz sicher?«, schnaubte er wütend und ich musste all meinen Mut zusammennehmen, um zu sagen: »Todsicher«. Plötzlich legt sich seine Hand um meinen Hals und würgte mich. Ich bekam keine Luft mehr und Joe rief so was wie – Sie Arschloch – oder so, aber ich konnte nichts anderes hören als Mac Masons Worte: »Wiederhole das!«, und ich meinte erneut: »Todsicher«, was unendlich schmerzte. Er packte noch fester zu und zerdrückte mir beinahe die Luftröhre. Die Hunter um uns herum schnappten sogar nach Luft und Mac Mason fragte, brüllte mir die Frage eher entgegen: »Wie ist dein Name, Kleine?«. Ich wollte ihn anspucken und ihn sogar umbringen, aber ich bekam kaum Luft und fühlte mich wieder wie Unterwasser und knickte ein: »Florence Grayson«, krächzte ich. Er funkelte zufrieden mit den Augen und fragte erneut, obwohl ich wusste, er hatte mich verstanden: »Wie?«. Ich krächzte lauter: »Florence Grayson«, und hustete wie verrückt als er endlich meinen Hals losließ und mir noch kurz die Wange tätschelte.

»Braves, kleines Ding«, dann ging er wieder ins Cockpit und die Hunter um uns herum blickten alle betreten zu Boden.

»Alles okay«, fragte Joe, und wenn ich es nicht besser gewusst hätte, hätte ich behauptet, er wäre besorgt.

»Tut mir leid«, ich hatte meinen Namen verraten, ich hatte alles ruiniert, »Ich konnte nicht mehr, tut mir wirklich leid«, wiederholte ich mich.

»Schon okay. Jeder hätte geredet«, gab er zurück. Ich lachte ironisch: »Nein, du nicht«, und schüttelte den Kopf über mich selbst. Er hätte nichts gesagt, »Du hattest recht, ich wäre eine miserable Soldatin«, ergänzte ich noch. Joe sah mich verdutzt an.

»Nein wärst du nicht. Ich hatte Unrecht als ich meinte, du dürftest nicht mitkommen. Das war unfair. Ich halte zwar immer noch nicht viel davon, aber du sollst es selbst entscheiden. Mach dir dein eigenes Bild der Rebellion und entscheide selbst«, meinte er, und einen Moment lang konnte ich ihn nur verwirrt ansehen. Ich glaubte, ich hatte mich verhört.

»Ehrlich jetzt?«, fragte ich. Was war gerade passiert? »Ja, ehrlich«, erwiderte er und fügte dann noch rasch hinzu, »Aber glaub ja nicht, wir wären jetzt Freunde oder so was«. Ich musste lachen, wobei mein Hals wehtat.
»Nein, natürlich nicht«. Aber irgendwie hatte ich das Gefühl, dass wir so was Ähnliches waren, und vielleicht wären wir ja irgendwann mal Kollegen. Der Gedanke war total absurd, aber er ging mir nicht mehr aus dem Kopf. Joe und ich allein im Kampf gegen Hunter oder

gemeinsam bei der Rebellion. Ich fragte mich, ob Joe dort vielleicht mein Trainer werden würde, obwohl ich Ben eigentlich als Trainer mochte. Wahrscheinlich würden wir ja sogar in dieselbe Einheit kommen – Joe natürlich als Anführer. In diesem Moment hatte sich etwas verändert, es war, als hätte ich endlich Jonas kennengelernt, als hätte ich das erste Mal hinter die Fassade des Soldaten blicken können. Und auch wenn ich Joe lange nicht verstand, und auch nicht alles, was er tat, für guthieß, konnte ich ihn das erste Mal ansehen, ohne dabei weiche Knie und Schweißausbrüche zu bekommen, weil ich nicht länger Angst hatte, er könnte mir was tun. Das war vielleicht zu gutgläubig von mir, aber wir hatten ja bereits herausgefunden, dass ich das war.

Plötzlich hörte ich lautes Fluchen aus dem Cockpit und insgeheim hoffte ich, dass es hieß, wir würden jeden Augenblick abstürzen: »Diese kleine Ratte«. Mac Mason hatte einen ordentlichen Vorrat an Flüchen und ich würde nur zu gern einen Streit zwischen ihm und Lex mitbekommen. Er stürmte heraus und kam mit großen Schritten auf uns zu. Er hockte sich vor mich und fixierte mich wütend mit seinem Finger. Was hatte ich denn jetzt schon wieder verbrochen?

»Du, kleines Miststück«, fauchte er. »Es gibt keine Florence Grayson!«, er schleuderte einen Koffer durch den Helikopter und raufte sich die Haare, bevor er wieder zu mir kam und mein Gesicht mit seinen krummen Händen packte: »Einmal lügen, okay, aber zweimal der falsche Name, das ist gefährlich, Kleine«, warnte er zornig. »Aber«, stotterte ich, »Aber ich heiße wirklich so«. Seine Backpfeife kam schneller, als ich blinzeln konnte, und Schmerz durchzuckte meine gesamte linke Gesichtshälfte. Mir schossen Tränen in die Augen. »Haben Ihre Eltern Ihnen denn nichts beigebracht«, meinte Joe herablassend, »Man schlägt keine Mädchen, schon gar keine, die gefesselt und wehrlos sind, Mr. Oberhunter«.

Mac Mason funkelte ihn wütend an und meinte dann wieder an mich gewandt: »Also, letzte Chance. Wie heißt du, Kleine?« Mir wurde angst und bange. Nicht, weil ich log, sondern weil ich ausnahmsweise mal die Wahrheit gesagt hatte.

»Ich sagte bereits, ich heiße wirklich Florence Grayson, das muss ein Fehler im System gewesen sein«. Die nächste Backpfeife bekam ich erneut nicht mit, ich merkte nur, wie ich Blut in meinen Schoß auf die Fesseln spuckte, bevor mir alles schwarz vor Augen wurde und ich mich in mich selbst zurückzog. Zurück in eine andere Welt. In die jenseits der Realität. Das Wort Ohnmacht konnte man auch gut durch meinen Namen ersetzten – ich verkörperte sie nämlich ziemlich gut.

Welcher Name? – flüsterte eine leise Stimme.

Kapitel 20

Ich sehe zwar nichts, habe die Augen aber offen. Es ist dunkel, da, wo ich bin, und es dauert eine Weile, bis meine Augen sich daran gewöhnt haben. Ich sitze auf dem Boden und habe die Knie angezogen, umklammere meine Knie mit den Armen. Warum ist es hier so verdammt kalt?
Ich sitze auf feuchtem, hartem Steinboden und höre Tropfen von der Decke auf den Boden plätschern. Ich sitze in einer Art Zelle, einem Block nur aus Stein und Gittern. Eine schwere Eisentür versperrt mir den Ausgang und auch wenn ich es noch nicht probiert habe, sagt mir etwas, dass selbst ich sie nicht öffnen kann. Ich trage einen weißen Kittel und an meinen Armen und Beinen sind überall Wunden und ... Einstichstellen. Was mache ich hier? Wo bin ich? Was soll das?

In der Zelle hallt alles wider und sie ist sehr – wirklich sehr - spärlich möbliert. In einer Ecke steht ein Klo und direkt daneben ist ein Waschbecken. Beides ist verkalkt, daher erinnert es mich an Sutcliffe, obwohl wir da nur Eimer hatten, keine Toiletten – was ein Luxus. Aber ich sehe kein Bett, dafür wäre hier auch kein Platz. Meine Nägel sind rissig und blutig und die Zelle hat kein Fenster, also nehme ich an, es ist immer dunkel hier. An einer der Wand erkenne ich ziemlich viele Einkerbungen. Erst denke ich, es sind Risse, aber es sind Striche. Striche, die ich mit meinen Nägeln selbst in die Wand geritzt habe, und es sind ziemlich viele Striche. Es sind 473. Ich weiß natürlich nichts sicher, aber eines ist mir klar. 473 ist viel und mit großer Wahrscheinlichkeit ist das die Anzahl der Tage, die ich wohl schon hier drin hockte. Ich bin schwach und viel dünner, das erkenne ich trotz der Dunkelheit. Ich fühle mich krank, mir ist übel und alles tut weh – wirklich alles.

Wo auch immer ich hier bin und was immer an diesem Ort geschieht, ich hoffe, ich würde es nie erfahren müssen. Das hier ist schlimmer als die Kolonie, in der ich war, und es ist schlimmer als der Tod, das weiß ich auch, ohne es zu sehen. Die Rückstände an diesem Ort, an meinem Körper beweisen genug, um mir dessen sicher zu sein. Noch nie bin ich so froh gewesen, die Augen zu schließen und sie zu öffnen, in dem Wissen, ich würde Mac Mason in die Augen sehen.

Mein Kopf dröhnte und meine Wange fühlte sich völlig demoliert an. Generell fühlte ich mich, als hätte man mich in einen Fleischwolf gesteckt. Die Nacht ließ den Innenraum des Helikopters fast so dunkel erscheinen wie die Zelle und für einen kurzen Moment war ich völlig desorientiert – konnte Realität nicht mehr vom Traum unterscheiden, bis Joe sich erkundigte: »Alles okay?« Entweder es schwang Besorgnis in seiner Stimme mit oder Mac Mason hatte so hart zugeschlagen, dass meine Sinne mir Streiche spielten.
»Der Schlag hat gesessen, was?«, fragte ich möglichst gelassen, um meine aufsteigende Panik zu unterdrücken. Ich stöhnte auf vor Schmerzen, als ich mich wieder richtig hinsetzte, um nicht länger wie ein zertrampelter

Köter auf dem harten Boden zu liegen. Die Handfesseln schnitten mir zusätzlich in meine Handgelenke und ich glaubte, meinen Hals ausgerenkt zu haben. Das waren alles unschöne Dinge, die den Tag und die voranschreitende Nacht nicht verbesserten.

»Wo ist Mac Mason denn?«, fragte ich verwundert. Wie feige – erst schlagen und dann verschwinden.

»Ach, der Schwachkopf heißt also Mac Mason«, sagte Joe mit einer gewissen Genugtuung, die mich ausnahmsweise Mal nicht reizte, da sie nicht mir galt.

»Der hat sich verkrochen, nachdem er ein paar geschockte Blicke seiner Kollegen abbekommen hatte«, erklärte er.

»Ja, das leuchtet ein«, ich rieb mir den Kopf.

»Eine Frage. Du heißt Florence, oder?« Da schwang deutliches Misstrauen in seiner Stimme mit, aber konnte ich ihm das verübeln? Er hatte ja so oder so seine Zweifel, was mich betraf.

»Ja, mein Name ist Florence Grayson. Keine Ahnung, warum ich nicht im System drin bin.« Ich zermarterte mir selbst den Kopf darüber.

Es gibt keine Florence Grayson – hatte er gesagt. Aber mich gab es doch? Warum mussten andauernd immer mehr Fragen hinzukommen, deren Antworten ich beim besten Willen nicht kannte? Reichten die Fragen, die ich bis jetzt hatte, etwa nicht oder war das die Art des Universums, mich für irgendetwas zu bestrafen. Wenn ja, würde ich gerne wissen für was und wenn nein, dann wäre es schön, mir die Fragen zu ersparen.

Meinen heimlichen Hilferuf hatte niemand gehört, es hatte zumindest niemand geantwortet. Stattdessen stellte ich mir eine Frage nach der nächsten, während Mac Mason wieder aus dem Cockpit gestürmt kam. Er lief im Abteil hin und her und machte mich nervös, er dachte fieberhaft über irgendetwas nach.

»Also, wenn ihr eure Namen ja alle nicht kennt«, begann er voller Ironie in der Stimme, »dann sagt mir wenigstens, wo ihr Kids hinwollt. Und erspare mir das mit deiner Grandma, Junge«. Wo wir hinwollten, da hatte ich eine gute Lüge, die ausnahmsweise funktionieren könnte.
»Ich will nach New Oltsen«, fing ich an, und auch wenn Joe versuchte zu wirken, als wüsste er das natürlich, sah ich die Verwunderung in seinen Augen. Halbwahrheiten sind keine direkten Lügen und sie sind glaubhafter als eine Lüge.
»Ich habe da vor der Kolonie gelebt und ich würde gerne wieder zurück«, beendete ich schließlich meine Ausführung.
»Wie süß, die Kleine will zurück zu Mommy und Daddy nach Hause«, sagte er viel höher als für einen Mann typisch. Er verhöhnte mich, das ärgerte mich.
»Meine Eltern sind tot, ich werde sie also nicht dort antreffen«, gab ich so giftig wie nur möglich zurück. Sollte er mich doch einfach ein drittes Mal schlagen, dann musste ich mir das alles hier nicht länger anhören.
»Na ja, wie auch immer. Und du, Junge. Wohin willst du«, fragte er gelangweilt. »Ich gehe mit ihr«, sagte Joe völlig gelangweilt, als wäre es das Selbstverständlichste

auf der Welt. Ich hätte laut loslachen können – als würde Joe mir je freiwillig irgendwohin folgen. Mac Mason zog nachdenklich die Augenbrauen zusammen und legte die Stirn in Falten.

»Ich dachte, du wärst mit dem Jungen von letztem Mal zusammen, Kleines.« Sein Gesicht umspielte ein diabolisches Lächeln. Ich schnaubte wütend: »Ich habe Ihnen doch schon gesagt, ich bin mit niemandem zusammen. Das hat sich nicht geändert«, meinte ich wütend. Allein die Vorstellung, mit Jonas zusammen zu sein, fühlte sich an wie Betrug. Joe war durchaus attraktiv – er hatte dicke, längere, schwarze Locken, die ihm nun ins Gesicht hingen, und er hatte ein ziemlich kantiges Gesicht und war muskulös - aber er war erstens über zehn Jahre älter als ich, auch wenn er erst aussah wie achtzehn, und er war nicht mein Typ, hinzu kam noch, dass er mit Randy zusammen war.

»Reg dich nicht so auf, ich mache doch nur Spaß«, meinte Mac Mason amüsiert, und erneut verspürte ich den Drang, ihm alle Zähne heraus zu schlagen.

»Also ihr zwei allein auf dem Weg nach New Oltsen – ah nein, ich vergaß die anderen. Ihr und die anderen auf dem Weg nach New Oltsen«, überlegte er laut, und er deutete etwas an, das ich noch nicht so recht verstand.

Komm auf den Punkt, du Vollidiot!

Joe musste schwer schlucken, als Mac Mason anfing, über die anderen zu reden und auch mir war die Erwähnung zuwider.

»Ich hoffe wirklich, ihr zwei wart nicht die Einzigen, die den Weg kannten«, fuhr er nachdenklich fort. »Was meinen Sie damit«, fragte Joe barsch. Wir waren nicht die Einzigen gewesen – er sprach in der Vergangenheit, das tat man nur, wenn jemand tot war. Ich bekam ein wirklich ungutes Gefühl, bei seiner Ausführung.

»Ich meine damit, dass ich reich sein werde, wenn ich euch zwei in Sutcliffe absetzte und euch dort versauern lasse«, beendete er seinen Gedankengang. Dieses Arschloch.

Was hattest du erwartet, Florence. Dass du sein Schoßhund werden würdest – ich bitte dich!

Sogar mein eigenes Ich machte sich nun über meine Gutgläubigkeit lustig und ich wurde das Gefühl nicht los, ich hatte es nicht anders verdient. Was hatte ich erwartet. Ich wusste, dass Mac Mason ein Hunter war, und ich wusste, dass er vorhatte, uns auszuliefern. Irgendwie verspürte ich jetzt den starken Drang, Dean neben mir sitzen zu haben. Falls ich wieder in diese Kolonie zurückmusste, war es das für mich. Die letzte Auspeitschung hatte ich überlebt, aber General Ross würde definitiv sichergehen, dass es dazu nicht mehr kommen würde oder sie würde mich extra leben lassen. Das war meine Zukunft – Feuer und Blut – hatte Brenner behauptet und ich hoffte wirklich, dass ich noch Zeit hatte, um herauszufinden, was es damit auf sich hatte. Ich wollte nie wieder zurück in die Kolonie. Eigentlich gar nicht, weil ich befürchtete, dort zu sterben, sondern vielmehr, weil ich fürchtete, dort leben zu müssen. Die CGCs waren dumm, das mochte sein, aber sie wussten, dass das Leben in der Kolonie sehr viel schlimmer war als der Tod – sie waren einer der Gründe, warum das so war.

»Sie sind ein ganz schönes Arschloch, wissen Sie das?«, meinte Joe zornig, doch er war zu schlau, um nicht zu wissen, dass wir geschlagen waren.
»Ja, der ein oder andere hat mal Ähnliches erwähnt, aber soll ich dir mal was sagen«, meinte Mac Mason durchaus amüsiert.
»Was?«, fragte Joe genervt.
»Die sitzen jetzt entweder in der Kolonie oder sind tot«, er fing an zu lachen und langsam fragte ich mich, ob der Typ nicht verrückt war.
»Dann wäre es doch langsam mal Zeit, das zu ändern, finden Sie nicht«, erwiderte Joe nun ebenfalls wieder gelassen. Als wäre das ein normales Gespräch unter Männern über Bier oder so einen Quatsch und nicht übers Töten.
»Nein finde ich nicht und jetzt entschuldigt mich, ich muss meinem Piloten kurz mitteilen, dass er endlich losfliegen kann«, meinte Mac Mason. Wir waren noch gar nicht gestartet? Ich hätte schwören können, wir wären herumgeflogen. Aber Mac Mason war wohl Meister der Täuschung. Zu schade, dass ich mich ständig täuschen ließ. Jonas schien ebenfalls überrascht und fragte ungläubig: »Wir sind noch gar nicht losgeflogen?«. Mac Mason antwortete so was wie: »Nur bei Tageslicht, Junge«, bevor er hinter den Vorhängen verschwand.

Ich hatte gar nicht gemerkt, dass die Sonne aufgegangen war und genau jetzt, bei Tagesanbruch, schliefen die Hunter, die uns eigentlich bewachen sollten, wie Kätzchen.

Joe beugte sich näher zu mir und flüsterte leise, sodass nur ich ihn hören konnte.

»Um auf deine Frage von vorhin - was ich doch jetzt, wo ich sie alle so ordentlich auspioniert habe, vorschlage – zurückzukommen: Ich schlage vor, dass wir aus diesem beschissenen Helikopter fliehen«. Nun umspielte ein Lächeln sein Gesicht und ich spürte, wie es mich ansteckte. Es war das Lächeln, das mich an Feuer erinnerte und es breitete sich aus. Mac Mason hatte uns in die Enge getrieben und wir waren in seine Falle getappt, doch auch der beste Spieler kann Schachmatt gesetzt werden – auch Wasser kann brennen, wenn man genug Öl drüber gießt.

Wir werden fliehen.

Der Fluchtplan, den Joe geschmiedet hatte, war nicht optimal und er war vielleicht auch als Selbstmordkommando zu bezeichnen, aber es war die einzige Fluchtmöglichkeit, die uns blieb, und wir mussten uns beeilen, bevor wir wirklich wieder zur Kolonie zurückflogen und die anderen weit hinter uns ließen.

Joe erklärte, dass er seine Fesseln schmelzen lassen würde. Dann müsste er einem der schlafenden Idioten die Schlüssel zu meinen Fesseln stehlen. Wir waren mit Eisenketten an den Rumpf des Helikopters gebunden.

Diese müsste er dann ebenfalls schmelzen und das möglichst schnell. Wir würden uns Waffen besorgen und wir müssten jede Sekunde damit rechnen, dass jemand wach werden würde oder noch schlimmer, dass Mac Mason aus dem Cockpit käme. Es hatte anscheinend irgendwelche Startschwierigkeiten gegeben, aber nun waren wir in der Luft und das hieß sicherlich nichts Gutes.

Es war ein riskanter Plan, aber es war der einzige. Wir würden dann jeder jeweils auf eines der Triebwerke schießen und so den Hubschrauber abstürzen lassen. Ja, wir könnten dabei sterben, aber wir mussten versuchen, den Absturz irgendwie zu überleben und dann zu fliehen. Alles war besser, als in die Kolonie zurückzukommen.

»Wie findest du den Plan«, fragte mich Joe – als würde er sich ernsthaft für meine Meinung interessieren. Ich presse meine Lippen aufeinander: »Ehrlich, ich finde ihn schrecklich.« Ich hoffte, er nahm mir das nicht übel, aber der Plan war scheiße – und tödlich.

»Ich finde ihn ausreichend«, sagte Joe und da war wieder dieses Lachen. Komisch, ich kannte Joe nun schon – wie lange? - einundzwanzig Tage? Und das war das erste Mal, dass ich das Gefühl hatte, ihn auch nur ansatzweise kennenzulernen, als wäre ich ihm gerade erst begegnet. Die Beschreibung »ausreichend« beunruhigte mich jedoch.

»Was starrst du mich so an, Mädel?«, meinte er herausfordernd. »Ich, äh ... tut mir leid.« Ich wandte den Blick beschämt ab.

Na toll, wie peinlich!
Joe schaute sich noch mal genau im Hubschrauber um und ging sicher, dass auch wirklich alle neun Hunter schliefen. Diese Vollidioten. Sein Blick ruhte einen Moment auf mir, als würde er überprüfen, ob ich den Plan auch wirklich durchziehen würde. Er vertraute mir nicht wirklich, ich ihm aber auch nicht. Das mussten wir jetzt ignorieren, denn wir würden nun eine Weile zusammenarbeiten müssen und dafür war Vertrauen ziemlich wichtig, das musste ich Jonas nicht sagen – er war der erfahrene Soldat, nicht ich. Ich war nur ein feiges Mädchen auf der Flucht. Und so sehr es mich auch störte, Dean hatte recht gehabt – ich wollte mich unbedingt beweisen und zeigen, dass es nicht stimmte – ich hasste mich selbst für meine Feigheit und nun konnte ich mich beweisen. Obwohl ich einerseits froh war, dass Joe - anders als Dean – egal war, ob mir was passierte oder nicht und er nicht zwanghaft versuchte, mich zu beschützen, war da dieses Stechen in meinem Magen, das ich gut kannte. Ich vermisste Dean. Das machte mir Angst, ich wusste nicht, was ich wirklich für Dean empfand, aber das Gefühl, das ich gerade empfand, war schrecklich. Ich hasste es, Leute zu vermissen.

Nachdem ich Joe tausendmal versichert hatte, dass ich nichts verbocken würde und diesen Plan genauso sehr umsetzen wollte, wie er, setzte er sich gerade hin, straffte die Schultern und sein Gesicht nahm einen konzentrierten Ausdruck an. Erst jetzt fiel mir auf, dass sich genau da, wo sich gerade eine Falte auf seiner Stirn bildete, eine kleine, fast durchsichtige Narbe verbarg und so neugierig wie ich war, wollte ich wissen, wo er sie herhatte. Es erinnerte mich an die Narbe, die ich an Deans Hals gesehen hatte, nur, dass Deans viel größer und tiefer war. Warum musste mich alles an Dean erinnern?

Konzentriere dich, Florence!

Joe schloss seine Augen. Ich fand es erstaunlich, wie gut er seine Kräfte kontrollieren konnte. Dann fiel mir wieder ein, dass er seine Kräfte schon viel länger hatte. Ich vergaß oft, dass er ja viel älter war als ich. Von ihm ging eine Hitze aus, die mich normalerweise bei jedem anderen beunruhigt hätte. Ich starrte fokussiert auf seine Fesseln und sah staunend dabei zu, wie diese zu rauchen begannen. Dann fing das Eisen langsam an zu schmelzen. Ich wollte gar nicht wissen, wie viel Grad seine Handgelenke gerade hatten. Im Rumpf des Helikopters wurde es schwül. Das flüssige Eisen tropfte auf den Boden und kühlte dort bereits wieder ab, wurde fest. Nach ein oder zwei Minuten hatte Joe sich aus seinen Fesseln befreit und nun machte er sich an die Eisenkette, die ihn am Rumpf des Helikopters befestigte. Joe packte mit seiner rechten Hand nach der Kette und sie schmolz. Obwohl das Feuer Joe selbst wenig ausmachte, verzog er vor Schmerz das Gesicht, gab aber keinen Ton von sich. Als die Kette dann ebenfalls am Boden klebte, konnte ich einen Blick auf Joes Hand werfen. Sie war blutig und es roch nach verbranntem Fleisch. Jonas hatte das Feuer verletzt, wie heiß musste das Eisen gewesen sein. Ich spürte einen Kloß in meinem Hals, sagte aber nichts – am liebsten hätte ich Mitgefühl gezeigt, aber Joe war nicht der Typ, der so was wie Mitgefühl für guthieß.

Joe stand vorsichtig auf und stützte sich dabei am Rumpf ab. Schön zu wissen, dass auch seine Knie zitterten. Dann ging er auf Zehenspitzen zu einem der schlafenden Vollidioten und tastete vorsichtig die Jacke des Hunters ab. Ich hörte ein Klimpern aus einer der Jackentaschen und wenige Sekunden später holte Joe vorsichtig einen Schlüsselbund heraus. Die Anspannung war kurz davor mich zu zerreißen, aber in diesem Moment, als Joe den Schlüsselbund in der Hand hielt, hätte ich einen Luftsprung machen können. Leise kam Joe zurück geschlichen und hockte sich neben mich. Am Schlüsselbund hingen gut zehn Schlüssel und es dauerte eine gefühlte Ewigkeit, bis Joe den richtigen erwischt hatte. Er drehte ihn in dem Schloss meiner Handfesseln um und ich sah, wie sich das Metall des Schlüsselbundes in sein Fleisch bohrte. Mit einem Klicken sprang das Schloss auf und meine wunden Handgelenke kamen darunter zum Vorschein.

Den Schlüssel zu den Ketten um meinen Bauch fand er schon nach dem dritten Versuch und nun waren wir beide befreit. Er machte sich zwar nicht die Mühe, mir auf zu helfen, brachte mir aber freundlicherweise ein Gewehr mit, sodass ich mir nicht selbst eins besorgen musste. Jetzt wäre es nur noch schön, wenn ich wüsste, wie man damit umgeht und dann noch, warum wir

unbedingt auf sie schießen mussten, konnten wir sie nicht einfach K. O. schlagen und dann das Flugzeug abstürzen lassen. Tatsächlich war Joe auf die schlaue Idee gekommen, die schlafenden Idioten vor uns zu fesseln - mit ihren eigenen Fesseln – wie ironisch. Dann nahm er allen die Waffen und die Funkgeräte ab und ich hoffte einfach nur jede Sekunde, dass Mac Mason nicht aus dem verdammten Cockpit kam. Das letzte Mal, als die Hunter mich gefangen genommen hatten, da war ich nur knapp mit Dean entkommen und ich hatte das Gefühl, dieses Mal würde es nicht anders sein, insofern wir es überhaupt schafften zu fliehen. Unser Plan war mehr Selbstmord als eine mögliche Fluchtoption.
Joe kochte immer noch vor Wut, das konnte ich sehen und ich sah auch, dass es ihm wehtat, das Gewehr zu halten, da er seine eigenen Hände verbrannt hatte. Warum hatte er mir vorher nicht gesagt, dass er sich selbst verletzen musste, um den Plan umzusetzen.

Weil er weiß, dass du dann abgelehnt hättest...

Hätte ich das wirklich? - ich wusste es nicht. Aber um hier raus zukommen würde ich vieles tun, auch mich selbst verletzten und genau das würde Joe auch. Wir öffneten ein Fenster und warfen fast alle Waffen heraus. Auf dem Boden hier lagen ein Haufen Spritzen, da Mac Mason eben einen Koffer durch die Gegend geworfen hatte, und diese warfen wir den Waffen hinterher. Langsam musste doch selbst Mac Mason misstrauisch werden und ich fragte mich, wo er blieb? Er konnte doch nicht etwa selbst eingeschlafen sein. Er wirkte auf mich nicht wie jemand, der bei einer Mission schlief. Draußen war es bereits wieder hell und wir schwebten über den Bäumen, so wie Vögel. Wenn ich nicht gefangen gewesen wäre und mir nicht schlecht vom Fliegen wäre, dann hätte ich mich sicher frei gefühlt. Ich zielte mit dem Gewehr auf die Hunter, während Joe sich daranmachte, sie einen nach dem anderen zu knebeln.

Er war gerade fertig, da schob jemand den Vorhang beiseite und Mac Mason trat aus dem Cockpit. Joes und meine Waffen schnellten in Sekunden zu Mac Mason und ich trat einen Schritt zurück, dabei stand Joe viel näher an ihm als ich. Ich wollte so viel Platz zwischen mich und dieses Arschloch bringen wie nur irgendwie möglich. Mac Mason schnaubte verächtlich und klatschte dann laut in die Hände. Die neun Hunter schreckten daraufhin alle hoch und versuchten, sich aus den Fesseln zu befreien, bis sie sahen, dass nun meine Waffe auf sie zeigte. Joe zielte weiterhin auf Mac Mason, der wie angewurzelt vor dem Vorhang stand.

»Keine Bewegung«, befahl Joe und Mac Mason lachte, als könne er nicht glauben, was gerade passierte. Als wäre das alles hier ein billiger Scherz. War es aber nicht. In Joes Augen blitzten Flammen auf. Als würde er innerlich brennen. Als brannte er vor Wut. Und diese galt Mac Mason. Erstmals war ich dankbar für Joes Anwesenheit und der, seiner Begabung. Was hätte ich nicht alles gegeben, um Mac Masons Gesichtsausdruck noch mal sehen zu können. Dieser starrte uns wütend entgegen. In mir tobte ein Gefühl von Triumph.

Hoffentlich freute ich mich nicht zu *früh*.

Kapitel 21

The shipwreck that
Her lips had sung,
Meant she never
Left at all.

It wasn´t ´til
The tide had won,
That she learnt
It could not hurt her.

It was the furthest
She had gone-
And she never went
Much further.

- - *Lang Leav*

Mac Mason wurde plötzlich wieder ernst und brüllte in Richtung seiner Leute.
»Sagt mir nicht, dass ihr neun euch nicht gegen zwei Kinder behaupten konntet«. Er funkelte wütend mit seinen Augen und dann meinte einer ganz leise und mit Furcht erfüllter Stimme: »Wir sind eingeschlafen, Sir«. Der arme blickte schnell zu Boden. Ich an seiner Stelle hätte auch Angst. Mac Mason konnte hart durchgreifen, das wusste ich ziemlich gut.

»So und was wollt ihr zwei jetzt machen?«, fragte Mac Mason wieder an uns gerichtet.

»Als Erstes wollen wir ein paar Antworten«, meinte Joe grob und befahl ihm dann, sich hinzusetzten und die Hände hochzuhalten.

»So schnell kann sich der Spieß umdrehen, was?«, erwiderte Mac Mason unberührt. Er setzte sich auf den Boden und hielt wie befohlen die Hände in die Höhe.

»Wissen Sie, so glaubwürdig Sie auch sein mögen, ich glaube Ihnen keine Sekunde, wenn Sie sagen, Sie bringen uns zurück in die Kolonie«, meinte Joe und ich starrte ihn verdutzt an.

»Seit wann weißt du es?«, fragte Mac Mason amüsiert. Joe hatte also recht, er hatte nie vor, uns nach Sutcliffe zu bringen, aber wohin sonst?

»Sie brauchen unsere Namen und Sie haben einen Haufen Zeug, dass nicht den normalen Kolonien gehört. Ich kenne die Kolonieausrüstung und die beinhaltet keine Spritzen und was auch immer das für Geschosse waren«, erklärte Joe stolz.

»Ja, wir sind auch keine normalen Leute. Wir sind im Auftrag von jemand anderem hier. Nicht für die Kolonien?«, antwortete Mac Mason. Warum war er so kooperativ?

»Im Auftrag von wem?«, fragte Joe gereizt.

»Du stellst die falschen Fragen, Junge«, erwiderte Mac Mason überheblich.

»Wohin wollten Sie uns bringen?«, meinte Joe wütend. Ich spürte, wie es wärmer im Helikopter wurde und auch wenn ich die Hunter im Auge behalten musste, wusste ich, dass die Hitze von Joe ausging.

»Zu den Kupferhöhlen. Ich wollte euch in die Kupferhöhlen bringen«, erwiderte Mac Mason. Was um alles in der Welt waren Kupferhöhlen?

»Was sind das?«, fragte Joe, der ebenfalls verwirrt schaute.

»Du stellst immer noch die falschen Fragen, Junge«, gab Mac Mason zurück und grinste höhnisch, obwohl wir diejenigen sein sollten, die hier lachten. Ich bekam langsam ein ungutes Gefühl bei der Sache.

»Was war in der Kugel, mit der ihr unseren Freund angeschossen habt. Das war kein Schwefel«, überlegte Joe. Mac Mason schüttelte den Kopf.

»Nein war es nicht. Aber ich weiß selbst nicht, was da drin war oder sehe ich für dich aus wie ein Chemiker«, er legte den Kopf schräg.

»Nein, Sie sehen aus wie ein Arschloch«, giftete ich ihn an. Nun wäre ein guter Zeitpunkt, um ihm die Zähne auszuschlagen, dachte ich.

»Ihr zwei seid echt zu bemitleiden, wisst ihr das?«, meinte Mac Mason immer noch mit seinem diabolischen Grinsen im Gesicht.

»Also haben Sie jetzt noch mehr Antworten oder war es das?«, forderte Joe ihn heraus.

»Ich bin fertig«, erwiderte Mac Mason und warf einen bösen Blick in Richtung seiner Leute.

Joe kam näher zu mir, ohne dabei die Waffe auch nur einen Zentimeter von Mac Mason abschweifen zu lassen. Er flüsterte: »Wenn ich Banane sage, dann schießt du durch das Fenster auf das Triebwerk,

verstanden?« Er sah todernst aus, aber ich hätte laut loslachen können.
»Ist dir kein besseres Wort eingefallen?«, meinte ich und die Frage war berechtigt. Wir flohen von einem Hubschrauber und ihm fiel kein besseres Wort als Banane ein?
»Nein«, sagte er zwischen zusammengebissenen Zähnen und trat dann wieder näher an Mac Mason heran.

Mein Herz hämmerte so laut, dass es sicher jeder hören konnte, meine Brust schnürte sich zu. Ich hatte Panik und wartete nur jede Sekunde auf dieses dämliche Codewort. Was, wenn ich danebenschoss oder aus Versehen jemanden hier drinnen anschoss? Mein Kopf schmerzte und die Anspannung im Raum war zum Schneiden, während Joe mit Mac Mason plauderte, als würden sie gemeinsam eine Party planen, nur war Mac Mason nicht in das anstehende Feuerwerk eingeweiht.
»Eine Frage habe ich aber noch, Mr. Oberhunter?«, meinte Joe. Mac Mason nickte: »Bin gespannt«. Joes feuriges Lachen wurde größer: »Mögen Sie Bananen?«.

Der Knall war so laut, dass er alles übertönte. Mac Mason blieb die Antwort erspart. Ich hatte geschossen. Das Fenster zersprang in Tausende Glasscherben, die nun auf den Boden regneten, und dann kam der Alarm, der aus dem Cockpit drang. Ich hatte getroffen und nun kippten wir zur Seite. Der zweite Schuss von Joe folgte wenige Sekunden, nachdem der Alarm angegangen war, und nun drehten wir uns im Kreis und der Hubschrauber machte ziemlich ungesunde Geräusche.

Es waren motorische Geräusche, eine Mischung aus Brummen, Piepen und Surren – auf jeden Fall waren sie ohrenbetäubend.

Das Gewehr stieß mir mit voller Wucht gegen die Schulter und ich schloss reflexartig die Augen und zuckte zusammen. Joe hingegen schoss, als würde er das täglich tun und er tat sich nicht schwer damit, das Triebwerk am Ende des Helikopterinnenraumes zu treffen. Aus dem Cockpit kamen Schreie und der Alarm, dann krachte der Hubschrauber ein wenig in sich zusammen und wir fielen in die Tiefe.

Wir fielen schnell und uns flogen selbst die Türen um die Ohren. Mac Mason fluchte und die gefesselten Hunter waren völlig panisch. Ich schmiss meine Waffe weg, um mich am Rumpf des Flugzeuges festzuhalten. Joe schlug Mac Mason mit seiner K. O., bevor er es mir gleichtat und sich gerade noch rechtzeitig zu mir stellte.
Der Hubschrauber raste auf den Boden zu, aber wir waren ziemlich hochgeflogen und der Sturz dauerte. Wir wurden mit jedem Zentimeter, den wir dem Boden näherkamen, schneller und schneller. Auch mein Herz raste schneller und schneller, bis ich glaubte, dass es mir jeden Augenblick aus der Brust springen musste. Wir standen direkt neben dem Eingang des Helikopters, in dem nun keine Tür mehr war, und es kostete mich Mühe, nicht vom Druck hinausgezogen zu werden. Ich hatte gehofft, wir würden die Triebwerke zerstören und wenige Sekunden später wären wir am Boden und

hätten den Absturz durch irgendein Wunder überlebt. Stattdessen kam es mir vor wie Stunden.
Wir drehten und drehten uns.
Der Alarm und die anderen Geräusche übertönten sogar meine eigenen Gedanken. Ich hätte daran denken sollen, dass ich, wenn ich starb, meine Mom und meinen Dad, Maryse und vielleicht sogar Randys Grams sehen könnte, ich wäre nicht mehr auf der Flucht und keine offizielle Staatsfeindin mehr, aber ich konnte an nichts anderes denken als an ihn – Dean. Irgendwie hatte dieser Junge sich in mein Gedächtnis gebrannt und ich bekam ihn nicht mehr aus dem Kopf. Es gab so viele Dinge, die ich ihm noch über mich erzählen wollte und so viele Dinge an ihm, die ich noch kennenlernen wollte. Ich würde nicht sagen, dass ich ihn liebte, aber ich empfand etwas für ihn und ich wollte ihm das sagen, wollte wissen, ob er so was Ähnliches empfand wie ich, bevor ich starb.

»Halt dich gut fest«, rief Joe durch das Getöse um uns herum.
»Nicht loslassen«, wiederholte er sich. Das Gleiche hätte ich ihm auch sagen können. Ich hatte nicht vor loszulassen. Würde ich loslassen, würde ich in der nächsten Sekunde durch den offenen Ausgang in die Luft gerissen werden und dann wäre ich ziemlich sicher tot, sobald ich auf dem Boden aufkam, das hatte ich nicht unbedingt vor.
»Keine Sorge, das hatte ich auch nicht vor«, rief ich zurück, doch ich bezweifelte, dass er ein einziges Wort verstand.

»Was?«, schrie er, aber ich schaffte es nicht, zu antworten und drückte mich stattdessen noch mehr an den Rumpf, um nicht den Abgang zu machen.
»Wenn wir das hier überleben«, schrie Joe, »Dann gehe ich nie wieder Holz holen«. So absurd die Situation auch war, ich brach in lautes Gelächter aus. Joe lachte nicht, er war nicht der Typ, der über seine eigenen Witze lachte – der überhaupt vor Freude lachte, aber mir machte es nichts aus, allein zu lachen. Es lenkte mich ab, so sehr, dass ich erst mitbekam, was passierte, als es schon längst zu spät war.

Ich klammerte mich an Joe und er klammerte sich an mich. Ich sah in den Helikopter und ich sah Mac Masons Lachen. Der Wind drückte mir in den Rücken, während wir nach unten flogen. Mac Mason hatte sich aufgerappelt und uns aus dem Hubschrauber gestoßen. Er konnte selbst immer noch sterben, aber die Überlebenschancen im Helikopter waren deutlich höher als ohne sämtliche Ausrüstung durch die Luft zu fallen. Die Wahrscheinlichkeit, dass Mac Mason den Absturz überlebte, standen bei fünfzig Prozent, unsere hingegen bei einem. Der Wind ließ meine Haare nach hinten fliegen. Joe und ich hielten uns aneinander fest. Wir drehten uns gemeinsam in der Luft, sodass ich nun auf den Boden sah, als wir uns ihm immer schneller und schneller näherten. Ich hatte Angst. Noch nie hatte ich so viel Angst und ich fühlte Tränen, wusste aber nicht, ob ich wirklich weinte oder ob diese vom Wind kamen, der meine Augen tränen ließ – wahrscheinlich beides.

Ich war *wütend*.
Wütend auf Mac Mason, auf diesen beschissenen Fluchtplan, auf das ganze *verdammte Universum*.

Warum konnte nicht eine Sache in meinem verdammten Leben mal nicht schiefgehen? Warum musste alles immer zerstört werden? Joe hatte recht gehabt – ich zog Gefahren an – und das Schlimmste war, ich hatte es gewusst. Ich hatte es gewusst, schon bevor ich aus Sutcliffe ausgebrochen war, hatte es gewusst, bevor ich Dean getroffen hatte, und ich hatte es gewusst, bevor ich mich auf diese Leute eingelassen hatte und bevor sie sich auf mich eingelassen hatten. Ich hatte trotzdem nichts gesagt, ich hatte sie nicht gewarnt und ich hatte nichts dagegen unternommen. Ganz einfach, weil ich feige war und weil ich wusste, sie hätten mich dann schon längst weggeschickt. Nun flog ich auf die Erdoberfläche zu und wir hatten beinahe die erste Baumkrone erreicht. Ich sollte immer noch schreckliche Angst haben, sollte winseln um mein Leben. Aber ich hatte keine Angst mehr.
Da war nur noch Wut. Wut – auf mich selbst. Und ich schloss meine Augen und tat das, was ich am besten konnte, währen Joe sich fester in meine Arme krallte und ich mich in seine - **Ich schrie**.

Ich hatte meine Augen geschlossen, aber ich musste es gar nicht sehen, um zu wissen – das war kein gewöhnlicher Schrei. Ich hörte besser, wie immer, wenn ich meine Kräfte einsetzte und ich fühlte kein einziges

Blatt, meine Arme oder Beine streifen, obwohl wir längst durch sämtliche Bäume hätten krachen müssen. Meine Wellen machten uns den Weg frei. Ich hörte, wie Joe nach Luft schnappte und spürte, wie er sich noch fester in meine Arme krallte. Kurz bevor wir auf dem Boden aufkamen, öffnete ich meine Augen wieder und sah zufrieden, wie meine Wellen den Sturz komplett abgefangen hatten. Wir kamen so sanft auf dem Boden auf, dass man meinen könnte, wir wären behutsam dort abgelegt worden. Die Bäume waren wieder völlig gerade, als ich Joe von mir herunter schob und nach oben sah, aber es fielen unzählig viele Blätter, die meine Wellen davon gewirbelt hatten, auf uns herab. Ich hörte mein Herz hämmern und wartete, bis ich das Rauschen jedes einzelnen Blattes nicht länger hören konnte und meine Kräfte sich wieder hinter die Mauer zurückzogen. Ich kontrollierte sie, zwang sie sich zurückzuziehen und nicht alles um mich herum zu zerstören – und es funktionierte.

Es war beruhigend, nicht mehr – **krank** – zu sein, oder wie auch immer man meine nicht vorhandene Kontrolle und die darauffolgende fünftägige Ohnmacht nennen mochte. Ich fühlte mich viel wohler, wenn ich meine Kräfte kontrollieren konnte, zumindest halbwegs, aber dank Bens Training genug, um sie nicht unkontrolliert hochkochen zu lassen.

Joe sah aus, als müsse er gleich kotzen. Ich hatte gar nicht drüber nachgedacht, was er wohl davon hielt, von meinen Wellen abgefangen zu werden. Er sollte es eigentlich für gutheißen, denn sie hatten uns gerade das Leben gerettet – wir waren aus einem Hubschrauber gestürzt. Gerade als ich über diesen Hubschrauber nachdachte, ertönte ein riesiger Knall, aber kein Schuss. Es war eine Explosion und ich sah das Feuer etwas weiter von uns entfernt. Das hätten wir im Leben nicht überlebt und die Hunter sicher auch nicht. Wir hatten sie geschlagen, obwohl Mac Mason sich seines Sieges so sicher gewesen war. Eigentlich hätte ich vor Freude einen Luftsprung machen müssen, aber es fühlte sich falsch an. In diesem Hubschrauber waren mindestens elf Leute gewesen und die waren jetzt alle tot, wegen uns. Ich fühlte mich nicht nach jubeln und würde viel lieber in Tränen ausbrechen. Joe stand einfach nur da und schaute auf seine Füße. Er wirkte fast geschockt und um ehrlich zu sein, war ich das auch. Ich war durch die Luft geflogen und auf den Boden zugerast, bevor ich mithilfe meiner Kräfte den Aufprall hatte verhindern können – ich wusste nicht einmal, dass ich so etwas konnte.

»Alles okay?«, fragte ich etwas verlegen. Ich hatte wirklich keine Ahnung, wie ich mit ihm umgehen sollte, es war viel einfacher, sauer auf Joe zu sein.
»Ja, bei dir?«, fragte er neutral.
»Auch!«, meinte ich kurz angebunden. Das war ja ein ausschlaggebendes Gespräch. Ich konnte immer noch nicht fassen, was die letzten Stunden passiert war und noch weniger konnte ich fassen, dass es Stunden waren – es kam mir eher vor wie eine einzige. Nur der Sturz dauerte eine Ewigkeit, die ich lieber vergessen würde.

Als Erstes kamen Randy, Dean und Lex angerannt und es dauerte eine Weile, bis ich verstand, was gerade passierte. Randy war ziemlich wahrscheinlich bei Joe, aber ich bekam gar nichts richtig mit, da fiel mir Dean in die Arme und drückte mich fest an sich. Erst stand ich einfach nur verwundert, schockiert und völlig desorientiert da, doch als ich merkte, dass das hier real war, erwiderte ich seine Umarmung und schlag meine Arme um ihn. Mir war egal, ob Joe und die anderen einen Blick auf uns erhaschen konnten. Ich war noch nie so erleichtert gewesen, als wäre ich die ganze Zeit blind gewesen und nun konnte ich endlich wieder klarsehen. Ich nahm den Geruch von Laub und feuchtem Gras und noch was anderem war. So hatte Deans Jacke gerochen, als ich sie das erste Mal getragen hatte, und damals war der Geruch mir völlig fremd vorgekommen, aber jetzt hätte ich ihn überall wiedererkannt.

»Geht es dir gut?«, fragte er völlig außer Atem. Wie weit waren sie denn gerannt?

»Was ist passiert. Wir haben euch überall gesucht«, seine Sätze überschlugen sich förmlich.

»Wir waren auf der Suche nach Feuerholz und dann hat Mac Mason und geschnappt und in einen Hubschrauber verfrachtet. Wir haben ihn abstürzen lassen«, versuchte ich es kurzzufassen.

»Ihr habt was?«, Dean klang völlig außer sich.
»Ihr hättet sterben können«, meinte er entsetzt.

»Sind wir aber nicht. Wir hatten keine andere Wahl«, erwiderte ich und versuchte, ihn irgendwie zu beruhigen. Sein Herz hämmerte gegen die Brust und ich legte meine Hand auf sein Herz – mehr instinktiv als geplant. Sein Herzschlag wurde gleichmäßiger und er beruhigte sich wirklich wieder, damit hatte ich gar nicht gerechnet, aber verblüfft stellte ich fest, dass es mir ähnlich ging. Ben und Ruff hatten nun auch zu uns aufgeschlossen und Dean und ich lösten uns wieder voneinander und traten verlegen von einem Fuß auf den anderen.

Ben warf uns einen verstohlenen Blick zu, er schien nicht sonderlich begeistert, aber das war mir erschreckenderweise ziemlich egal. Ich würde später mit ihm reden.

»Ihr seid was?«, rief Randy aufgebracht.

Joe hatte ihr wohl auch eine Kurzfassung unserer Gefangennahme aufgetischt.

»Wir sind aus dem Hubschrauber gestoßen worden und Florence hat unseren Sturz mit ihrem Schrei abgefangen.« Er sagte das, als wäre das eine völlig normale Begebenheit. Hätte ich die Wochen vorher nicht stundenlang mit Ben trainiert, dann hätte ich das sicher nicht gekonnt.

»Wow – das nenne ich ja mal eine aufregende Nacht«, meinte Lex stolz. »Ja, wir haben die Explosion gesehen«, meinte Ben völlig desinteressiert, als wäre ihm ziemlich egal, dass Joe und ich gerade beinahe gestorben waren. Ich wüsste zu gern, warum Ben sauer war, aber vielleicht würde er mir das ja noch selbst mitteilen.

»Wir bleiben heute erst einmal hier, ich könnte eine Pause gebrauchen«, gab Joe zu und wir schlugen das Lager auf. Dean hielt meinen Arm die ganze Zeit fest, als fürchte er, dass ich verblassen würde, wenn er losließ. Meine Handgelenke waren noch wund von den Fesseln, aber sie heilten bereits und auch mein Gesicht fühlte sich regeneriert an, trotz Mac Masons Backpfeifen.

»Willst du nicht auch schlafen?«, fragte Dean besorgt, aber trotzdem schien er gelassen und tiefenentspannt. Er war wirklich die einzige Person, die ich kannte, die ruhig und aufgebracht zugleich sein konnte, und das übertrug sich auf mich. Ich fühlte mich tatsächlich beruhigt und ich fühlte mich sicher, obwohl ich jeden Augenblick von einer neuen Gefahr ausgehen sollte.

Holz gingen Lex und Ruff holen, also eigentlich nur Lex, und Randy wich kein Stück mehr von Joes Seite. Er schien das wohl zu kennen und machte sich gar nicht erst die Mühe, ihr das auszureden. Randy war auch wirklich die Einzige, bei der er das zuließ, dachte ich, und da Dean wohl immer noch Streit mit Ben hatte, blieb er neben mir sitzen. Ben hockte sich zu Joe, also möglichst weit weg von Dean und mir. Später kamen dann Lex und Ruff zu uns. Erst dachte ich, Raffaelle würde zu Randy gehen, da er dort die meiste Zeit verbrachte, wenn wir das Lager aufschlugen, aber er kam stattdessen zu mir und setzte sich neben mich. Vielleicht hatte Lex ja recht und ich hatte einen neuen Freund gefunden. Lex verkniff sich ihren Kommentar und setzte sich neben Dean, der nun, wo ich nicht mehr so schnell wegkonnte, meinen Arm losließ. Da, wo seine Hand eben noch gewesen war, spürte ich jetzt Kälte, trotz der Jeansjacke. Mich durchfuhr ein Schaudern. Ruff blickte hoch in den Himmel und erst dachte ich, er würde die Wolken betrachten, doch dann kam mir ein anderer Gedanke.

»Bist du schon mal geflogen?«, fragte ich. Sein Kopf schnellte herum zu mir, als hätte ich ihn angeschrien und mir wurde ein wenig unbehaglich. Er schüttelte den Kopf.

»Ist auch nicht so toll, wie man glaubt«, gab ich zurück und daraufhin lächelte er mich etwas schüchtern an. Er war vielleicht etwas schwer von Begriff, aber hören konnte er und reden konnte man ebenfalls mit ihm, nur halt nicht auf die typische Weise, sondern mit etwas mehr Vorstellungskraft und ein wenig Fantasie. Im Sitzen war er genauso groß wie ich und er sah auch nicht viel jünger aus, machte eigentlich sogar einen ziemlich reifen Eindruck, dachte ich. Manchmal vergaß man die Tatsache, dass auch wenn man glaubt, dass man selbst mies dran ist, es immer andere gibt, die genauso sehr, wenn nicht sogar mehr leiden – es aber einfach nur nicht zeigten. Ruff war jung, jünger als ich, und trotzdem war er stark und weniger verletzbar als ich – da er seine Schwächen nie zeigte. Für manche wirkte seine Stummheit vielleicht wie eine Schwäche, aber ich glaubte eher, dass es seine größte Stärke war. Worte können manchmal mehr Schaden anrichten als alles andere – Ruff war nicht gefährdet, dass seine Worte Schaden anrichten würden.

Dean war neben mir eingeschlafen und Ruff und Lex schliefen ebenfalls. Ich warf einen Blick in Joes und Randys Richtung und stellte fest, dass auch sie weggenickt waren. Ben war wach und wirkte irgendwie nachdenklich. Er hatte die Stirn in Falten gelegt und schaute starr auf den Boden, als müsste er nur lang genug hinab starren, um klar im Kopf zu werden. Ich ertappte mich, wie ich ihm mehrmals neugierige Blicke zuwarf und beschloss, einfach zu ihm zu gehen, was sollte das schon schaden. Ich hatte sowieso vorgehabt, mit ihm zu reden, also warum nicht jetzt, wo alle schliefen und wir das ungestört tun konnten.

Ich stemmte mich mit meinen Armen vom Boden hoch und ging in langen, entschlossenen Schritten auf ihn zu. Entweder Ben sah mich nicht oder er ignorierte mich, zumindest schaute er mich nicht an, als ich mich neben ihn setzte. Ich fragte mich, worüber er wohl gerade nachdachte, und unglücklicherweise fielen mir gleich ein Haufen Dinge ein, über die ich mir Gedanken machen konnte. Von Maryse, bis hin zu der Tatsache, dass ich gestorben war – *ich bin tot gewesen* – und dass ich Gefühle für jemanden entwickelt hatte, den ich einundzwanzig Tage kannte, fielen mir ein Haufen Dinge zum Kopfzerbrechen ein.

»Hey«, meinte ich an ihn gerichtet und schaute in den Wald.

»Hey«, antwortete er ausdruckslos, irgendwie klang seine Stimme ganz hohl und leer gesaugt.
»Geht es dir besser«, versuchte ich ein Gespräch in Gang zu bringen.
»Ja, es geht mir gut, dir?«, seine Gegenfrage klang mehr, als hätte er sie aus Höflichkeit gestellt als aus aufrichtigem Interesse. Irgendwie wirkte Ben ... distanzierter.
»Auch gut, neben der Tatsache, dass ich gestern gestorben bin«, gab ich zurück.
Du warst drei Minuten tot – hatte Dean gesagt. Ich kam einfach nicht darüber hinweg, dass ausgerechnet Joe mich wiederbelebt hatte.
»Ja, du hast mir einen ganz schönen Schrecken eingejagt«, meinte Ben mit ein wenig mehr Emotion in der Stimme.
»Tut mir leid, deine Kräfte konnten ja schlecht ewig anhalten«, erwiderte ich aufmunternd.
»Sie hätten es aber sollen«, meinte Ben etwas enttäuscht und – wütend? Wütend auf seine Kräfte, das Gefühl kannte ich gut.
»Ben, du hast getan, was du tun konntest«, versuchte ich ihn zu überreden.
»Aber ich hätte mehr tun sollen, du hast selbst gesagt, du bist gestorben«, gab er entrüstet zurück.
»Aber das war nicht deine Schuld«, erklärte ich. Ben wollte davon nichts hören.
»Klar war es meine Schuld«, er wirkte richtig frustriert und ich verspürte den Impuls, ihn zu trösten. Er sollte gar nicht traurig oder wütend sein, er hatte mich nicht umgebracht und ich lebte.

»Ben, sieh mich an.« Er drehte sein Gesicht in meine Richtung und ich schaute in seine hellblauen Augen. Im Gegensatz zu Deans meerblauen Augen waren Bens so hell wie der klare Himmel am Tag.
»Ich habe dich auch mal verletzt, weißt du noch?«, fragte ich und musste schlucken – ich erinnerte mich noch gut an die Verletzungen, die ich ihm zugefügt hatte. Er nickte fast unmerklich und dann meinte er schon fast gut gelaunt und voll Enthusiasmus: »Also willst du damit sagen, wir sind quitt?« Er zog die Augenbrauen zusammen. Mir entfuhr ein Auflachen.

»Ja, wir sind jetzt quitt.« Nun wirkte er schon viel besser gelaunt und wurde zu dem Ben, den ich viel lieber mochte. Nicht dieser launische Trauerkloß, der wegen allem an die Decke ging, sondern der Ben, der Späße machte und lachen konnte. Ich wartete allerdings schon darauf, dass seine Stimmung sich wieder änderte und im selben Moment hörte er auf zu lachen, und wurde plötzlich ernst. Er wollte wohl doch noch ein ernstes Gespräch mit mir führen, ich hatte gehofft, das irgendwie umgehen zu können.

Falsch gedacht – da hast du dich getäuscht. Wie so oft.

Kapitel 22

»Florence?«, fragte er.

»Ja, Benjamin?«, versuchte ich die Stimmung etwas aufzulockern, aber Ben blieb ernst. Worauf lief dieses Gespräch hinaus?

»Liebst du ihn?« Die Frage traf mich völlig unvorbereitet und ich schnappte laut nach Luft. Fast hätte ich mich an meiner eigenen Spucke verschluckt.

»Wen?«, fragte ich, obwohl ich mir die Antwort bereits denken konnte.

»Dean«, gab er in einem – scharfen? - Ton zurück. Da erinnerte ich mich daran, dass die beiden mehrmals gestritten hatten.

»Das geht dich gar nichts an!«, gab ich etwas zu giftig zurück.

»Verkauf mich nicht für dumm. Ich hab gesehen, wie er dich ansieht, und du hättest ihn mal sehen müssen, als du tot warst oder als wir erfahren haben, dass du und Joe wieder von den Huntern gefasst wurdet – er ist völlig durchgedreht«, meinte er, aber er sagte das nicht, als empfände er Stolz darüber, dass sein Freund sich so sorgte, sondern tat es ab, als wäre das ein Verbrechen – ein Verbrechen sich um mich zu sorgen?

»Und was willst du damit sagen?«, fragte ich etwas eingeschnappt. Konnten die zwei nicht einfach endlich aufhören, zu streiten und sich vertragen und wieder Freunde sein?

»Nichts, darauf wollte ich auch gar nicht hinaus. Ich wollte erst wissen, ob du ihn liebst«, erklärte er, bevor er meinte, mich belehren zu müssen.

»Hör zu! Dean mag ja auf dich wie der ehrlichste und einfachste Typ im Universum wirken, aber er hat auch seine Macken – er macht auch Fehler.« Diese Art von Gespräch ging mir etwas zu weit, als wüsste ich nicht, dass Dean nicht perfekt war – verdammt niemand war perfekt.

»Ben, ich weiß, dass er Fehler macht, ich bin nicht blind. Aber du machst Fehler, ich mache das und alle anderen auf der Welt auch, worauf willst du hinaus?«, fragte ich leicht genervt.

»Ich will sagen, dass er Geheimnisse vor dir hat, Dinge, die du nicht über ihn weißt und Dinge, die er niemanden sehen lässt«, fuhr Ben mit seiner Belehrung fort.

»Du willst mir sagen, dass er ein schlechter Mensch ist, weil er Geheimnisse hat?« Ich hätte laut loslachen können, so absurd fand ich die Situation. Er hatte Geheimnisse, na und? - Wer hatte denn keine?

»Ben, jeder hat Geheimnisse, es gibt auch Dinge, die ich niemandem sage und die niemand über mich weiß, und ich bin sicher, dass du auch welche hast«, erwiderte ich ein wenig lauter als zuvor. Ben machte mich rasend, da ließ ich mich einmal auf jemanden ein und Ben redete es mir aus. Warum machte er das?

»Und, wenn du erfahren würdest, was er geheim hält. Sicher, dass du dann noch genauso für ihn empfindest?«, meinte Ben herausfordernd. Er machte mich rasend.

»*Geheimnisse ändern keine Gefühle*. Außerdem sind es nicht deine Geheimnisse, sondern Deans und du hast kein Recht, über sie zu verwalten, Benjamin.« Ich betonte seinen Namen extra scharf und er funkelte wütend mit den Augen. Er wusste aber trotzdem, dass ich richtig lag, er durfte nicht die Geheimnisse seines Freundes weitersagen, dazu hatte er kein Recht. Dean würde mir seine Geheimnisse schon selbst verraten, wenn es so weit war, und ich musste die ganze Zeit an die ganzen Sachen denken, die ich selbst vor ihm geheim hielt.

»Habt ihr deswegen Streit und sagst du mir das nur, weil du ihm eins auswischen willst?«, fragte ich entsetzt. Wie dreist von ihm, zu versuchen, meine Gefühle für Dean zu zerstreuen, nur um sich an ihm zu rächen.
»Nein, damit hat das nichts zu tun«, antwortete er zwischen zusammengebissenen Zähnen und funkelte auch nicht weniger wütend mit den Augen.
»Glaubst du wirklich, du könntest ihm alles verzeihen?«, fragte er skeptisch und ich tat mich schwer, ihm nicht ins Gesicht zu schlagen, so wütend machten mich seine Worte.
»Er wird schon seine Gründe haben, es vor mir geheim zu halten und jetzt halt dich verdammt noch mal da raus Ben«, fauchte ich ihn an.

»Wenn es dann so weit ist«, fing er an, doch ich stand bereits auf und drehte ihm den Rücken zu.
»Dann behaupte nicht, ich hätte dich nicht gewarnt, ja«, beendete er seinen Satz und ich ging in schnellen Schritten in Richtung Dean und Ruff, weg von Ben. Vor was gewarnt?

Davor, dass Dean nicht perfekt war – das wusste ich. Davor, dass es eine andere Seite an ihm gab – eine Soldatenseite, auch das wusste ich und ehrlich gesagt glaubte ich, Ben versuchte einfach nur Dean eins reinzuwürgen, warum auch immer – das machte mich wütend. So wütend, dass ich meine Kräfte gerade noch unter Kontrolle halten konnte. Das Einzige, was half, war mich wieder zwischen den schlafenden Dean und den nicht mehr schlafenden Ruff zu setzen und alle Gedanken an das vergangene Gespräch zu verdammen. Ben hatte Unrecht und er sollte sich lieber um seinen eigenen Kram kümmern und dafür sorgen, dass Lex ihn nicht aus Versehen in einer ihrer Streitereien erwürgte – ich würde es ihr nicht übel nehmen. Ich war eigentlich gar nicht so wütend auf Ben an sich, sondern mehr über seine Worte. In meinem gesamten Leben war ich noch nie verliebt gewesen – ich wusste nicht mal, ob ich es jetzt war – und genau jetzt meint Ben mich noch mehr zu verunsichern, als ich es nicht schon vorher war. Aber irgendwas sagte mir, dass egal, was Dean verheimlichte, ich würde ihm verzeihen, und zwar aus einem ganz einfachen Grund - er war der Einzige, den ich noch hatte.

Ruff schaute neugierig zu mir hoch und machte einen verwirrten Ausdruck. Er wollte wissen, warum ich wütend war - »Dein Freund Ben hat ein paar tolle Sachen gesagt«, meinte ich und versuchte, dabei meine Wut nicht an Raffaelle auszulassen. Er nickte und wirkte verständnisvoll. Ich vergaß oft, dass er viel Zeit mit Lex verbrachte, sie war ja ständig sauer wegen und auf Ben, nur wusste keiner so recht, wieso.
Er machte einen Ausdruck nach dem Motto – dann denk halt an was Schöneres – uns zeigte in den Himmel. Klar, der Himmel war zumindest schöner als der Wald.

»Hast ja recht«, erwiderte ich. Dann schauten wir gemeinsam den Wolken zu, wie sie sich vom Wind ziehen ließen. Ich wünschte, alles wäre so einfach. Ich wünschte, man könnte sich einfach im Leben treiben lassen, aber ich trieb nicht im Leben, ich ertrank darin.

Wir gingen bereits mehrere Stunden durch den Wald und niemand sagte ein Wort. Es gab einfach keine passenden Worte für das, was wir in den letzten Tagen alles gemeinsam erlebt hatten. Zudem waren alle völlig übermüdet und erschöpft, obwohl wir eine Pause gemacht hatten. Wir gingen seit einundzwanzig Tagen fast täglich mehrere Kilometer durch den Wald. Nachts froren wir oder wurden von irgendwelchen Gefahren heimgesucht. Ich hatte gefühlt ewig kein Auge mehr zugemacht. Ich war zwar fünf Tage lang ohnmächtig gewesen, aber ausruhen konnte ich mich nicht, seit wir aus der Kolonie ausgebrochen waren und seit ich meine Kräfte hatte, hatte ich auch diese schrecklichen

Albträume, die mich wachhielten und mir den Schlaf nahmen. Das Leben auf der Flucht hatte ich mir irgendwie besser vorgestellt – irgendwie freier und weniger bedrohlich.

Du hast dich eben wie immer – getäuscht.

Die Bäume standen nun nicht mehr so dicht aneinander – ein Zeichen dafür, dass wir uns langsam aus dem Wald heraus bewegten – in Richtung Städte.
Wir kamen New Wase immer näher und somit auch immer näher zu den Rebellen. Die Rebellen. Ich hatte mich noch gar nicht richtig damit auseinandergesetzt, dass ich mich ihn nun anschließen würde. Ich hatte es nicht einmal Dean gesagt. Insgeheim fragte ich mich, was für Auswirkungen das auf unsere – Beziehung? - haben würde, wenn wir gemeinsam bei den Rebellen wären. Nachdem Ben mir gesagt hatte, dass Dean ziemlich eindeutig etwas für mich empfand, verspürte ich den Drang, mit ihm zu reden – mit Dean über uns zu reden. Was auch immer wir waren und werden könnten, diese Ungewissheit, ob wir nun zusammen waren oder nicht, zerriss mich innerlich und ich hoffte, ein Gespräch würde zumindest dieses eine Problem in meinem Leben lösen. Joe und Ben unterhielten sich, aber sie gingen zu weit von mir entfernt, um etwas verstehen zu können. Dean ging ebenfalls weiter vorne zusammen mit Randy und Lex und ausnahmsweise war ich mal das Schlusslicht, gemeinsam mit Raffaelle. Vielleicht war es deswegen so ruhig, weil ich neben Ruff ging, aber ich verstand nicht, was Lex für ein Problem

mit seinem Tempo hatte, Ruff ging völlig normal – nicht zu langsam.

Ich ertappte mich, wie ich selbst mehrmals mit dem Gedanken spielte, wie es wäre, mit Dean zusammen bei den Rebellen zu sein. Wir könnten gemeinsam Zeit verbringen und wahrscheinlich kämen wir in dieselbe Einheit. Das erste Mal bestand die Möglichkeit, über eine halbwegs realistische Zukunft nachzudenken, und das erste Mal konnte ich mir erlauben, darüber nachzudenken, dass zwischen mir und Dean eine echte Beziehung entstehen könnte. Es war das erste Mal, dass ich es zulassen konnte – das erste Mal, dass ich es mir eingestehen konnte. Egal, was er empfand, das würde nichts daran ändern, was ich empfand. Und ich hatte genau das gemacht, was ich mir verboten hatte – ich hatte mich verdammt noch mal in ihn verliebt. Ich hatte mich innerhalb von drei Wochen in diesen Jungen verliebt und das Schlimmste war, ich hatte versucht, ihn von mir fernzuhalten, aber egal, was ich tat, am Ende kehrten alle Gedanken trotzdem wieder zu ihm zurück. Nun, wo ich keinen Grund mehr hatte, ihn wegzustoßen, musste ich mir auch nicht länger selbst einreden, dass ich nichts für ihn empfand und ich mich nur zu sehr nach jemandem sehnte. Es mochte stimmen, ich wollte zu jemandem gehören, aber ich wollte nicht in Dean verliebt sein und ich wollte ihn nicht ständig vermissen und ich wollte ihm auch nicht ständig heimlich Blicke zuwerfen, aber ich tat es trotzdem und ich konnte rein gar nichts dagegen unternehmen. Das war das Beste an Gefühlen – waren sie erst mal da, dann verschwanden sie nicht so schnell wieder. Ben hatte das nicht verstanden. Selbst wenn Dean schlimme Geheimnisse hatte, wollte ich es so lange leugnen, wie es ging, einfach aus dem Grund, dass ich genau wusste – die Gefühle würden bleiben. Ich würde ihn trotzdem ständig vermissen und mich nach seiner Nähe sehnen und ich würde ständig das Bedürfnis haben, bei ihm zu sein und ihm alles über mich zu erzählen. So etwas hatte ich noch nie empfunden und es machte mich nervös, aber andererseits hatte ich mich noch nie so lebendig gefühlt, wie dann, wenn ich mit Dean zusammen war – als würde mein Herz im Einklang mit seinem schlagen. Ich fürchtete, dass meines aufhören würde zu schlagen, wenn ich ihn jemals verlieren sollte.

Das alles wollte ich ihm sagen, aber was, wenn Ben sich irrte und Dean nicht so starke Gefühle empfand wie ich. Was, wenn er mich nicht liebte und es nie würde?
Aber warum hätte er mich dann küssen sollen und warum sollte er den anderen erzählen, dass zwischen uns etwas war, sobald wir bei den Rebellen waren? Konnten diese Fragen in meinem Kopf nicht endlich mal aufhören. Eine Frage überschlug sich mit der nächsten und ich bekam Kopfschmerzen von so vielen Fragen, aber ich konnte trotzdem einfach nicht aufhören, mir welche zu stellen und krampfhaft nach Antworten zu suchen.

Langsam ging die Sonne unter – wir waren schon so lange gelaufen?

Es kam mir vor, als wären wir vor einer Stunde losgezogen und der Absturz mit dem Hubschrauber wirkte wenige Minuten entfernt, als müsste ich nur meine Hand nach der Erinnerung daran ausstrecken, um sie erneut Revue passieren zu lassen. Die Bäume bekamen zunehmend mehr Abstand zueinander und wo wir eben noch quer durch den Wald gelaufen waren, liefen wir nun auf einem richtigen Weg.

Ob die Rebellen alle in einem Gebäude oder in kleinen Hütten untergebracht waren?
Möglicherweise war der Sitz der Rebellion auch unterirdisch oder es gab direkt mehrere, verteilt in ganz Wase. Es konnte überall und alles Mögliche sein, aber genauso gut konnten auch die CGCs organisiert sein und ich fürchtete, dass sie das waren. Ich wollte ihnen ganz sicher nicht in die Fänge geraten, jetzt, wo wir gerade erst die Hunter besiegt hatten. Ich wusste, um ehrlich zu sein, gar nicht, ob Mac Mason überlebt hatte und was mit dem Rest seines Gesindels war, aber wir hatten ihn erst einmal hinter uns gelassen und so schnell hoffte ich auf kein Wiedersehen, falls er überlebt hatte. Die Explosion hatte uns theoretisch das Gegenteil bewiesen, aber irgendwas in mir sträubte sich gegen den Gedanken, dass Mac Mason tot war, da er bekanntermaßen ein Überlebenskünstler war und auch kein Hubschrauberabsturz brachte ihn jetzt um. Wir hatten also die Hunter besiegt und wir waren aus der Kolonie entkommen und hatten so auch den CGCs getrotzt. Wir waren den CGCs und den Huntern

entkommen, warum fühlte ich mich dann so unwohl und irgendwie gar nicht – siegreich.

Ich wartete förmlich nur darauf, dass alles wieder zu Bruch ging, eines hatte mich mein Leben gelehrt. Auf Frieden folgt immer ein Krieg. Gerade wartete ich auf den Krieg und das hier fühlte sich an wie die Ruhe vor dem Sturm. Mir war klar, dass wir schon jetzt mehr erlebt hatten als viele in ihrem ganzen Leben, aber ich wurde einfach das Gefühl nicht los, dass da noch mehr kommen musste – dass wir noch lange nicht sicher waren. Es gab schon so lange Krieg, bereits vor meiner Geburt, und obwohl ich wusste, dass viele Menschen an den Fronten gestorben waren und Rales sehr unter dem Krieg gelitten hatte, hatte ich als Kind nie etwas vom Krieg mitbekommen. Da er nur an den Grenzen und den dortigen Fronten – gegen Nubya und gegen Coaten – wütete, war es, als gäbe es in unserem Land eigentlich gar keinen Krieg. Es wurde nie Festland angegriffen und Rales war nicht arm. Wir waren in den vergangenen tausend Jahren nicht viel weitergekommen, aber wir hatten Geld und genügend Ressourcen, sodass man hätte meinen können, diesen Krieg führte ein völlig anderes Land. Nubya und Coaten hingegen hatten nicht so viel Geld und wären viel ärmer dran gewesen, wenn sie nicht der O.F.E.A.P. angehören würden. Die O.F.E.A.P. hatte im Laufe der Jahre immer mehr Geld heimlich vom Staat mitgehen lassen und so andere Länder dafür bezahlt, sie im Krieg zu unterstützen. Damals war natürlich noch lange nicht öffentlich, dass die O.F.E.A.P. eigentlich nur aus Deseasern oder eher

Sacrianern – ich bin sicher, sie nahmen den Namen, den der Staat uns gab, nicht dankend an – bestand, und somit der gesamte Krieg aus einem völlig anderen Grunde eröffnet worden war. Früher glaubten die Leute, die O.F.E.A.P. wäre mit der Art, wie dieses Land regiert wurde, nicht zufrieden. Deswegen bekamen sie auch einige Anhänger, aber nun hat sich schließlich herausgestellt, dass sie einfach nur Rache an den Menschen üben wollten – an sich war dieser Krieg ein Rassenkonflikt. Viele Kriege entstanden aus einfachen Rassenkonflikten, da sich eine Gruppe über die andere stellte und es so Wertunterschiede gab, was die gesellschaftliche Stellung anging. Die Leute wurden dann wütend, da sie als weniger wertvoll als andere eingestuft wurden und fingen an zu kämpfen. Die andere Seite wehrte sich und es entstand ein Krieg. Es entstand dieser Krieg und obwohl ich damals kaum mitbekommen hatte, dass wir Krieg führten, war ich mir dessen nun deutlicher bewusst als je zuvor.

Ich war mitten in diesem Krieg drin und das nur, weil ich Deseaserin war und die Leute, die Krieg mit Rales führten, das zufälligerweise auch waren. Ich fand es immer noch ungerecht, alle von uns zu bestrafen, für etwas, dass eine komplett andere Organisation getan hatte. Wenn die O.F.E.A.P. aus Menschen bestehen würde, säßen dann Menschenkinder in diesen Kolonien – ich war mir sicher, dass das nicht passiert wäre, aus dem einfachen Grund, dass der Präsident ein Mensch war. Er beschützte die Leute aus seinen eigenen Reihen und steckte uns in Kolonien mit der Ausrede, wir wären alle tödlichen Waffen, geschmiedet von der O.F.E.A.P. Und das Allerschlimmste war, dass die Leute ihm glaubten. Sie glaubten ihm, dass wir alle lebensgefährlich waren. Das Wort eines Mannes gegen alle Deseaser und letzten Endes zählte nur seines. Das nannte er eine Demokratie, eine Person, die sich einfach über die Hilferufe Tausender stellte und Lügen über sie verbreitete, um seine Entscheidung rechtfertigen zu können. Der Präsident war einfach nur egoistisch und nutzte seine Macht aus – er nannte sich Präsident und verhielt sich wie ein König.

Ich war völlig in Gedanken versunken gewesen und hatte weder mitbekommen, dass es Nacht geworden war, noch, dass wir uns auf eine Lichtung zubewegten, auf der ein Bauernhof stand – was hieß, dass wir den Städten näherkamen – und Ruff, der eigentlich selbst immer völlig woanders mit seinen Gedanken war, holte mich zurück in die Realität, in dem er an meinem Arm zog.

»Danke«, meinte ich verlegen. Ich hätte mich besser konzentrieren sollen, denn auch wenn der Bauernhof verlassen aussah und es stockdunkel war, da bereits die Nacht angebrochen war, konnte hier überall etwas lauern. Ich war vielleicht zu paranoid, aber ich war lieber zu paranoid als zu leichtsinnig.

Leichtsinn ist lebensgefährlich.

Kapitel 23

Der Bauernhof war eingezäunt und wir kletterten unter dem Zaun hindurch und bewegten uns auf das Haus zu. Es war ein großes Holzhaus, das rot angestrichen worden war und dreckige Fenster hatte, durch welche man kaum hindurchsehen konnte. Wir gingen über eine Weide. Neben dem Haus sah ich nun eine Scheune, die ebenfalls rot gestrichen war und ein großes Eisentor hatte, das jedoch mit einem Hängeschloss abgeschlossen war.

»Vielleicht gibt es in dem Haus ja noch Vorräte und wir könnten dort übernachten«, überlegte Dean laut. Ruff und ich hatten auch endlich aufgeschlossen und nun standen wir alle mitten auf der Weide und starrten auf das Haus.
»Ach, echt, du Schönling. Auf die Idee wäre ich gar nicht gekommen«, neckte Lex, aber Dean war nicht Ben und lachte herzhaft darüber, anstatt an die Decke zu gehen. Er nahm es gelassen und wartete auf die Reaktion von Joe, während er Ben einen tödlichen Blick zuwarf. Am liebsten hätte ich geschrien – *Jungs, vertragt euch!*
Aber das hier war nichts, in das ich mich einzumischen hatte, es ging mich nichts an.

»Das Haus sieht leer aus, lasst uns das ändern«, meinte Joe und lud uns so in das Haus ein. Wir schlichen uns an, obwohl es verlassen aussah, einfach aus Sicherheitsgründen – dann hätten wir das Schloss eigentlich aufbrechen müssen, aber ich konnte dem auf die Sprünge helfen. Meine Schallwellen öffneten das Schloss problemlos, auch wenn es schmerzte, die Kontrolle zu behalten, da meine Kräfte hinauswollten, ich das aber nicht zuließ und meine Kiefer aufeinanderdrückte, um den Schmerz besser zu unterdrücken. Zuerst hörte ich alles durcheinander, das Rauschen des Windes, das Gras, das unter unseren Füßen brach, die Herzschläge der anderen. Doch dann fokussierte ich mich auf die Wellen – den Schall – und ließ das Schloss zerspringen wie ein Glas, das man auf den Boden warf. Es funktionierte, doch es kostete mich immer noch Kraft, danach nicht das gesamte Haus wie Glas zerspringen zu lassen – es kostete mich Kraft nicht alles um mich herum zu zerstören.

Es wäre so einfach, das zuzulassen – einfach loszulassen und mich diesem Gefühl der Macht hinzugeben, aber es gab etwas, das mir half, es nicht zu tun. Ich hatte vielleicht ein wenig gelogen, als ich meinte, ich kann meine Kräfte am besten kontrollieren, wenn ich an schöne Erinnerungen mit meinen Eltern dachte – es stimmte teilweise, das half wirklich, aber insgeheim dachte ich nicht an sie, sondern an ihn – an Dean.

Es half mir, meine Kräfte zu kontrollieren, wenn ich an ihn dachte, ich wusste nicht einmal, wieso, aber er linderte den Drang, alles zu zerstören. Er weckte sogar den Wunsch in mir, etwas zu erschaffen, etwas Gutes zu tun – das einzige Problem an der Sache, ich konnte nichts erschaffen, aber so fiel es mir wenigstens leichter, nicht alles zu zerstören. Hätte ich nur solche Kräfte wie Randy oder Ben, hätte ich Dinge erschaffen können. Und Joe hatte zwar eher *zerstörerische Kräfte*, aber solch eine Kontrolle über sie, dass er kaum eine Gefahr für irgendwen darstellte – nur befeindet sollte man mit ihm nicht sein.

Was mich am meisten störte, war, dass meine Kräfte etwas waren, das ich nichts anderem zuschieben konnte. Diese Kräfte konnte ich nicht den Kolonien zuschreiben und auch nicht dem Staat, wahrscheinlich nicht einmal meinen Eltern in die Schuhe schieben – sie waren einfach da und daran konnte ich weder etwas ändern, noch konnte ich ändern, wer ich dank ihnen geworden war – ein gefährliches **Monster**.

Das Haus war viel zu sauber dafür, dass es so verlassen aussah. Wir gingen einer nach dem anderen durch die von mir aufgebrochene Haustür. Meine Kräfte waren wieder hinter ihrer Mauer und ich ging den anderen hinterher. Die Wände waren weiß gestrichen und im Flur stand ein brauner Holzschrank mit Geschirr drinnen. An der Wand hingen Harken, an denen Jacken hingen und es hingen Bilder an den Wänden. Ich erkannte nicht, was auf ihnen zu sehen war, da im Flur kein Licht brannte, aber es waren sicher Familienfotos von den Leuten, denen das Haus früher mal gehört hatte. Wir gingen durch den Flur in ein riesiges

Wohnzimmer mit Kamin und Sofa und einem riesigen Teppich auf dem Boden – wann war ich zuletzt in einem echten Wohnzimmer gewesen? Die anderen wirkten ebenfalls ziemlich angetan vom Wohnzimmer. Was würde ich alles geben, um hier schlafen zu dürfen, selbst wenn es auf dem Boden war. Hier drin war es viel wärmer als draußen und erst jetzt merkte ich, wie kalt mir gewesen war. Joe und Ben waren schon weitergegangen und gerade als wir ihnen folgen wollten, hörte ich ein Geräusch wie – das Laden eines Gewehres - und eine tiefe, schon ältere Stimme sagte ernst: »Nicht bewegen!«.

Ich blieb wie angewurzelt stehen und schaute schockiert zu Dean, der seine Augen ebenfalls schockiert geöffnet hatte. Ich hob meine Hände und drehte mich langsam um, auch wenn das gefährlich war – ich wollte dem Mann in die Augen sehen.

»Wir wollen Ihnen nichts tun«, meinte ich vorsichtig. Der Mann hatte einen Bart und trug eine Brille. Er war um die vierzig Jahre alt und stand ein wenig gebeugt, aber das Gewehr hielt er sicher und fest – er konnte mit der Waffe umgehen.
»Ihr seid welche von denen, ich erkenne die Uniformen«, giftete der Mann mich an.
»Sie meinen, wir sind Deseaser?«, erkundigte ich mich.
»Ja, genau das meinte ich«, gab er angewidert zurück.
Dann hörte ich eine Frauenstimme – eine weiche, müde Stimme.

»Marcus?«, fragte sie und nun kam eine Frau in das Wohnzimmer. Sie trug ein Nachthemd und hatte ihre braunen Haare zu einem Zopf zusammengebunden. Sie erschrak bei unserem Anblick und dem der Waffe.
»Marcus, was ist hier los? Nimm die Waffe herunter«, schrie sie, doch ihr Ehemann war da anderer Meinung.

»Das sind welche von den Terroristen Liza. Wenn es sein muss, dann knall ich sie alle ab«, er zielte immer noch auf mich und die anderen.
»Wir wussten nicht, dass hier Leute wohnen. Wir sind keine Terroristen, wir kommen aus der Kolonie und suchen nur eine Unterkunft für heute Nacht«, erklärte Randy so brav und höflich, wie sie es immer tat. Jedem wäre das Herz weich geworden bei ihren Worten, nur diesem Mann nicht.
»Ihr seid alle Terroristen, das hat der Staat selbst gesagt«, meinte er wütend und zielte nun auf Randy, die niemandem was zu Leide tun konnte.
»Der Staat lügt«, Joe kam mit erhobenen Händen aus der Küche und hinter ihm folgte Ben, beide stellten sich zu uns ins Wohnzimmer.
»Wie viele von euch sind in meinem Haus?«, fragte der Mann namens Marcus entsetzt.
»Nur wir«, erklärte Joe und fügte hinzu: »Meine Freundin hat recht, wir wollen Ihnen nichts tun. Wir suchen nach etwas zu essen und einem Schlafplatz, mehr nicht«, er wirkte so unschuldig, wie Jonas eben konnte, aber Marcus überzeugte nichts. Da wurde mir klar – es war egal, was wir sagten, er würde seine Meinung im Leben nicht ändern.

»Marcus, hör auf damit. Das sind Kinder«, rief seine Frau, sie mochte ich schon deutlich mehr.
»Glaub denen kein Wort, Liza – die lügen doch alle«.

Dean sagte nun auch endlich mal etwas, aber er sah schrecklich erschöpft aus und seine Augen wirkten ganz glasig und irgendwie – weiß. Sicher war er völlig erschöpft und da erinnerte ich mich daran, dass er ja gar keine Kräfte besaß und Marcus trotzdem mit der Waffe auf ihn zielte. Wie er sich fühlen musste – ein Leben lang bestraft für etwas, das er gar nicht war. Er war kein Deseaser, er hatte lediglich sacrianisches Blut, mehr nicht.
»Hören Sie zu, Marcus, richtig?«, fing er an und Marcus nickte, »Wir sind seit Wochen unterwegs, ohne Schlaf, ohne Essen und wir wollen nur bis morgen hierbleiben. Wir haben nicht vor Ihnen oder Ihrer Familie etwas zu tun. Bitte – nehmen sie die Waffe herunter.« Erst dachte ich, Marcus würde nun einen weiteren Grund finden, uns nicht zu glauben, aber Dean hatte wohl einen wunden Punkt gefunden, denn Marcus ließ die Waffe sinken und legte sie auf den Boden. Wir alle schauten ihn gebannt an, bis auf Joe, der sah mit einem Ausdruck, den ich nicht recht deuten konnte, zu Dean – eine Mischung aus *Furcht?* - und Erstaunen.
»Danke, und jetzt würde ich Sie gerne bitten, uns hier übernachten zu lassen, nur für diese Nacht. Ich verspreche Ihnen, dass wir keine Terroristen sind und wir nicht gefährlich sind«, fügte Dean hinzu. Marcus schaute zu seiner Frau, die ihm ein trauriges Lächeln zuwarf. Sie war nett und sie war hilfsbereit, aber dass

Marcus das war, bezweifelte ich. Er erwiderte ernst, aber deutlich kooperativer als zuvor: »Eine Nacht, morgen Abend seid ihr weg, verstanden«.
Er ließ uns tatsächlich bleiben.
»Verstanden«, meinte Joe an Deans Stelle, denn der sah aus, als würde er gleich umkippen. Aber seine Augen sahen nun wieder besser aus, vielleicht hatte ich mir das eben auch nur eingebildet, schließlich war immer noch das Licht ausgeschaltet. Ich ging zu ihm und fragte: »Alles okay?« Er nickte nur schwach und warf mir ein fast – entschuldigendes? - Lächeln zu.

»Hey, erzähl. Was ist los?«, flüsterte ich ihm zu, doch er erwiderte nur: »Wir reden später drüber, ja«. Es wirkte, als würde ihm jedes Wort, das er zu mir sagte, Schmerzen bereiten. Als würde ich ihn an irgendetwas erinnern, das er unbedingt verdrängen wollte – als würde er etwas bereuen und das versetzte mir einen Stich. Ich konnte mir schon denken, was er bereute – den Kuss.

Am liebsten hätte ich mich selbst geschlagen, dafür, dass ich so naiv gewesen war zu glauben, er könnte je wirklich etwas für mich empfinden. Er hatte mich geküsst, als Ben gerade im Sterben lag, und danach hatte er mich zwar die ganze Nacht im Arm gehalten, aber das hatte er sicher alles nur gemacht, um sich abzulenken. Ich war so dumm. Ich wandte den Blick ab und ging wortlos zu Ruff, ich wollte jetzt mit niemandem reden. Liza – die Frau, die hier wohnte, wirkte schon fast froh darüber, Gäste zu haben, und sie

hatte ihren Mann geküsst und ihm schnellsten die Waffe vor den Füßen weggeschnappt.
Sie machte das Licht im Wohnzimmer an und meinte: »Einer kann in der Küche, zwei auf der Couch, zwei im Gästezimmer und zwei in der Scheune schlafen. Ich bringe euch gleich noch Decken«. Die mussten ein ganz schön riesiges Haus haben, dachte ich, und dann fiel mir auf, dass wir nun ein Zimmer brauchten und ich mir ein Zimmer teilen sollte – am liebsten wäre ich einfach im Boden versunken. Ben war immer noch beleidigt, wegen was auch immer und Joe ignorierte alle anderen und ging bereits mit Randy zusammen aus dem Raum – sicher um sich das Gästezimmer zu sichern. Ben verzog sich in die Küche und Dean meinte an Lex gerichtet: »Florence und ich schlafen hier, du und Ruff geht in die Scheune«, ohne mich vorher überhaupt gefragt zu haben.

Eigentlich hätte ich lieber bei Lex geschlafen, aber andererseits zog ich der Scheune das Sofa vor, und so blieb ich stumm stehen und schaute auf meine Füße. Ich hörte Lex fluchen.

»Warum hab´ ich immer die Arschkarte und warum muss ich immer was mit Niwo zusammen machen, ich bin doch nicht seine Mom.« Ich warf Ruff einen mitfühlenden Blick zu, aber er wirkte gar nicht verletzt, er steckte ihren Kommentar reglos weg und ging bereits wieder in den Flur.
»Lex, er wartet sicher schon«, erwiderte Dean provokant. Lex schnaubte und stürmte aus dem Raum.

Nun war ich mit Dean allein in diesem riesigen Wohnzimmer und trotzdem kam es mir zu klein vor – am liebsten wäre ich Lex hinterhergerannt, aber dafür hatte ich doch zu viel Stolz. Ich trat also verlegen von einem Bein auf das andere und hörte, wie Dean gerade was sagen wollte, als Liza mit zwei Decken reinkam. Ich hätte ihr, obwohl ich sie nicht kannte, um den Hals fallen können, einfach nur, weil sie mich aus dieser beklemmenden Situation befreite.

»Also hier sind zwei Decken und ich entschuldige mich noch mal für das Verhalten meines Mannes, er ist einfach nur besorgt gewesen.« Sie hatte hellbraune Augen und war ziemlich hübsch, fand ich. Sie erinnerte mich irgendwie an meine Mom, auch wenn sie ihr gar nicht ähnlich sah. Meine Mom hatte hellblonde Haare, noch heller als meine, gehabt und blaue Augen, die ich auch gerne gehabt hätte - aber ich hatte grüne Augen - trotzdem erinnerte Liza mich an sie.

»Haben Sie Kinder, wenn ich fragen darf?«, meinte ich zu ihr.

»Ja, Charlie. Er schläft aber gerade. Wieso fragst du?«, antwortete sie.

»Einfach nur so«, meinte ich und nahm ihr die Decken ab.

»Ach, könnt ihr diese Decke noch eurem Freund in der Küche geben«, fügte sie hinzu, und auch wenn ich lieber nicht in Bens Nähe wollte, nickte ich und nahm ihr ebenfalls die dritte Decke ab.

»Gute Nacht«, sagte Liza und drehte sich in Richtung Tür zum Flur.

»Gute Nacht, Mrs.?«, erwiderte Dean.

»Baker, Mrs. Baker«, ergänzte sie und verließ dann den Raum.
Sie war viel netter als ihr Ehemann und insgeheim fragte ich mich, wie die beiden zusammenpassen konnten und dann auch noch gemeinsam ein Kind bekommen, aber man verliebte sich nicht in die Person, in die man unbedingt wollte, sondern einfach unkontrolliert – das ärgerte mich ja. Ich wollte Dean nicht in die Augen sehen müssen und ging möglichst schnell in die Küche. Ben saß auf einer Art Sitzbank, auf der es sich schlafen ließ und hatte schon das Licht ausgemacht.

»Hier, eine Decke«, meinte ich und warf sie ihm zu. Er fing sie geschickt und murmelte ein Dankeschön, bevor ich wieder aus dem Raum ging. Das hätte ich dann hinter mich gebracht. Im Wohnzimmer brannte immer noch das Licht und Dean hatte sich auf die Couch gelegt, die nun mehr aussah wie ein Doppelbett. Ganz ehrlich, ich spielte mit dem Gedanken, auf dem Boden zu schlafen. Erst küsste er mich, dann wollte er das geheim halten und Ben hatte es trotzdem rausbekommen. Nun wirkte er so, als würde er den Kuss eindeutig bereuen und trotzdem wollte er mit mir das Bett teilen, das ergab doch alles keinen Sinn?

»Warum stehst du denn da herum?«, fragte er und zog eine Augenbraue hoch. Ich warf ihn mit den Decken ab und machte das Licht aus. Nun musste ich ihm wenigstens nicht mehr ins Gesicht sehen. Ich ging zum Sofa und setze mich ans Kopfende, möglichst weit entfernt von ihm.

»Du bist sauer, oder?«, fragte er.
»Nein, wie kommst du darauf?«, wenn er wüsste, dass ich sauer war, würde er wissen wollen wieso und dann müsste ich ihm erklären, dass ich sauer war, weil ich Gefühle für ihn hatte, er diese aber ja anscheinend nicht wirklich erwiderte. Das wäre dann das peinlichste Gespräch meines Lebens – das wollte ich auf jeden Fall vermeiden. Wie konnte ich nur glauben, er würde was für mich empfinden?
»Denn ich verstehe wieso«, meinte er. Ach wirklich? Konnte er nicht endlich mal in einer Sprache reden, in der ich nicht alles erraten musste.
»Und was glaubst du wieso?«, fragte ich vielleicht doch etwas zu giftig, um ihm zu beweisen, dass ich nicht sauer war.
»Weil ich den anderen noch nichts gesagt habe«, meinte er.

Klar, sag den anderen, dass du mich geküsst hast und ich naives Ding mich in dich verliebt habe, du aber rein gar nichts davon erwiderst...

»Nein, daran liegt es nicht«, meinte ich ausweichend und versuchte, nicht allzu enttäuscht zu klingen. War es so schwer, einfach mal zu bemerken, dass ich möglicherweise etwas für ihn empfand?
»Also willst du gar nicht, dass die anderen wissen, dass wir zusammen sind?«, fragte er etwas – enttäuscht? Hatte ich mich gerade verhört?
»Wir sind zusammen?«, fragte ich schockiert. Seit wann das denn und warum wusste ich davon nichts?

»Na ja, wir haben uns geküsst, also dachte ich, du wärst damit einverstanden?«, meinte er schon fast entschuldigend.
»Ich dachte, du hättest mich einfach nur... so geküsst, nicht, weil du wirklich was für mich empfindest«, erklärte ich und tat damit genau das, was ich eigentlich vermeiden wollte – ich war dabei, ihm zu gestehen, dass ich ihn liebte.

Tu ich das, denn? Ihn lieben?

»Das dachtest du? Da kennst du mich aber schlecht?«, gab er verletzt zurück.
»Tut mir leid, ich weiß doch auch nicht, was ich denken soll?«, meinte ich, doch das schien ihn nicht zufriedenzustellen.
»Also glaubst du, ich würde dich benutzen, warst du deswegen sauer?«, fragte er mit einem Beben in seiner Stimme. Er war sauer, weil ich geglaubt hatte, er würde mich benutzen, aber warum konnte er dann nicht einfach diesen einen dämlichen Satz sagen.
»Nein, ich war sauer, weil ich mich verdammt noch mal in dich verliebt habe«, schoss ich zurück und tat genau das, was ich nicht hätte tun sollen. Ich gestand es ihm und das konnte ich nun nie wieder zurücknehmen. Ich wartete darauf, dass er mich für meine Naivität auslachte oder sauer auf mich war, weil ich ihn falsch eingeschätzt hatte, doch stattdessen geschah weder das Eine, noch das Andere.

Er war geschockt. Ich hörte, wie er schluckte und ich hätte mich am liebsten selbst mit Marcus Gewehr erschossen, damit ich nicht länger damit leben musste, diesen Satz gesagt zu haben.
»Du liebst mich?«, fragte er verdutzt.
»Du dachtest doch schon, wir wären zusammen. Was dachtest du denn? Dass ich das alles nur vorgespielt hab?«, fragte ich – hatte er etwa ebenfalls gedacht, ich hätte ihn ausgenutzt? Wir hatten jawohl nicht dasselbe übereinander gedacht?
»Nein keine Ahnung, ich hätte nicht gedacht, dass du dich wirklich in mich verliebt hast, aber ich dachte, dass du genug für mich empfinden würdest, um mit mir zusammen zu sein… jetzt klingt das aber irgendwie unplausibel«, erwiderte er, was mich nur noch mehr verwirrte. Wie kann man eine Beziehung führen, ohne sich sicher zu sein, dass der andere dasselbe empfand wie man selbst? – Das war doch völliger Schwachsinn.
»Tja, du hast dich geirrt. Also, wenn du mir jetzt sagen willst, dass du nicht dasselbe empfindest, dann tu es einfach, dann hab´ ich es hinter mir, ja«, gab ich zurück. Das war alles so unendlich peinlich. Warum hatte ich das gesagt? Warum hatte ich nicht einfach meinen Mund gehalten oder mir eine Ausrede einfallen lassen?

Ich hatte keine Ahnung, wie jemand so schnell von der einen Bettseite zur anderen gelangen konnte, aber bevor ich mir eine weitere Frage stellen konnte, hatte Dean mein Gesicht in den Händen und drückte seine Lippen auf meine. Nun war ich völlig verwirrt. Was um Himmels willen fühlte er – was fühlte ich? Ich wusste es

nicht, aber ich wusste, dass ich das hier wollte, ich wollte ihn küssen. Er drückte mich an sich und ich vergrub meine Hände in seinen verdammt weichen Haaren. Es war mir in dem Moment egal, ob er meine Gefühle erwiderte oder nicht, und ich vergaß, warum ich sauer gewesen war und weshalb ich mich so dermaßen geschämt hatte. Das hier sollte ich nicht tun und ich sollte ihn von mir wegstoßen, das hätte ich bereits letztes Mal tun sollen – er sollte das auch tun. Aber ich konnte nicht und er wusste das, irgendwie hatte ich das Gefühl, ihm ging es genauso.
Der Kuss war viel länger als letztes Mal und es schmerzte fast, so sehr hielt er mich fest, aber es war die Art von Schmerz, die sich gut anfühlte und ich wollte nicht, dass der Schmerz aufhörte. Ich hörte sein Herz schlagen und da wusste ich, dass meine Kräfte versuchten durchzukommen, aber dieses Mal hatte ich mehr Kontrolle, dieses Mal erkannte ich die Anzeichen und ich unterdrückte den Drang und konzentrierte mich darauf, Dean zu küssen, anstatt hier alles einzureißen. Ich ersetzte den Wunsch nach dieser Macht durch das Verlangen, ihn zu küssen, und tatsächlich klappte das.

Sein Kuss wurde weicher und sanfter, nicht mehr so grob, und dann löste er sich kurz von mir und meinte: »Ich habe einen Fehler gemacht«, was ihm einen verwirrten Blick von mir einbrachte. Er konnte das zwar nicht sehen, aber er spürte wahrscheinlich meine wachsende Anspannung. Erst jetzt bemerkte ich, dass ich auf seinem Schoß saß und nicht länger an der Wand am Kopfende lehnte.

»Was denn?«, fragte ich etwas außer Atem und schluckte die aufkommende Panik herunter. Fehler im Sinne von – ich hatte dich geküsst? »Ich habe mich auch in dich verliebt«, meinte er, und er wirkte nicht weniger außer Atem. Ich legte den Kopf schräg und musterte ihn. Er hatte sich in mich verliebt? Er hatte sich in mich verliebt! Ich versuchte, nicht in seinen Augen zu ertrinken, und schaute stattdessen an die Wand, während er mich näher an sich zog und mir ins Ohr flüsterte: »Sag doch was.«

»Warum ist das ein Fehler?«, fragte ich, und man hörte deutliches Bedauern in meiner Stimme. Er sah mich traurig an und meinte dann: »Du bist noch nicht lange auf der Flucht, aber die erste Regel ist – Liebe lenkt dich ab und wenn du abgelenkt bist, dann stirbst du«, erklärte er und strich mir dann eine Haarsträhne aus dem Gesicht.
»Aber was ist mit den anderen oder Randy und Joe?«, fragte ich gekränkt. Irgendwie war ich auch wütend – warum galt diese Regel nicht für sie?
»Ich sagte nicht, dass jeder die Regel einhält, aber *ich* hatte das vor und dank dir hab´ ich sie jetzt gebrochen«, flüsterte er leise und da fiel mir ein, dass Ben nebenan schlief.
»Und was machst du jetzt?«, fragte ich leise und versuchte, dabei nicht wie ein bettelndes Kind zu klingen. »Mich bei dir entschuldigen«, meinte er. Ich schaute ihn verwirrt an.

»Für was?«, fragte ich flüsternd und er meinte ausweichend: »Das erfährst du wann anders. Bis dahin will ich dich was fragen?«, flüsterte er mir ins Ohr. Ich war froh, dass es dunkel war, denn ich fühlte auch so, dass meine Wangen glühten.

»Okay?«, erwiderte ich und versuchte, mir schon die Frage auszumalen, aber ich hatte keine Ahnung, was er von mir wollte.
»Darf ich dich küssen?«, war das sein Ernst. Er hatte mich doch bereits geküsst, außerdem saß ich auf seinem Schoß.
»Die Frage kommt ein wenig spät, findest du nicht – wo wir jetzt ja schon zusammen sind.« Er verdrehte daraufhin seine Augen und meinte mit rauer Stimme: »Hast ja recht, ich frag einfach nicht mehr«, und bevor ich irgendwas antworten konnte, legte er seine Lippen auf meine und drückte mich noch mehr an sich.
Kurz glaubte ich, dass ich träumte, doch so einen Traum hätte ich sicher nicht. Meine Träume waren meist das Gegenteil von dem hier. Aber es war fast zu schön, um real zu sein, und am liebsten hätte ich auf Pause gedrückt und wäre mein ganzes Leben an diesem Punkt geblieben. Andererseits mussten wir morgen weiterziehen und auch wenn der Gedanke, Dean die gesamte Nacht zu küssen, verlockend war, mussten wir irgendwann schlafen. Ich hatte das letzte Mal geschlafen vor – viel zu lange her.
Dean löste sich von mir und ich schnappte mir eine der Decken, die am Fußende lagen. Meine – seine – Jacke

hatte ich schon gar nicht mehr an – wann hatte ich die ausgezogen?

Ich schmiegte mich in die Decke, die viel weicher war als die Jeansjacke, die voller getrockneten Blut und Dreck war, und dann legte ich mich hin, in dem Versuch, nicht daran zu denken, dass Dean nur einen halben Meter neben mir lag. Mir war gar nicht so kalt, aber ich zitterte und obwohl ich die vergangenen drei Wochen neben Dean geschlafen hatte, war es das erste Mal, dass ich mir dessen richtig bewusst war, und es war das erste Mal, dass ich diesen halben Meter unerträglich viel fand. Wir hatten schon einmal Arm in Arm geschlafen, aber da war ich völlig durchgefroren gewesen und hatte die ganze Zeit an den sterbenden Ben denken müssen. Nun hatte ich rein gar nichts, das mich davon ablenken konnte, dass er direkt neben mir lag. Ich wollte eigentlich auch nicht schlafen, da ich mich bereits vor dem anstehenden Traum fürchtete.

Plötzlich spürte ich Wärme und etwas Schweres um meine Taille – Dean hatte einen Arm um mich gelegt und zog mich an sich in seine Arme. Sein Griff war fest, aber nicht grob. Ohne zu wissen, wieso, fühlte ich mich sicherer und ich hatte zumindest weniger Angst, mich meinen Träumen zu stellen. Ich spürte seinen heißen Atem im Nacken und schmiegte mich mit dem Rücken in seinen weichen Pullover. Ein Teil von mir sagte mir – *stoß ihn endlich weg. Du bist allein besser dran. Er hatte recht, Flüchtige überleben besser allein* – aber wie jedes Mal, wenn er in meiner Nähe war, wollte ich alles, nur nicht ihn wegstoßen. Ich konnte es gar nicht und seit heute wusste ich zumindest, dass er auch so empfand.

Ich lag also in seinen Armen, während ich einschlief und allein das gab mir genug Gründe, um für einen Moment all meine Probleme zu vergessen. Kurz bevor ich einschlief, hörte ich ihn noch Worte in mein Ohr murmeln, aber er redete wahrscheinlich bloß im Schlaf: »Es tut mir übrigens leid. Ich wollte nie, dass es so weit kommt.«

Doch dann holte mich der Schlaf und ich hatte seine Worte bereits wieder vergessen.

Kapitel 24

Ich stehe wieder auf der Lichtung und meine Mom befindet sich am anderen Ende. Ihre Haare und auch ihr Kleid wehen in Wellen im Wind. Sie sieht wunderschön aus. Ich habe mir als Kind immer gewünscht, so auszusehen wie sie. Ich wollte auch so helle Haare haben und ich wollte viel lieber hellblaue, anstatt grüne Augen, aber sie meinte daraufhin jedes Mal – »Du bist wunderschön, so wie du bist«. Sie hat mir alles gegeben, was ich mir gewünscht habe, und sie war ein guter Mensch – nein Sacrianer – gewesen. Sie hat mir zwar nie gesagt, dass auch ich eine Sacrianerin bin, und theoretisch habe ich jedes Recht, sauer auf sie zu sein, aber ich bin es nicht. Ich vermisse sie einfach nur und sie hat das alles nicht verdient. Ich will nicht hier sein und ich will sie nicht ansehen, weil ich weiß, dass sie gleich sterben wird, und ich würde sie viel lieber anders in Erinnerung behalten.

Ich will mich daran erinnern, dass sie mir morgens Pancakes gemacht hat oder dass sie mit mir Karten gespielt hat und mich jedes Mal hat gewinnen lassen. Ich will mich an sie erinnern, wie sie gelacht hat und nicht, wie sie erschossen wird und weint, aber das ist das Einzige, an das ich mich nach meinen Träumen erinnern kann. Ich träume, wie sie stirbt. Der Schuss ist laut und kommt mir sogar noch lauter vor als die Male davor. Das könnte an meinen Kräften liegen. Unter meiner Haut brodeln sie und warten nur darauf, hoch zu kochen und hier alles zu zerreißen – es kostet mich Mühe, das nicht zuzulassen.

Meine Mom geht zu Boden und ich schließe die Augen. Sekunden später, als ich sie wieder öffne, knie ich auf dem schneebedeckten Rasen und halte sie in den Armen. Der rote Blutfleck breitet sich aus und sie schaut mir in die verweinten Augen und zwingt sich zu einem traurigen Lächeln. Obwohl sie stirbt, versucht sie mich zu trösten. Ich will ihr noch so vieles sagen und ich würde gerne mit ihr über mein Leben reden, doch mir bleibt keine Zeit mehr. Ihre Augen sind glasig und ihnen entweicht immer mehr Farbe. Ich will etwas sagen, will schreien, aber ich weiß, das würde nichts ändern – kein Wort kann ändern, dass sie stirbt, und ich sitze einfach nur da und schweige. Sie spuckt Blut. Die Blutlache unter uns wird immer größer. Dann nickt sie, als würde sie sagen – ich gehe jetzt – und obwohl ich schreien sollte – »Tu es nicht, bleib bei mir!« – nicke ich zustimmend. Ich will ihr keine Schuldgefühle, sondern es so leicht wie möglich für sie machen und dafür muss ich sie nun mal gehen lassen. Ich streiche ihr die Haare aus dem Gesicht und küsse sie auf die Stirn. Als ich ihr dann wieder in die Augen sehe, schaue ich dem Tod in die Augen und mir laufen Tränen die Wangen hinab – sie ist tot.

Ich schluchze nicht oder brülle durch die Gegend, wie es eigentlich sein sollte – dazu habe ich keine Kraft. Ich sitze nur da und lasse die Tränen meine Wangen hinablaufen. Ich schließe ihre Augenlider und dann höre ich eine Stimme, die zu mir spricht. Ich blicke auf. Vor mir steht er – mein Dad. Er trägt denselben Anzug wie an dem Abend, an dem er erschossen wurde und genau da, wo ihn die Kugel getroffen hat, ist ein Blutfleck.

»Sieh, was du getan hast«, sagt er und zeigt mit seinem Zeigefinger auf die Leiche meiner Mom in meinen Armen. Er meint, ich hätte sie getötet?
»Was redest du denn da, Daddy?« Ich habe ihn ewig nicht mehr Daddy genannt, aber er wirkt auch gar nicht mehr wie mein Daddy, er wirkt wie eine völlig andere Person, die einfach nur aussieht wie er. Als sei er ein Fremder.
»Du hast sie umgebracht«, sagt er mit so viel Bitterkeit in der Stimme, dass ich ihn gar nicht wiedererkenne. Nun schluchze ich, warum glaubt er das von mir?
»Ich habe sie nicht umgebracht, bitte glaub mir doch«, ich krächze und flehe ihn an, aber seine Stimme ist leer und kalt: »Doch hast du – du hast uns beide umgebracht«.
Dann löst er sich auf und Mom in meinem Armen auch. Sie beide verschwimmen mit der Luft und treiben in ihren Strömen davon. Ich habe sie umgebracht. Ich habe sie getötet. Ich knie im Schnee und halte eine Waffe in der Hand. Meine Hand zittert und meine Hände sind voller Blut.
»Nein«, schreie ich und werfe die Waffe in den Schnee, doch das Blut – ihr Blut – klebt an meinen Händen. Was habe ich getan? Was habe ich nur getan? Ich habe sie umgebracht, ich habe meine Eltern umgebracht. Dann zieht mich jemand von hinten auf die Füße und dreht mich zu sich um. Bevor ich reagieren kann, drückt er mich an sich und ich tauche ein in Dunkelheit, bevor ich aufwache.

Ich schlug die Augen auf und erst glaubte ich, noch zu träumen, da ich auch jetzt nichts sehen konnte, doch mein Gesicht lehnte bloß gegen Deans Pullover, was mich sofort beruhigte. Ich spürte, dass sein Atem stoßweise ging, aber er schien zu schlafen. Mein Herz raste nach wie vor und mir liefen – Tränen? - die Wangen hinab. Hatte ich etwa im Schlaf geweint? Ich schmiegte mich mehr in seinen Pullover und beschränkte mich darauf, einfach nur ruhig zu atmen. Er schien immer noch zu schlafen, obwohl sein Herz zu schnell für einen einfachen Schlaf ging. Ob er wohl ebenfalls mit Albträumen zu kämpfen hatte? Ich erinnerte mich an die Narbe an seinem Hals, war aber zu müde, um weiter darüber nachzudenken. Ich versuchte, einfach wieder einzuschlafen, und tatsächlich gelang mir das, aber ich klammerte mich trotzdem an ihn, er schien es ja sowieso nicht zu bemerken. Dieses Mal war es ein traumloser Schlaf und ich schlief ruhig, bis ich von der Sonne geweckt wurde.

Die Sonne blendete mich selbst mit geschlossenen Augen und ich stöhnte gequält auf, bevor ich meine Augen öffnete und dem Tag ins Gesicht blickte. Ich lag auf der Seite und suchte das Bett nach Dean ab, aber von ihm war keine Spur auszumachen – er war verschwunden. Sofort bekam ich Panik und innerhalb weniger Sekunden stand ich auf meinen wackligen Beinen neben der Schlafcouch. Irgendwann während des Abends hatte ich meine Schuhe und meine Jeansjacke abgestreift, ohne es bemerkt zu haben, und nun lagen diese verteilt auf dem Boden, neben Deans Schuhen. Bei Tageslicht wirkte der Raum noch größer und der Teppich war viel weicher, als ich ihn in Erinnerung hatte, was aber auch daran liegen konnte, dass ich nun nur auf Socken lief. Wo war er nur? Wo war Dean? Bei dem Gedanken daran, dass Marcus, der Hausbesitzer gestern mit einer Waffe auf uns gezielt hatte, machte ich mir berechtigte Sorgen um Dean. Was, wenn Marcus ihn nun doch erschießen wollte, auch wenn ich nicht verstand, warum ich dann nicht direkt mit erschossen wurde? Darum konnte ich mir jetzt keine Gedanken machen.

Ich ging raus auf den Flur und dort kam mir Liza, die Hausbesitzerin und Frau von Marcus, entgegen. Bei Tageslicht fand ich sie sogar noch hübscher. Ihre Haare fielen ihr nun in voller Länge über die Schultern und sie trug eine Jeanshose und ein einfaches Shirt. Sie hielt Klamotten in den Händen und lächelte sofort, als sie mich in ihrem Blickfeld sah.

»Ah, ich wollte gerade zu dir. Hier sind Sachen für dich, du kannst gerne oben duschen gehen, die Jungs duschen bereits hier unten und danach kannst du in die Küche kommen«, meinte sie. Bei so viel Großzügigkeit fiel es mir fast schwer ihr zu folgen. Sie drückte mir die Klamotten in die Hand und zwinkerte mir aufmunternd zu.
»Äh, danke, Mrs. Baker«, erwiderte ich völlig überrumpelt. Ich hatte ja bereits gemerkt, dass Liza sich über Gäste gefreut hatte, aber dass sie uns sogar bei sich duschen ließ und uns ihre eigenen Anziehsachen gab, hatte ich nicht erwartet.
Ich ging in Richtung Treppe am Ende des Flurs und lief die knarzenden Treppenstufen hinauf. Die Treppe war aus Holz, so wie das meiste in diesem Haus, und an der

Wand hingen Familienbilder. Oben im Haus erstreckte sich ein weiterer Flur mit weiteren Türen und direkt die erste stand offen. Der Raum dahinter war geräumig, aber nicht so groß wie das Wohnzimmer. Die Wände waren blau gestrichen. Im Zimmer stand ein Bett mit Nachttisch, ein Schrank, eine Kommode und ein Schaukelpferd – natürlich alles aus Holz – und auf dem Boden lag ein Teppich, auf dem ein kleiner Junge saß und mit Spielzeugtraktoren spielte. Er machte die Geräusche eines Motors mit dem Mund nach und fuhr mit den Traktoren über den Teppich. Er sah aus wie die männliche Version seiner Mutter und da fiel mir ein, dass Liza erwähnt hatte, dass sie einen Sohn namens Charlie hatte. Ich drehte dem Zimmer gerade den Rücken zu, da bemerkte der kleine Junge mich.

»Wer bist du?«, fragte er neugierig. Ich drehte mich wieder zurück und sah ihm in die Augen. Seine Augen leuchteten und er wirkte aufgeregt.
»Ich heiße Florence und du?«, entgegnete ich.
»Ich bin Charlie. Bist du eine Freundin von Mommy?«, fragte er und legte nachdenklich die Stirn in Falten – nun sah er seinem Vater, Marcus, ähnlich.
»Ja, so was in der Art«, erklärte ich, da stellte er schon die nächste Frage: »Und wie lange bleibst du?«.
»Ich bin hier mit meinen Freunden, aber wir bleiben nicht mehr lange?«, meinte ich und beugte mich etwas zu ihm herunter, um mir nicht länger so riesig vorzukommen.
»Wie schade.« Er verzog sein Gesicht und seine Mundwinkel gingen nach unten, sodass ich sofort sagen

wollte, wir würden um seinen Willen noch länger bleiben, aber das ging nicht – wir hatten unser Ziel noch nicht erreicht.
»Willst du mitspielen?«, fragte Charlie und hielt mir einen der Traktoren entgegen.
»Oh, ich würde gerne, aber ich muss jetzt duschen gehen«, erwiderte ich möglichst sanft. Er hing nun da wie ein Häufchen Elend und ich bekam sofort ein schlechtes Gewissen: »Aber vielleicht habe ich nachher ja noch mal Zeit, um mit dir zu spielen, okay«, versuchte ich ihn wieder etwas aufzumuntern und tatsächlich schien das zu funktionieren. Er nickte ganz eifrig. Dann drehte ich mich um und ging wieder in den Flur. Ich nahm die nächste Tür im Gang auf der rechten Seite. Glücklicherweise hatte ich einen Glückstreffer und stand im Badezimmer.
Das Badezimmer war ebenfalls groß, es war weiß gefliest. Es gab kein Fenster, aber eine große Lampe in der Mitte des Raums und die beleuchtete genug. Ich zog die verdreckten und mit Blut beschmierten Klamotten aus und warf sie auf den Boden, bevor ich in die Dusche stieg und das Wasser aufdrehte. Das Wasser war nicht wirklich warm, aber auch nicht zu kalt. Ich genoss es, das Wasser den Dreck und das Blut von mir spülen zu lassen. Das Wasser, das in den Abfluss floss, war nicht länger klar, sondern rotbraun und ich betete, dass mein Rücken nicht vom Wasserdruck wieder aufriss und so meine Peitschenhiebe wieder freilegte - diese hatten mich anfangs genügend eingeschränkt. Ich wusch meine Haare mit Shampoo und das erste Mal seit viel zu langer Zeit konnte ich sie entknoten und

säubern. Meine Haare waren lange noch nicht glatt und rein, sondern auch nach der vierten Shampooschicht noch kaputt und borstig, aber sie fühlten sich schon deutlich besser an. In der Kolonie durften wir nur einmal pro Woche duschen und ausgenommen unsere Wanderung durch den See, in dem ich fast ertrunken war, hatte ich in den vergangenen drei Wochen nicht geduscht.

Das Wasser brannte mir in den Augen und ich erinnerte mich ungewollt wieder an den Moment, in dem ich unter Wasser war, in diesem Gang und er dann einstürzte und mich unter sich begrub. Ich bekam keine Luft mehr und musste raus aus dieser Dusche. Ich stieß die Duschtüren auf, aber ich bekam immer noch keine Luft – ich erstickte. Ich stürzte zu Boden und kauerte keuchend dort. Ich hatte eine Panikattacke, die hatte ich damals in der Kolonie oft, dann wiederholte ich immer die gleichen Worte – ich klammerte mich an Fakten.

Ich heiße Florence Grayson. Ich bin sechzehn Jahre alt. Ich lebte mal in New Oltsen. Ich lebte mal in Sutcliffe. Ich bin auf der Flucht. Meine Eltern hießen Vivianne und Davin Grayson. Meine Eltern sind tot. Ich bin Deseaserin. Ich bin Staatsfeindin. Ich sollte tot sein. Ich habe aber überlebt. Ich habe überlebt. Ich bin eine Überlebende!

Diese Worte wiederholte ich immer und immer wieder, bis ich wieder Luft bekam und mein Herzschlag sich langsam wieder beruhigte. Ich lag auf dem kalten Fliesenboden und schnappte noch keuchend nach Luft, als ich ein Klopfen von der Tür wahrnahm.

»Alles gut?«, hörte ich eine kleine, zarte Stimme fragen. Charlie.

»Ja, alles gut, ich komme gleich, ja, geh schon mal runter«, erwiderte ich so laut, dass er es auch durch die Tür hören konnte. Dann nahm ich tapsende Schrittgeräusche wahr und seufzte laut. Ich stemmte mich vom Boden hoch und kämpfte gegen den Schwindel an. Ich schaute in den Spiegel und sah in ein fahles, graues, leer gesaugtes Gesicht. Das Einzige, was lebendig an mir wirkte, waren meine leuchtend grünen Augen. Mein Haar lag mir platt am Kopf und ich band es mir zu einem Zopf zusammen. Ich zog die Sachen an, die mir Liza gegeben hatte. Es waren eine hellblaue Jeans und ein weißes Shirt. Darüber zog ich einen dunkelblauen Pullover, den Liza mir ebenfalls dazugelegt hatte. Die Hose war nicht viel zu groß, aber zu kurz und der Pullover war riesig, aber das störte mich wenig. Ich hatte andere Probleme als mein Aussehen. Jedes Mal, wenn ich in den Spiegel schaute, fragte ich mich, woran man erkannte, was ich war. Ich sah rein menschlich aus – was machte mich äußerlich zu dem Monster, das ich war. Und selbst Dean, der gar keine Kräfte hatte, wurde allein, weil er sacrianisches Blut besaß – das Blut seiner Eltern eben – für ein Monster gehalten. Was machte uns so anders, außer der Tatsache, dass wir Kräfte besaßen? – Einfach nichts. Uns teilte nichts anderes von den Menschen außer dem Alterungsprozess, Selbstheilung und außergewöhnliche Kräfte, die man entweder als Geschenk oder als Fluch betrachten konnte.

Ich persönlich betrachtete sie als **Fluch.**

Kapitel 25

Every morning
I wake up and promise:

Today I will be different,
Today I will be better.

But by the night it is all
The same and I wonder
Who corrupted who:
The world or me?

- -   *d.j.*

Nachdem ich mehrmals kläglich dabei versagt hatte, die Tür zu entriegeln, ging ich die Treppe wieder herunter, durch den Flur ins Wohnzimmer und legte dort meine alten Klamotten hin. Dann ging ich in die Küche. Als ich vergangene Nacht in die Küche gekommen war, hatte Ben auf der Sitzbank gelegen und das Licht war ausgeschaltet gewesen. Nun schien die Morgensonne durch ein Fenster am Ende des Raums und links erstreckte sich ein langer Holztisch mit Stühlen und einer Sitzbank, auf der nun Randy und Lex saßen. Auf der rechten Seite war die eigentliche Küchenarmatur. Aus dem Raum kam ein köstlicher Geruch nach gebackenem Brot und Käse und noch irgendetwas anderem. Ich inhalierte den Geruch und betrat den Raum. Lex bemerkte mich als erste und dann drehte sich Charlie, der neben seiner Mutter auf einem Stuhl saß, ebenfalls in meine Richtung um und lächelte von einem Ohr bis zum anderen.

»Na Neuling, gut geschlafen«, sie zwinkerte mir zu. Ich wusste nicht recht, wie ich ihre Bemerkung deuten sollte und musste augenblicklich an Dean denken – und dass wir uns geküsst hatten, vergangene Nacht, mehrmals. Ich nickte und lächelte in Charlies Richtung – der verwirrte Blick seiner Mutter, als Lex mich Neuling genannt hatte, war mir nicht entgangen.
Ich ging zur Sitzbank und stellte mich neben sie: »Würdest du einer armen Söldnerin den Platz neben dir gewähren«, Lex verstand wenigstens meinen Humor, rutschte zur Seite und meinte: »Nur dieses eine Mal Neuling«, bevor sie sich zwei Brötchen nahm und sie verschlang, nachdem sie irgendeine Schokoladencreme darauf geschmiert hatte.
 Wenigstens besaß sie genug Anstand, hier nicht laut zu schmatzen. Dann kamen alle Herren auf einmal herein, fast wie eine Herrenparade, dachte ich. Vorne ging Joe, dann Ben, Dean und zuletzt noch Ruff.
Joe erkundigte sich sofort nach Marcus, dem Hausbesitzer, der uns eigentlich nicht wirklich gerne hier hatte. Liza meinte, er wäre bereits arbeiten und er würde so schnell auch nicht wiederauftauchen. Schon wieder fragte ich mich, wie Liza und Marcus sich lieben konnten – eigentlich verstand ich nur nicht, wie Liza Marcus lieben konnte. Er war aus dem Haus und ließ sie

mit Charlie allein, nachts schoss er beinahe auf fremde Kinder, während sie sich um Charlie kümmerte und uns mit solcher Gastfreundschaft begrüßte, dass ich beinahe darin ertrank. Nein, übers Ertrinken dufte ich jetzt nicht nachdenken.

»Ach, die Männer haben den Weg auch endlich mal gefunden«, spottete Lex und warf einen amüsierten Blick in Richtung der Männerparade. Dean antwortete ebenfalls amüsiert, wenn nicht sogar noch mehr.
»Ja haben wir und wie schläft es sich im Heu, feine Dame.« Er funkelte sie spöttisch mit den Augen an, was sie wütend schnauben ließ und sie gab die kleine Stichelei geschlagen auf. Ein guter Krieger wusste, wann er geschlagen war, das galt wohl auch für Feixer.
»Danke für das Frühstück«, meinte Ben schmeichelnd und ignorierte wohl das Gespräch zwischen Dean und Lex, aber vielleicht ignorierte er auch einfach Dean im Ganzen und hörte ihm genauso wenig zu, wie er mit ihm sprach. Ich verstand einfach nicht, was so schlimm sein konnte, dass die beiden so zerstritten waren. Es kam mir bereits komisch vor, als Ben diese ganzen Sachen angedeutete hatte, von wegen ich sollte Dean nicht trauen und mich von ihm fernhalten. Selbst wenn er damit recht gehabt haben sollte, war es dafür jetzt zu spät – letzte Nacht waren wir uns recht nah gekommen, auch wenn wir uns nur geküsst hatten, waren da diese kleinen Worte gefallen, die etwas verändert hatten. Ich verstand immer noch nicht so recht, was in Dean vor sich ging, aber ich verstand ja nicht mal, was mit mir selbst los war, und deswegen versuchte ich, die Zweifel

endlich abzustellen und ihn nicht länger auf Abstand zu halten. Bei dem Gedanken daran, dass wir beide geglaubt hatten, dass der andere möglicherweise ja gar nichts für den anderen empfand, anstatt auf die Idee zu kommen, dass der andere tatsächlich etwas empfand, hätte ich laut loslachen können. Ich verstand nicht, was Dean an mir lag und warum er sich ausgerechnet in mich verliebt hatte, aber ich stellte es nicht infrage, es reichte mir, zu wissen, warum ich mich in ihn verliebt hatte. Ich könnte weder sagen, wann ich mich verliebt hatte, noch wann er es getan hatte, aber ich wusste in etwa, wieso. Bei Dean fühlte ich mich sicher und ich fühlte mich nicht länger ...*wertlos*.

In der Kolonie war ich jeden Tag aufs Neue damit konfrontiert worden, dass ich wertlos und einsam und verlassen war. Meine Freundin war tot, meine Familie war tot und mein eigenes Leben bedeutungslos. Ich hatte nichts, worum ich hätte kämpfen sollen – er hatte das geändert. Er hatte mir einen Grund gegeben, zu kämpfen. Plötzlich war da jemand, für den ich nicht wertlos und unbedeutend war. Durch Dean hatte ich neue Freunde gefunden. Er hat mir einen Grund zu kämpfen und einen Grund zu leben gegeben, als ich beschlossen hatte zu sterben und aufzugeben. Er war die Person, für die ich letztendlich lebte und in dem Moment, in dem mir das klar wurde, da hatte ich gewusst, dass ich mich in ihn verliebt hatte – nur wann genau das war, wusste ich nicht. Das war das Schlimme am verliebt sein, man wusste nicht, wann man sich verliebte, und ich glaubte auch nicht, dass man es kontrollieren konnte, es passierte einfach und daran ließ

sich nichts ändern. Ich hatte das Glück, dass Dean zumindest ähnlich empfand, auch wenn es mir ein Rätsel war, was er damit meinte – Ich habe einen Fehler gemacht, weil ich mich auch verliebt habe. – Ich wollte mir gar nicht vorstellen, wie es sein musste, unglücklich verliebt zu sein. Das musste eines der schlimmsten Gefühle sein, die es gab.
Dean setzte sich auf den Stuhl neben der Sitzbank und somit direkt neben mich. Ben und Joe setzten sich auf die andere Seite zu Randy. Ruff saß neben Liza, was ihn aber nicht zu stören schien, er war sicher mit seinen Gedanken bei dem leckeren Essen oder auch ganz woanders, bei ihm war das schwer zu sagen.

»Guten Appetit«, meinte Liza und Dean erwiderte höflich, höflicher als er sonst war: »Guten Appetit, Mrs. Baker«, woraufhin sie sich fast an ihrem – Kaffee? - verschluckte und schnell sagte: »Nennt mich Liza, ja«. Dean nickte und Charlie beäugte mich. Er schien mich irgendetwas fragen zu wollen, aber auch nach fünf Minuten Schweigen sagte er nichts. Er schaute dann später auf seinen vollen Teller und ich fing an, mir ebenfalls den Teller zu füllen. Der Raum war erfüllt von dem Klirren von Tellern und Besteck. Dieser andere Geruch war gekochtes Ei gewesen. Ich aß gleich drei Käsebrötchen und trank vier Gläser Orangensaft. Dann gab mir Lex noch ihr Ei, da sie wohl keine Eier vertrug, und ich schlang es hinunter, bevor sie es sich doch noch anders überlegte. An sich hatte ich möglicherweise gar nicht so viel gegessen, aber im Vergleich zu Beeren war das hier eine Menge, die mein Magen zu verdauen hatte, und ich hätte keinen Bissen mehr vertragen. Dean aß ungefähr das Doppelte von meiner Menge, aber er hatte ja auch ein ganzes Kaninchen verputzen können und auch die anderen aßen und aßen. Eine Weile hörte man nur Kaugeräusche, doch dann fing Liza ein Gespräch an.

»Also, darf ich fragen, wie ihr in die Kolonie gekommen seid – ihr seid doch aus der Kolonie?« Zu meiner Überraschung antwortete ihr Joe, obwohl er ja sonst immer so teilnahmslos und zurückhaltend war.
»Wir sind aus der Kolonie, ja. Willst du es erzählen, Ben?« Warum er das fragte, wusste ich nicht, aber am Ende spielte es auch keine große Rolle, wer die Geschichte – ihre Geschichte – erzählte.
»Wir haben uns alle auf der Flucht vor den CGCs kennengelernt – wir waren alle Streuner, Leute, die die CGCs übersehen hatten, Flüchtige – und ab da sind wir dann zusammen geflohen«, fing Ben an.
»Also habt ihr euch alle im Laufe der Flucht erst kennengelernt?«, fragte Liza, was Ben beantwortete.
»Manche kannten sich schon vorher, Joe, Miranda und ich kannten uns schon von klein auf, aber mit den Jahren haben wir dann Dean, Lex und schließlich auch Raffaelle kennengelernt. Wir sind dann zusammen geflohen, um nicht ebenfalls in die Kolonie zu kommen. Wir saßen alle im Auto und waren auf dem Weg nach Wase, um dort nach Verwandten zu suchen«, - er verschwieg, dass sie die Rebellen gesucht hatten -,
»Wir hatten alles perfekt geplant, hatten die gesamte Ausrüstung und genügend Versorgung, es hätte rein gar

nichts schiefgehen können, bis auf diesen Unfall vor uns. Vor uns auf der Fahrbahn hatte sich ein Auto überschlagen und die Polizei kam. Natürlich waren wir Zeugen und sie mussten uns befragen, sie merkten sofort, dass mit uns etwas nicht stimmte und bevor wir bemerkten, dass sie uns entlarvt hatten, ertönte die Blockwelle und wir waren machtlos gegen sie. Lex und Ruff wurden als Erstes in den Laster der gerufenen CGCs geschleppt und wir – Dean, Joe, Randy und ich – konnten irgendwie doch noch entkommen. Aber Lex und Ruff wurden in die Kolonie gebracht. Die nächsten zwei Jahre verbrachten wir dann nur noch zu viert auf der Flucht, bis auch wir letzten Endes geschnappt wurden und nach Sutcliffe kamen. So kamen wir in die Kolonie«, beendete er ihre Geschichte.
Ich hatte gar nicht gewusst, dass Lex und Ruff zwei Jahre länger in Sutcliffe gewesen waren, aber das spielte jetzt auch keine Rolle mehr. Es war auch das erste Mal, dass ich von ihrem Leben und ihrer Gefangennahme – ihrer Zeit vor Sutcliffe – etwas erfuhr.

»Und wo habt ihr dann Florence kennengelernt«, fragte Charlie neugierig. Hatte er zugehört? Er war ein ziemlich schlauer Junge, wenn er Ben hatte folgen können. Dean sah mich fragend an und ich zuckte mit den Schultern, dann meinte er an Charlie gerichtet:
»Als wir aus der Kolonie ausgebrochen sind, habe ich sie kennengelernt und den anderen vorgestellt«. Liza schien ein Licht aufzugehen und sie murmelte leise etwas vor sich hin.

»Deswegen hat sie sie Neuling genannt«, aber sie redete zu leise, sodass jemand, der nicht gerade zu ihr schaute, es nicht verstehen konnte, weshalb niemand darauf reagierte. Dean erwähnte nicht, dass ich bei unserer sogenannten *ersten Begegnung* ohnmächtig gewesen war und er mich stundenlang durch den Wald getragen hatte. Lex und Ruff waren wegen eines Unfalls in die Kolonie gekommen – aus Zufall – einfach nur, weil das Universum ihnen einen Strich durch die Rechnung gemacht hatte. Langsam hasste ich das Universum, und wenn das Universum eine Person wäre, würde ich vielleicht doch mit dem Gedanken spielen, Mörderin zu werden.

»Ihr seid wirklich beeindruckend«, meinte Liza und mir fiel die Kinnlade runter.

»Warum?«, fragte ich, bevor ich mich bremsen konnte, und Liza grinste und erklärte: »Ihr müsstet hören, was die Leute in den Nachrichten über euch sagen – die Deseaser, die aus der Hölle auf die Erde geschickt wurden, um uns zu zerstören, oder dass ihr herzlos und gewalttätig wärt, die mörderischen Kräfte mal ausgenommen«, erklärte sie.

»Warum haben Sie uns denn dann aufgenommen?«, fragte Randy voller Respekt und so höflich wie immer.

»Weil ich euch geglaubt habe. Hättet ihr uns töten wollen, warum solltet ihr euch dann die Mühe machen, leise zu sein, wo ihr doch so mächtig seid? Und als ihr meintet, ihr wärt auf der Flucht und hungrig, da musste ich an meinen Sohn denken. Wenn es ihm jemals so ginge, würde ich wollen, dass jemand das Gleiche für ihn täte. Ihr seid weder herzlos noch unhöflich oder

gewalttätig. Mein Mann, Marcus, hat das nie verstanden und ich weiß auch nicht, wie ihr ihn überreden konntet, aber ich habe dieses Gerede im Fernsehen nie abgekauft«, meinte sie, und mit jeder Sekunde wurde mir diese viel zu großzügige Frau noch sympathischer.
»Das ist wirklich mutig von Ihnen«, meinte Joe und nickte ihr respektvoll zu – das war, als würde er ihr einen Orden überreichen, ein Kopfnicken von Joe – und dann ergänzte er noch eine Bitte.
»Um eine Sache müsste ich noch bitten, Mrs. ... Liza, meine ich«. Sie schaute erst auf Charlie und dann nach draußen, als fürchte sie, dass ihr Mann jeden Augenblick hereinkommen könnte.
»Ja, um was denn?«, wollte sie wissen. Joe schaute erst zu Ben und dann zu Dean, die ihm beide jeweils zunickten. Wenigstens jetzt waren die Drei sich mal einig, das passierte schließlich selten genug.
»Könnten wir ein Auto bekommen?«, fragte er, und ich musste mich bemühen, mich nicht zu verschlucken. Ein Auto, warum war ich selbst nicht darauf gekommen? Andererseits fand ich das ein wenig dreist, wir hatten ihre Gastfreundschaft schließlich bereits zu Genüge ausgenutzt, ein Auto überschritt ein wenig die Maße, meiner Meinung nach. Liza überlegte lange, bevor sie erwiderte: »Wir haben noch einen grauen, älteren Pkw in der Scheune, der hat auch keine Quintenzeiger mehr«, – Quintenzeiger wurden von Quintenscannern, die an verschiedenen Stellen befestigt wurden, gescannt und zeigten dann an, wem das Auto gehörte, wo es sich befand und in welcher Verfassung es war. Es wurden noch ein paar mehr, eher unbedeutende Sachen

angezeigt – eine der wenigen Erfindungen, die in den letzten tausend Jahren erfolgt war. Da wir in den vergangenen Jahren so oft Krieg geführt hatten, blieb die Möglichkeit, uns weiterzuentwickeln aus, wir waren also überall theoretisch noch auf dem Stand des 25. Jahrhunderts.

»Marcus kommt in zwei Stunden wieder, da solltet ihr besser weit weg sein, ihm wird nicht gefallen, dass ihr das Auto mitnehmen wollt, auch wenn ich eurem Anliegen gerne nachgehe«, erklärte sie und Randy meinte: »Vielen Dank, wir werden Ihnen das nie vergessen«, und sie lächelte sie warm an.
»Gut, dann geh ich schon mal in die Scheune und hol den Wagen raus. Ihr könnt die Decken mitnehmen und Essen, dann könnt ihr rauskommen und losfahren«, sagte Liza und redete dann mit Charlie, welchen sie hochschickte, sich schon mal anzuziehen, da er noch seinen Pyjama trug. Bevor sie raus ging meinte Liza noch: »Ganz sicher, dass ihr durch die toten Städte fahren wollt?«

Die was? - toten Städte. Dean sah wohl meinen verwirrten Blick und meinte flüsternd: »Die Gebiete – Städte, die zerbombt wurden und nie wiederaufgebaut wurden, heißen so«, woraufhin ich schlucken musste und als Antwort nur nickte.

»Ja müssen wir. Keine Sorge Liza, wir schaffen das«, erwiderte Joe sicher und voller Gewissheit, die ich nicht wirklich teilte. Die toten Städte. Ich hatte

mitbekommen, dass Rales zerbombt worden war, aber selbst hatte ich das noch nie gesehen – ob wirklich alles zerstört war, bis jetzt sah alles völlig normal aus – selbst der Wald blühte trotz des verabschiedeten Winters.
Ich konnte mir nicht vorstellen, wie es außerhalb aussah. Wie konnte ein ganzes Land zerstört sein?

Wir standen alle auf und ich war die Einzige, die sich die Mühe machte, ihren Teller auf die Küchentheke zu stellen – womöglich einfach aus Gewohnheit, ich hatte zehneinhalb Jahre Wasch- und Küchendienst hinter mir. Dann gingen Dean und ich ins Wohnzimmer, während Ben, Ruff und Lex in der Küche blieben und Randy und Joe wieder im Flur verschwanden. Schweigend sammelten wir die Klamotten, die auf dem Boden lagen, auf. Ich streifte mir die Jacke von Dean über und machte mich dann mit meinen zittrigen Händen an die Schnürsenkel meiner Schuhe. Dean hatte seine Schuhe bereits angezogen und die Schlafcouch wieder zusammengefahren, sodass das Doppelbett verschwunden war und dort wieder ein einfaches Sofa stand. Dean kam zu mir, kniete sich vor mich auf den Boden und nahm meine Hände von den Schuhen. Er hatte wohl gemerkt, wie sehr meine Hände zitterten und meinte: »Lass. Ich mach das.«

Dann schnürte er die Stiefel mit Leichtigkeit zu und hielt meine Hände in seinen, als würde das mein Zittern stoppen können. Ich erinnerte mich an unsere gemeinsame Mission, Bens Leben zu retten – ich hatte versucht, mit Feuersteinen ein Feuer zu entfachen, und war dank meines Zitterns kläglich daran gescheitert. Damals hatte er mir ebenfalls die Steine aus der Hand genommen und auch so etwas Ähnliches wie jetzt gesagt. An diesem Abend hatte er mich das erste Mal geküsst. Ich legte den Kopf schräg und musterte ihn, er fixierte mich ebenfalls. Was sich alles verändert hatte, in der eigentlich so kurzen Zeit.

»Dean, ich muss dir noch was sagen«, fiel es mir ein. Das hatte ich ja ganz vergessen.
»Was denn?« Er klang fast aufgebracht, aber seine übliche Gelassenheit überspielte das.
»Ich weiß nicht, wie ich anfangen soll, aber ich habe mit Joe geredet, bei dem ganzen Stress hatte ich gar nicht mehr daran gedacht«, erklärte ich und machte extra eine Pause, um die Spannung noch etwas länger halten zu können. Irgendwie war es lustig, mal selbst diejenige zu sein, die hier jemandem die Nerven raubte, auch wenn das Einzige, was Deans Nervosität zeigte, seine Augen waren.
»Los erzähl«, forderte er, und ich hörte, dass er versuchte, ruhig zu klingen, was ihm sogar gelang.
»Er meinte, dass ich mitkommen darf zu den Rebellen, aber das wusste ich ja bereits und als ich ihn dann gefragt habe, ob ich bleiben darf, da hat er abgelehnt...«, Dean seufzte laut und ich fing an zu grinsen: »Aber dann später im Hubschrauber – ich weiß auch nicht, wieso – da hat er seine Meinung geändert und ich wollte dir sagen ...«

Eigentlich wollte ich noch weitersprechen, aber allein zu sagen, dass Joe seine Meinung geändert hatte, reichte Dean wohl vollkommen aus.

Er zog mich an sich und küsste mich. Ihm schien egal zu sein, dass jeden Moment jemand in diesen Raum kommen könnte, und dann war es das mit der Heimlichtuerei, auch wenn Ben es eh schon ahnte. Er löste sich kurz von mir und meinte: »… dass du bleiben darfst«, beendete er meinen Satz, bevor er mich wieder küsste. Dann hörte ich ein Räuspern aus der Richtung der Küche und wir beide fuhren sofort auseinander. Mein Herz schlug mir bis zum Kopf und ich dachte – wir wären erwischt worden. Doch im Türrahmen stand Liza und lächelte uns schelmisch an. Dean kratzte sich verlegen am Kopf und ich stand auf und schaute auf meine Füße, die auf einmal unheimlich interessant geworden waren.

»Das Auto steht draußen, eure Freunde sind, glaube ich, schon da«, meinte Liza und dann kam Charlie in den Raum gestürmt und rannte auf mich zu. Er klammerte sich an mein Bein, sodass ich fast umfiel und Dean die Augenbrauen hochzog. Liza lachte herzhaft und Charlie meinte winselnd: »Müsst ihr wirklich gehen? Kann ich dich nicht behalten?«.

Ich musste lächeln, so absurd die Frage auch war, ob er mich behalten dürfe – so als wäre ich ein Gegenstand, eigentlich war das beleidigend, aber aus seinem Mund hörte es sich an wie ein Kompliment – als wäre ich ein kostbarer Gegenstand, den er nicht verlieren wollte. Ich streichelte den Kopf des kleinen Jungen und schaute in Charlies großen Augen.

»Ja, ich muss leider gehen. Aber ich komme euch sicher mal besuchen und dann spielen wir zusammen, ja?« Daraufhin nickte er hysterisch und ließ mein Bein los. Er ging zu seiner Mutter und umklammerte ihre Hand.

»Vielen Dank für alles Liza«, sagte ich zum Abschied.

»Es war mir eine Freude euch alle bei mir als Gäste zu haben«, erwiderte sie. Dean legte mir eine Hand auf die Schulter und schob mich förmlich aus dem Raum. Vielleicht auch besser so, ich hatte tatsächlich mit dem Gedanken gespielt, doch hierzubleiben und einfach zu vergessen, dass ich nicht wie sie war – dass ich kein Mensch war.

Draußen war die Luft kühl und ich zog die Jacke enger um mich. Dean gab mich in dem Moment frei, indem wir die Schwelle nach draußen überschritten und warf mir ein trauriges Lächeln zu – *Tut mir leid, dass wir es geheim halten müssen.* – Ich nickte ihm zu und dann gingen wir in Richtung Scheune. Die anderen waren wirklich bereits da und Lex rief uns zu.

»Na Neuling, auch schon den Weg nach draußen gefunden?« Ich verkniff mir eine Erwiderung. Das Auto war mehr ein Minibus und er war grau und relativ groß. Das Triebwerk wirkte noch in Ordnung. Joe steckte die Karte fürs Auto in den Sensor und startete so den Wagen – die Karte war so etwas wie der Schlüssel und brachte den Motor erst ans Laufen. Der Wagen rüttelte und polterte und schwebte dann endlich über dem

Boden. Natürlich schwebte er nur wenige Zentimeter über ihm, eben genug, sodass er keinen Untergrund berührte und man über Felsen fahren – schweben – konnte. Früher hatte ich die Abschaffung der Reifen – sie wurden zwar abgeschafft, bevor ich auf die Welt kam – idiotisch und unnötig gefunden, aber wenn die Städte wirklich so zerstört waren, dann konnten wir wenigstens über Felsbrocken und Hausreste hinüber schweben, ohne unsere Reifen zu beschädigen. Joe fuhr los und Miranda saß neben ihm auf dem Beifahrersitz. In der Mitte saßen Ben und Ruff – Ben und Lex kann man schlecht nebeneinandersetzen, die hätten sich innerhalb der ersten fünf Minuten mit Worten gegenseitig umgebracht – und so saßen Lex, Dean und ich hinten im Gepäcklager, was riesig war.
Dort lagen auch die Decken und der Großteil des Essens. Trotz des fortgeschrittenen Fahrwerks flogen wir manchmal quer durch den Innenraum des Wagens. Das würde eine sehr lange Fahrt werden, wurde es mir bewusst. Zu dem Zeitpunkt war mir noch lange nicht bewusst, wie holprig es werden würde. Wir fuhren direkt auf die toten Städte zu und innerlich versuchte ich, mich auf den Anblick vorzubereiten, was natürlich Schwachsinn war. Es war Krieg.

Darauf gab es keine Vorbereitung…

Kapitel 26

Irgendwann kam Lex auf die einfallsreiche Idee, ein Spiel zu spielen – Ich habe noch nie – und das bestand eigentlich nur aus dieser einen Frage. Sie fragte, Ich habe noch nie gelogen und dann musste jeder sagen, ob das auf ihn selbst zutraf oder nicht. Sie meinte, dass man sowas eigentlich meist mit Alkohol spielte, wir aber ja keinen dahätten, weshalb man einfach nur mit Ja oder Nein antworten musste. Natürlich fing Lex an.

»Ich habe noch nie – einen CGC fertiggemacht«, meinte sie und warf mir einen diabolischen Blick zu. Joe rief von ganz vorne: »Ich hätte jetzt trinken müssen«, und Ben und Dean stimmten dem lachend zu. Das war das erste Mal, dass ich die beiden zusammen hatte lachen hören, seit ihrem Streit.
Lex schaute in meine Richtung und Dean tat es ihr gleich.
»Na schön, vielleicht müsste ich auch einen kleinen Schluck trinken«, gab ich zu und Lex lachte auf.
»Klar, einen Kleinen.« Sie zwinkerte mir zu. Dean lachte mich ebenfalls an. Ruff starrte aus dem Fenster.
»Ich habe noch nie – jemandem einen Spitznamen gegeben«, meinte Dean provozierend und schaute diesmal in Lex Richtung. Von vorne hörte ich ebenfalls

Gelächter und Lex meinte schmollend: »Gut, erwischt. Ich hätte trinken müssen, du Vollidiot«. Dean zuckte unschuldig mit den Schultern und meinte dann: »Flore, du bist dran«, und zwinkerte mir aufmunternd zu.
Ich war aber so einfallslos wie ein dreijähriges Kind und mir fiel eigentlich gar nichts ein.

»Ich habe noch nie – gewünscht, ich wäre ein Mensch«, das war das Einzige, was mir eingefallen war, und sofort sah ich in gleich mehrere schockierte Gesichter. Als ob sie sich die Frage noch nie gestellt hatten.
»Was? So geht das Spiel also?«, forderte ich und schaute zuerst in Lex und dann in Deans Gesicht. Dean fing an.
»Ich hätte mich volllaufen lassen müssen«, meinte er. Daraufhin meinte Ben:
»Ja, ich wahrscheinlich auch«, Joe stimmte dem ebenfalls zu.
»Ich hätte so viel trinken müssen, dass ich die ganze Nacht gekotzt hätte«, sagte Lex und Ruff nickte, dabei hatte er bis gerade gar nicht mitgespielt. Randy enthielt sich, aber ich verstand sie, ihre Kräfte zerstörten ja nicht alles in ihrer Umgebung.
»Was ist mit dir, Florence«, fragte Ben und drehte sich im Sitz zu mir um. »Ich habe es mir so oft gewünscht, dass ich irgendwann aufgehört hab zu zählen, wie viele Drinks wären das?«, antwortete ich und Dean begann wieder zu lachen.
»Genügend, auf jeden Fall genügend.« Dann beendeten wir das Spiel und fuhren in Stille weiter durch die Gegend. Etwa drei weitere Stunden fuhren wir noch durch den Wald, dann wurden die Bäume immer

weniger, bis gar keine mehr da waren. Die Straße war sicher holprig, aber da wir mehr darüber schwebten, als fuhren, störte das nicht. Richtig schockiert war ich erst, als wir bereits mehre Minuten außerhalb des Waldes fuhren, denn nun fuhren wir durch sie hindurch – die erste tote Stadt.

Ich klebte förmlich am Fenster wie ein Seestern. Mein Atem beschleunigte und mein Zittern verstärkte sich. Ich hatte es mir schlimm vorgestellt, aber das hier war schlimmer als alles, was ich mir in Gedanken ausgemalt hatte. Das hier war keine tote Stadt, es war ein totes Schlachtfeld. Kein einziges Haus stand mehr und überall lagen Felsbrocken, Schutt und Asche. In diesem Moment wurde mir klar, das hier hatte keiner überlebt. Wir fuhren über ein riesiges Grab aus Stein. Hier war kein Grün, keine frische Luft. Hier war alles grau und neblig und sogar noch kälter. Wie auch immer man es geschafft hatte, diese Wälder den Winter überdauern zu lassen, sie waren kein Schönheitsanbau, sie sollten verdecken, was in ihnen verborgen war – die Kolonie und sie verdeckte für uns, was aus Rales geworden war – ein Haufen Schutt und Asche. Egal wo man hinsah, insofern man überhaupt etwas durch den Nebel erkennen konnte, überall war alles zerstört und dem Erdboden gleichgemacht worden. Das hier war der schlimmste Anblick, den ich je gesehen hatte, und New Oltsen sah womöglich genauso aus – schlimmer als hier konnte es in New Oltsen nicht mehr sein, denn ein *schlimmer als das hier* gab es gar nicht. Wir fuhren womöglich über Leichen von Frauen und Männern und

Kindern. Von Leuten wie den Bakers – Unschuldige, die ebenfalls nur in einen Krieg hineingezogen worden waren, mit dem sie gar nichts zu tun haben wollten. Genau wie wir, nur, dass sie eine andere Rolle gespielt hatten. Wir spielten die der Schuldigen, sie die Unschuldigen – aber letztendlich waren hier viele echte Unschuldige gestorben und diese lagen nun unter diesen Trümmern – für immer vergessen und begraben. Ich klebte starr am Fenster und bekam nichts mehr von dem mit, was im Auto passierte. Es war, als würde ich wieder in dieser Blase stecken, in der ich nichts mehr von der Welt außerhalb mitbekam. Diese umschloss mich und hielt mich fest. Ich konnte nichts anderes tun, als aus dem Fenster in dieses trostlose, verdorbene Land zu schauen und mir das Grauen anzuschauen, das die Bomben hinterlassen hatten.

Ich konnte nichts als zittern und atmen und selbst das Atmen fiel schwer. Ich spürte Druck auf meiner Schulter – einen Händedruck. Ich musste mich nicht umdrehen, um zu wissen, dass Dean hinter mir stand und mir eine Hand auf die Schulter gelegt hatte. Allein das reichte, damit ich mich ein wenig mehr entspannte und nun weniger verkrampft vor dem Fenster stand. Ich spürte seinen Atem im Nacken. Von ihm ging Wärme aus, die in diesem kalten Wagen durchaus angenehm war, aber mein Blick blieb an diesen toten Weiten hängen und ich konnte nicht aufhören, an die ganzen Leichen und Leben zu denken, die nun rein gar nichts mehr wert waren.

»Es ist schlimm hier draußen, was?«, flüsterte er mir ins Ohr und obwohl ich gewusst hatte, dass Dean hinter mir stand, schauderte ich.

»Ich hatte es mir schlimm vorgestellt, wirklich schlimm«, meinte ich ebenfalls leise, »Aber das hier, das ist … Ich kann es nicht einmal beschreiben.« Ich schüttelte den Kopf und rieb mir diesen und anschließend die Augen. Von dem ganzen Nebel und den Felsbrocken schmerzten meine Lider.
»Darauf kann dich nichts vorbereiten. Wir waren ja auch nicht vorbereitet, als die Bomben hochgingen«, sagte Dean und ich hörte deutliche Wut in seiner Stimme, aber die konnte ich ihm nicht verübeln. Wenn ich über die ganzen hier begrabenen Familien und die ganzen vergessenen Leben nachdachte, war ich auch wütend, aber ich hatte noch ein anderes Problem. Dean konnte wütend sein, wütend werden und dann hatte er trotzdem nichts zu befürchten. Ich hingegen musste jede Sekunde aufpassen, dass meine Kräfte nicht überkochten, sonst könnte ich etwas ähnlich Schlimmes wie das hier anrichten. Ich war eine wandelnde Zeitbombe und ich hoffte, Dean wäre nicht die nächste tote Stadt. Ich hoffte, ich würde nie wieder Schaden anrichten, aber ich wusste selbst, dass es so sein würde – ich zögerte nur das Unvermeidliche hinaus, aber ich konnte es einfach noch nicht akzeptieren – wollte noch nicht akzeptieren – was ich war. Ein Monster und zerstörerisch und noch viel mehr, aber ich schob den Gedanken daran beiseite und starrte stattdessen wieder in den Nebel, der den Rest der toten Stadt verdeckte.

»Man kann sich eigentlich auf rein gar nichts wirklich vorbereiten. Irgendwas geht immer schief oder verläuft anders als geplant«, antwortete ich völlig in Gedanken versunken. Ich realisierte erst viel später, was ich gerade gesagt hatte – irgendwas geht immer schief. Das war das, was mein Leben mich gelehrt hatte – alles geht kaputt. In der Geschichte, in der die anderen in die Kolonie gekommen waren, da hieß es, sie hatten alles perfekt geplant – alles lief perfekt – und dieser eine Unfall hatte gereicht und es war vorbei. Alles lief perfekt und dann war plötzlich alles vorbei – *so war das Leben.*

»Ja, du hast recht«, erwiderte Dean und er nahm seine Hand von meiner Schulter. Er drehte mich nun zu sich um, weg vom Fenster, weg von der toten Stadt – oder den toten Städten, man konnte unmöglich sagen, wo sich hier die Grenzen befanden, es sah überall gleich aus – und ich sah ihn an. Er hatte tiefe Schatten unter den Augen, aber er sah besser aus als an den Tagen zuvor. Sein Gesicht war wieder sauber und seine Haare sahen noch weicher aus – ich verspürte den Drang hineinzugreifen, hielt mich aber zurück – seine meerblauen Augen ruhten auf meinem Gesicht und nun fiel mir auf, dass er eine neue Hose trug. Ich trug Lizas Sachen und Deans Jacke, Dean hingegen trug noch immer seinen schwarzen Pullover und er hatte sich bloß einer neuen Hose bedient. Sie war dunkelblau und aus Jeansstoff. Er hielt immer noch meine Handgelenke umklammert und zog mich herunter, zurück auf den

Fußboden – ich hatte mich hingestellt, um aus dem Fenster sehen zu können.

Lex saß gegenüber auf der anderen Seite des Kofferraums und schlief gemächlich. Sie schnarchte vor sich hin und wirkte tiefenentspannt, ich sah sie selten so unbekümmert. Meistens verdeckten spöttisches Grinsen und trotzige Mienen ihre normalen Gesichtszüge und ließen sie älter, taffer wirken. Im Schlaf sah sie jünger aus – so wie das fünfzehnjährige Mädchen, das sie eigentlich war. Ich lehnte mich neben Dean, mit dem Rücken an das Auto, und legte instinktiv meinen Kopf auf seine Schulter. Er hatte mein rechtes Handgelenk immer noch in seiner Hand und irgendwie schien ihm das Halt zu geben. Mir gab es Halt, einfach neben ihm zu sitzen, und so gaben wir uns gegenseitig Halt, während wir weitere Stunden durch die toten Städte fuhren, bis Joe zu müde war, um weiter zu fahren und es viel zu dunkel war, um noch genügend während der Fahrt zu sehen. Wir hielten an und sahen hinaus in die Weiten des Grauens um uns herum, ohne auch nur zu ahnen, was sie noch alles vor uns verborgen hielten.

Ich lehnte mit meinem Rücken an der kalten Wand des Pkws und sah aus dem Fenster oben in der gegenüberliegenden Wand. Der Nebel umhüllte uns und da es bereits Nacht geworden war, sah ich in reine Finsternis. Die Dunkelheit war zum Schneiden und drückte mir die Luft aus den Lungen. Zu meiner Rechten lag Dean und schlief. Sein Atem ging flach, er hatte sich eine Decke genommen und sich auf dem Boden zusammengerollt. Er hatte mich gefragt, ob ich nicht ebenfalls schlafen wolle, aber ich hatte abgelehnt. In diesen trostlosen Weiten wollte ich sicher nicht die Augen zu machen. Dean hielt im Schlaf immer noch meine Hand umklammert. Diese war auch das Einzige an meinem Körper, das nicht fror und verkrampft war. Die Kälte durchfuhr mich und ich hatte bereits eine Gänsehaut, aber ich hieß sie willkommen – Kälte war das Einzige, was zu diesem Ort passte.

Lex lehnte halb an der gegenüberliegenden Wand und lag halb auf dem Boden des Kofferraums. Sie schnarchte leise und war kein einziges Mal zwischendurch aufgewacht. Es kam mir fast vor, als fühlte sie sich an diesem Ort sicherer als in dem Wald – dort wirkte sie immer angespannt und desinteressiert. Hier lag sie ruhig da und strahlte fast schon vor Gelassenheit. Ben schlief in seinem Sitz und sogar im Schlaf hatte er diese Stirnfalten, die sein Gesicht verzerrten. Als könne er selbst im Schlaf nicht ausdruckslos und unbeschwert sein.
Randy und Joe schliefen ebenfalls, aber von da vorne bekam ich kaum etwas mit. Die Karte steckte immer noch im Sensor und seit wir in den toten Städten waren, hatte ich nicht einen einzigen Quintenscanner entdeckt – womöglich fuhr hier niemand sonst lang. Es gab auch keine Straßen, sondern wir hatten das Glück, dass man dank der Technik in unserem Jahrhundert problemlos über unebene Flächen fahren konnte – nicht mal ein Fluss könnte uns aufhalten.
Ruff war der Einzige, der nicht schlief – er schaute gedankenverloren aus dem Fenster und betrachtete die

toten Städte. Ich bezweifelte, dass er durch den dichten Nebel überhaupt etwas erkennen konnte, aber Raffaelle hatte die Begabung, Dinge zu sehen, die sonst niemand sah.

Ich war müde, kaputt und völlig ausgelaugt, obwohl ich letzte Nacht so gut geschlafen hatte wie noch nie. Ich hatte in seinen Armen geschlafen und ich hatte es geschafft, das erste Mal seit einer gefühlten Ewigkeit nach einem Albtraum wieder einzuschlafen. Ich sehnte mich nach seiner Nähe, seiner Umarmung und am liebsten hätte ich mich neben ihn gelegt und wäre eingedöst, aber wir hatten vor, unsere Beziehung geheim zu halten – selbst wenn Ben es wusste oder zumindest ahnte, durfte Joe das auf keinen Fall erfahren. Ich stand mit ihm zwar nicht länger auf Kriegsfuß, aber ich wusste nicht, was er davon halten würde, wenn er wüsste, dass wir uns ineinander verliebt hatten. Dean hatte versucht, es mir zu erklären – eine der obersten Regeln auf der Flucht war, dass man sich nicht verlieben sollte, denn Verlieben heißt Ablenkung und abgelenkt sein, heißt Tod.

Nur fand ich, dass gerade Joe uns daraus keinen Vorwurf machen sollte, er war schließlich mit Randy zusammen und die beiden machten da ohne Zweifel kein Geheimnis draus. Wie oft hatte ich die beiden sich küssen sehen, woraufhin Lex immer ein paar Kommentare abgelassen hatte. Trotzdem war das nicht allein meine Entscheidung, wenn Dean nicht wollte, dass die anderen es vorzeitig erfuhren, dann musste ich das respektieren und das tat ich auch. Ich drückte seine

Hand, mit der er meine fest umklammert hielt, und lehnte meinen Kopf dann gegen die Stahlwand des Pkws. Ich schloss meine Augen. Seit wir in den toten Städten waren, nagten schreckliche Kopfschmerzen an mir und vernebelten meinen Blick – als wäre nicht schon genug Nebel um mich herum. Es war unbehaglich still und sogar von draußen kam kein Laut. Es war, als hätte die Welt die Luft angehalten, als würde dieser Ort alles Leben aus einem heraussaugen und selbst die Wände des Wagens erzittern lassen. Ich hatte Angst, auch wenn ich das niemals zugegeben hätte, und diese war berechtigt – nach allem, was uns die letzten Wochen heimgesucht hatte, klang selbst die Stille bedrohlich.

Wochen. Es waren nur Wochen und andererseits waren es schon Wochen?

Es kam mir vor, als würde ich diese Leute ein gesamtes Leben kennen, als wären sie die Einzigen, die ich je gekannt hatte. Und doch erinnerte ich mich noch genau an den Tag, an dem die Kolonie zusammenbrach, als ich ausgepeitscht wurde – als wäre es gestern gewesen. Ich fühlte mich, als hätte ich bereits drei Leben geführt. Eines in New Oltsen bei meinen Eltern und ein weiteres in der Kolonie. Ich hatte jedoch das Meiste aus der Kolonie verdrängt und sogar die Gesichter meiner Eltern verschwammen von Tag zu Tag immer mehr – ich vergaß sie immer mehr. Wann hatte ich das letzte Mal an Maryse gedacht? - Sofort plagte mich ein schlechtes Gewissen.

Sie war in der Zeit in der Kolonie mein Rettungsanker gewesen – sie war mein Leuchtstern und sie wachte über mich, das konnte ich spüren. Ich hatte sie nicht vergessen, aber seit ich nicht länger nur sie hatte – seit sie nicht länger meine einzige Hoffnung mehr war – dachte ich weniger über sie nach und tatsächlich schmerzte es auch, weniger über sie nachzudenken. Ich hatte ihr immer hinterher getrauert, doch nun, wo ich – tot – gewesen war und gesehen hatte, wo sie jetzt war – an kristallklaren Stränden und umgeben von glitzernden Ozeanen – da war ich froh für sie, dass sie dem hier entkommen war, dass sie vielleicht Frieden gefunden hatte.

Das hier war mein drittes Leben und es war komplizierter und chaotischer als beide davor, aber es war eines, in dem ich teilweise glücklich war. In New Oltsen hatte ich ein nahezu perfektes Leben geführt und in der Kolonie ein durchaus grausames, das hier kam mir vor wie die Mitte, der schmale Grat zwischen grausam und irgendwie ...schön. Ich mochte diese Leute, sogar Joe und auch Ben, obwohl ich oft sauer auf ihn und seine Launen war. Sie waren eine Familie und auch wenn sie alle ihre Macken hatten, waren sie tolle Leute. Ich hatte mich in diesen sonderbaren Jungen neben mir verliebt und trotz des ganzen Unglückes mein Glück gefunden.

Ich war eine Deseaserin und ich hasste meine Kräfte nach wie vor, der Tod mochte wahrscheinlich sogar besser sein als viele Leben auf dieser Welt, aber ich betrachtete mein Leben jetzt anders als in der Kolonie – ich betrachtete es wieder als ...lebenswert.

Die Nacht schritt immer mehr voran und der Nebel kam mir nun sogar noch dichter vor. Die Wände des Pkws erdrückten mich förmlich und ich sah mich selbst wieder Unterwasser. Umgeben von Flüssigkeit und ohne Sauerstoff. Ich fühlte mich so, als würde ich ertrinken – als würde mich dieser Ort ertränken.

Ich befreite meine Hand widerstrebend aus Deans Griff und stemmte mich zitternd vom Boden hoch. Ich war gerade aufgestanden, da bekam ich einen Schwindelanfall und meine Knie gaben nach. Ich presste mich gegen die Wand, um nicht wieder zu Boden zu gehen, und holte zitternd Atem. Ich atmete ein, aber in meinen Lungen kam keine Luft an, als würde sie sich auf dem Weg auflösen und mir jeglichen Restsauerstoff entziehen. Ich riss mich zusammen und ging wankend auf die Autotüren vom Kofferraum zu. Ich musste hier raus. Ich musste hier... knallend flogen die Autotüren auf und kalter Nebel stieg mir in die Nase. Der Nebel trug einen Geruch mit sich, der mich würgen ließ – es roch nach Blut und es roch modrig – es roch nach Tod. Ich kletterte mit zittrigen Händen und Knien aus dem Kofferraum und stand auf den Felsbrocken, über denen das Auto schwebte. Ein Luftzug ging unter dem Auto durch – ein Luftzug, der der Gravitation trotzte und das Auto über dem Boden hielt.

Ich hatte gehofft, frischer Luft entgegen zu stoßen, doch stattdessen war die Luft dicht und roch verkümmert. Am liebsten hätte ich mich auf meine Füße erbrochen, aber mein Körper brauchte die

Nährstoffe für den weiteren Weg und wer wusste, wo ich das nächste Mal so gutes Essen wie bei Liza bekam.

Ich konnte um mich herum nur Nebel sehen, während ich mich keuchend umsah. Ich bekam immer noch kaum Luft und ein Hustenanfall folgte dem nächsten. Ich beugte mich vorne über und versuchte, nicht vor Schwindel zu Boden zu gehen. Ich musste irgendwohin, musste irgendwas tun. Ich ging durch den Nebel und ließ den Pkw hinter mir. Ich machte mir nicht mal die Mühe zurückzusehen oder Ruff Bescheid zu geben. Ich ging weiter durch den Nebel und ließ sie hinter mir. Ich rieb mir die Schläfen und sah mich um, obwohl es überall gleich aussah – überall dichter Nebel in reiner Dunkelheit.

Ich ging weiter und weiter in den Wall aus Nebel, bis ich ein mechanisches Klicken hörte. Es ging mir durch jeden Knochen, obwohl es kaum hörbar war. Kaum hörbar für Menschen, aber sehr wohl für mich. Ich hatte in den letzten Wochen einiges dazugelernt und meine Kräfte soweit verfeinern können, dass ich ein dauerhaft besseres Gehör besaß – jede Schallwelle deutlicher, massiver und geformter wahrnam. Anfangs hatte ich Ohrenschmerzen beim Training und auch noch nachts gehabt, doch mittlerweile hatte ich mich an die lauteren Schwingungen gewöhnt und ich konnte mir kaum vorstellen, je wieder mit einem einfachen menschlichen Gehör zu leben. Das Klicken kam von unten – unter meinem Fuß, und eh ich selbst enträtseln konnte, worauf ich getreten war, flog ich zig Meter zurück. Ich wurde von einer Explosion aus Feuer,

Gestein und Asche zurückgeworfen und wenn ich mich nicht rechtzeitig in einen Schutzschild, bestehend aus meinen eigenen Wellen, eingehüllt hätte, dann wäre ich jetzt auch nichts anderes als Asche und Staub – ich wäre tot.

Das warst du längst! – meldete sich meine innere Stimme spottend.

Ich hatte trotzdem ein paar verkohlte Haarsträhnen und einen Moment lang wurde alles von einem ohrenbetäubenden Piepen übertönt - ich lag gekrümmt auf dem Boden. Ich sah nichts als Glut und Asche um mich herum und war froh, nur mit wenigen Kratzern davon gekommen zu sein, zudem diese bereits wieder verheilten. Ich lag auf dem Boden, als wäre ich ebenfalls nichts weiter als ein Haufen Asche und da spürte ich noch etwas anderes. Eine Glut, die sich langsam entflammte, die aber nichts mit Feuer zu tun hatte. Meine Kräfte waren es, die hochkochten und auflodderten, bereit, alles dem Erdboden gleichzumachen, doch hier war gar nichts, dass zerstört werden konnte. Meine Kopfschmerzen drückten mir so stark den Schädel ein, dass ich mir vor Schmerzen an den Kopf packte und dann konnte ich es nicht länger aufhalten. Der Boden zitterte erst leicht unter mir, bevor er anfing zu rütteln und die Auswirkungen meiner Kräfte einem Erdbeben glichen. Ich konnte es nicht mehr kontrollieren. Es war viel zu lange her, dass ich meine Kräfte das letzte Mal eingesetzt hatte, und meine vorherige Kontrolle schmolz dahin. Ich glühte förmlich und mir tropfte Schweiß von der Stirn, so sehr versuchte ich, sie zurückzuhalten, doch der Boden rüttelte immer stärker und es bildeten sich Risse darin.

Ich verlor die **Kontrolle**.

Kapitel 27

Ich hörte die Rufe der anderen kaum, ich hörte nur das Zittern des Bodens, den pfeifenden Wind und die Strömung des Nebels. Ich war erfüllt von dieser Macht und hörte nur die Stimme in meinem Kopf, gegen die ich ankämpfte, laut und deutlich. Sie schrie – *lass los, Florence. Lass los* – und es kostete mich so unendlich viel Kraft, ihr nicht zu gehorchen.
Da hörte ich Lex, wie sie nach mir rief.

»Hey, Neuling! Wo bist du?«, und Bens Antwort: »Ich habe sie, sie ist hier«.
Ich nahm auch die darauffolgenden Schritte wahr, die immer lauter wurden, aber immer noch nicht meine innere Stimme übertönten.
»Florence. Florence, hör auf«, schrie Joe, aber ich konnte nicht. Ich wollte ihm sagen, dass ich es ja versuchte, aber ich bekam keinen Ton heraus, bekam kaum noch Luft.

»Flore, bitte. Bitte, hör auf!« Deans Stimme war viel durchdringender als die der anderen, aber immer noch nicht lauter als meine innere Stimme – *Lass los. Lass los! Lass sie die Kontrolle übernehmen, gib dich ihnen hin!* – ich kniff meine Augen zusammen.

Ich wollte schreien, wollte atmen, wollte aufhören, doch der Boden bekam nur noch mehr Risse.
Ich hörte Deans Stimme und meine innere Stimme, wie sie sich zu bekriegen schienen. Deans Worte waren so massiv und drückend, dass mir übel wurde, doch meine innere Stimme war drängend, abweisend, mächtig – so mächtig, dass Dean laut wurde und wütend schnaubte.
Joe redete auf Dean ein, aber ich hörte nur noch das Blut in meinem Körper rauschen und versuchte, mich auf irgendetwas zu konzentrieren, mich nicht meinen Kräften hinzugeben und mich an etwas festzuklammern.
Dann drang eine andere Stimme zu mir durch, sie war nicht so massiv und schmerzhaft wie Deans, sondern eher weich und flehend? –
»Florence, hörst du mich?« Ben wiederholte seine Worte und mit aller Kraft brachte ich ein Nicken zustande.

»Okay denk daran, was ich dir beigebracht habe. In der ersten Woche vom Training.« Ich versuchte, die Erinnerung abzurufen und er half nach.
»Stell dir vor, deine Kräfte sind Wasser und sie fließen in Wellen und völlig unkontrolliert neben dir. Aber du bist wie ein heißer Stein und lässt sie verdunsten – so lange verdunsten, bis nichts mehr von ihnen übrig ist«, meinte er und ich erinnerte mich wieder an das *Training*.

Das war es – daran klammerte ich mich, an das Training. Ich stellte mir vor, wie ich meine Kräfte im Keim erstickte und verdunsten ließ, bis sie abgeklungen waren. Der Boden rüttelte weniger und zitterte nur noch leicht, bis er schließlich wieder stillstand. Ich hörte noch das Rauschen meines Blutes, hörte den Wind pfeifen und ich hörte noch den Boden wanken – eine Folge meines Ausbruchs. Ich wartete, bis auch diese Geräusche verklungen waren und ich wieder so hörte wie vorher – besser als ein Mensch, aber nicht mehr als ich wollte, nicht mehr als das, was ich zuließ. Ich ging zu Boden und landete hart auf den Felsbrocken unter mir. Ben schloss die Risse, die im Boden entstanden waren, und achtete darauf, keine weitere Granate zu entzünden. Ich bekam davon kaum etwas mit, ich badete in Scham – was hatte ich getan?

Ben kam zu mir und half mir schweigend auf die Füße, während Joe bereits wieder mit Randy zum Pkw zurückeilte. Die Sonne ging bereits wieder auf, wurde mir klar, als ich den Himmel sah. Ben musste den Nebel abziehen gelassen haben, denn eben konnte man definitiv nicht ein Stück Himmel erblicken. Ben stützte mich und half mir, zu den anderen zu gehen. Er blieb vor Dean stehen, nickte im zu und übergab mich ihm fast wie ein Paket. Unter anderen Umständen hätte mich das vielleicht wütend gemacht, aber ich verspürte nichts als Erleichterung, als Dean meinen Arm nahm und mich stützte. Er nickte Ben ebenfalls zu und ich war froh, mit anzusehen, dass Ben leicht lächelte – hoffentlich hatten sie sich endlich wieder vertragen. Ben war noch unausstehlicher, seit er Streit mit Dean hatte. Dean erwiderte das Lächeln, doch dann wendete Ben sich ab und nahm wieder diesen schmollenden Gesichtsausdruck an und ging zum Pkw. Lex kam zu mir und ihr Mund war zu einer schmalen Linie zusammengepresst, als würde sie sich gerade einen ihrer Kommentare verkneifen. Es erfüllte mich mit Freude, zu wissen, dass sie sich meinetwegen zurückhielt. Ich zwang mir ein Lächeln ab.

»Nur fürs Protokoll«, meinte sie und legte sich wohl einen anderen Kommentar zurecht, der weniger angreifend war als der, der sie ihre Lippen aufeinanderpressen ließ, »Dein Erdbeben war tausendmal besser als die Explosion, Neuling«, und auch wenn ich ihren Stolz über das, was meine Kräfte konnten, nicht teilte, nickte ich ihr dankbar zu. Ich konnte zwar wieder halbwegs atmen, aber meine Stimme war nicht greifbar. Allein der Gedanke ans Sprechen blieb mir im Hals stecken.

Lex ging nun ebenfalls in Richtung des Pkws und kletterte in den Kofferraum. Ich wollte ihr gerade nachfolgen, da hielt Dean mich am Arm zurück.

»Das nächste Mal, wenn es dir schlecht geht, weckst du mich, ja.« Es war mehr eine Aufforderung und aus irgendeinem Grund machte sie mich wütend, so wütend, dass ich antwortete, obwohl mir das Reden zuwider war.

»Ich kann auf mich selbst aufpassen, ich brauchte nur frische Luft«, entgegnete ich etwas grob. Er seufzte und meinte ebenfalls aufbrausend: »Ja wecke mich trotzdem. Das nächste Mal hast du vielleicht nicht mehr so viel Glück«, seine Worte klangen für mich wie eine indirekte Beleidigung.

Ich hatte nicht dank Glück überlebt, sondern dank meiner Kräfte, aber ich hatte weder Lust noch Kraft, jetzt einen Streit anzuzetteln, und hielt mich zurück. Ich nickte und befreite mich aus seinem Griff. Es störte mich nicht, dass er sah, wie schwer es mir fiel, allein ins Auto einzusteigen und dass ich es kaum in den Kofferraum schaffte, ich wollte seine Hilfe nicht. Ich hatte sie nie gewollt – das war sicher dickköpfig und kindisch, seiner Meinung nach, aber ich hasste es, von ihm immer als schwach gesehen zu werden. War ihm das denn keine Lehre? Ich hatte Macht, ich hatte Kräfte, dessen Ausmaß nicht einmal ich selbst kannte, und doch schreckte er nicht vor mir zurück. Vielleicht war ich ja gar nicht die Naive von uns beiden.

Ich setzte mich neben Lex, die mir einen fragenden Blick zuwarf, doch ich schüttelte nur unmerklich den Kopf, ehe Dean auf der anderen Seite Platz nahm. Ich war sauer auf ihn, weil er … einfach er war, und ich hatte nicht die Kraft, mich jetzt neben ihn zu setzen und so zu tun, als wäre alles okay. Dass ich gerade zugestimmt hatte, ihn sofort zur Hilfe zu holen, sobald mir die Luft zum Atmen zu knapp wurde, hatte schon gereicht. Ich starrte gegen die Metallwand und hielt mich die folgende Fahrt aus allen Gesprächen raus – es waren sowieso so wenige, dass ich sie an einer Hand hätte abzählen können. Dean wirkte völlig gelassen, er hatte den typischen Gesichtsausdruck und diese ruhige, entspannte Haltung, aber seine Augen wurden überschattet von Wut und noch irgendwas, aber ich hatte keine Lust, mich jetzt mit seinem Befinden zu befassen, da ich wusste, ich würde ihm bereits früh genug wieder verfallen und vergeben – das machte mich noch wütender.

Ich wäre sicher in die Luft gegangen vor Wut, so wie mein Ausraster nach der Explosion, wäre ich nicht so erschöpft und würde ich nicht sehen, dass wir die toten Städte hinter uns ließen. Ich wollte eigentlich aus dem Fenster schauen, sehen, was aus den Städten, die wiederaufgebaut wurden, geworden war, doch der Schlaf lockte mich und hielt mich umklammert. Wenige Minuten später sank ich in den Schlaf und spürte noch, wie jemand eine Decke um mich legte. Erst dachte ich, es wäre Dean, aber es war Lex. Enttäuschung überkam mich, ich hatte mir gewünscht, er wäre es gewesen aber ich war froh, neben Lex zu liegen. So war ich weniger in Versuchung mich an Deans Oberkörper zu schmiegen. Dann begegnete ich der Dunkelheit, die mich erneut heimsuchte.

Ich sitze in einer Pfütze. Meine Augen sind geschlossen und ich spüre, wie meine Knie in der warmen, klebrigen Flüssigkeit baden. Ich merke, dass meine Hände ebenfalls darin eingetaucht sind. Ich fühle, wie der kalte Wind durch meine nasse Kleidung weht und mir eine Gänsehaut bereitet. Meine Haut ist heiß und obwohl es kalt ist und ich zittere, brenne ich förmlich. Ich öffne meine Augen und sehe nur Nebel. Der Nebel ist weiß und dick und es riecht nach …Tod. Ich schaue an mir herab und erschrecke vor meinem eigenen Anblick.

Ich knie in einer tiefroten Pfütze – ich knie in Blut. An meinen Händen, an meinen nackten Beinen, überall klebt Blut und auch das weiße Kleid, das ich trage, ist in Rot getaucht. Ich bin überall mit dickem, heißem Blut besudelt und es brennt auf meiner Haut. Ich drehe mich hysterisch um und versuche, etwas durch den Nebel hinweg zu erkennen. Da ist nichts, nur dieser undurchdringliche Nebel. Ich sehe manchmal schwarze Schatten im Nebel, rede mir aber ein, sie seien nicht echt – das bilde ich mir nur ein. Du bist nicht hier, du träumst, du träumst. Ich stelle mich hin und hebe meine Knie aus dem Blut. Meine blutroten Beine tropfen auf meine nackten Füße, die nun in der Blutpfütze stehen. Ich will wegrennen, will durch den Nebel und weg von hier – raus aus dieser Pfütze, aber es ist, als würde ich in ihr festkleben, als würde mein Gedächtnis seine Ranken im Blut verankert haben und mich hier festhalten – mir das hier antun.

Es fühlt sich an wie eine Bestrafung, einsam, allein, von oben bis unten mit Blut besudelt. Was habe ich getan, um das hier zu verdienen. Ich bin nicht vollkommen, war ich nie, aber obwohl alle Welt mir einreden will, ich sei mörderisch und abscheulich, habe ich mich gegen den Tod und vor allem gegen Mord gewehrt. Ich habe Brenner verschont, habe die CGCs verschont, die Hunter und ich habe nicht mal Mac Mason umgebracht – irgendwas sagt mir, er ist noch am Leben.
Ich hatte ihnen Leid zugefügt und sie hatten wahrscheinlich noch viel Schlimmeres verdient, aber ich habe sie am Leben gelassen, habe versucht, mich von dem Tod abzuwenden, mich von dem Monster in mir abzuwenden, und es hatte doch auch funktioniert. Was hatte ich getan, um nun hier zu sein? Warum wurde ich für etwas bestraft, das ich nicht getan hatte? Das Schicksal verlangte

mir täglich grausame Schrecken ab. Dazu die Gewissheit, dass die Zukunft Feuer und Blut für mich bereithielt – was war das hier, was sollte das?
Bevor ich eine Antwort bekam, verschlang mich die Dunkelheit und zog mich zurück in die Wirklichkeit, zog mich zurück in die Realität, doch nichts hatte sich je so real angefühlt wie dieser Ort und ich wurde die Befürchtung nicht los, dass, wenn dieser Ort nicht auf die Fragen aus der Vergangenheit antwortete, er die Antwort auf meine Zukunft enthielt – eine aus Feuer und Blut.

Ich schlug keuchend die Augen auf und fürchtete schon, immer noch in Blut zu liegen, aber meine Beine waren noch feucht, da ich eben auf den nassen Felsen gelandet war – nach der Explosion. Ich schaute mich hastig um und stützte mich angespannt auf, doch als ich mich wieder erinnerte, dass ich in einem Pkw lag und in Sicherheit war, sank ich erschöpft wieder zu Boden. Ich war in eine Decke eingewickelt worden und zog diese enger um mich. Niemand hatte meinen Albtraum bemerkt – wie immer. Ich hatte fast jede Nacht Albträume und in denen, in denen ich keine hatte, blieb ich wach, konnte somit gar keine bekommen. Trotz meines häufigen Hochschreckens und meines rasenden Pulses wurde nie jemand der anderen wach. Sie schliefen immer weiter, als könnte nichts ihren Schlaf stören. Ich hörte nie jemanden der anderen nachts aufwachen – sie hatten keine Albträume. Sie wurden nicht von Blut und Tod und einer ungewissen Zukunft und einer grausamen Vergangenheit heimgesucht. Nicht mal vergangene Nacht, als ich in Deans Armen aufwachte, schien er das zu bemerken. Sein Herz hatte schneller geschlagen und er hatte mich kaum merklich enger an sich gezogen, aber seine Augen blieben geschlossen und er hatte keinen Mucks von sich gegeben. Das war jetzt genauso. Lex schlief neben mir und Dean hatte sich auf der gegenüberliegenden Seite ausgestreckt und die Augen geschlossen. Wieder hörte ich sein Herz lauter und schneller Pochen, als es bei Schlafenden üblich war, doch er rührte sich nicht. Er träumte vielleicht ebenfalls schlecht, aber wenn ja, dann sprach er nie darüber und ließ es sich nicht anmerken. Seine Gesichtszüge waren entspannt und seine Rückenmuskeln zeichneten sich durch den Pullover hindurch ab. Ich verspürte den Drang, ihn zu küssen und musste mir immer wieder von Neuem klarmachen, dass ich noch sauer auf ihn war und ihn jetzt zu küssen nicht damit im Einklang wäre. Trotzdem wollte ich es – das machte mich wütend. Wann hatte ich das Überleben und logische Vorgehensweisen von Bord geworfen und sie gegen Dean, wie er mich nachts in den Armen hielt oder mich küsste, eingetauscht? Langsam verstand ich, was er mit »Verlieben bedeutete Ablenkung« meinte, doch es war zu spät, um das noch zu ändern. Ich wollte ihn hassen, wollte auf ihn einprügeln – ihn anschreien und sagen, ich bräuchte keine Hilfe von ihm und keinen Schutz, auch wenn ich wusste, dass das nicht stimmte. Aber am Ende wusste ich, dass ich ihn weder schlagen noch anschreien könnte, nicht mal, wenn er mich wirklich verletzen würde. Ich hatte genau aus diesem Grund in der Kolonie mit niemandem geredet, jedem gegenüber war ich abweisend gewesen. Gefühlskalt, allein, grob – das war der einzige Weg, dort stark zu sein. Die Stärke bestand darin, dass ich nicht angreifbar war – man hatte dort Leute verschleppt, wie Maryse, und es gab öfter Auspeitschungen, auch wenn keine so heftig war wie meine. Jede Nacht weinte mindestens eines der Mädchen. Ich empfand kein Mitleid, weder mit den anderen noch mit mir selbst. Außerdem empfand ich so weniger Schmerz – das machte mich stark. Doch jetzt? Wenn jemand Dean verletzen würde, würde ich alles in meiner Macht Stehende tun, um ihn zu retten, und ich würde mein Leben für seines geben – das war meine Schwäche. Ich würde sein Überleben meinem vorziehen, ohne zu zögern. Ich hatte meinen Überlebenswillen gegen ihn eingetauscht und ich hatte es nicht einmal willentlich getan, ich hatte null Kontrolle über dergleichen – es war einfach passiert.

Ich schaute aus dem Fenster, da ich nicht länger schlafen konnte und es auch nicht wollte – in meinen Träumen warteten nur Blut, Frust und was sonst noch. Also starrte ich stehend, in eine Decke geschmiegt, aus dem Fenster und hielt mich an Bens Sitz fest, um nicht durch den Kofferraum zu fliegen. Ich hatte mich hingestellt, auch wenn mein vorheriger Ausbruch an meinen Kräften gezerrt hatte. Ich fühlte mich zermalmt und erschöpft, als hätte mir dieses von mir erschaffene Erdbeben jeden Rest Energie aus dem Körper gerüttelt und damit den Boden unter meinen Füßen zum Einsturz gebracht. Ben hatte mich gerettet und so wenig ich anfangs von dem Training gehalten hatte, war ich nun unendlich dankbar dafür – nicht einmal Dean hatte zu mir durchdringen können, aber Ben hatte es geschafft, ich wusste nicht, was das zu bedeuten hatte oder ob es überhaupt etwas bedeutete, und ich wollte auch nicht darüber nachdenken. Ich hatte schon genügend Dinge, über die ich grübeln konnte, da brauchte ich nicht noch mehr Fragen ohne Antworten. Wir fuhren an Ruinen vorbei und ab und zu auch an ein paar Bäumen, aber nur an kahlen, vom Winter entblößten Bäumen, keine wie die in dem Wald – keine blühenden, die man bestaunen konnte. Auch außerhalb der toten Städte war noch alles kahl und trostlos.

Erst jetzt wurde mir klar, dass ich keinen blassen Schimmer hatte, wie es außerhalb von New Oltsen ausgesehen hatte. New Oltsen war eine der historischen Städte gewesen – Städte, die absichtlich nicht verändert wurden und noch aussahen wie vor Hunderten, Tausenden von Jahren. New Oltsen war eine veraltete Stadt gewesen und wir hatten kaum technische Neuheiten besessen, manchmal waren sogar noch Kutschen durch die Straßen gefahren und diese waren mit Sicherheit über tausend Jahre im Gebrauch gewesen. Wir hatten auch kaum Wagen mit der neuen Technik. Es hatte teilweise sogar noch Autos mit Reifen gegeben und New Oltsen hatte auch kaum Quintenscanner besessen, also war es ziemlich unwichtig gewesen, einen Quintenzeiger ans Auto zu montieren. Mom und Dad hatten ein ähnliches Auto wie das, in dem wir gerade saßen, nur, dass es kein Pkw, sondern ein Kleinwagen war. Er war silbrig und von innen schwarz gewesen. Dad musste manchmal fünfmal in Folge die Karte in den Scanner stecken, damit unser kleiner Wagen ansprang. Er schwebte zwar über dem Boden, aber nicht so hoch, wie manch andere Wagen es taten. Ich schaute auf die kaputten Häuser in den Dörfern, durch die wir hindurch fuhren, und sah trotz des Ausmaßes an Zerstörung, wie diese sehr viel moderner waren als alles, was ich in New Oltsen hatte sehen können. Die Kolonien waren nicht modern gewesen und teilweise nicht einmal zu Ende gestaltet. Die Wände dort waren aus Metall und Waschbecken und Küchen sowie Tische und Stühle ebenfalls. Es gab wenig Technik, da schließlich die Gefahr bestand, dass einer von uns gut mit Elektrizität konnte und dann würde ja das gesamte System einstürzen. Die Kolonie war womöglich noch veralteter als New Oltsen gewesen, die Leute aus dem 25. Jahrhundert hätten sich dort sicher wohl gefühlt.

Die Häuser, auf die ich blickte, bestanden meist aus schwarzgetöntem Glas und metallverstärkten Wänden. Ich sah, dass die Häuser mal nachts geleuchtet hatten, der Strom aber gekappt wurde und von den Dörfern nun nichts weiter als Dunkelheit ausging. Die Häuser sahen ganz anders aus als die in New Oltsen. Dort waren die Häuser unterschiedlich in Größe, Farbe und Material, hier jedoch bestanden alle Wände entweder aus Metall oder getöntem Glas. Die Häuser waren alle riesig, sogar noch als Ruinen, und strahlten trotz der Zerstörung eine Pracht aus, die ich bewunderte. Ich stellte mir gerade vor, wie es hier früher, vor den

Bomben, hatte aussehen müssen, da fuhren wir in die erste Stadt hinein. Keine tote Stadt oder ein zerstörtes Dorf, sondern die erste richtige – eine der neu aufgebauten Städte und mir blieb die Luft weg. So etwas Prachtvolles und Vollkommenes hatte ich noch nie gesehen – ich war sprachlos.

Wir fuhren durch ein riesiges Eingangstor. Um die Stadt herum waren Mauern errichtet. Die Stadt war eine Festung, war mein erster Gedanke. Oben auf dem Tor stand in schönen verschnörkelten Buchstaben – **Welcome to New Wase** – und dann erblickte ich die Häuser. Häuser konnte man das, was hier stand, eigentlich nicht nennen. Die Stadt bestand aus riesigen Palästen und überall, wo man hinsah, waren Gebäude in allen Farben. Manche Häuser schwebten sogar, ähnlich wie die Autos, in der Luft, wenige Zentimeter über dem Boden. Die Häuser schienen von innen heraus zu erleuchten und ich nahm Musik wahr. Die Stadt war voller Leben – Autos, die geräuschlos über die Straßen »fuhren« und Menschen, wo man hinsah, die glücklich die Straßen entlanggingen. Die Musik, die zu hören war, schien vom Himmel zu kommen. Wie war es möglich, dass es außerhalb dieser Stadt so verkommen und niederschmetternd aussah und sobald man durch dieses Tor fuhr, tauchte man in diese prachtvolle, von Leben erfüllte Stadt ein, als gäbe es keinen Schrecken, keine Armut. Die Leute schienen keine Sekunde darüber nachzudenken, was außerhalb dieser Stadt lag, wie es dort aussah und in welch einer Armut manche vielleicht lebten. Nun kam mir die Stadt weniger freudvoll und mehr egoistisch vor. Diese Leute waren so unbekümmert und lebten in ihren Palästen von Häusern, während Leute wie die Bakers in einem einfachen Holzhaus ihre Tage verbrachten – ohne Technik.

Die Musik stahl sich in mein Ohr und ich liebte die Harmonien, die hier gespielt wurden – kein Gesang, keine Worte, sie verkörperte meine Sprachlosigkeit angesichts dieses Ortes. New Oltsen war bezaubernd gewesen, aber nie prächtig und New Oltsen war Jahrtausende alt, wohingegen diese Stadt vor Neuheit strahlte. Mein Blick fing ein riesiges Gebäude in der Ferne ein. Eines, das so weit entfernt lag, dass ich es anfangs nicht bemerkt hatte, aber größer war als zehn dieser Paläste zusammen. Ich bekam eine Gänsehaut.
Das hier war »New Wase« und das Gebäude, auf das ich gerade schaute, war nicht nur irgendein Palast – es war der Palast – der Präsidentenpalast und wir fuhren gerade darauf zu, als säße dort drin nicht der Mann, der für die Kolonien verantwortlich war.
Das hier war seine Stadt, sein Land und wir waren gerade darin eingedrungen. Nun wurde mein Blick genauer und ich entdeckte die CGCs in der Menge, sah die Kameras und die Quintenscanner an jeder Ecke. Dies hier war eine der bestbewachten Städte im ganzen Land und ausgerechnet hier war wohl der Grundsitz der Rebellion. Ich musste schmunzeln bei dem Gedanken daran, dass der Präsident die größten Feinde seines Landes in seine eigene Stadt gelassen hatte, ohne davon zu wissen. Trotzdem spürte ich die Angst, die in mir

aufstieg, und zog die Decke noch enger um mich. Wir waren in New Wase, wir hatten es geschafft – wir waren hier.

Hätte ich nur besser von Anfang an gewusst, dass es die schwerste Aufgabe von allen sein würde, durch diese Stadt zukommen, schwerer als alle zuvor. So viele CGCs, so viele Gefahren und wir fuhren geradewegs auf sie zu. Joe und seine beschissenen Selbstmordkommandos.

Ich hörte Joes Stimme von vorne.

»Alle aufwachen. Wir sind da«. Lex stöhnte auf und murmelte ein paar Beleidigungen vor sich hin. Dean wurde davon geweckt, dass Lex einen Schuh nach ihm warf, da er keine Anstalten machte, wach zu werden, und Ben gähnte kaum überhörbar und meinte dann: »*Welcome to New Wase*«, dabei war ich mir sicher, er hatte geschlafen, als wir durch das Eingangstor gefahren waren. Dean schreckte hoch und fluchte.

»Verdammt Lex. Hast du noch nie was von zartem wecken gehört?«, fragte er gereizt, doch es stahl sich bereits ein kleines Lächeln auf seine Lippen – so richtig wütend hatte ich ihn eigentlich noch nie gesehen, fiel es mir auf. Lex konterte mit einem ihrer zurechtgelegten Sprüche.

»Hab dich doch nett geweckt, ich bin nur nicht so verweichlicht wie du«, und dann grinste sie ihn höhnisch an. Dean funkelte böse mit den Augen, auch wenn sein Grinsen noch breiter wurde.

»Nein du doch nicht«, dann beendeten sie ihre kleine Stichelei und Deans Blick schwang in meine Richtung zum Fenster, wo ich stand – mal wieder auf wackligen Knien. Er schaute mich anders an als sonst, irgendwie eine Mischung aus fragend, entschuldigend und verwundert. Ich hatte keine Ahnung, wie ich darauf reagieren sollte, und schaute einfach wieder aus dem Fenster, wobei ich mich stärker in Bens Sitz krallte, um nicht vor Zittern zu Boden zu gehen. Ich durfte nicht nachlassen – noch nicht, auch wenn ich es tief im Inneren wollte, es eigentlich schon innerlich getan hatte. Ich sollte sauer auf ihn sein, er traf Entscheidungen für mich und wollte immer über alles informiert sein, er behandelte mich wie ein Kind, das störte mich und das wusste er – trotzdem tat er es. Ich sollte ihm dafür einen Kinnhaken verpassen, aber andererseits wollte ich ihn viel lieber dafür küssen, dass er sich Sorgen um mich machte.

Was war nur los mit mir?
Und wie wirkte sich das auf unsere ohnehin schlechten Überlebenschancen aus?

Kapitel 28

> Eyes closing,
> rain falling.
> Days slip and slide,
> Hours fall apart.
> Time cascades and
> Crumbles into
> Another tomorrow.
>
> I would cling to
> The debris of yesterday,
> But it is already
> In the wind.
>
> - - *d.j.*

Joe fuhr durch das Gewirr von Autos und Palästen und ich schaute etwas träge aus dem Fenster und spürte deutlich Deans Blick auf meinem Rücken. Am liebsten hätte ich mich umgedreht und ihm gesagt, dass es mir leidtat, dass ich immer so trotzig war und es mir schwerfiel, von allen Seiten als klein und wehrlos behandelt zu werden, wo es doch genau das war, was ich sein wollte, es aber nicht war – klein und wehrlos. Niemand wusste, wozu ich im Stande war, aber ich konnte Schaden anrichten, großen Schaden und es machte mich wütend, dass Dean das gar nicht störte. Es störte mich, dass er damit sogar besser klarkam, als ich, aber das würde ich ihm niemals sagen – so viel Stolz besaß ich noch, ihm nicht all meine Ängste auf dem Serviertablett zu präsentieren, danach würde er mich vielleicht gar nicht mehr aus den Augen lassen und dann könnte er verletzt werden. Verletzt von mir, so wie Ben. Dann würde ich mich von ihm abwenden, um ihn zu schützen – dann hätte ich niemanden mehr. Also war ich lieber sauer, als weiterhin diese Schuld zu spüren, und ich tat lieber so, als wäre ich sauer auf ihn, anstatt auf mich selbst sauer zu sein und mich vielleicht noch aus dem fahrenden Wagen zu stürzen.

Wir bogen rechts ab, in eine »Einkaufsstraße«, die mehr aussah wie ein Museum. Alles hier sah so kostbar aus, dass ich es gar nicht anfassen wollte, und ich fragte mich, ob es in den Städten außerhalb von New Oltsen schon immer so gewesen war oder ob diese Stadt erst nach den Bomben zum Paradies geworden war. Es gab Macken, keine Frage – ich sah ein paar wenige abgebröckelte Stellen an manchen Wänden und ich erblickte manchmal ein paar Bettler in den Gassen zwischen den »Geschäften«, aber ansonsten wirkte diese Stadt vollkommen. Erst jetzt wurde mir bewusst, wie mächtig der Präsident war – der König des *31. Jahrhunderts* – dieser Titel blieb mir im Hals stecken und ich musste meine Gedanken runterschlucken, bevor ich noch daran erstickte. Lex hatte sich zu mir gestellt, das hatte ich gar nicht bemerkt, so gedankenversunken war ich gewesen. Sie musterte mich und schaute dann ebenfalls auf die Geschäfte, die aus Edelstein zu bestehen schienen und in denen sich das Licht in allen Farben spiegelte. Darin gab es alles, von Essen bis hin zu Mode.

»Ich finde es hier schrecklich«, Lex spuckte die Worte mit so viel Abscheu aus, dass jede Beleidigung von ihr einem Kompliment gleichkam.
»Warum? Es sieht so …wundervoll aus hier«, meinte ich, auch wenn ich die Bettler nicht vergessen hatte. Früher wären sie mir egal gewesen, früher in der Kolonie, da war mir noch alles egal, jetzt nicht mehr.
»Ja, weil du auf ihre Paläste blickst und ihrer Musik lauschst und es wunderschön aussieht und klingt, du siehst, wie glücklich diese Leute sind und wie vollkommen dieser Ort wirkt, aber, wenn ich auf diese Stadt blicke, da sehe ich nichts von all dem – ich sehe, dass dieser Ort Menschen gehört, nur Menschen, die sich über alles andere stellen. Sie sehen das hier nicht als wunderschön an, sondern als normal, als Alltag und ich sehe nicht die glücklichen Gesichter, sondern die eifersüchtigen, die womöglich ihre eigenen Nachbarn beneiden. Dieser Ort ist nicht vollkommen und auch nicht wunderschön, er ist oberflächlich und voller Hass und Grausamkeit, genau wie dieses Arschloch von Präsidenten«, meinte sie, und ich spürte, dass sie das wirklich dachte, dass sie aus der Seele gesprochen hatte.

Sie kam mir mal wieder so viel älter als fünfzehn Jahre vor. Ihre helle Haut war nun leicht golden geworden und sie hatte noch mehr Sommersprossen bekommen, die perfekt zu ihrem roten, vom Schlaf zerzausten Haar passten. Sie hatte recht, wie so oft – dieser Ort war eine Fassade, eine Dekoration, die das Aussehen der Kolonien überstrahlen sollte, damit die Menschen sie vergessen, damit sie uns vergessen. Der Präsident demonstrierte hiermit seine Macht und unsere Bedeutungslosigkeit. Diese Stadt war keine einfache Dekoration, sie war eine Waffe.

Wir durchquerten die Einkaufsstraße und bogen links, rechts, rechts und nochmals links ab, bevor wir an einem **Airstop** ankamen. An den Airstops konnte man den Wagen mit Energie und neuen Luftreserven versorgen, damit er weiterfuhr. Aus Dads Geschichten wusste ich, dass so etwas früher mal »**Gas** Stop« hieß, aber das spielte jetzt keine Rolle. Joe hielt an und wir stiegen aus, wobei wir versuchten, nicht nach oben in die angebrachten Kameras zu blicken. Sie konnten überall sein, sie waren so klein, dass man sie eh nicht sah, also mussten wir aufpassen. Ich blieb im Kofferraum sitzen, öffnete aber die Türen, damit ich die Luft einatmen konnte. Sie roch süßlich und irgendwie künstlich, aber tausendmal besser als die in den toten Städten, dort hatte mich die Luft beinahe umgebracht. Ich setzte mich auf die Kante des Wagens hinten und ließ meine Beine aus dem Wagen hängen. Lex sprang mit Leichtigkeit aus dem Wagen und streckte die Arme aus, sie atmete laut hörbar ein und wirkte das erste Mal, seit ich sie kannte ...frei. Das verstand ich nicht? Sie hatte sich im Wald gefangen gefühlt, hatte sich in den toten Städten aber wenig an der Umgebung gestört und hier, in der Stadt, die sie so hasste, fühlte sie sich frei?

Dieses Mädchen bestand für mich aus Rätseln, aber sie war gerade für ihre Verhältnisse gut gelaunt und ich wollte das nicht ändern und verkniff mir meine Frage. Ben und Joe machten sich daran, den Wagen zu tanken, und Ruff blieb ebenfalls im Wagen sitzen – er schien gar nicht mitzubekommen, dass wir tankten.
Randy ging in das Gebäude vor uns – ein Lebensmittelladen oder auch ein Lebensmittel-Museum, ich hatte mich da noch nicht entschieden. So blieben also nur Lex und ich, bis Lex ums Auto herum zu Ben und Joe ging – vermutlich um die beiden zu kommentieren. – Sie verschwand aus meinem Blickfeld. Ich blickte allein dieser prachtvollen Straße entgegen, doch je länger ich sie betrachtete, desto mehr verlor sie an Pracht. Ich sah mindestens sieben Bettler, einer mit Kind und dann sah ich sie – die CGCs. Sie waren an jedem zweiten Laden postiert und hielten zwar keine Waffen in den Händen, doch ich fürchtete, dass diese nicht weit entfernt waren.
Mein Herz raste immer mehr und ich spielte mit dem Gedanken, einfach wegzurennen und mich zu verstecken. Was, wenn die CGCs mich erkannten und mich dann erschossen oder noch schlimmer, mich zurück nach Sutcliffe brachten? Ich musste nur eine falsche Bewegung machen und sie könnten auf mich stoßen – aus Zufall würde schon reichen. Alles in mir verkrampfte sich und mir wurde schlecht. Kotzübel, und ich fing an, unkontrolliert zu zittern. Keine Kräfte, keine Kräfte, keine Kräfte. Gerade als ich dachte, dass ich jetzt gleich alles in Stücke reißen würde, spürte ich

warme Finger, die sich mit meinen verhakten. Ich hatte gar nicht gemerkt, dass ich die Augen zugekniffen hatte. Als ich sie öffnete, saß Dean neben mir.

Er drückte meine Hand und so sehr ich dagegen ankämpfen sollte, nicht so schnell nachgeben sollte – *allein überlebt man eher. Stoß ihn weg. Er ist besser ohne dich dran.* – fiel ich ihm trotzdem in die Arme.

Ich drückte ihn so fest an mich, dass es jeden Menschen hätte schmerzen müssen und er presste mich ebenfalls gegen seine Brust. Sein Herz schlug neben meinem und ich vergrub mein Gesicht in seinem Pullover, wollte einen Moment lang an nichts mehr denken und das ging nur, wenn er in meiner Nähe war. Wenn er da war, war in meinem Kopf nichts als sein Name, sein Gesicht, sein Geruch, nur noch er – nichts anderes.

Ich hätte ihn am liebsten nie wieder losgelassen, doch er küsste meinen Scheitel und brachte ein wenig mehr Platz zwischen uns.

»Tut mir leid wegen vorhin, ich war sauer«, meinte Dean. Er war sauer, ich dachte, ich war sauer gewesen, er nur besorgt und dickköpfig – wie immer.

»Wegen was?«, ich zog meine Augenbrauen hoch.

»Wegen dem, was nach der Explosion passiert ist«, erwiderte er und rieb sich die Stirn, seine meerblauen Augen blickten in meine und ich musste mich zusammenreißen, um nicht darin zu ertrinken, ihn nicht an mich zu ziehen und zu küssen.

»Es tut mir auch leid, ich habe die Kontrolle verloren, ich wollte nicht...«, doch er unterbrach mich mitten im Satz.

»Ich war nicht sauer wegen dir oder wegen dem, was du getan hast, ich wäre froh, hätte ich Kräfte wie du.« In seinen Augen stand eine Trauer, die ich vorher noch nie gesehen hatte. Ich hatte gar nicht gewusst, wie sehr er sich wünschte, Kräfte zu besitzen, und bekam sofort ein schlechtes Gewissen.

»Ich war sauer, weil nicht ich derjenige war, der dich zurückgeholt hat, sondern Benjamin. Ich wollte nicht, dass er es war«, wiederholte er noch einmal. Oh – er war eifersüchtig gewesen. Obwohl mich das hätte stören sollen, schlich sich ein Lächeln auf mein Gesicht. Eifersüchtig – und dann auch noch auf Ben.

»Was?«, fragte er schnaubend und ich musste ein Lachen unterdrücken.
»Keine Ahnung, aber ich und Ben, das ist absurd Dean. Ben mag mich nicht mal richtig und ich dachte, ich hätte dir gesagt, was ich empfinde – auch wenn ich es immer noch nicht leiden kann, wenn du mich wie ein Kind behandelst«, gab ich zurück. Ben und ich, das würde nie passieren. Ich mochte Ben, aber mehr nicht. Ich hatte mich in diesen Jungen hier, der eigentlich längst erwachsen und theoretisch schon ein Mann war, verliebt und in niemand anderen. Man kann sich ja auch gar nicht in zwei Leute gleichzeitig verlieben.
»Ja, ich weiß. Tut mir leid«, antwortete er und vergrub sein Gesicht in den Händen. Ich ging dem Drang nach und umgriff seine Handgelenke, sorgte so dafür, dass er mich ansehen musste.

»Ich habe es mir nicht ausgesucht, dass Ben es war. Hätte ich wählen können, ich hätte dich gewählt«, er nickte, »Und hör auf dich zu entschuldigen, ja«. Er nickte noch mal und küsste mich auf die Stirn, dann zog er mich in seine Arme und ich hätte mich am liebsten diesem Moment hingegeben. Ich fühlte seine starken Arme um meine Taille und inhalierte den Geruch seines Pullovers. Aber plötzlich nahm ich Stimmen von der anderen Seite des Wagens wahr. Es war ein Streit zwischen zwei Leuten und ich meinte sogar zu hören, dass eine Waffe klickte. Es war keine Stichelei von Lex oder ein Befehl von Joe, dem Ben nicht nachgehen wollte, das hier war eine richtige Auseinandersetzung und ich hatte nur einen Gedanken – eine falsche Bewegung und die CGCs bemerkten uns und dann - Gnade uns Gott.

Dean und ich sprangen sofort aus dem Kofferraum und landeten auf dem makellosen Steinboden. Das Geräusch vom Entsichern einer Wache hatte mich tiefst beunruhigt und ich hielt intuitiv Deans Hand umklammert, um mich an irgendetwas festhalten zu können, während wir ums Auto herum gingen und nun deutlich die Worte einer Frau wahrnahmen.

»Hände hoch und nicht bewegen«, ich hörte Joes Knurren und Lex Flüche. Dann gingen wir um die Ecke und ließen den Schutz des Autos, das uns von den Blicken dieser Leute abschirmte, hinter uns. Ich erkannte die Frau sofort wieder. Sie richtete nun ihre Waffe auf Dean und mich. Es war eine Pistole, aber das machte sie nicht weniger tödlich – ich fragte mich, ob sie einfache Kugeln hatte oder ob die Waffe mit

Schwefelkugeln geladen war. Die Frau hatte lange, braune Haare, die ihr in Wellen über die Schultern fielen und eisblaue, fast silberne Augen, die sich in meine bohrten. Sie strahlte eine Autorität aus, die ich normal nicht mit einer so zierlichen Frau verband. Die Art, wie sicher sie die Pistole hielt, ließ mich erstarren. Hinter ihr standen noch vier weitere Leute, aber mein Blick blieb an der Frau haften, die ich kannte. Nicht, weil ich sie in der Kolonie getroffen hatte oder sie aus New Oltsen kam, sondern weil ich ihre Suchanzeige gesehen hatte. Als Dean und ich von den Huntern gefangen wurden, hatte ich einen Computer entdeckt, mit einem Bild von einer jungen Frau und dem Lösegeld, würden die Hunter sie fassen.

Ich drückte Deans Hand, dann sprach ich zu ihr: »Du heißt Charleen, richtig? Charleen Darsen.« Sie wirkte leicht geschockt über meine Worte.
»Ja, ich heiße so und woher weißt du das, bitteschön?«
Sie schleuderte mir ihre Worte entgegen, als hätte ich sie beleidigt, das war nicht meine Intention gewesen.
»Ich habe dein Bild und deinen Namen gesehen, als ich von Huntern gefasst wurde – deine Suchanzeige und was du ihnen wert warst«, erklärte ich und schaffte es nicht, die Bitterkeit in meiner Stimme zu verbergen – allein der Gedanke an Mac Mason brachte mich zum Zittern und ich drückte Deans Hand fester. Ihm schien das nichts auszumachen.
»Schön, ich kenne dich auch«, sie senkte ihre Waffe und mir fiel fast hörbar einen Stein vom Herzen. Die anderen hinter ihr schienen angespannter als zuvor,

während sich ein Grinsen auf Charleens Lippen stahl. Ich war derweil verwirrt.

»Und wie kommt es, dass du mich kennst?«, fragte ich und versuchte, endlich die Bitterkeit aus meiner Stimme zu beseitigen.

»Florence Grayson, die, die die Kolonie hat einstürzen lassen, bloß mit einem Schrei – ich würde mich nicht weit aus dem Fenster lehnen, würde ich behaupten, jeder aus der Kolonie kennt dich.« Ihr Grinsen wurde breiter und sie legte den Kopf schräg, wartete auf meine Reaktion.

»Mag sein. Was hattet ihr denn vor?«, wollte ich wissen und zeigte mit meiner freien Hand auf die Pistole, mit der Charleen eben noch auf uns gezielt hatte.

»Wir wollten eure Vorräte. Es ist einfacher, die Menschen beim Einkaufen zu beklauen, als in ihre Paläste einzudringen, zudem diese alle von CGCs umstellt sind, falls euch das noch nicht aufgefallen ist«, meinte sie entspannt. Sie befürchtete nichts vor uns, obwohl sie gerade zugegeben hatte, dass sie uns bestehlen wollten.

»Aber wir konnten ja nicht wissen, dass wir auf Sacrianer stoßen würden.« Sie grinste immer noch und langsam bekam ich das Gefühl, sie glaubte nicht, dass sie einfach so davonkam, sondern wusste es.

»Und jetzt, was wollt ihr jetzt«, fragte Joe gelangweilt, als würde ihn das alles hier einfach nur nerven.

»Wir wollen zu den Rebellen, könntet ihr uns da helfen?« Charleen zog ihre Augenbrauen hoch und schaute Joe herausfordernd an. Sie war die erste Person,

bei der ich dachte, sie könnte tatsächlich eine Diskussion mit Joe gewinnen.
»Nein, wir können dir nicht helfen«, meinte Joe als Antwort auf ihre Frage. Langsam machte ich mir Sorgen wegen potenzieller Zuschauer. Der Airstop war verlassen und in den Geschäften ringsum keine Leute zu sehen, die CGCs konnten uns ebenfalls nicht sehen – wir standen in einem toten Winkel, aber sobald wir einen Fehler, eine falsche Bewegung machten, wäre es das für uns und das Risiko wollte ich eigentlich nicht eingehen.

»Ach, also wollt ihr nicht zu den Rebellen?«, fragte Charleen und zeigte auf den Pkw.
»Nein, das hatten wir nicht vor.« Joe spuckte die Worte in ihre Richtung und ich an ihrer Stelle hätte schon längst die Hoffnung aufgegeben, ihn zu überreden.
»Also seid ihr hier in New Wase, um was? - Einzukaufen? Ich glaube eher weniger«, meinte sie und langsam sollte Joe sie entweder mit uns fahren lassen oder abwimmeln, denn ich sah, dass die CGCs mittlerweile das Auto entdeckt hatten, und sich sicher fragten, warum wir solange hier standen. Ich drückte Deans Hand und sah zu ihm herüber. In seinen Augen lag die gleiche Sorge wie in den meinen. Er hatte die Schultern gestrafft – Er war alles andere als gelassen und er sah aus, als würde er jeden Moment umkippen, als würde ihn etwas dermaßen anstrengen, dass er es kaum ertragen konnte. Joe und Charleen diskutierten immer noch und die Situation müsste längst aus dem Ruder gelaufen sein. Ich hatte genau gesehen, wie die

CGCs das Auto erblickt hatten, aber als ich sie jetzt anschaute, wirkten sie, als würden sie durch uns hindurchsehen – als wären wir für sie unsichtbar.
»Joe, wir müssen weiter«, stieß Dean zwischen zusammengebissenen Zähnen hervor und kniff dann die Augen zusammen. Was bereitete ihm solche Schmerzen? - Das würde ich ihn später fragen, jetzt sollten wir endlich aufhören, zu reden und weiterfahren.

Joe nickte, diskutierte aber weiter – Randy, die eben aus dem Laden gekommen war, ohne dass ich es bemerkt hatte, stand nun ebenfalls bei uns und warf einen besorgten Blick in Deans Richtung. Sie alle schien es gar nicht zu stören, dass wir, Dean und ich, uns an den Händen hielten, sie schienen es nicht einmal zu bemerken – als wäre das für sie bereits klar gewesen. Hatte Dean mit ihnen geredet? - Nicht meine größte Sorge, darüber konnte ich später nachdenken. Später.

»Jonas«, presste Dean hervor, diesmal nachdrücklicher und dann, ohne dass ich es hätte verhindern können, sackte Dean in sich zusammen und ich ging mit ihm zu Boden, schaffte es aber noch, ihn abzufangen. Wir hockten auf der Straße.
Lex fluchte und in Joes Augen stand blanke Panik, so wie man sie bei ihm nur äußerst selten sah. Dann eilten Ben und Lex zu mir und gemeinsam trugen wir Dean ums Auto zurück in den Kofferraum. Joe hörte ich vorne ins Auto springen, während Randy und er wild diskutierten.

»Du hättest das nicht erlauben sollen, Miranda«, fuhr er sie an, doch sie reagierte gar nicht auf ihn und schaute aus dem Fenster. Bevor ich verstand, worüber sie sprachen, tauchten Charleen und ihre Leute auf. Deans Kopf lag in meinem Schoß und ich strich ihm die Haare aus dem Gesicht.
Sie sprangen hektisch in den Wagen und erst war ich vollkommen verwirrt, warum waren jetzt alle so hysterisch und hektisch, doch dann sah ich die CGCs, die uns entdeckt hatten. Kurz nachdem Dean umgefallen war, kamen sie auf uns zu gerannt und Charleen und ihre Leute schafften es knapp zu Ben, Lex, Dean und mir in den Kofferraum. Die Autotüren wurden knallend zugeworfen und dann raste Joe los.

Warum hatten sie uns ausgerechnet jetzt entdeckt? Wenn uns CGCs entdeckt hatten, dann bedeutete das nichts Gutes. Nun waren sie auf Verfolgungsjagd. Die CGCs verfolgten uns und wir flogen im wahrsten Sinne des Wortes über die Straßen New Wases. Ich hielt Deans Hand umklammert, in der Hoffnung, er würde so vielleicht schneller zu sich kommen. Was hatte er bloß? Was war los mit ihm?
Wer brach denn einfach so zusammen? - Er hatte ausgesehen, als würde sämtliches Leben aus ihm weichen.
Fast so wie ich, wenn ich es mit meinen Kräften übertrieb. Nur, dass er *keine besaß.*

Kapitel 29

Lex und Ben hockten ebenfalls im Kofferraum, bis Ben wieder auf den Sitz vor ihm kletterte, was bei Joes Tempo und den ganzen Kurven eine erhebliche Leistung von Ben war. Lex hielt sich an seinem Sitz fest und schaute immer wieder aus dem Fenster. Charleen und ihre Leute – vier weitere, wie ich zählte – saßen auf der gegenüberliegenden Seite.

Einer hatte schwarze Haare und grüne Augen, dunkler als meine. Er hatte buschige Augenbrauen und wirkte weniger mager als die meisten aus Sutcliffe. Er wirkte irgendwie betrübt und gereizt, aber mir ging es nicht anders. Wir flogen um die nächste Kurve und mit jedem Meter schlug mein Herz schneller. Ich hörte die Sirenen der CGCs und ich hörte schon wieder das Geräusch vom Entsichern einer Waffe – aber sicher keine Pistole.
Einer weiter rechts hatte blonde Haare und er war ziemlich mager und schlaksig. Er wirkte ziemlich eingeschüchtert und eher zurückhaltend, wohingegen das Mädchen neben ihm – eine Blonde mit einer Kappe auf dem Kopf und kurviger Hüfte und Oberweite – alles andere als zurückhaltend und schüchtern aussah. Neben ihr saß Charleen, die immer noch eine Autorität ausstrahlte, die mich schweigen ließ. Der letzte ihrer

Truppe hatte rotbraune Haare und dunkle Augen. Er wirkte jünger, aber gut genährt und er schaute die ganze Zeit heimlich herüber zu mir, was mich den Blick von den Leuten abwenden ließ. Es gab nun Wichtigeres, als mich mit Charleens Gefolgschaft bekannt zu machen.

Eine scharfe Linkskurve und wir flogen wieder durch den Kofferraum – läge Deans Kopf nicht auf meinem Schoß, wäre ich sicher schon Matsch. Gerade als ich glaubte, einen Schussbefehl von draußen gehört zu haben, prasselte ein Regen aus Kugeln auf uns ein. Die CGCs schossen auf uns und es war nur eine Frage der Zeit, bis sie uns bekamen. Das war es, wir waren tot und wir würden niemals überhaupt bei den Rebellen ankommen. Mein Herz schlug so laut in meinen Ohren, dass es fast die Kugeln übertönte. Ich hasste Kugeln und jede Kugel, die den Wagen traf, ließ mich schaudern und zusammenzucken. Ich kniff die Augen zu und wünschte mir, einfach alles zu vergessen, wünschte mir, woanders zu sein. Derweil presste ich mich härter auf den Boden, so sehr, dass es schmerzte, und versuchte, nicht quer durch das Auto zu fliegen. Joe fuhr im Zickzack, um den Kugeln auszuweichen, doch davon wurde mir nur schlecht. Es kostete mich all meine Kraft, nicht zu kotzen. Meine Kräfte hatte ich unter Kontrolle. Sie blieben hinter der Mauer, auch wenn ich den Druck, der von ihnen ausging, spürte. Ich ließ nicht zu, dass sie überkochten, und sie taten es nicht – *ich kontrollierte sie.*
Eine Kugel folgte auf die vorherige und der Raum war erfüllt von dem Geräusch der Kugeln auf dem Metall

des Wagens. Alles in mir verkrampfte sich und ich musste erneut gegen den Brechreiz ankämpfen. Wir waren gefangen in diesem Wagen und die Wände schienen immer kleiner zu werden, immer näher auf mich zuzukommen, ohne Entkommen. Erst befürchtete ich, dass sich meine Kräfte nun melden würden, doch auch wenn sie mir Kopfschmerzen bereiteten, waren es nicht meine Kräfte, von denen ich gepackt wurde – sondern nackte Angst. Sie kroch meinen Rücken herauf und ließ mich erstarren. Ich konnte mich nicht bewegen, konnte nicht atmen und krallte mich an Deans Jacke, zerdrückte fast seine Hand. Ich presste mich stärker gegen den Rumpf des Wagens und kniff die Augen zu. Dann hörte ich durch den Kugelhagel hindurch ein Aufstöhnen.

Etwas auf meinen Beinen bewegte sich, aber ich konnte die Augen nicht aufmachen, presste mich schmerzhaft stärker gegen die Wände des Pkws. Dann spürte ich einen Händedruck, Dean erwiderte meinen. Ich öffnete immer noch nicht meine Augen, presste mich aber nicht länger so schmerzhaft gegen den Rumpf. Dann spürte ich eine warme Handfläche, die mein Gesicht festhielt. Eine Kugel nach der nächsten, und ich schreckte bei jeder Einzelnen aufs Neue zusammen. Ich verband viele Erinnerungen mit Kugeln. Ich nahm noch eine Stimme wahr – eine mir noch neue: »Was hat sie?«, die Stimme klang rau, gereizt.

»Sie kommt nicht mit Schüssen klar«, antwortete Dean und ich kämpfte erneut gegen den Brechreiz an. Ich hörte ein Lachen aus der Richtung und dann Charleens harte Stimme.

»Sei still Syler oder muss ich dich an deine Ängste erinnern?« Der Junge, der eben gelacht hatte, verstummte augenblicklich, und ich glaubte, es war der mit den schwarzen Haaren gewesen. So ein Mistkerl.

»Flore?« Dean flüsterte und trotzdem hörte ich seine Worte klar und deutlich durch die Schüsse hinweg.

»Florence, sieh mich an.« So sehr ich hier wegwollte, dem allen hier entgehen, mich gegen die Wand zu pressen und irgendeinen Gott anzuflehen half nicht, ich musste stark sein und nicht winseln. Das war das, was ich ihm hatte beweisen wollen – ich war kein Kind. Und so öffnete ich meine Augen und sah in seine. Sie waren wieder meerblau und nicht so blass wie eben, bevor er umgekippt war. Er nickte und presste seine Lippen zu einer schmalen Linie zusammen.

»Geht es dir gut?«, fragte ich und drückte seine Hand, die ich immer noch fest umklammert hielt.

»Ja, aber dafür bleibt uns jetzt keine Zeit. Wir stehen schließlich gerade unter Beschuss«, meinte er und zwang sich ein Lächeln ins Gesicht.

»Ach, habe ich noch gar nicht gemerkt«, erwiderte ich und lächelte zurück. Dann zog er mich in seine Arme, wobei ich das Aufstöhnen nicht überhörte. Warum hatte er solche Schmerzen? Nun war nicht der richtige Zeitpunkt für Fragen. Später.

»Nicht ihr auch noch.« Ein Aufkeuchen von Lex, die gerade gegen Bens Sitz geknallt war. Mir war egal, ob sie uns gesehen hatte oder ob uns Charleen und ihre Horde sahen. Mein Gesicht in Deans Pullover zu vergraben, war die einzige Möglichkeit, um die Schüsse abzuschirmen, um sie kurz zu vergessen, doch sobald er sich wieder von mir löste, kam die Angst zurück und ich begann wieder stärker zu zittern. Ich verlor fast sämtlichen Halt, als er auch meine Hand losließ und ich zu Lex kroch, während er versuchte, irgendwie zu Joe nach vorne zu gelangen.

»Du hast also Angst vor Schüssen?«, meinte eine mir bekannte Stimme. Ich drehte meinen Kopf in die Richtung des schwarzhaarigen Jungen, Charleen hatte ihn Syler genannt.

»Ein Problem damit, du Schwachkopf«, konterte Lex an meiner Stelle und schob mich hinter sich, als wäre sie die ältere von uns beiden.

»Nein, alles gut.«. Der Junge hob verteidigend die Hände und funkelte belustigt mit den Augen, sagte aber kein Wort mehr, da nun die nächste Kugelschar angeflogen kam. Dean hatte es irgendwie geschafft, nach vorne zu gelangen und stand nun zwischen den Sitzen von Joe und Randy, die irgendwie versuchten, den Kugeln auszuweichen. Wäre doch nur ein verdammtes Fenster in den Hintertüren des Wagens, dann könnten wir die CGCs sehen, aber andererseits wäre das Glas schon längst zersprungen und die Kugeln hätten uns durchbohrt.

Plötzlich sah ich, dass Joe und Dean die Plätze tauschten, während der Fahrt. Was um alles in der Welt hatten sie vor? Mir blieb das Herz stehen, bis ich sicher war, dass ihnen beiden nichts passiert war und wir immer noch einen gewissen Vorsprung hatten. Joe kam

nach hinten, an Ben und Ruff vorbei - Ruff, der sich die ganze Zeit zurückgehalten hatte, ich hatte ihn beinahe völlig vergessen – und dann zu uns, zu einem Fenster.
»Mach das Fenster auf«, befahl er dem rothaarigen Jungen. Dieser schaute ihn jedoch nur ungläubig an und bewegte sich erst, als Charleen seine Worte betont laut wiederholte.
»Na los, mach es auf Aven«, also gut, er hieß Aven. Ich sah, dass seine Wangen glühten, während er aufstand und mit seinen starken Armen das Fenster aufstieß. Möglicherweise hätte das auch ein Mensch geschafft, aber Aven hatte es problemlos aus den Fugen gerissen und es landete klirrend auf dem Boden, was ich nur durch die Schüsse hörte, da ich mehr Schallwellen als die anderen wahrnahm. Er war stark – wirklich stark, doch Joe schien nicht beeindruckt und warf bereits die ersten Feuerbälle in Richtung der CGCs.

Aven, Syler und Charleen. Gut, drei Namen kannte ich schon mal, fehlten nur noch der des gutaussehenden Mädchens mit den wirklich außergewöhnlichen Kurven und der des schüchternen, schlaksigen Jungen.
Lex neben mir wirkte ebenfalls wütend, aber sie konnte genauso wenig ausrichten wie ich. Sie war noch nicht in der Manifestierung und ich würde alles nur einreißen – unkontrolliert – und uns vielleicht selbst begraben. Dean machte eine Rechtskurve. Joe feuerte währenddessen weitere Feuerbälle auf die CGCs.

Plötzlich verklangen die Schüsse und ich hörte eine Explosion – eine Explosion aus der Richtung der CGCs.

»Was ist passiert, Joe?«, fragte ich und meine Stimme hörte sich viel gelassener und ruhiger an, als ich mich fühlte. Ich stand zwar, hielt mich aber an Bens Sitz fest, um nicht umzufallen.
»Ein Auto ist explodiert«, Joe versuchte, sich nichts anmerken zu lassen, aber seine Stirn war mit Schweißperlen bedeckt und ich erinnerte mich an die Brandblasen an seinen Händen, als er unsere Fesseln damals geschmolzen hatte. Ich erinnerte mich ebenfalls daran, dass wir unten im Unterwasser Tunnel von Ben waren und Joe uns mit seinem Feuer Licht gemacht hatte. Obwohl es sein eigenes Feuer gewesen war, streckte er seine Hände manchmal in die Wasserwand und kühlte sie dort ab, als würde sein Feuer ihm die Hände verbrennen, wenn er es zu lange auflodern ließ oder es zu heiß war. Vielleicht war er gar nicht so immun gegen Feuer, wie man annahm. Aber er war aus Feuer geboren worden und er würde damit kämpfen – das stand in seinen wutentbrannten Augen, das war in ihnen eingebrannt worden.

Die Stille war ungewohnt, ich hörte die Befehle der CGCs hinter uns und wie die Herzen jedes einzelnen von uns schneller schlugen – wir alle wussten, würden wir gefasst werden, wäre das unserer sicherer Tot und dann hätten wir verloren. Hätten umsonst die Mauern der Kolonie eingerissen und wären umsonst in diese

Stadt gekommen. Was wäre das dann alles wert gewesen? Das Winzige, das es mir gebracht hatte, war es, diese Leute kennengelernt zu haben. Joe, Randy, Ben, Lex, Ruff und zu guter Letzt – Dean.

Diese *Leute* waren meine Verbündeten, meine Freunde, meine Retter und ich würde sie nicht verlieren können, ohne selbst zu sterben. Ohne sie blieb mir nichts und deswegen mussten wir überleben – wir alle. Sogar Charleen, Aven, Syler und die anderen beiden, dessen Namen ich noch nicht kannte, wollte ich nicht sterben lassen. Möglicherweise waren wir wegen Charleen entdeckt worden, aber ich sah die Hilflosigkeit in ihren Augen, sah trotz Charleens taffer Ausstrahlung die Verzweiflung, die sie verbarg. Sie erinnerte mich an Joe, zwei Anführer, die alles dafür taten, ihre Leute zu beschützen. Ich hatte Jonas am Anfang so gehasst und für manches konnte ich ihn immer noch nicht leiden, aber er war nicht herzlos und er war keine schlechte Person – er war ein Beschützer und er tat, was getan werden musste, um seine Leute zu beschützen. Er tat das, was er für richtig hielt, und ertrug die Schuld allein und machte sie mit sich selbst aus, das war genau das, was ich nicht konnte – Schuld ertragen. Dafür hatte er all meinen Respekt. Wenn ich jemandem mein Leben anvertrauen müsste, dann würde ich es ihm anvertrauen. Für Dean hingegen würde ich meines hergeben und das war meine größte Schwäche. Dean durfte auf keinen Fall in Gefahr geraten, er hatte ja nicht einmal Kräfte, mit denen er sich wehren könnte.

Plötzlich ertönte ein Knall, der nichts mit einer Kugel, aber sehr wohl etwas mit einer Waffe zu tun hatte. In meinen Ohren rauschte es und ich bekam keine Luft mehr, wagte nicht zu atmen. Joe, der eben noch am Fenster gestanden hatte, wurde durch die Wucht vom Fenster weggeschleudert und warf Lex und mich zu Boden. Ich hörte das Knirschen von Knochen und wir drei lagen, die Glieder miteinander verhakt, auf dem kalten Boden. Mir wurde schwarz vor Augen, aber ich hatte nicht das Glück und ich fiel in Ohnmacht – ich blieb wach und bekam alles mit. Ich hörte dumpfe Schreie und Charleen, wie sie immer wieder schrie: »Jules, Jules«, bestimmt das blonde Mädchen, dessen Aussehen ich bewundert hatte.
War das Schluchzen?
Ich hörte eine Weile nichts mehr, spürte aber, wie wir quer durch den Kofferraum flogen und immer wieder gegen Wände und Leute prallten. Wir überschlugen uns, das Auto überschlug sich. Nun wollte ich gar nicht mehr wissen, womit die CGCs auf uns geschossen hatten. Ich hörte aus jeder Richtung Schreie, von Ben? Und anderen, aber die meisten Schreie kamen von Charleen, die unaufhörlich den Namen ihrer Freundin schluchzte. War sie verletzt? Oder womöglich ... tot? – Nein, darüber durfte ich jetzt nicht nachdenken, redete ich mir ein und krachte gegen eine weitere Person, zusammen mit Joe und Lex, mit denen ich mich verfangen hatte. Die Person stieß einen Fluch aus – Syler und rief nach seinem Freund.

»Prag, alles okay?« Prag – ein weiterer Name, sicher von dem blonden Jungen. Wir drehten und drehten uns und wirbelten durch das Auto. Ich knallte von einer Wand gegen die nächste und spürte warmes Blut an meinem Kopf und meinen Armen, wusste aber nicht, wessen Blut das war. Es konnte meines sein, aber genauso gut konnte es auch von Lex, Joe oder irgendwem anders in diesem Kofferraum stammen. Ich hörte jemanden vor Schmerzen aufschreien und dann war da Stille.

Wir rollten noch durch den Wagen, blieben dann aber reglos liegen und das Auto bewegte sich ebenfalls nicht mehr. Es stand still und für einen Moment tat die Welt es ihm gleich. Die CGCs dachten vielleicht, dass wir tot waren und wenn diese Schmerzen nicht wären, würde ich das sicher auch denken. Jemand rollte sich von meinem Bauch herunter. Mein Schädel pochte so laut, dass ich unendlich erleichtert war, mir nun endlich den Kopf halten zu können. Dann entknotete Lex ihre und meine Beine und fluchte.

»Diese verdammten Wichser. Diese Schweine. Schießen auf uns und bringen uns dann fast um, wie ich sie hasse, die sollen in der Hölle schmoren.« Dann ließ sie plötzlich etwas innehalten und sie verstummte, dabei hatte ich damit gerechnet, dass sie noch Stunden weiter fluchen würde. Ich öffnete langsam meine Augen und blickte an die Decke, die völlig verbeult und verkohlt war. Wie oft hatten wir uns wohl überschlagen?
Ich sah Blut an meinen Händen und Armen, aber entweder die Wunden waren bereits verheilt oder es war

nicht meines, was bedeuten würde ... Ich setzte mich ruckartig auf, wobei ich stark mit Schwindel zu kämpfen hatte, und sah mich um – sah mich nach ihm um. Dean saß vorne und blickte zurück, direkt in meine Augen, ich schätzte seine Wunden ab und war unendlich erleichtert, als ich nur wenig Blut an seinem Kopf und an seinen Händen sah. Er mochte keine Kräfte besitzen, aber er besaß sacrianisches Blut, was hieß, er heilte schneller, so wie ich – so wie wir. Dann hörte ich einen Aufschrei zu meiner Rechten und wendete den Blick von Dean ab. Es war Prag, der blonde, schüchterne Junge gewesen. Dieser kniete vor dem Mädchen, dessen Namen Charleen gerufen hatte. Das Mädchen lag reglos auf dem Boden und war mit Blut überströmt, ihre Augenlider waren geschlossen und ihr Gesicht völlig leer gesaugt. Die rosigen Wangen, die ich bewundert hatten, sahen fahl aus und ihr blondes, welliges Haar war rot und verklebt. Ich musste nicht zweimal hinschauen, um zu wissen – sie war tot. Ich konnte die Tränen nicht zurückhalten, dabei hatte ich dieses Mädchen – Jules – nicht einmal gekannt. Ich musste sie gar nicht gekannt haben, sie war getötet worden, weil sie geboren wurde, und ihre größte Strafe war ein Ausbruch aus einer Kolonie, den ich ermöglicht hatte – ich hätte sie genauso gut mit eigenen Händen töten können. Sie war so schön, so rein gewesen und voller Leben und jetzt hatte ein Unfall gereicht, eine falsche Bewegung und sie war tot. Charleen mochte taff sein, aber jetzt sah sie aus, als wäre sie mit ihr gegangen, tot und leblos und noch was – stinkwütend.

Ich hatte sie schon skeptisch gesehen, da hatte sie gerade mit einer Waffe auf mich gezielt und ich hatte sie genervt gesehen, als wir mit Kugeln beschossen wurden, aber nun war das Einzige, das ich sah Wut, und ich fürchtete mich vor ihr, vor dem, wozu sie möglicherweise alles in der Lage war. Ob die anderen mich auch so bedachten, wenn ich mal wieder einen Wutausbruch hatte? Aber meine Kräfte waren immer noch hinter der Mauer unter Kontrolle und das würden sie auch bleiben, bis ich ihnen befahl rauszukommen. Ich hatte die Kontrolle und jedes Mal, wenn meine Kräfte drohten, sie mir zu entreißen, erinnerte ich mich an das Training mit Ben und seine Worte – sie sind Wasser, aber du lässt sie verdunsten, bis nichts mehr davon übrig ist – und das tat ich. Der Vergleich mit Wasser war vielleicht nicht ideal, wo ich bereits einmal ertrunken war, aber aus irgendeinem Grunde half mir die Erinnerung, denn es erinnerte mich daran, was meine Kräfte tun konnten, dass sie töten konnten, und ich wollte niemals, dass jemand anderem das widerfuhr, was mir widerfahren war. Doch lag Jules jetzt im Inneren dieses Wagens – tot und unschuldig, und egal, ob die CGCs uns nun einfangen würden oder nicht, waren wir die Verlierer.

Dieser Verlust war der Grund dafür, dass sie gewonnen hatten, es hätte niemand sterben sollen. Charleen kniete immer noch neben ihr und dann flüsterte sie kaum hörbar: »Aquier te, frequefe! Ĝereísane seavies me cojaĝa!«, und strich ihr eine rote Haarsträhne aus der Stirn.

»Was heißt das?«, fragte ich, obwohl ich es schon irgendwoher wusste. Meine Mom hatte diesen Satz bereits gesagt und ich ebenfalls, aber ich wollte die Bestätigung von ihr.

»Das ist ein Abschiedsgruß unserer Vorfahren an die Toten. Ein Abschiedsgruß der Sacrianer, die genaue Übersetzung kenne ich aber nicht, es variiert von Schrift zu Schrift.«

Dann stand sie auf und stieß mit ihrem Fuß die Türe auf. Vor dieser standen CGCs und mehrere ihrer Autos. Es waren dieselben Wagen vom Militär wie damals vor unserer Tür in New Oltsen und diese schwebten nun hinter den bewaffneten Soldaten des Staates. Das waren die Leute, die Jules getötet hatten und die Leute, die uns versklavt hatten, die immer noch Kinder versklavten. Ich stellte mich hin und Syler zerrte Prag hoch, welcher immer noch vor Jules gekniet hatte. Aven hatte sich in eine Ecke verkrochen und Lex und Joe blinzelten noch ihren Schock weg.

Als ich einen Blick nach vorne warf, bemerkte ich, dass die Sitze, auf denen eben noch Dean, Randy, Ben und Ruff gesessen hatten, nun leer waren und das Auto vorne noch zerbeulter war, als hier hinten. Über Bens Sitz war sogar die Decke herausgerissen. Auch von Prag war plötzlich keine Spur mehr und die CGCs richteten ihre Waffen auf uns. Ich sah im Hintergrund die Stadt mit ihren Palästen und dem Präsidentenpalast. Alles sah aus wie vorher, als wären wir nie dort gewesen, als wären die CGCs nie hindurch gefahren und als hätte es nie Schüsse gegeben. Wir standen mit dem Auto auf einer Wiese etwas abseits der Stadt und man sah die Spur, die unser Unfall hinterlassen hatte – das mit dem Schweben hatte nicht so gut funktioniert, wir hatten die gesamte Erde mit dem Wagen aufgerissen und überall lagen Wagenteile, doch die CGCs waren fixiert auf uns. Sie blickten uns grimmig an und ich suchte die Gesichter nach einem mir bekannten ab, doch die CGCs waren mir alle fremd – sie wussten wahrscheinlich nicht einmal, dass wir aus der Kolonie ausgebrochen waren, es reichte ihnen womöglich aus, dass wir in ihre Stadt eingedrungen waren.

Da war es wieder, das Geräusch vom Entsichern einer Waffe und das Zucken meinerseits – hoffentlich waren die anderen abgehauen und dem hier entkommen. Ich drehte meinen Kopf noch einmal in Richtung Lenkrad und entdeckte einen Wald, in dem sie sich vielleicht hatten verstecken können.

Bitte, lass sie leben. Bitte, lass ihn leben!

Ich hörte einen Kampfschrei und drehte meinen Kopf in die Richtung, aus der er kam. Charleen hatte geschrien und bevor ich recht verstand, was sie tat, spürte ich Wind um mich herum und mir wurde eiskalt. So kalt, als würde ich von innen heraus erfrieren. Dann wurde ich am Arm gepackt und drehte mich. Ich spürte ein Ziehen, das an den Zehen anfing und sich bis zu meinem Kopf erstreckte. Das Bild vor meinen Augen verschwamm und dann stand ich plötzlich mitten auf einer Straße und blickte in dunkle Augen – in Prags Augen.

Ich blickte zwischen ihm und der Straße hin und her und dann wanderte mein Blick auf die Wiese zwei Straßen weiter, auf der ein Auto stand und ein Haufen Militärwagen. Eben war ich noch in dem Pkw gewesen und nun stand ich hier. Prag war ein *Teleportierer*, wurde mir klar. Ich öffnete meinen Mund, schloss ihn aber wieder. Ich war sprachlos, er hatte mir gerade das Leben gerettet und dann wurde mir noch etwas klar. Er hätte sich während des Unfalls jederzeit aus dem Wagen teleportieren können, war aber dageblieben, bei Jules und nicht von ihrer Seite gewichen. Er war vielleicht schüchtern, aber keineswegs feige.

»Danke«, stotterte ich und blickte dann wieder runter auf die Wiese. Da stand ein braunhaariges Mädchen, ihre Hände ausgestreckt und dann fiel mir das Atmen schwer. Die CGCs, die Wagen waren alle völlig vereist. Sie hatte sie in Eis verwandelt. Charleen hatte ihr eigenes Eis – sie war vielleicht doch nicht ganz so wie Joe.

Mag sein, dass diese Leute uns gebraucht hatten, aber sie hatten unser Leben gerettet und eines geopfert. Wegen ihnen hatten die CGCs uns entdeckt, aber es wäre nur eine Frage der Zeit gewesen und wir wären sowieso entlarvt worden. Sie hatten uns mehr geholfen als geschadet und ich war noch nie so dankbar gewesen, dass Randy eine von Joes Entscheidungen mit Füßen getreten hatte. Joe hätte sie niemals mitgelassen, ich wüsste nicht mal, ob ich es zugelassen hätte, aber Miranda hatte ein großartiges Einschätzungsvermögen und diesem hatten wir womöglich unser *Überleben* zu verdanken.

Kapitel 30

> How strange I once denied him
> What took so little while.
> A kiss would seem so simple,
> So slight a thing a smile.
>
> With pleased sweet looks of wonder
> He took what I could give, -
> Such words as we deny them
> Only because they live.
>
> - - *Anna Hempstead Branch, The Answering Voice*

Ich warf einen Blick in Prags Richtung und erkannte nur noch seine blonden Haare, bevor er mit dem nächsten Windstoß verschwand. Ich trat einen Schritt zurück, und da, wo vorher seine dünnen Finger um meinen Arm gewesen waren, war nun nur noch Kälte. Dann lief jemand auf mich zu und warf sich in meine Arme. Ich sah nur noch rote Haare und umfasste Lex Taille, die viel zu dünn war. Ich drückte sie fest an mich, obwohl ich erst ein wenig irritiert war, dass ausgerechnet sie mir in die Arme fiel, dann wagte ich ein Blick in die Richtung, aus der sie gekommen war und erstarrte.
Dort standen Dean, Randy, Joe, Ruff und Ben – sie waren alle noch am Leben, Aven stand ebenfalls dort - Prag hatte sie sicher ebenfalls aus dem Wagen geholt, als

ich abgelenkt war. Jedoch war das nicht der Grund, weshalb ich erstarrte. Es lag an dem Anblick von Bens Bein. Er wurde von Joe und Dean gestützt und sein linkes Bein war blutüberströmt. Ich erinnerte mich sofort wieder an den Moment, in dem er im Sterben lag. In seinem Bein steckten Splitter aus Metall, ihn hatte es schlimm erwischt – warum immer ihn?

Besser er als Dean – sagte eine Stimme in meinem Kopf, aber ich schob sie weg. Dergleichen dachte man nicht, Ben hatte das nicht verdient. Manchmal, da hatte er vielleicht einen Kinnhaken verdient, aber das hier... - Sein Bein musste schlimm verletzt sein, wenn er nicht selbst heilte. Ich löste mich aus Lex Umarmung und ging auf ihn zu. Irgendwo hinter mir spürte ich eine Windböe – sicher Prag und Charleen – aber ich achtete nicht darauf. Ich hatte nur noch Ben in meinem Kopf.

»Was ist passiert?« Ich wusste nicht, was ich sagen sollte. Er würde nicht sterben, aber das musste dringend behandelt werden.
»Der Unfall«, stieß er hervor, aber dann hörten wir Sirenen und Charleen kam auf uns zu gestampft. Syler, Prag und Aven waren direkt neben ihr, aber selbst ich sah, dass etwas fehlte, dass Jules fehlte. Ich blinzelte die Tränen, die mir in die Augen stiegen, weg und konzentrierte mich auf Charleen.
»Wir müssen hier weg, sofort. Es kommen mehr«, meinte sie. Das war kein Vorschlag, es war ein Befehl. Joe nickte ihr zu – ein Nicken von Anführer zu Anführer – und übergab ihr das Kommando. Sie hatte

ihre Loyalität bewiesen, nicht einmal Joe konnte ihr Opfer leugnen. Joe war viel gütiger, als ich geglaubt hatte, dachte ich. Vielleicht stimmte es, dass das Ziel manchmal den Weg rechtfertigte.

»Okay wir müssen runter von der Straße, hier ist zu viel los, wir müssen wohin, wo niemand ist«, meinte sie und warf Syler einen Blick zu. Er nickte. Er kannte sich hier wohl aus. Wir rannten los und ich spürte eine Hand auf meinem Rücken. Deans Hand, er wollte mir sagen, er hatte überlebt und er war bei mir. Das erleichterte mich, aber die Sirenen wurden lauter, die CGCs kamen näher. Es war wie die Sirene eines Polizeiautos, doch Polizisten waren harmlos, CGCs tödlich, das hatte Jules Leichnam bewiesen.
Syler, Aven und Charleen liefen vorne und wir alle hinter ihnen. Die Leute hier starrten uns nach, hielten sich aber zurück und da sie ebenfalls die Sirenen hörten, wichen uns einige sogar aus. Sie kannten das, die Sirenen, die Geschichten über Deseaser. Ich hasste diese Bezeichnung, sollte ich je lebend hier rauskommen, würde ich dafür sorgen, dass wir uns Sacrianer nannten. Ein Schritt vor den anderen. Die Leute blickten uns entweder Furcht- oder angsterfüllt an und ich musste mir Mühe geben, sie auszublenden, ihnen nicht zuzuschreien, was ich von ihnen hielt. Sie lebten hier in ihren goldenen Palästen und wurden von Reichtum verwöhnt, während wir gejagt wurden. Sie versteckten sich hier hinter ihrer Fassade, während für uns jeder Tag ein Kampf war – wir ein Leben lang auf der Flucht waren, so wie jetzt.

Ich atmete durch die Nase ein und den Mund aus und das immer weiter. Atmen. Laufen. Rechts. Links. Atmen... Das weiter und weiter, schneller und schneller. Syler bog durch mehrere Straßen ab und wir folgten ihm, bis wir letzten Endes in einer kleinen, verlassenen, aber nicht weniger makellosen Straße ankamen. Ben wurde von Prag teleportiert und musste somit nicht rennen, aber seine Blutung hatte nicht gestoppt und er hatte sein Gesicht vor Schmerzen verzogen. Die Sirenen waren weit entfernt und wir blieben stehen. Wir setzten Ben an einer Hauswand ab. Wir standen in einer weiteren Einkaufsstraße, aber diese war weniger ausgeschmückt. Die Häuser waren aus einfachem Metall in verschiedenen Farben und die Türen waren alle verschlossen.

»Was ist das hier?«, fragte ich, und zu meiner Überraschung antwortete Syler mir.

»Das Nachtmuseum.« Seine Lippen umspielte ein dreckiges Lachen. Er musste seine Erklärung nicht weiter ausführen, wir waren in keiner Einkaufsstraße, die Geschäfte hier waren andere Geschäfte – Geschäfte so dreckig wie sein Lachen. Hier waren nachts Huren und Zuhälter unterwegs und ich wäre am liebsten weggerannt, aber tagsüber schienen die Dienste dieser ... Leute wohl nicht erwünscht und wir waren ungestört. Hier würden die CGCs so schnell hoffentlich nicht auftauchen. »Und jetzt?«, fragte Dean und schaute in Joes Richtung. Dieser blickte dann zu Charleen, welcher er wohl das gesamte Kommando übergeben hatte – vielleicht hielt er einfach nicht die Verantwortung für weitere Tote aus - »Wir kontaktieren die Rebellen, sie sollen uns zur Hilfe eilen oder wollt ihr, dass euer Freund stirbt«, gab sie gereizt zurück. Dean nickte und ich konnte ihr ihren Zorn nicht verübeln.

»Tut mir leid, das mit Jules«, meinte ich, und hoffte, keinen Fehler gemacht zu haben, in dem ich ihren Namen in meinen Mund genommen hatte.
»Weißt du, sie würde noch leben, wären wir in der Kolonie. Wärst du nicht gewesen...«, fing Syler zornig an, »Halt die Fresse, du Arschloch. Sie hätte Florence die Füße küssen sollen. Alles ist besser als die Kolonie«, fauchte Lex und unterbrach somit Sylers tolle Rede.
Ich wusste, dass sie noch leben würde, das hatte ich nicht übersehen. Ich dachte, ich hätte bereits genug Schuld auf mich geladen, doch ich hatte mich getäuscht – ich hasste es, mich zu täuschen und doch tat ich es ständig. In allem und im jedem täuschte ich mich.
»Wage es nie wieder«, setzte Syler an, doch Charleen ging dazwischen, »Schluss jetzt, Sy. Sie kann nichts für ihren Tod.«
Dann ging sie zu dem nächsten Laden, an dem ein Automat hing. Einer, an dem man Geld abheben, telefonieren und Weiteres konnte. Sie tippte eine Nummer ein, kurz darauf ertönte eine Stimme.
 Dean neben mir verkrampfte sich, aber das konnte daran liegen, dass Ben aussah, als würde er jeden Moment zusammenklappen.

»Guten Tag, Hotel Sacerdos, Sie wünschen?«, die Stimme klang träge, müde, gelangweilt. Aber irgendwas an ihr faszinierte mich. Die Sirenen wurden lauter...
»Hier ist Charleen Darsen und ich hätte gerne ein Zimmer mit Ausblick auf das Nachtmuseum, wie ich es gebucht habe«, erwiderte sie. Was um alles in der Welt redete sie da? Sie wollte doch nicht ernsthaft ein Hotelzimmer buchen, oder was?
»Klar, Ihr Name noch mal?«, meinte die männliche Person am Ende der Leitung. »Charleen Darsen«, gab sie zurück.
»Gut, wir schicken Ihnen den Zimmerservice hoch, ja«, die Stimme wurde ernster und tiefer. »Danke, ich hasse Unstimmigkeiten«, sagte sie nachdrücklich. Erst jetzt reimte ich mir die Sätze zusammen. Hotel Sacria – Sacrianer, und sie bucht kein Zimmer, sondern bittet um Unterstützung. Sie redete mit den Rebellen. Sie holte uns hier raus. Dann legte sie auf und nickte Joe zu.

Er schien sofort zu verstehen und entspannte sich, doch mir war nicht nach Entspannung, ich hörte die Sirenen und sie wurden lauter, kamen immer näher. Woher sollten die Rebellen bitte kommen? Wie schnell sollten sie es bis hierhin schaffen, wenn Charleen so unbekümmert dastand? Sie schien sich nicht einmal zu fürchten, die Einzigen denen man die Furcht ansah, waren Aven und Ben. Lex war zwar ungewöhnlich ruhig, sah aber nicht ängstlich aus.
Ruff schien jedes Mal unsichtbar zu werden, sobald eine Gefahr kam, und er schaute wachsamer, aber ebenfalls ohne Furcht ans Ende der Straße. Joe, Dean, Syler und

Charleen sahen aus, als wären sie kampfbereit und Randy hockte neben Ben, voller Sorgen in den Augen, aber keiner fürchtete die Sirenen. Hörten sie sie denn gar nicht? Und da fiel mir ein, dass mein Gehör besser war als ihres, dass sie Schall nicht so wahrnahmen wie ich und ich rief ihnen zu.

»Leute, ich höre sie. Sie kommen!«
Sofort holte Charleen ihre Waffe heraus und Syler zog ebenfalls eine aus seinem Hosenbund – natürlich hatte er auch eine Waffe, darauf hätte ich auch selbst kommen können. Dean schien sich zu konzentrieren, als würde es ihm gar nichts ausmachen, den CGCs ohne Kräfte entgegenzutreten, und Joe entfachte bereits ein paar Funken. Ich dachte erneut an seine geschundenen Hände, verdrängte die Gedanken daran aber wieder und ging herüber zu Dean. Ich stellte mich neben ihn und flüsterte ihm etwas zu.
»Pass auf dich auf, ja.« Ich war noch nie so besorgt gewesen. Ich hatte nun mehr Angst um ihn als um mich selbst – das Gefühl machte mir Angst, aber die Sorge ließ sich nicht abschütteln.
»Du auch, ja«, entgegnete er und ich nickte. Ich richtete meinen Blick aufs Ende der Straße, wir standen in der Mitte und konnten nirgendwo hinlaufen, wir waren in einer Sackgasse. Dann drehte mich Dean am Arm noch einmal in seine Richtung und flüsterte mir Worte ins Ohr. Die Worte waren so leise, dass es sogar mir schwerfiel, sie zu verstehen. Geschockt drehte ich mich zu ihm um, doch er lachte nur herzhaft und dieses Lachen war eins, das sogar in seinen Augen widerhallte.

Es war aufrichtig und auch seine Worte klangen aufrichtig. Es war das erste Mal, dass er sie so offen sagte, nicht aus Drang oder aus Versehen, sondern weil er es wollte, loswerden musste – es war das erste Mal, dass überhaupt jemand so etwas zu mir sagte: »Falls wir sterben, nur falls – will ich es einmal gesagt haben. Ich liebe dich Florence Grayson und ich bereue es keine Sekunde, auch wenn ich es sollte«.

Ich schaute ihm in die Augen und es fühlte sich an, als würde ich ihn das erste Mal richtig ansehen, dabei warf ich ihm ständig verstohlene Blicke zu oder beobachtete ihn, während er nicht hinsah. Die meerblauen Augen, in denen ich ständig drohte zu versinken und seine braunen Haare, die ihm nun wüst vom Kopf abstanden, da er sich eben mit den Händen durch die Haare gefahren war. Ich sah seine Narbe am Hals, die mich und sicher auch ihn daran erinnerte, dass wir zu kämpfen hatten und dass wir trotzdem überlebt hatten. Er hatte ein markantes Kinn und volle Lippen und ich spürte förmlich, wie diese meine berührt hatten, wie er mich geküsst hatte, und antwortete ebenfalls flüsternd.

»Ich liebe dich auch, also sag nie wieder die Worte, falls wir sterben, kapiert?« Er nickte und verschränkte seine Finger mit meinen. So standen wir einfach nur da und warteten darauf, dass entweder die CGCs oder die Rebellen kamen, ich hoffte, es waren Letztere, doch Hoffnung war vergebens. Die Sirenen wurden lauter und die ersten Wagen Bogen um die Ecke. In dem Moment wusste ich es – wusste, wir hatten verloren.

Sie kamen mit Wagen, Waffen, Soldaten und es hätte mich nicht gewundert, hätten sie den *Tod* persönlich mitgebracht. Ich stand da – das abgemagerte, geschundene Mädchen mit abgeschürften Knochen und eigentlich innerlich gebrochen – ohne meine Furcht zu zeigen. Meine Füße in den Boots standen fest auf dem Boden und das einzige, das sich bewegte, waren meine blonden Haare im Wind. Mein Blick war hart und undurchdringlich – ich war keine Kriegerin, aber ich wollte überleben und dafür würde ich kämpfen. Hätte mir das jemand vor vier Wochen gesagt, ich hätte die Person ausgelacht und ihr dann auf die Füße gespuckt, in der Hoffnung, einer der CGCs würde mich augenblicklich erschießen.

Als ich dem CGC damals ins Gesicht gelacht hatte, wusste ich, wollte ich, dass man mich hinrichten lässt. Ja – ich hatte Angst, aber nicht vor dem Tod, sondern vor dem Überleben. Eine Auspeitschung in der Kolonie zu überleben war schlimmer, als an einer zu sterben – ich hatte es am eigenen Leib gespürt – die Narben gingen so tief, dass ich sie immer noch trug. Damals hatte ich Todessucht gehabt – ich wollte sterben, wollte nicht länger in diesem endlosen Fluss meines Lebens schwimmen, wollte lieber ertrinken, als nicht zu wissen, ob ich je das Ufer erreichen würde und falls ja, ob es dort besser oder möglicherweise noch schlimmer war. Ich nutzte jede Möglichkeit aus, um einfach sterben zu können, und jetzt wollte ich nichts als überleben. Ich wollte ein Leben mit Dean führen, wollte die anderen besuchen und mit ihnen zusammen die Welt bereisen oder neben ihnen in einer Stadt leben, als Nachbarn – als Freunde.

Ich wollte ein Leben, wollte zumindest versuchen, eines zu leben – und das um jeden Preis. Ich wusste nicht, wann sich etwas geändert hatte, aber ich wusste, es lag nicht an meinen Kräften, dass ich leben wollte, sondern an Dean. Hätte er mich, aus welchem Grund auch immer er mir geholfen hatte, nicht gerettet, dann wäre ich jetzt tot. Ich hatte keinen Grund zu leben gehabt, nun wollte ich für diese Leute leben. Ich wollte weitere Nächte neben Lex verbringen, auch wenn ihr Schnarchen mich meist wachhielt. Ich wollte Randys Geschichten über ihre Grandma, über unsere Vergangenheit hören, wollte mit Ben zusammen trainieren und zusehen, wie Joes Fassade mit der Zeit immer mehr zerbröckelte. Er konnte mir erzählen, was er wollte – meine Meinung würde sich nicht mehr ändern, auch wenn ich Wochen gebraucht hatte, um es zu erkennen – er war sehr viel mitfühlender und gütiger als die meisten Menschen und er war nicht nur ein guter Anführer, er war ein guter Freund, ein hervorragender Verbündeter und ihm galt mein größter Respekt. Dean war jemand, der mich zur Weißglut brachte, er hatte mir gezeigt, dass ich für mich einstehen sollte, dass ich es wert war, zu leben, dass ich es wert war, geliebt zu werden.

Und andererseits verkörperte er alles, was ich mir wünschte – er sorgte sich um mich, kümmerte sich um mich und gab mir das Gefühl, ich zu sein – keine Deseaserin, kein Monster, sondern einfach nur Florence. Das war das Problem an der Sache, dass er mich so sehr versuchte zu beschützen, obwohl ich ihn beschützen sollte, und zwar vor mir selbst. Ich würde es mir nie verzeihen, würde ich ihn verletzen, würde ihm wegen mir etwas zustoßen. Aber das würde bedeuten, ihn wegzustoßen, ihn fortzuschicken und ihn gehen zu lassen – dann wäre ich wieder allein und einsam, dann hätte ich genauso gut in der Kolonie sterben können.

Die Wagen rollten auf uns zu und ich wurde erfüllt von Panik und Wut. Ich musste an Jules denken, an ihren Leichnam, der nun vereist im Pkw lag, und ich musste an Ben denken, dessen Bein völlig zerfetzt wurde. Er würde nicht sterben, wir würden nicht sterben, aber das hatte ich mir schon so oft gesagt, und doch waren Leute – Unschuldige – gestorben (mich eingeschlossen). Die CGCs waren vielleicht ebenfalls nur unschuldig, aber sie töteten und das grundlos, wir waren in diese Stadt gekommen und hatten nichts weiter getan als getankt – doch allein unser Aufenthalt hier war eine Straftat und dafür hatte Jules bezahlt, dafür würden wir jetzt bezahlen, denn die Autos kamen näher. Die Sirenen hallten in meinen Ohren wider und schmerzten. Ich ließ Deans Hand los, nicht als Abweisung, sondern weil jede Berührung von ihm Stromstöße durch mich jagte und ich mich jetzt konzentrieren musste.

Ich kramte nach der Macht in mir, was nicht schwer war. Es fühlte sich an, als würde ich geradewegs auf eine Mauer zu rennen und dann mit voller Wucht dagegen knallen. Ich wäre sogar beinahe einen Schritt nach hinten gewichen. Ich streckte meine Hand aus in Richtung der Mauer und griff durch einen Riss in ihr. Ich zog nur einen kleinen Teil der Macht hervor, wollte nur einen kleinen Teil bereithalten, um die CGCs abzuwehren. Ich wollte hier nicht alles dem Erdboden gleichmachen, zudem hatte ich seit meinem letzten Ausbruch in der toten Stadt mit einer Erschöpfung zu kämpfen, die auf zu viel eingesetzte Macht zurückzuführen war. Ich packte den kleinen Teil der Macht und hielt ihn in meinem Kopf umklammert. Die Wagen kamen näher und näher und hielten schließlich mehre Meter von uns entfernt an. Ich hatte meine Kräfte unter Kontrolle, hatte sie im Griff, es waren meine Wellen. Ich herrschte über sie – nicht andersherum. Charleen hielt ihr Eis bereit, Joe spielte mit seinen Funken und Dean sah immer noch aus, als würde er die größte Formel des Universums entziffern müssen. Prag stand hinter uns, er stützte Ben und machte sich jeden Augenblick bereit, ihn von hier wegzubringen. Lex, Randy und Raffaelle waren bei ihnen, sie konnten nicht kämpfen und das war auch gut so. Weniger Kämpfer, weniger Verletzte – hoffte ich. Ruff warf mir einen verzweifelten Blick zu, er hatte keine Angst um sich, wurde mir klar, sondern um mich.

»Es wird alles gut.« Ich hauchte ihm die Worte entgegen und nicht mal Dean hätte sie hören können, doch ich schickte meine Wellen in Ruffs Richtung und ließ ihn die Worte hören.

Er nickte und schaute dann zu Dean, bevor er in den Himmel blickte.

Es wird alles gut – wir wussten beide, dass das gelogen war.

Kapitel 31

Die Angst schwamm dahin, ich spürte mehr Wut und Frust, weniger Angst – *Kontrolle, Kontrolle, Kontrolle* – ich musste sie kontrollieren. Sie verdunsten lassen wie Wasser, das auf einen heißen Stein geschüttet wurde, Bens Worte hallten in meinen Ohren wider.

Aven stand ebenfalls bei uns – kampfbereit. Er sah wild entschlossen aus. Er war stark und es würde mich nicht wundern, bestünde seine Haut aus festem Stein. Das rotbraune Haar stand in alle Richtungen ab und er hatte sich breitbeinig auf den Boden gestellt, er sah aus, als könnte nichts auf der Welt ihn von der Stelle bewegen. Ich zitterte, es kostete mich Mühe, meinen Atem ruhig zu halten und Schweiß rann mir den Rücken hinab – ich konzentrierte mich allein darauf, meine Kräfte zu kontrollieren.

Dann blickte ich in Deans Gesicht. Er war sehr viel größer als ich und es kostete mich Mühe, zu ihm aufzuschauen. Er hatte die Stirn in Falten gelegt und seine Augen waren wieder blass, fast weiß. Er hatte die Schultern gestrafft und seine Rückenmuskulatur zeichnete sich unter dem Pullover ab. Er war nicht entspannt und gelassen, sondern angespannt und konzentriert – vor mir stand der Soldat und ausnahmsweise war ich froh darüber.

Ich war auch nicht länger das Mädchen auf der Flucht, ich war ebenfalls eine Soldatin geworden und ich schaute herüber zu Joe. Als würde er meinen Blick auf sich spüren, erwiderte er ihn und schaute mir fragend in meine grünen Augen. – Bereit? - Ohne dass ich was dagegen tun konnte, breitete sich ein Lächeln auf meinem Gesicht aus. – Ja! - Die Antwort war endgültig. Nun hatte ich es in meinen Gedanken festgesetzt. Ich würde kämpfen – ich war das erste Mal in meinem Leben nicht feige. Es fühlte sich gut an und das erste Mal seit meiner Manifestierung war der Druck weg, das Ziehen in meinem Kopf. Das erste Mal wollten meine Kräfte nicht raus, wehrten sich nicht – sie ließen sich mühelos kontrollieren, gehorchten mir ohne jeden Widerspruch. Ich hatte mich noch nie so stark gefühlt.

Dann holte einer der CGCs ein Mikrofon hervor und sprach laut und befehlshaberisch: »Ergebt euch. Ihr seid umzingelt. Ihr habt zwei Möglichkeiten: – Erstens: Ihr kommt freiwillig in den Wagen«, er zeigte auf einen großen Transporter mit Wänden aus Stahl, undurchdringlich, selbst für mich, »oder ihr weigert euch und werdet sterben«, beendete er sein Angebot. Wir alle sahen ihnen entgegen, aber in keinem unserer Blicke lag eine Art Einwilligung, sondern nur Abscheu.

»Also, was wählt ihr, Deseaser«, er spuckte die Bezeichnung förmlich vor unsere Füße und wir antworteten, aber nicht mit Worten, sondern mit allem, was wir hatten. Mit all unseren Kräften. Dann schossen sie auf uns und die Straße, so prachtvoll und makellos, wurde zu einem Schlachtfeld – eines aus Chaos, Feuer, Eis, Staub und Blut.

Die CGCs standen alle auf Position bereit – aber sie waren nicht vorbereitet auf uns – auf unsere vereinten Kräfte. Dadurch bekamen wir einen Vorteil. Trotzdem waren wir ihnen unterlegen, trotz der Kräfte, trotz des Überraschungsmoments. Sie hatten gepanzerte Wagen, Waffen und sie hatten Munition, schossen auf uns. Sie wollten uns in die Kolonie bringen oder zumindest das, was von uns übrig sein würde – sie schreckten nicht davor zurück, uns zu töten. Kugeln flogen uns entgegen, doch ich schickte meine Wellen in ihre Richtung, versuchte, die Kugeln abzufangen und Charleen zerstörte sie mit ihrem Eis, ließ die Kugeln gefrieren und zerspringen. Die Geschosse zersprangen in Silber und Gelb – das waren keine normalen Kugeln und auch nicht die, mit denen Ben getroffen worden war – es waren Schwefelkugeln.

Diese Kugeln konnten uns töten, wenn sie unser Herz oder den Kopf trafen. Schwefel konnte mein Körper, mein Blut nicht heilen. Überall explodierte es. So viele Geräusche, so viel Schmerz erfüllte meine Ohren, dass es dauerte, bis ich mich wieder auf die Schießerei konzentrieren konnte. Mir entgingen ein paar Kugeln.

Die CGCs brüllten Befehle durcheinander, wir hingegen schienen uns blind und taub zu verstehen. Joe warf Feuerbälle, den einen effektiver als den anderen, und Charleen schoss Eiszapfen, kalte, scharfe Eiszapfen auf die Autos. Die CGCs hatten Schutzschilde und selbst unsere Kräfte vereint, konnten die Autos nicht zerstören. Das Metall, woraus immer es bestand, sicher aus demselben Material wie Mac Masons Fesseln, die Joe geschmolzen hatte – war undurchdringlich und schützte sie vor unseren Attacken. Noch gab es keine Toten. Eine Kugelschar folgte auf Eiszapfen und Feuerbälle und wir feuerten unsere Kräfte gegen ihre Waffen. Es war eine Schlacht, auf der keiner der beiden Seiten wirklich zu gewinnen schien. Wenn wir unsere Kräfte gegen sie schleuderten, schossen sie Schwefelgeschütze und wenn wir ihnen dann mit Feuer und Eis und Wellen antworteten, dann reagierten sie bereits erneut und die nächsten Kugeln kamen auf uns zu. Es war ein Hin und Her und die gesamte Straße lag in Trümmern.

Die Schüsse hallten durch die komplette Stadt und ich hörte Kampfschreie, schmerzhaftes Aufstöhnen und mein eigenes Herzrasen. Ich hatte zum ersten Mal die Kontrolle und doch änderte das nichts an dieser Schlacht. Ich konnte nichts anderes tun, als uns vor den Kugeln zu schützen. Ich hatte ein Schutzschild geschaffen, der die Kugeln zerstörte, doch ich konnte diese Straße nicht einreißen, ohne uns mit in den Abgrund zu ziehen. Ich konnte die Wände nicht einreißen, ohne Unschuldige in den Tod zu stürzen, und ich konnte die CGCs nicht einfach davon wehen, dafür waren es zu viele. So stark meine Wellen auch sein sollten, die Wagen waren schwer und in der Überzahl – ich würde das nur schaffen, wenn ich alles einreißen würde, und dann wären wir da, wo ich hergekommen war. An einem zerstörten Ort, wegen mir in Stücke gerissen, nur das es dann Tote regnen würde, dann wäre ich keine Retterin, sondern eine Mörderin. So konzentrierte ich mich auf meinen Schutzschild. Eine Kugel nach der Nächsten explodierte in Silber und Gelb. Wenn sie nicht so tödlich wären, würde ich die schönen Farben bewundern. Joe hatte Schweiß auf seiner Stirn und die Zähne zusammengebissen. Wie lange würde es dauern, bis unsere Kräfte nachließen, bis die CGCs den Schutzschild überwinden und uns töten würden oder noch schlimmer – uns zur Kolonie zurückbringen würden? Charleen war weiß im Gesicht, blass und voller Hass – sie bestand nur noch aus kaltem Eis – erbarmungslos und rachsüchtig. Ehrlich, ich konnte es ihr nicht verübeln, der Gedanke an Jules, wie sie dagelegen hatte. Tot, das blonde Haar blutüberströmt …mir wurde schlecht.

Denk an etwas anderes als Blut, wenn du vorm Tod persönlich stehst und ein Haufen CGCs auf dich schießt…

Wie naiv ich war, zu glauben, wir könnten es je zu den Rebellen schaffen, ohne dass dabei jemand umkam. Ich war gestorben, ich hätte fast gelacht, so lächerlich war das Ganze. Ich war gestorben und ich weiß nicht, ob es Maryse war, die mich zurück ins Leben geschickt hatte oder tatsächlich Joes Herzdruckmassage, aber ich war gestorben und ich spürte den Tod, spürte, wie er an mir nagte, wir er schrie – *Komm zurück, du gehörst mir. Komm wieder zurück, ich erhebe Anspruch auf deine Seele. Wer tot ist, der bleibt tot.* – Doch ich hörte weg, hörte weg, seit ich am Ufer des Sees aufgewacht war.

Ich hatte es da schon gewusst, gespürt, aber als ich Dean gesehen hatte, da wollte ich leben, so sehr leben, für ihn und für mich selbst, und ich hatte sie, die Stimme aus meinem Kopf, verbannt. Das hatte funktioniert, bis jetzt. Jetzt sah ich die CGCs und die Stimme war da. Ich spürte, wie der Wind an mir zog, ein Hämmern in meinem Ohr und ich spürte, wie da, wo mein Herz sein sollte, nichts als Schwärze war, aber ich hatte noch etwas zu erledigen. Ich hatte noch eine Tat zu vollbringen, um meinen Tod konnte ich mir später Gedanken machen. Später. Ich musste noch diese Schutzbarriere aufrechterhalten, musste alles in meiner Macht Stehende tun, um meine Freunde vor dem Tod zu bewahren, um sie zu beschützen. Ich hatte es gesagt.

Die ganze Zeit, da hatte ich es geleugnet und jetzt, jetzt konnte ich es nicht länger vor mir selbst verheimlichen. Die Schutzbarriere von mir wurde noch massiver – undurchdringlich für die Kugeln.
Ich wollte sie beschützen. Ich wollte sie alle in Sicherheit wissen und ich wollte, dass er sicher war. Am liebsten würde ich Dean anschreien und sagen – *Lauf weg. Bring dich in Sicherheit. Tu es für mich* – und das war genau der Grund, warum ich mit ihm gestritten hatte.

Er wollte mich beschützen und ich hatte mich nicht darauf eingelassen, hatte mich nicht beschützen lassen wollen, und doch wollte ich ihn beschützen, fühlte das

Gleiche wie er. Ich tat das, was ich ihm vorgeworfen hatte. Zu viel Sorge. Nicht, weil ich es nicht schätzte oder es mir an Dankbarkeit fehlte. Ich liebte ihn dafür, dass er sich um mich sorgte und war ihm unendlich dankbar für ... alles, aber ich fürchtete mich vor dem Gefühl. Das Gefühl, dass jemand zuerst an mich dachte, anstatt an sich selbst, weil ich nun wusste, dass er sich verletzen lassen würde für mich, weil ich es für ihn tun würde. Sorge macht ihn verwundbar und das machte mich wütend.

Die Schutzbarriere wurde hart wie Stein, sie wurde fester als Stein, wurde zu etwas anderem als Luft. Als würde ich sie verformen können. Wir konnten Feuer und Eis hindurch feuern wie durch Seide, aber die Kugeln prallten daran ab. Meine Barriere war für die CGC unüberwindbar.
Wenn er wegen mir verwundbarer war, dann konnte ich wenigstens dafür sorgen, dass die CGCs gar keine Chance hatten, ihn anzugreifen.
Von Lex, Ruff, Ben, Randy und Prag war keine Spur, als hätten sie sich in Luft aufgelöst. Wir standen in einer Sackgasse vor einem Laden und hinter uns war nichts als Mauern, an den Seiten ebenfalls. Vor uns waren die CGCs und neben mir Dean, Aven, Charleen, Syler und Joe. Es interessierte keinen von uns, wie lange wir uns kannten und ob wir uns privat verstehen würden, wir standen hier vereint als eine Legion und wir teilten den Feind. Wir kämpften gegen ihn. Ich trauerte mit jeder Sekunde mehr um Jules, sie waren eine Familie gewesen – ich kannte das Gefühl, *seine Familie verloren zu haben.*

Aven hatte bis jetzt nicht viel getan, seine Kraft war Stärke, übermenschliche Stärke, aber die konnte im Moment nichts ausrichten und so hielt er sich bereit, sobald es zu einem Nahkampf kommen sollte. Dean war verkrampft, seine Augen waren immer noch fast weiß, als ich einen Blick nach links warf und seine Stirn war schweißüberströmt. Ich hätte ihn am liebsten gefragt, was los war, erst kippte er mitten am Tag um und nun sah er aus, als hätte ihn der Tod geküsst. Aber ich musste mich auf diese Schlacht konzentrieren. Wenn ich die Kontrolle verlor oder meine Barriere nur für einen klitzekleinen Moment weg war, dann könnten die Kugeln uns zerfetzten und dann gäbe es ziemlich sicher Tote. Von den anderen war immer noch keine Spur, auch wenn ich ihre Herzen schlagen hörte, als ständen sie direkt hinter mir. Vielleicht waren sie ja in einem der Häuser? - Noch ein Grund, die *Kontrolle* zu behalten und nicht alles einzureißen. Mein Herz raste mit jeder Kugel, die in einer Silbergelben aufging, schneller und doch war meine Macht ruhig, beständig, sie gehörte mir, aber nahm mich nicht ein. Ich musste grinsen, auch wenn ich angespannt war. Wenigstens einmal im Leben hatte ich sie voll und ganz problemlos unter Kontrolle, das war ein Grinsen wert und alle Welt sollte es sehen, es wäre nicht das erste Mal, dass ich einem CGC ins Gesicht gelacht hätte.

Die CGCs trugen Helme und Rüstung und Schutzschilde neben ihren Gewehren, aber ich konnte ihre Herzen hören, ihre Anspannung, ihr Zittern und

deswegen sah ich es nicht kommen, als plötzlich die Blockwelle erklang. Nur für einen kurzen Moment war ich geschockt und desorientiert und schmerzerfüllt. Nur wenige Sekunden und ich schrie meine Wellen, den Wellen der Blockwelle, entgegen und vernichtete sie. Die CGCs hatten uns überrascht, aber ich hatte gehandelt, ich konnte die Blockwelle abwehren, aber nicht rechtzeitig. Meine Barriere war gefallen wie ein Tuch aus Seide und hatte Kugeln durchgelassen, dass sie jetzt wieder oben war und die CGCs fluchten, da ich die Blockwelle hatte zerstören können, hatte für uns nichts geändert.
Die Kugeln rasten auf uns zu und eine flog Charleen in den Arm und Joe in den Fuß – Aven traf eine ins Herz.

Mein Herz hatte so schnell geschlagen, dass ich mir an meine Brust fasste, da wo dieses schwarze Loch klaffte, als es aussetzte und stillstand. Aven. Blut, überall floss Blut und Aven, der starke Aven, griff sich an die Schusswunde und spuckte Blut und gelbes Zeug – Schwefel. Es raste durch seine Blutbahnen. Charleen schrie auf und Syler rührte sich nicht mehr. Syler hatte weder Kräfte eingesetzt noch zu sonst irgendwas beigetragen, doch er hatte den Mut, hier zu stehen, das reichte für mich völlig aus. Mir rollten Tränen die Wangen herab und ich gab mir Mühe, dass mein Schutzschild nicht weich wie Wasser wurde und weiterhin hart wie Stein blieb. Charleen fing Aven auf und hielt ihn in ihren Armen, derweil schleuderte Joe eine ganze Feuerwand gegen die CGCs.

Aven. Schwefel. Blut. Tod.

Nein – es hatte niemand sterben sollen. Nicht noch jemand. Jules, Aven und beide unschuldig und jung und eine Familie. Charleen saß da und strich ihm die Haare aus dem Gesicht, so wie sie es bei Jules getan hatte. Er nickte und spuckte ein letztes Mal Blut, bevor aus seinen Augen sämtliche Farbe wich. Charleen rollte nur eine Träne über die Wange, mehr erlaubte sie sich nicht. Wie schaffte sie das? Sie war die stärkste Person, die ich je getroffen hatte. Syler stand immer noch reglos da und nun sah ich Prag, der plötzlich neben Aven aufgetaucht war. Er sagte diesen einen Satz, den Charleen bei Jules gesagt hatte – den Abschiedsgruß der Sacrianer.

Dann schlossen sie Avens Augen und Charleen stand auf und schleuderte alles, was sie hatte in Richtung der CGCs. Mein Schutzwall und Joes Feuerwand hatten die CGCs abgelenkt, Prag und Charleen die wenigen Sekunden gegeben, sich zu verabschieden. Im nächsten Moment war Prag mit Aven verschwunden und ich richtete meinen Blick wieder auf Charleen. Ich hatte sie wütend erlebt, als Jules starb, aber jetzt sah sie aus wie die Schwärze in meinem Herzen – sie sah aus wie der Tod. Sie schleuderte Eiszapfen auf die CGCs und als das Eis meine Schutzmauer durchdrang, da fühlte es sich an, als würde sie mich einmal der Länge nach aufschneiden und dann war sie fort – meine Barriere. Den CGCs blieb keine Zeit, neue Kugeln auf uns zu schießen und Joe holte gerade die Kugel aus seinem Bein heraus, als ich vor Schmerzen zu Boden ging.

Meine Barriere, sie hatte meine Barriere mit ihrer Wut zerstört. Ich krümmte mich und betete für uns, für sie, Jules und Aven, betete irgendwen an, einfach jemanden, der uns hier rausholte und uns rettete.

Charleen störte die Kugel in ihrem Arm gar nicht. Blut tropfte ihren Arm hinab, doch sie war damit beschäftigt Eiszapfen - schärfer, als Messer und größer als Brocken - in die Richtung der CGCs zu werfen.

Dean packte mich von hinten und ich spürte, dass seine Hände zitterten. Wie schwer es ihm fiel, mich auf die Beine zu ziehen, aber er tat es trotzdem. Er hatte seine Arme um meine Taille geschlungen, als würde uns das vor allem bewahren können, doch ich genoss das Gefühl seiner Arme. Ich hatte gar nicht gemerkt, dass ich immer noch um Aven weinte, da spürte ich meine nassen Wangen. Ich konnte die Barriere nicht wieder hochziehen, solange Charleen ihre Eiszapfen schoss, und somit war ich nutzlos und blieb einfach stehen, reglos, in Deans Armen und sah zu, wie die Autos der CGCs zu Eis wurden und wie einige von ihnen starben, andere aber entkamen. Die CGCs entkamen nicht nur, sondern kamen direkt auf uns zu. Es war keine Barriere da, die sie aufhalten konnte, und so rannten sie zu uns und all die, die nicht von Charleens Eiszapfen erwischt wurden, kämpften. Kämpften gegen uns. Ich entwand mich Deans Griff und machte mich bereit. Joes Bein war verheilt, als ich zu ihm herüberschaute, und er nickte mir zu – *Kämpfe um alles, was dir wichtig ist.* – schien er zu sagen und ich nickte zurück – *Lass uns kämpfen!* – und dann stand der erste CGC vor mir.

Dean stand irgendwo hinter mir und kämpfte ebenfalls. Charleen feuerte mit Eiszapfen und Joe warf wieder seine Feuerbälle, sie gaben uns Deckung. Syler hatte seine Pistole zur Hand und ich schlug und trat nach dem CGC. Er schlug zurück, doch dank Bens Training war ich Meisterin im Ausweichen geworden und er verfehlte mich. Ich stattdessen trat ihm zwischen die Beine und dann die Füße unter ihm weg, sodass der CGC zu Boden ging. Anschließend trat ich von oben auf ihn ein, bis er ohnmächtig wurde. Da stand bereits der nächste CGC vor mir. Wir kämpften uns durch – Dean, Syler und ich, während die anderen von Joe und Charleen entweder gegrillt oder vereist wurde. Ein Tritt für die Kolonien, ein Schlag für meine Eltern, ein Kinnhaken für Jules und ein Seitenhieb für Aven, das ging so weiter und weiter. Es kamen immer mehr CGCs. Joe und Charleen zerstörten die Wagen, doch die Straße war voll mit Militärautos und wir wurden immer mehr nach hinten gedrängt, immer mehr in die Sackgasse. Wir kämpften zwar weiter, schlugen immer weiter ein, traten um uns, feuerten mit Eis und Feuer und Luft.

Ich schleuderte ein paar der CGCs mit meinen Wellen zurück. Dean konnte gut kämpfen, hatte aber trotzdem überall Kratzer und Blut von bereits verheilten Wunden. Ich auch. Syler hatte zehn Schüsse abfeuern können, ehe seine Waffe leer war und er ebenfalls mit Händen und Füßen kämpfen musste, doch Syler war schnell.

Schneller als Menschen, schneller als Licht würde ich sogar behaupten. Gegen ihn hätten die CGCs keine Chance haben sollen – das war seine Kraft -

Schnelligkeit. Doch es waren so viele und trotz unserer Kräfte, obwohl wir überlegen sein müssten, gewannen wir nicht – nicht einmal ansatzweise. Einer der CGCs schlug mir direkt ins Gesicht und ich hörte das Knacken des Knochens meiner Nase bis in den hintersten Teil meines Gehirnes. Blut rann daraus und ich trat den CGC dafür extra hart ins Gesicht, als er wenige Sekunden später unter mir auf dem Boden lag. Ich drehte mich um und wehrte den Tritt ab, den ein neuer CGC gerade ausüben wollte. Wo kamen die alle her? Wie sollten wir uns je gegen so viele behaupten können?

Ich wehrte einen ab, da stand schon der Nächste bereit. Dann ein lauter Knall, Fetzen flogen und ich wurde nach hinten geschleudert. Ich schaffte es gerade noch uns alle, Charleen, Joe, Syler, Dean und mich – Aven klaffte wie ein Loch in unserer Mitte – mit von mir erschaffenen Schutzschildern zu schützen, doch nach hinten geschleudert wurden wir trotzdem. Es war dieselbe Granate wie die aus den toten Städten.
Vielleicht waren die Granaten in den toten Städten auch kein Überbleibsel der O.F.E.A.P., sondern die CGCs hatten diese in den toten Städten verteilt. Die Kolonie war von den toten Städten umgeben, die Granaten sorgten dafür, dass niemand die Flucht überlebte und niemand es wagte, in die Kolonie einzubrechen, wer auch immer so etwas versuchen sollte?
Wer auch immer gerade die Granate geworfen hatte – ihm war es egal, dass auch CGCs dabei umkamen, Hauptsache, wir wurden verletzt und tatsächlich funktionierte das.

Ich hörte nichts als ein lautes Piepsen im Ohr. Um uns herum fielen Steinbrocken herab und es flogen Funken umher. Feuer umhüllte uns, doch meine Schutzschilder verhinderten, dass wir verbrannten. Ich lag auf dem Boden und richtete mich auf, stützte mich mit den Ellbogen hoch. Ich hustete den Rauch aus meinen Lungen, doch ich war so erschöpft. Ich hatte zu viel Macht, zu viel meiner Kräfte eingesetzt. Ich konnte kein Schutzschild mehr erschaffen und auch sonst nichts mehr abwehren. Nun lag es nicht länger an mir, ob wir es hier raus schafften oder nicht. Ich war froh, dass Prag die anderen hier fortgeschafft hatte. Aber würden wir ihm folgen, würden die CGCs uns trotzdem finden und dann würden wir die anderen in Gefahr bringen. Prag durfte uns nicht auch teleportieren. Es war gut, dass die anderen wenigstens in Sicherheit waren, aber wir mussten kämpfen, hatten kämpfen sollen – und verlieren. Wir alle lagen keuchend auf dem Boden. Charleen holte erst jetzt schreiend die Kugel aus ihrem Arm heraus, Sylers Gesicht war Wut verzerrt, aber kraftlos und Joes Hände sahen schlimm aus. Es fehlte die gesamte Haut in der Innenfläche, er hatte sich seine Hände bis auf die Knochen verbrannt – für uns, für seine Leute.

Dean kauerte neben mir und ich versuchte erneut ein Schutzschild um ihn zu legen, aber ich konnte nicht, ich konnte nicht einmal aufstehen. Der Rauch wurde weniger und überall war noch Feuer und ... Blut. Um uns herum lagen tote CGCs und Verletzte und dann

kamen mehrere Unverletzte auf uns zu. Wir lagen am Boden, niemand konnte mehr seine Kräfte einsetzen. Dean hatte nicht einmal welche – sie würden ihn für nichts und wieder nichts umbringen. Ich war wütend, aber vor allem war ich ausgelaugt, völlig am Boden zerstört. Sie hatten mich zerstört. Wir würden alle in die Kolonie zurückgebracht werden und nichts auf der Welt könnte das jetzt noch ändern, bis auf ein Wunder.
Ein Wunder der Engel, doch es passierte nichts. Mit langen, schweren Schritten kamen die CGCs auf und zu und packten uns an den Armen. Ich hustete und versuchte, mich aus dem Griff der beiden CGCs zu befreien, die mich am Arm gepackt hielten.

Alles wird gut – das hatte ich zu Raffaelle gesagt. Wenigstens würde für ihn alles gut werden. Ben würde überleben, trotz der Verletzung im Bein. Randy, Lex und Ruff würden leben und Prag auch. Sie würden zurechtkommen, sie waren stark. Sie würden leben.

Leben. Leben. Leben.

Kapitel 32

Immer wieder wiederholte ich die Worte und redete mir ein, dass sie alle überleben würden. So lange, bis ich es glaubte. Sie schafften das und wir hatten ihnen hoffentlich genügend Vorsprung verschafft, damit sie zu den Rebellen kamen, damit sie in Sicherheit waren. Prag hatte sie hoffentlich zu ihnen teleportiert und hoffentlich kam er nicht wieder zurück, er würde sich nur selbst umbringen. Die zwei CGCs packten mich so fest, dass ich einen Schrei unterdrücken musste. Ich war zu schwach, um mich ihrem Griff entreißen zu können. Der Rauch der Granate hatte sich gelichtet und wir alle waren geschnappt. Charleen wurde festgehalten, Joe, Syler und – Dean. Ich sah ihn an, vielleicht ein letztes Mal und flüsterte – I*ch liebe dich.*

Er formte die Worte mit den Lippen nach. Dann zog mich der CGC zu meiner Rechten so sehr am Arm, dass ich den Blick von ihm abwandte und den CGC böse mit den Augen anfunkelte. Wie ich sie hasse, die CGCs, den Staat, die O.F.E.A.P., die das alles hier ausgelöst hatte und Mac Mason. Ich hasste sie alle. Sie schliffen uns alle fünf in Richtung des riesigen Transporters. Die Straße war völlig zerstört. Der Boden war aufgerissen, die Hauswände schwarz und abgefackelt, aber alle

Häuser standen noch. Auf der Straße lagen überall tote CGCs und ich verstand, warum Prag Avens Leiche hier rausgeholt hatte. Aven sollte nicht mitten unter diesen toten CGCs liegen und vermodern, neben Leuten, die ihn gejagt, getötet hatten. Wir hatten verloren – einfach so. Jules und Avens Tode waren völlig vergebens und unserer würde es auch sein. Nein - wir hatten den anderen Zeit verschaffen, Zeit zur Flucht. Ich würde in der Ungewissheit sterben oder leben, ob sie die Flucht ergriffen und entkommen waren. Ich würde nie erfahren, ob sie es geschafft hatten. Darüber durfte ich nicht nachdenken, dass wir starben, aber Ruff oder Lex, Randy und dann Dean – das hier war falsch, das alles war falsch.

Die Worte hallten in mir wider – *falsch, falsch,* falsch.
Doch ich konnte nichts tun und wurde an den zerstörten Militärwagen und dessen Trümmern vorbeigeführt, zu dem Transporter, mit dem sie uns zurück zur Kolonie bringen wollten – mit dem sie uns dahin bringen würden. Wir hatten verloren. Ich hatte alles verloren.
Die Schwärze in meinem Herzen wurde größer – Du *solltest tot sein.* Du *gehörst mir.*
Ich wehrte mich nicht gegen die Worte. Es hieß, sobald man starb, hinterließ das Spuren und ich spürte sie, die Pfade aus Dunkelheit und Fäulnis in meinem Herzen. Sollte der Tod mich lieber gleich holen, als je wieder zurück in diese Kolonie zu kommen.
Deans Augen waren wieder meerblau und er wirkte irgendwie wieder mehr er selbst, aber in seinem Gesicht

stand Panik, so wie ich sie noch nie bei ihm gesehen hatte – er fürchtete den Tod.

Er ist eben nicht so gebrochen wie du, Florence – spottete eine Stimme in mir. Er sollte den Tod auch fürchten, er sollte nicht sterben, er sollte leben. Ich wollte, dass er lebte, mehr als alles auf der Welt und doch – kein Funken meiner Macht. Ich hatte alles aufgebraucht.
Wir standen vor dem Transporter und ein CGC machte die Türen auf. Sie alle trugen Helme, doch ich wettete, dass sich dahinter ein Lächeln verbarg.

Die kleinen Deseaser wieder weggesperrt hinter ihren Mauern.

Ich spuckte einem der CGCs ins Gesicht, während Joe von zwei anderen CGCs in den Transporter geschleppt wurde. Plötzlich drehten sich die anderen CGCs zu mir um und der CGC, dessen Visier nun voller Spucke war, fluchte.

»Du Deseaserschlampe!« Mir machte das nichts aus, auch wenn ich Brenners verbranntes Gesicht vor meinem sah. Charleen lachte amüsiert und auch Syler grinste. Deans Augen waren panisch, er machte sich Sorgen, die machte ich mir auch. Meine Augen hielten seine fest. Ich sah nur ihn an, um ihm die Angst zu nehmen, um ihm irgendwie den Schmerz zu nehmen.
Dann hörte ich die Worte: »Sagt ihr, dass ich sie liebe, und lauft!«, bevor die Türen des Transporters zuschlugen. In ihm befanden sich zwei CGCs und Joe.

Dann explodierte das Fahrzeug in tausend Teile und ging in lodernde Flammen auf.

Darin war **Joe** gewesen!

Ich wurde zurückgeschleudert – erneut - und auch die anderen, nur dieses Mal ohne einen Schutzschild von mir. Ich spürte, wie die Hitze sich um mich legte und meine Haut verbrannte, aber nur oberflächlich. Wir hatten weit genug weggestanden, um zu überleben und zu heilen, doch *Joe*...
Er war doch da drin. Ich hatte gesehen, dass Feuer ihn verletzte, wie seine Hände wund und bis auf die Knochen blutig waren, eine Explosion aus Feuer – selbst aus seinem Feuer.
Joe... er.
Er war tot.
Er war verbrannt, er hatte uns gerettet, er war lieber gestorben, als dass er zurück in die Kolonie kam, und sein letztes Wort war – lauft! – gewesen.
Er hatte seinen Tod unserer Flucht gewidmet. Er war tot. Tot. Tot. Ich merkte gar nicht, dass ich schrie. Ich schrie so laut und ich weinte und rief seinen Namen:
»**Jonas!**«
Dann tauchte ein Gesicht vor mir auf. Mein Gesicht brannte, aber heilte bereits und Deans auch. Seine Augen waren so tiefblau und voller Trauer, voller Verlust. Er hatte seinen Freund verloren, er hatte Familie verloren und ich saß auf dem Boden und rief Joes Name.

Aber er war tot... ich konnte nicht atmen, nur weinen und in Deans Augen versinken.
»Wir müssen hier weg, sofort. Flore.«
Dean schrie mir die Worte entgegen, die Explosion hatte sicher Schäden in seinem Ohr hinterlassen oder er glaubte, ich würde ihn so eher hören ... Die Explosion. Er zog mich auf die Beine und dann erst sah ich, dass Joe alle noch übrigen CGCs mit seiner Explosion getötet hatte, sich selbst mit ihnen.

»Ich kann nicht, er...« Ich konnte nicht gehen, nicht atmen. Wo sollten wir denn hin, wohin sollten wir gehen?
Wir wussten nicht, wo Prag und die anderen waren. Darüber wollte ich mir aber auch keine Gedanken machen, Jonas... warum? Warum er?

Ich stand auf zittrigen Beinen, nicht weit von dem nun zu Asche und Staub gewordenem Transporter, indem eben noch Joe gewesen war. Ich erinnerte mich an einen Gedanken, den ich vor Kurzem gehabt hatte – wenn ich einem mein Leben anvertrauen müsste, dann würde ich es ihm anvertrauen.

Er hatte mein Leben gerettet, ich hatte recht gehabt. Selbst die Schwärze, der Tod in mir, schien verstummt, als wären seine letzten Worte gewesen – *Heute bleibst du verschont. Er hat deine Schulden beglichen.* – Die Schuld drückte mich zu Boden.

»Flore, komm, wir müssen hier weg.« Dean klang wütend und besorgt und so unendlich traurig. Er weinte, weinte um seinen Freund. Ich konnte ihm nicht länger in die Augen sehen und schaute stattdessen in den Himmel, so blau und rein. Ich wollte nicht länger nach unten gucken – auf das Blut und die Glut, die langsam erlosch.

Joe war aus Feuer geboren und in ihm gestorben.

Ich hasste Feuer, hasste, dass es ihn umgebracht hatte, und ich hasste Joe, hasste ihn dafür, dass er tot war, dass er uns gerettet hatte, dass ich ihm ein Leben schuldete. Ich hasste ihn dafür, dass ich ihm nicht gesagt hatte, dass ich ihn nicht mehr hasste – dass er mir wichtig geworden war und dass ich gesehen hatte, dass er kein schlechter Mann gewesen war – ich hatte ihm noch sagen wollen, wie viel Respekt ich vor ihm hatte.
Jetzt war er tot. Die Tränen liefen mir die Wangen hinab, tropften auf den Boden und dann sah ich etwas im Himmel aufblitzen. Aber nicht irgendwas – ein Jet.

»Flore, komm jetzt«, fluchte Dean weinend und zerrte mich am Arm.
»Komm jetzt, bevor weitere CGCs hier auftauchen.« Dann hörte ich noch Sylers Stimme.
»Wir gehen jetzt.« Dann rief ich aus letzter Kraft: »Halt. Stopp, schaut mal. Da fliegt ein Jet.« Ich war noch nie so erleichtert gewesen, so ein fliegendes Teil zu sehen.
»Mist, die CGCs sind schon da«, meinte Syler, doch er lag falsch und Charleen korrigierte ihn.

»Nein, Sy. Das sind keine CGCs. Das sind Rebellen.« Dann fing sie an, herumzuspringen und »Rebellen« zu brüllen. Sie fiel Syler um den Hals und für einen Moment war die Erleichterung größer als die Trauer. Ich lehnte mich gegen Dean und schlang meine Arme um ihn.

Wir leben. Wir leben. Wir leben. Wir haben es geschafft.

Aber wir hatten nicht gewonnen. Ich hatte noch nie – nicht, als meine Eltern starben, nicht als Maryse starb, nicht einmal, als ich selbst starb – so viel an einem Tag verloren. Ich hatte Dean, erinnerte ich mich und drückte mich fester an ihn, um nicht wieder in mich zusammen zu sinken. Ich lebte, er lebte und wir würden den Rest gemeinsam überleben, aber etwas - eine Stimme in meinem Kopf – sagte mir, dass ich mich irrte, dass ich mich täuschte.

Der Jet kam tiefer und dann sprangen vier Personen an Seilen befestigt heraus – vier, nicht fünf – und Dean küsste mich und sagte mir: »Wir leben«, als hätte er genau gewusst, welche Worte ich unaufhörlich in meinem Kopf wiederholte. Dann packte mich ein Mann in schwarzer Uniform und mit schwarzem Helm an meiner Taille, zog Dean und mich auseinander und sprang hoch.

Wir wurden an dem Seil hochgezogen und wenige Sekunden später stand ich in dem Jet. Dort drin saßen sie. Prag, Lex, Ruff und Randy – Randy. Sie fing meinen Blick ein und dann, bevor ich überhaupt etwas sagen musste, brach sie in Tränen aus. Und obwohl ich mich am liebsten vor Schmerz aus dem Jet gestürzt hätte, ging ich zu ihr und umarmte sie. Randy hockte auf dem Boden und vergrub ihr Gesicht in meinem Pullover. Ich spürte, dass mir jemand eine Hand auf den Rücken legte. Dean. Dann hörte ich ihn fragen: »Wo ist Benjamin«, nein – nicht noch jemand.

Mehr konnte ich nicht ertragen. Randy in meinen Armen zu halten, wie sie weinte, da ihr Freund gestorben war – mein Freund – das war zu viel, aber wenn Ben, wenn er...

»Er ist hinten im Krankenbereich, dort wird sein Bein versorgt.« Dean und ich atmeten gleichzeitig aus, als hätten wir beide eine Lunge. Als Bens Name gefallen war, hatte ich die Luft angehalten, ohne es bemerkt zu haben. Ich vergrub mein Gesicht in Randys Jacke, die von Liza war, das sah ich sofort. Ich wollte nicht diesen Jet betrachten, um zu sehen, was Joe hätte betrachten sollen oder die Rebellen, die nur wenige Minuten zu spät kamen, um ihn zu retten. Ich wollte gar nichts von dem, wollte nichts spüren, nicht atmen und auch nicht hier sitzen und weinen. Jede Sekunde, die verging, wurde der Schmerz schlimmer. Feuer und Blut. ER war tot. Jonas war tot. Er ...

Ich wollte schlichtweg im Nichts verschwinden und mich in die Dunkelheit schmiegen. Ich hörte eine Stimme hinter mir – rau und grausam und mir irgendwie bekannt, die sagte: »Schön Sie wiederzusehen,

Agent Seven, Agent Medi. Mein Beileid für ihren Verlust. Agent T.W.I.F. war ein guter Soldat, wir werden ihn nie vergessen.« Und dann hielt ich die Luft an.

Ich wollte mir keine Gedanken darum machen, was dieses Gespräch zu bedeuten hatte, ich wollte mir um nichts mehr Gedanken machen und dann hielt ich einfach die Luft an. Ich erinnerte mich noch gut an das Gefühl zu ertrinken, wie sich meine Lungen mit Wasser gefüllt hatten, und ich verzweifelt versucht hatte zu atmen.

»Florence. Florence, was ist los?« Es war Randy, ich hätte ihre süße, fürsorgliche Stimme überall wiedererkannt.

»Flore?« Das war Deans Stimme, doch ich wollte sie nicht hören, wollte nichts von all dem wissen.
»Shit, Neuling, was machst du?«, fluchte Lex. Dann ergriff mich Dunkelheit und ich hörte mein Herz – wie es aufhörte zu schlagen. Er, wer auch immer dieser Jemand war, hatte sie Agents genannt. Er hatte mit Dean gesprochen. Das bedeutete, Dean war einer seiner Agents und das wiederum hieß – er war ein Rebell. Und Joe war einer gewesen und Randy? - Was war mit Lex und Ruff oder Ben. Waren Charleen, Syler und Prag auch bei den Rebellen? Joe hatte gelogen, sie alle hatten gelogen. Sie hatten nicht einfach nur vor, zu den Rebellen zu gehen, sie gehörten zu ihnen, die ganze Zeit schon.

Ich erinnerte mich an Joes Worte – *ich kenne solche Organisationen.* – er hatte mich warnen wollen, hatte es mir sagen wollen.

Dean, er hatte es mir nie gesagt und Ben, Ben hatte mich gewarnt und ich hatte ihm nicht glauben wollen, hatte mit ihm gestritten, anstatt Dean darauf anzusprechen. Sie hatten gelogen, sie alle. Lügner. Sie waren nichts als Lügner. Dean, hatte er je vor, es mir zu sagen?

Dean war kein Soldat – er war ein **Rebell**. Sie alle hatten mich angelogen und ich hatte ihnen alles abgekauft. Ich war so leichtsinnig und gutgläubig gewesen. Joe hatte mich gewarnt, die ganze Zeit und ich hatte es übersehen, hatte ihn gehasst dafür, dabei war er der Einzige, der versucht hatte, mich wirklich zu beschützen. Jetzt war er tot und ich hoffentlich auch bald.

Ich hatte solange die Luft angehalten, bis mein Herz aufgehört hatte zu schlagen und ich hoffte, es würde nie wieder damit anfangen. Meine Arme waren schlaff geworden und ich hing reglos in Randys Armen, meine Augen zugekniffen. Dann wurde ich in die Dunkelheit gezogen und ich begrüßte sie

– begrüßte den Tod, wartete auf ihn –

doch er kam nicht. Joe hatte meine Schuld beglichen. Ein Leben für ein anderes.

Sein Leben für meines.

Kapitel 33

Dunkelheit. Alles war dunkel – meine Gedanken, mein Herz, die Stille. Einsamkeit war dunkel und ich war umgeben von nichts anderem. Dean hatte mich angelogen. Er hatte mir die ganze Zeit etwas vorgemacht. Was war noch alles gelogen gewesen? Wer war alles involviert – ich fürchtete schon fast alle.

Randy, Joe, Dean und sicher auch Ben – sie gehörten zur Rebellion und das schon länger. Ich hörte ein Brechen. Es war keines, das ich um mich herum wahrnahm, es kam von innen, aus meinem Körper. In mir war etwas zerbrochen. Vielleicht hatte Dean einen guten Grund gehabt, mich anzulügen, vielleicht auch nicht. Vielleicht hatte er gehofft, ich wäre schon früher darauf gekommen? - Vielleicht aber auch nicht. Ben hatte es gewollt, er hatte es mir sagen wollen, die ganze Zeit schon. Seine Worte hallten in mir wider, laut und schmerzhaft, sie zerrissen mich innerlich – *Ich will sagen, dass Dean Geheimnisse vor dir hat. Wenn es dann so weit ist, dann behaupte nicht, ich hätte dich nicht gewarnt.* – Er hatte mich gewarnt, er hatte es mir sagen wollen und ich hatte ihn nicht gelassen.

Dean sollte es mir selbst sagen, am liebsten würde ich ihn dafür schlagen, dass er mich angelogen hatte. Ich wollte zu Ben und mich entschuldigen. Jetzt verstand ich zumindest, warum sie gestritten hatten. Ben war die ganze Zeit auf meiner Seite gewesen, Joe war es gewesen. Der Gedanke an ihn schmerzte so unerträglich, dass ich wieder an Dean dachte, dass ich an Wut dachte, an Wut und an das Rauschen meines Blutes und wie es sich anfühlen würde, ihn mit meinen Händen zu zerreißen, so wie er mich innerlich zerriss. Alles war besser, als an Jonas zu denken, daran, was er geopfert hatte, was ich ihm auf ewig schuldete.

Ein Leben, ich schuldete ihm mein Leben und würde es gehen, würde ich mein Leben auf der Stelle gegen seines tauschen. Ich hatte den Tod angefleht zu kommen, hatte mein Herz gezwungen, aufzuhören zu schlagen, doch nichts von beidem war erfolgt. Jeder Schlag meines Herzens erinnerte mich an mein Versagen, an Deans Lügen, an Randys Schweigen. Randy. Ausgerechnet sie hatte es mir verschwiegen, hatte es nicht einmal versucht zu erwähnen. Sogar Joe hatte versucht, mich irgendwie zu warnen, er wollte nie, dass ich zu den Rebellen gehörte, er meinte, solche Organisationen wären schrecklich, ich hatte es in seinen Augen gesehen.

Er hasste die Rebellion, er hasste das alles hier. Wie ich. Wir waren in vielem grundverschieden, doch wenn es um Hass ging, da waren wir gleicher Meinung und er hasste die Rebellen. Ich hasste, was sie mir bereits genommen hatten.

Ich hatte tatsächlich von einer Zukunft geträumt – von Dean und mir. Aber wie sollte ich eine Zukunft mit jemandem führen, den ich gar nicht kannte? Dean war ein Lügner und möglicherweise liebte er mich wirklich, aber wie sollte ich ihm je wieder vertrauen?
Ihm überhaupt in die Augen sehen, alles anblicken, was ich verloren hatte?

Ich öffnete die Augen und blinzelte dem hellen Licht entgegen. Ich hatte Kopfschmerzen, aber das lag an dem Druck, der wiedergekehrt war – meine Kräfte. Ich genoss den Schmerz. Meine Kräfte waren das Einzige, dass ich nicht verloren hatte. Sie waren etwas, das ich noch mehr hasste als die Lügen. Ich spürte meine Glieder nicht, aber sah langsam mehr. An der Decke hing eine große Lampe und die Wände waren weiß gefliest, wie auch der Boden, sah ich, als ich nach unten schaute. Ich lag in einem Krankenzimmer. In der Ecke stand ein Schrank, der leer war – ich hatte keine Sachen, die ich – mein Eigentum – nennen konnte.
Neben meinem Eisenbett standen ein Nachttisch und ein Stuhl auf der anderen Seite meines Bettes. In meinen Armen steckten jeweils zwei Schläuche und in meiner Brust ebenfalls. Sie hielten dieses dämliche Herz in Takt. Meine Arme waren dünn, viel zu dünn, aber sie sahen irgendwie genährter... gesünder aus.
Ich schaffte es, meinen Arm zu bewegen, auch wenn das unendlich viel Kraft kostete. Ich griff mir in die Haare und holte eine goldene Locke hervor. Mein Haar fühlte sich dicker, weicher und reiner an. Sie waren gesünder. Was auch immer die mir spritzten, es half

Wunder. Ich sah die blauen Flecken und meine Nase schmerzte noch, da erinnerte ich mich an den Bruch, den ich erlitten hatte. Gut – das hieß, ich hatte nicht allzu lange geschlafen.

Ich trug ein weißes Kleid, eine Art Nachthemd mit dreiviertel Ärmeln. Es ging mir bis zu den Knien. Ich versteckte alles bis auf Waden und Unterarme. Ich schlug die weiße Decke, die weich wie Seide war, zurück und schaute auf meinen nackten Füßen. Ich spürte langsam wieder meine Zehen und betrachtete eine Weile lang nichts anderes als meine diese. Auch meine Beine waren mit blauen Flecken übersät, aber diese würden heilen, ich besaß sacrianisches Blut.
Meine Beine waren ebenfalls dünn, aber sie sahen trotzdem besser aus, als noch vor ... wann auch immer ich in diesem Jet gewesen war. Ich hörte immer noch Randys Schluchzen. Ich hatte sie getröstet – ich hatte sie getröstet, dabei war sie diejenige, die mich angelogen hatte. Agent. Sie waren Agents. Wut strömte durch meine Adern, aber ich kontrollierte sie – noch. Langsam setzte ich mich auf und hörte dabei jeden Wirbel einzeln knacksen. Wie lange hatte ich gelegen?
Das letzte, woran ich mich erinnerte, war, wie ich die Luft angehalten hatte und dann in Randys Armen schlaff geworden war – mehr nicht.

Ich setzte mich an die Bettkante und ließ die Beine aus dem Bett hängen. Es fühlte sich gut an, endlich nicht mehr zu liegen. Die Dunkelheit war einsam gewesen, aber friedlich. Jetzt war ich voll Wut, Trauer und trotzdem immer noch einsam – vielleicht würde ich das auch für immer bleiben?

Ich zog die Schläuche aus meinen Armen, an denen nun ein wenig Blut entlang rann und dann aus meiner Brust, was deutlich mehr weh tat. Der Schmerz tat gut, aber meine Arme und meine Brust verheilten bereits wieder. Ich stellte mich hin und Schwindel und Übelkeit überkamen mich. Ich musste mich am Bett festhalten, ehe ich es schaffte, das Zittern unter Kontrolle zu bekommen und aufrecht zu stehen. Meine Knie drohten weg zu knicken, doch ich beharrte darauf, zu stehen. Ich wollte keine Sekunde länger liegen oder sitzen. Ich entdeckte einen Spiegel und ging darauf zu. Ich fühlte mich wie ein Kleinkind, das anfing zu laufen. Ein Schritt schlitternd vor den nächsten – *nicht umfallen, nicht umfallen, nicht...* - Dann stand ich vor dem Spiegel, der an der Wand hing.
Ich betrachtete mich. Das war das erste Mal, dass ich mich komplett in einem Spiegel sah, seit ich ... sechs Jahre alt war, und das war ewig her. Es war zwei Leben zuvor, meinem Gefühl nach.

Meine Wangenknochen stachen deutlich heraus und meine Augen waren rot unterlaufen, was einen ziemlichen Kontrast zu meinen grünen Augen darstellte. Dann erschrak ich. Genau an der Stelle, an der Schwefelwasser in mein linkes Auge gekommen war, befand sich nun ein großer roter Fleck. Eigentlich sah es sogar ganz hübsch aus, doch ich erinnerte mich noch sehr gut an den Schmerz. Ich hatte geglaubt, ich wäre für immer blind und geblieben war nur ein kleiner Fleck, leicht zu übersehen und doch vorhanden. Meine Wangen waren weder leicht gerötet, noch sah sonst etwas an mir lebendig aus. Meine Haut war grau, aber meine Arme bereits weniger knochig. Trotzdem war ich mager. Meine Beine waren zwei Striche voller Kruste und blauer Flecken. Ich hatte keine Kurven, bestand nur aus Haut und Knochen. Meine Haare waren lang geworden und mir fielen blonde Strähnen über die Schultern. Das Nachthemd war weich, aber es war viel zu groß und meine Schlüsselbeine waren zu sehen – deutlich zu sehen. Ich sah aus wie eine wandelnde Leiche. Ich hatte Sommersprossen bekommen und auch meine Augen leuchteten grün wie der Frühling, aber der Rest sah leer gesaugt und tot aus.

Der Boden fühlte sich kalt an unter meinen Füßen, als ich zur Tür ging und sie öffnete. Erst fürchtete ich, dass sie abgeschlossen sein würde, doch als ich mit zittrigen Händen den Türgriff heruntedrückte, schwang sie auf und ich trat in den Flur.
Es war mehr ein langer weißer Gang als ein Flur. Mir war nicht entgangen, dass selbst der Krankenflügel oder wo auch immer ich hier war, modern und makellos aussah. Die Wände schienen von innen heraus zu leuchten, und obwohl nirgends ein Fenster war, spürte ich Sonnenstrahlen auf meiner leicht gebräunten und trotzdem grauen Haut. Mein Zittern hatte nichts mit Kälte zu tun, sondern mit Wut.
Ich musste ihn finden. Er musste hier doch irgendwo sein. Ich ging den Flur entlang und der Gang war erfüllt

von meinen Schritten. Ich schaute durch die Fenster in den Türen, doch er war nirgends zu sehen.
Wo bist du?
Ich wollte gerade aufgeben, da sah ich ihn durch das Fenster der letzten Türe im Gang. Sein hellblondes Haar stand in alle Richtungen ab und sein Gesicht war errötet. Er war zwar ebenfalls mager, sah aber schon viel besser aus. Mir stiegen Tränen in die Augen und ich konnte mich nicht rühren. Es war, als würde mir hörbar ein Stein vom Herzen fallen und auch er schien ihn zu hören, denn sein Kopf schwang in Richtung Tür und wir sahen uns durch das Fenster hindurch an. Er war allein im Raum, aber ich traute mich trotzdem nicht, einfach hineinzugehen, als wäre eine Barriere zwischen uns, die nur er einreißen konnte. Ben stand auf und ich erschrak. Sein Bein – es war... es war *weg*.

Da, wo vorher sein Bein gewesen war, war nun ein Gerät aus Metall, eine Prothese. Er hatte sein Bein verloren. Ich erinnerte mich an den Unfall, in seinem Bein waren lauter Splitter und Autoteile gewesen. Sie mussten es amputieren. Ich schluckte den Schock herunter und schaute ihm wieder in die Augen. Er stand nun direkt vor der Tür – wenigstens konnte er dank der Prothese gehen. Dann öffnete er die Tür und warf mir ein verlegenes, irgendwie unsicheres Lächeln zu – Ben, der nie wusste, was er fühlte. Die Barriere fiel in sich zusammen und ich warf mich ihm in die Arme, mit solcher Wucht, dass er beinahe umkippte.
Er erwiderte die Umarmung erst ein wenig später, als wäre er sich nicht sicher, ob es eine gute oder eine

schlechte Idee war. Mir liefen Tränen die Wangen hinab, aber ich gab keinen Ton von mir. Als wir uns voneinander lösten, schauten wir uns in die Augen. Seine hellblauen Augen waren glasig und ich wusste, was er dachte – ich dachte an nichts anderes mehr. Jonas. Und daran, dass er tot war. Ben ging wieder zu seinem Bett, setzte sich darauf und klopfte dann auf die Matratze. Eine Aufforderung, mich neben ihn zu setzten. Das letzte Mal, als wir ein richtiges Gespräch geführt hatten, waren wir im Streit auseinandergegangen. Ich ging etwas wacklig zum Bett und setzte mich mit einem gewissen Abstand neben ihn. Ich rieb die Tränen aus meinem Gesicht und versuchte, meine Stimme wiederzuerlangen. Vorher musste ich husten.

»Es tut mir leid, Ben.« Meine Augen brannten wieder stärker.
»Es tut mir so leid. Ich hätte dir glauben sollen, du hattest recht«, meinte ich.
Er rieb sich die Schläfen und atmete tief durch – mehrmals.
»Eigentlich sollte ich jetzt so was sagen wie – ich habe es dir ja gesagt – aber ich finde – mir tut es auch leid – passt jetzt besser.« Er schenkte mir ein aufmunterndes Lächeln, aber in seinen Augen stand nichts als Trauer.
»Gehörst du auch zu ihnen«, ich musste schlucken bei dem Gedanken, dass er ein Teil von dem hier war, die ganze Zeit schon.
»Ich wollte es dir sagen, die ganze Zeit, aber Dean, er... er sah das anders«, erwiderte er mit einem Hauch Wut

und ich war froh, nicht die Einzige zu sein, die wütend war – wütend auf die Welt.

»Er hätte es mir sagen müssen, dass ihr Rebellen seid, ihr hättet es mir alle sagen müssen.« Ich atmete tief ein und aus, bevor ich die nächste Frage stellte. »Gehören Lex und Raffaelle auch zu den Rebellen«, das Wort – Rebellen – fühlte sich wie Dreck in meinem Mund an.

»Nein, aber du solltest nicht mit mir darüber reden, Florence«, sagte er und es schien ihm schwerzufallen mit mir darüber zu reden, nicht zu viel zu verraten.

»Benjamin«, sein Name war keine Geste, es war eine Aufforderung meinerseits, »Was verheimlichst du?« Die Bitterkeit in meiner Stimme war unüberhörbar.

»Es gibt noch sehr viel mehr, was du nicht weißt, aber damit solltest du zu Dean gehen, nicht zu mir. Er muss es dir sagen.« Mehr hatte er nicht dazu zu sagen? Dean war ganz bestimmt die letzte Person, mit der ich jetzt reden wollte.

»Was hat er mir noch verheimlicht?«, fragte ich. Langsam verfestigte sich meine Macht und meine Kontrolle blätterte ab wie Putz von einer Mauer.

»Dinge, die er dir sagen sollte, da du das Recht hast, es zu erfahren, aber es sind Dinge, die ich dir nicht sagen kann«, meinte Ben zwischen zusammengebissenen Zähnen.

»Was ist es?«, ich brüllte fast und krallte mich in seine Matratze. Ich wollte nicht länger angelogen werden, ich hasste es, eine Außenstehende zu sein.

»Ben, bitte«, verdeutlichte ich meine Worte und dann rückte er diese eine Information raus, die mich zerstörte.
»Er hat **Kräfte**, Florence. Er hat dich angelogen, er besitzt welche und er hat es dir nicht gesagt. Bist du jetzt zufrieden?« Obwohl er keuchend ein und ausatmete, wurde plötzlich alles still in meinem Kopf.

Dean hatte Kräfte und er hatte es mir nicht gesagt. So wie er mir nicht gesagt hatte, dass er ein Rebell war.
»Aber ich dachte, er wäre eine Ausnahme... er meinte, ... er meinte, er hätte keine Kräfte und er wüsste nicht, wieso und...« Ich konnte nichts mehr denken, nicht mehr atmen.
»Er hat *gelogen*. Den Rest muss er dir erklären. Geh jetzt bitte.« Damit warf er mich raus.
Ich hatte ihn noch nie so erschöpft, so niedergeschlagen gesehen und ich hatte ihn schon wirklich oft niedergeschlagen gesehen. Ich stand auf und ging auf die Tür zu, ohne noch ein Wort zu sagen, aber dann fügte Ben noch etwas hinzu.

»Mach keine Dummheiten, ja.« Ich antwortete bewusst nicht und verließ wortlos sein Zimmer. In meinen Adern da brodelte es – Kräfte, Dean hatte Kräfte. Es machte Sinn, die weißen Augen, sein Zusammenbruch, die Anstrengung, aber was für Kräfte besaß er? - ich hatte ihn nie irgendwas erschaffen oder verändern gesehen.

Mein Blut kochte und die Mauer wurde rissiger, immer rissiger.
Ich stampfte weiter den Gang entlang und dann erklang eine Stimme hinter mir. Ich erschreckte und hörte daraufhin ein Lachen.

»Wo willst du denn hin?« Ich drehte mich um und blickte in die Augen eines jungen Mannes, ungefähr in Bens Alter. Er hatte dunkelblonde Haare und grüne Augen – wie ich – aber seine funkelten amüsiert.
»Du siehst ja aus wie der Tod«, sein Grinsen wurde breiter. Er war groß und schien aus nichts als Muskeln und schlechtem Humor zu bestehen. Seine Haut war leicht gebräunt und er trug ausschließlich Schwarz. Er musterte mich ebenfalls und fügte, als ich nicht antwortete noch etwas hinzu: »Komm mit, die anderen warten schon auf dich.« Er hatte einen geraden Gang und war alles andere als hässlich. Seine Gesichtszüge waren makellos und perfekt. Er sah auch perfekt aus, aber da war irgendwas Schreckliches, Grausames, das ihn umgab. Irgendeine Aura aus Dunkelheit und schwarzem Rauch, die mir eine Gänsehaut machte und mich schlucken ließ.
»Such es dir aus, entweder du kommst jetzt mit oder ich schleife dich hoch, deine Entscheidung.« Sein Grinsen wurde noch breiter und ich meinte für einen kurzen Moment, Reißzähne zu erblicken, doch als ich ein zweites Mal hinsah, waren sie bereits wieder verschwunden. Anstatt zu antworten ging ich in seine Richtung, wobei ich darauf achtete, nicht zu nah neben ihm zu gehen.

»Na geht doch!«, er lächelte immer noch amüsiert. Wie ein Raubtier. Dann gingen wir durch ein Gewirr aus Treppen und Fluren. Wir kamen an den unterschiedlichsten Kunstwerken vorbei und Leute kamen uns entgegen. Da waren Hunderte Ärzte – hauptsächlich natürlich im Krankenflügel, der riesig war – und unzählig viele Jugendliche und Erwachsene, die durch die riesigen Gänge aus Weiß und Stuck schlenderten. Ich entdeckte auch Soldaten, aber wir waren bei den Rebellen, was hatte ich erwartet? Alles hier glich einem Palast, so wie ich mir einen vorstellte. Leuchtend und so prachtvoll wie New Wase, aber ich hatte keine Ahnung, wo wir waren, und Fenster gab es auch keine.

Der blonde Unbekannte führte mich in einen großen Saal, in dem ein Pult und ein Haufen Regale mit allem Möglichen darin standen. Auf dem Boden lag ein riesiger Teppich in Rot, dessen Anblick mich schaudern ließ. Der rote Teppich auf dem weißen Boden erinnerte mich an Blut und an einen Traum – einen Traum vom Präsidentenpalast.

An dem Pult saß ein älterer Mann mit grauen Haaren, ungefähr im Alter, in dem meine Eltern jetzt wären. Er strahlte Macht aus. Mir wurde angst und bange und meine Knie waren kurz davor, unter mir nachzugeben. Der Unbekannte neben mir verbeugte sich, aber das Lächeln in seinem Gesicht verriet mir, dass er das nur aus Spaß tat – sicher um mich zu verunsichern. Das klappte auch.

»Hier ist sie Com«, meinte der Blonde und zeigte ein wenig genervt auf mich.
»Danke, Cammian. Du kannst jetzt gehen.« Ich erkannte die Stimme sofort. Es war die Person, die mir geholfen hatte, herauszufinden, dass Dean ein Agent war, und meine Mom hatte mal mit dem Mann am Pult telefoniert. Sie schien ihn nicht leiden zu können, und ich verstand sie ziemlich gut, er hatte die Ausstrahlung eines Kriegers, war aber so ruhig wie die Nacht – wie der Tod. Com Shatter – das war sein Name oder mehr sein Titel.

»Hallo Florenci..., Florence, ich bin Com Shatter«, stellte er sich vor. So schwer war mein Name nun auch wieder nicht. Plötzlich spürte ich einen Windzug und der Unbekannte – Cammian, wie Com Shatter ihn genannt hatte – war verschwunden, als hätte er sich in Luft aufgelöst. Nun kam mir dieses Arbeitszimmer, das mehr aussah wie ein Saal aus Stuck und Gold und Reichtum, viel zu groß vor.
»Setz dich doch«, meinte er und zeigte auf einen Stuhl vor seinem Pult. Endlich fand ich meine Stimme wieder.

»Was wollen Sie?« In meiner Stimme war kein Respekt und auch keine Dankbarkeit, aber Com Shatter schien das nicht zu stören, er lächelte nur unergründlich und legte den Kopf schräg.

»Ich will reden«, meinte er und zeigte noch mal auf den Stuhl vor sich. Schweiß rann mir den Rücken hinab, doch ich beharrte und blieb stehen, »Schön, reden Sie«, gab ich zurück.

Sollte er mich doch für schlecht erzogen halten, ich hatte keine Lust mit ihm zu reden, ich wollte viel lieber mit Dean reden und ihm die Eingeweide heraus prügeln. Lügner. Er war ein Lügner. Und ich hatte mich in ihn verliebt – mein Herz schmerzte auf einmal wieder und ich schluckte. Com Shatter entging das nicht.
»Du darfst dir aussuchen, ob du bleiben willst oder nicht. Wenn ja, dann wirst du dich aber an Regeln halten müssen, wenn nein, dann bekommst du eine neue Identität und darfst hinziehen, wo du willst, aber besser nicht hier in die Nähe«, gab er zurück. Ich durfte hier weg, nach Hause.

Du hast kein Zuhause mehr. Ich ignorierte die Stimme.

»Ich will zuerst mit ein paar Leuten reden«, erwiderte ich und reckte mein Kinn noch ein Stück höher, um mir nicht so klein und würdelos vorzukommen.
»Ja, das habe ich mir schon gedacht«, gab er zurück – völlig entspannt, wie ein guter Soldat – und dann rief er: »Eintreten!« Die Türen öffneten sich wieder.
Ich hatte gar nicht gemerkt, dass sie zu gewesen waren. In den Raum kamen alle bis auf Randy und Ben. Jonas war ebenfalls nicht da, aber diesen Gedanken schob ich schnell beiseite. Lex sah viel besser aus, viel lebendiger. Ihr rotes Haar war glatt und geflochten. Sie trug eine

Jogginghose und einen Pullover, der all ihre Schrammen verdeckte. Ruff wirkte distanziert, als würde er das erste Mal nicht wissen, was er hier wirklich bewundern sollte, als könne er hier nichts wahrhaft Prachtvolles entdecken, doch auch er wirkte gesünder. Dann trat Dean ein. Er sah auch besser aus, aber auch irgendwie... anders. Als hätte er die ganze Zeit eine Maske getragen und sie nun endlich abgenommen.
Er ging aufrechter, hatte die Schultern gestrafft und würdigte mich keines Blickes, vielleicht traute er sich auch einfach nicht, mir in die Augen zu sehen.

Feigling.

Stattdessen sah er Com Shatter an. Sein Gesichtsausdruck war flehend. Wenn ich nicht so wütend wäre, dann hätte ich ihn in den Arm genommen und versucht, ihm den Schmerz, der in seinen Augen stand, zu nehmen. Aber er sollte Schmerzen empfinden, die gleichen, die ich empfand. Er hatte mich angelogen, er hatte mich zerstört. Ich hatte das Geräusch nicht vergessen, als mein Herz brach, als ich erfuhr, dass Dean mich belogen hatte. Er blieb fast neben mir stehen und bevor ich mich zurückhalten konnte, hatte ich schon ausgeholt. Mein Schlag traf ihn direkt ins Gesicht. Am liebsten hätte ich noch mal zugeschlagen und noch mal und wieder, bis er endlich aufhörte, so verdammt traurig zu gucken.

»Sieh mich an!«, stieß ich zwischen zusammengebissenen Zähnen hervor. Mir war egal, dass Lex und Ruff hier standen.
Mir war egal, ob Com Shatter das genoss oder mich dafür tadeln würde. Ich wollte die Wahrheit wissen – die ganze Wahrheit. Deans Augen fanden meine und dort sah ich es. Die ganzen Lügen. Jetzt konnte er sich nicht mehr herausreden, in seinen Augen stand die Bestätigung geschrieben.

Ben hatte die Wahrheit gesagt und ich hörte, wie jemand auf den *Scherben meines Herzens* herum trampelte und sie noch mehr zermalmte, als ich es für möglich gehalten hatte.

Kapitel 34

In seinen Gesichtszügen standen nur Trauer und Scham, aber in mir loderte Wut, und auch wenn ich ihn noch liebte – verdammter Mist, ja, das tat ich noch – und mir einredete, er hatte das nur getan, um mich zu schützen, und er wollte mich nie verletzten, empfand ich kein Mitleid mit ihm. Sollte er doch genauso leiden wie ich.

»Es tut mir leid, Flore.« Seine Stimme war nicht mehr als ein Winseln.
»Was geht hier vor?«, fragte Lex schnippisch, aber ich streckte meine Hand in ihre Richtung aus und brachte sie so zum Schweigen.
»Es tut dir leid?«, ich lachte beinahe, auch wenn mir schon wieder Tränen die Wangen herunterliefen. Wann hatte ich das letzte Mal so viel geweint?
»Es tut dir leid. Du antwortest mir jetzt, verstanden. Nur antworten, nichts anderes«, in meiner Stimme war so viel Wut und ich war wirklich kurz davor, die Mauer einzureißen. Ich verstand, warum Com Shatter Lex und Ruff mitgelassen hatte, sie waren das Einzige, was mich abhielt, hier alles in Stücke zu reißen. Dean nickte gekränkt.

»Du gehörst zu den Rebellen?« Das war mehr eine Feststellung als eine Frage, aber er antwortete trotzdem mit ja. Seine Stimme zitterte und seine Augen waren glasig, aber meerblau, nicht weißlich. Da waren wir auch bei meiner nächsten Frage und diese traf ihn wie ein weiterer Schlag ins Gesicht.
»Was sind deine Kräfte, Dean?«, ich fragte extra nicht, ob er überhaupt welche besaß, er wusste, dass ich Bescheid wusste. Da konnte er sich jetzt unmöglich wieder herausreden. Lex schien sich neben mir zu verkrampfen und Ruff schaute hoch an die Decke.

»Flore, ich... ich«, er wollte mich wohl verarschen.
»Jetzt sag«, giftete ich ihn an.
»Ich kann Gedankenlesen und... und beeinflussen, wenn ich will«, ich taumelte mehrere Schritte zurück. Er konnte was? Gedanken lesen und beeinflussen und ich hatte nichts gewusst. Ich schaute schockiert zu Lex. Sie biss sich auf die Oberlippe.
Sie hatte es auch gewusst und Raffaelle auch. Aber Lex Augen funkelten wütend in Deans Richtung, sie schien sich wohl einen Kommentar zu verkneifen. Trotzdem, sie hatte mich auch angelogen.

»Und hast du...«, die Frage blieb mir im Hals stecken, »Hast du das schon mal mit mir gemacht?«, fragte ich. Mir wurde übel. Ich gab mir Mühe, mich nicht auf diesen blutroten Teppich zu übergeben.
»Was genau?«, fragte er zitternd und nun rannen auch ihm Tränen die Wangen hinab. Sollte er doch heulen

und vor mir auf die Knie fallen, es würde nichts ändern, nicht mehr.

»Hast du meine Gedanken gelesen?« Meine Stimme zitterte ebenfalls.

»Nur aus Versehen, manchmal«, erwiderte er und die Worte schienen ihm wirklich Schmerzen zu bereiten. Ich ignorierte seinen Schmerz.

»Und was?« Meine Stimme war ganz leise geworden.

»Deine Träume, ich habe deine Träume gesehen und manchmal Gedankenfetzen«, meinte er. Eine Last schien ihn runterzudrücken, als würde er sich ebenfalls an die schrecklichen Dinge erinnern, die mich nachts verfolgten.

»Wie viele?« Meine Stimme war nur noch ein Flüstern.

»Alle! Ich habe sie alle gesehen.«

Das, was noch nicht in mir zerbrochen gewesen war, zersplitterte. Ich fühlte mich, als würde ich innerlich ausbluten. Lex hatte ich noch nie so wütend gesehen.

»Du hast was?«, fragte sie zornig.

»Los, erzähl ihr auch den Rest, du Feigling!«, fauchte sie in seine Richtung. Mir entging nicht, wie viel Kraft es sie kostete, sich zurückzuhalten und ihn nicht umzubringen, aber sie hatte trotzdem gelogen. Sie alle hatten mich belogen. Ich wollte nur noch zu Boden gehen und heulen. Ich schluchzte nicht, mir liefen wenige Tränen die Wangen hinab, mehr erlaubte ich mir nicht.

Er hat keine einzelne Träne verdient.

Aber trotzdem rollten sie meine Wangen hinab. Dann fing Dean an, mir zu erklären, was ich die gesamte Zeit nicht wahrhaben wollte, obwohl ich es geahnt hatte. Mit zittriger Stimme und tränennassen Gesicht erklärte er mir seinen Verrat.

»Nachdem Lex und Ruff in die Kolonie gekommen waren, sind Ben, Randy, Joe und ich zu den Rebellen gegangen. Wir haben uns hier zu Agents ausbilden lassen und uns dann zwei Jahre später absichtlich in die Kolonie bringen lassen, um sie zu retten. Wir haben uns fassen lassen. Für Ruff waren zwei von uns da und auch zwei für Lex, aber ich hatte noch eine andere Mission. Joe und Ben waren für Ruff verantwortlich und Randy und ich für Lex, wobei man sich um sie eigentlich gar nicht kümmern braucht. Ich sollte anfangs auch gar nicht mitkommen, aber ich wollte unbedingt – ich wollte meine Freunde nicht alleine in die Kolonie gehen lassen. Dann hat Com Shatter mir einen Deal angeboten.« Dean warf einen verächtlichen Blick in Richtung Tür wo dieser blonde Typ mit der zunehmend dunkler werdenden Aura, die mich beinahe zusammenfahren ließ, lehnte. Dean und Cammian, so hatte Com Shatter ihn genannt, schienen sich wohl nicht ausstehen zu können.

»Er meinte, ich sollte in die Kolonie und Lex und Ruff rausholen, aber ich sollte nach noch jemandem Ausschau halten. Nach einem Mädchen. Er hat mir ein Bild gezeigt von einer Sechsjährigen und ich habe ihm fast ins Gesicht gelacht. Ich sollte meine Fähigkeiten als Soldat beweisen, aber diese Mission war so gut wie unmöglich. Wie sollte ich ein Mädchen finden, von dem ich nicht einmal wusste, wie es heute aussah? Ich habe den Deal trotzdem angenommen, aber die Bedingungen waren, dass ich es keinem der anderen und auch nicht dem Mädchen selbst erzählen durfte. Ich hab` Ausschau nach ihr gehalten, aber ich hab sie nirgends gefunden. Dann brach die Mauer ein, genau am Tag unserer geplanten Flucht und als sie dann zu Fall ging und ich dich auf der anderen Seite stehen sah, da hatte ein Blick gereicht und ich hatte das Mädchen auf dem Bild gefunden. Du warst meine Mission und ohne mir einen Kopf darum zu machen, habe ich dich mitgenommen.« Er hatte mich nicht aus Mitleid oder einem Instinkt gerettet, er war auf mich angesetzt worden, ich war seine Mission, mit der er beweisen konnte, dass er ein guter Soldat war.

»Ich wollte es dir die ganze Zeit sagen, aber ich durfte nicht und als Joe das herausgefunden hat, da ist er völlig ausgerastet und wollte, dass ich dich wegschicke und alles platzen lasse, aber wir haben eine Regel und die steht über allem«, fügte Dean hinzu und Cammian, der immer noch amüsiert grinsend im Türrahmen lehnte und aussah, als wäre er zu Tode gelangweilt, trillerte: »Man mischt sich nicht in die Geschäfte des anderen ein.« Mir wurde schlecht.
Manipuliert, Dean hatte mich manipuliert und die anderen hatten es zugelassen. In Lex Augen stand Entsetzten, sie hatte es gewusst, auch ihr Entsetzen entschuldigte das nicht.

»Wie konntest du nur?«, stieß sie hervor und ich sah, wie sie mit sich kämpfte, vielleicht war wenigstens sie noch

vertrauenswürdig. Ich hatte keine Kraft mehr zum Kämpfen. Ich war am Boden zerstört und mit jedem Wort trampelte Dean nur weiter auf den Scherben meines Herzens rum.
»Ich war eine Mission für dich«, fauchte ich verächtlich.

»Ich wusste ja nicht, dass ich mich in dich verlieben würde. Ich wollte es die ganze Zeit sagen, bitte glaub mir.« In seinen Augen sah ich, dass es die Wahrheit war, doch das würde mein Herz auch nicht wieder heilen. Dean kam näher auf mich zu und streckte den Arm nach mir aus. Ich wich zurück.
»Fass mich nicht an«, die Worte trafen ihn, aber mich trafen seine so viel mehr.
»Hast du mich nur mit deinen Lügen manipuliert oder hat deine »Fähigkeit«, ich spuckte ihm das Wort beinahe vor die Füße, »… auch mit mir gespielt?« Ich sah das Bedauern in seinen Augen, sah, dass er wusste, was er mir angetan hatte, aber ich sah auch, dass ich recht hatte, dass er in mein Bewusstsein eingedrungen war, mich wahrhaftig manipuliert hatte.
»Ja, aber nur einmal, danach nie wieder und ich fühle mich schrecklich deswegen«, gab er zurück. Als würde das etwas ändern, nach allem, was er getan hatte, nach allem, was ich verloren hatte.
»Wann?«, fragte ich, und ich war mir gar nicht sicher, ob ich es wissen wollte.
»Als Ben im Sterben lag und du dich geweigert hast, deine Kräfte zu benutzen, um ihn zu heilen.« Seine Tränen waren der Beweis, dass es ihm leidtat, aber er

hatte Dinge getan, die ich nicht vergeben würde, nicht vergeben konnte.
»Ich habe mich tagelang schuldig gefühlt. Ich wusste, dass was nicht gestimmt hatte, und du hast nichts gesagt!« Ich schrie ihn an, wollte, dass er spürte, wie wütend ich war.
»Es tut mir leid«, meinte er.

Es tat ihm leid.

»Mir auch!« Das war ernst gemeint.

»Mir tut leid, dass du diesen Deal angenommen hast, mir tut leid, dass du dich aus Versehen in mich verliebt hast, und mir tut leid, dass du so ein Feigling bist, dass du mir nicht sagen konntest, dass du zufällig Gedanken lesen und kontrollieren und wer weiß was noch damit machen kannst. Es tut mir leid, dass ich wirklich geglaubt hatte, dass es okay ist, dich an mich heranzulassen oder dir zu vertrauen. Mir tut es leid, dass ich mich getäuscht hab.«
Die Worte ließen nun ihn zurückweichen und ich sah, wie Lex Augen groß geworden waren und ein Schimmer Mitleid darin stand.

Warum um alles in der Welt hatte sie Mitleid mit ihm, wo er doch alles zerstört hatte?
Er hatte nichts anderes verdient als diese Worte. Ich erinnerte mich an jedes Mal, wenn er seine Kräfte eingesetzt hatte. Als wir gegen die CGCs gekämpft hatten, als wir getankt hatten und die CGCs uns nicht

bemerkt hatten, bis Dean umgekippt war – vor Erschöpfung.
Als er in meinen Kopf eingedrungen war und mich gezwungen hatte, meine Kräfte einzusetzen. Als er versucht hatte, mich zum Aufhören zu überreden, als ich ein Erdbeben verursacht hatte, ich seine Stimme aber weggestoßen hatte und sie aus meinem Kopf gedrängt hatte. Ich hatte nichts von alldem bemerkt, ich hatte es alles übersehen.

»Du meintest mal, dass nichts ändern wird, was du empfindest. Du meintest, Geheimnisse ändern keine Gefühle«, das hatte ich zu Ben gesagt, Dean hatte es gehört – natürlich hatte er das.
»Tja, ich habe mich getäuscht. So wie ich mich in allem und jedem täusche. Getäuscht in dir, getäuscht in allem. Geheimnisse ändern sehr wohl etwas. Geheimnisse ändern alles.«
Dass er genau diese eine Sache ansprechen musste, wo er doch ganz genau wusste, dass ich mich bereits für zu naiv hielt.
»Du meintest, du liebst mich.« Es war ein Flehen und das vor allen Leuten, vor Lex, vor Ruff, vor Com Shatter, der gelangweilt die Wand anblickte, und vor diesem Cammian, der immer noch in der Tür lehnte, aber ohne dieses amüsante Grinsen, er blickte ernst drein. Dean liebte mich wirklich. Das hatte ich auch getan, das tat ich immer noch, aber das würde ich ihm sicher nicht sagen.
»Ich hasse dich. Ich hasse dich dafür, dass du mir alles genommen hast, was noch mir gehörte.« Und dann

schaute ich Lex in die Augen, die trotz allem – trotz allem, was Dean gerade zugegeben hatte – bei ihm, auf seiner Seite stand. Niemand stand auf meiner Seite. Ruff und Lex standen hinter Dean, das konnte auch Lex Funkeln in den Augen nicht ändern, am Ende würden sie immer zusammenhalten.
»Du lügst«, meinte er, und er hatte recht, aber damit gab er mir nur Stoff zu kontern.
»Schau doch in meinen Kopf, dann weißt du es.« Damit hatte er nicht gerechnet. Lex und Ruff traten ein paar Schritte weiter zurück in Richtung Tür, da wo Cammian immer noch lehnte.
Was wollte dieser Spinner hier?
Dean antwortete nicht darauf.

»Es tut mir leid«, murmelte er und wandte den Blick von mir ab, als würde es ihn so schmerzen, mich anzusehen.

Feigling.
Er war ein Lügner und ein Feigling und ein Narr, wenn er glaubte, ich würde nach all dem hier noch einen Funken Mitgefühl für ihn empfinden.
Meine Tränen waren schon längst getrocknet, als ich mich zu Com Shatter umdrehte, der mich anschaute, als wäre rein gar nichts passiert, und sagte: »Ich werde nach New Oltsen gehen. Halten Sie mir bis dahin diesen Mistkerl vom Hals.« Er wusste, dass damit Dean gemeint war, und Dean wusste es auch.
Fünf Sekunden später stampfte er aus dem Raum und ich hörte Cammian lachen – über Dean – sollte er doch, Dean hatte nichts anderes verdient.

Meine Nasenflügel bebten noch, als Lex zu mir kam und meinte: »Willst du es dir nicht noch einmal anders überlegen, Neuling?« Der Name schmerzte. Er erinnerte mich an die Zeit vor dem Ganzen hier und das schmerzte so sehr, dass ich mich zurückhalten musste, hier nicht alles einzureißen.

»Nein will ich nicht und jetzt lasst mich in Frieden. Du hast vielleicht nicht alles gewusst, aber du hast genug gewusst, dass du es mir hättest sagen können«, fauchte ich sie an und das erste Mal, eigentlich, seit ich sie kannte, widersprach sie nicht. Sie machte kehrt und sagte noch etwas.

»Niwo, komm!« Dann hörte ich noch, wie sie fauchte: »Hör auf zu lachen, Cammian«, bevor sie den Raum verließ und im Flur verschwand.
Ich schaute mich nicht nach ihr um. Ich ließ sie gehen, wie ich Dean hatte gehen lassen und sah stattdessen Com Shatter an.

»Jetzt, wo du ja eh da bist, Cammian, kannst du Florence ja schon mal nach unten zum Bahnhof bringen, während ich alles besorge«. Es war keine Bitte, sondern ein Befehl, jedes Wort aus seinem Mund klang wie das einer Schlange und ich verstand, warum Dean seinen Deal angenommen hatte, aber das war keine Entschuldigung für sein Verhalten.

Hör auf ihn zu verteidigen. Er hat nichts anderes verdient als Bestrafung für sein Verhalten. Du solltest rein gar nichts mehr für ihn empfinden. Ihn hassen – du solltest ihn hassen.

Doch genau das tat ich nicht.

»Du kannst dir unterwegs noch etwas anderes anziehen, es sei denn, du willst so Zug fahren.« Er nickte in meine Richtung. Ich schnaubte nur und erwiderte giftig: »Ich will einfach nur hier weg.« Dann drehte ich mich herum und ging zur Tür.

Cammian warf mir schon wieder dieses schreckliche Lachen zu und ich schaute noch einmal zurück zu Com Shatter.

»Warum lassen Sie mich gehen, wenn Sie sich die Mühe gemacht haben, mich aus der Kolonie zu holen?«, fragte ich verwundert. Er schaute wieder an eine Wand und sagte völlig beiläufig: »Jeder hat seine Gründe.« Ich hätte vielleicht noch eine weitere Frage gestellt, hätte ich die Worte nicht schon einmal gehört – von Jonas.
Jonas, der jetzt tot war. Jonas, dem ich mein Leben schuldete. Cammian war bereits vorgegangen, als ich den Kopf wieder Richtung Flur drehte und es kostete mich Mühe, mit ihm Schritt zu halten. Seine Rückenmuskeln zeichneten sich unter dem schwarzen Shirt ab und da war immer noch diese schwarze Aura, die ihn umgab, aber vielleicht war ich auch einfach nur verrückt. Dasselbe hatte ich mir eingeredet, als ich Deans weiße Augen zum ersten Mal gesehen hatte, jetzt

wusste ich, dass es eine Nachwirkung seiner Fähigkeiten war – Fähigkeiten, mit denen er mich benutzt hatte. Es war nur leicht, aber das Gebäude zitterte, und zwar wegen mir – erzitterte vor meiner Wut. Wut auf die Welt und alles, was in ihr falsch lief.

Eine halbe Stunde später saß ich in einem Zug – in einem fliegenden Zug, wie ich feststellte. Ich besaß einen neuen Namen, neue Kleidung und mehrere Stunden Zeit zum Nachdenken.
Ich fuhr hauptsächlich durch New Wase und einen Haufen toter Städte, aber ich achtete gar nicht darauf. Com Shatter hatte mir ein ganzes Abteil besorgt, ganz für mich allein. Er hatte mir einen Ausweis und einen Haufen anderer Papiere gegeben. Cammian hatte kein Wort mehr gesagt, er hatte mir neue Sachen zum Anziehen gegeben und mich dann später runter zum Bahnhof gebracht.
Ich trug eine schwarze, enganliegende Jeans und einen schwarzen Pullover. Mir wurde eine Kappe gegeben, ebenfalls in schwarz, und neue Boots, die aber denen aus der Kolonie ziemlich ähnelten. Dann bekam ich ein Handy und ich hätte sogar eine Waffe bekommen, lehnte aber absichtlich ab. Ich hatte genug Gewalt hinter mir und wollte mein neues Leben nicht gleich damit anfangen. Von den anderen hatte ich mich nicht verabschieden wollen und so war ich wortlos und ohne Dank oder dergleichen in den Zug eingestiegen und hatte die Rebellen hinter mir gelassen.
Ich hatte ein Leben in New Oltsen geführt, eines in der Kolonie und eines auf der Flucht. In allen war ich

kläglich gescheitert und nun konnte ich ein viertes führen, nun könnte ich wirklich neu anfangen.

Der Palast – ein anderes Wort wurde dem Gebäude einfach nicht gerecht – der Rebellenpalast war unterirdisch, wie ich festgestellt hatte, was die fehlenden Fenster erklärte. Man hatte das Zittern in den Wänden, das wie ein leichtes Erdbeben wirkte, auf den Berg, in dem er lag, abgetan. Aber Com Shatter wirkte zu schlau, um nicht bemerkt zu haben, dass ich das gewesen war – dass es ein Erdbeben aus meiner Wut gewesen war.

Auf einem Papier, das Com Shatter mir in die Hand gedrückt hatte, zusammen mit den restlichen Papieren stand: **Katherine Dyver – 19 Jahre alt – geboren am 6.11.3011 – Wohnsitz: New Oltsen, Jazz Allee 44 – arbeitet in der Bäckerei in der Camper Street – Waise** – meine neue Identität.

Das war das Leben, das dort auf mich wartete und es war ein Neuanfang.
Ich ließ meine anderen Leben hinter mir, meine Vergangenheit, aber ich war nicht mehr naiv genug, um nicht zu wissen, dass die Vergangenheit einen immer einholt.
Ich wusste nur noch nicht, wie schnell es tatsächlich dazu kommen würde.

Epilog

Ich laufe durch Wald. Um mich herum höre ich Blätter rascheln und Vögel singen. Die Luft ist belegt mit Staubteilchen, die durch den Wind getragen werden. Sie wehen von den toten Städten herüber, das weiß ich. Ich weiß nicht, wer ich bin und erahne bloß, was ich bin. Der Ort, der Wald kommt mir bekannt vor und doch kann ich ihn nicht zuordnen. Als liege er in einer Erinnerung, die ich verdrängt habe. Eine Erinnerung, die schmerzt.

Ich schaue mich um, sehe jedoch nur einen Fluss, weitere Bäume und den mit dunklen Wolken bedeckten Himmel über mir. Ich bin also allein. Trotzdem fühle ich mich verfolgt und beobachtet. Mein Unterbewusstsein sagt mir, dass ich schlafe, doch aufwachen kann ich nicht. Als liege die Entscheidung gar nicht bei mir. Als würde mein eigener Traum gar nicht mir gehören. Mir entgleitet die Kontrolle.

Ein Name taucht vor meinen Augen auf. Dean. Sein Name. Nun verstehe ich auch, woher der Schmerz rührt. Der Schmerz sitzt so tief und ist trotz der vergangenen Zeit noch zu frisch, zu wund. An meinen Namen erinnere ich mich nicht. Als sei er ausradiert. Als sei ich entpersonalisiert. Namenlos. Bedeutungslos. Ich erinnere mich an ein weiteres Wort. Deseaserin. Auch damit verbinde ich bloß Schmerz und Angst und… Wut. Wut auf die ganze Welt. Und doch ist der Schmerz ein anderer. Ich verbinde Hass mit dem Begriff Deseaserin. Mit

Dean hingegen… mit ihm verbinde ich sehr viel mehr. Liebe. Vielleicht Verlust. Irgendwie auch Tod.

Es beginnt zu regnen und ich suche Schutz im Dickicht der Bäume. Ich möchte mich verstecken. Ich fühle mich auch nach wie vor verfolgt. Angst sitzt mir in den Knochen und mein Herz rast. Mein Blickfeld verdunkelt sich und der Regen nimmt mir einen Teil meiner Sicht. Ich fühle mich hilflos und ohne Orientierung. Verloren in einem Gewirr aus Erinnerung und Realität. Traum und Vergangenheit verschwimmen und nach wie vor weiß ich nicht, wer ich wirklich bin. Ich weiß auch nicht, was ich will oder wohin ich will. Mein Kopf ist leer und doch stürmt ein Gedanke nach dem Nächsten über mich hinweg und reist mich mit sich. Ich fühle mich entwurzelt. Auseinandergerissen und wahllos wieder zusammengesetzt. Es fühlt sich falsch an. Unecht und einfach falsch. Als gebe ich vor, jemand zu sein, der ich nicht bin. Meine Gedanken sind einsam. Einsam laufe ich so durch den Regen.
Irgendwann trete ich an den Fluss. Wie gesteuert laufe ich, ohne mich meiner Klamotten zu entledigen, hinein und tauche langsam in das Wasser ein, bis es mir bis zum Hals steht. Ich halte kurz inne, überlege, was ich hier tue. Bedenke, dass ich nicht schwimmen kann.

Du träumst doch bloß, sage ich zu mir selbst und tauche unter. Unterwasser ist es still. Friedlich. Es ist außerdem dunkel. Eigentlich habe ich die Dunkelheit mein Leben lang gefürchtet. Jetzt nicht mehr. Mittlerweile macht sie mir keine Angst mehr. Im Gegenteil, ich begrüße sie sogar. Angst ist ein Konstrukt, geschaffen, um uns in die Knie zu zwingen. Warum soll ich Angst vor etwas haben, dass einer Einbildung gleichzusetzen ist? Dunkelheit und Licht, was spielt das für eine Rolle. Hell und

Dunkel. Gut und Böse. Das alles sind Konstrukte, die sich jemand ausgedacht haben muss. Ich habe es satt, Angst zu haben. Ich weigere mich, zu fürchten.

Die Dunkelheit verformt sich. Ich tauche nicht auf, bin aber auch nicht länger Unterwasser. Ich befinde mich gar nicht mehr im Wald. Stattdessen stehe ich auf einem Friedhof. Schon wieder? Dieses Mal sieht der Friedhof anders aus. Die Gräber sind alle gleichmäßig angeordnet. Der Himmel ist grau und die Luft ist eiskalt. Ich habe das Gefühl, dass meine Knochen sich langsam in Staub verwandeln und ich fürchte schon, mich in der Luft aufzulösen, da sehe ich eine Gestalt am Ende des Friedhofs. Ein Mann, eingehüllt in einen tiefschwarzen Umhang, steht vor einem Grab, bückt sich und fasst vorsichtig an den Grabstein. Er flüstert etwas, doch ich kann die Worte nicht übersetzen. Es klingt ähnlich wie das Abschiedsritual der Sacrianer. Vielleicht ist es dieselbe Sprache. Der umhüllte Fremde stellt sich wieder aufrecht hin und verschmilzt anschließend mit der Atmosphäre. Ich glaube, meinen Augen nicht zu trauen und reibe mir die Lider. Doch als ich wieder in seine Richtung sehe, ist er fort. Als sei er mit seinem eigenen Schatten verschmolzen. Ich gehe auf das Grab zu. Mein Magen verkrampft sich und mein Unterbewusstsein scheint zu schreien. Alles in mir sträubt sich, weiterzugehen, doch ich ignoriere die Signale. Vor dem Stein bleibe ich stehen und betrachte die Initialen.

FGAS

Verwirrt blicke ich auf den Grabstein. Ich krame in meinen Erinnerungen, doch mir fällt nichts dazu ein. Mein Kopf ist wie leergefegt. Um mich herum bildet sich Nebel und er umhüllt mich, bis ich nichts mehr sehe. Ich huste und habe das Gefühl zu ersticken. Mir entflieht jeglicher Sauerstoff. Ich röchle, suche nach Luft. Der Nebel umschließt mich und brennt mir in den Augen. Ich halte mir die Hände vor die Augen und als ich sie öffne, bin ich wieder Unterwasser. Ich ertrinke. Der Grund zieht mich zu sich und ich strample mit den Beinen, rudere mit den Armen so stark ich kann. Das Wasser aber ist mächtiger als ich. Eine weitere Erinnerung kommt hoch. Meerblaue Augen und braune, zerzauste Haare. Ein verlegenes Lächeln und eine längliche Narbe am Hals. Ich schaue in Deans Gesicht. Ich spüre seinen Daumen auf meiner Wange und mir entweicht ein Aufschluchzen. Ich bin verwirrt. Erschöpft. Verstehe nicht, warum mein Herz auf einmal so wehtut und ich will schreien. Ihn anschreien und doch bleibt mein Blick an seinen Lippen hängen.

Tief in mir drin weiß ich, es ist nicht real. Es ist bloß eine Erinnerung, die ich mit ihm teile. Doch es fühlt sich verdammt real an. Der Schmerz fühlt sich verdammt real an. Meine Brust schnürt sich zu. Die Trauer scheint mich zu überwältigen und Tränen laufen mein Gesicht hinab. Ich habe keine Kraft, sie zurückzuhalten. Ich kann mich nicht gegen das Gefühlschaos, das in mir tobt, wehren. Wie ein Sturm, der alles mit sich reist, was nicht fest verwurzelt ist.

*»Warum weinst du, Flore?«, flüstert er mir beruhigend zu.
Florence. Ich erinnere mich an meinen Namen. Langsam sehe ich dabei zu, wie auch Dean sich vor meinen Augen auflöst, bis nichts mehr von ihm übrig ist. Wie eine Erinnerung, die wieder verblasst und nur den Schmerz zurücklässt.*

Ich heiße Florence Grayson, rufe ich mir meinen Namen zurück ins Gedächtnis. Doch da ist eine weitere Stimme in meinem Hinterkopf, die etwas anderes sagt.
»Es gibt keine Florence Grayson. Die existiert nicht. Du existierst nicht!«
Langsam löst sich alles um mich herum auf. Es zieht mich ins Nichts und ich habe das Gefühl, unendlich tief zu fallen. Ich klammere mich an meinen Namen und versuche, die Stimme zu verdrängen. Natürlich existiere ich, oder nicht? Wieso soll es mich nicht geben? Ich bin schließlich da.
»Wenn es dich gibt, wer sagt dann, dass es sie gibt? Wer sagt, dass ihr gleich seid?«, hallen die Worte durch mich hindurch. Ich kann daraus nichts entschlüsseln. Ich lebe. Ich habe überlebt. Das ist das Einzige, was zählt.
Ich habe überlebt.

Schweißgebadet schreckte ich aus dem Schlaf hoch. Seit meiner Ankunft in New Oltsen ging das jeden Tag so. Nur, dass mir dieser Traum neu war. Ich fürchtete, dass es mehr damit auf sich hatte. Dass es mehr als ein Traum war. Mehr als ein Hirngespinst. Vielleicht war ich auch bloß verrückt geworden. Liebeskummer richtete komische Sachen mit Leuten an, die sowieso schon einsam waren. Trotzdem blieb das Gefühl nicht aus. Ich suchte nach einem Zusammenhang, nach einer Botschaft. Natürlich machten mich Mac Masons Worte stutzig.
Es gab laut ihm keine Florence Grayson im Register. Doch es gab mich. Auch der Fremde im schwarzen Umhang verfolgte mich oftmals in meinen Träumen.

Ich wusste nicht, wer er war und was er mir sagen wollte. Doch jedes Mal wirkte er traurig und verloren. Als würde er meine eigenen Gefühle widerspiegeln. Als wäre er mein Gegenstück. Nur, dass ich daran nicht glaubte. Seelenverwandtschaft gab es bloß in Büchern. Liebe war kompliziert. Jede Erinnerung an Dean tat weh und doch wünschte ich mit jedem Tag, der verging, dass ich ihm zufällig über den Weg lief.

Ich musste meine *Vergangenheit* endlich hinter mir lassen. Das war der Grund, warum ich die Rebellen überhaupt erst verlassen hatte. Ich musste mit ihm und den anderen abschließen. Ich musste einfach mit allem abschließen, wenn mein neues Leben funktionieren sollte.
Am selben Tag kam Bens erster Brief an. Hätte ich sie bloß damals schon gelesen. Dann hätte ich vielleicht alles andere verhindern können. Ich hatte geglaubt, die Vergangenheit würde mich einholen. Doch am Ende war es die *Zukunft*, die mir zuvorkam.

Ab da änderte sich alles!

- Ende -

Danksagung

Allen voran möchte ich den Lesern dieses Buches dafür danken, dass sie es bis hier geschafft und mich damit unterstützt haben. Es ist fast unbegreiflich, dass sich aus einer eigentlichen Schnapsidee ein ganzes Buch entwickelt hat und ich dieses nun teilen darf, da mir anfangs noch gar nicht klar war, dass ich tatsächlich den Auftakt der Reihe geschrieben hatte. Allein hätte ich das vermutlich gar nicht geschafft, daher bedanke ich mich bei allen, die mir Mut zugesprochen und an mich geglaubt haben. Ich danke dem Tribusverlag (Verena, Carsten und Ben) dafür, dass ihm meine Idee gut genug gefallen hat, um sie teilen zu dürfen. Und ich danke meinen Tanten Manu, Anke und besonders Claudi dafür, dass sie mir die Bedeutung von Büchern nahegelegt haben und meinen Großeltern Edith und Erich für all die Werte, die sie mir mitgegeben haben.

Außerdem danke ich Lennart Weiss für die zahlreichen Tipps und meiner Trainerin Danny für ihre Unterstützung und ihren Rat. Ich danke meinen Freunden Mia, für ihre Energie, die mich oftmals inspiriert hat, Pia, mit der ich problemlos Nächte lang durchreden kann, Tamara, weil sie mich besser versteht als jeder andere und Lena, dafür, dass wir in so kurzer Zeit bereits so vieles zusammen erlebt haben. Ebenfalls komm ich wahrscheinlich nicht mehr Drumherum auch

Christian Günter Müller (du hast es so gewollt) zu danken, da er mir einen Haufen Gesprächsstoff bietet und stets einen guten, bis weniger guten Spruch auf Lager hat. Wenn er will, kann er ein super Typ sein! (Seine Worte). Ein sehr großer Dank geht auch an meine Mama (Stini), ohne die ich so ziemlich nirgendwo in meinem Leben stehen würde. Sie hat vermutlich öfter etwas für mich aufgegeben, als ich es je zurückzahlen könnte und trotzdem unterstützt sie mich bei jeder Entscheidung (die Leichtsinnigen ausgeschlossen) und lässt mich »einfach machen«, in der Hoffnung, dass ich selbst weiß, was am besten für mich ist. Sie ist und bleibt die wichtigste Person in meinem Leben und so jemanden wünsche ich jedem.

Ich danke auch meinem Papa für alles, was wir zusammen erlebt haben, ob nun gut oder schlecht, ich bin daran gewachsen und ohne ihn wäre ich nicht der Mensch, der ich heute bin. Zudem habe ich wahrscheinlich von niemandem so viele Eigenschaften wie von ihm und damit das Talent, mir die unwichtigsten Sachen gut zu merken. Ich danke meinem kleinen Bruder Hendrik für alles, was wir gemeinsam durchgestanden haben.

Mein größter Dank jedoch geht selbstverständlich an Leonie – dich – da du für dieses Buch mehr getan hast, als ich es überhaupt von dir verlangen dürfte. Du hast nicht nur meine ganzen Rechtschreibfehler bestaunen dürfen, sondern hast meine ganze wirre, wahrscheinlich endlos komplizierte Idee angehört, verstanden und mitgelebt, wo viele andere mich vielleicht für verrückt erklärt hätten. Und dafür bin ich dir sehr dankbar. Ich kenne niemanden, dem ich dieses Buch lieber anvertraut hätte und auch niemanden, der das geschafft hätte, was du geschafft hast. Und ja, du hast einen sehr großen Teil zu diesem Buch beigetragen, das darfst du dir auch gerne eingestehen. Du warst nicht nur eine Motivation weiterzuschreiben, sondern auch eine Bestätigung und ich hoffe, dass ich dir irgendwann mal genauso helfen kann, wie du mir geholfen hast.

Ich habe euch lieb. *Danke für alles!*

Always remember:

»The Future comes in Waves!«

Tribus Buch & Kunstverlag empfiehlt:

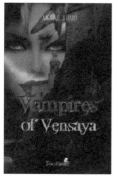

**Vampires of Vensaya
Zeitenriss**
Fantasyroman von Michael J. Hard
Der verstoßene Kampfmagier und Kriegsherr Kwilo begehrt nichts mehr, als Vensaya dem Erdboden gleich zu machen. Durch Zufall findet er in der schönen und überaus bösartigen Vampirin Cayla eine Verbündete. Doch kann er ihr vertrauen oder ist er am Ende nur eine Schachfigur in ihrem Spiel?
€13,90
ISBN: 9783753107394

Wie der Teufel in Wien wütete
Horrorroman von Johannes Krakhofer
Wien, im Jahre des Herrn 1454
Die Wienerinnen und Wiener wollen nach einem kalten Winter den Fasching feiern. Die Feierlaune in der Kaiserstadt lässt jedoch schlagartig nach, als bekannt wird, dass ein geheimnisvoller Fremder den Teufel beschworen hat und bereits drei Männer, bestialisch zugerichtet, zur Hölle gefahren sind.
€19,99
ISBN: 9783753108711

Carnivora
Horror/Sci-Fi - Roman von Ben Weber
Während eines Superbebens mit Epizentrum in der Schweiz und Österreich sterben in Zentraleuropa etwa elf Millionen Menschen. Weitere Teile Europas werden dabei völlig zerstört und in Schutt und Asche gelegt. Bald zeigt sich, dass sich in den Trümmern und Ruinen der Stadt eine viel schrecklichere Bedrohung herumtreibt.
€17,90
ISBN: 9783753104560

Èlænas - Das Schloss des Königs
Fantasyroman von Alina Seywert
Die junge Elfe Sherina träumt schon ihr ganzes Leben lang davon, der königlichen Armee beizutreten. Tatsächlich: sie wird erwählt, die Ausbildung zur Kriegerin zu durchschreiten. In der Hauptstadt wird sie allerdings von der ernüchternden Tatsache getroffen, dass es dunkle Mächte auf den König abgesehen haben.
€15,90

Ilya Duvent - Der Sturm in Dir
Fantasybuch von Manuela Maer
Die ehemalige Residenzstadt Rastatt birgt viele Mysteriöse Geheimnisse. Ein altes Antiquitätengeschäft im ehemaligen Brunnenhaus, jenseits der Murg offenbart seines auf schreckliche Weise.
€ 15,90
ISBN: 9783752977905

Amelie - Zeitlos mit Dir
Vampirroman von Nini Schlicht
Amelie wacht eines Tages an einem ihr unbekannten Ort auf. Eingeschlossen in einem imposanten Schloss harrt sie der Dinge, die da kommen werden. Als sie ihren vermeintlichen Entführer kennenlernt, fühlt sie sich direkt zu ihm hingezogen. Es beginnt ein Wettlauf mit der Zeit, doch um Amelie zu retten, würde Adrian einfach alles tun.
€16,90
ISBN: 9783752999068

www.epubli.de